Guiller...

LA VIRGEN DE LOS HUESOS

Editado por HarperCollins Ibérica, S.A.
Núñez de Balboa, 56
28001 Madrid

La virgen de los huesos
© 2020, Guillermo Galván
© 2020, para esta edición HarperCollins Ibérica, S.A.

Diseño de cubierta: Lookatcia
Imágenes de cubierta: Stocksnapper/Lookatcia

ISBN: 978-84-9139-439-6
Depósito legal: M-38421-2020

LA VIRGEN DE LOS HUESOS

A una generación, a una tierra

ÍNDICE

ÍNDICE

Sin ti el sol cae como un muerto abandonado.
(Sin ti)
la noche bebió vino
y bailó desnuda entre los huesos de la niebla.

El ausente
Alejandra Pizarnik

LA MANO

La descarga ha sobresaltado a los perros, que gruñen inquietos sin atreverse a abandonar el recinto de la tenada. El zagal despierta alarmado, temeroso de que el trueno sea preludio de tormenta, pero un manto de estrellas rodea el brillante trazado del Camino de Santiago y ni una sola nube mancha el cielo nocturno ni el creciente de la luna.

Después llegan ecos sueltos, como garrotazos en el tronco de un pino. Uno tras otro. Siete, ocho, nueve, puede que alguno más, aunque el chiquillo no ha ido a la escuela y sus entendederas apenas le alcanzan hasta la decena. Bastante tiene con calmar la ansiedad de los chuchos, reunidos a su alrededor a la espera de órdenes. Por suerte, las ovejas siguen amorradas, ajenas en su descanso a tan extraño acontecimiento. Tan extraño que los grillos han callado, y algo raro sucede cuando los grillos enmudecen de repente.

A continuación, un largo silencio, tan prolongado que el pastor se pregunta si no habrá sido todo un mal sueño, una pesadilla compartida con sus compañeros de vigilancia. Hasta que dos luces desgarran el difuso horizonte: pequeñas, amarillentas; dos focos que se eclipsan de momento para reaparecer algo más grandes y perderse por fin en la negrura con un lejano ronroneo de motor.

Martes, 18 de agosto de 1942

Carlos Lombardi estira los brazos para desperezarse con el viento seco que llega de la sierra mientras el coche de línea del que acaba de apearse reanuda su viaje hacia el norte por la carretera de Francia. Las nubes dispersas no contribuyen a eliminar el vigor del verano; hace menos calor que en Madrid, pero, aun así, el inclemente sol de mediodía pica con saña. O de lo que debería ser el sol de mediodía, porque desde que Franco ordenó ajustar la hora oficial a la de Berlín, las señales del cielo no parecen muy de acuerdo con lo que cuentan los relojes.

En una fachada de piedra hay un cartel de fondo blanco con el nombre del pueblo, acompañado por un emblema del yugo y las flechas en madera pintada de rojo, como una araña gigantesca que tiene casi la altura del hombre que se recuesta a su lado, junto a un viejo automóvil detenido. Con andares cansinos, el tipo de camisa azul avanza hacia el policía, que recoge del suelo su pequeña maleta y se cuelga la americana del brazo libre para acudir a su encuentro.

A los pocos minutos, acomodado en el asiento posterior, tras un chófer tan rústico como mudo, Lombardi se pregunta qué pinta él en medio de ese universo amarillo de rastrojos, cortado a cuchillo por una arenosa carretera que se pierde en las suaves curvas de una lejanía tan luminosa que daña la vista. Sabe la respuesta, naturalmente, aunque recela de la conveniencia de haberse embarcado en semejante servicio. En todo caso, no estaba en condiciones de rechazarlo.

Las cosas han cambiado en los últimos meses. No para un país sometido a una criminal dictadura, servil a las potencias del Eje en tanto sus gentes mueren de hambre, enfermedad, cárcel, o directamente de bala; aunque sí para Lombardi. Tras concluir con éxito la investigación que lo rescató circunstancialmente del campo de trabajo de Cuelgamuros, su antiguo inspector jefe Balbino Ulloa se las había apañado, desde su privilegiada posición de secretario del di-

14

rector general de seguridad, para mantenerlo en libertad provisional a la espera de que tomaran cuerpo los rumores que, cada vez con más fuerza, recorrían los pasillos de las plantas nobles del Régimen. La palabra mágica, ese nombre pronunciado en voz baja, se llamaba indulto. Hasta ese momento, si es que de verdad llegaba, y para evitar en lo posible que su antiguo pupilo incrementase las colas de menesterosos del Auxilio Social, Ulloa había facilitado su contratación por parte de la agencia Hermes, un tingladillo con aspiraciones detectivescas montado por un oscuro comisario jubilado llamado Ortega. El salario era irrisorio, y solo podía hacerse moderadamente digno a base de comisiones por casos resueltos; pero al menos era un medio de vida al que Lombardi consiguió sumar a Andrés Torralba, el exguardia de asalto que lo había ayudado en las pasadas Navidades a resolver la peliaguda investigación que se traía entre manos.

Avanzado febrero, llegó por fin la esperada noticia. El BOE publicó la llamada «Ley sobre reforma de la de Responsabilidades Políticas», que declaraba exentos de las citadas responsabilidades los casos todavía no juzgados a los que los tribunales militares hubieran impuesto penas inferiores a seis años y un día, y aquellos otros ya juzgados cuya pena no excediera de los doce. Carlos Lombardi, castigado con una docena de años de reclusión por su pertenencia a Izquierda Republicana y como funcionario del régimen legal durante el asedio a Madrid, entraba de chiripa en el paquete.

En ningún momento consideró el policía que aquella ley significara un gesto de generosidad por parte de la dictadura, como sostenía Ulloa, sino el reconocimiento público de su incapacidad para tramitar los cientos de miles de expedientes acumulados tras la guerra, y la imposibilidad física de mantener encerrados a tantos españoles. Al reflexionar sobre ello, no pudo evitar el recuerdo de Hans Lazar, el sórdido agregado de prensa de la embajada alemana, y su opinión contraria al régimen carcelario impuesto por Franco: unos cuantos castigos ejemplares, y el resto a trabajar, había sentenciado el nazi durante una incómoda entrevista en la legación germana. Tal vez, se dijo Lombardi al conocer el anuncio del indulto, el influyente Tercer Reich no era del todo ajeno a esta medida.

Al margen de otras muchas consideraciones, la noticia significaba un rayo de esperanza para él y para tantos otros privados de libertad, aunque la mayoría irían de cabeza a engrosar la nutrida lista de desempleados y la no menos amplia de excluidos sociales. Otra cosa muy distinta era cuándo habría de llegar la esperada fecha, porque la formalización de esos propósitos podía tardar meses, tal vez años.

La posición de Lombardi, a la espera de la anunciada gracia, se tambaleó un tanto en el mes de junio por un súbito cambio de gobierno. Franco, como de costumbre en función de sus intereses, movía piezas en el tablero del poder para equilibrar la posición de militares, falangistas, carlistas, católicos, monárquicos juanistas y oligarcas adictos. Con el cambio del ministro de la Gobernación cayó el director general de seguridad, y Balbino Ulloa perdió su influyente puesto. No obstante, y a la espera de nuevo destino, quién sabe si político o policíaco, su antiguo inspector jefe seguía provisionalmente asignado a las turbias labores de la Puerta del Sol.

Este cambio ministerial, paradójicamente, proporcionó a Carlos Lombardi un imprevisto valedor en la persona de Fernando Fagoaga Arruabarrena, el nuevo comisario jefe de la Brigada de Investigación Criminal. El tal Fagoaga, que ya superaba los sesenta, era un policía con amplísimo currículo y había ocupado cargos de cierta relevancia durante el reinado de Alfonso XIII, entre ellos comisario del distrito Centro de Madrid y comisario jefe de personal. Durante la República fue condecorado por el gobierno derechista con la cruz al mérito militar por su represión de las revueltas de 1934, y en vísperas de la sublevación militar dirigía la comisaría del distrito madrileño de Hospicio. Investigado como sedicioso por su comportamiento en la fracasada revolución de octubre, se las debió de arreglar para salir de Madrid y unirse a las fuerzas fascistas, y ahora, al parecer, gozaba de la correspondiente confianza y recibía su bien ganado premio de manos de los vencedores.

16

Ninguna vinculación había tenido con ese hombre a lo largo de su carrera, salvo conocer de oídas el apellido de un alto cargo de los Cuerpos de Vigilancia y Seguridad. Tampoco Fagoaga lo conocía a él, pero el día de Reyes había presenciado los interrogatorios dirigidos por Lombardi en el caso de los asesinatos de seminaristas, y debió de quedar tan satisfecho de lo visto que le hizo llegar, a través de Ulloa, su deseo de reincorporarlo a la estructura policíaca del Nuevo Estado. Deseo imposible en aquel momento, tanto por la condena que pesaba sobre el implicado como por las serias reticencias de este respecto a la propuesta.

Con la noticia del futuro indulto, y muy especialmente tras su nombramiento al frente de la BIC en el mes de junio, Fagoaga había recuperado su interés por Lombardi y explicitado a la agencia Hermes su padrinazgo sobre el nuevo detective que habían incorporado a su nómina. A partir de ese momento, Ortega dejó de asignarle asuntos de tercera categoría para convertirlo casi en su hombre estrella. Fruto de ese ascenso, y siempre en compañía de Andrés Torralba, en los dos últimos meses había resuelto con éxito algunos casos relevantes; el más reciente, la investigación de una red de mataderos clandestinos que permitió su desmantelamiento.

La víspera, Ulloa le había llamado con un encargo especial sugerido por el propio Fagoaga. Lombardi olisqueó de inmediato la chamusquina que significaba ver a ambos personajes como cómplices del mismo plan. Con argumentos peregrinos (—Al fin y al cabo, se trata de un fraile y tú te has diplomado en sotanas.), el exsecretario le encomendó buscar a un joven desaparecido en la provincia de Burgos. Él los había mandado a hacer puñetas, tanto a Ulloa como a sus fundamentos, aunque la ola de sensatez que suele acudir en su ayuda tras el primer asomo de resistencia contribuyó a templar los ánimos. El policía alegó que era trabajo para la Guardia Civil, pero su protesta permitió a su antiguo jefe añadir el vinagre que le faltaba a aquella ensalada, preguntándole si recordaba a Luciano Figar.

Cómo no acordarse de aquel redomado fascista, que en paz

descanse, el inspector jefe que le había hecho la vida imposible, casi literalmente, durante las últimas Navidades. Él se limitó a asentir con un monosílabo disfrazado de gruñido, y Ulloa explicó que el padre de Figar, un tal don Cornelio, había pedido personalmente el auxilio de la BIC para resolver este caso. Fagoaga, teniendo en cuenta que se trataba del padre de un caído del Cuerpo, no pudo negarse; pero no quería implicar a sus hombres en el asunto para no invadir competencias, por el prurito de mantener las formas con la Benemérita. Parecía más adecuado un criminalista colaborador, y ese era precisamente el título que figuraba en el carné de Lombardi. No había más que discutir. Ortega ya estaba informado de todo y, naturalmente, de acuerdo; así que después de añadir alguna recomendación sobre el viaje, Ulloa le dijo que se pusiera en marcha de inmediato.

Un papelón, eso le ha caído encima, reflexiona ahora el policía: una desaparición en medio de la nada, o de lo que en los mapas se parece a la nada más o menos absoluta; y el panorama que se despliega ahora ante sus ojos corrobora los temores iniciales. En medio de una dorada nube de polvo, han dejado atrás dos o tres aldeas cuando el coche entra en el municipio de Campo de San Pedro, según señala el cartel enmarcado por un emblema falangista que parece omnipresente hasta en los rincones más recónditos.

El chófer serpentea por las primeras callejuelas hasta una plazoleta atestada de carros, caballerías y hombres, que guardan fila ante lo que parecen ser funcionarios encargados de evaluar la carga que transportan. Por fin, el vehículo frena un poco más allá, delante de una tasca: bajo su toldo hay una sola mesa, en torno a la cual un pequeño grupo se explica y maneja documentos frente a un tipo sentado. Cuando este repara en el coche que acaba de detenerse, despide a los demás y aguarda sin moverse de la silla la llegada del policía.

Cornelio Figar tiene manos gruesas, callosas, tan cinceladas por el trabajo que raspan al contacto con las muy urbanas de Lombardi. Bajo una gastada boina, su rostro curtido de vientos y de sol,

18

un tanto bermejo, se adorna con un minúsculo bigote y un mal afeitado. Sugiere algunos más de sesenta años, y solo en la estrechez de su frente puede hallarse algún parecido con su difunto hijo. Viste camisa falangista y, a pesar de llevarla arremangada por encima de los codos, en su brazo izquierdo se deja ver una gruesa cinta de luto, tan negra como las manchas de sudor que le adornan los sobacos. Tras el saludo, reposa sus manos sobre una barriga mediada e invita al policía a ocupar la silla vacía que sin duda ha dispuesto para él.

—Siéntese —dice—, y perdone que lo reciba aquí, pero hasta que levantemos silos en condiciones hay que vigilar de cerca el transporte de grano. Esto es el pan de los españoles, ¿sabe usted? Y con esta sequía, no podemos permitirnos despistes en la distribución.

—No tiene importancia. Ha sido un viaje muy agradable —miente Lombardi al tiempo que avienta un par de moscas empeñadas en posarse en su nariz.

—Me han dicho que usted sirvió a las órdenes de mi hijo.

Bajo su acoso más que a sus órdenes, piensa el policía, pero no ha llegado hasta allí para hablar de su vida ni para romper la imagen ideal que aquel hombre pueda tener de su miserable vástago.

—Más o menos —se escurre.

—¿Quiere echar un trago o lo prefiere en vaso?

Por su gesto, Lombardi deduce que lo invita a usar el porrón que hay sobre la mesa. Clarete peleón, sin duda.

—Se lo agradezco, pero si bebo con este calor igual ni me levanto de la silla. Prefiero que me cuente el motivo de su petición de ayuda y ponerme a trabajar cuanto antes. En Madrid me han dicho que es urgente y solo me han avanzado un par de detalles.

Figar se da un sonoro manotazo en el cogote y al instante sujeta entre sus dedos el cadáver aplastado de un tábano. Tras contemplar durante unos segundos el resultado de su cacería, lo arroja al suelo con una imprecación (—Que te jodan.) antes de responder. Su mueca ha dejado a la vista un premolar de oro entre dos piezas ausentes, extravagante y lustroso alarde en su arruinada dentadura.

—Pues el motivo —se explica al fin— es que los guardias no saben por dónde se andan, y mi ahijado lleva ya cuatro días desaparecido.

El policía ofrece su cajetilla de Ideales como gesto de confianza.

—Gracias, no uso —rechaza el contertulio.

—¿Qué relación familiar tiene con él? —se interesa Lombardi tras la pausa para encender el pitillo.

—Soy su padrino, ya le digo, pero lo quiero como a un hijo. Y desde que mi Luciano murió, con mayor motivo. Todavía me quedan dos hijas, pero están bien casadas y hace mucho que volaron del nido.

—Tendría que hablar con la familia directa del muchacho.

—Esta noche se viene usted a cenar a casa y se los presento. Como comprenderá, están muy preocupados. Román, su padre, y yo somos socios y amigos de toda la vida.

—Muy amable por su invitación. El chico es fraile, según me han dicho.

—Novicio todavía, en el monasterio de La Vid, a unos veinte kilómetros de Aranda por la carretera a Soria.

El policía saca una cuartilla doblada de su chaqueta para anotar detalles.

—¿Nombre de su ahijado?

—Jacinto Ayuso.

—¿Edad?

—Veinticinco.

—Un poco mayor para ser novicio, ¿no?

—Lleva tres años en La Vid. Le entró el capricho del hábito después de la Cruzada. Porque durante la guerra sirvió como el mejor falangista en el frente de Somosierra. —Se palmea el emblema del pecho con sonoros golpes—. Supongo que ya se lo tenía pensado desde antes, no lo sé. A Román también le pilló por sorpresa y no le hizo mucha gracia, no vaya usted a creer; pero allá cada cual con su vida mientras se ajuste a lo cabal.

—Usted, que lo conoce, puede que tenga alguna hipótesis sobre su desaparición. Quiero decir si podría haber abandonado el monasterio voluntariamente por algún motivo.

—Hace tiempo que lo veo muy poco, desde que se encerró allí. En vacaciones suele visitar durante unos días a la familia, pero no coincidimos mucho. Su padre nunca ha dicho que estuviera arrepentido de hacerse fraile. Y si lo estaba no había necesidad ninguna de desaparecer, porque con su familia tiene el futuro asegurado.

—La verdad es que no parece muy lógico —acepta el policía—. Como tampoco lo es el hecho de que alguien se evapore de repente de un sitio tan reservado como un monasterio.

—Es que no fue en el monasterio —puntualiza don Cornelio—. El sábado salió de mañana con la intención de coger el coche de línea hasta Aranda para pasar el día de la Virgen con la familia. Pero no subió.

—¿Está seguro?

—Eso dice la Guardia Civil. Hable con el brigada Manchón y le contará lo que han averiguado.

—Eso haré, señor Figar. Y no se ofenda, porque es pregunta obligada: ¿sabe si Jacinto tiene enemigos, alguien que pueda desearle mal?

—Pues mire, tal y como está España a pesar de la victoria, llena de puercos sin degollar, cualquiera sabe. —Mientras atiende el insustancial alegato que le llega del otro lado de la mesa, Lombardi observa que una de las patas de su silla descansa junto a un hormiguero, destino de una larga procesión que transporta granos perdidos desde la plaza. Está seguro de que si su interlocutor descubriera aquella ilegal apropiación del pan de los españoles pisotearía a los ladrones hasta fulminarlos, pero de inmediato devuelve su atención a las palabras de don Cornelio para confirmar que resultan decepcionantes—. Su padre y yo somos socios, y no nos va mal. La envidia te trae enemigos donde no lo esperas. Y en este caso, además de envidiosos, serían cobardes. Pero, dichas estas verdades, no podría darle un nombre concreto.

—Lo mejor es que vea cuanto antes a la Guardia Civil.

—Me parece bien. El coche que lo ha traído le acerca a Aranda cuando usted diga. Su alojamiento está pagado en un sitio limpio y decente. Y si necesita algún taxi para desplazarse por allí, el gasto corre de mi cuenta: usted le dice al taxista que me pase la carrera, y asunto resuelto.

Lombardi se despide. Antes de que haya abandonado la protección del sombrajo, Figar le grita a sus espaldas:

—No se olvide de la cena. Le mando el coche a eso de las ocho y media.

La siguiente parada es en una plazoleta de Aranda de Duero. Sucede unos cuarenta minutos después de que el policía se haya despedido del terrateniente Cornelio Figar, el mandamás que amasa trigo para especular con la subida de precios, tal y como le confesó en su día Balbino Ulloa sin que ninguno de los dos sospechara entonces que ese nombre se convertiría meses después en un ser tangible, de carne y hueso; un delincuente, había sentenciado Lombardi al escuchar la confesión de su antiguo inspector jefe; un hombre necesario para el Régimen, como tantos otros, según este.

El lugar donde se ha detenido el coche no le gusta nada al policía. Y poco tiene que ver su desencanto con el aseado aspecto exterior que ofrece la pensión que se anuncia a dos pasos, ni con el barrio y el tranquilo ambiente que por allí se respira. Resulta que enfrente, en el lado opuesto de la plazoleta, está el cuartel de la Guardia Civil. Años atrás, esa presencia no le habría turbado en absoluto. La Benemérita fue un cuerpo mayoritariamente leal a la República: apenas un tercio de su plantilla y una ínfima parte de sus generales se sumó al golpe militar; pero hoy el tricornio representa algo muy distinto. Mediante una recluta masiva de gentes leales, algunos de dudosa capacidad intelectual, Franco se ha encargado de convertir el Cuerpo en una máquina represiva de primer orden en el mundo rural. Lombardi no sabe cuánto tiempo va a pasar allí, pero desde luego no está dispuesto a ofrecerles un registro tan minucioso y gratuito de sus entradas y salidas; mucho menos de sus andanzas.

—Usted tiene que volver por donde hemos venido, ¿no? —dice al conductor, que ya saca medio cuerpo fuera del vehículo.

—Sí señor, en cuanto se instale.

—Pues dé media vuelta y déjeme antes de pasar el puente, en la entrada del arco. He visto allí mismo una pensión.

—La Fonda Arandina, pero esta es mucho mejor —argumenta el chófer, visiblemente perplejo—. Y el amo me dijo que lo trajera aquí.

—Y hasta aquí me ha traído usted, así que ha cumplido la orden al pie de la letra. Pero prefiero una habitación con vistas al río. Supongo que al señor Figar no le importará ahorrarse unas pesetas, porque aquella seguro que es más barata.

Rumiando su desconcierto, el tipo regresa al volante y recorre en sentido inverso el tramo de la carretera de Francia que atraviesa la población. Por fin, ante lo que se supone la entrada de la vieja villa amurallada, Lombardi se apea con su maleta y agradece su servicial pericia al conductor, que enfila el puente sobre el Duero en dirección sur.

Frente a él se abre un profundo y umbrío arco de piedra entre edificios, coronado por una torre de tres pisos que dejó de ser medieval hace mucho tiempo. En sus laterales, dos carteles azules con letras y flechas blancas anuncian direcciones opuestas: el de la derecha a Burgos, el de la izquierda a Palencia. Un rótulo de piedra labrada indica al visitante que se encuentra en la calle José Antonio: nada original respecto al resto del país. A la izquierda, inmediatamente después del señalizador palentino, se alza un edificio de dos alturas sobre planta baja. Un cartel proclama el nombre del establecimiento entre dos balcones del principal. La verdad es que la Fonda Arandina resulta un tanto decepcionante al observarla de cerca, porque parte de su fachada necesita una restauración, una buena mano de cemento y yeso para ocultar las mataduras de piedra desnuda de sus muros.

La fonda está atendida por una viuda cincuentona, doña Mercedes, que al tiempo cuida de su anciana madre, tal y como se encarga de informar a Lombardi a los dos minutos de poner pie en el interior. Cinco minutos después ya le ha presentado a la susodicha, una viejecilla arrugada como una pasa envuelta en ropajes negros que sestea sobre una mecedora en una pequeña sala de estar sin luces al exterior. Locuaz, parlanchina dirían algunos, doña Mercedes dice disponer de una habitación vacía con vistas al río en la última planta.

El lugar es limpio, pero viejo. Los combados escalones de madera se tambalean bajo el peso sucesivo de la posadera y su huésped, levantando quejidos que deben de oírse hasta en la calle. La habitación es relativamente espaciosa. Además de la cama, embutida en una colcha de ganchillo con pretenciosos dibujos azules y blancos, hay un armario de madera del tiempo de las guerras carlistas, un espejo de cuerpo entero de época parecida, una butaquilla de mimbre, una pequeña mesa y una silla. En un rincón, entre mampostería de ladrillo y yeso, y sin puerta siquiera que garantice la intimidad, hay una ducha y un lavabo. El retrete es común para cada planta. Todo viejo, realmente viejo, se repite Lombardi, a punto de arrepentirse de su decisión.

Como si adivinara las dudas de su potencial cliente, doña Mercedes abre el balcón de par en par para mostrarle las bondades del paisaje. Y le explica. Más allá del puente, en el arrabal sureño que allí llaman Allendeduero, se alzan las impresionantes y grisáceas ruinas del convento dominico de Sancti Spiritus, incendiado por la francesada en su huida al final de la guerra de la Independencia. El Hospital de los Santos Reyes corona una larga hilera de ropa tendida a secar, y a la izquierda, a poco menos de un kilómetro, el barrio de la estación; justo enfrente, el fielato donde Lombardi ha tenido que identificarse hace unos minutos ante una pareja de la Guardia Civil. En el río, un par de barcas se deslizan bajo el cruel sol del mediodía entre revoloteo de aves, en tanto un borrico cargado con aguaderas se apresta a cruzar el puente conducido del ronzal por un mozuelo que no debe de haber cumplido los diez años.

El policía decide pasar por alto el riesgo de una habitación orientada al sur en pleno agosto, las presumibles nubes de mosquitos que sin duda ascenderán por la noche desde el río para alimentarse con la sangre de los incautos, y la incomodidad de hacer público ante los demás la necesidad de ir al retrete, amén de la obligación de esperar si el sitio está ocupado. En todo caso, ya tendrá ocasión de cambiar si la estancia no es de su gusto.

A solas por fin, con la promesa de su patrona de que en quince minutos tendrá preparado un almuerzo, Lombardi deshace su escuálida maleta, se refresca en el lavabo y decide echar un vistazo a un lugar tan desconocido como Aranda. Duda si llevar la pistola que un día perteneció a Luciano Figar y él usa de forma clandestina, porque sigue sin tener permiso de armas. Decide que no, y la Star del nueve corto se queda en la maleta, junto a la cajita de munición de reserva y las esposas, cerrada con llave y bajo la cama.

El comedor es una sala en la planta baja con varias mesitas individuales y dos ventanas que miran al Duero. Está casi vacío a esas horas, y el policía se alegra de que sus primeros pasos en la pensión lo conduzcan precisamente allí, frente a un par de huevos fritos con chorizo y guarnición de torreznos, acompañados de una generosa rebanada de pan de hogaza, del que no se encuentra en Madrid ni de estraperlo. Ahora sí que cata el vino, un tintorro de la tierra ácido como rayos pero que atempera la reciedumbre de la grasa.

Satisfecho el estómago, su primer impulso es dirigirse al cuartel de la Guardia Civil, pero decide no presentarse allí en momento tan sagrado como el de la comida. Chaqueta al hombro, con la corbata floja y el cuello de la camisa desabrochado, se pierde como un turista cualquiera por las calles para hacerse una somera idea del territorio que le ha tocado en suerte. Le basta con una hora larga para patearse lo que podría ser considerado núcleo principal y sacar sus conclusiones.

Aranda parece contener dos villas en una, dos territorios más o menos concéntricos. En la almendra central y un buen tramo en torno a la travesía de la carretera de Francia, el aspecto es típicamente urbano con comercios, tres entidades bancarias, un par de hoteles, oficinas y gente como la que uno podría encontrarse en cualquier capital de provincias: sin lujos, pero con aire más o menos moderno y desenvuelto. Los edificios, aun necesitados muchos de ellos de una profunda recuperación, son de buena fábrica e incluyen un par de palacetes, al parecer deshabitados, que hacen suponer una vieja alcurnia aristocrática. Sus dos iglesias principales, San Juan Bautista y Santa María la Real, tienen motivos para sentir orgullo arquitectónico.

En torno a esa zona, el panorama cambia de forma radical; Lombardi encuentra allí la tipología humana ya contemplada en los pueblos próximos: ellas, de riguroso negro, toquilla de lana, pañoleta anudada bajo el mentón y alpargatas; ellos, tocados con boina, camisa blanca o blusón oscuro, pantalones de pana y calzados con abarcas. Chiquillos mocosos, escuálidos, comparten espacio con animales domésticos y corretean entre desvencijados corrales, algunos calcinados, y toscos edificios de madera y adobe; raramente de piedra, y en estos casos sin más ligazón entre los irregulares pedruscos que unas paletadas de barro. Calles sin empedrar y casuchas sin alumbrado eléctrico, tabernas sombrías y cochambrosas, viejos almacenes que hacen las veces de colmado completan el espacio físico de la periferia.

En realidad, y salvando las distancias, concluye el policía mientras se encamina al cuartel de la Guardia Civil, Aranda tampoco se distingue tanto de una gran ciudad, al menos en su esencia, con la burguesía acomodada en el corazón urbano y el proletariado acantonado de mala manera en los suburbios. El eterno contraste entre la holgura, en este caso modesta, y la miseria, tan irritante aquí como la que pueda verse en muchos barrios de Madrid. La simbología fascista se limita a unas cuantas banderas y algunos víctores pintados en las paredes; al fin y al cabo, la villa fue parte esencial de la sublevación desde las primeras horas del levantamiento militar, y no necesitaba participar de la abrumadora propaganda que inundó cada tierra conquistada.

El brigada Manchón lo recibe con un gesto equívoco bajo el bigote, aunque su apretón de manos parece genuino. Moreno, de estatura media y cara áspera, enjuta y marcada por la viruela, aparenta cuarenta y tantos, media docena más que el propio Lombardi. Por el aspecto de su despacho parece un hombre acostumbrado al orden. Desde luego, está informado del envío de refuerzos desde la capital, pero tal vez para marcar el territorio es él quien abre el turno de preguntas apenas hechas las presentaciones.

—¿Conoce usted esta tierra?

—Es la primera vez que piso Aranda —confiesa el policía.

—Pues no sé cómo va a ayudarnos en esto —se lamenta el suboficial chasqueando la lengua—. A ver, entiéndame, no es que dude de su profesionalidad, pero llegar de nuevas aquí es complicado. Por fuerza tiene que ser muy distinto a Madrid. Yo llevo un año y medio en este destino y todavía no me aclaro del todo, a pesar de que la familia de mi mujer es de la tierra. La gente de la Ribera es muy suya; decente, eso sí, pero muy suya.

—Haré todo lo que pueda —acepta Lombardi con ademán humilde—. Cuente conmigo para lo que necesite. Aunque, de momento, es usted quien tiene que echarme una mano. Si fuera tan amable de ponerme al día.

—Es un asunto raro, y muy delicado. Don Román, el padre del chaval, es un pez gordo, y su padrino, don Cornelio, no digamos; por si no lo sabe, es uno de los mandamases del Servicio Nacional del Trigo: ya me entiende usted, gente con mucha mano. ¡Mecagüen dioro! —blasfema en tono venial—. ¡Y me tengo que tragar este sapo yo solo, sin capitán ni teniente que den la cara!

El desahogo de su interlocutor casi hace sonreír al policía, pero mantiene la compostura ante tan explícita confesión de impotencia. No parece tan fiero el león que tiene delante.

—¿Están de permiso sus oficiales?

—¡Qué va! Los cambiaron de destino y hace meses que esperamos que se cubran sus puestos.

—Mírelo de otra manera, hombre —intenta animarlo—: si conseguimos dar con el chico, se apuntará usted un buen tanto en su hoja de servicios. Puede que un ascenso. ¿Qué tienen de momento?

—Poca cosa, por no decir nada. El novicio desapareció, como si se lo hubiera llevado el diablo. Nadie ha visto nada.

—¿Dónde está ese monasterio?

—A unos veinte kilómetros. —El brigada conduce a Lombardi hasta un mapa sujeto con chinchetas en la pared. Por la fecha, de 1932, debe de ser de lo más actualizado. En diez años, y con la necesaria parálisis de una guerra, no debe de variar mucho de la realidad—. Mire: aquí, casi pegado a una casona, está el monasterio. La carretera que viene de San Esteban de Gormaz cruza el Duero y entra en la finca. Allí tiene una parada el coche de línea, y es donde Jacinto debía tomarlo hasta Aranda. Pero no llegó a subir.

—¿Están seguros?

—El conductor jura y perjura que el sábado por la mañana no paró allí. Solo se detiene cuando hay pasajeros esperando, y ese día no los hubo.

—Puede que el chico llegara tarde a la parada, cuando el coche ya se había ido —sugiere Lombardi—. Si su intención era venir a Aranda y perdió el transporte, quizá lo intentó por otro medio. Algún vecino del pueblo pudo prestarse.

—Aquello no es pueblo ni nada; La Vid es poco más que un caserío con un par de familias de labriegos. No hay otro medio de transporte que media docena de bestias de labor. Pero no, ningún fraile apareció a pedirles ayuda.

—Pues esto, al otro lado del Duero, parece una estación ferroviaria —apunta el policía.

—Es un apeadero de la línea Valladolid-Ariza. Pero allí raramente paran los trenes.

—Por lo que veo, el sitio está a orillas del río. ¿Pudo intentarlo en barca?

—Imposible. Desde allí hasta Aranda hay por lo menos dos o tres presas que impiden el paso. Y la primera te la encuentras a menos de dos kilómetros: aquí —señala un punto en el mapa—, antes de llegar a Guma, una pedanía de La Vid tan pequeña como ella. No, por el río no se puede llegar a Aranda desde allí. Cualquiera que conozca el terreno lo sabe, y el chico es de aquí.

—No hay que descartar que haya tenido un accidente. Supongo que han batido bien las orillas.

—Las orillas y todos los pueblos de Burgos y Soria en quince kilómetros a la redonda: Zuzones, Langa, Castillejo, Santa Cruz —Manchón va picoteando con su índice en cada lugar que menciona—, San Juan del Monte, Arandilla, Vadocondes, Fresnillo... El cuartel de Riaza se ha encargado de los pueblos próximos en la provincia de Segovia. Tenemos las caballerías reventadas, pero ni Dios ha visto a un agustino ni nada que se le parezca.

—Tampoco hay que descartar que se haya fugado. Y en ese caso, el hábito es lo primero que estorba, así que vestiría de paisano. ¿Tienen fotos de Jacinto?

—Sí señor. Esa es una posibilidad que se me ha ocurrido, y cada pareja de guardias lleva una encima.

—Buen trabajo, Manchón. ¿Qué dice al respecto la familia?

—Su padre está que echa las muelas, cagándose en todos los coros celestiales. Por lo que lo conozco, es su forma habitual de mostrar preocupación. Su madre, un manojo de nervios que ni duerme, la pobre mujer. Se pasa cada dos por tres por aquí, a ver si sabemos algo nuevo.

—Ojalá fuera una fuga —aventura Lombardi—. Al menos nos ahorraríamos un disgusto mayor.

—Pues no le digo yo que no —abunda el brigada con un guiño malicioso—. Lo primero que hicimos en cuanto la familia presentó la denuncia fue visitar el monasterio, claro está. Mientras los hombres fisgaban por los alrededores, yo hablé con el prior largo y tendido. Y entre otras cosas me contó que una señorita había visitado al novicio el domingo anterior, tras la misa. Suena más que raro, ¿no? A ver si va a ser un asunto de faldas.

—Estaría chusco, aunque también pudo ser alguna familiar. ¿Tiene hermanas?

—Dos. Pero dicen que no suelen visitarlo. No fue ninguna de ellas.

—Bueno, ya veremos. Creo que esta noche tendré ocasión de conocer a la familia. El señor Figar me ha invitado a cenar en su casa y ha dicho que asistirán todos.

—No sé si sacará algo en claro, pero buena cena sí que se va a pegar.

—¿Es rumboso don Cornelio?

—Cuartos no le faltan —sentencia el brigada—. Es rico, el hombre más rico de la villa, y uno de los más pudientes de toda la Ribera: cereal, vides, molinos, transportes, ganado; la mitad lo heredó y el resto se lo ha trabajado. Así que supongo que lo tratará bien.

—¿Y don Román, el padre del novicio? Figar dice que son socios y amigos de toda la vida.

—De toda la vida no creo, porque se llevan unos diez años; pero sí desde hace tiempo.

—¿También le viene de familia su fortuna?

—Ni mucho menos —rechaza Manchón—. Parece que, hasta hace unos años, don Román era solo la mano derecha de don Cornelio; que no es ser poco, dicho sea de paso.

—Su hombre de confianza; además de amigo, porque apadrinó a su hijo.

—Sí, su capataz, podríamos decir. Cuentan que salvó a su jefe del tufo del vino, esa intoxicación que se produce en las bodegas durante la fermentación de la uva. Si no es por Ayuso, el señor Figar estaría criando malvas. Ahora sigue siendo capataz, pero se ha forrado trabajando a su vera. Ya sabe usted eso de que quien a buen árbol se arrima…

—Buena sombra le cobija —completa el policía—. Pero ni la mejor sombra protege a un hombre de la desgracia de perder un hijo.

—Tiene toda la razón, Lombardi. Y la verdad es que, bien mirado, un forastero como usted puede ayudarnos. Todo esto me parece un poco oscuro, ¿sabe? Hay preguntas que yo no me atrevo a hacer sin ofender a quien las recibe, y puede que esa gente no se sincere del todo con quien ve a diario. No sé si me explico. Usted, al fin y al cabo, no seguirá teniéndolos de vecinos cuando todo esto pase. Así que me alegro de que haya asomado por aquí.

El taxista acepta sin pestañear el aval de Figar (—Don Cornelio siempre tiene crédito en Aranda.), y conduce a Lombardi hacia la carretera de Soria. Sobre una superficie inestable de grava y alquitrán, y tras atravesar Fresnillo de las Dueñas a poco de salir de la villa, durante media hora larga desfilan ante los ojos del policía desvíos con nombres que ha leído en el mapa del despacho de Manchón, en un viaje que discurre por un luminoso llano a campo abierto con algunas lomas a su derecha. El Duero se aproxima o aleja en caprichosos meandros, aunque ni siquiera en este caso puede disimular su presencia por la frondosa vegetación que siempre acompaña a sus riberas.

La carretera busca el encuentro del río precisamente en La Vid, y el coche frena antes de cruzar el puente, frente a una casona de piedra con media docena de ventanas y un par de puertas de distinto tamaño, destinadas a hombres o bestias y carromatos. Se diría que es un lugar perdido, porque ningún cartel muestra su nombre, pero la mole que hay más allá debe de bastar al parecer para identificarlo. El taxista pregunta si tendrá que aguardar mucho rato. Lombardi se encoge de hombros y enfila hacia la puerta principal del cenobio, sorprendido y admirado por el hallazgo.

En medio de la nada, con áridos cerros a un par de kilómetros de sus espaldas, el monasterio es un edificio de piedra clara realmente notable, aparentemente dividido en dos grandes cuerpos de habitáculos de tres alturas sobre el bajo y con una iglesia adosada a su fachada sur con cabecera de planta octogonal donde se aprecian detalles de gótico tardío y plateresco. Buen sitio para el retiro y la meditación, lejos del mundanal ruido y de las pasiones humanas.

A menos, reflexiona el policía al franquear el gran portón de acceso, que el caso de Jacinto Ayuso demuestre lo contrario.

El prior es un sesentón espigado y atento que se transforma de inmediato en solícito ante la credencial de Lombardi. Parece dispuesto a hablar, pero antepone su preocupación por el novicio.

—Nada nuevo, padre —responde el policía—, lo siento. Espero que usted pueda ayudarnos.

—Mala cosa si tienen que mandar a alguien de Madrid. Ya le dije al brigada…

—Manchón —apunta él ante el titubeo del agustino.

—Eso, el brigada Manchón estuvo un par de horas por aquí, y sus guardias revisaron los alrededores sin resultado alguno.

—Pues habrá que empezar de nuevo, si no es molestia.

—¿Molestia? ¡Por Dios! Cualquier cosa por el bien de Jacinto. Estoy a su disposición.

—Podría usted mostrarme el monasterio mientras charlamos —sugiere el policía—. Me gustaría conocer un poco el ambiente que rodeaba a nuestro novicio.

—Habla usted en pasado, como si… ¿Sospecha que pueda haber sufrido una desgracia irreparable?

—Hablo en pasado porque no está aquí y, por lo tanto, no forma parte del presente del monasterio. Si lo prefiere, cambio el tiempo verbal, pero no busque en mi frase segundas intenciones.

De labios del fraile, Lombardi se entera de los orígenes medievales de un edificio expoliado durante treinta años tras la desamortización, hasta que los agustinos lo ocuparon para devolverle la vida. Entre pregunta y pregunta sobre un joven que había encontrado su vocación durante los años de la guerra y se ganaba día a día los parabienes de sus preceptores, los zapatos del policía pisan primero la iglesia, presidida por la imagen de la Virgen titular; luego pasillos, refectorio, y los restos de un bello claustro románico para acceder al fin a una impresionante biblioteca, por donde hormiguean discretamente varios hábitos negros.

—En esta sala suele pasar largas horas Jacinto, como parte de su formación. Tenemos ejemplares únicos en el mundo —apunta el religioso con indisimulado orgullo—. Por ejemplo, un Corán manuscrito de primeros del siglo XII, o el único bestiario escrito en español, el que llaman de Juan de Austria, del XVI. Y muchos incunables. Por algo llaman a esta querida casa El Escorial de la Ribera. ¿Le gustaría verlos?

—Quizás en otro momento, padre. Todavía me queda trabajo por delante. Necesito ver la celda, la habitación de nuestro novicio. ¿La revisó el brigada Manchón durante su visita?

—Echó un vistazo, sí. Vamos a la segunda planta.

El prior conduce a Lombardi por una escalera de piedra, de vieja pero sólida fábrica, que desemboca en un largo pasillo con puertas a ambos lados.

—¿Cuánta gente vive en el monasterio?

—Doce hermanos y quince novicios.

—Puede que alguno tenga información interesante. Pero son demasiados, y los interrogatorios colectivos no sirven de mucho porque la gente se intimida en público. ¿Sería tan amable de anunciar mi presencia aquí, y decirles a todos que escucharé con gusto cualquier detalle sobre Jacinto, por insignificante que parezca? Podemos quedar en el vestíbulo de entrada.

—Cuente con ello, pero me extraña que alguien aporte algo nuevo —puntualiza el prior con desánimo—. Comprenda que es un tema recurrente entre nosotros en los últimos días, y nadie ha comentado nada que aclare las cosas.

—Me interesan especialmente los testigos de su encuentro dominical, la visita que al parecer le hizo una señorita. ¿Usted los vio juntos?

—No, personalmente no tuve oportunidad. Fue el hermano portero quien atendió a la joven y avisó a Jacinto. Puede que algún novicio más presenciara su paseo por los alrededores.

—¿Quién distribuye la correspondencia que reciben ustedes?

—El hermano portero, precisamente. El cartero viene un par de veces a la semana. —El prior se detiene ante una puerta—.

33

Mire: esta es la celda que busca. Nadie ha tocado nada desde el sábado, salvo el brigada Manchón.

El fraile abre con una llave. La estancia, no tan diminuta como Lombardi se imaginaba, tiene una ventana abierta al mediodía desde la que se contempla un paisaje de rastrojos cercanos y monte bajo en la distancia. A la izquierda, la espadaña de tres cuerpos de la iglesia queda casi al alcance de los dedos.

—Voy a cumplir su petición —anuncia el agustino—. Usted registre a su gusto; pero si necesita llevarse algo, hágamelo saber, porque somos responsables de las humildes propiedades de nuestros novicios.

—Descuide —asegura el policía con el primer vistazo superficial a la pieza.

La inspección resulta decepcionante. Como era de esperar en la celda de un aprendiz de fraile, todo es austero: desde el mobiliario, integrado exclusivamente por un estrecho camastro y su correspondiente mesilla, una sobria mesa, una silla de anea y un pequeño armario, hasta su contenido. Ningún adorno en las paredes, salvo el crucifijo de madera sobre la cabecera del lecho. De las perchas del armario hay colgadas unas pocas prendas de vestir: pantalones, camisas y un tabardo de lana; en sus dos cajones, varios juegos de ropa interior y tres jerséis; al fondo, dos pares de zapatos usados. Lombardi registra los bolsillos, remueve la ropa, saca los cajones para husmear en sus huecos, pero es inútil: ni un objeto que resulte llamativo, absolutamente nada aparte del propio ajuar.

Tampoco sobre el techo del armario, ni bajo el colchón del camastro, que el policía remueve a conciencia, existe otra cosa que no sea polvo y pelusas. El cajón de la mesilla, presidida por un solitario despertador, solo contiene calcetines y pañuelos.

En la pared opuesta hay un par de baldas paralelas que no llegan al metro de longitud. Parece que el frecuente contacto con la espléndida biblioteca del monasterio no ha hecho de Jacinto Ayuso un aficionado a la lectura, porque solo cuatro ejemplares merecen su atención personal: una Biblia, un libro sobre vidas de santos, otro sobre la historia de la orden a la que quiere pertenecer y un cuarto, *El Estado Nacional* de Onésimo Redondo, editado en Valladolid en 1939. Una mezcla un tanto explosiva, se le antoja a Lombardi: tres cuartas partes de variopinta religiosidad y una cuarta de fascismo antisemita a cargo del primer traductor al español de *Los protocolos de los Sabios de Sión*, el libelo justificador de buena parte de los desbarros ideológicos del Tercer Reich y sus seguidores ibéricos. Ni siquiera entre las páginas de tan exigua librería parece haber apuntes, subrayados o papeles escritos; nada que haga suponer que el propietario esté interesado en las obras, a menos que memorice el número de página en que dejó temporalmente su lectura.

Por fin, el escrutinio del cuarto de baño, con lavabo, plato de ducha y taza, reproduce la simpleza del resto: una pastilla de jabón, brocha, material de afeitado y una toalla, además de un pequeño espejo, que tampoco guarda sorpresas en su cara oculta.

Cuando regresa el prior, el policía ha tenido tiempo de asumir lo inútil del registro, y de comprender que tampoco Manchón le concediera el menor valor indagatorio.

—¿Ha visto algo que merezca la pena?

—Nada en absoluto. ¿Podríamos subir a la última planta? Me gustaría echar un vistazo al río desde allí.

El servicial agustino atiende la petición del policía. Tras cumplimentar el ascenso al tercer piso y recorrer un largo pasillo que bordea un patio interior, el religioso elige una de las habitaciones centrales de la fachada norte. Desde la ventana se observa un magnífico panorama del caserío, la carretera y el puente. Y un molino, algo más a la derecha, parcialmente oculto entre la arboleda al otro lado del Duero.

—¿Podría indicarme el punto exacto donde Jacinto tenía que tomar el coche de línea hacia Aranda?

—El coche suele parar a este lado del puente, a la izquierda. ¿Ve ese edificio?

—Difícil no verlo. Es el único que hay.

—Bueno, hay otros dos más pequeños a su espalda, invisibles

desde aquí y desde la carretera. Pero la parada se hace frente a esa primera puerta.

—O sea, que para llegar hasta allí desde el monasterio hay que atravesar ese bosquecillo de ahí delante. Es una zona oscura, invisible desde aquí, pero algún compañero pudo observar la caminata del novicio hasta los árboles.

—Por desgracia, no —se lamenta—. El edificio es muy grande y, mientras nos sea posible, solo ocupamos la fachada sur, que es la más templada. Los constructores ya conocían la crudeza de nuestros inviernos y orientaron la vida del monasterio, con la iglesia y la entrada, hacia el mediodía. Las habitaciones del ala norte están desocupadas, así que nadie pudo ver a Jacinto una vez dobló la esquina oeste del monasterio, poco antes de las nueve de la mañana.

—Lástima. En fin, vamos a ver qué nos cuenta el hermano portero. Espero que no se lo tome usted como menoscabo a su autoridad, pero me gustaría hablar con él en privado.

—Desde luego —acepta el fraile iniciando el regreso a la planta baja—. No voy a decirle yo a un policía cómo tiene que llevar su investigación. Lo importante es que tenga éxito.

—Le agradezco su ayuda, sinceramente. En este trabajo no todo son facilidades como las que usted me presta. Por cierto, ¿hay algún detalle que deba saber sobre las relaciones de Jacinto con sus compañeros o preceptores?

—Relaciones problemáticas, quiere decir. —El prior esboza un gesto que pretende ser beatífico—. Pues no, ya le he explicado antes que es un novicio ejemplar; bueno, como lo son todos, la verdad. En un sitio como este, con un roce diario y tan estrecho, cualquier cosa rara se percibe enseguida. Y nada hace suponer que haya tenido fricciones con nadie.

—¿Cree que estaba realmente satisfecho con su vida aquí? —insiste Lombardi—. ¿En ningún momento expresó o dejó entrever deseos de abandonar?

—¿Abandonar, dice? —Sonríe el agustino, y su tono denota sinceridad—. El chico debió de pasarlo mal en la guerra. Aquí encontró el sosiego que necesitaba, y después de casi tres años con nosotros, estoy seguro de que su fe se ha fortalecido. Quítese esa idea de la cabeza, si me permite esta pequeña intromisión en sus competencias.

El policía despide al prior en el vestíbulo de entrada con la decepción de no hallar voluntarios para su interrogatorio. Debe conformarse con el hermano portero, mucho más joven que su superior y, por fortuna, no menos dispuesto que este.

—Se supone que usted se encarga de abrir las puertas cada mañana.

—Y de cerrarlas por la noche, sí señor.

—En ese caso, usted es el último que vio el sábado a Jacinto.

—Cuando salió, sí señor.

—¿Había salido alguien más antes que él?

—Ni antes ni después —responde el portero sin pensárselo.

—¿Suele recibir correspondencia nuestro novicio?

—Ya que lo menciona, no recuerdo ni una sola carta para él. Tampoco es extraño, porque tiene la familia a pocos kilómetros y la visita de vez en cuando. No es el caso de otros, con la familia lejos.

—¿Suelen ser frecuentes las visitas de extraños al monasterio?

—La Virgen de La Vid tiene muchos devotos. En invierno no tanto, pero con el buen tiempo llega gente de todas partes para asistir a la misa de doce del domingo. Y no solo de los pueblos de alrededor. A veces vienen coches de línea desde Soria y Valladolid. Hasta de Burgos vienen.

—O sea, que los domingos se pone esto de bote en bote —remata Lombardi—. Una especie de romería.

—Pues sí. Algunos hasta se traen el almuerzo y comen a la sombra de la chopera para hacer tiempo hasta las tres de la tarde, que es cuando vuelven a casa los coches de línea.

—Eso, los que vengan de forma colectiva, porque los que viajen por su cuenta son libres para llegar y marcharse cuando quieran, una vez terminada la misa.

—Claro —asume el fraile un tanto desconcertado.

37

—Supongo que en esas fechas vienen familiares y amistades de los internos.

—A veces, pero no es habitual.

—Hace dos domingos, por ejemplo, Jacinto recibió una visita.

—Sí señor, después de la misa. Una señorita.

—¿Dijo su nombre?

—Se me presentó como amiga de Jacinto, pero no recuerdo que mencionara ese detalle.

—Usted la tuvo delante cuando preguntó por él. ¿Podría describirla?

El fraile se muestra confuso, un tanto turbado ante la obligación de definir detalles de un cuerpo femenino. La imagen del policía, cuartilla en mano a la espera de su testimonio, no le ayuda precisamente a concentrarse.

—Era joven —farfulla—. Vestía de oscuro y portaba un misal.

—Más detalles, por favor. ¿Rubia o morena? ¿Alta o bajita? ¿Flaca o rellena? ¿Atractiva o del montón? ¿Color de ojos?

—Morena, creo —duda el portero—. O de pelo castaño. Llevaba puesto el velo y no pude fijarme bien, pero con los ojos grandes, de color claro me parece. Tendría menos de treinta años y de estatura normal, como así —señala con la mano hasta sus cejas—, y ni flaca ni gorda.

—¿Atractiva?

—En fin, comprenderá usted que no me fije en esos detalles.

—Vamos, hermano, que además de fraile es usted un hombre joven. No le estoy pidiendo un imposible.

—Podríamos decir que era guapa —asume por fin a regañadientes.

—¡Bien! —lo felicita el policía—. Así que una chica guapa visita inesperadamente a un novicio. Y digo inesperadamente porque Jacinto no dio muestras de esperarla. ¿O sí?

—Creo que se sorprendió al verla.

—¿Diría usted que quedó gratamente sorprendido por su presencia?

—Más bien confuso —matiza el fraile—; aunque le duró unos segundos.

—¿Cuánto tiempo estuvieron juntos?

—Unos diez minutos.

—¿Charlaron aquí mismo, en el vestíbulo de entrada?

—No, se fueron a pasear por la huerta.

—Y supongo que usted los vio desde la puerta; aunque fuera sin querer —ironiza el policía.

—Todo el tiempo. Suelo sentarme ahí a leer cuando no hay otras obligaciones. De hecho, allí es donde ella me encontró.

—Vamos a su lugar de lectura, si le parece.

La pareja cubre los pasos que los separan del exterior. Una silla junto a la entrada confirma el testimonio del portero. Ante ellos, más allá de un tramo empedrado, se extiende una superficie de unos quince metros por treinta de cultivo hortícola con varios frutales que delimita un sendero arenoso.

—¿Ese fue el escenario del encuentro? —se interesa Lombardi.

—Sí señor.

—¿Diría usted que fue una conversación cordial, o tensa?

—Ni una cosa ni la otra —apunta el fraile arrugando el ceño—. Paseaban tranquilamente.

—Supongo que, a esta distancia, no tuvo ocasión de escuchar nada.

—No señor; ni aunque hubiese podido: era una conversación privada.

—Por supuesto, no pretendía ofenderlo —se disculpa el policía—. Pensé que el contenido de esa charla nos podría ofrecer alguna pista sobre lo sucedido a su compañero.

—Bueno, la verdad es que no escuché nada, pero ella le mostró unos papeles. No sé si eso puede ayudarlo.

—¿Qué tipo de papeles?

—Parecían un par de cuartillas. Jacinto les echó un vistazo por encima y ella volvió a guardarlas en su bolso. Luego, siguieron paseando.

—¿Había más gente por aquí?

—Claro. Ya le digo que los domingos en verano es habitual.

—Pero ellos no hablaron con nadie más.

—Yo diría que no.

—¿Cómo fue su despedida? ¿Fría, afectuosa?

—Normal —sentencia el portero tras unos segundos de reflexión—. Se estrecharon la mano.

—Ya. Y acto seguido, cada mochuelo a su olivo, ¿no? Puestos a especular, ¿cree usted que nuestra señorita llegó en uno de esos coches de línea o vino en algún transporte privado?

—No tengo la menor idea. Todos aparcan frente a la fachada norte y no se ven desde aquí.

La fachada norte es precisamente el siguiente centro de interés para Lombardi. Allí encuentra al taxista, fumando tranquilamente bajo una sombra. El hombre se incorpora al verlo llegar, pero el policía lo calma con un movimiento del brazo mientras cruza la carretera para recorrer el cogollo de árboles donde presumiblemente se esfumó la figura de Jacinto Ayuso. A pocos metros, frente a un pequeño corral de gallinas, se alza un frontón de cemento, y más allá las espesuras de la orilla cierran el paso.

El policía cruza el puente y continúa por la carretera durante un centenar de metros hasta alcanzar el molino de la margen derecha. Un carro de bueyes y tres asnos aguardan en los alrededores. Poco a poco, el ruido ensordecedor del agua revela que el ingenio trabaja a pleno rendimiento, y antes de llegar hasta la puerta Lombardi se cruza con un par de hombres cargados con sacos que desprenden densos vapores blancos. Desde el umbral reclama a gritos la atención del molinero para ahorrarse los efectos del polvo de harina en el traje y los zapatos.

Entenderse con alguien en esas condiciones resulta prácticamente imposible, y solo la credencial del policía consigue que el molinero se separe de su hábitat la distancia suficiente como para mantener una conversación hasta cierto punto congruente. Hasta cierto punto nada más, porque el tipo, nervioso por el repentino abandono del trabajo, se reafirma en lo ya declarado días antes a la Guardia Civil: que no vio nada raro ese sábado por la mañana, que mucho menos podía haberlo oído, y que el tránsito de gentes y caballerías es frecuente en torno al molino durante las semanas posteriores a la cosecha.

Lombardi regresa al taxi con sabor agridulce, porque ahora sabe un poco más sobre Jacinto Ayuso que un par de horas antes, pero aún es insuficiente para hacerse una idea exacta de la personalidad del novicio y los posibles motivos de su desaparición. Un inesperado relámpago rasga el cielo en el oeste, donde el sol juega al escondite con negros nubarrones. El sonido del trueno aún tarda varios segundos en hacerse notar.

De vuelta en la fonda, Lombardi se ha refrescado y cambiado de ropa. Quiere causar buena impresión, y la que ha llevado durante el día atesora el polvoriento ajetreo de la jornada. El coche prometido por Figar está en la puerta; tanto el vehículo como el conductor son distintos a los que lo trajeron por la mañana, así que es de suponer que la flota y la nómina de empleados del terrateniente son acordes con su patrimonio.

El vehículo sigue un trecho de la carretera de Francia hasta tomar por un solitario camino de tierra hacia el este, paralelo al Arandilla, el afluente que recibe el Duero poco antes del puente. De improviso, un estrepitoso tamborileo se ceba en la chapa y los cristales, y una cortina de agua se cierne alrededor. La tormenta ha descargado prácticamente sin avisar y el conductor reduce la marcha con un juramento entre dientes. El limpiaparabrisas apenas consigue garantizar la visibilidad y la pista se ha convertido en un inesperado barrizal, pero el chófer conoce bien el camino y se lo toma con calma.

En pocos minutos se esfuma el aguacero para ofrecer a la vista un caserón en campo abierto, flanqueado en su fachada sur por viñedos que se extienden hasta la ribera del Arandilla, y en la opuesta por extensos campos de cereales ya recolectados. El aire huele a ozono y la temperatura ha descendido de forma insospechada, hasta el punto de que el policía reprime un repentino escalofrío al abandonar la protección del coche frente al portón, donde lo espera el propietario.

De pie, Cornelio Figar parece un poco más bajo y más grueso que en su entrevista matinal. Sin la boina, su cabeza entrecana se antoja anormalmente pequeña, y aunque se ha puesto una chaqueta negra, la camisa azul sigue pegada a su tórax como si formara parte de su morfología.

—¿No le gustó la pensión? —pregunta a modo de saludo.

—Ni siquiera entré a verla. No es cuestión de calidad, sino de paisajes. Si me asomo a la ventana, prefiero ver el río que tener enfrente el cuartel de la Guardia Civil.

—Por eso precisamente se la elegí. Si tiene que trabajar con los civiles, cuanto más cerca, mejor, ¿no?

—La Fonda Arandina está relativamente cerca de ellos —se excusa él—. Espero que no le haya molestado.

—Allá usted con sus gustos. Más barato me sale.

El terrateniente conduce a Lombardi hasta el comedor, un amplio salón en la planta baja decorado con escaso gusto, donde las gruesas vigas de sabina se mezclan con barrocas filigranas de escayola. En una de las paredes destaca una foto de don Cornelio estrechando la mano de Franco, rodeados ambos de uniformes, la mayoría de mandos militares italianos. Allí aguarda un grupo de mujeres que le presenta el anfitrión: la propia esposa de Figar, y la madre y las hermanas de Jacinto Ayuso, dos veinteañeras de aire tímido.

—Román está en Burgos y no volverá hasta mañana —justifica la ausencia del padre del novicio—. Cosas urgentes del sindicato.

Servidos por una criada y entre comentarios intrascendentes, como si nadie quisiera abordar el motivo de la invitación, la profecía del brigada de la Guardia Civil se hace poco a poco realidad: ensalada de bacalao, codornices escabechadas y chuletas de lechal desfilan ante Lombardi para asombro de sus ojos y regocijo de su estómago. La copa del policía se llena un par de veces con un tinto excelente que el anfitrión se atribuye como obra personal. Y para resaltar el valor del vino, tanto la frasca en que se sirve como las copas están grabadas, entre una pomposa filigrana, con la letra inicial del apellido Figar.

—Me las hicieron en la Real Fábrica de Cristales de La Granja —comenta el propietario como si las hubiera encargado en la tienda de la esquina.

La buena mesa queda eclipsada, sin embargo, por el velo de tristeza que envuelve a las cuatro mujeres presentes, que despachan calladas los manjares sin apenas catarlos. Don Cornelio es la única voz cantante en el comedor, más interesado en proclamar su poderío que en el asunto que los ha reunido. De repente, Lombardi se da cuenta de que es el único devorador, que probablemente se está convirtiendo en un espectáculo ante gentes que no tienen la menor idea de lo que significa pasar hambre.

—¿Sus hijas no viven aquí? —pregunta a la anfitriona para cederle el protagonismo.

—En León y en Cádiz —responde don Cornelio antes de que su esposa consiga abrir la boca—. Felizmente casadas con militares.

—Y usted, ¿no está casado? —interviene por fin la mujer.

Mencionar su divorcio sonará probablemente inmoral entre aquellas gentes y exigiría dar demasiadas explicaciones sobre sí mismo, de modo que el aludido se limita a constatar su soltería.

—Esta no es una profesión que se lleve bien con la vida familiar —justifica—. Siempre de aquí para allá, a salto de mata. Ya me ve ahora, lejos de casa. Y ustedes —dirige la mirada a la familia Ayuso—, ¿solían visitar a Jacinto en el monasterio?

Tal vez sorprendidas de que por fin alguien entre en materia, niegan las tres en silencio, con la cabeza. Parecen avergonzadas de no haberle prestado mayor atención al desaparecido cuando aún podían hacerlo.

—Las chicas son jóvenes y tienen sus quehaceres —alega el terrateniente—. Lo menos que piensan es en molestar al hermano, que necesita tranquilidad. Y la madre bastante tiene con atender a Román. Fue Jacinto quien decidió dejar a la familia, no al revés. Además, él salía de vez en cuando para pasarse por Aranda. ¿No es verdad?

Ni una palabra sale de la boca de las interpeladas, que asienten con mudos cabeceos. Lombardi sospecha que la presencia de don Cornelio las inhibe, aunque tal vez sea cierto que no tienen la menor intuición de lo que pueda haberle sucedido al novicio.

El ponche segoviano que le ofrecen es una tentación demasiado fuerte para un goloso recalcitrante, así que el policía lanza su siguiente pregunta tras el primer envite al postre.

—¿Tuvo alguna novia Jacinto?

Las mujeres intercambian miradas de extrañeza, hasta que la madre decide hacer de portavoz.

—Nunca le conocimos una novia en Aranda. Tenga en cuenta que se fue al frente con diecinueve años y después ingresó en el monasterio.

—¿Tampoco durante ese tiempo que faltó de la villa? —Lombardi incluye al hombre con la mirada—. Puede que en su servicio en Somosierra conociera a alguna chica.

—Pues no sé decirle, la verdad. Si la tuvo o no la tuvo, yo no me enteré —responde don Cornelio.

—En casa tampoco dijo nada de eso —remacha, llorosa, la madre—. Pero ¿por qué insiste tanto en ello? ¿Cree que ha podido escaparse con una mujer?

—Por desgracia, de momento no tengo datos suficientes como para creer en nada, señora; pero, bien mirado, no sería mala cosa después de cuatro días sin noticias.

—Sería un escándalo —se lamenta ella.

Mejor un escándalo que algo peor, se dice él; pero evita una respuesta que sonaría demasiado cruda en los oídos de una madre.

—¿Saben si tenía enemigos?

—Nunca los tuvo —sentencia don Cornelio—. Es un buen chico, tranquilo. Ya ve dónde ha pasado los últimos años.

—Como no sea lo del Frontón —apunta, tímida, la madre.

—No digas tontadas, mujer —replica Figar sin disimular su innata garrulería—. Aquello es agua pasada.

—¿Qué es lo del frontón? —se interesa el policía.

—Poco antes del Alzamiento hubo una zarracina en el Frontón Arandino, unos locales de recreo de la calle San Francisco. Los chicos de Falange se enfrentaron con unos rojos hijos de puta, y Jacinto participó en la pelea como buen español. Pero ya ajustamos las cuentas con aquella piojería y llevan seis años criando malvas, así que no puede tener relación con ese incidente.

—¿Quiere decir que no queda nadie de la otra parte que hoy pudiera buscar algún tipo de revancha?

—Ni uno, créame. En la Ribera se hicieron las cosas como Dios manda mientras nuestras tropas mataban rojos en el frente. En un par de meses, la retaguardia quedó completamente limpia de basura.

El ponche se estremece en el estómago de Lombardi ante la impúdica descripción con que Figar refiere lo que parecen ser asesinatos selectivos en las primeras semanas de la sublevación militar. Nada distinto a lo ya comentado en Madrid durante aquellas fechas. En Badajoz, Navarra o Andalucía el avance triunfal de los fascistas quedaba tachonado de anónimas fosas comunes.

—Bueno, y ahora los hombres vamos a hablar un rato —dice don Cornelio incorporándose—. Si me acompaña, señor Lombardi, tengo un coñac de los que hacen en Francia.

Sorprendido por el repentino descarte del grupo femenino, el policía se despide educadamente para seguir los pasos del anfitrión. Llegan a una espaciosa sala de estar, con decoración plana y sin pretensiones, aunque algunos detalles llaman la atención en las paredes. Hay media docena de ellos, marcos de plata labrada, acristalados, con fondo de terciopelo carmesí que contienen objetos llamativos: un broche, un par de hebillas con incrustaciones de colorida pasta de vidrio, un collar, varias monedas de oro. Todo, de inequívoco origen visigodo, bellas piezas que chirrían en un contexto carente de cualquier ambición estética.

—¿Y esto?

—¿Le gustan, eh? Son de Castiltierra, cerca de donde nos encontramos esta mañana, en la provincia de Segovia. Por lo visto, allí hay un cementerio de los godos con un montón de huesos y cosas como estas.

—Una necrópolis.

—Como se llame.

—¿Y cómo han llegado aquí? Se supone que deberían estar en un museo.

—¿Conoce usted a don Julio Martínez Santa Olalla, el comisario general de Excavaciones Arqueológicas?

—No tengo el gusto.

—Pues es paisano, de Burgos —apunta don Cornelio con orgullo—, y las excavaciones, que empezaron el verano pasado, son orden directa del camarada Arrese, ministro secretario de Falange. El caso es que le presté a Santa Olalla unos camiones y él tuvo a bien corresponderme con estos regalos. Los únicos que quedan en España, porque todo lo demás se lo ha llevado a Alemania.

—¿Por qué?

—Dicen que los alemanes están muy interesados en los godos, que también son antepasados suyos. Y Santa Olalla es uña y carne con Himmler, ya sabe, el jefe de las SS. Hace un par de años, cuando vino a España, él lo acompañó a varias visitas a museos y cosas así, porque habla muy bien el alemán. Y como muestra de camaradería entre aliados, les ha entregado todo menos los huesos.

Por un momento, Lombardi se imagina a la señorita Baum planeando como un buitre por tierras castellanas. La supuesta experta en arte, agente al servicio de Hans Lazar, el responsable de prensa de la embajada alemana que arrampla con cuanto puede del patrimonio español, conocerá sin duda al tal Santa Olalla. Ambos trabajan para la misma causa, aunque este último no necesita de subterfugios para expoliar el tesoro artístico hispano. Lamentable pérdida, como lamentable es que las únicas muestras que al parecer quedan en España de esa temporada de excavaciones se exhiban en casa de un patán.

—Sabe mucho de cosas antiguas el señor Santa Olalla —completa don Cornelio, que extrae de un aparador un par de copas y una botella—. Y es camisa vieja, con las pelotas en su sitio. Hace un par de años organizó una buena en la puerta del museo enológico.

—Tratándose de un arqueólogo, supongo que se refiere al museo Etnológico —matiza el invitado.

—Ese mismo. Quemó todos los libros que hablaban sobre ese tiparraco que dice que venimos del mono.

—¿Darwin? —pregunta horrorizado el policía.

—Ese será. No dejó ni uno. Hizo una buena lumbre para asar chuletas. ¡No te jode! Del mono vendrá su puta madre. El señor Santa Olalla dice que los españoles, como los alemanes, venimos de los arios, de los celtas.

—Ya, y a los iberos que les den morcilla —protesta Lombardi al tiempo que se acomoda en el sillón que se le ofrece.

—Yo de esas cosas no entiendo, que bastante tengo con saber de lo mío.

La botella que exhibe Figar no es coñac, sino armañac, cosecha de 1926. Las copas, naturalmente, de la Real Fábrica de La Granja. Lombardi cierra los ojos para oler y degustar el licor. Lleva una paliza de día encima, pero ha merecido la pena a cambio de esos segundos en que el ardiente líquido se enseñorea de la lengua y desciende lento por la garganta. A pesar de que don Cornelio lo interrumpa con su pregunta.

—¿De verdad cree que mi ahijado se puede haber ido con una mujer?

El policía enciende un cigarrillo mientras madura la respuesta.

—Es una posibilidad —admite con la primera calada, aunque la presencia de documentos en la entrevista entre ambos jóvenes enfría un poco la hipótesis pasional—, pero no había ninguna específica en Aranda, según ustedes, y su estancia en el frente, en ese aspecto, parece ser una incógnita para todos. De modo que solo son suposiciones.

—Mire, hicimos una Cruzada de Liberación con celo patriótico para que nunca más hubiera rojos ni judíos emboscados. Ni ratas, ni piojos. La Antiespaña, ya sabe. Todos luchamos para eso, y debemos seguir la lucha cada día para que los envenenadores de la juventud no vuelvan a las escuelas, a los periódicos, a las fábricas, a los tajos. Contra los judíos, los marxistas y los falsos católicos solo vale una solución: la muerte.

Sorprendido por la inesperada soflama, Lombardi rememora a Luciano Figar, el difunto hijo de su contertulio. Si la educación que recibió de su padre es esa sarta de eslóganes cargados de odio, no resulta nada extraño su vesánico extremismo.

—¿Y qué tiene que ver todo eso con Jacinto? —replica el policía, esforzándose por atemperar la rabia.

—Para mí que Román quedó un poco decepcionado con la decisión de su hijo. Es como si hubiera desertado de nuestros valores.

El libro de Onésimo Redondo en la celda del monasterio desmiente el temor de que el vástago de los Ayuso hubiera abandonado semejantes ideas. Pero eso forma parte de la investigación, y Lombardi no está dispuesto a compartir detalles con un mostrenco.

—De modo que don Román no está de acuerdo con que se haga fraile.

—Nunca lo ha dicho, pero lo conozco como si lo hubiese parido.

—Supongo que desde la Iglesia se pueden defender también esos valores —apunta el policía, tras un nuevo trago—. De hecho, se defienden —remata con contenida acritud.

—No es solo eso —refunfuña el terrateniente—. Te deslomas toda la vida por dejar una buena herencia y te la desprecian.

—Si se trata de herencias, el señor Ayuso tiene dos hijas.

—Como las tengo yo, no te jode. ¿Y de qué me sirve si se pierde el apellido?

De modo que es todo cuestión de misoginia, de devaluación genética, sanguínea. De apellidos. El de Figar ya figura en una losa

48

del camposanto. El de Ayuso parece destinado a pudrirse bajo un hábito, entre misales y gruesos muros de piedra.

—Así que, por el bien de Román —agrega don Cornelio—, tengo la esperanza de que Jacinto se haya escapado con una buena moza y se porte como un hombre.

—¿Y qué motivos tendría en ese caso para esconderse?

—Su madre. Ya la ha oído: sería un escándalo. Es una buena mujer, aunque bastante meapilas, de misa, rosario y ángelus diarios. Se le haría muy cuesta arriba ir a la iglesia con esa vergüenza encima. El chico siempre ha estado muy unido a ella.

—Es preferible ponerse mil veces colorada que vestirse de luto. —Lombardi apaga el cigarro y decide afrontar la parte más incómoda de la entrevista—. Mire, señor Figar, debemos valorar la posibilidad de que Jacinto haya sido secuestrado. Y en ese caso, la pregunta es con qué objeto. Supongo que no han ocultado ustedes ningún detalle importante.

Don Cornelio tuerce el gesto.

—¿Qué detalle?

—Quiero decir si han recibido ustedes algún tipo de comunicación al respecto. Aunque es una pregunta que debería responder don Román.

—Él le dirá lo mismo que yo. No hay secretos entre nosotros.

—Eso parece. He oído que le salvó a usted la vida hace unos años.

—Tontadas —rechaza el anfitrión—. Le gente busca explicaciones donde no se necesitan. Román y yo somos viejos amigos.

—Pero no viejos socios. Su relación comercial es más reciente.

—Hay que ser generoso con los leales para que sigan siéndolo.

—Buena política —concede Lombardi—. Y en ese hecho, precisamente, en sus actividades como socios, podría haber una explicación a lo de Jacinto. Pero me asegura que nadie ha movido ficha.

—No, no ha habido ninguna comunicación, como usted dice. Si fuera para pedir dinero o cualquier otra cosa ya han tenido tiempo en cuatro días, ¿no?

—Por supuesto, aunque pueden estar prolongando la retención

para acentuar la inquietud de la familia. A riesgo, claro, de ser descubiertos.

—¿Por la Guardia Civil? —se burla Figar—. No me haga reír. Manchón es un inútil que solo sirve para perseguir ladrones de gallinas. A ver si me hacen caso en Burgos y nos mandan de una vez un capitán con los cojones en su sitio. Espero que usted sea un poco más listo.

—Hay una tercera posibilidad.

—¿Qué tercera dice?

—La primera, que haya huido voluntariamente, solo o acompañado —especifica el policía—; la segunda, el secuestro. La tercera, el asesinato.

—¿Por qué lo iban a matar?

—La madre de Jacinto mencionó un incidente que, según usted, no puede tener relación alguna con el caso. Me pregunto si habrá habido otros.

—¿Otros incidentes, dice? ¿Y cómo voy a saberlo? Pero no creo. Román me lo habría comentado.

—Tal vez cuando estuvo en el frente. Aunque ese es un periodo bastante oscuro, por lo que parece. ¿Coincidió allí con algún vecino de Aranda que nos pueda contar algo?

—Creo que no —duda el terrateniente—. La mayoría de los falangistas de la comarca fueron al frente norte.

—Otra posibilidad es que hayan tomado a Jacinto como chivo expiatorio de algún asunto que concierna a su padre o, ya que están tan unidos, a usted mismo.

—¿Una venganza, quiere decir?

—Imagino que a lo largo de los años uno se crea enemigos, aunque no quiera. Sobre todo cuando se tiene éxito. Usted mismo lo dejó caer esta mañana. Envidia lo llamó. Añadamos competencia en los negocios o en la política, relaciones con gente poco fiable. En fin, esos secretos personales de los que protegemos a la familia: usted me entiende.

—Claro que lo entiendo. Si no llevas los negocios con mano de hierro, se te comen por los pies. Pero ahora mismo no se me ocurren nombres ni motivos que justifiquen una barbaridad como esa.

—Bien, señor Figar. —Lombardi apura su copa—. En ese caso, creo que poco más podemos avanzar esta noche. Le ruego que nos comuniquen cualquier novedad, si la hubiera. O si recuerda algún detalle que pueda ayudar a la investigación.

La tormenta descarga con fuerza cuando el policía regresa al coche que lo devuelve a su alojamiento. Mientras transitan por la solitaria villa, un apagón general del alumbrado lo sume todo en una completa oscuridad, quebrantada solo por los haces de los faros del vehículo y los inesperados relámpagos. El policía se ve obligado a correr para no calarse en los pocos metros que separan el coche detenido de la puerta de la fonda.

Sabe que le va a costar conciliar el sueño. Los repentinos truenos que hacen vibrar los objetos de la habitación, la copiosa cena y la intrincada madeja en que andan enredadas sus neuronas no van a ayudarlo precisamente en ese menester. En pijama, sin luz, con el repiqueteo de la lluvia en los cristales del balcón, enciende el último cigarro de la jornada mientras contempla el exterior. Abajo, el río es apenas una mancha oscura, y en la penumbra destaca la ruinosa silueta del Sancti Spiritus, cuyo gigantesco ábside truncado se ilumina como una boca fantasmal con cada chispazo eléctrico. Una buena noche para estrenar cama, concluye Lombardi; al menos, se librará de los mosquitos.

Aún no son las siete de la mañana cuando un irritante aporreo en la puerta le obliga a abrir los ojos. Deslumbrado, intentando tomar conciencia del lugar donde se halla, Lombardi consigue elaborar una protesta ronca que es contestada desde el pasillo por la voz chillona de doña Mercedes.

—Un guardia pregunta por usted. Dice que es muy urgente.

Tras unos segundos de reflexión, los necesarios para situarse mentalmente, el policía acepta la realidad.

—Enseguida voy.

Se despeja con el agua del lavabo y se viste a toda prisa. La lluvia ha desaparecido y desde el balcón se contempla un cielo limpio, cristalino, que hace brillar lo que la noche previa era invisible. Cuando se dispone a descorrer el cerrojo de la puerta, reflexiona: si hay urgencia, mejor ir armado; da media vuelta y recoge de su maleta la pistola y las esposas. Baja las escaleras hasta encontrarse en el vestíbulo de entrada con el motivo del madrugón. Un guardia, fusil al hombro, se cuadra en cuanto lo ve aparecer.

—¡Arriba España! —saluda brazo en alto—. ¡A sus órdenes! El brigada Manchón dice que lo necesita a usted. Sígame, por favor.

El guardia lo conduce bajo el túnel de entrada a la villa para desembocar en la plaza del ayuntamiento, donde se aprecia una actividad inusitada: personas y bestias de todo pelaje ocupan buena parte del espacio entre improvisados tenderetes, y el bullicio de su actividad resuena como un rumor informe en los soportales. La pareja evita, sin embargo, aquella barahúnda para tomar una calle ascendente que desemboca en la iglesia de Santa María, y desde allí, sin detener su acelerado paso, recorren otro centenar de metros hasta tener a la vista la de San Juan, un edificio gótico que más parece fortaleza que templo.

Antes de llegar a su destino, Lombardi distingue la figura enjuta de Manchón entre varios hombres de paisano y otro con sotana, de pie ante el pórtico del templo. Cuatro guardias, varios metros a sus espaldas, forman un perímetro de seguridad que se encarga de impedir el tránsito. El brigada sale a su encuentro mientras el guardia acompañante se suma a los otros uniformados.

—¡Todos para dentro! —grita el suboficial a los curiosos asomados a las ventanas de los edificios frente a la iglesia—. Al que saque la gaita, me lo llevo al cuartelillo y lo breo a leches.

—¿Qué pasa aquí, Manchón?

—Algo feo —responde, visiblemente nervioso—. Venga usted, que le presento a estas personas.

Los paisanos resultan ser el juez Eugenio Lastra y el doctor

Sócrates Peiró. El primero es un joven moreno de traje oscuro y estatura media que no debe de haber cumplido los treinta; o tal vez sí, aunque su cara aniñada dice lo contrario. El segundo, un sesentón un tanto extravagante. Además del cura, hay otro joven dotado de una cámara de fotos, y un hombre maduro de aspecto sencillo, aunque ninguno de estos tres merece la atención del brigada, porque no los incluye en sus presentaciones.

La coincidencia de un juez y un médico junto a la Guardia Civil hace suponer la existencia de un cadáver, pero no hay ninguno a la vista, a menos que se encuentre dentro del templo, que parece cerrado a cal y canto.

—Venga a ver esto —dice Manchón con un rictus de gravedad.

Lombardi sigue los pasos del grupo hacia la puerta hasta descubrir, por fin, el motivo de tanta alarma. En uno de los bancos laterales del exterior, bajo la bella portada gótica presidida por la figura del Bautista, hay un objeto extraño. Solo cuando llega hasta allí comprueba con estupor que se trata de una mano. Una mano derecha masculina, al parecer, a pesar del deterioro orgánico que presenta, en forma de puño y con un anillo en su dedo corazón. El enjambre de moscas que la rodea acentúa la macabra escena.

—La encontró el sacristán cuando venía a abrir la iglesia —informa el suboficial.

—No está mojada, y anoche cayó una buena —apunta el policía—, así que no debe de llevar mucho tiempo ahí. Puede que un par de horas.

—A la una ya no llovía —niega Manchón con autoridad, un tanto complacido de rebatir la tesis del investigador capitalino—. Aquí, las tormentas de verano son muy violentas, pero duran poco. Así que esas dos horas que dice bien pueden ser cinco, y quien lo haya hecho podría estar ahora en San Sebastián. ¿Cree que esa mano abandonada ahí puede significar algo?

—Pues así, en frío —duda Lombardi ante el examen público al que parece estar sometido—, lo único que se me ocurre es que seguramente lleva varios días cortada.

—Lo digo por la forma. El puño podría ser una alusión de tipo político.

El doctor interrumpe educadamente las elucubraciones del brigada y saca de apuros al policía.

—Hay que examinarlo con más detalle —argumenta—. Señoría, si autoriza usted el levantamiento.

—A su disposición queda, don Sócrates, ya nos contará. De momento, discreción absoluta, señores; evitemos alarmar a la población. Y los incluyo a ustedes —dice el juez a los tres testigos mudos—. Supongo que no hará falta recordarles lo que significa secreto del sumario y las consecuencias de violarlo.

Todos asienten con un cabeceo y contemplan la marcha del magistrado calle abajo en dirección al centro de la villa. El médico rompe la pausa.

—Necesito algo para transportar esto hasta el hospital.

Manchón da las órdenes oportunas y uno de los guardias, inicialmente confuso, sigue los pasos del juez, acompañado por el fotógrafo.

—¿Le importa que esté presente en el hospital, doctor Peiró? —pregunta Lombardi.

—En absoluto. Supongo que les ayudará en su investigación. Y usted, Manchón, ¿también se suma?

—Con que asista uno de nosotros es suficiente —rechaza el aludido buscando con la mirada la aprobación del policía—. Mientras tanto, veremos si alguien se ha enterado de algo.

—Busquen huellas por los alrededores —sugiere Lombardi—. Este tramo está empedrado, pero puede que el barro de las calles nos ofrezca alguna pista.

El guardia comisionado aparece al poco con una caja de zapatos, y obedece, no sin repugnancia, la orden de introducir en ella la mano cortada. Tras espantar las moscas, se ayuda con el cañón del fusil para evitar cualquier contacto, y después de un par de intentos consigue depositar el apéndice en el recipiente de cartón. Sobre la piedra queda un cerco viscoso para consuelo de los insectos. El sacerdote se santigua y solicita permiso para limpiar el banco, que el médico le otorga con palabras de aliento.

De camino al hospital, el policía no puede evitar un examen más detallado de su peculiar acompañante. Sócrates Peiró lleva barba y bigote entrecanos, muy cuidados, gafas de montura redonda, sombrero panamá, traje de alpaca a cuadros de color tostado y pajarita azul. Empuña un bastón en su mano diestra y se le adivina una levísima cojera. La caja de zapatos con su peculiar contenido bajo el brazo izquierdo acentúa, si cabe, su aspecto un tanto excéntrico.

—¿Lleva mucho de forense, doctor?

—De médico para todo, digamos, aunque creo que estaba predestinado para el puesto. Me estrené aquí con la epidemia de gripe del dieciocho. Cien fallecidos en una población de seis mil personas. Una barbaridad. Después de semejante experiencia con la muerte, ¿qué mejor especialidad?

El médico parece tener sentido del humor. Negro, de momento, pero es un buen síntoma.

—¿Y su pierna? ¿Artrosis?

—Una bala en el Barranco del Lobo.

La referencia resucita recuerdos infantiles en Lombardi. Aquel nombre se pronunciaba con reverencia, con miedo, durante su niñez. Una emboscada de los rifeños, una derrota del ejército español, un surco de dolor y de vergüenza que duró mucho tiempo. Todavía dura.

—¿Usted estuvo allí? Eso fue hace mucho.

—Casi en la Prehistoria, en el año nueve —suspira Peiró con una sonrisa—. La verdad es que apenas me molesta ya, pero después de tanto tiempo mis dedos se han acostumbrado al tacto de la madera y no sé salir a la calle sin el bastón. ¿Y usted? Parece que también ha tenido sus batallas. Esa cicatriz sobre la ceja aún es reciente.

—Pues sí, fue hace unos meses —acepta él sorprendido por la perspicacia de su acompañante—. Herido en acto de servicio, podríamos decir.

—Desde luego no parece un policía de nueva hornada.

—Ya lo era con el rey y con la República.

—Lo suponía. La verdad es que su predisposición a asistir a una autopsia denota experiencia.

—Investigar una mano tampoco es una autopsia propiamente dicha.

—Cierto —sentencia don Sócrates—, pero también hay que tener estómago. Ya ha visto cómo ha escurrido el bulto Manchón. Le ha hecho usted un favor al ofrecerse voluntario.

—Tampoco lo conozco mucho, pero no lo imagino pusilánime.

—Y no lo es, aunque prefiere tratarse con los vivos. Los galones y uniformes no imponen respeto entre los muertos.

Lombardi recibe la ironía con una abierta carcajada mientras cruzan el puente. Tras la tormenta, y a pesar de la temprana hora, agosto parece haber resucitado y el sol empieza a molestar, de modo que la entrada al hospital resulta gratificante. El doctor es un personaje conocido allí, y se limita a informar de sus planes y justificar la presencia de quien lo acompaña.

En la planta baja hay una habitación fría y húmeda, sin ventana y con varias vitrinas de instrumental. Una mesa de mármol bajo un foco de luz ocupa el centro del espacio, y allí deposita la caja Peiró antes de poner a buen recaudo el sombrero, y de paso mostrar su cabello canoso cortado casi al cero. Después enchufa un flexo suplementario, abre uno de los armarios y descuelga un pesado delantal de lona que, sin embargo, devuelve a su sitio al considerarlo innecesario para el caso que le ocupa. Dotado de guantes de goma, una lupa y un par de piezas de material quirúrgico, extrae el apéndice, lo dispone cuidadosamente sobre la superficie marmórea y tira al suelo una caja que ya rezuma.

El policía se coloca al lado contrario de la mesa para no interrumpir la observación. En la sala cerrada, el olor empieza a ser insoportable.

—Pertenece a un varón de unos veinticinco o treinta años —dice el médico tras un primer examen—. Por la hinchazón y las lesiones, cortada hace cuatro o cinco días. La mano no ha sangrado, así que se la amputaron a alguien previamente muerto. Y por lo chapucero de la operación supongo que se hizo con un hacha o una azuela. Un par de golpes como mínimo.

—Pues no es fácil esconderla durante tanto tiempo con el hedor que desprende. Llamaría la atención en diez metros a la redonda.

—El emperador Vitelio decía que el cadáver de un enemigo siempre huele bien, según Suetonio —apunta el doctor, que se apresura a matizar su erudito y morboso comentario—: Quiero decir que para el asesino tal vez no resultase tan repulsivo. Aun así, la han mantenido envuelta en un trapo y cubierta con romero: además de aromático, es un buen repelente de insectos. Aquí hay varias hojitas incrustadas, con pequeños rastros de tejido. Y alguna más enganchada al anillo y entre las uñas. Mire, acérquese.

Peiró le ofrece la lupa y el policía confirma el buen ojo del doctor. El anillo es de oro y lleva un pequeño sello con el yugo y las flechas, aunque sin inscripciones en su superficie.

Repentinamente, se abre la puerta e irrumpe en la sala, muy airado, un individuo cincuentón de semblante colérico, enrojecido.

—Don Román, no puede entrar usted aquí —lo amonesta el médico en tono paternal. Lombardi asiste a la escena estupefacto, sin saber cómo actuar. Las noticias parecen volar en Aranda, a pesar de la discreción impuesta por el juez.

Lejos de escuchar al doctor, el tipo se llega hasta la mesa y observa la mano con gesto incrédulo, aunque sin atreverse a tocarla. Un par de lagrimones recorren su tez curtida, sin afeitar.

—Ese anillo —acepta don Sócrates, resignado a la intrusión— ¿es de su hijo?

El padre asiente sin decir palabra.

—Se lo devolverán lo antes posible —agrega el médico—. Lo acompaño en el sentimiento.

—¿Por qué? —bufa Ayuso—. ¿Han encontrado su cuerpo?

—No, pero…

—Pues a lo mejor está vivo.

—Me temo que no sea así, don Román.

—El hijo de perra que ha dejado eso —dice señalando la mano, como guardando distancia afectiva con el apéndice— tiene que saberlo. ¿Y qué coño hacen los guardias?

—Buscan, señor Ayuso —interviene por fin Lombardi—. Y yo intento ayudarlos.

—¿Es usted el policía que Cornelio se ha traído de Madrid?

Una forma un tanto peculiar de interpretar los hechos. Pero sí, en cierto modo así ha sucedido: Cornelio Figar silba y la Brigada de Investigación Criminal reacciona a la llamada. Así que no es del todo incorrecto decir que el terrateniente lo ha traído hasta aquí.

—Carlos Lombardi, colaborador de la Criminal. Anoche tuve el gusto de conocer a su familia.

El policía extiende su mano y recibe la de Ayuso: callosa pero fofa, una mano indiferente, sin convicción, que parece no encontrarse allí. El hombre se sorbe los mocos antes de bramar:

—Pues encuentre a quien ha hecho eso, cagüendiós, que quiero echármelo a la cara.

Román Ayuso da media vuelta y se va por donde ha venido con un gruñido y un portazo. El doctor cabecea, apesadumbrado.

—Nunca me acostumbraré a estas escenas —masculla—. Ver a los padres ante el cadáver de un hijo es algo que me hunde.

—De momento no hay cadáver —objeta el policía.

—Claro que lo hay. Esta amputación se le hizo a un cadáver, no a un hombre vivo. No tiene sentido engañar a su familia para mantener una inútil esperanza. Me temo que su patrón don Cornelio no va a ponerse contento, señor Lombardi.

—¿Mi patrón? —replica molesto el policía—. Yo no tengo patrón. En todo caso, ninguno más que la verdad. Y la Criminal, si es que puede llamarse patrón a un intermediario con la verdad.

—Lo siento, como don Román dijo…

—Don Román puede decir misa, si se le antoja. El señor Figar pidió ayuda a Madrid, y como yo tuve relación con su hijo decidieron mandarme a mí.

—Luciano, el que murió.

—Lo mataron, para ser más exactos.

—Una pena, un chico tan joven. El entierro fue todo un acontecimiento en Aranda. ¿Se llevaba usted bien con él?

—¿Qué importa eso? —pregunta Lombardi tras una pausa de extrañeza.

—Lo decía porque los Figar son gente de genio vivo, como lo son los Ayuso, y trabajar con él no debía de resultar fácil. Lamento haberlo ofendido con mi comentario.

—Y no era fácil, tiene usted razón; pero dejémonos de divagaciones y vamos al grano. ¿Algo más que merezca saberse?

—Los restos de romero, tejido y granitos de arena. —El doctor arruga los hombros—. Eso es todo por ahora.

—El novicio desapareció hace cinco días. Según usted, murió el mismo sábado.

—Probablemente.

—¿Y por qué nos entregan solo la mano y tantos días después?

—La primera pregunta tendrá que contestarla usted. Respecto a la segunda, si yo tuviera la intención de colocar una cosa así en la puerta de San Juan lo haría antes de la aurora de un miércoles o un sábado.

—¿Qué tienen de particular esos días?

—Son días de mercado —aclara Peiró—. Ya ha visto cómo está la plaza. La villa se pone hasta los topes de forasteros y supongo que es más fácil pasar inadvertido que en una jornada normal.

—Buena observación —acepta Lombardi—. Pero, en ese caso, si lo mataron el sábado, ¿por qué esperar al miércoles para dejar la mano a la puerta de una iglesia? También aquel día había mercado.

—Porque tendrían que haberlo hecho a plena luz. Si lo mataron de mañana en los alrededores del monasterio, no tuvieron tiempo de llegar a Aranda antes del mediodía.

—Veo que está usted bien informado de los detalles.

—Aquí se entera uno de casi todo, aunque no quiera.

—Para desesperación del juez Lastra y sus sumarios secretos, supongo —ironiza el policía—. Por cierto, que su señoría parece muy joven.

—Debe de andar por los treinta, si es que los ha cumplido. Creo que es de Logroño, y este es su primer destino serio. Lleva un par de años por aquí, y le advierto de que es bastante puntilloso.

Lombardi confirma que se halla ante un hombre inteligente, capaz de hacer un retrato humano en cuatro frases. Capaz también de sondear en la biografía de un interlocutor con comentarios indirectos o aparentemente superfluos, tal y como acaba de hacer con él respecto a Luciano Figar.

—O sea —dice a modo de resumen—, que guardaron la mano durante todo este tiempo. Porque hay que descartar que fuera cortada recientemente.

—La cortaron después de la muerte —asegura el médico—; tal vez un par de horas, probablemente poco antes de que apareciera el *rigor mortis*. Además, la lógica lleva a pensar en eso, ¿no? Si tenían que esperar cinco días para la macabra exhibición resulta más fácil de esconder una mano que un cadáver completo.

—Ahora discurre usted como investigador más que como forense.

—Disculpe, pero a veces me dejo llevar por la imaginación. —Mientras lo dice, de nuevo con su lupa y con la ayuda de unas pinzas, delicadamente, el doctor extiende los dedos sin demasiada dificultad.

—Y yo se lo agradezco —se sincera el policía—. Me temo que aquí no voy a encontrar demasiadas sugerencias de ese tipo.

—Mire —apunta Peiró—, los dedos no ofrecen resistencia. El *rigor mortis* empieza a desaparecer unas cuarenta y ocho horas después del fallecimiento, lo que confirma que lleva al menos dos días muerto.

Una vez abierta la mano, la palma ofrece una sorpresa.

—¿Y eso? —exclama Lombardi al descubrir una marca sobre la piel.

—Esto también tendrá que averiguarlo usted, que es el policía.

Yo me limito a transcribir en un informe lo que veo. Y lo que veo son dos incisiones realizadas con un objeto cortante. Eche un vistazo.

Le ofrece de nuevo la lupa. Efectivamente, así es. Sobre la deteriorada superficie de la palma destacan dos finos cortes en forma de aspa, o de cruz.

—Parecen hechos con un cuchillo, o una navaja —sugiere el policía—. ¿Cree que se hicieron cuando estaba vivo?

—*Post mortem*, desde luego; y probablemente con la mano ya seccionada. No hay restos de sangrado, ni mínimos vestigios de cicatrización. Me atrevería a decir incluso que mucho tiempo después de seccionada. De haberse hecho hace cinco días, los cortes se habrían arruinado al mismo ritmo que el tejido y no serían tan nítidos.

—¿Podríamos encontrar huellas en esa superficie?

—Me temo que esos avances científicos quedan un poco lejos de Aranda. Aquí todo se hace a la vieja usanza. Habría que enviarlo a Burgos, o que nos manden algún perito.

—O a Madrid —dice Lombardi con Alicia Quirós y el grupo de identificación en el pensamiento.

—En todo caso, el deterioro epitelial las habrá eliminado casi por completo.

—Si los cortes son más recientes, podría haber huellas frescas —sugiere el policía sin excesiva convicción.

—Tal vez, pero para cuando este apéndice llegue a Burgos o a Madrid, o los peritos vengan hasta aquí, su superficie será poco más que pulpa. Desde luego, las huellas dactilares propias suelen mantenerse durante muchas horas a pesar del deterioro. Esas sí que podrían obtenerse, pero las ajenas me temo que no.

—Eso nos permitiría comprobar al menos si se trata o no de Jacinto Ayuso.

—Siempre que contase usted con una de sus huellas para comparar —advierte el doctor.

—Su celda en el monasterio de La Vid debe de estar sembrada de ellas.

—Haga lo que considere, pero ¿qué conseguirá aparte de constatar que la mano pertenece a ese joven? Ya se lo ha confirmado su padre. —Lombardi acepta la aplastante lógica del médico—. Y ahora permítame redactar el informe para el juez.

Peiró pide a un enfermero que tire la caja de zapatos a la basura y guarde el apéndice entre hielo. Ocupa luego un despacho anexo a la sala, se enfrasca en una máquina de escribir y en pocos minutos concluye. Dobla su informe, lo guarda en su americana y salen.

Caminan a paso tranquilo, al ritmo de don Sócrates, en dirección al puente que los devuelva al centro urbano.

—Así que, en vez de buscar a un novicio, tenemos que encontrar un cadáver —reflexiona Lombardi en voz alta—. Me temo que no va a ser fácil.

—Eso me parece a mí.

—¿Y por qué opina usted así?

—Yo no soy policía. Me limito a responder, hasta donde puedo, a sus preguntas.

—Algunas de ellas no creo que pueda contestarlas. Por ejemplo, me pregunto el motivo de exponer la mano en lugar público y sin embargo ocultar el cadáver.

—Son dos cuestiones distintas, me parece —objeta el doctor—. Y responder a una no significa aclarar la otra.

—Tiene usted razón. Vayamos primero con el cuerpo —sugiere el policía—. ¿Por qué molestarse en esconderlo si la mano delata a su propietario a través del anillo? Con la exhibición del apéndice en la puerta de una iglesia, los autores quieren informar a toda la villa de que Jacinto Ayuso está muerto.

—Así parece.

—Pero para eso bastaría con que hubieran dejado su cadáver allí donde lo mataron. Se habría descubierto horas después y santas pascuas.

—¿Y qué significado tiene esa contradicción, según usted? —inquiere Peiró.

—Pues que el objetivo no era solo matarlo. Que lo mataron para algo.

—Me temo que está constatando usted una obviedad, señor Lombardi. —Cabecea don Sócrates—. Todas las muertes violentas son para algo, como usted dice. Un algo inconfesable que no habla muy bien del género humano.

—Sí, disculpe; quizá no me he expresado con claridad.

—¿Sabe que yo ayudé a nacer a ese muchacho? —El médico dibuja una mueca triste—. Fue uno de los primeros partos que asistí en Aranda.

—Vaya. Imagino entonces que este asunto no es plato de gusto para usted. ¿Mantenía relación con él?

—Ninguna. Alguna vez lo atendí de chico; ya sabe, cosas sin importancia. Pero al constatar su muerte, más allá del sentimiento doloroso que forzosamente implica un hecho tan trágico, tiene uno la sensación de cierto fracaso, de haber hecho un esfuerzo inútil a favor de la vida.

—Ni que hubiera sido culpa suya, doctor.

Han cruzado el puente. Frente a ellos se alza el hogar provisional de Lombardi y se abre el arco que desemboca en la plaza del ayuntamiento, hoy más ruidosa de lo habitual; pero el médico se desvía a la derecha para seguir la carretera en su tramo paralelo al Duero.

—No es culpa —aclara—, es solo pena. ¿Me acompaña al juzgado?

—Con mucho gusto.

—Seguro que no ha desayunado. Hay un bar calle Postas arriba donde ponen buen café. Perdón, quería decir en la calle José Antonio. Ahora, todo este recorrido se llama así, y a los viejos nos cuesta un poco acostumbrarnos a tantos cambios.

Lombardi acepta la idea y sonríe por el lapsus. Resulta agradable charlar con ese hombre. Y además nunca debe obviarse el punto de vista de un forense, tanto respecto a la muerte como a la vida.

—En Madrid también han cambiado un montón de calles

—alega en descargo del doctor—, sobre todo con nombres de generales, y la gente sigue llamándolas como antaño. Pero hemos dejado nuestra conversación a medias.

—Pues sí. Me hablaba usted de los motivos secundarios que pudiera esconder el asesinato de nuestro novicio —invita Peiró.

—Exactamente. Por una parte está la incomprensible desaparición del cuerpo. Por otra, esa carta que han enviado a la villa.

—¿De qué carta habla?

—El regalo escondido que lleva la mano. Como las cartas, solo se descubre al abrir el sobre; en este caso, los dedos. No es un puño comunista, como se malicia Manchón.

—Pues quienquiera que sea el cartero —ironiza el médico—, es poco cuidadoso, porque en el sitio que lo dejó cualquier perro podría haberse llevado el paquete.

—Lo que viene a confirmar que no llevaba mucho tiempo allí.

—¿Y qué le hace suponer que esos cortes pueden ser un mensaje?

—¿Qué otra cosa, si no? Y desde luego no es para que lo lea el muerto. Es todo un manifiesto público, porque no se han limitado a entregársela a la familia. Quieren que toda Aranda se entere.

Don Sócrates reflexiona en silencio sin detenerse. Desvía la mirada hacia el río, y luego la posa de nuevo en la arenosa acera.

—¿Le sugiere algo esa señal? —interrumpe el policía sus cavilaciones.

—Nada en absoluto. Aunque igual es una firma, y no un mensaje.

—Una firma es una forma de mensaje, al fin y al cabo, porque nos informa sobre el autor. Usted, que conoce esta tierra, ¿cree que pueda tener relación con el lugar donde la han dejado, con esa iglesia?

—Ninguna. Al Bautista le cortaron la cabeza, no la mano. ¡Anda! —exclama de repente el doctor—. Esta no me la pierdo.

Se ha detenido frente a un edificio de estilo racionalista que resulta más que chocante en un entorno marcado por la vetustez. La fachada del Teatro Cine Aranda alterna ventanas rectangulares con otras redondas, como los ojos de buey de un buque: tal vez su artífice buscó provocar ese efecto con las aguas del Duero a sus espaldas. En su atrio acristalado, un cartel anuncia *El padre Brown, detective* para el fin de semana.

—¿Le gustan las películas policíacas? —pregunta Lombardi.

—Casi todo de ese género me gusta, especialmente las novelas: Holmes, Poirot, el padre Brown. No me diga que a usted no.

—Algo he leído, pero no me subyuga la ficción.

—Pues debería aficionarse. Hay ideas muy interesantes, y se aprende mucho del discurrir de sus protagonistas y de las miserias de la condición humana. Vamos a por ese desayuno.

Entran en el bar cafetería del cine. El doctor debe de ser un buen cliente, y los camareros lo reciben con familiaridad. Sentados en los altos taburetes ante la barra, Lombardi intenta reanudar la conversación, pero el médico, con un gesto explícito y un leve apretón en el antebrazo, le recomienda guardar silencio, así que el policía se dedica en cuerpo y alma al tazón de café con excelente leche y la media rebanada de hogaza blanca untada con manteca.

—Bueno, a barriga llena corazón contento, que dicen por aquí —sentencia Peiró cuando acaban y abona lo consumido—. Vamos al juzgado.

—No se come mal en Aranda —comenta Lombardi una vez en la calle.

—Si tiene para pagarlo —susurra el médico—. La mayoría de la gente no puede, y se van contentos a dormir si consiguen hacerse con un chusco de pan negro y un poco de unte que disimule el sabor amargo del centeno. La falta de alimentos hace estragos en la salud.

—Pase que suceda en Madrid, pero parece un tanto escandaloso en tierra de cereales.

—El grueso de la producción se la lleva el Estado a precios irrisorios —explica don Sócrates tras un profundo suspiro—. Fiscales, inspectores de abastos y demás autoridades se encargan de que ni un solo grano escape a su control, de modo que a los propietarios modestos, que son casi todos, apenas les queda para sobrevivir.

Y por lo presenciado en sus encuentros, se dice el policía, Cornelio Figar es uno de esos controladores, un hombre que vive a cuerpo de rey mientras sus vecinos pasan hambre. Nada extraño: algunos de los culpables del negocio fraudulento del pan blanco en Madrid, perfectamente localizados por la policía, son insignes héroes de la Cruzada protegidos por el Régimen, y por lo tanto absolutamente intocables.

Lombardi sigue los pasos del doctor hacia la acera de enfrente, donde se alza un edificio con las banderas bicolor y falangista en la fachada. Cuando franquean el fresco portal, un ujier saluda cordial al médico.

—Traigo una nota para el señor juez —anuncia este.

—Don Eugenio está arriba. Suba si quiere.

—Mejor se la lleva usted y le ahorramos a mi pierna tantos escalones. ¿Tiene un sobre?

El conserje abre un cajón y cumple el deseo del doctor. Este saca dos cuartillas de su chaqueta, comprueba cuál es el original, lo introduce en el envoltorio y humedece con la lengua la goma adhesiva. Una vez confirma el correcto sellado, entrega el sobre al funcionario y se despide amigablemente.

—La copia, para el brigada Manchón —muestra a Lombardi la segunda hoja antes de devolverla al bolsillo y regresar a la calle—. ¿Me acompaña?

—Por supuesto, tengo que hablar con él. Si quiere, yo mismo puedo llevársela y se ahorra usted la caminata.

—Pues no le digo que no, porque tengo que atender mi consulta. Pero parte del trayecto me pilla de camino a casa, así que podemos seguir juntos hasta allí.

Peiró le entrega la cuartilla y Lombardi la deposita en el bolsillo interior de su americana. El sol pica y la calle parece abandonada, solitaria. Solo un carro de mulos asciende desde el puente, y en dirección contraria baja la pendiente un ciclista que no necesita dar pedales. La villa parece concentrada en el bullicio mercantil de la plaza principal.

—¿Sabe que me viene usted de perlas, doctor? Llegué ayer a Aranda y todo esto se me hace más que extraño. Me gustaría contar con usted como lazarillo, si es que dispone de tiempo libre y no le incomoda la compañía de un policía.

—Después de mis elogios hacia la literatura de suspense no pensará que me incomoda en absoluto. Pero prefiero el papel de cicerone —matiza el médico—, porque de ciego me parece que tiene usted bien poco. Me da que no es un policía al uso.

—¿Y qué le hace pensar así?

—Corazonadas. Me dejo llevar por las primeras impresiones y raramente fallo.

—Eso no es muy científico que digamos —apunta, irónico, Lombardi.

—Se equivoca —alega don Sócrates con una sonrisa franca—, también hay razonamiento científico en este caso. Un policía que ha servido a tres regímenes tan distintos debe de tener algo especial.

—Niego la mayor —rechaza él recordando a Balbino Ulloa como ejemplo—. Basta con que sea un poco corcho. Ya me entiende: de esos que flotan en todo tipo de líquidos.

—También podría ser —acepta Peiró con buen humor—, pero su objeción acaba de corroborar mis impresiones. De ser usted uno de esos no se mostraría tan crítico con ellos.

—A ver, entiéndame. Lo que pretendo decirle es que se puede ser un buen policía y al tiempo un mal bicho. Una cosa no quita la otra. Y eso no te hace nada especial, como usted dice.

—Es lo que quería expresarle desde el principio, que no me parece usted mala gente, al margen de la profesión que ejerza.

—¿Es siempre tan generoso con quien acaba de conocer?

—Ni mucho menos. El caso es que acepto su propuesta. *Do ut des*, y perdone el latinajo.

—Doy para que me des —traduce Lombardi—. Trato de reciprocidad. Pero no entiendo qué pueda darle yo a cambio de su tiempo y conversación.

—Hace muchos años que no voy a Madrid. Usted me cuenta de la capital y yo de Aranda. ¿Le parece?

—Con mucho gusto. Y ya que lo dice, tampoco me resulta usted un médico rural al uso. Parece más bien un hombre de espíritu cosmopolita, y no deja de ser sorprendente encontrarlo en este rincón perdido de Castilla.

—No tan perdido, hombre —niega don Sócrates—. Por la carretera de Francia nos plantamos en Madrid en un pispás.

—Tres horas y media no es un pispás. Con la cantidad de agujeros que hay en el trayecto, y la superpotencia de nuestros gasógenos, le aseguro que es una proeza conseguir una media de cincuenta kilómetros por hora.

—Lo peor no es eso —cabecea el médico—, sino que somos un lugar de paso, y raramente el progreso se queda en la villa; migajas, en el mejor de los casos. Y mire, ya que estamos aquí podemos empezar sus clases de formación arandina.

Peiró señala un largo edificio gris con aire monacal al otro lado de la calle, que a partir de ahí gira bruscamente a la izquierda.

—El convento y colegio de los claretianos —explica el doctor—. Antigua residencia circunstancial del obispo de Osma, a cuya diócesis pertenece Aranda. Esa es la plaza de Primo de Rivera.

—¿Qué otra cosa podía esperarse al final de la calle José Antonio sino sus apellidos? —apunta Lombardi con acidez contenida—. ¿O está dedicada a su padre?

—Ni a uno ni al otro. El nombre de la plaza es muy anterior al de la calle. Este Miguel Primo de Rivera, tío del que luego fue dictador con Alfonso XIII, era un militar liberal que salvó a Aranda del asedio de los carlistas. Y eso de ahí es el monumento a don Diego. Crucemos, si le parece, para mostrárselo de cerca.

En la acera opuesta se abre un recodo triangular convertido en plazuela ajardinada, justificación urbanística para acoger el monumento referido por el doctor. Es, en esencia, una estatua sedente, escoltada por dos ángulos pétreos con imágenes alegóricas de la comarca y una inscripción de gratitud. El protagonista es un anciano con toga, de cráneo lampiño y poderosa nariz que, como mascarón de proa, le otorga una firme personalidad en contraste con el aire bonachón del resto de sus facciones.

—¿Quién era este señor?

—Diego Arias de Miranda, el más famoso prócer arandino. Como miembro del Partido Liberal fue senador y ministro con Canalejas y con el conde de Romanones, amén de alcalde de la villa y otros altos cargos a lo largo de medio siglo. Entre usted y yo —dice don Sócrates bajando la voz, como si revelara un secreto inconfesable—, el prototipo del buen cacique. Murió en el veintinueve, y al año siguiente ya tenía este monumento: realista, aunque nada académico. Lo esculpió un joven sepulvedano, un tal Emiliano Barral; no sé si habrá oído de él, pero por aquel entonces se le consideraba toda una promesa del arte español.

Claro que Lombardi ha conocido a Barral, aunque no personalmente sino a través de algunas de sus creaciones. Por ejemplo, el mausoleo de Pablo Iglesias y la tumba de Jaime Vera en el cementerio civil de Madrid, y el monumento al fundador socialista erigido en el parque del Oeste, obra dinamitada por los franquistas cuando entraron en la ciudad. Barral, más que una promesa, como lo califica el doctor Peiró, había sido toda una figura de las vanguardias; y no solo escultóricas, sino también sociales. Como anarquista, participó en la defensa de Madrid, y allí, en el frente de Usera, perdió la vida con apenas cuarenta años, en lo mejor de su carrera. Ahora, ante una de sus obras, hasta hoy desconocida para él, el policía no puede evitar un agrio y doloroso recuerdo de todo lo perdido en la maldita guerra, un sentimiento que deriva sin proponérselo en una especie de oración laica en memoria del artista.

—A Barral lo mató un obús el día siguiente de la muerte de Durruti —musita, casi entre dientes—. Era dirigente de las milicias segovianas, y su pérdida fue titular destacado en la prensa de Madrid.

Lombardi se ahorra el texto de la noticia, que equiparaba a Barral con García Lorca como víctima del fascio.

—Vaya, no lo sabía —dice el médico, desconcertado—. Pero ¿acaso vivió usted el asedio a Madrid desde dentro?

—Esa es una larga historia, doctor, que ahora no viene al caso. De momento, atienda usted a su consulta, que yo tengo que ver a Manchón.

Lombardi entra en el cuartel de la plaza de San Antonio todavía sorprendido por la actitud de Manchón frente a la iglesia. Probablemente había sido un intento de reivindicarse ante el juez, o delante de sus vecinos; puede que quisiera desmentir la cruel opinión de Figar, quién sabe si compartida en la villa, de que solo sirve para buscar ladrones de gallinas. Ahora, sin embargo, su activo nerviosismo parece haber trocado en una especie de depresión derrotista, confirmada por el fracaso de sus primeras pesquisas.

—Nadie ha visto nada —explica al recibir la cuartilla redactada por Peiró—. Tuvieron que dejarlo allí antes del amanecer, cuando la gente dormía. Pero las huellas de los alrededores no tienen nada de particular y pueden ser de cualquier vecino o transeúnte y de sus caballerías.

La lectura del informe forense le ocupa un par de minutos al brigada; mientras se empapa de su contenido, deja el tricornio sobre la mesa y se rasca profusamente la cabeza.

—Supongo que ya lo ha leído, ¿no? —dice al acabar.

—Pues no, la verdad. El doctor parece un profesional muy serio y quiso cumplir antes el protocolo con el juez de instrucción y la primera autoridad de las fuerzas del orden.

—Sí que lo es —admite con un punto de orgullo ante el calificativo que acaba de recibir—. No lo conozco mucho, pero tiene fama de hombre cabal.

—Aunque tampoco hace falta, porque si estás presente, don Sócrates te lo explica con todo detalle.

Manchón le tiende el papel. El policía lo revisa sin demasiado interés: es una exposición fría, lacónica y científica que solo refleja parte de lo que él mismo ha constatado durante su estancia en el sótano del hospital. Por ninguna parte asoma el olfato policial del que ha hecho gala el doctor Peiró.

—Es lo mismo que me ha comentado mientras examinaba la mano —simula Lombardi—. No le falta ni una coma. Bueno, algo sí que omite, pero eso no debe formar parte de un informe forense.

—¿Qué falta?

—La irrupción inesperada en la sala de autopsias de don Román Ayuso.

—¡Vaya ocurrencia! —refunfuña Manchón—. Ya le dije que es de armas tomar.

—Hasta cierto punto comprensible. ¿Tiene usted hijos?

—Dos varones, buenos estudiantes. A ver si me sacan de pobre.

—Pues póngase en su lugar. Con lo que está pasando, habrá que disculparlo. Al menos sirvió para confirmar que el anillo de la mano es de Jacinto. Si no lo ha reflejado el doctor en su informe habrá sido por prudencia, para evitarle un rapapolvo del juez, y por el hecho de que yo mismo estaba presente para informarlo a usted.

—¡Joder! O sea, que tenemos un muerto en vez de un desaparecido. Esto se complica. ¡Cagüen dioro! —jura el suboficial, con un golpetazo sobre la mesa que hace vibrar el tricornio y los papeles—. Si lo hubiéramos encontrado a tiempo.

—Deje de mortificarse, Manchón, que no se pueden conseguir imposibles —intenta consolarlo Lombardi—. Nunca hubo un vivo al que buscar. Ya ve lo que dice ese informe, que lo mataron enseguida; seguramente, a las puertas del monasterio. No había rastros de sangre, tampoco yo los vi. Puede que lo desnucaran o se lo llevaran inconsciente de allí.

Hay una pausa, un silencio por parte del brigada. Parece que intenta digerir el alcance de esa realidad.

—¿Y por qué coño le han hecho esos cortes? —pregunta al salir de su abstracción.

—A mí no se me ocurre qué puede significar. ¿A usted le sugiere algo?

—Nada en absoluto, a menos que se refiera al mundo religioso, por eso de que Jacinto quería ser fraile.

—Tal vez, pero puede ser un aspa, no una cruz.

—Sea lo que sea, don Román va a subirse por las paredes cuando se entere de que a su hijo lo han marcado como a una res. ¿O ya lo ha visto?

—No tuvo oportunidad —aclara Lombardi—. Y mejor no divulgar ese detalle, Manchón. Ni a don Román ni a nadie; al menos de momento, hasta que tengamos una cierta idea de lo que significa. Ya sabe lo que nos pidió el juez, así que guarde ese informe bajo llave. ¿Ha recibido las fotos del escenario?

—Todavía no. Tirso debe de tener faena en la tienda.

—¿Atiende antes a los clientes que a la Guardia Civil?

—Trabaja en Fotos Cayuela, un establecimiento de la calle Béjar, y los días de mercado hay más ajetreo. Bueno, trabaja y es hijo del dueño. Tampoco hay tanta prisa, ¿no? Ya hemos visto con los ojos lo que haya podido sacar con la cámara.

—Y más que tiene que sacar —apunta el policía—. Necesitamos fotos de la palma, de esos cortes.

—Le mando recado de que se presente, si usted quiere.

—Déjelo de momento con sus quehaceres. Yo mismo puedo pasarme luego, si no tiene inconveniente.

—Ninguno. Y ahora, ¿qué?

—Antes que nada, debo hablar con Madrid. ¿Tienen teléfono?

—Claro, pase usted al despacho del capitán.

La conferencia con Balbino Ulloa tarda casi diez minutos en hacerse efectiva. El ex inspector jefe y ex secretario personal del director general de seguridad escucha sin el menor comentario por su parte que interrumpa el detallado informe de Lombardi. Una vez concluye, su respuesta refleja sorpresa tanto como ironía.

—¿Es que te quieres escaquear de un caso tan interesante? —Se puede adivinar una sonrisa socarrona al otro extremo de la línea—. ¿En qué han cambiado las cosas?

—No sé si mi presencia aquí está justificada, tratándose de un asesinato.

—¿No hay ningún cadáver, verdad?

—Completo no.

—Entonces no ha cambiado nada, a menos que lo encuentres. Si es así, ya veremos.

El policía cuelga el teléfono con una sensación ambivalente. Por una parte, ya no hay un vivo a quien buscar y desearía volver a Madrid para reencontrarse con asuntos más cotidianos, lejos de tanto paisaje infinito, tanto campo seco, tanta peculiaridad rural desconcertante; la verdad es que siempre ha sentido un gusto intelectual por el campo; otra cosa es padecer sus incomodidades, de modo que se ve obligado a reconocer que ese gusto no va más allá de la mera intelectualidad. Sin embargo, no puede sustraerse al prurito que ha anidado en su estómago tras la contemplación de la mano en el pórtico de San Juan. La escena tenía todas las características de los casos especiales, complicados, esos en los que un investigador de raza no aparta la cabeza para mirar hacia otro lado.

—Hay que seguir buscando —dice de vuelta al despacho de Manchón, que calza de nuevo su tricornio.

—¿Dónde?

—Los cadáveres no se evaporan. Como mucho, se esconden: en un edificio, bajo tierra o en el fondo de un río, si uno se molesta en acompañarlos del peso suficiente para que no salgan a la superficie.

Lombardi se dirige al mapa y explica:

—Pongámonos en la hipótesis de que el novicio ha muerto, como parece. Si lo mataron al salir del monasterio o después, ya veremos. Parece que se cuidaron de llevarse el cuerpo, o al menos la mano. Y, por lo que he comprobado *in situ*, el único lugar por donde pudieron escapar los agresores es esta zona arbolada junto al río. El resto es campo abierto hasta los cerros, y no se iban a arriesgar a ser vistos.

—¿Cree que escaparon cargados con el muerto al hombro?

—Si disponían de un coche no necesitaron tanto esfuerzo.

—No hubo coches; nadie vio otro que el de línea —niega el brigada—. El tráfico es muy escaso, y un vehículo habría llamado la atención a esas horas.

—Puede que solo se llevaran la mano, y que escondieran el cadáver por allí, aunque yo tampoco he descubierto nada llamativo en los alrededores del convento aparte de rodadas de carro.

—Lógico. En la finca tienen carros, y hay un molino al lado.

—Si se llevaron el cuerpo, pudieron usar una caballería, o un carro, siguiendo la orilla del río hasta alejarse del poblado y el monasterio y tirar luego por aquí —dice, trazando un círculo sobre el mapa—, hacia el sur.

—Todo eso son cerros casi pelados.

—Ya veo, pero hay algunos caminos. —Lombardi lee en el mapa—: Valdecastro, Valdeloriza y este de en medio, que por lo que parece lleva hasta ese cuadradito rojo donde dice Ermita de la Virgen.

—Es un santuario abandonado, en el límite de la provincia de Soria, y el camino no se para ahí. Como puede ver, todos van a dar a Castillejo de Robledo.

—Pues por ahí es donde hay que buscar, en mi opinión.

—Mandaré dos parejas a recorrer toda esa zona —apunta animoso Manchón—, pero nos llevará tiempo.

—Mejor eso que cruzarse de brazos. Que investiguen a fondo esa ermita. Parece ser el único edificio en muchos kilómetros a la redonda, y ya no buscamos un vivo sino un cadáver que puede estar en cualquier sitio. Ahora, si le parece, vamos a barajar hipótesis.

—¿Eso hacen en Madrid cuando no tienen ni puta idea? —Por el tono, el brigada parece haber recobrado algo de la confianza en sí mismo.

74

—Es lo mejor cuando no se sabe por dónde tirar. ¿Juega usted al mus, Manchón?

—Si se atreve a comprobarlo le tocará pagar la ronda —replica, confirmando su mejoría de ánimo.

—Fanfarrón, como buen jugador. Bueno, pues cuando uno no lleva buen juego se descarta, ¿no? Y nosotros estamos con las del tío Perete.

—Cuatro, cinco, seis y siete.

—Lo peor de lo peor. Vamos con los descartes entonces.

—Si el chico ha muerto hay que descartar su fuga voluntaria, fuera por razones vocacionales o de faldas.

—Es razonable pensarlo —acepta el policía—, aunque siempre queda la posibilidad de que su fuga fuera con esas intenciones y las cosas le salieran mal. Pero sí, es una hipótesis que, por ahora, podríamos dejar de lado. Busquemos mejores cartas.

—El simple robo no justifica lo sucedido —razona Manchón.

—Por supuesto. En tal caso le habrían despojado del anillo de oro, y abandonado el cadáver allí mismo, como mucho escondido en unos matorrales, o en el río. Esa carta no mejora el juego.

—¿No tendrá que ver con algún asunto del convento? Estamos buscando fuera y a lo mejor la respuesta está allí dentro.

Lombardi recuerda el caso de los asesinatos de seminaristas en Madrid resuelto las pasadas Navidades. Conflictos clericales. Se resiste a pensar en una repetición, en la casualidad de tanta sotana implicada en telas de araña criminales. Su visita de la víspera a La Vid tampoco ayuda a fomentar esa hipótesis.

—Espero que no, Manchón. En todo caso, si así fuera, el monasterio no se va a mover de su sitio y supongo que tampoco sus monjes. Dejémoslo estar de momento. La idea de que se trate de un secuestro para obtener dinero no parece probable, habida cuenta de que han matado al presunto rehén y no ha habido movimientos para entrar en contacto con la familia. ¿Ha venido el señor Ayuso por aquí?

—Pues no. Y supongo que, si sospechara algo así, ya lo habría dicho.

—Anoche no estaba en casa del señor Figar. Por cierto, que acertó usted de lleno con la comilona —acota el policía—. Yo hablaré con don Román en cuanto pueda, y así le evito a usted el mal trago. Pero tampoco esa me parece una buena carta. ¿Podría alguien estar extorsionando al señor Ayuso?

—¿A don Román? ¿Y por qué iban a hacer eso?

—Primero sepamos si es posible; y de serlo, nos preguntaremos el porqué.

—Todo es posible —cavila Manchón—. Don Román tiene perras e influencia; socio de otro más rico y con más influencia. Supongo que levantan envidias. Son dueños de media Ribera, o más. Creo que también por Extremadura tienen tierras y negocios, y en Castilla la Nueva.

—Por lo que hablé anoche con don Cornelio, tampoco él concibe esa posibilidad. O eso dice. ¿Conoce usted a alguien en concreto que pueda desearle mal al señor Ayuso? ¿Ha tenido algún conflicto últimamente?

—Para nada, hombre. Ya sabe cómo son los pueblos, que si este quiere más, que si este me mira mal, que si esto, que si lo otro. Pero todo son charlas de taberna, nada serio. Aquí nunca llega la sangre al río.

—Hasta que llega, Manchón, como ahora. Bueno, tendré que verme con don Román: puede que con este penoso desenlace se muestre más inclinado a hablar. Y también deberíamos charlar con las amistades de Jacinto. Supongo que en la villa habrá unas cuantas.

—Claro, pero están tan extrañados como nosotros de su desaparición. A saber qué dicen ahora cuando se enteren de su muerte.

—Pues me gustaría que me las presentara.

—Vamos allá.

—¿Le parece bien después de comer? —sugiere el policía—. De momento, ponga en marcha a sus hombres para recorrer esos caminos, que yo voy a ver al fotógrafo.

***

Fotos Cayuela se ubica en la empinada calle Béjar, que une la plaza del Trigo con la del ayuntamiento. A pesar de su rótulo, el comercio no se limita a la fotografía, y tanto en su pequeño escaparate como en las estanterías del interior se apelmazan sin demasiada coherencia mercantil objetos de regalo, bisuterías variadas y elementos que harían mejor papel en una ferretería o una mercería.

El local está lleno, aunque es tan estrecho que basta con media docena de personas ante el mostrador para dar sensación de agobio. Lombardi se dirige al dependiente, un orondo cincuentón con lápiz encajado sobre la oreja que escucha con fingido interés la perorata de una señora.

—Buenos días. ¿Podría prestarme un rato al fotógrafo?

El presunto señor Cayuela lo contempla con cara de no entender, y los demás rostros se giran en busca de la voz que ha quebrado el orden desde sus espaldas.

—Es el policía de Madrid, padre, que vendrá a por sus fotos —se oye decir desde la trastienda—. Ahora las saco.

Los clientes se giran de nuevo, evitando la mirada directa de Lombardi. También allí la presencia de un agente de la autoridad provoca flojera de rodillas.

—Pues déjelas ahí de momento —grita este—, que necesitamos alguna más. Y llévese *flash*.

Por fin, Tirso Cayuela asoma con una bolsa de lona al hombro y une sus pasos a los del policía, calle abajo. Lombardi le calcula unos veinticinco años, y su pelo rizado ofrece centelleos cobrizos bajo el sol. Visto ahora de cerca, se le antoja casi escuálido, desde luego mucho más delgado que lo que le pareció en San Juan; aunque lejos de su aspecto el aparentar debilidad, a menos que pueda considerarse falto de energía el rabo de una lagartija.

—¿Creen que esa mano es de Jacinto? —pregunta, sin rastro de emoción en la voz.

—Corren rápido las noticias por aquí. Supongo que usted lo conocía.

—Era de mi quinta —admite el joven—. Una pena.

—Pues sí. No deja de ser irónico sobrevivir a una guerra para terminar muriendo así.

—Hombre, lo de sobrevivir no fue muy difícil para él. Siempre puede haber una bala perdida, claro, pero en retaguardia es bastante raro que te den.

—Me dijeron que estuvo en Somosierra.

—Lo más cerca que Jacinto estuvo del frente fue en Pedraza —puntualiza el fotógrafo—. Servía en Intendencia, con eso de que su padre y su padrino tienen tantas tierras. Y no piense que lo digo como crítica, ¿eh? Cada uno sirve donde lo llaman. Yo sí que estuve en Somosierra, como otros arandinos; y algunos no tuvieron tanta suerte como yo.

—Lo siento. ¿Y no coincidió con él en ningún momento? Quizás en algún permiso.

—Tuve pocos permisos, y como comprenderá solo pensaba en pasarlos con la familia.

—Siendo de la misma quinta, serían compañeros en el colegio.

—Ni eso —rechaza el joven—. Yo estudié en la escuela pública y él en los claretianos.

—¿Sabe si algún otro vecino de Aranda estuvo con él en Intendencia?

—No me suena que hubiera más enchufados —replica con sequedad.

Desde luego, Jacinto Ayuso no era santo de devoción para Tirso Cayuela, concluye Lombardi mientras franquean la puerta del hospital. En la sala de autopsias, un enfermero dispone sobre la mesa marmórea la bandeja metálica donde reposa la mano y se encarga de la iluminación. El fotógrafo saca sus utensilios de la bolsa.

—Buena cámara —valora el policía.

—De lo mejor. Una Zeiss Ikon del 37. Se la compré a un alemán durante la guerra y tiene hasta temporizador para hacerte fotos tú solo. Me salió por un riñón, pero merece la pena. Lo malo es que no resulta fácil encontrar película ni bombillitas, así que de momento solo la uso en ocasiones especiales.

—Con un par de imágenes bastará.

—¿Y esos cortes? —pregunta el joven al reparar en el detalle de la palma.

—Cualquiera sabe. Procure que salgan claros.

Cayuela dedica un reojo desaprobatorio al que considera ofensivo comentario del policía y en treinta segundos concluye el trabajo.

—¿Qué hago con esto? —dice el enfermero al ver que los visitantes se dirigen a la puerta.

—Sigue bajo custodia, así que devuélvalo a su sitio hasta que decida el juez —responde Lombardi—. Y no se olviden de reponer el hielo.

La pareja recibe el sol del mediodía con un guiño de disgusto y avanza decidida de regreso al centro de la villa. Un grupo de chavales, ajenos a la que está cayendo, han organizado una partida de chito junto al fielato y rompen la calma del suburbio con sus gritos y el ruido metálico del tejo.

—¿Desde cuándo se dedica a la fotografía?

—Desde muy chico. Mi padre me metió el gusanillo en el cuerpo. A los trece ya andaba haciendo retratos y mis pinitos exteriores. Durante la guerra me sacaba unas pesetillas con los compañeros, y a la vuelta seguí en la tienda.

—Supongo entonces que tendrá usted entre sus negativos una buena colección de vecinos.

—Ya le digo. Quien no haya posado delante de mi objetivo no puede llamarse arandino —presume Cayuela—. Y si quiere calles, edificios y paisajes, los tengo todos.

—Tendrá entonces fotos de Jacinto Ayuso. Fotos en grupo, con amigos. Necesito conocer un poco el mundo en que se movía.

—Pues claro, unas cuantas. Pero son de antes de la guerra. Cambió el uniforme militar por el de agustino casi directamente. Venga conmigo a la tienda y se las enseño.

—Mire, me alojo aquí —explica el policía al pasar ante la Fonda Arandina—. Cuando tenga las fotos que acaba de hacer, las suma a las de esta mañana y me las acerca, por favor. Por duplicado.

—Sí, ya conozco el protocolo: un juego para el juez y otro para los civiles. Esta misma tarde las tiene.

En la plaza hay más gente, si cabe, que horas antes, y el ronroneo parece una letanía que se prolonga a lo largo de la angosta calle Béjar. El comercio sigue abarrotado. Tirso se abre camino con disculpas, y el policía lo sigue por el pasillo que ceden los clientes. Pasan a la trastienda, cruzan un espacio dispuesto para fotos de estudio, con una cámara de trípode y un barroco tingladillo de columnas de cartón piedra en torno a un par de asientos, y llegan por fin a un almacén. Lombardi no es capaz de averiguar qué tipo de organización puede existir en lo que se le antoja un completo desorden, pero el fotógrafo parece saber lo que se hace, revuelve cajas hasta dar con una y le muestra al fin un primer positivo. Son tres jóvenes vestidos de falangistas, entre los que señala a Jacinto, un jovencito, poco más que adolescente, de estatura media, pelo oscuro, cara redonda y cejas espesas que recuerdan de forma lejana a don Román.

—Es del treinta y cuatro —explica Cayuela—. Este, Tadeo, murió en el frente en los primeros meses de la guerra. El otro es Gabino Barbosa.

Lombardi apunta nombres y fechas en su cuartilla.

—¿Ya era de la Falange entonces?

—Eran todos de las JONS, las Juntas de Ofensiva Nacional-Sindicalista, que en Castilla pintaba más que la Falange. Onésimo Redondo, su fundador, tenía familia en la villa y la visitaba a menudo. Esta foto la hice después de la unificación, por eso llevan ya ese uniforme.

Ahí podría encontrarse una razón del libro de Redondo en la celda de Ayuso, se dice el policía: la posible relación personal del novicio con el líder jonsista. Entretanto, el joven Cayuela le presenta una segunda foto. Es un grupo de paisanos, entre los que figuran también Jacinto Ayuso y Gabino Barbosa, ahora sin uniforme.

—Esta es de septiembre del treinta y cinco durante las fiestas patronales —explica—, las últimas antes de la guerra.

—Buena pandilla. ¿Y las chicas?

—Esta es Martina; se casó con Gabino hace año y pico y he oído que esperan su primer hijo.

—¿Y los otros? Esta parejita medio acaramelada.

—Él era Teo, Teodoro Sedano; y ella su novia, Cecilia Garrido.

—¿También se han casado?

—¡Qué va! —desmiente el fotógrafo con un rictus de pesadumbre—. Él desapareció al principio de la guerra y ella acabó en un manicomio.

—Vaya una historia. Una pena, porque era bien guapa.

—Ya le digo, un bellezón que nos tenía a todos medio enamoriscados. Era de Peñafiel, pero trabajaba en Aranda.

—¿Alguno más de estos sigue vivo?

—Este, Lorenzo Olmedillo —señala Cayuela—. Ahora trabaja en el ayuntamiento, como Barbosa y otros excombatientes. Este otro, el Cascarria lo llamaban, también murió en el frente. Y al último, al Severino, que era zapatero, lo detuvieron al empezar la guerra y debe de seguir en la cárcel porque no ha vuelto por aquí.

—¿Un rojo?

—No sé. Yo no lo trataba mucho. Todos eran mayores que Jacinto y yo.

Cayuela muestra nuevas fotografías. Algunas con los mismos personajes o con otros distintos, pero a través de ellas ninguna relación parece más frecuente que la que Ayuso parecía tener con Gabino Barbosa y Lorenzo Olmedillo a pesar de la diferencia de edad.

—Usted no sale nunca.

—El fotógrafo nunca sale. Es norma del oficio.

—Pero era de la pandilla.

—Nos juntábamos en las fiestas —admite Tirso—; luego, a diario, cada cual tenía sus preferencias, sus amistades.

—No veo a Luciano Figar entre ellos.

—¿El poli que murió en Madrid?

—Lo mataron.

—Bueno, eso quería decir; perdone, que era su colega.

—No tiene importancia —dice Lombardi—. Suponía que los hijos de Figar y Ayuso se llevaban tan bien como sus padres.

—Y claro que se llevaban, pero Luciano le sacaba casi diez años a Jacinto y no compartían las mismas amistades excepto por su pertenencia común a la Falange. Aunque seguro que tengo alguna de ellos juntos. Deme tiempo para buscar y ya verá como la encuentro.

—Concedido. Mientras tanto, yo querría encontrar a Barbosa y Olmedillo.

—Pues lo más seguro es que pregunte por ellos esta tarde en la sede de Falange. Gabino es delegado comarcal de la Central Nacional Sindicalista. Y Lorenzo subjefe local de Falange, me parece.

—¿Le parece? ¿Usted no es de Falange?

—No señor —niega el joven con cierto orgullo—. Por recomendación de mi padre, que es muy tradicionalista, me alisté con los requetés navarros cuando pasaron por aquí camino de Somosierra. Y no me arrepiento.

—Bueno, desde el decreto de unificación son una misma cosa.

—Claro, claro: FET y de las JONS. Tengo mi carné, como todo el mundo. Lo que quiero decir es que no participo mucho en la actividad política.

—A lo mejor sí que participó en un hecho sucedido poco antes del Alzamiento —insinúa el policía—. Me refiero a la pelea del Frontón. Me han dicho que Jacinto intervino en aquella trifulca.

Tirso Cayuela esboza una mueca de extrañeza.

—No estuve allí —asegura—. Quien sí que estuvo es Luciano Figar, así que no me extraña que Jacinto participara si estaba presente.

—Quiere decir que vivía un tanto condicionado por Luciano.

—Era como su hermano mayor. Lo admiraba, y si Luciano se tiraba a un pozo de cabeza, él iba detrás sin hacer preguntas. ¿Por qué le interesa aquello? ¿Piensa que tenga que ver con lo que ha sucedido?

—¿Usted qué cree? ¿Podría tener relación?

—Ninguna, en mi opinión —sentencia el fotógrafo—. Fue hace mucho.

—¿Y qué otros motivos podría tener alguien para ensañarse así con Jacinto?

—Ni idea. Espero que usted lo averigüe, que para eso ha venido, ¿no?

Lombardi se despide. Está claro lo que aquella gente espera de él, y si no lo estaba hasta ese momento, Tirso Cayuela se ha encargado de explicitarlo sin la menor sutileza. Cabizbajo, rumiando el embrollo en que anda metido, se abre paso por la plaza del ayuntamiento entre tenderetes, animales y clientela para dirigirse directamente al comedor de la Fonda Arandina.

Hay varias mesas ocupadas, y el policía se acomoda a solas tras desear buen provecho a los comensales. Doña Mercedes, entre plato y plato, y con indirectos susurros, intenta tirarle de la lengua sobre los chismes que corren por la villa.

—Voy a echarme un rato —es la única respuesta que la mesonera recibe de su cliente—. Si dentro de un par de horas no doy señales de vida, despiérteme, por favor. ¡Ah! Y en cuanto pueda, mande revisar el grifo del lavabo, o el de la ducha, que se ha pasado toda la noche goteando.

Lombardi devuelve la pistola y las esposas a la maleta, desenrolla la persiana del balcón para garantizarse cierta penumbra y se tumba sobre la colcha, descalzo aunque sin desvestir del todo, dispuesto a resarcirse en lo posible del inopinado y brusco madrugón.

Son las cuatro y media cuando doña Mercedes llama a la puerta; con firmeza, aunque esta vez sin las urgencias de la mañana. Lleva dos sobres en la mano.

—Los ha traído el chico de Cayuela, y dice que es urgente.

—Gracias —acepta el policía, que deja el material sobre la cama mientras se despereza.

—Serán las fotos del despojo ese que han encontrado en San Juan.

Lombardi comprueba que los sobres están cerrados antes de responder.

—No puedo hablar de mi trabajo, doña Mercedes. Si lo hago y se entera el juez, me empapela. Y seguramente también a usted. Por cierto, ¿puede contarme algo sobre Jacinto Ayuso?

—¿Yo? ¡Válgame Dios! —La mujer se santigua aparatosamente—. Si apenas lo conocía de vista.

—En todo caso, y si por casualidad llegara a sus oídos algún comentario, hágamelo saber.

—Comentarios hay para todos los gustos, como puede imaginarse.

—¿Por ejemplo? —la anima el policía mientras se calza.

—Pues la mayoría dice que adónde vamos a llegar si no se respetan ni los sagrados hábitos.

—Natural. Pero me interesan más los otros comentarios, los menos bondadosos. Usted me entiende.

Lombardi abre el balcón, recoge la persiana y la habitación se llena de luz. El bofetón de calor, con el sol enfrente, le hace arrepentirse de inmediato: suelta la cuerda, cierra de nuevo y restituye en la pieza una cómoda penumbra.

—También los hay —acepta ella—, aunque en voz tan baja que tienes que afinar bien la oreja.

—¿Y qué dicen?

—Pues dicen las malas lenguas si será una venganza por las fechorías cometidas por su padre y su padrino. A más de uno le gustaría hacerles la puñeta, pero esto es pasarse de la raya.

—¿Qué fechorías?

—Ya sabe usted cómo son las cosas en los sitios pequeños, que hay quien crece a costa de la desgracia del vecino. Y si el enredo viene de lejos, se arrastran los odios de abuelos a nietos.

—Esos comentarios no dejan de ser chismes, doña Mercedes; a menos que vayan acompañados por datos concretos de fechorías y nombres de posibles vengadores. ¿Los hay?

La patrona niega con la cabeza.

—Entonces no me sirven para nada. Y ahora, si me lo permite, tengo trabajo.

Con las fotos en la mano, decide acortar camino bajo la protección de los soportales de la plaza. A esas horas ha decrecido la actividad. Los tratantes de ganado han desaparecido ya, y sus puestos acotados en torno al jardincillo central son apenas una exposición de moscas y excrementos. Se mantienen aún los tenderetes de productos agrícolas, los latoneros, vendedores de cántaros y botijos y comerciantes de variada mercancía: cestería, ropa, quincalla, hilados. La mayoría sestea bajo los sombrajos, a la espera de una improbable y tardía clientela antes de recoger definitivamente sus trastos e iniciar el regreso a casa.

Antes de abrir el que le corresponde, el brigada Manchón ordena a un guardia que lleve al juzgado el segundo sobre. Luego extiende las fotos sobre la mesa para compartirlas con el policía, y se fija especialmente en las imágenes de la mano abierta que no ha tenido ocasión de ver personalmente.

—¿Le dice algo esa maldita marca? —pregunta Lombardi.

—¿Y qué quiere que me diga? Es la primera vez que veo algo así, y no me refiero solo a los cortes.

—Entonces, no le demos más vueltas y guarde esas fotos bajo llave.

—Mis hombres no me abren los cajones.

—Si echa la llave, seguro que no. Esos datos nos dan una pequeña ventaja sobre el resto de la población, incluida la plantilla de la Guardia Civil. Solo nosotros, además de los asesinos, conocemos ciertos detalles, y si se divulgan, perdemos la ventaja.

Manchón obedece con un cabeceo.

—Bueno —alega—, también los conocen el doctor Peiró y Tirso Cayuela.

—¿Tiene dudas sobre su discreción?

—No —dice el brigada tras una pausa indecisa—. Creo que son gente fiable, sobre todo tras la advertencia de su señoría.

—En ese caso, pasemos página —sugiere el policía—. Me gustaría hablar con un par de vecinos: Barbosa y Olmedillo. ¿Los conoce usted?

—Buenos falangistas. ¿Y cuál es su interés?

—Parece que fueron amigos de Jacinto en sus años mozos. Me han dicho que podemos encontrarlos por la tarde en la sede de Falange.

—Pues vamos allá.

La calle Arias de Miranda, popularmente conocida como Isilla, nace en el macizo convento de las Bernardas, allí donde la carretera de Francia empieza a llamarse calle San Francisco, y se prolonga hasta la céntrica iglesia de Santa María. Es la vía más notoria de la villa, y la elegida por las principales organizaciones del Régimen para asentar sus reales, como demuestran los carteles de Falange y del SEU colgados a mitad de su recorrido.

Manchón saluda brazo en alto y con un «¡Arriba España!» al grupo uniformado que se encuentra en el vestíbulo a modo de cuerpo de guardia, y los presentes responden al unísono con idéntico grito de rigor cuadrándose ante el tricornio. Lombardi se mantiene en la puerta tras el brigada con el gesto fruncido, lamentándose de no haber gestionado el interrogatorio en terreno algo más neutral. No le gusta en absoluto tener que entrar allí, pero ya están dentro, Manchón ha explicado lo que buscan y uno de los hombres los conduce al piso superior, a una especie de antedespacho.

El primero que aparece por allí es Lorenzo Olmedillo, un joven rubicundo de ojos azules, fornido aunque no muy alto, con unas gafas que le otorgan cierto aire erudito. Lleva el pelo muy corto, y un bigote con perilla a la moda de los fascistas italianos. Manchón se ahorra un nuevo espectáculo de lemas y gestos marciales y le estrecha directamente la mano antes de presentarle al policía.

—El señor Lombardi es criminalista de Madrid y necesita hablar contigo y con Barbosa —explica, con el tuteo puesto de moda por los chicos del partido único.

—En un lugar discreto, si no le importa —sugiere el policía, que prefiere la respetuosa distancia que marca el trato de usted.

—Gabino viene enseguida, y podemos reunirnos en mi despacho. Síganme.

El despacho es una sala pequeña con un balconcillo abierto a la calle principal y decorado con las banderas bicolor y falangista y un par de retratos de Franco y José Antonio Primo de Rivera, este último con un crespón en su ángulo superior derecho. El mobiliario es escaso y muy modesto: una vieja mesa con su silla, un par de muebles archivadores y otra media docena de asientos de variopinta hechura distribuidos en su perímetro. Olmedillo ocupa su lugar tras la mesa e invita a los recién llegados a acercar sus sillas para que la reunión resulte menos formal. Mientras lo hacen se incorpora al despacho Gabino Barbosa, un tipo bien parecido, de brillantes ojos negros y pelo moreno peinado hacia atrás con fijador; luce bigotillo a la moda y es algo más alto que su compañero, pero tan delgado que abulta más o menos la mitad que este.

Tras el nuevo ciclo de presentaciones, Manchón cede el protagonismo al policía, quien, sin embargo, prefiere hablar en plural.

—Les agradecemos la molestia de recibirnos. El motivo de nuestra visita no es otro, como ya se habrán imaginado, que Jacinto Ayuso.

Los falangistas asienten en silencio con semblante serio.

—Tenemos la sospecha, casi la seguridad, de que Jacinto ha muerto, de modo que ya no buscamos un desaparecido; o mejor dicho, buscamos un cadáver desaparecido.

—He oído lo de la mano —interviene Barbosa—. ¿Es de Jacinto?

—Por desgracia, sí. Su padre lo ha confirmado.

—¿Quiere decir que no han encontrado el cuerpo?

—Todavía no.

—Ni saben quién lo ha hecho.

—De eso se trata. Tenemos que dar con un móvil que al menos explique, ya que no puede haber justificación posible, esta barbaridad. Cualquier información sobre Jacinto es importante. Y ustedes dos, al parecer, fueron buenos amigos suyos.

—Antes de la Cruzada —puntualiza Olmedillo.

—¿Quiere decir que su amistad acabó entonces? ¿Por qué motivo?

—No quiero decir eso. Es que servimos en frentes distintos y después se metió a fraile, así que nuestra relación acabó prácticamente a las pocas semanas del Alzamiento.

—Y tampoco es que fuéramos tan amigos —abunda Barbosa—. Yo le saco, o le sacaba si es que ha muerto, cuatro años, y Lorenzo tres. Lo que pasa es que tenía la relación que tenía con Luciano.

—Se refiere a Luciano Figar.

—Sí señor.

—Pero Figar también les sacaba a ustedes unos cuantos años y no parece que eso fuera un problema —objeta el policía—. De vivir, ahora tendría treinta y cuatro o treinta y cinco.

—Luciano era en Aranda un referente para cualquier falangista. Y Jacinto era casi como su hermano pequeño, así que…

—Así que se apuntaba a todas y ustedes lo aceptaban a su lado por ser quien era.

—Bien explicado —acepta Olmedillo—. Lo cual no quiere decir que no se le apreciara, como a cualquier camarada. En esos años no era fácil la vida para nosotros, y el simple hecho de compartir la camisa azul significaba una garantía de amistad. Pero al margen de eso, la relación era poco estrecha.

—Ya imagino. Dicen que no coincidieron con él durante la guerra.

—En ningún momento —asegura Barbosa—. Tanto Lorenzo como yo nos alistamos el ocho de agosto en la Quinta Bandera de la Falange de Burgos. Primero al frente de Santander, luego al de Asturias…

88

—Después a Guadalajara —completa Olmedillo—, Teruel, Huesca, valle de Arán, el norte de Cataluña y otra vez Guadalajara.

—Lo más jodido fue en Sort. Perdimos mucha gente. Por algo se nos concedió la Cruz Laureada de San Fernando.

—Héroes de guerra, entonces. Y mientras tanto, Jacinto Ayuso en Intendencia, ¿no?

—Los momentos difíciles son para hombres —dictamina Barbosa con indisimulada pedantería—, y Jacinto solo era un muchachito malcriado.

—¿Qué significa malcriado?

—Un señorito, para que me entienda.

—Ya. Y Luciano, ¿dónde estuvo durante ese tiempo?

—Entre Burgos y Salamanca, cerca del Caudillo.

—Tampoco parece mal destino.

Aunque intentan disimularlo, el comentario de Lombardi ha sentado como una patada a los falangistas: no se ofende tan descaradamente a un campeón local.

—No es comparable —reacciona Lorenzo Olmedillo—. Tenía responsabilidades muy serias allí: propaganda, policía militar.

—¿Cómo se atreve a criticarlo siendo forastero? —remacha Barbosa sin ocultar acidez en su tono.

Tan forastero como lo era el propio Luciano Figar en Madrid, piensa Lombardi, y eso no le impidió complicarle la vida, tanto a él como a muchos otros.

—Lo siento, no pretendía hacer un juicio de valor sobre él. —El policía intenta templar gaitas, aunque sin apearse de su invectiva—. Solo constataba el hecho de que tanto Cornelio Figar como Román Ayuso se las apañaron para mantener a sus respectivos hijos alejados de las balas. No parece una actitud muy patriótica mientras que sus paisanos, ustedes mismos, entregaban su sangre y su juventud.

Los falangistas intercambian miradas dubitativas. El policía aprovecha el confuso silencio para remachar su tesis:

89

—Y si hace falta un forastero para hacerles notar este detalle es que no han cambiado mucho las cosas después de la Cruzada. ¿Es esta la nueva España que construyen por aquí? A mí me parece la Castilla caciquil de toda la vida, con patriotas de clase preferente mientras los jóvenes del rebaño son carne de cañón.

—Por favor —interviene Manchón, visiblemente incómodo sobre la silla—, no hemos venido a discutir de política, ¿verdad?

—Claro que no —acepta Lombardi en tono conciliador—. Intentamos resolver una desaparición que ha derivado en asesinato. Y mis comentarios no han sido improcedentes, porque revelan la posición de privilegio de ciertas familias, y lo sucedido a Jacinto puede tener relación con eso. Posición que se ha magnificado después del Alzamiento. ¿O me equivoco?

—La fortuna de los Ayuso es relativamente reciente, más o menos de hace ocho o diez años —apunta Olmedillo, que parece el más permeable de la pareja—, pero los Figar han estado siempre entre los notables de la Ribera. Y ahora tienen buena mano con el Generalísimo.

—Ya he visto la foto de don Cornelio con el Caudillo entre oficiales italianos —asiente el policía—. Supongo que se hizo durante la guerra.

—En la ermita de la Virgen de las Viñas, seguramente. Allí se alojaron los camaradas italianos. Los alemanes estaban en el Albergue Nacional de Turismo.

—Entonces —tercia Barbosa—, ¿cree que lo de Jacinto puede ser una especie de venganza por envidias familiares?

—Por envidia, o por reparación de alguna ofensa. Ustedes conocen mejor que yo los entresijos de esta tierra. Puede que uno de ellos, o ambos, hayan causado algún mal grave, aun sin quererlo. ¿Tienen noticias de algo parecido?

—Pues no sabría decirle —alega Olmedillo, acariciándose maquinalmente la perilla, y su compañero lo apoya con un cabeceo negativo—. A lo mejor tiene que ver con sus negocios, pero yo desconozco esos detalles.

—Porque pensar en la posibilidad de que Jacinto tuviera enemigos personales, directos, no resulta muy creíble, ¿verdad?

La respuesta de los falangistas es tan negativa como unánime. Parece que han aprendido a encogerse de hombros en la misma escuela.

—Hay un asunto que también podría tener relación con el caso —insiste Lombardi—. ¿Participaron ustedes en la pelea del Frontón?

—Sí señor —admiten ambos al alimón.

—¿Podrían ofrecerme su versión de aquellos hechos?

Gabino Barbosa asume el protagonismo narrativo. Sucedió, según cuenta, el último día de mayo del treinta y seis, un domingo a la salida del baile. Un grupo de anarquistas gritaba a favor del comunismo libertario, y los falangistas presentes respondieron con vivas a España y a la revolución nacional sindicalista. De los gritos se pasó a los puños y las navajas y se trabó una pelea multitudinaria en la que hubo más de treinta heridos, dos de ellos graves, uno por bando. Ante la impotencia de la Benemérita para controlar los acontecimientos, el gobierno civil tuvo que enviar una sección de la Guardia de Asalto que puso fin a la bronca.

—A unos cuantos rojos los trincaron y buena parte de ellos acabó en la prisión de Burgos —concluye—. Y usted sospecha que aquello tiene algo que ver con la muerte de Jacinto, seis años después.

—¿Habría que descartarlo?

—En ese caso, el culpable sería un rojo, y ya no quedan de esos en Aranda ni en la Ribera.

La misma versión que Cornelio Figar, aunque Barbosa se ahorra apostillas más explícitas sobre los motivos de esa ausencia.

—Además, si esa fuera la causa —remacha Olmedillo—, ¿por qué elegir a Jacinto si participamos más de veinte?

—Puede que fuera el objetivo más fácil en este momento. Pero no estoy diciendo que haya sido así. Solo pienso en voz alta, busco posibles móviles. Y ustedes no ayudan mucho, la verdad. ¿Saben si

Jacinto tenía novia antes del Alzamiento, o si la tuvo después? Las mujeres tienen buena memoria y se fijan en detalles a los que los hombres no prestamos mucha atención.

—Nunca le conocí una novia —asegura Olmedillo, sorprendido.

—Ni yo —corrobora su compañero—, por lo menos hasta que nos fuimos al frente. Y después, ya digo que no volvimos a tener contacto.

—Pero en los últimos tres años hizo varias visitas a Aranda. ¿Nunca coincidieron con él?

—Alguna vez por la calle, o en misa; pero nos dedicábamos saludos rápidos o lejanos —admite Lorenzo Olmedillo—. Él iba con su hábito negro, ya sabe, y siempre acompañado por la familia. Eran situaciones poco propicias para el compadreo de viejos conocidos.

La incomodidad personal del policía en ese ambiente se acentúa con la ausencia de respuestas. Necesita respirar aire limpio, y si sigue allí, rascando donde no hay, es probable que se geste una nueva borrasca dialéctica ante cualquier comentario de los falangistas. Lo que menos le interesa es ponerse en evidencia, así que se incorpora, estrecha de nuevo aquellas dos manos y se despide.

—Señor Lombardi —le interpela Manchón una vez en la calle, en tono susurrante para evitar ser oído por los transeúntes—. ¿A qué ha venido esa provocación gratuita?

—Ni provocación, ni gratuita. Me pidió usted que le ahorrase preguntas incómodas ante sus convecinos, y eso he hecho. Alguien tenía que decirles en sus narices a esos dos héroes de guerra con alma de siervo que Figar y Ayuso fueron unos enchufados por ser hijos de quienes eran. Y que ellos dos, como tantos otros, se partieron la cara en su lugar. Bien que lo saben, pero mientras que a Jacinto casi lo menosprecian, a Luciano lo ensalzan. Y es que todavía hay clases por aquí: Román Ayuso es un advenedizo, mientras que Cornelio Figar es un terrateniente con pedigrí, poco menos que intocable.

—Baje usted la voz —ruega el brigada—. La verdad es que desconocía todos esos detalles. Pero ¿de qué nos sirven en nuestro caso?

—Intento hacerme una idea del terreno que piso, Manchón. Qué redes invisibles se extienden bajo la apariencia de normalidad; quién obedece a quién; quién odia a quién, y por qué. Y ya tenemos claras al menos dos cosas: que Jacinto era un don nadie para ellos por muy falangista que fuera, y que ninguno de esos dos pronunciará jamás una palabra en contra de su amo, del padre de su ídolo.

—Eso no nos dice nada sobre el crimen.

—De momento nos ha dicho algo sobre la víctima, y eliminado un montón de sospechosos. ¿Es cierto que aquí no hay rojos, como dice Barbosa?

—Desde que llevo aquí no ha habido ninguna denuncia de ese tipo contra nadie. Además, ¿por qué van a ser de Aranda los asesinos?

—Bien apuntado, Manchón —elogia el policía—, aunque según Gabino tampoco quedan rojos en el resto de la Ribera.

—No hay denuncias en todo el partido judicial.

—¿Lo ve? Hemos eliminado de un plumazo el posible móvil ideológico. Eso, si damos crédito al testimonio de esos dos.

—Pero seguimos con el culo al aire, y perdone la expresión.

—Ya lo estábamos. Me gustaría contar con un listado de los rojos implicados en aquella pelea y, muy especialmente, de los familiares que aún residen en la villa.

Enfrascada en la charla, la pareja se topa de frente con Sócrates Peiró, que sale de un portal.

—¡Hombre, la autoridad policíaca en pleno! —saluda el médico de buen humor—. ¿Alguna novedad?

—Ninguna, doctor —se lamenta Lombardi—, salvo que tenemos la cabeza un poco más hinchada que esta mañana. ¿Verdad, Manchón?

El brigada confirma los hechos con gesto pesaroso.

—Pues tómense ustedes un respiro. Los invito a un refresco en La Tertulia.

Manchón se excusa: tiene mucho trabajo; pero el policía acepta gustoso cambiar de compañía y se suma al paseo de Peiró.

La Tertulia es un notable edificio a pocos metros de la Fonda Arandina y del propio ayuntamiento. Lombardi ha pasado varias veces ante su puerta, pero solo desde la distancia y con la perspectiva que ofrece el lado opuesto de la plaza puede apreciarse el mirador de madera y cristal que se extiende a lo largo de toda su fachada superior y que le otorga cierto aire majestuoso frente al resto de los inmuebles. El lugar resulta ser, en esencia, una cafetería restaurante, al menos en su planta baja. En el principal, adonde conducen los pasos del doctor, hay un murmullo salpicado de risas apagadas; una nueva barra preside un gran espacio diáfano con mesas, en buena parte ocupadas a esas horas. Don Sócrates se quita su panamá y, sombrero en mano, saluda con cordiales movimientos de cabeza a cada uno de los núcleos humanos con que se cruzan en busca de un espacio libre cerca del ventanal. El policía se sabe objeto de miradas curiosas, de cuchicheos, pero camina tranquilo tras Peiró, hasta que este se decide a instalarse en una mesa solitaria, no muy lejos de la que ocupa el juez Lastra, embebido en la lectura de un legajo ante una taza de café.

—Aquí puede encontrar usted la flor y nata de Aranda —comenta el médico en voz baja—. Desde los directores de banco hasta el alcalde y los concejales, pasando por su señoría y las familias e industriales más notables de la villa. Por cierto, que aquel grupo de señoritas no le quita ojo. Cualquiera de ellas puede ser un buen braguetazo —bromea don Sócrates—, si es que está interesado en asegurarse el futuro.

La llegada del camarero aborta la respuesta de Lombardi, que pide una copa de coñac y el médico se decide por una infusión de manzanilla bautizada con un chorrito de anís.

—Discúlpeme un minuto —dice Peiró—, que tengo que saludar a unas personas.

El policía queda a solas en la mesa. Enciende un pitillo y aprovecha para observar el lugar entre volutas de humo. La decoración es muy sobria; prácticamente no existe, más allá de las elegantes arañas que cuelgan del techo: muros lisos, aunque recién pintados, y algún espejo en la pared opuesta a los ventanales. Un cartel pone el único color llamativo en el salón: el anuncio de una corrida de toros para el día 14 de septiembre próximo, con Niño de la Palma, Félix Colomo y Morenito de Valencia como protagonistas. Lombardi no es aficionado a la Fiesta Nacional, pero alguno de esos nombres le suena de antes de la guerra.

En cuanto a los presentes, no son, ni mucho menos, pueblerinos, y se parecen poco a la clientela de la planta baja: todos van bien arreglados, alguno con elegancia; especialmente las mujeres, que son las más descaradas, dentro de su recato, a la hora de lanzar reojos al forastero. De repente, Lombardi descubre un periódico sobre una de las mesas al que nadie parece prestar atención. Camina hacia allí con calma, intentando no interrumpir la perorata de uno de los contertulios, empeñado en resucitar a la Gimnástica Arandina, equipo histórico de la villa, y que es replicado con sensatez de Perogrullo (—¿Y para qué queremos un equipo, si no hay campo donde jugar?) por quien parece su principal antagonista dialéctico.

—Disculpen. ¿Me permiten el periódico?

Los presentes asienten amablemente sin palabras, aunque antes de que el policía haya iniciado la retirada con su botín de papel, uno de ellos lo interroga con toda familiaridad:

—¿Se sabe ya algo de lo de San Juan?

—Pregunte usted a su señoría —responde él con un disimulado gesto hacia el juez—, que sabe más que nadie.

Lombardi vuelve a su mesa con la incómoda sensación de ser un personaje público. Apenas lleva treinta horas en Aranda y todo el mundo parece saber quién es. Abre el diario con desgana, consciente de que allí no existe el anonimato necesario para trabajar en condiciones, y que cualquier paso que decida dar será conocido a los pocos minutos para ser comentado con la misma ligereza que una charla futbolística.

El camarero sirve el pedido y el policía, copa en mano, se enfrasca en las primeras páginas del periódico dedicadas al triunfal avance de los nazis en el Cáucaso, hasta llegar a la información nacional, donde una corta nota da cuenta de la misa celebrada en la basílica bilbaína de la Virgen de Begoña en honor a los caídos carlistas y presidida por el ministro del Ejército, el general Varela. Acto, en apariencia, de lo más normal dentro de la parafernalia triunfalista, excepto que se había celebrado el domingo anterior y terminó como el rosario de la aurora. Balbino Ulloa se lo había contado el lunes, durante la conversación que finalmente lo trajo hasta Aranda. Al parecer, algún falangista había lanzado una granada tras la misa, provocando muchos heridos entre los requetés. Un enfrentamiento entre familias del Régimen de muy distinto color: unos, partidarios de la monarquía absolutista; los otros, de un estado totalitario donde la figura de un rey no tiene cabida. Mediante el decreto de unificación, Franco les había dado ambas cosas, ocupando él mismo un trono ficticio asentado sobre una ideología fascista. Los hechos parecen demostrar, sin embargo, lo artificioso de semejante unidad. Naturalmente, el diario no dedica ni una palabra a los incidentes después de tres días de absoluto silencio.

—¿Algo interesante? —El doctor se reincorpora a su asiento.

—Sin novedad en el mundo. —Lombardi cierra el periódico y apura el resto de su copa de un trago—. ¿Esta es la Aranda que quería mostrarme?

—Es una de sus caras.

—Pues, francamente, no creo que me ayude mucho en la investigación. No me imagino a ninguno de estos emperifollados empuñando un hacha para destrozar un cadáver.

—Comprendo —dice el médico bajando la voz—. Puedo hablarle de otra villa; menos visible, aunque sin duda mucho más interesante para un policía.

—Soy todo oídos.

—Antes me gustaría que me aclarase una duda —apunta Peiró entre mínimos envites a su manzanilla anisada—. Esta mañana dijo usted que había pasado la guerra en Madrid.

—Así fue.

—¿Como refugiado, preso o combatiente?

Lombardi escudriña el semblante de don Sócrates, lo mira directamente a los ojos y aquel le sostiene la mirada tras sus gafas sin pestañear. Hay un fondo de zorruna experiencia en ese hombre, aunque por completo carente de malicia. Parece fiable y, al fin y al cabo, es él quien necesita la información; algo de sí mismo tendrá que ofrecer a cambio.

—Como policía —acepta al fin en un susurro—. Aunque no es asunto que deba tratarse en un sitio como este.

—Pues lo invito a mi casa. Allí podemos hablar sin problema.

El sol descendente dibuja sombras alargadas en la plaza. Una cuadrilla de empleados municipales adecenta con parsimonia la superficie que ocupaba el mercado mientras la pareja busca la calle donde una hora antes se ha producido el fortuito encuentro entre ambos.

—Según dejó caer esta mañana, usted no es de aquí, ¿verdad? —comenta el policía en un momento del paseo.

—Nací en Valencia.

—¿Y qué se le ha perdido en tierras de secano a un hombre de la costa?

Sócrates Peiró sonríe con un halo de nostalgia antes de exponer a grandes rasgos su biografía. Dice que hizo la carrera en Madrid e ingresó en el cuerpo de médicos militares, siguiendo la tradición familiar. Su experiencia en Melilla, más allá de la herida de guerra, le hizo perder toda confianza en ciertas instituciones (—Un mundo corrupto, donde los mandos se lucraban a costa de la sangre de los pobres.) y abandonar el Ejército. Desde entonces se dedicó a vivir la vida, viajando por Inglaterra, Francia y Alemania con la excusa de perfeccionar sus estudios, hasta que la Gran Guerra del catorce le obligó a volver a casa. En Valencia ayudó a su padre mientras vivía; otro hermano heredó la consulta paterna y él viajó a Madrid, donde finalmente conoció a una mujer que le hizo sentar cabeza a los treinta y seis años. Ella era de Aranda, y Peiró decidió abrir consulta en la villa. El matrimonio duró poco más de un año, porque la epidemia de gripe del dieciocho se la llevó por delante.

—Ahí tiene usted: un médico incapaz de salvar lo que más quería —concluye el doctor con gesto de amargura contenida—. Me reproché largo tiempo mi incompetencia; quise largarme de aquí y olvidarme para siempre de la profesión, pero su recuerdo me retuvo. Y hoy no me arrepiento, porque aquel remordimiento y el complejo de culpabilidad me hicieron mejor médico. Estudio y dedicación han sido mi única vida desde entonces.

—Y sus aventuras policíacas —bromea Lombardi para introducir un elemento de ligereza en el tenso relato.

—También eso ayuda —admite aquel con una sonrisa.

Peiró ocupa el piso principal de un edificio en la calle Isilla. Es una casa grande, donde mantiene vivienda y consulta. Vive solo, con una asistenta externa que le atiende el hogar durante varias horas al día y una enfermera que lo ayuda en su actividad matutina. El doctor conduce al policía por el ahora solitario espacio hasta una habitación del fondo, con vistas a la calle y aspecto de despacho decorado en madera, con grecas y relieves por todas partes. Dos de las cuatro paredes están casi ocultas por libros; en otra, junto a un reloj de péndulo, hay una silla de brazos y una mesa con la foto de una joven en un marco de pie; es una foto antigua, y todo hace suponer que se trata de la fallecida esposa del médico. Un aparador completa el mobiliario, con un par de butacones de cuero negro bajo la luz directa de la ventana.

El visitante curiosea en la biblioteca mientas el anfitrión abre el mueble y sirve un par de copas de coñac. Tratados profesionales de medicina o psicología ocupan la mayor parte del espacio entre los anaqueles, aunque no faltan ensayos históricos y novelas, con ejemplares en inglés, francés o alemán.

—Así que sirvió en Madrid durante el asedio —comenta don Sócrates, ocupando uno de los sofás—. Y, parafraseando su pregunta de hace un rato, ¿qué se le ha perdido a un policía republicano en tierra tan hostil como Aranda de Duero?

El interpelado resume a grandes rasgos la experiencia de sus últimos tres años y medio. La detención, la cárcel, la condena, el campo de trabajo de Cuelgamuros y su casual redención para investigar un asesinato relacionado con otros producidos durante la guerra. Y su esperanza, finalmente, de que el anunciado indulto pueda devolverle una libertad por el momento demasiado provisional.

—Ya decía yo que tiene que ser buen policía. En caso contrario seguiría picando piedra.

—¿Y esto, doctor? —lo interrumpe Lombardi con *El jardín de los frailes* en la mano.

—Una novela.

—Ya sé lo que es. Me refiero a su autor.

—Manuel Azaña.

—¿Cómo lo tiene aquí? ¿No teme que sus vecinos lo descubran? —El policía señala por la ventana. Al otro lado de la calle, casi a su misma altura, está la sede falangista.

—Es solo un relato sobre recuerdos juveniles.

—No creo que les importe un bledo su contenido —replica, devolviendo el libro a su sitio antes de ocupar el sofá libre—. Para ellos, su autor la hace merecedora de la hoguera. Y a usted de la cárcel, o al menos de una buena sanción.

—¿Por qué iban a castigarme? —argumenta don Sócrates con desenfado—. No tengo fama de desafecto. Soy un hombre de orden y respetuoso. Como cualquier español de bien, cumplo en misa, en la procesión y en el baile.

—Pero con cierto poso liberal, por lo que parece.

—Las ideas no son algo por lo que merezca la pena morir; mucho menos matar. Acepto la autoridad, sea cual sea su naturaleza. Vivo y dejo vivir. Ese ha sido y sigue siendo mi lema.

—Ya, un hombre alejado de toda sospecha, con las manos limpias, las orejas grandes y la boca pequeña —resume el policía con un apunte de mordacidad.

—¿Y usted me lo reprocha? ¿Acaso va por la calle lanzando proclamas democráticas?

Lombardi asume el rapapolvo. También él es un testigo pasivo de la injusticia dominante; deliberadamente mudo para evitar el martillo de la represión.

—Fíjese en don Miguel de Unamuno —abunda Peiró ante la pausa de su interlocutor—. ¿De qué le sirvió su épico enfrentamiento con Millán Astray en Salamanca? Apartamiento, ostracismo, depresión y muerte: ese fue su premio.

—Si uno juguetea con un perro rabioso, lo normal es que te muerda. Y Unamuno apoyó pública y económicamente el golpe militar.

—Hasta que descubrió su desmesura. ¿Es que usted nunca se equivoca?

—Muchas veces. De hecho, es una de mis aficiones favoritas —bromea el policía en un intento de cerrar el debate—. Allá usted, pero yo no tendría este libro a la vista de cualquiera.

—Y no lo está. Hace mucho que nadie, aparte de mí, entra en este despacho.

Sorprendido, Lombardi levanta su copa en un gesto de brindis mientras se sienta frente al médico.

—Es un honor la confianza que me otorga —añade.

—Equivalente al que usted me ha concedido con su sinceridad.

—Pues hábleme entonces de esa otra Aranda prometida.

—Podríamos resumirlo en que el verano del treinta y seis fue una época muy difícil en la villa —dice Peiró, con un profundo suspiro.

—Lo fue para todos, doctor.

—Bueno, usted lo vivió en Madrid, y supongo que en una gran ciudad las cosas no tienen el mismo efecto que en una población de nueve mil habitantes. A finales de julio hubo muchos muertos; y también en los tres meses siguientes.

—Creía que la guerra por aquí había sido relativamente tranquila.

—Y lo fue —corrobora el médico—. Un par de bombardeos aéreos en el barrio de la estación y otras tantas víctimas: en eso podemos resumir los casi tres años de contienda.

—¿Entonces?

Don Sócrates guarda silencio y se mesa la barba. Parece pensarse si merece la pena seguir adelante con esa línea de conversación.

—Mire, doctor —insiste Lombardi ante las dudas—. Supongo que no me ha traído aquí para contar un par de chismes, y espero que lo que quiere decirme tenga relación con el caso de Jacinto Ayuso. Cualquier información que pueda facilitarme al respecto puede ser importante, así que le ruego que se explique con claridad. No creo que sea necesario decírselo, pero le prometo que nuestra charla quedará entre ambos.

—Antes, si le parece, tengo que remontarme unos años atrás —dice por fin el médico.

—Como usted considere.

—La villa siempre ha sido conservadora, muy conservadora: irritantemente conservadora diría yo. Pero no debemos culparla por ello; en realidad, España entera ha sido toda la vida un país de derechas; los despertares progresistas son una anomalía en su historia y han durado muy poco. Exactamente, hasta que se intenta poner coto al poder la Iglesia; porque es la Iglesia la que educa al pueblo desde el púlpito y la escuela. Ahora, Franco les ha concedido un poder absoluto y es de suponer que bajo su influencia nos espere un siglo entero, un largo invierno de embrutecimiento e ignorancia.

—Coincido con su análisis, pero preferiría centrarme en Aranda.

—Sí, disculpe mis divagaciones. Ya le hablé esta mañana de Diego Arias de Miranda. En torno a ese hombre existía toda una

101

red de clientelismo apoyada por la Iglesia. Con su muerte y la casi inmediata llegada de la República, su herencia moral y política quedó en manos de José Martínez de Velasco.

—¿Habla del que fue alcalde provisional de Madrid? Y ministro, creo recordar.

—Sí señor, varias veces durante el bienio derechista —abunda Peiró—. Era presidente del Partido Agrario y uno de los paladines contra el Estado laico, el divorcio y otros cambios constitucionales que socavaban el ancestral poder del catolicismo.

—¿Qué tenía que ver con Aranda?

—Era yerno de don Diego. Y quiso, con nuevo estilo y aparentes reformas, heredar el dominio ideológico y económico de su suegro sobre una población pobre, en muchos aspectos miserable. Pero en la provincia le salieron competidores por la derecha. Por ejemplo, José María Albiñana y su Partido Nacionalista Español.

—Además de los jonsistas de Onésimo Redondo —acota Lombardi—, en cuyas filas militaba Ayuso.

—Esos eran cuatro chavales iluminados que acabaron fagocitados por una Falange que incluso se apropió de su símbolo y bandera —impugna don Sócrates—. Los legionarios de Albiñana, como llamaban a sus fuerzas de choque, eran más numerosos e infinitamente más violentos que ellos. Su camisa azul celeste con la cruz de Santiago en el pecho causaba espanto. Por cierto, que Albiñana era paisano y colega mío, especialista en enfermedades nerviosas y mentales.

—No deja de ser curioso.

—Pues sí, la verdad. Podríamos decir que creó un partido bastante nervioso —ironiza el doctor—. Hasta el punto de que sus principales enfrentamientos no eran tanto con las izquierdas como contra los agrarios. Aquí, durante la campaña electoral del treinta y seis, los de Albiñana y los de Martínez de Velasco se agredieron e insultaron mutuamente; se armó tal escándalo que tuvo que intervenir la Guardia Civil y suspender los actos.

—Dos machos disputándose un mismo territorio.

—Con un mismo destino, sin embargo. La vida es extraña a veces. ¿Sabe que a pesar de sus inquinas personales ambos murieron el mismo día en la Modelo de Madrid?

Lombardi recuerda bien aquellas fechas, con los primeros bombardeos aéreos sobre la ciudad y las recientes noticias de la masacre de Yagüe en Badajoz. Un incendio en la prisión y los rumores de un intento de fuga de los presos fascistas desataron la furia popular, que asaltó la cárcel. Una columna de milicianos anarquistas ametralló a varios reclusos en el patio. Horas después, un juicio sumarísimo organizado por los propios milicianos se saldó con la ejecución de varios militares y políticos detenidos por apoyar la sublevación. Día de vergüenza para la República, cuyas autoridades tardaron en frenar la sed de sangre entre sus filas.

—Se refiere a los sucesos de agosto del treinta y seis —admite el policía con un rictus de pesadumbre—. No fue una noticia precisamente favorable para la causa republicana.

—Desde luego. Bueno, a lo que iba. En Aranda, como en el resto de la Ribera, el número de votos de las derechas superaba con mucho el de las izquierdas, incluso en las elecciones que ganó el Frente Popular. Se lo digo para que se haga una idea de la mentalidad de esta tierra. Pero no vaya usted a creer que esas diferencias se traducían en conflictos serios, ni siquiera con los sucesos revolucionarios del treinta y cuatro.

En ese año, según el doctor, empezaron los problemas, porque el gobernador derechista de Burgos cesó al ayuntamiento para sustituirlo por una gestora más acorde con sus intereses. Cuando dos años después el nuevo gobernador del Frente Popular rehabilitó a los munícipes cesados, tampoco hubo graves sarpullidos entre la población más allá de los típicos comentarios sobre la poca seriedad de los políticos.

—Los ribereños son pacientes —explica Peiró—; no en vano están acostumbrados al caciquismo secular, y la vida siguió con relativa normalidad en la villa. Los izquierdistas se reunían en sus mítines, los falangistas practicaban con sus armas en los montes cercanos y la mayoría del vecindario asistía pasivamente a este proceso de polarización, aunque con miedo creciente. Solo recuerdo un episodio serio, en mayo del treinta y seis, un enfrentamiento entre falangistas e izquierdistas durante un baile.

—Ya conozco la historia del Frontón, en la que Ayuso estuvo implicado.

—Pues sí. Hubo varios heridos y el asunto le costó el puesto al juez de instrucción, porque solo detuvo a los izquierdistas. Pero lo malo vino en julio.

—Con la sublevación.

—Sí señor, con la lucha fratricida.

—Sublevación militar contra un régimen democrático, doctor —matiza el policía—, una conspiración preparada desde el mismo nacimiento de la República. Acuérdese de la Sanjurjada, y de los pactos de los monárquicos con Mussolini. Un intento de golpe fracasado que degeneró en carnicería. No quiera culpar de ello a tirios y troyanos, ni confunda causa y efecto.

Don Sócrates hace una pausa y eleva los ojos al techo. Lanza uno de sus suspiros antes de continuar.

—Llámelo como prefiera —admite sin entrar en debate—. En julio, como le decía, el puesto de la Guardia Civil de Aranda estaba bajo el mando de un capitán, Enrique García Lasierra. Era una persona sin raíces en la villa, porque había llegado tres semanas antes desde la guarnición de Huesca, con fama de hombre duro por su represión del movimiento revolucionario del treinta y cuatro en tierras aragonesas. El caso es que el día dieciocho, este señor viaja a Burgos para ponerse a las órdenes de los sublevados. Regresa al día siguiente, asume el poder municipal y publica el bando que declara el estado de guerra. Ordena que en todos los pueblos de la comarca se repongan los concejales de derechas destituidos por el gobierno civil frentepopulista, y que los secretariados de los ayuntamientos sean ocupados por personas afines al levantamiento aunque carezcan de titulación o experiencia. La gente estaba confusa, porque en principio el golpe se hizo en nombre de la República y nada importante parecía haber cambiado. Pero pasados unos días, cuando se confirmó el triunfo del Alzamiento con la llegada desde Burgos de tropas sublevadas en dirección a Madrid, empezó la locura.

Primero, explica Peiró con el tozudo tictac del péndulo como coro, cayeron el alcalde y los concejales que acababan de ser depuestos; luego, cualquier representante de los sindicatos y partidos de izquierdas. Todos fueron detenidos; alguno de ellos incluso ejecutado directamente a la puerta de su casa. Bajo las órdenes directas de García Lasierra, piquetes de milicianos falangistas y guardias civiles recorrieron la comarca en busca de víctimas: ancianos, mujeres, hombres con siete, ocho o nueve hijos, críos con menos de dieciocho años. Labradores, jornaleros, empleados municipales, ferroviarios; sobre todo ferroviarios.

—Gente sencilla en su mayoría —puntualiza el doctor—. Y algunos ni siquiera eran del sindicato anarquista, ni socialistas o de Izquierda Republicana, los dos partidos del Frente Popular que más votos sacaban.

—Llenó las cárceles de la provincia.

—Ojalá hubiera sido solo eso. Muchos ni siquiera llegaron a Burgos; otros fueron sacados de allí tras unos días y paseados. Usted me entiende.

—Me temo que lo entiendo perfectamente —asume el policía con un estremecimiento. Las palabras de Cornelio Figar al asegurar que la Ribera estaba limpia de rojos no eran una simple hipérbole sino la constatación de una planificada campaña de exterminio.

—Los alrededores de Aranda son un gigantesco cementerio anónimo —la voz de Sócrates Peiró se quiebra en medio de la frase—, con cadáveres de detenidos desde Lerma hasta la sierra segoviana, desde Valladolid a Soria. Dicen que puede haber más de mil.

—Sintomático que Franco rodeara de muertos su capital administrativa. Es la primera vez que lo expresa usted en voz alta, ¿verdad?

El doctor asiente en silencio.

—Llevo seis años con este sapo atravesado en la garganta —asume—. Gracias por escucharme: es una buena terapia para mí. Conocía a unos cuantos de ellos, y a algunos de esos chicos los ayudé a venir al mundo.

—Gracias a usted por la confianza que me demuestra, doctor.

—¿Sabe lo que me indigna, señor Lombardi? —agrega el médico con una mezcla de rabia y tristeza—. La impunidad. No soy un timorato, y si alguien ha cometido un delito, me parece justo que lo pague, incluso con la vida si el desafuero es muy grave. Pero descerrajarle cuatro tiros a una persona indefensa que ni siquiera ha sido juzgada... ¿Cómo llamar a eso?

—Un juez lo llamaría asesinato.

—Un juez independiente.

—¿Insinúa que Eugenio Lastra no lo es?

—¿Y quién puede serlo hoy en día? —Don Sócrates se encoge de hombros.

—¿Qué fue del tal García Lasierra?

—Marchó al frente de Madrid pocos meses después, con el título de hijo predilecto de Aranda en el bolsillo. He oído que anda de nuevo por tierras aragonesas. Ahora es comandante.

—Los hombres pasan, sus obras quedan —apunta el policía con acritud.

—Pero aquel carnicero la completó antes de irse. Dejó en su puesto a Celestino Blanco Juarros, teniente de la Guardia Civil de Roa, a quien había reclamado a su lado en los primeros días del Alzamiento para secundarlo en sus correrías criminales. Este hombre se encargó de remachar los clavos del ataúd como juez instructor de los expedientes de incautación de bienes a las familias de los presos y desaparecidos. Así que el ensañamiento no acabó en una tumba anónima, sino que alcanzó a quienes tuvieron la dudosa fortuna de sobrevivir como viudas o huérfanos.

—Depuración de responsabilidades políticas, lo llaman.

—Y qué más da el nombre. Aquel era tan mal bicho como su jefe. Ahora es capitán, y dicen que persigue guerrilleros en la sierra de Granada. Con su pan se lo coma. En fin, ya ve usted que Aranda tiene también una cara muy distinta a la que se aprecia a simple vista.

—Desde luego —reflexiona Lombardi: una cara inesperada que vigila tus espaldas desde la penumbra del silencio.

—Salga usted ahí afuera y la mayoría, si se atreven a hablar, dirán que todo les va bien aunque estén muertos de hambre o de miedo. Son gente sencilla y buena, que se siente feliz con detalles tan nimios como la corrida de toros de las próximas fiestas.

—Ya he visto el cartel en La Tertulia.

—Es la primera que se celebra desde el treinta y cinco —comenta don Sócrates—. En Aranda no hay plaza, pero son capaces de levantarla para disfrutar un par de horas y volver a desmontarla hasta el año siguiente. Viven las fiestas como si fuera el último día de su vida.

—Tal vez para olvidar el reciente pasado.

—Ni mucho menos. Ya eran así de jaraneros antes de la guerra.

—Así que, en su opinión, aquellos acontecimientos pueden tener relación con Jacinto Ayuso —sugiere el policía.

—Yo no soy quien para sacar conclusiones, pero me parecía importante que conociera usted el terreno que pisa. Al fin y al cabo, la violencia engendra miedo; el miedo arruga a la gente, la obliga a arrastrarse como culebras. Pero si pisas a una culebra, lo normal es que te pique.

—Si la muerte de Ayuso es una venganza, debería buscar a los culpables entre gente cercana a aquellas víctimas.

—Pocos hay, la verdad —valora Peiró—. La mayoría tuvo que dejar la villa tras perderlo todo; otros simplemente en busca de un ambiente más respirable, donde no les hicieran la vida imposible. Los que quedan viven casi en la clandestinidad, avergonzados, sin atreverse a salir al sol o a mezclarse con el vecindario. Son como parias, muertos vivientes. Dudo mucho que esa pobre gente tenga los redaños necesarios para una cosa tan rebuscada.

—¿Sabe si Ayuso tuvo algún papel destacado en la represión?

—Lo desconozco, pero él era muy joven entonces. Y enseguida

marchó al frente como otros muchos. Las ejecuciones, por lo general, corrían a cargo de forasteros. Y los arandinos que participaron en ellas supongo que lo harían fuera de la villa.

—Si es así, nuestros asesinos pueden ser también forasteros —reflexiona el policía—, y el móvil una fechoría cometida en otro lugar. Pero aun en ese caso, ¿por qué esperar seis años? A menos que Ayuso hubiera pisado recientemente una culebra, según su metáfora.

—No lo sé, señor Lombardi. Lo único que sé, y como médico se lo digo, es que esta es una tierra enferma, como enferma está la patria entera.

—¿Y no existen remedios para ellas?

—El regreso a la infancia es el único remedio. —Suspira don Sócrates con una expresión ausente—. Hacernos niños otra vez y ver el mundo desde ahí. Entiéndame. No quiero decir que renunciemos a nuestra experiencia de adultos para situarnos en una arcadia ilusoria, sino que recuperemos otra experiencia previa, y común, ya olvidada. La que nos unifica como seres humanos con esperanzas; esperanzas básicas, como la sensación de afecto, de protección, de cierta solidaridad, de que nada es tan grave que no pueda ser solucionado con buena voluntad. Una vez, hablando con un niño de cinco o seis años que vino a la consulta, me dijo que el hambre tenía fácil solución si los que tienen mucho pan le dieran el sobrante a los que no tienen, y así todos podrían comer. Qué simple, ¿verdad?

—Por desgracia, sí —acepta él, conmovido por el idealismo de su interlocutor—. Demasiado simple. Y toda una blasfemia contra los sagrados principios del mercado libre.

—Pero qué carga de sabiduría hay en esa lógica, sobre todo viniendo de un niño que no conoce el hambre. Sabiduría no aprendida en escuelas y universidades, sabiduría en estado puro, sin cortezas ideológicas. Esa mirada es la única que nos puede curar: de prejuicios, de odios, de violencias. Los niños son nuestra única esperanza.

—¿Así mira usted el mundo?

—Ojalá pudiera, amigo. Aunque me esfuerzo por hacerlo de vez en cuando, para no olvidar de dónde vengo, de dónde venimos todos. En fin, disculpe las divagaciones de un viejo. Lo he distraído del asunto de su interés.

Lombardi se incorpora. La habitación está en penumbra, iluminada tan solo por la difusa luz de los faroles callejeros que proporciona la ventana. Con el fluir de la conversación, el médico ha olvidado encender la lámpara de araña que cuelga del techo, y ahora activa el interruptor para despedir a su visita.

—Es usted una buena persona, don Sócrates —dice el policía—, y me alegro de haberlo conocido. Imagino que no le será fácil sobrevivir aquí, nadar contracorriente.

—En eso se equivoca —niega el médico con firmeza—. Cuando no hay odio en el corazón es más sencilla la supervivencia: con el alma rota, mordiéndote la lengua, eso sí; pero lo importante es dormir cada día con la conciencia tranquila.

Un chaparrón recibe a Lombardi al enfrentarse a la noche. Se refugia en los soportales hasta que escampa y en diez minutos consigue llegar a la pensión.

LA TIERRA HOSTIL

Jueves, 20 de agosto de 1942

Advertido por doña Mercedes de que el juez ha enviado a buscarlo a primera hora, Lombardi se conforma con una achicoria a palo seco y se dirige a paso rápido a los juzgados. Calle Postas arriba, o José Antonio como la han rebautizado los vencedores, no puede sustraerse al pensamiento que lo inquieta desde su conversación de la víspera con el doctor Peiró y que le ha revuelto el sueño. Todo le parece distinto esta mañana. La apacible villa se ha convertido en un pozo de sospecha, y cada vecino adulto que se cruza en la calle le suscita la pregunta de si será víctima, verdugo o pasivo asistente a la masacre. Incluso los niños le sugieren dudas: ¿será huérfano, o quizá su padre es de los que apretó el gatillo?

El conserje lo acompaña al piso principal, donde está el despacho de Eugenio Lastra. Un hombre ordenado, a juzgar por el aspecto impoluto de su traje y de su lugar de trabajo, una luminosa sala con el escritorio casi despejado de documentos, salvo una pequeña pila de carpetas en el extremo, junto al teléfono. Su primer destino serio, treinta años y soltero, le ha explicado Peiró. Un buen partido para las mocitas casaderas locales, un pilar fundamental del Régimen en el partido judicial. Pero el doctor tiene razón: ¿quién se puede permitir el lujo de ser independiente en los días que corren?

—He autorizado a la familia Ayuso para que entierren la mano —informa con frialdad una vez el policía toma asiento frente a su mesa—. Con el anillo, porque para recuperarlo debería cortarse el dedo y parece una crueldad innecesaria.

Lombardi asiente sin palabras.

—A menos —agrega Lastra— que ese anillo se considere una prueba imprescindible para la investigación. Usted dirá.

—No lo parece, señoría. Si la familia no tiene interés en recuperarlo como recuerdo de su hijo, por nuestra parte no hay objeción alguna. Y en caso de necesidad siempre podría exhumarse.

—Parece que se ha erigido usted en portavoz del caso —apunta el juez con cierta mordacidad.

—Estoy seguro de que el brigada compartirá mi criterio.

—Desde luego que sí. Me lo ha confirmado por teléfono.

—Intentamos trabajar en equipo —se explica el policía—. Yo no sabría dar un paso por estas tierras sin la Guardia Civil, y no es difícil entenderse con Manchón.

—Es de buena pasta —acepta Lastra—. Y parece apreciarlo a usted. ¿Comparte también con él la ignorancia sobre esos cortes de la palma?

—Esa marca… Me temo que sí; aún no hemos encontrado explicación. Tal vez ni siquiera tenga significado. Nos preocupa más el posible móvil.

—Conocer el móvil sería un gran avance. ¿Qué hipótesis barajan?

—Podría ser un acto de venganza contra su padre.

—¿Por qué motivo?

—Si supiéramos eso, casi tendríamos a los culpables. Aunque puede haber otra causa.

—Usted dirá.

Lombardi se lo piensa. Sabe que va a entrar en terreno peligroso.

—De momento no he hablado con Manchón al respecto, y prefiero exponerle a usted esta hipótesis para no desviar esfuerzos en la investigación. Tal vez no tenga que ver con su padre y sí directamente con el propio Jacinto por hechos de hace seis años.

—¿Qué hechos?

—Hubo mucha sangre en Aranda esos días.

El juez alza los ojos al techo y cierra los párpados durante unos segundos.

—Había guerra —sentencia—. ¿Lo ha olvidado?

—Pero no aquí. Esto fue retaguardia desde el primer momento.

—Supongo que habría condenas a muerte para garantizar la pacificación del territorio. Sucedió en todas partes. Si quiere le hablo de lo que pasó en zona roja.

—Imagino que así fue —acepta Lombardi esquivando el cuerpo a cuerpo dialéctico que propone el juez—, pero me refiero a ejecuciones sin juicio previo.

—¿Está insinuando una actuación incorrecta por parte del Movimiento Nacional?

El policía empieza a arrepentirse de haber mencionado los hechos: el juececito parece tan fascista como quienes lo han colocado ahí. Pero ya no hay vuelta atrás. En realidad, sí que la hay, aunque no para alguien como Carlos Lombardi.

—Lejos de mi intención, señoría. Lo que pretendo decir es que bajo el paraguas del estado de guerra hubo falsas denuncias por venganza y ejecuciones injustas.

Lastra tuerce el gesto, como si de repente hubiera llegado un mal olor a sus narices.

—Yo no estaba aquí —dice al fin con aspereza—. Y no soy tan vanidoso como para poner en solfa la labor de mis antecesores.

—Sus antecesores de entonces eran jueces militares en una situación de guerra.

—Con atribuciones plenas. Y si ellos no actuaron contra esas presuntas irregularidades que insinúa, menos lo voy a hacer yo.

Y cómo iban a actuar contra sí mismos, si eran ellos los que promovían la barbarie. Esa es la respuesta que acude de inmediato a los labios de Lombardi, pero se los muerde para que esa verdad no cobre vida.

—No le niego que pudieran existir asuntos turbios en el pasado —abunda el juez, ahora en tono condescendiente—, pero hay que enterrarlos con el propio pasado. Mi obligación es actuar hoy.

—¿Y dejar impunes los posibles asesinatos?

—En una guerra es difícil distinguir asesinato de ejecución sumaria —replica Lastra notoriamente molesto—. La legalidad es muy distinta a la que impera en tiempos de paz como los que afortunadamente disfrutamos ahora.

La paz de los sepulcros, cárceles y campos de concentración: esos son los tiempos de paz que regalan los fascistas. Pero el policía sustituye el discurso de la evidencia por una nueva pregunta.

—Y si alguno de aquellos hechos se revelara como causa de un crimen actual, ¿aceptaría investigarlos?

—Desde que ha entrado aquí no deja de dar vueltas al mismo asunto. ¿En qué se basa para suponer que la desaparición de Jacinto Ayuso tenga relación con aquellas fechas?

—El asesinato, señoría, no la desaparición. La mano pertenece a un cadáver.

—Pero no sabemos a ciencia cierta si se trata de Ayuso.

Lombardi contempla confuso al juez hasta que encuentra una réplica adecuada.

—Su padre identificó el anillo —razona—, y usted autoriza a la familia a enterrar la mano. ¿Qué mayor reconocimiento por su parte?

—Lo del entierro es simplemente un acto piadoso, y un apéndice no es un cadáver. Puede que los culpables le endosaran el anillo al dedo de alguien fallecido. El estado de esa mano no permite una identificación sin género de dudas.

El policía se ve obligado a reconocer que no le falta cierta lógica a tan descabellado argumento. Argumento que no podría sostenerse si él hubiera encargado un informe dactiloscópico comparativo de la mano y las más que probables huellas de Jacinto Ayuso en el monasterio. Las precarias condiciones que ofrece Aranda en ese sentido, unidas a la declaración del padre del novicio, habían desaconsejado por superfluos esos trámites, pero Lastra parece realmente puntilloso, tal y como le advirtió don Sócrates.

—Es una posibilidad —asume Lombardi, aún desconcertado—; aunque un tanto rebuscada, si me permite opinar.

—Antes de sacar conclusiones erróneas, le aconsejaría investigar los fallecimientos habidos en la comarca durante la última semana, y averiguar si a alguno de los cadáveres le falta la mano derecha. Ya le he pasado a Manchón la lista de óbitos recientes que figuran en el juzgado, y supongo que habrá alguno más, porque las parroquias se toman con cierta calma este tipo de papeleo.

Exhumaciones y visita a los párrocos; menudo encargo. Eso es asunto de la Guardia Civil, decide el policía.

—Así lo haremos, señoría, para salir de dudas —admite sin embargo—. Pero debo insistir: en caso de que esa mano sea realmente del novicio, ¿estaría dispuesto a apoyar una investigación de hechos antiguos?

Lastra lo mira con fría superioridad.

—¿Se da usted cuenta de lo que propone? —dice—. Su teoría convierte automáticamente en sospechosas a decenas de personas, puede que a cientos. Todas aquellas que puedan haberse sentido heridas por lo sucedido en aquellas fechas. No remueva el pasado, señor Lombardi. Lo hecho, bien o mal, hecho está. Y con más motivo si el ayer es tenebroso: hay que mirar a la luz, al futuro. Concéntrese en ello y échele un vistazo a este expediente.

El juez le extiende una carpeta.

—¿De qué se trata?

—Un caso de hace unos cuantos años. A lo mejor le sugiere algo.

Con la carpeta bajo el brazo, el policía recorre cabreado la distancia que lo separa del cuartel para encontrarse allí con un brigada no menos molesto que él.

—¿Alguna novedad de las parejas que envió al monte?

—Sin noticias de momento. ¿Sabe lo que nos ha encargado el señor juez?

—Vengo de hablar con él —asiente Lombardi con gesto de resignación—. Aunque, por incómodo que resulte, hay que admitir que su hipótesis no es del todo descartable.

—Entre usted y yo —dice el suboficial bajando la voz—, me parece una chaladura.

—Por las trazas del caso, nos enfrentamos a algún chalado, ¿no? Así que las sospechas del juez podrían tener fundamento. Nuestra obligación es comprobarlo.

—Ya —cabecea Manchón—. ¿Y de dónde saco yo gente para tanta faena?

—¿Cuántos casos hay?

—Adultos masculinos, cuatro.

—Se puede hacer en un día si usan el coche —sugiere el policía.

—Ya he mandado al cabo con uno de los guardias. Pero aparte de visitar camposantos tenemos que confirmar en cada parroquia del partido judicial si hay más hombres fallecidos.

—Inténtelo por teléfono.

—Muy pocos pueblos lo tienen. He movilizado a todas las parejas disponibles en ellos, pero lo que me preocupa es Aranda: seis hombres de ronda, dos en la estación y otros cuatro en los fielatos —bufa el brigada—. Espero que no se presente ningún lío inesperado, porque me he quedado casi solo en el cuartel.

—La villa parece un sitio tranquilo, no se preocupe.

—Le he preparado la lista que me pidió. —El suboficial extiende un papel con más de veinte nombres, aunque solo una minoría de ellos van acompañados por una dirección—. Como puede ver, poco más de media docena de familias quedan por aquí: viudas, huérfanos y padres, especialmente.

—Gracias, Manchón. De momento, voy a intentar hablar con Román Ayuso. ¿Por dónde cae el cementerio?

El cementerio de San Gil se sitúa junto a unas eras al norte, más allá del arroyo Bañuelos que marca el límite de la antigua población. El recinto tiene dos entradas enfrentadas, arcos enrejados en el centro de sus paredes sureña y septentrional. Como la mayoría de las necrópolis, es un paisaje dominado por cipreses, flores y piedra; en este caso con una capilla central y un par de pequeños edificios de una planta destinados probablemente a oficinas y almacén.

A esas horas de un jueves del mes de agosto, sin festividad especial que conmemorar, el lugar debería estar casi vacío, pero un grupo humano se concentra al fondo, frente a un muro de nichos. El policía se dirige hacia allí sin prisas para apostarse a prudencial distancia de la ceremonia, aunque lo suficientemente cerca como para comprobar que los Ayuso son gente apreciada en la villa; a menos que buena parte de los muchos presentes hayan acudido allí por compromiso o morbosa curiosidad. Porque resulta más que chocante ver al empleado municipal colocar una cajita de palmo y medio en el profundo espacio destinado a un féretro. Y al cura dedicarle un responso a un hueco casi vacío mientras lo rocía de agua bendita con su hisopo.

Concluida la ceremonia, una vez los asistentes se dispersan en busca de la salida, Lombardi hace lo propio y se aposta en el exterior, ante la puerta sur. Al poco, desfilan ante él algunas caras conocidas. Está, por ejemplo, Tirso Cayuela, que con su cámara colgada al cuello lo saluda con un guiño silencioso; también los dos falangistas con quienes charló la víspera, Barbosa y Olmedillo, que se retiran cabizbajos sin prestarle atención. El doctor Peiró, por fin, pasa con su sempiterno bastón y lo saluda sin detenerse con un toque en el ala del sombrero.

Aún tardan los Ayuso en aparecer, acompañados por unos cuantos remolones. La situación no es precisamente cómoda, pero Lombardi hace de tripas corazón y saluda a los deudos con una frase de condolencia.

—Sé que no es el mejor momento, don Román, pero deberíamos hablar —dice al padre de familia.

El aludido emite un gruñido como respuesta y a continuación

117

ordena a su mujer y sus hijas que vuelvan a casa en el coche que las espera. Las tres mujeres obedecen sin rechistar.

—¿De qué coño vamos a hablar? —espeta cuando se quedan solos. El hombre, que se ha arreglado para la ocasión con un traje negro y un mediano afeitado que acentúa su mandíbula prominente, parece más alto y corpulento que en la sala de autopsias; aunque puede que sea efecto de su actitud hostil hacia el visitante, una reacción animal ante el peligro que, sin embargo, apenas le permite sobrepasar la nariz del policía.

—De su hijo, señor Ayuso. Tenemos que dar con quienes le hicieron eso.

—¿Y de qué sirve ya?

—Comprendo que se sienta abatido, pero debería ayudarnos —aconseja Lombardi—. Dígame, ¿cuándo le regaló ese anillo?

—Al cumplir su mayoría de edad.

—A los veintiuno estaba en el frente. ¿Cuándo se alistó?

—Enseguida. A primeros de agosto.

Si Jacinto se sumó a los voluntarios en los primeros días de la sublevación, las posibilidades de que participara en la represión se diluyen. Aun así, hay todavía tramos turbios en su biografía.

—¿Solía visitar Aranda con frecuencia durante la guerra?

—Estaba en el frente, coño, no de vacaciones —replica Ayuso con acritud.

—Claro, pero imaginaba que su puesto en Intendencia tal vez le permitía ciertas libertades que otros no tenían.

—¿Qué insinúa? Si no entró en combate es porque era demasiado joven.

—Muchos de su edad lucharon —argumenta el policía intentando no resultar hiriente—, y no pocos cayeron. Supongo que alguno debe de estar enterrado ahí dentro.

—¿Y a mí qué? A quien Dios se la dé, san Pedro se la bendiga.

La airada reacción de su interlocutor confirma la sospecha de Lombardi: en este caso, todo supuesto patriotismo queda en segundo plano cuando se trata de defender los propios intereses. ¿Y qué mayor interés puede tener un padre que proteger la integridad de su primogénito?

—Pero a qué viene esto —protesta don Román—. ¿Piensa que mi hijo era un cobarde?

—En ningún momento se me ha ocurrido nada semejante.

—¿Entonces? ¿Por qué tanto interés en dónde estuvo, en lo que hizo o dejó de hacer?

—Porque su muerte puede tener relación con esos años —explica él haciendo acopio de paciencia—. Conocemos muy poco de esa época y quizá se ganó enemigos. Puede que sea una venganza por algo sucedido entonces.

—Pues nunca dijo que le hubiera pasado nada raro.

—¿Recuerda usted nombres de compañeros con los que se relacionase en esa etapa?

—No señor —rechaza Ayuso sin detenerse siquiera a hacer memoria—. Jacinto era muy callado, y si le pasó algo de eso que dice nunca lo contó.

—¿Por qué se hizo fraile? Supongo que eso sí lo comentaría con la familia.

Don Román mira a Lombardi con cara de pocos amigos. Luego repasa el suelo arenoso con la vista, y sin alzar los ojos mascula:

—¿Y yo qué coño sé? Lo tenía todo. Pero volvió del frente con esa idea metida entre ceja y ceja. Seguro que algún cura le sorbió el seso.

—¿Discutió con él por ese motivo?

—Tuvimos unas palabras, sí —admite de mala gana, enfrentando su mirada con la del interrogador—. Pero fue hace casi tres años. Ya me había hecho a la idea de que era un caso perdido y no me parecía tan mal verlo con faldones negros.

—¿Ha tenido usted últimamente algún problema serio con alguien? Puede que el motivo no esté en la historia de Jacinto, sino en la suya.

—¿En la mía? ¿Y qué malnacido puede matar a un hijo por lo que haga su padre?

—Eso precisamente le estoy preguntando, don Román.

119

—Mire, ya está bien de palabrería —responde con un gruñido—. Solo le digo una cosa: ya se pueden dar prisa en encontrar a los culpables, porque como pille yo a los que le han hecho eso a Jacinto, voy a despellejarlos vivos.

Lombardi enmudece ante el repentino plantón y observa el paso acelerado de Ayuso alejándose del cementerio. El tipo no parece ser de los que se arrugan, y el policía está seguro de que cumpliría al pie de la letra su amenaza de presentársele ocasión.

De nuevo en el cuartel, y con el beneplácito de Manchón, Lombardi se encierra en el desocupado despacho del capitán para leer el expediente que le ha entregado el juez Lastra. Es un caso de hace catorce años, de 1928, que podría guardar tangenciales similitudes con el de Jacinto Ayuso. Tras unas gestiones telefónicas, consigue averiguar que el firmante del informe policial es un antiguo comisario de Segovia, ya retirado, y un par de nuevas llamadas le ponen sobre la pista de su paradero actual.

El policía decide utilizar una vez más el nombre de Cornelio Figar como aval y toma un taxi en la parada frente a la estatua de Diego Arias de Miranda. El conductor, mientras cruzan el puente sobre el Duero en dirección a Madrid, le informa de que Pradales no cae muy lejos y que en poco más de media hora estarán allí. Lombardi aprovecha el viaje para repasar una vez más el informe y las notas obtenidas sobre el personaje que quiere conocer.

En el currículo profesional de don Manuel Sanz figuran, entre otras menciones y premios de una larga carrera, la pertenencia al grupo de detectives que detuvo a los autores del llamado crimen de la calle Carretas en Segovia, un doble asesinato que conmovió a la ciudad castellana a finales del pasado siglo y acabó con la ejecución en el garrote de los tres culpables. Destinado en Vitoria, Zaragoza y Barcelona en los veinte años siguientes, había regresado a Segovia en el último año de la Gran Guerra hasta acabar allí su carrera como comisario.

Pradales es una aldea encaramada en la parte más alta de una pequeña sierra a la que se accede tras un desvío de la carretera de Francia, apenas tres kilómetros de camino de tierra tortuoso y mal cuidado que remueve el estómago vacío de Lombardi en cada curva. Desde arriba, el clarísimo día permite contemplar un círculo de colinas, pinares y extensas choperas, un paisaje de verdes oscuros y rojos ferrosos. Es una imagen agreste y serena, adecuada para la paleta de un pintor, que contrasta sin embargo con la pobreza del sitio, un conjunto heterogéneo de calles sin empedrar con casas viejas y destartaladas que no deben de acoger ni doscientos habitantes. En una de ellas nació hace casi ochenta años, y suele pasar los veranos desde su retiro, Manuel Sanz.

En la puerta, Lombardi es atendido por una joven simpática de aspecto saludable, que al conocer su identidad y sus intenciones lo conduce a través de una penumbrosa casa hasta la fachada posterior. Allí, una puerta permite el acceso a un área acotada por un murete de piedras apiladas de poco más de metro y medio de altura. En el centro de ese espacio hay una pequeña era, o algo similar. Al menos eso parece indicar el trillo que se desplaza sobre la mies con un anciano sentado, protegido de la solanera con un sombrero de paja.

—¿No es un poco tarde para la cosecha? —pregunta Lombardi.

La chica se ríe. Su carcajada suena a campanillas.

—Depende de los pueblos. Aquí ya acabó, pero él lo hace por diversión, para recordar su infancia —explica con un rasgo de ternura—. Todas las mañanas se pasa ahí un buen rato, dando vueltas. Nadie va a recoger esa trilla, que lleva tendida casi un mes. ¡Abuelo! —grita desde la puerta—. Este señor es policía y viene a hablar con usted.

El trillador alza la cabeza y hace un gesto de asentimiento con el brazo. Lombardi avanza unos pasos hasta el límite de la parva, con cuidado de no pisarla, como quien se encuentra a la orilla del mar y teme mojarse los zapatos con las olas.

—Venga aquí, que la paja no muerde —lo anima el viejo.

En un par de zancadas, el policía se suma al insólito vehículo, que se desplaza a tirones siguiendo el paso indolente de la pareja de vacas que lo arrastra. Como único equipaje sobre las tablas, aparte del tosco chuzo que porta el conductor, una bota de vino y una lata de conservas de gran tamaño decorada con excrementos que hace las delicias de un escuadrón de moscas. Manuel Sanz viste una camiseta de tirantes que deja al aire la parte superior de un pecho huesudo con una minúscula mata de vello que parece nieve sucia. Flaco y de perfil afilado, las gafas acentúan el avance implacable de una catarata en su ojo izquierdo.

—Siéntese usted —lo invita, desplazándose en la banqueta para dejarle hueco.

Lombardi satisface la petición y ofrece su mano al tiempo que se presenta; Sanz la estrecha con vigor insospechado en un hombre de su edad. Tiene las manos sarmentosas, y las venas hinchadas que recorren su antebrazo sugieren raíces de un árbol centenario.

—La verdad —confiesa el visitante—, no esperaba encontrarlo en estas circunstancias.

—Nací aquí, y aquí viví casi hasta los quince. Aquí me enamoré por primera vez y finalmente con una moza del pueblo me casé. Un hombre no reniega de sus mejores años, ¿no le parece? Llevo todos estos paisajes en el fondo del corazón —dice, trazando un arco infinito con su mano—, y aquí espero descansar cuando me toque. Así que en cuanto tengo ocasión me escapo de Segovia.

—A trillar.

—Ya no tengo brío para trotar por los surcos con la hoz como hacía antaño, pero la trilla es otra cosa, una actividad tranquila que invita a pensar. A esta edad los buenos recuerdos empiezan a ser como el humo y no es fácil atraparlos. ¿De dónde sale usted? No será italiano... Lo digo por el apellido.

—Mi abuelo paterno lo era —se sincera el policía—. Yo nací en Buenos Aires, pero me llevaron a Madrid de niño, así que madrileño me considero.

—Tiene gracia. Seguro que es el primer argentino que pisa Pradales. Porque italianos se vieron unos cuantos en la guerra. ¿Y a qué debo el honor de su visita?

—Está relacionada con su memoria.

—¡Ah, la memoria! Los recuerdos son aves que te sobrevuelan la cabeza en busca de nido; en el caso de un viejo policía, como comprenderá, no abundan los jilgueros cantarines sino los cuervos y las carroñeras. Y estos, mejor olvidarlos.

—Estoy seguro de que este no lo ha olvidado —apunta Lombardi esgrimiendo la carpeta—. ¿Recuerda el caso de Linares del Arroyo?

Sanz tuerce el gesto. No parece una expresión de desagrado por la pregunta sino ante los hechos que se ve obligado a recordar.

—Cómo no —admite con un suspiro—. Fue el último antes de jubilarme. ¿Lleva ahí el expediente?

—Una copia del que usted mismo firmó, y las consideraciones judiciales posteriores.

—¿Y a qué se debe su interés? ¿Es que no lo redacté con suficiente claridad?

—Son dos preguntas, señor comisario. A la segunda le contesto que sí, que es muy explícito, aunque como policía sé muy bien la cantidad de cosas que se nos quedan en el tintero al redactar un informe final: sensaciones, corazonadas, indicios no confirmados... No siempre se tiene oportunidad de contrastarlo con su autor y, francamente, prefiero media hora de charla con él que una docena de papeles.

—Vaya, vaya. Un detective con criterio —aprueba Sanz con una sonrisilla—. Pero no me ha contestado a la primera pregunta.

—Ha habido un caso reciente en Aranda de Duero, desde donde vengo. El juez me ha sugerido que algunos elementos podrían coincidir.

—¿Y ha encontrado similitudes en la lectura del informe?

—Muy vagas, la verdad.

—Bueno, pues eche un trago y escuche, a ver si hay alguna

diferencia entre lo que escribí hace tantos años y lo que ahora recuerdo.

Sanz le ofrece la bota de vino que hay bajo el asiento. Lombardi duda: está con una simple achicoria, y el efecto del alcohol bajo un sol que empieza a caer de plano puede ser devastador. Aun así, acepta la invitación y su garganta seca recibe con agrado el chorro de ácido clarete. El conductor hace lo propio antes de hablar: un breve trago para afinarse la voz.

Sucedió en un pueblo segoviano, Linares del Arroyo. Una niña de cuatro años había desaparecido, y la búsqueda de la Guardia Civil era infructuosa. Allí se presentó él para echar una mano. Las sospechas del vecindario, que no de Manuel Sanz, recaían sobre un joven cuyo nombre no recuerda. Casiano Daza, apunta Lombardi apoyándose en el expediente. Eso es, dice el viejo comisario, Casiano, un chico de unos diecisiete años a quien se acusaba con argumentos demasiado débiles. El caso es que la niña apareció al cabo de tres o cuatro días, sin daños aparentes, y fue la propia cría quien dijo haber sido llevada por un pastor ajeno al pueblo, aunque no pudo dar explicaciones sobre el lugar donde aquel la había retenido hasta entonces. La orden de búsqueda del pastor no dio resultado hasta que, una semana después de aparecer la niña, se descubrió el cadáver del susodicho; en el monte, devorado casi por completo por buitres y alimañas.

—Cerré el caso de la niña tras descubrirse el cuerpo del culpable, y dejé la investigación de esta muerte en manos de la Benemérita —concluye Sanz—. Me jubilé unos días más tarde, y por lo que sé, nunca lo resolvieron.

—¿Usted cree que aquel muchacho mató al pastor?

—Lo dudo. Era un chico de pocas luces, apocado, huérfano y con un hermano menor a su cargo. Una pareja poco apreciada en el pueblo, por lo que pude comprobar. Y probablemente de esa antipatía venían las sospechas de algunos vecinos. Pero ni siquiera había indicios que lo acusaran.

—No conozco el caso lo suficiente como para opinar, pero su pálpito me parece acertado —aprueba Lombardi—. ¿Por qué iba a hacer una cosa así Casiano Daza después de ser eximido de culpabilidad?

—Eso creí entonces, y sigo pensando lo mismo. Según me cuenta usted, el juez dio por bueno mi resumen.

—Lo suscribió sin reservas, por lo que he leído. ¿Cómo mataron al pastor?

—A golpes, con algún objeto contundente, metálico, me parece recordar. Le habían destrozado el cráneo. Ahí tendrá el informe forense.

—Sí, eso mismo dice. No sé si habrá olvidado usted el dato o lo ha omitido a propósito en su relato, pero según este informe al cadáver del pastor le faltaba una mano.

—Es cierto, la mano derecha —corrobora don Manuel—. La Guardia Civil la buscó sin éxito. Es posible que se la arrancaran las alimañas porque el cuerpo estaba muy deteriorado, aunque el forense opinaba que se la habían cortado. ¿Es ese el elemento común con lo sucedido en Aranda?

—Todavía tiene buen olfato, comisario —lo felicita Lombardi—. Se trata de un caso inverso, podríamos decir, al que usted investigó. Tenemos una mano, pero no el cuerpo.

—Curioso.

—¿Quiere más detalles?

—Espero que no se lo tome a mal, pero no me interesa en absoluto.

Sanz se alza apresurado del asiento, toma la lata con mano firme y, sin detener el viaje, atiende la inminente necesidad de una de las vacas que alza ligeramente el rabo. Con pasmosa habilidad, sin perder el equilibrio, recoge el apestoso regalo y, una vez seguro de que el animal se ha aliviado por completo, devuelve el recipiente a su sitio y se limpia los dedos con un puñado de paja.

—Disculpe —dice al volver a sentarse—. Ya ha visto que ahora me dedico a asuntos más urgentes que perseguir criminales. ¿Por qué no se queda a almorzar con nosotros? Mi nieta hace unas patatas guisadas que quitan el hipo.

Es una invitación difícil de rechazar, pero el taxista espera a la puerta y el policía no quiere arriesgarse a que Cornelio Figar le acuse de gastar sus fondos en juergas privadas.

Madrid está hecho una ruina, dice Lombardi, con miles de personas sin hogar alojadas en las viejas trincheras o casamatas; una ruina que afecta muy especialmente al barrio de Argüelles, donde Sócrates Peiró ha residido durante sus estancias en la ciudad. Devastación, enfermedad y miseria son tres palabras que definen con exactitud el estado de la capital. El policía omite el miedo, el hambre, la amargura y la rabia contenida con que buena parte de su población vive la paz de Franco, pero esos son elementos privados, personales, en tanto los primeros pueden apreciarse con el simple hecho de no cerrar los ojos cuando caminas por sus calles.

Ellos, en tanto, pasean con calma por el territorio sureño más allá del puente, por un camino a campo abierto entre rastrojos que transcurre casi paralelo al Duero y desemboca en la apartada estación de ferrocarril.

—Y el teatro Lara, ¿sigue en pie? —se interesa el médico.

—Como siempre. Esa zona no sufrió demasiado los bombardeos.

—Allí conocí a la que después sería mi mujer. En mayo del dieciséis, en el estreno de *La señorita de Trevélez* de Carlos Arniches.

—Pues allí sigue, y creo que hubo función hasta el último día de la guerra.

—Una joyita —suspira Peiró—; pequeño, pero precioso. Me alegro de lo que dice, porque no me gustaría morirme sin volver a verlo.

—Tendré mucho gusto en acompañarlo cuando se decida, aunque no sé si ahora sigue abierto.

—Muchas gracias, pero tiempo queda para que yo vaya a Madrid. Me temo que no pueda hacerlo hasta jubilarme.

—Y yo, hasta resolver el caso de Ayuso. Al ritmo que vamos

126

—ironiza Lombardi—, seguro que no vuelvo por allí antes de su jubilación.

—¿Tan mal va?

—Más que mal, estancado. Acabo de estar con Manchón y no hay rastros del cuerpo por ninguna parte. Y la hipótesis de que se trate de una represalia por los asesinatos del treinta y seis se desmorona si tenemos en cuenta que Jacinto se alistó a primeros de agosto.

—Fueron años de furor patriótico —explica Peiró—. Misas de campaña, desfiles, homenajes a la bandera y el crucifijo, colectas más o menos voluntarias. Los que no se alistaron por convicción lo hicieron para evitar acusaciones de tibieza o eludir sospechas tras la detención o muerte de algún familiar rojo. Aranda casi se despobló de vecinos varones. Hasta el punto de que el único periódico que había, *El Eco*, un quincenal que sacaban los claretianos, tuvo que cerrar por falta de trabajadores en la imprenta.

—Pues nadie sabe nada, ni siquiera su padre.

—¿Se prestó a hablar con usted en el cementerio?

—Hablar, lo que se dice hablar, más bien poco —reconoce el policía—. Parece un tanto… rústico.

—Bruto, bestia, quiere usted decir —puntualiza don Sócrates con tono indulgente.

—Más o menos.

—Y acierta por completo: es un hombre de naturaleza irascible. De no ser por su relación con Figar, podría haber acabado de mala manera. ¿Recuerda los legionarios de Albiñana de los que le hablé anoche? Pues podríamos decir que él era su cabeza pensante en Aranda, si ese término no sonase un tanto inverosímil referido a don Román.

—Creía que ambos eran falangistas de primera hornada.

—Don Cornelio era también admirador de Albiñana —aclara el médico—, aunque se mojaba públicamente mucho menos que su capataz. Como tantos otros, se hicieron de Falange cuando empezó la guerra, aprovechando que sus respectivos hijos ya lo eran.

El partido de Albiñana se sumó casi en bloque a las filas carlistas, y unos cuantos arandinos eligieron esta opción.

Entre ellos, el padre de Tirso Cayuela, piensa el policía, y el propio fotógrafo, que parece más proclive a cantar el *Oriamendi* que el *Cara al sol*.

—Forman una peculiar pareja, la verdad —acepta Lombardi—. He conocido algunas parecidas: el jefazo y su mano derecha, dispuesta a partirle la cara a quien mire mal al primero. ¿Me equivoco?

—Ha definido su relación con precisa exactitud.

—Me parece, don Sócrates, que usted sabe mucho más de lo que cuenta.

—Le aseguro que no —se excusa Peiró—. Me limito a expresarle la opinión generalizada sobre ellos en Aranda a través de comentarios casuales, pero desconozco por completo detalles que puedan ilustrarlo al respecto.

El reloj de la estación marca casi las seis y media. Un tren aguarda en la vía el permiso para reanudar su marcha mientras por el andén pululan viajeros rezagados con maletas, paquetes y una jaula de gallinas asegurada con soga de esparto. Una pareja de la Guardia Civil observa desde la puerta del vestíbulo el movimiento humano sin perder detalle.

—Esta es la estación de Chelva —anuncia don Sócrates—. Nunca he sabido por qué este barrio de la meseta lleva el nombre de un pueblo de mi tierra.

Lombardi observa los alrededores. Además de la instalación principal, hay un depósito de locomotoras, talleres, cochera y dos muelles de mercancías, dotación a la que se suman una fonda y unos urinarios en edificios independientes.

—Es una buena estación —valora.

—La mejor de la línea Valladolid-Ariza. La única línea completa, por cierto, que controlaron los sublevados desde el principio de la guerra.

—De ahí la represión sobre los ferroviarios —susurra el policía

128

con un guiño de complicidad—. Querían gente fiel en un puesto estratégico. Seguro que en el resto de las estaciones de la línea sucedió algo parecido a lo de Aranda.

Lombardi sugiere tomar algo en la fonda, pero el doctor prefiere hacer escala en La Tertulia, y hacia allí se encaminan ambos, de nuevo en busca del centro urbano. El policía acomoda su paso al calmoso ritmo de su acompañante; pero es lo único tranquilo en él, porque patea cada piedra que se encuentra en el camino y su cabeza sigue obsesionada en un caso que se le resiste.

—Se va a hacer trizas los zapatos —lo amonesta don Sócrates en buen tono—. ¿Está nervioso o es que le gusta el fútbol?

—Disculpe, no me había dado cuenta. A veces necesito desfogarme cuando le doy vueltas a algo.

—Y no para usted de hacerlo, según parece.

—Para eso he venido aquí, pero le confieso mi absoluta impotencia —farfulla el policía—. Hábleme de Figar. ¿De dónde le viene su poder?

—De su padre. Al él le debe el origen de su fortuna. Era uno de tantos viticultores de la comarca, pero la plaga de filoxera en Europa hizo crecer el negocio durante varios años, con exportaciones espectaculares. Luego, cuando la epidemia llegó a la Ribera y muchos se arruinaron, él compró a bajo precio grandes extensiones. Importó vides americanas y multiplicó beneficios con la adquisición de tierras de cereal y participaciones en empresas de distinto tipo. Durante la Gran Guerra se hizo de oro. Casi todo esto sucedió antes de que yo llegara a Aranda, naturalmente, pero es cosa bien sabida en la villa.

—Fortuna que don Cornelio, como único heredero, se ha encargado de acrecentar con operaciones más o menos limpias.

—Heredero sí, aunque no único —matiza Peiró—. Tiene un hermano menor en el Brasil.

—No lo sabía —reflexiona Lombardi—. Y resulta chocante que un hombre adinerado se decida a hacer las Américas, a menos que quiera extender los negocios.

129

—Bueno, es que Borín es especial. Se llama Liborio, pero todos lo conocían aquí por Borín.

—Defina especial, doctor.

Don Sócrates se acaricia la barba con un rictus meditabundo y se ajusta las gafas un par de veces.

—Podríamos decir —responde al cabo— que es un hombre delicado.

—¿De salud?

—Nada que ver con la salud —cabecea el médico—. Borín es invertido, homosexual, marica, sarasa. En fin, no sé qué terminología emplea usted en estos casos.

—En una ficha policial se le calificaría de invertido. Homosexual suena más científico, ¿no? Pero eso no parece motivo suficiente para emigrar.

—¿Eso cree? Estamos hablando de una sociedad cerrada, tradicional, ultracatólica, y de un hermano seguidor de Albiñana. Supongo que para él sería un ambiente bastante incómodo.

—Ya imagino.

—Tan incómodo que desde muy joven pasaba largas temporadas en Madrid, y prácticamente se quedó a vivir allí a mediados de los años veinte. Un buen día, ya con cuarenta y muchos, decidió buscar nuevos horizontes y cruzó el charco.

—Con el riñón bien cubierto, supongo —augura Lombardi—. Seguro que don Cornelio respiró al quitarse de encima una presencia tan embarazosa.

—Todo un baldón en su hombruno escudo familiar —corrobora, irónico, Peiró, y el policía asiente con un cabeceo—. Y, si no es indiscreción, ¿cuál es el próximo paso de un detective cuando no sabe por dónde tirar?

Ahora es Lombardi quien se lo piensa. Esa pregunta forma parte de la naturaleza de toda investigación, del mismo modo que lo hacen la duda, la corazonada o la convicción como elementos distintos de un mismo proceso. Está a punto de responder que no sabe, que no ve puertas a las que llamar, pero no sería del todo

130

cierto. La sugerencia de Lastra y su conversación matinal con el comisario Sanz ofrecen una posibilidad que, por remota que parezca a primera vista, merece ser explorada hasta el final. Y así se lo hace saber a don Sócrates con la exposición de los elementos esenciales del caso.

—Otra mano cortada —medita el doctor—. Pues yo tengo que ir a Linares por motivos profesionales, y lo acompañaré con mucho gusto, si me lo permite.

—¿Tiene pacientes tan lejanos?

—Pacientes especiales, podríamos decir. Esta historia también forma parte de esa Aranda invisible de la que le hablé anoche. Además de la de Chelva que acaba usted de conocer, hay una segunda estación: la de Montecillo la llaman. Pertenece a la incompleta línea Madrid-Burgos, paralizada por la guerra. En torno a ella se levantó un campo de prisioneros.

—¿Todavía existe?

—No. Funcionó como campo provisional, por el que pasaron más de tres mil presos. Ahora está abandonado, y el único rastro que queda por aquí de esos hombres son algunas calles de la villa que los obligaron a empedrar. El caso es que atendí a muchos de ellos.

—Como forense.

—De médico para todo, aunque como forense tuve que asistir a unas cuantas muertes por disparos, y algún caso de suicidio por ahorcamiento. Los enfermos graves ingresaban en el hospital militar de Aranda. Bronconeumonías, infecciones intestinales, meningitis, tuberculosis, peritonitis… En fin, males propios de una vida miserable que muchos no consiguieron superar.

—¿Y qué tiene que ver todo eso con Linares?

—Pues porque sigo atendiendo a una pequeña parte de aquellos reclusos, los que ahora cumplen pena en Linares del Arroyo y en Maderuelo, dos pueblos vecinos de la provincia de Segovia.

—¿Allí hay campos de reclusión?

—De redención de penas por el trabajo. Usted sabe un poco de eso, ¿no?

—Bastante —refunfuña el policía—, pero mejor llámelo esclavismo.

—Sus condiciones no distan mucho de esa definición —acepta Peiró—. Son apenas dos centenares de hombres. Los de Linares trabajan en la construcción de una presa junto al mismo pueblo, mientras que los de Maderuelo se dedican a la susodicha línea ferroviaria.

—En la sierra de Madrid hay tres o cuatro campos dedicados a los mismos menesteres, a excavar túneles a costa de la salud de los presos. Ese maldito ferrocarril está costando mucha sangre.

—Pues un par de veces al mes visito a aquella gente para ahorrarles en lo posible esa sangre que usted dice. No hay muchos medios ni se pueden hacer milagros, pero intento ayudar a que conserven su salud en términos razonables.

—Y seguro que lo hace de forma altruista —apunta el policía—. ¿Me equivoco?

—Mientras estuvieron en Aranda, era mi obligación profesional. Ahora es una obligación moral, vista con simpatía por las autoridades penitenciarias y por el colega que los atiende. Podríamos ir allí mañana viernes por la tarde, si le parece. A menos que tenga usted prisa; en ese caso, puede tomar a primera hora el coche de línea a Riaza, que tiene parada en Linares.

—Prefiero su compañía, doctor. Tampoco pongo muchas esperanzas en esa visita, y unas horas de diferencia no van a cambiar las cosas.

Acaban de sumergirse en la sombra del arco de entrada a la villa y Lombardi lo agradece, porque la tarde se ha puesto tan bochornosa que molesta la chaqueta. Don Sócrates, que no se queja, enjuga con el pañuelo su frente sudorosa sin desprenderse del panamá. Los paseantes han buscado la protección de los soportales y algunos se acomodan en las mesas exteriores de La Tertulia. Hacia allí se dirige la pareja con la esperanza de refrescar el gaznate cuando el médico se detiene a saludar a una joven que llega de frente.

—Me alegro de verte tan bien —dice Peiró con gesto de placentera sorpresa antes de quitarse el sombrero y estrechar afectuosamente la mano femenina—. No sabía que hubieras vuelto a Aranda.

—Prácticamente acabo de llegar. He venido a ver si puedo reincorporarme a mi puesto en el banco. Ya ve usted, doctor, la vida sigue.

Lombardi observa a la joven con la impresión de resultarle vagamente familiar. No necesita fijarse demasiado en ella para dictaminar a primera vista que se trata de una mujer muy atractiva. De piel clara y estatura media, lleva el pelo castaño recogido en un sencillo moño. Tiene grandes ojos verdes, nariz fina, mentón redondeado y labios carnosos, carnales; un rostro que sugiere sensualidad sin necesidad de maquillaje. Armonía que se traslada al resto de su cuerpo, vestido con un discreto traje rosa palo de verano y calzado con zapatos de mínimo tacón. Una belleza, sin embargo, tocada por cierto halo de melancolía.

—Haces bien, hija. Haces muy bien —subraya don Sócrates con un tuteo que revela cierta relación de confianza—. Mira, aprovecho para presentarte a don Carlos Lombardi, un buen amigo de Madrid.

El policía recibe con agrado la mano de la joven. Y acompaña su saludo con un elogio que le brota de forma espontánea.

—Es un placer, señorita. No sabía que Aranda guardase secretos tan hermosos.

—Cecilia Garrido —se presenta ella con un levísimo rubor en las mejillas, y responde al piropo con una fórmula distante—: Es usted muy amable.

El nombre de la joven refuerza la sensación que Lombardi ha vivido segundos antes frente a la imprevista presencia femenina, pero don Sócrates zanja su desconcierto con una rápida despedida.

—Bueno, pues ya nos veremos más a menudo —dice el médico.

—Seguro que sí, doctor —subraya ella antes de proseguir su camino—. Que tengan buena tarde.

Los dos hombres siguen con la mirada los pasos de la joven.

Los ojos de Lombardi se fijan muy especialmente en unas caderas, en la línea de una espalda que desearía conocer un poco más de cerca, con algo menos de ropa. Fantasía de la que Peiró lo rescata con una frase enigmática pronunciada a media voz.

—Pobre... Está más calmada, pero en sus ojos sigue el sello de la Dolorosa. —El policía lo interroga con un gesto de incomprensión—. Ya sabe, esa imagen de las iglesias. Hablando de iglesias, vamos hacia San Juan.

—El paseo bajo la solanera me ha dejado seco, don Sócrates —protesta—, y tenemos ahí delante La Tertulia.

—Demasiados oídos para lo que tengo que contarle.

La pareja afronta en silencio la empinada calle Tetuán en dirección a Santa María. Solo cuando dejan atrás la plazuela del templo y las calles parecen desiertas, Peiró recupera su locuacidad.

—La historia de esa joven es de las más tristes que he presenciado en mi vida —apunta, circunspecto—. Perdió a su novio en los primeros días del Alzamiento, y con el novio, la cordura.

La última frase contribuye a despejar la nube de conjeturas que planeaba sobre la mente del policía. Ya sabe de qué conoce a esa mujer, y por qué le suena su nombre: de aquella foto grupal que le había mostrado Tirso Cayuela tomada en septiembre del treinta y cinco. Claro que entonces Cecilia Garrido era una muchachita de apenas veinte o veintiún años, y ahora es una mujer que debe de rondar los veintiocho. Bonita entonces, hermosa ahora. El fotógrafo también había comentado el nombre de su novio, pero Lombardi ni siquiera se molestó en anotarlo en su papel. Sí que recuerda que Cayuela había utilizado un diminutivo, o un apócope.

—Teodoro Sedano se llamaba el chico —agrega Peiró.

—¡Eso es: Teo! —exclama el policía con el entusiasmo de un Arquímedes en la bañera.

Peiró se frena, sorprendido.

—¿Había oído sobre él?

—Solo vagas referencias. Disculpe mi reacción, pero no conseguía recordar su nombre. Por favor, siga con lo que me contaba.

El médico reanuda la marcha por el centro de la calle para evitar las ventanas abiertas. Habla casi en susurros.

—Al chico lo detuvieron a finales de julio, el mismo día que a los munícipes, la trágica fecha en que empezaron las depuraciones. Él fue una de las primeras víctimas.

—¿Era de izquierdas?

—Yo apenas lo conocía de vista, pero lo dudo. Su padre es uno de los fundadores de la Adoración Nocturna arandina, un respetable propietario y hombre de derechas de toda la vida, con una espléndida finca poco más allá de la estación de Montecillo. Supongo que Teo, aunque no comulgara del todo con sus ideas, tampoco se enfrentaría tan abiertamente a ellas. Quién sabe, porque estudiaba en la universidad de Madrid, y lo mismo allí se hizo izquierdista, pero parece que en Aranda nunca se significó en ese sentido. Aquí seguía siendo el hijo de don Dionisio Sedano, un título más que honorable. Pero tampoco se extrañe, porque ya le dije que también mataron a gente que nada tenía que ver con la política, por simple revanchismo personal.

—¿Y ella? ¿Qué le pasó a Cecilia Garrido?

—Un verdadero drama. —Peiró acompaña su testimonio con un pesaroso cabeceo—. La chiquilla, razonablemente inquieta por la inesperada detención del novio, enloqueció, literalmente hablando, al enterarse del desenlace. Una patrulla de milicianos falangistas la encontró vagando por el monte donde presuntamente habían enterrado a los ejecutados. En lugar de ponerla en manos de un especialista, que es lo que necesitaba, los desalmados le pegaron una paliza, le raparon el pelo, la obligaron a beber aceite de ricino y la pasearon por la villa ante una banda de música, como si fuera un reo de la Inquisición.

—Hijos de puta.

—Después la encerraron en el convento de las Bernardas. Me requirieron las monjas y la atendí en lo posible de sus lesiones. De las lesiones físicas, porque con las heridas de su alma no podía hacer gran cosa. Recomendé su ingreso en un centro donde pudieran remediar su crisis de ansiedad y vigilar la gravísima depresión que ponía en riesgo su vida, ya que la chiquilla ni comía ni dormía. Su madre, llegada desde Peñafiel al conocer la noticia, quería llevársela a casa, pero ella se negaba obstinadamente a abandonar Aranda. Impotente ante semejante tesitura, la buena mujer tuvo la ocurrencia de tomar un taxi y acompañarla a una curandera con fama de milagrera.

—La madre estaría desesperada —interrumpe Lombardi—; pero imagino, doctor, que no autorizó usted semejante consulta.

—Desde luego que no. Me enteré después, por sus consecuencias.

—¿Qué consecuencias?

—La crisis de Cecilia se acentuó a partir de ahí, porque al día siguiente escapó del convento y volvió al monte.

—¿Cómo pudo hacerlo en su estado de debilidad?

—Eso me preguntaba yo también —redunda el médico—. Pero la mente es capaz de hazañas inverosímiles, y una profunda obsesión puede mover un cuerpo mientras este guarde una brizna de energía; a costa de extinguirlo, claro. Y eso es lo que estuvo a punto de suceder. Esta vez, los falangistas encontraron a Cecilia escarbando en la tierra con sus propias manos: la ropa desgarrada, las rodillas desolladas, las uñas en carne viva. Cuando fui a verla al cuartel de la Guardia Civil donde la llevaron, la preciosa jovencita que era apenas una semana antes se había convertido en un espectro que esperaba transporte para ser conducido a la prisión de Burgos.

—O a una fosa común, como su novio.

—Tal vez era esto último lo que ella buscaba —reflexiona don Sócrates—, pero tanto un destino como el otro resultaban demasiado crueles. Por fortuna, conseguí convencer a las autoridades de que era preferible internarla en un centro especializado. Tengo un colega conocido en la Casa de Salud de las Hermanas Hospitalarias de Palencia, con quien ya había iniciado las gestiones necesarias para atender a Cecilia; y eso hicimos, con el resignado beneplácito de su madre.

Han dejado atrás la iglesia de San Juan y detenido el paseo al borde de un talud. A sus pies discurre el arroyo Bañuelos, cruzado por un pequeño puente de aspecto medieval. En la orilla opuesta se extiende el barrio de Tenerías, residencia secular de curtidores, bataneros y oficios similares, convertido ahora en un fárrago de casas de adobe, corrales y tejados irregulares. Junto a la desembocadura del arroyo, en esta orilla del Duero, se distingue entre árboles y edificios parte de un embarcadero con cierta actividad en torno a sus instalaciones. Lombardi se pregunta cuántos paseos en barca con el novio o las amigas habrá disfrutado la jovencísima Cecilia Garrido cuando los tiempos eran mejores, o sencillamente normales. Pero qué hacer cuando la realidad, la dulce o rutinaria realidad, se convierte en terrible pesadilla. A cualquiera le puede pasar. Un buen día, el mecanismo salta dentro de tu cabeza, como una cuerda de reloj que revienta, y te pone patas arriba.

—¿Y ha estado encerrada desde entonces? —pregunta, con la mirada fija en el lejano verde limoso del río.

—Así parece, aunque había perdido su pista. Durante la guerra seguí muy de cerca su evolución. Tuvo dos o tres intentos de suicidio, ¿sabe? Luego, a medida que las noticias fueron más tranquilizadoras, debo confesar con no poca vergüenza que espacié mi interés hasta desentenderme por completo. Verla hoy ha significado una enorme alegría para mí.

—Pobre mujer. Y yo, requebrando con ella como un mamarracho.

—No se lo reproche, hombre —lo anima Peiró—. Desconocía usted su historia, y hay que admitir que su aspecto actual merece un buen piropo. Esperemos que haya dejado atrás sus fantasmas.

—Fantasmas, dice. A estas alturas, con lo que hemos pasado, ¿quién no los lleva colgados a la espalda? Los tiene la Iglesia, el republicanismo, la monarquía; los tienen esos vecinos de azul mahón que acampan enfrente de su casa; toda Aranda, según dijo, los tiene. Seguro que usted, como yo, también esconde los suyos.

—Muy filosófico lo veo. ¿Qué se le pasa por la cabeza?

—Tiene razón —reconoce Lombardi con un cambio de tono—. Resucitemos al policía. Según me dijo anoche, esas ejecuciones y los correspondientes enterramientos se realizaron en lugares anónimos. ¿Cómo supo Cecilia dónde habían matado a su novio?

—Tras las ejecuciones, casi siempre había algún bocazas que se jactaba de la hazaña, o algún testigo circunstancial. En el caso concreto de Teodoro Sedano fue un pastor, un mocoso que llegó a la villa al día siguiente ofreciendo detalles sobre el sitio.

—¿Y ese mocoso… sigue en Aranda?

—Aquí sigue. Aunque ya no es tan mocoso, y me parece que ahora trabaja en la fábrica de alcoholes.

—¿Su nombre?

—Creo que se llama Jesús, pero todos lo conocen como Pichorro desde pequeño.

—Y no sabrá, por casualidad, dónde encontrarlo.

—¿Seguro que quiere verlo? —se extraña el médico—. No va a soltar prenda. Al pobre chico le cayó tal rapapolvo de la Guardia Civil que todavía debe de estar temblando. Lo tuvieron varios días en el calabozo y después de aquel escarmiento se acabaron los comentarios en la villa sobre ese asunto y los que vinieron después.

—Que hable o no, déjelo de mi cuenta.

—Empiezo a arrepentirme de haberle contado ciertas cosas —apunta don Sócrates con gesto grave.

—¿Por qué?

—Porque quiere pisar terreno resbaladizo, señor Lombardi. Tenga usted cuidado.

—Llevo muchos años pisándolo. A veces me pego una buena costalada, pero le aseguro que merece la pena intentarlo.

Lombardi entra en el bar con la esperanza de que el antiguo zagal tenga turno de mañana en la fábrica de alcoholes y disfrute del ocio vespertino en el lugar sugerido por el doctor Peiró. Es un local de las afueras con olor a fritanga, pequeño y umbrío, sin luces a la calle, que se resume en una barra de metro y medio y dos mesas. En ambas se juega al tute ante chatos de tinto y entre humo de tabaco, con algún que otro curioso alrededor. Aunque solo uno de los presentes se ajusta a los dieciocho años que hoy debe de tener el antiguo mocoso. El policía da las buenas tardes, se acerca a la mesa correspondiente y se limita a pronunciar un nombre:

—¿Pichorro?

Todas las cabezas se vuelven hacia él, pero solo una contesta.

—Servidor —responde un muchacho bajito, de pelo ralo e incisivos salientes, con cara de ratón—. ¿Qué quiere usted?

—Hablar un rato.

—¿De qué? —replica el interpelado con un punto de arrogancia—. ¿No ve que estoy ocupado?

Lombardi coloca su credencial ante las narices del joven, que bizquea confuso ante ella. Uno de los jugadores se incorpora.

—El mozo no sabe leer —explica al policía, que gira el documento hacia el voluntario—. De la Criminal, Pichorro —anuncia el hombre, volviendo a ocupar su sitio—. Lo llevas claro.

—No te preocupes —puntualiza Lombardi—. Solo quiero preguntarte un par de cosas.

—¿Qué cosas? —tartamudea ahora el aludido—. Si yo no he hecho nada.

—Te espero fuera.

El policía da media vuelta y sale del local. Al poco, el chico se suma a la calle. No hace falta ser muy perspicaz para percibir su tiritona. Como gesto de acercamiento, Lombardi le ofrece la cajetilla de Ideales, que Pichorro acepta confuso: apenas consigue sacar el cigarrillo del paquete ni sostenerlo entre los dedos cuando recibe el fuego de la cerilla. Con calculada parsimonia, el policía enciende otro para él y aguarda a la primera bocanada antes de hablar.

—Vamos a dar un paseo —ordena, e inicia la caminata por la destartalada acera. Sabe que el muchacho sigue sus pasos sin atreverse a ocupar su costado, pero por ruda y prepotente que pueda resultar esa actitud, prefiere hablar en un lugar discreto, y si hasta encontrarlo se macera un poco la posible resistencia del interrogado, miel sobre hojuelas. Callejean hasta alcanzar una placita aparentemente solitaria, donde el policía se gira para encarar al joven.

—A ver —dice, eligiendo un tono que no suene excesivamente riguroso—, háblame de lo que viste aquella noche de julio del treinta y seis.

Pichorro queda boquiabierto, con las cejas arqueadas, como si no hubiera entendido una sola palabra.

—Eras pastor entonces —agrega el policía—. Lo digo por si te refresca la memoria.

El muchacho traga saliva y da una calada al cigarro. La palidez que envuelve su cara puede sugerir que le ha sentado mal el tabaco, pero solo es efecto del pánico.

—Ya se lo conté a los civiles —musita entre temblores.

—Lo sé, pero ahora quiero que me lo cuentes a mí.

—Joder —solloza Pichorro—, solo era un crío. Igual me lo imaginé.

—Solo tenías doce años, es cierto. ¿Cuánto tiempo llevabas de pastor?

—Desde los nueve, que empecé con un rebaño de Gumiel de Izán.

—Tres años de experiencia en ese caso —valora Lombardi—. Muchas noches al raso, con algún que otro susto, supongo: tormentas, ladrones de ganado, quizá hasta lobos. ¿Y me quieres convencer de que no sabías distinguir la realidad de la imaginación?

El joven cabecea mirando al suelo. De repente, lanza lejos el cigarro y parece recobrar un poco el temple.

—No puedo hablar de eso.

—Porque te lo prohibió la Guardia Civil. Y has hecho bien en mantener la boca cerrada. Pero ahora, seis años después, la Brigada de Investigación Criminal de Madrid te pide que hables. No te preocupes de los guardias, que corren de mi cuenta.

—Ya. ¿Y los falangistas?

—¿También ellos te presionaron? Pues te digo lo mismo. Además, de mi boca no va a salir una palabra de esta conversación.

—¿Y viene desde Madrid por esto? ¿Es que lo están investigando?

—Podríamos decir que sí. Mi profesión es investigar asesinatos, y tú fuiste testigo de unos cuantos.

—No es verdad —protesta Pichorro—, yo no vi ningún asesinato. Solo escuché tiros.

El policía aplasta su colilla con la punta del zapato y extiende el antebrazo sobre los hombros del joven. Tras un primer amago de rechazo, tal vez por miedo a ser agredido, el muchacho acepta el contacto con cierta docilidad.

—Bien dicho, Jesús —lo anima Lombardi—. Porque te llamas Jesús, ¿no? —El chico asiente sin palabras—. No te estoy pidiendo que te inventes cosas, todo lo contrario. Quiero que seas fiel a tu memoria. ¿Prefieres que hablemos en otro sitio? ¿Con un par de vinos delante?

—Ni por asomo quiero que me oigan. Bastantes problemas tuve por irme de la lengua. Mi padre casi me mata.

—Entonces este es un buen sitio, lejos de orejas curiosas. —El policía devuelve al chico su libertad de movimientos para sacar su papel de apuntar, pero lo reintegra de inmediato al bolsillo al observar la mueca de disgusto que su intención ha provocado en el testigo—. Anda, háblame de esa noche. Sin miedos.

Pichorro refunfuña, se rasca la cabeza, luego se hurga la nariz y, entre dientes, cabizbajo, se dejar llevar por los recuerdos:

—Ese día estuve con las ovejas por el monte del Conde para sujetarlas lejos de los sembrados. Y al caer el sol llevé al rebaño a unas tenadas que hay en La Rastrilla, poco más allá del camino de Sinovas, para pasar la noche. Total, que cuando estaba dormido, no sé qué hora sería, igual entre las dos y las tres, me despertó un ruido muy fuerte que también alborotó a los perros.

—¿Qué tipo de ruido?

—Como un trueno, como si muchos cazadores se hubieran

puesto de acuerdo para disparar al mismo tiempo. O eso me pareció, porque nunca había oído nada igual. Luego se empezaron a oír tiros sueltos, uno detrás de otro, pac, pac, pac, hasta que no hubo más. Al rato vi unos faros, de un coche o de una camioneta, que bajaba por la ladera hasta la general, y allí los perdí de vista. Y eso es todo lo que pasó.

—¿Te refieres a la carretera de Francia?

—Claro, la carretera general —precisa el muchacho.

—¿A qué distancia calculas que sonaron los disparos?

—A poco más de medio kilómetro de donde yo estaba.

—¿Y por qué estás tan seguro, con tanta precisión? En el silencio de la noche se pueden escuchar como próximos sonidos muy lejanos.

—Es verdad, pero tengo buen oído, y además esa misma tarde había visto unos hoyos abiertos en el monte que me llamaron la atención. No soy muy avispado, pero atando cabos al enterarme de que ya se habían ventilado a otros en Lerma, me hice una idea de lo que había pasado.

—Así que había zanjas —se interesa el policía—. ¿Dónde?

—A poco más de medio kilómetro de la tenada, ya le digo. En un paraje del monte que llaman Costaján.

—¿Serías capaz de mostrármelo?

—¿De ir allí, dice? —rezonga Pichorro con un gesto de terror—. Ni lo piense. No he vuelto a ese sitio desde entonces y me he jurado no pisarlo nunca más.

—Te entiendo. Explícame al menos cómo llegar.

—No tiene pérdida. Tire usted por la general hacia Burgos. Tiene que pasar la ermita de la Virgen de las Viñas y el Albergue, y un par de kilómetros más allá verá un monte de pinos y encinas. Lo que pilla a la derecha es Costaján. Suba la ladera y allí es, en un claro que hay en lo más alto. Allí estaban los hoyos hace seis años.

—Gracias por tu ayuda, Jesús. —Lombardi ofrece su mano en ademán amistoso, que el chico estrecha aún dubitativo—. ¿Ya has pensado en lo que vas a contar a tus amigos del bar cuando vuelvas?

142

—Cualquier cosa, no lo sé.

—Te van a brear a preguntas en cuanto entres. Pero no te preocupes, que no tienes que mencionar en absoluto nuestra charla. Les dices que te he preguntado por Jacinto Ayuso.

—¿Ese que han matado o ha desaparecido? Pero si ni siquiera lo conocía.

—Y eso es precisamente lo que tú me has contado, ¿entiendes? Hemos hablado sobre ese joven, y me has dicho que no tenías ni idea. Eso es todo lo que tienes que decir si alguien te pregunta. Y ahora, venga —Lombardi da una palmada, como quien espanta a un pájaro—, a jugar al tute, que te van a quitar el puesto.

El policía observa con sonrisa paternal la carrera de Pichorro en pos de su libertad, la precaria libertad a la que puede aspirar un mocoso marcado por la mala fortuna de haber estado a hora indebida en un sitio equivocado. Y, eso sí, tener la lengua demasiado larga.

De inmediato da media vuelta en busca del cuartel de la Guardia Civil. Por fortuna, Manchón está ausente y se ahorra tener que dar explicaciones. En el despacho del suboficial, Lombardi ojea los mapas de la pared; uno de ellos representa el territorio al norte de la villa, donde figuran los nombres que el chico le ha facilitado: allí están el monte del Conde, La Rastrilla y Costaján. Este último paraje se inicia en el punto kilométrico 163 de la carretera de Francia y concluye casi exactamente mil metros después, así que tiene por delante entre cuatro y cinco kilómetros de marcha; un objetivo demasiado lejano para hacerlo andando a unas horas en las que el anochecer se le echará encima antes de que consiga regresar. La idea de tomar un taxi queda por completo descartada si no quiere que toda Aranda se entere de sus andanzas.

Necesita una bicicleta, y en un bar próximo le informan de que tal vez pueda conseguirla en un taller mecánico al comienzo de la calle San Francisco. El lugar indicado le obliga a caminar durante un rato en sentido contrario a sus propósitos, pero confía en recuperar a pedaladas el tiempo perdido. No alquilan bicicletas en el taller, aunque uno de los empleados se presta a cederle la suya hasta el día siguiente a cambio de una buena propina. La máquina, un cuadro de tubos oxidados que ni siquiera tiene faro, dispone al menos de una cadena cuidadosamente engrasada.

Con los bajos del pantalón correctamente arremangados para evitar manchas o trompazos, Lombardi disfruta del viento que rompe en su cara; es cálido, pero al evaporar el sudor de la piel se transforma en un espléndido sistema de refrigeración. Deja a su izquierda el gracioso edificio del Frontón Arandino y poco más adelante, en la acera opuesta, las obras de la futura y efímera plaza de toros, donde una brigadilla descarga un camión de tablones de madera. Apenas hay tráfico, y enseguida rebasa, a su izquierda, la ermita y el Albergue Nacional anunciados por Pichorro. Poco más adelante, la pareja de civiles del fielato norte le dedica un saludo desganado.

En menos de media hora llega a la base de la loma que llaman Costaján. A partir de ahí, se ve obligado a prescindir de la bicicleta y cubre a pie el resto de la ladera, sorteando estepas y zarzales entre la arboleda. La cima se extiende en un largo trecho, cubierto a intervalos irregulares por una pinada salpicada de encinas. Hay varios claros de distinta extensión, y cualquiera de ellos podría ser el referido por el antiguo pastor. Revisa el territorio sin demasiada esperanza de hallar indicios, hasta que repara en el disco rojo que ya roza el horizonte, una puesta de sol majestuosa. Absorto en esa apacible soledad, con el trino de los últimos pájaros diurnos y la letanía de las cigarras como única compañía, se pregunta qué extraño impulso lo ha conducido hasta allí. Suele dejarse llevar por sus intuiciones, y es cierto que ese paisaje de sugerente calma ha sido escenario de múltiples crímenes; centenares de ellos, según don Sócrates. Testigo también del drama de una joven demenciada. Como si surgiera de entre las grietas de la tierra que pisa, una oleada de indignación se apodera lentamente de él, junto a una especie de parálisis, una terrible impotencia. Desearía investigar tanto asesinato impune, permitir a las víctimas un digno entierro y llevar a los culpables ante la justicia. Pero sabe que se trata de una aspiración utópica, que las cosas no son como antaño, que ahora ciertos verdugos tienen patente de corso. Lo que pisa es sangre oculta que no puede sacarse a la luz, e intentarlo significaría jugarse el cuello gratuitamente.

Se sobresalta al escuchar su nombre desde algún lugar a sus espaldas. Al girarse, ve a Manchón entre los árboles: llega acompañado por uno de sus guardias y se dirige a paso vivo hacia él.

—¿Qué hace usted por aquí? —lo interroga el brigada con cara descompuesta.

—Fisgar. Este parece un buen sitio para enterrar cadáveres.

—¿Por qué lo dice?

—Está lleno de hormigueros.

Manchón lo mira perplejo.

—A las hormigas les gusta la tierra removida —aclara el policía—. A pesar de su fama de estajanovistas, si pueden ahorrarse esfuerzo, lo hacen.

—¿Estaja… qué?

—Estajanovistas: trabajadoras incansables.

—Ya. ¿Y piensa que Jacinto Ayuso puede andar por aquí?

—Andar, lo que se dice andar, no. Pero parece un buen sitio: arenoso, blando; fácil de cavar.

—Tiene cojones, Lombardi. No me complique usted la vida, hombre. —Manchón lo ha dicho en tono casi suplicante, pero cuando el policía insiste en que deberían investigarlo, el suboficial tuerce el gesto—. Vámonos, que aquí no se puede estar.

—¿Es propiedad privada o algo así?

—¡Mecagüen dioro! ¡Qué propiedad ni qué ocho cuartos! Aquí fusilaron a un montón de rojos en la guerra. No está bien visto andar por este cerro.

—Ya me podía haber puesto al corriente —responde él simulando sorpresa—. ¿Hay más sitios como este, donde no deba estar?

—Alguno más hay, pero ahora no vienen al caso. Venga, que se echa la noche encima y no quiero que se pierda usted en el monte.

El policía accede a la petición y acompaña a la pareja ladera

145

abajo, recoge su bicicleta y la conduce desmontado hasta la carretera, en cuyo margen aguarda el coche de la Benemérita. Antes de que pueda ocupar el sillín, Manchón lo detiene con una voz mientras rebusca en el maletero; al cabo se reincorpora con una cuerda entre las manos.

—Vamos a subir ese trasto a la baca y se viene usted con nosotros.

—No se moleste, que me apetece pedalear.

—Si ese chisme ni siquiera lleva luz. Dentro de diez minutos no verá tres en un burro, y lo mismo acaba en la cuneta o estrellado contra un chopo. Traiga acá, que la sujetamos en menos que canta un gallo.

Acomodado en el asiento trasero junto a Manchón, Lombardi se ve obligado a admitir que el brigada controla el territorio a su cargo; en caso contrario no es explicable su presencia en Costaján. Seguramente los guardias del fielato le han ido con el cuento. Tampoco sería extraño que dispusiera de un pormenorizado informe sobre sus andanzas en Aranda. La realidad es que el suboficial cumple con efectividad su papel de protector de la herencia recibida, de la miseria moral de los criminales; como lo cumplen el juez Lastra y, deliberadamente o por miedo, tantos otros en la villa.

El recuerdo del juez y el hecho de viajar a bordo del coche empleado para las diligencias encargadas por Lastra lo lleva a interesarse por el resultado de las mismas. Manchón, en tono agrio (—Todos los muertos tenían sus dos manos, como Dios manda.), se limita a constatar que la ocurrencia de su señoría carecía de sentido, tal y como él mismo había aventurado.

Lombardi se apea a la puerta del cuartel, y el brigada acepta hacerse cargo de la bicicleta hasta el día siguiente. El policía consume un tentempié en un figón y callejea luego durante un rato en la noche arandina mientras se jura ser algo más precavido en adelante. Cuando entra en la fonda concluye, una vez más, que el mundo rural no está hecho para él.

Tumbado sobre la cama, repasa sus notas intentando esbozar una posible personalidad para el asesino de Ayuso; desde la nada,

146

porque, en realidad, no tiene absolutamente nada. Todo parece indicar que el fulano actúa por venganza; la pregunta es de qué quiere vengarse. Y que su deseo no queda satisfecho con una simple represalia, como lo demuestra el exhibicionismo del que hace gala con el secuestro y el posterior espectáculo de la mano en la puerta de una iglesia y los cortes en el apéndice; un rasgo de vanidad, de reto, que lo aparta del simple modelo criminal. Una notoria carga de simbolismo, habría apuntado Alicia Quirós de estar presente; enfoque sumamente útil para resolver el caso de los seminaristas durante las últimas Navidades y que tal vez sea necesario considerar. Pero ahora no está Quirós y debe enfrentarse solo al asunto.

El olfato de Andrés Torralba tampoco le vendría nada mal, y valora la posibilidad de solicitar la presencia del exguardia de asalto en Aranda, pensando especialmente en que el crimen pueda ser obra de un grupo organizado, nada extraño si se trata de un caso de chantaje; sea como fuere, no sabe por dónde tirar, y a menos que el rival o los rivales muevan pieza, la partida que se trae entre manos parece destinada a las tablas, lo que para él significa derrota.

Siempre viene bien un contrapunto, se dice, una segunda voz que complete la armonía del discurso, que te salve de un soliloquio tan vacío como el que él protagoniza. Antes de acostarse, apaga la luz y abre el balcón de par en par. La noche es cálida, el río discurre con un rumor suave entre una aparatosa sinfonía de grillos y la luna tiñe de plata los edificios de Allendeduero y los faroles y barandas del puente.

Carlos Lombardi despierta sobresaltado. Desde la calle llega un bullicio monocorde, una algarabía de voces y un lejano rumor de música. Se asoma al balcón a tiempo de ver una pequeña riada humana que corre a perderse casi bajo sus pies, en el arco de entrada a la villa. Se viste deprisa y baja acelerado hasta el portal, donde doña Mercedes lo recibe con una callada sonrisa de oreja a oreja. El policía se dirige a la plaza, abarrotada de gente. Una banda inter-

147

preta un pasodoble desde el templete y la gente danza entre banderas del Frente Popular y la Falange. La tricolor preside la balconada principal del ayuntamiento. Entre la alegre barahúnda, descubre a Cecilia Garrido, bailando acaramelada con un joven.

Confuso, se mueve con dificultad entre la multitud hasta encontrarse de frente con don Sócrates.

—¿Ha vuelto la República?

—Nunca se ha ido —dice el doctor con gesto de extrañeza.

Abre los ojos con esta frase retumbándole como un eco en la cabeza y el sabor del sueño en el paladar. Un sueño con el color de la inocencia, de esa visión infantil del mundo que el doctor Peiró le había explicado en su casa un par de noches antes. Un puñetero sueño que, por desgracia, nada tiene que ver con la realidad, porque, al despertar, Franco y su corrosiva obra siguen ahí.

La luz del sol entra con fogoso poderío en la habitación. El policía baja la persiana y cierra los postigos para preservar en lo posible el frescor de la noche; se arregla sin prisas, dándole vueltas a los detalles de su fantasía onírica, y baja a desayunar con la idea de reunirse con Manchón para hacer balance de sus respectivos fracasos.

En el comedor, casi vacío, un elemento del sueño se materializa. Cecilia Garrido ocupa una de las mesas frente a un tazón de achicoria con leche que remueve mecánicamente con su cucharilla. Lombardi se aproxima y, aún dubitativo, saluda a la joven.

—Buenos días. ¿Se aloja aquí? —pregunta desconcertado; ella lo corrobora con un parpadeo—. ¿Me permite compartir su mesa?

—Claro.

—Vaya una sorpresa —apunta el policía—. Cuando nos presentó el doctor Peiró no imaginaba que fuéramos vecinos.

—Yo tampoco. Me instalé ayer por la tarde.

La patrona acude solícita a interesarse por las necesidades del cliente, que pide lo mismo que la joven y rechaza el pan para desmigar que aquella sugiere como complemento. Mientras doña Mercedes sirve, el policía observa con disimulo. Cecilia viste falda y blusa de colores claros, y se adorna con unos sencillos pendientes de

148

aro que, junto con el pelo recogido en la nuca, resaltan su delicado rostro; adorna ambas muñecas con juegos de pulseras que para un observador avisado no consiguen ocultar del todo finas cicatrices. A un lado sobre la mesa hay un pequeño bolso, un misal y un velo cuidadosamente doblado sobre el libro. Lombardi espera a quedar de nuevo a solas para reiniciar la conversación, en tono tan discreto que casi susurra.

—Fui muy torpe ayer, cuando nos presentaron —se excusa—. No pretendía ofenderla con mi inoportuna galantería.

—Por qué iba a ofenderme.

—En fin, no sé. Supongo que estará usted harta de observaciones de ese tipo por parte de los hombres.

La joven se lleva el tazón a los labios, apenas un beso en la loza, y los enjuga a continuación con un ligero roce de la servilleta.

—No le dé más importancia —comenta con seria frialdad—. Fue un piropo bonito, y usted lo dijo de corazón. ¿O no?

—Desde luego. Pero en ese momento no sabía nada de su vida, de lo que ha sufrido.

—¿Y eso me inhabilita como mujer?

—Disculpe, no quería decir eso —balbucea él, atrapado en su propia contradicción—, ni mucho menos. Solo que quizá fue una falta de delicadeza por mi parte. Mejor lo dejamos así, porque me temo que, en vez de arreglarlo, me estoy metiendo en camisa de once varas.

Ella lo mira con sus ojos de Dolorosa, como los ha definido el doctor Peiró, pero en vez de responder se centra en su desayuno, se limpia de nuevo los labios y esboza una despedida.

—Si seguimos charlando llegaré tarde a misa.

—¿A qué iglesia va?

—A Santa María —responde, a la vez que se incorpora y recoge sus cosas de la mesa. Lombardi se pone en pie por cortesía.

—Me gustaría hablar un rato con usted.

Cecilia duda unos segundos.

—Después tengo que hacer algunas gestiones —alega.

—No vaya a pensar que pretendo importunarla, que se trata de algo personal.

—Ya supongo. Doña Mercedes me ha dicho que es usted policía.

—Policía de paso —matiza él, aunque imagina la inutilidad de su mentira si la patrona se ha ido de la lengua—. Unos días de vacaciones por aquí.

—Entonces, parece que no me queda alternativa.

—Podría acompañarla cuando salga de misa, si es que no supone molestia para usted.

—Ninguna molestia —acepta la joven con naturalidad—. Si quiere, nos vemos a las diez menos cuarto en la puerta de Santa María.

—Allí estaré.

Al verla salir del comedor, Lombardi sigue pensando de ella lo mismo que la víspera, que sería interesante conocerla mucho más de cerca. Aunque al instinto meramente masculino se solapa ahora el policíaco. Porque mal policía sería si no hubiese reparado en los cuatro o cinco elementos que ha tenido durante unos minutos ante sus narices: una mujer atractiva de menos de treinta, estatura media, ojos grandes y claros, velo y misal; salvo en lo que se refiere a la vestimenta oscura, la descripción que el hermano portero del monasterio de La Vid hizo de la misteriosa visita femenina a Jacinto Ayuso. Puede que solo sea un pálpito sin sentido, una mera coincidencia, pero el hecho de que Cecilia y Jacinto se conocieran antes de la guerra introduce un factor que no debe ser desdeñado.

Lombardi apura su tazón y abandona la fonda decididamente animado por la nueva perspectiva que se le presenta. Calle Béjar arriba, llega hasta Fotos Cayuela, donde Tirso libera en esos momentos el cierre de madera de la puerta del comercio para inaugurar una jornada que se augura tan calurosa o más que la previa.

—Tengo un encargo para usted —dice al joven.

—¿Oficial o personal?

—De momento, personal. Se lo pagaré. Quiero que esté en la puerta de Santa María cuando acabe la misa de nueve. Allí me encontrará acompañado de una mujer. Espero que nos saque guapos y de cuerpo entero.

—Así que pelando la pava en vez de buscar criminales —se burla el fotógrafo, prolongando la broma de la última frase del forastero.

—Así que pasándose de listo en vez de respetar a la autoridad —replica este con gesto agrio.

—Bueno, hombre, perdone —masculla el joven, azorado por el imprevisto rapapolvo—, que se lo decía de guasa. Vaya humos que se gasta.

—Yo también lo he dicho en broma —agrega el policía a modo de despedida—. A menos que me falle, claro. Y hágalo con disimulo, como si tomara un paisaje.

Con tres cuartos de hora por delante, Lombardi decide pasear mientras madura su plan de volver con esa foto al monasterio para confirmar si fue Cecilia quien se entrevistó con el novicio poco antes de su desaparición; una duda que puede resolver ese mismo día y que completará el enfoque del primer interrogatorio al que piensa someter a la joven. En el peor de los casos, y de no ser ella la visitante, el testimonio de Cecilia Garrido puede revelar algún dato esencial sobre la víctima.

Embebido en estas reflexiones, desemboca en la calle San Francisco, frente al único kiosco de prensa de la villa. A esas horas, de los diarios madrileños solo ha llegado el *ABC*, cuya primera página ofrece fotos sobre la guerra en Egipto, obviamente favorables a las fuerzas del Eje. El policía adquiere un ejemplar y se sienta en un banco a mortificarse con una de las biblias informativas del Régimen.

Como los artistas, el Caudillo está de gira; en este caso por Galicia. Tras Santiago, Pontevedra y Marín, tocaba recalar en Vigo, y allí, ante cien mil falangistas, ha dejado caer una de sus frases justificativas, aderezada de filosofía barata tan al gusto de su uniformado auditorio: La vida es lucha, la paz, solo un accidente. La paz de Franco sí que es un accidente con miles de víctimas, masculla para sí el policía. Las tres páginas que el diario dedica al viaje triunfal del Generalísimo se adornan con un editorial servilmente elogioso hacia el jefe supremo y corrosivo respecto a las democracias occidentales, dominadas por las taras blandas y dulces de una vida burguesa. *Hemos de aceptar la paz* —escribe su anónimo autor— *como un periodo de calma en el cual hemos de templar el ánimo y fortalecer el músculo, preparándonos para nuevas empresas bélicas, y esto no por un culto a la violencia, sino por una razón de tremenda biología.* Lombardi quiere adivinar la pluma de Serrano Suñer, o al menos su pensamiento, tras las teclas del amanuense periodístico. Toda una advertencia de que el Régimen fascista todavía sopesa la posibilidad de unirse al Eje, si no el ánimo decidido a hacerlo.

Por lo demás, el mismo acostumbrado triunfalismo respecto a la guerra en Europa y Asia, con la noticia de que, en su arrollador avance, las fuerzas alemanas han roto el frente sur de las defensas de Stalingrado; y con comentarios casi jocosos sobre un fracasado intento de desembarco británico en Dieppe, calificado por Berlín como una acción de aficionados.

Lombardi deja el diario sobre el banco como quien abandona el papel grasiento que ha envuelto un bocadillo de mollejas. De camino a Santa María, se recompensa en un bar con una ración de churros y un café amargo, elaborado sin duda a base de posos recocidos. Cuando llega a la puerta de la iglesia principal de la villa, un templo con aspiraciones catedralicias, aún debe esperar un rato a que el cura diga el *ite missa est*. A pesar de la temprana hora, la preciosista fachada de gótico isabelino empieza a caldearse, y el policía se acoge a sagrado en busca de fresco.

El penumbroso interior reúne a un par de docenas de fieles, repartidos de forma heterogénea entre los bancos de la nave central. El policía distingue a Cecilia Garrido en una de las primeras filas, pero decide aposentarse cerca de la salida a la espera de que acabe la ceremonia. Cuando sucede, regresa de nuevo al pórtico y recibe a la joven en el exterior.

Comienzan a bajar la escalinata del templo que conduce a la placita cuando Tirso Cayuela, aparecido inopinadamente a tres o cuatro pasos, solicita la atención de la pareja y dispara su cámara. La confusión de Cecilia Garrido es comparable a la que muestra el fotógrafo tras comprobar lo que ha creído distinguir a través de su visor.

—¿Cecilia?

—Hola, Tirso —saluda ella.

Cayuela cubre la corta distancia para estrechar la mano de la joven.

—¡Vaya sorpresa! No sabía que hubieras vuelto.

—Llegué ayer.

—Pues me alegro de volver a verte. Mira qué casualidad, yo buscando una foto del pórtico y me sales tú. Por cierto, buenos días, señor Lombardi.

El policía devuelve el saludo con un gesto de aprobación y de inmediato despide al fotógrafo.

—Si nos permite, señor Cayuela, la señorita tiene un poco de prisa.

—Claro, claro. A mí me queda todavía un rato por aquí. Ya nos veremos.

La pareja desciende en dirección a la plaza del ayuntamiento, en cuyos soportales hay un par de bares con terraza donde podrán charlar tranquilamente.

—¿Conocía usted a Tirso?

—Casi todo el mundo lo conoce en Aranda —dice ella—. Era de los más jóvenes de la pandilla.

—Como Jacinto Ayuso.

—Sí, de edad parecida —admite Cecilia con voz glacial.

Lombardi tiene la boca llena de preguntas, pero no se atreve a soltarlas; al menos no así, de sopetón, para no entrar sin anestesia en un territorio que imagina doloroso para ella. Se jura paciencia hasta poder estar sentados frente a frente.

—Así que trabajaba en un banco.

—En el Hispano Americano.

—Un buen empleo.

—De secretaria, no vaya usted a creer.

—Por algo se empieza. Y pretende recuperar su puesto.

—Ayer por la tarde hice las primeras gestiones, pero no estaba el director; por eso tuve que quedarme, a ver si hoy puedo verlo.

A esas horas, antes de que los vecinos decidan invadirlo con sus habituales paseos, el lugar parece un remanso de tranquilidad, con algún banco ocupado por ancianos, unos mozuelos jugando a pídola junto al templete y el deambular de gentes dedicadas a sus quehaceres domésticos o comerciales; una pareja de la Guardia Civil hace la ronda sin demasiadas prisas, deteniéndose cada dos por tres a charlar con unos y otros.

El policía sugiere sentarse en una terraza con cuatro mesas vacías en ese momento. Cecilia acepta y pide una infusión, mientras él se apunta a un corto de cerveza.

—Si me disculpa un minuto, mientras nos sirven me acerco a ese estanco. Creo que me he dejado la cajetilla en la pensión, y sin tabaco me encuentro como si estuviera desnudo.

—Pues vaya usted, hombre —lo anima ella con un atisbo de sonrisa—, a ver si le van a llamar la atención por escándalo público.

Poco después, dispuesto a enfrentarse a uno de los interrogatorios más delicados que recuerda, Lombardi sale del estanco con un Ideales encendido entre los labios. Cecilia sigue sentada, aunque visiblemente incómoda por la presencia de dos hombres en pie junto a ella. El policía aviva el paso a tiempo de escuchar la última frase de uno de ellos.

—¿Llamamos a la banda municipal y nos haces otro desfile?

El que lo ha dicho es un tipo rechoncho, macizo, de treinta y tantos años. El otro, algo mayor que este, más alto y con camisa azul, asiste a la escena entre risotadas.

—Están molestando a la señorita —interviene el policía—. Sigan su camino.

—No es más que una guarra —replica el bajito—, una puta roja.

—Retire esas palabras ahora mismo.

—¿Quién eres tú para mandarme lo que tengo que hacer?

—Le he dicho que se disculpe —insiste él, agarrando al tipo de la pechera.

Ambos se enzarzan en un violento manoteo que acaba con el cigarro de Lombardi por los suelos. Este lanza un puñetazo a la cara del individuo, que se tambalea medio grogui antes de retroceder un par de pasos. El policía se cubre de la acometida del segundo fulano y le responde con una patada en el bajo vientre, seguida de un golpe en la nuca que lo arroja al suelo de rodillas. El primero, con la boca ensangrentada y ojos de jabalí herido, saca una navaja del bolsillo y la abre, dispuesto a lanzarse contra su oponente; pero antes de que lo consiga se interpone la pareja de la Guardia Civil.

—¿Algún problema, señor Lombardi? —pregunta el cabo.

—Problema para estos dos. Llévenlos al calabozo del cuartel hasta que yo llegue.

—A sus órdenes.

Los guardias sujetan del brazo a los dos tipos y los conducen sin miramientos hacia la salida de la plaza; de camino, el cabo aborta la protesta del camisa azul con un culatazo en los riñones.

Acalorado, el policía ocupa su sitio frente a Cecilia Garrido. Resopla, apura el corto de cerveza de un solo trago, y con gesto de fastidio saca un nuevo cigarro de su recién estrenada cajetilla.

—Y a la vista de cómo está el patio —dice mientras lo enciende—, ¿sigue usted decidida a volver a Aranda?

—Estoy en mi derecho —responde ella, recta sobre su silla, sin apoyarse en el respaldo.

—No digo lo contrario, pero ¿merece la pena?

—Al menos debo intentarlo. ¿Qué otra salida me queda sino vivir? ¿Acaso esperan que me pegue un tiro?

—Acaba de comprobar que más de uno lo vería con gusto. Tengo entendido que ya intentó usted algo parecido por su cuenta.

—Varias veces —admite muy seria, plegando la mirada, con un inconsciente gesto de protección a sus muñecas—, pero las monjas de Palencia no me quitaban ojo.

—Afortunadamente.

—Pues sí, hoy puedo decir que gracias a Dios y a la profesionalidad de las hermanas sigo viva. De no haber sido por ellas no estaríamos charlando aquí.

Sin esperarlo, Lombardi descubre que el incidente le ha permitido entrar de lleno en la fase más delicada de su interrogatorio, y decide seguir la pauta prevista.

—Me gustaría comentar con usted muchas cosas, señorita Garrido. Espero tener ocasión de hacerlo más adelante, pero unas son más urgentes que otras. Si ha hablado con doña Mercedes estará al corriente de que investigo la muerte de Jacinto Ayuso. —Ella responde con un movimiento afirmativo de la cabeza—. Y Jacinto era amigo suyo.

—Amigos, lo que se dice amigos… Éramos de la misma cuadrilla de fiestas; una cuadrilla muy numerosa.

De nuevo la misma reticencia a aceptar la amistad con el novicio. Cayuela, Barbosa, Olmedillo, y ahora ella: conocido sí, pero no amigo.

—Quiero decir que se conocían —matiza él—. ¿Cuándo lo vio por última vez?

—Pues hace poco; hace un par de domingos. Me enteré de que había ingresado en el monasterio de La Vid y fui a verlo allí.

La respuesta descoloca al policía. Ha urdido un plan que parecía perfecto para comprobar si Cecilia era la misteriosa visita femenina del novicio, y ella, con toda naturalidad, lo admite a las primeras de cambio. La foto robada por sorpresa ya no tiene ningún valor, pero al menos se ha desvelado una de las incógnitas que gravitaban sobre el caso.

—Si no eran amigos, ¿cómo se le ocurrió ir a verlo después de tanto tiempo?

—Debo confesarle que por puro interés personal. Quiero recuperar mi vida hasta donde sea posible. El trabajo forma parte de ella, y Jacinto podía ayudarme. Él tenía buena relación con el hijo de mi antiguo director, que ahora ocupa un cargo importante en

Burgos. Quería saber si estaría dispuesto a interceder por mí en ese sentido, así que me monté en uno de los coches de línea que salen hacia La Vid y me planté allí.

—¿Y qué impresión sacó de su encuentro?

—Me dijo que en el monasterio no tienen teléfono, pero que pensaba venir a Aranda para la Virgen de Agosto, y que lo intentaría desde casa de sus padres. Aunque nunca llegó a la villa.

—Y usted se quedó sin intermediario.

Cecilia asiente sin palabras. Hay algo en su mirada que hace suponer una ausencia total de sentimiento respecto a la muerte del novicio más allá del interés egoísta por la pérdida de una recomendación. Pero es difícil juzgar con ecuanimidad a quien ha sufrido tanto, a quien ha deseado perder la propia vida. Tal vez las cicatrices de su indiferencia sean una barrera frente a la desolación, un dique contra el magma que sin duda todavía palpita en su interior. Por vital que resulte para quien lo practica, se dice Lombardi, el ejercicio de olvidar el dolor puede parecer cruel para un observador externo.

—Tengo entendido que durante su entrevista le mostró usted unos documentos.

—Pues sí —asiente ella, sorprendida por el hecho de que el policía conozca semejante detalle—. Mi alta y el informe médico. Los llevo en el bolso. ¿Quiere verlos?

—No es necesario.

—Para él sí que lo era. Quería estar seguro de que no recomendaba a una loca.

—¿Eso le dijo?

—Por supuesto que no lo dijo; pero tenía sus dudas, y yo quería eliminar cualquier reticencia de ese tipo. Por eso se los enseñé.

La joven saca de su bolso un sobre con el membrete de la Casa de Salud de las Hermanas Hospitalarias de Palencia y se lo entrega al policía. Lombardi extrae un par de hojas escritas a máquina sobre papel oficial del centro y firmadas por su director y un segundo facultativo. Se limita a echar un vistazo por encima, obviando entrar en los detalles clínicos que se exponen, antes de reintegrar el material a su propietaria.

—¿Hablaron de algo más? Ayuso y usted, quiero decir.

—No. ¿De qué íbamos a hablar?

—De los viejos tiempos, por ejemplo.

—Los viejos tiempos son poco agradables para mí.

—Ya imagino —acepta él—. ¿Notó a Jacinto preocupado por algo especial?

—No más que de costumbre.

—¿Qué significa eso? ¿Quiere decir que era un joven de naturaleza intranquila?

—Siempre parecía preocupado —explica Cecilia—, o ese recuerdo tengo de él.

—¿Y a qué atribuye usted ese carácter?

—A su padre, supongo. Le exigía ser el mejor, el primero en todo; y él se sabía incapaz de cumplir esas expectativas. Era un chico bastante acomplejado.

—Por eso se arrimaba a Luciano Figar.

—¿Ha oído hablar de ese?

—A ese, como usted dice, lo conocí en Madrid. Murió hace unos meses.

—Eso me han dicho —comenta ella con expresión distante—. Pues Luciano era el modelo que siempre le ponía su padre, y Jacinto lo seguía a pies juntillas para ver si se le pegaba alguna de las muchas cualidades que algunos veían en él.

—Cualidades que, a tenor de sus palabras, usted no veía.

—Usted sabrá, si es que lo conoció. Yo prefiero no hablar de los muertos. Y si es verdad que ha muerto, como dicen, me parece que ya he hablado demasiado sobre Jacinto.

Lombardi respeta el silencio impuesto por Cecilia Garrido. De su testimonio es posible deducir que el joven se metió a fraile para escapar de la insoportable exigencia paterna, aun a costa de renunciar a un futuro más que desahogado. Después de casi tres años de guerra en los que vivió su vida con cierta independencia, a Jacinto se le debía de hacer muy cuesta arriba regresar al nido para sufrir de nuevo la permanente interpelación de un gañán de tan escasas luces como don Román.

—Hablemos de usted, entonces; aunque no quiero retrasar sus gestiones. —El policía consulta su reloj—. ¿Qué planes tiene para hoy?

—En cuanto acabe su interrogatorio, ir al banco. Después, quiero visitar a unas amigas.

—Es muy encomiable su determinación, señorita Garrido, pero aquí le van a hacer la vida imposible. Y no siempre voy a estar cerca para salir en su defensa.

—¡Ah! ¿Es que se ha pegado por mí? Yo pensaba que estaba molesto porque le habían tirado el cigarrillo.

Lombardi contempla boquiabierto a la joven, intentando calibrar el verdadero significado de sus palabras. Ella misma lo saca de dudas con la primera sonrisa abierta que aparece en sus labios, un gesto que espanta la frialdad y exalta la dulzura de su cara.

—Perdone la ironía —apunta ella por fin, conteniendo la risa—. Además, ni siquiera le he dado las gracias por su ayuda.

—Tampoco las merece —dice el policía, todavía confuso—; cualquiera habría hecho lo mismo en mi lugar. Y le hablo en serio. ¿Por qué no rehace su vida en un sitio donde no la conozcan?

—No están las cosas para desperdiciar un trabajo como ese. Primero tengo que recuperarlo; porque una vez dentro, si fuera necesario, puedo pedir otro destino.

—En Madrid hay unas cuantas sucursales del Hispano. ¿Conoce la capital?

—Nunca he estado allí.

—Pues yo tendría mucho gusto en guiarla. Anímese y deje atrás esta tierra que solo le traerá disgustos.

—¿Debo entender su oferta como desinteresada o hay razones ocultas de tipo más personal? Lo digo porque esta mañana se deshacía usted en disculpas por su galanteo de ayer.

Decididamente, Cecilia no es una pusilánime. A pesar del comprensible nimbo de languidez que la acompaña, parece una joven desenvuelta y valiente que no gira la cabeza ante la adversidad, y la idea de frecuentar su compañía en Madrid se le presenta a Lombardi como una posibilidad seductora. Pero no ha llegado hasta Aranda para engolosinarse con una mujer, y todavía le queda mucho trabajo por delante.

—Tómeselo como prefiera —concluye el policía—, pero me gustaría verla lejos del peligro; al menos, de este peligro concreto.

Le quedan muchas preguntas para Cecilia Garrido, pero si algo le sobra a Lombardi en esta villa aparentemente dominada por la monotonía es tiempo. De momento, se dirige al cuartel de la Guardia Civil, donde espera abordar con Manchón los detalles de las últimas pesquisas. El brigada, sin embargo, parece más interesado en el incidente de la plaza.

—Alegan que no se identificó usted como agente.

—Por eso no pienso acusarlos de agresión a la autoridad, pero se merecen unas horas a la sombra.

—Dicen que esa mujer es una roja medio loca.

—Ni una cosa ni la otra —niega el policía—. En todo caso, eso lo deciden los jueces o los médicos, y no unos valientes hijos de perra que acosan en plena calle a una mujer indefensa. Además, Cecilia Garrido es un testigo importante del caso Ayuso. Ella es la señorita que fue a verlo al monasterio.

—¡Atiza! ¿Y qué le ha contado?

—Luego hablamos de eso. Antes quiero ver a ese par de cerdos que guarda entre rejas.

Los detenidos ocupan un mismo calabozo. Un guardia descorre el cerrojo y el policía se asoma sin entrar. Un pequeño tragaluz abierto a la altura del techo ofrece la única iluminación, la que proporciona el patio del cuartel. Durante unos segundos, apoyado en el quicio de la puerta, el policía contempla a los presos sin decir palabra, hasta que el de la camisa azul pronuncia una frase que suena lejanamente a disculpa.

160

—No sabíamos quién era usted.

—Ni falta que hace —replica él—. Solo voy a decirles una cosa: esa mujer está bajo protección policial, así que ojito con meterse con ella. Y sería bueno que corran la voz entre sus amigotes, porque si me entero de que alguien la importuna, le meto una bala entre ceja y ceja. ¿Queda claro?

Ambos asienten cabizbajos.

—De momento —agrega—, se van a quedar aquí hasta mañana. Espero que al menos les sirva para aprender un poco de educación. —Los detenidos reciben la noticia con un murmullo de desagrado—. Y no me protesten, porque como haga intervenir al juez se les va a caer el pelo.

De camino al despacho de Manchón, el suboficial intenta atemperar el castigo.

—Digo yo que con el susto y los guantazos que se han llevado ya es bastante, ¿no? Por cierto, me han dicho que reparte usted estopa como un Uzcudun cualquiera.

—No haga caso. A veces das, y otras te toca recibir.

—Podríamos ponerlos en la calle —sugiere, una vez más, el brigada.

—Mañana. Esta noche, que duerman a la sombra.

—A los falangistas no les gusta nada ver detenido a uno de los suyos —explica Manchón una vez sentado, tras posar cuidadosamente el tricornio sobre la mesa—. Ya me han hecho llegar su protesta.

—Así que se trata de eso. ¿Y qué les ha contestado usted?

—Que ninguna camisa azul da derecho a atacar a un agente de la Criminal.

—Muy bien dicho —lo anima Lombardi—. Yo no lo habría explicado mejor.

—Ya, pero…

—Tranquilo, Manchón: mantenga su principio de autoridad. Si insisten, dígales que pueden estar contentos de que el policía madrileño no haya presentado denuncia formal, y apúntese el mérito de haberme ablandado. Por cierto, ¿le requisaron la navaja al bajito?

161

—Sí, aunque mañana tendrá otra. Aquí casi todos la llevan: es un instrumento casero y de trabajo. Bueno, dejémonos de presos y cuénteme lo que le ha dicho esa mujer.

—En resumen, que se nos cae definitivamente la hipótesis de la posible huida pasional. Ya la habíamos descartado por nuestra cuenta cuando apareció la mano, pero el testimonio de esa joven lo confirma. Fue a ver a Jacinto en busca de ayuda para recuperar su trabajo en el banco Hispano Americano. Al parecer, el novicio tenía alguna influencia en el antiguo director.

—Trabajo que había perdido porque la metieron en un manicomio.

—En un centro de reposo para enfermedades nerviosas —puntualiza él—. ¿Eso le han dicho esos dos?

—Más o menos: que se volvió loca cuando fusilaron a su novio durante el Alzamiento.

—¿Y no le han contado las barbaridades que le hicieron antes de internarla? —replica el policía con un punto de indignación—. No me extrañaría que ellos mismos hubieran participado en su tortura y humillación pública.

—Bueno, en la guerra ya se sabe.

—Aquí nunca hubo guerra, Manchón. Esto fue retaguardia desde el primer momento.

—Y yo vivía entonces en mi tierra, en Orense; estaba muy lejos, así que no me venga con batallitas, que bastante tengo con mantener el orden público —protesta el brigada—. Lo que nos interesa es que la señorita vuelve a Aranda y busca la ayuda de Ayuso. Por lo que ha podido hablar con ella, ¿cree que dice la verdad, que está en sus cabales?

—A veces, la gente se cura en esos sitios, ¿sabe? He visto su alta médica, así que habrá que confiar en los especialistas, digo yo. Y lo que ella cuenta es coherente. No solo respecto a los motivos de su entrevista con Jacinto, sino los detalles que me ha ofrecido sobre nuestro novicio.

—Pues venga, suelte por esa boca.

—Parece que el joven no tenía ningún amigo de verdad. Era

162

tratado por todos como el hijo de don Román, que lo traía por la calle de la amargura con sus exigencias. Si recuerda, ya lo dejaron caer Barbosa y Olmedillo cuando fuimos a verlos a la sede de Falange: que el chico era una especie de perrillo faldero de Luciano Figar. Esto no lo ha dicho la señorita Garrido, pero es fácil deducir que se metió a fraile en cuanto acabó la guerra para conservar su independencia apartado del mundo.

—Más bien de su padre.

—Eso quería decir, del mundo de su padre.

—Poco más que cotorreo —sentencia el suboficial—; lo que cuenta puede explicar por qué Jacinto Ayuso se fue a un monasterio, cosa que a mí personalmente me trae al fresco, pero no da ninguna pista sobre lo que le ha sucedido.

—De acuerdo con usted, Manchón.

—O sea, que estamos como antes.

—Eso parece. Por favor, póngame al día del trabajo de sus hombres.

El brigada se incorpora para plantarse ante el mapa, estira las mangas de su guerrera y se dispone a detallar la actividad de las últimas horas. Repentinamente, parece cambiar de opinión y se vuelve hacia su interlocutor con las manos en la espalda.

—¡Qué coño le voy a contar! —exclama contrariado—. Nada de nada. Ni las patrullas han encontrado el menor rastro del cuerpo de Ayuso ni las ocurrencias del juez Lastra han conseguido otra cosa que hacernos perder el tiempo.

—Bueno, hombre, no se sulfure —aconseja el policía—. Así es este trabajo: hay que dedicar muchas horas que parecen inútiles para descartar hipótesis.

—¿Y qué hipótesis descarta usted después de este fracaso?

—La de su señoría. Al menos, ya sabemos a ciencia cierta que la mano es del novicio.

—Eso ya lo sabíamos —protesta Manchón.

—Pero a un juez hay que convencerlo con evidencias. Y no se queje, que esta tarde yo tengo que ir a Linares del Arroyo.

—¿Qué se le ha perdido por allí?

—Otra ocurrencia de su señoría. A ustedes les ha tocado recorrer cementerios y parroquias, y a mí este viaje. Hace catorce años hubo un crimen en ese pueblo, y Lastra cree que puede tener alguna relación con lo de Ayuso.

—¿Catorce años? ¿Y usted piensa lo mismo?

—Mataron a un pastor —concreta Lombardi—. A su cadáver le faltaba una mano.

—Al revés que aquí.

—Ambos tienen en común la amputación. Hace mucho que sucedió, pero no está de más investigarlo.

—Pues nosotros no vamos a poder intervenir —masculla el suboficial—. Ese pueblo es de la provincia de Segovia y lo lleva el cuartel de Riaza. Pero avisaré a la pareja que está destinada allí para que se ponga a su disposición.

—No se moleste. De momento, prefiero ir por libre; a veces la gente se sincera más con un turista que con un policía. Si fuera necesario, me identificaré de su parte.

—Podemos llevarlo, si quiere —se ofrece Manchón—. En el coche tardamos poco.

—He quedado con el doctor Peiró. Tratándose de un crimen, no está de más ir acompañado de un forense, ¿no le parece? Dice que la camioneta que cubre la línea de Aranda con Riaza para allí mismo.

—Y allí para, sí señor. ¿Alguna sugerencia para la Benemérita mientras usted hace turismo?

—Pues que estén atentos por si algo les llama la atención. Francamente, no se me ocurre otra idea —reflexiona Lombardi—. Aunque sí que me gustaría pedirle un favor especial.

—Usted dirá.

—Si dispone de hombres suficientes, convendría vigilar los pasos de la señorita Garrido.

—¿Es que sospecha de ella? —recela el brigada.

—No es por eso. Solo quiero asegurarme de que no vuelve a sufrir amenazas. Un seguimiento discreto, como protección.

164

—¿De paisano? Porque si vamos de uniforme la discreción se va al garete.

—Mejor de uniforme, que impone más en caso de necesidad —aconseja el policía—. Le agradezco su ayuda, y ahora voy a devolver esa bicicleta a su dueño.

—En el portal está. Menuda porquería que le han endilgado.

Lombardi asume el rapapolvo con gesto de resignación.

—Es lo que tiene ser forastero —admite con buen humor.

—Si necesita una en condiciones, con su faro y todo lo demás, hay un taller en Allendeduero donde las alquilan. ¿Sabe por dónde cae el Sancti Spiritus?

—Lo veo a diario desde mi habitación.

—Pues el taller está en una calle detrás del edificio. Pero tampoco es necesario, porque en el cuartel tenemos media docena de bicicletas; solo tiene que pedirla.

—Bueno es saberlo. Aunque no me gustaría privar a sus hombres de sus medios de transporte.

Sócrates Peiró ha dejado en casa la pajarita y su extravagante traje a cuadros y se presenta a la cita en mangas de camisa; ha sustituido los pulcros zapatos por unas alpargatas con suela de esparto, aunque no renuncia al bastón y al panamá. De haberlo sabido, Lombardi se habría acomodado a las circunstancias, pero la temprana hora de salida del coche de línea, las dos y media de la tarde, apenas le ha permitido devolver la bicicleta y visitar a un par de familias de la lista de Manchón que han suscitado en él más conmiseración y sentimientos de solidaridad que sospechas. Una minúscula tortilla de patatas consumida a toda prisa en un bar anejo a la terminal es su único bagaje alimenticio.

Los viajeros ocupan menos de la mitad de los treinta asientos de incómoda madera. La mayoría son labriegos cargados con alforjas donde transportan sus compras en la villa, con alguna señora enlutada y un par de cuarentones encorbatados cuya vestimenta

165

urbana hace suponer que se trata de agentes comerciales o funcionarios en viaje de trabajo. El policía y el doctor se acomodan en la última fila, corrida, con espacio para cinco plazas, que no parece suscitar el interés de nadie y permite hablar con cierta garantía de no ser escuchados.

—¿Consiguió dar con Pichorro? —se interesa el doctor en cuanto se sientan, aunque en voz tan queda que el bronco ralentí del vehículo le obliga a repetir la pregunta.

—Sí, en el tugurio que usted me dijo. Un buen chaval, muerto de miedo, que al menos me indicó cómo llegar a Costaján. La verdad es que no pude dar con rastros de lo que pasó allí, pero lo más curioso es que me encontré con la Guardia Civil.

—Ya le dije que se anduviera con ojo —lo amonesta Peiró—. Hay sitios que no se pueden visitar sin levantar sospechas.

—Tranquilo, que se me suele dar bien lo de hacerme el tonto. Esta mañana estuve con Cecilia Garrido. Resulta que ella es, probablemente, la última persona de Aranda que vio con vida a Jacinto Ayuso.

—No me diga.

El policía relata con todo lujo de detalles las revelaciones de la joven mientras el vehículo, con solo quince minutos de retraso respecto a la hora prevista, se pone en marcha con un quejido general de su estructura.

—¿Cómo se le ocurrió relacionarla con Ayuso?

—Por elementos circunstanciales. Sabíamos de una visita femenina al novicio una semana antes de su desaparición, que resultaba todo un misterio; pero por la descripción que hizo de ella el portero del convento, y teniendo en cuenta que ambos pertenecían a la misma pandilla antes de la guerra, había que preguntarle. Ha habido suerte, simplemente.

—Pero, por lo que cuenta, su testimonio no ayuda mucho a la investigación.

—Pues no, la verdad. Y, francamente, conocer a la señorita Garrido me ha traído más problemas que beneficios.

—¿En qué sentido?

El policía refiere el incidente de la terraza, que el doctor escucha en silencio, cabeceando como si no pudiera dar crédito a los hechos.

—En Aranda no está segura —concluye Lombardi—. Debería rehacer su vida en otro lugar.

—Por lo general, en la villa hay buena gente, pero en todo cocido salen garbanzos negros.

—Pues los de aquí son como la pez, créame. No hay derecho, después de lo que ha pasado la pobre mujer.

—Desde luego. Mire, esto es Fuentespina; aquí la trajo su madre. —El coche ha abandonado la carretera general para tomar otra de tierra que entra en un pueblo a las afueras de Aranda. El doctor aquilata su frase ante el gesto perplejo del policía—: A la curandera, ¿recuerda?

El vehículo se detiene un centenar de metros más adelante, y un par de labriegos se incorporan al pasaje entre saludos a los conocidos. Uno de ellos pierde pie cuando el coche arranca de nuevo y va a parar a las rodillas de los trajeados entre el jolgorio general. El propio don Sócrates reprime una carcajada, pero Lombardi parece no enterarse de cuanto sucede alrededor, centrado en sus pensamientos y rastreando con la mirada el exterior de la ventanilla.

—¿Nunca quiso averiguar por qué Cecilia empeoró tras esa absurda consulta? —pregunta al fin.

—Pues no, la verdad. Ni creo que influyera la consulta en sí misma. Lo que agravó su estado fue romper su reposo, someterla a nuevas e innecesarias tensiones. Pero me sorprende usted. ¿Qué tiene que ver ese interés por ella con el asesinato que investiga?

—Nada en absoluto. Es que me preocupa la seguridad de esa mujer. Está expuesta a que cualquier fascista de medio pelo le haga daño.

—Sería una lástima, pero es una responsabilidad que debe asumir la propia Cecilia, no usted.

—Ese es el problema —confiesa el policía mirando el paisaje—, que me lo he tomado como algo personal.

—Vaya, amigo —apunta Peiró, apoyado en una sonrisa maliciosa—. Me parece que sigue usted mis pasos.

—No le entiendo.

—Yo me enamoré de una arandina, y aquí me tiene. Me lo veo de vecino en un par de años.

El policía responde con una cómica mueca de desaprobación.

—En primer lugar —explica Lombardi recalcando cada frase—, la señorita Garrido es vallisoletana, de Peñafiel, así que nada de arandina. Y en segundo, hace usted una valoración muy parcial de mi interés. Simplemente, estoy preocupado por ella.

—Pero a usted le hace tilín, eso se ve a la legua. Desde el mismo momento en que la conoció. Se le iban los ojos tras su palmito.

—Solo a un idiota no le gustaría una mujer así. Pero es demasiado hermética.

—Eso se cura con confianza mutua y un poco de intimidad. Cuatro interrogatorios más, y está usted en el bote —sentencia don Sócrates con una risilla pícara.

—Le hablo en serio, doctor. Parece que viviera en otra órbita.

—Es lógico: después de varios años aislada necesita reconstruir su relación con el mundo. ¿Teme que su recuperación no sea completa?

—En absoluto —rechaza el policía—. Aparte de su indiscutible tristeza y una cierta frialdad de carácter, nada en ella hace sospechar que haya estado enferma. Discurre con toda normalidad, su comportamiento carece de signos excéntricos y utiliza hábilmente la ironía. Incluso sabe sonreír.

—Lo de la sonrisa es importante, porque revela ganas de vivir. Por lo que sé de psiquiatría, su mal no era irremediable, y además carecía de antecedentes.

—¿Ha oído hablar del doctor Llopis?

—La verdad es que me suena —reflexiona Peiró—, pero ahora no caigo.

—Es un notable psiquiatra de su tierra, alicantino. Lo conocí en Madrid antes de la guerra y me ha ayudado después. Ambos

168

compartimos la cualidad de represaliados. Pues bien, Llopis opina que no son necesarios antecedentes, que basta con un chispazo para desencadenar cualquier demencia. Bueno, él lo explica mucho mejor que yo, pero viene a ser eso.

—El mal de Cecilia Garrido era una gravísima crisis de ansiedad y una profunda depresión, según me informaron desde Palencia, y eso tiene remedio si se sabe tratar adecuadamente. Tampoco se contradice con la opinión de su amigo. ¿Le parece poco detonante lo que le pasó?

—Sí, una barbaridad. Pero es fuerte, y muy obstinada.

—Lo ha demostrado con creces —admite el médico—. Cuando pasó lo que pasó, la actitud de los arandinos relacionados con los ejecutados fue esconderse para evitar represalias, como yo mismo habría hecho. Ella, sin embargo, dio la cara. Concédale usted una oportunidad, que se la merece.

—¿Yo? ¿En qué sentido?

—En el afectivo, señor Lombardi. Está colado por ella, pero debe tener paciencia.

—Déjese de especulaciones —protesta el policía—. Apenas la conozco, y además dudo mucho que ella esté en condiciones de pensar en esas cosas después de su experiencia. Asunto zanjado, ¿de acuerdo?

—Cerrado por mi parte.

—Solo una cosa más. Quizá podría hablar usted con ella. Al fin y al cabo, fue quien la ayudó a salir de un trance más que peligroso.

—Resultaría un tanto violento, ¿no cree? A menos que ella lo requiera. Y en cualquier caso, ¿con qué objeto?

—Podría convencerla de que abandone Aranda.

—Conque zanjado, ¿eh?

Tras dos paradas en otros tantos pueblos y un trayecto trufado de baches a través polvorientos páramos tamizados de rastrojos, el terreno circundante se ha hecho abrupto y la carretera desciende en una sucesión de curvas para incrustarse en un desfiladero cuyas primeras rocas aparecen arañadas por una cantera. Más abajo discurren las aguas del río Riaza. Por fin, enfrente, entre verticales paredes, la masa grisácea de una magna obra de ingeniería oculta a la vista la parte más próxima del valle que se adivina al fondo.

—Ahí tiene usted la presa —comenta el doctor—. Linares está detrás.

La carretera penetra entre anchos muros de hormigón para finalmente llegar al pueblo a través de un puente de piedra sobre el río. Allí mismo, al borde de la calzada, se detiene el coche de línea, recibido por un solitario mozalbete que vende bocadillos amontonados en una cesta. Solo Lombardi y Peiró se apean, para ser acosados de inmediato con la oferta alimenticia.

—Acabamos de comer, chaval —se desentiende el policía, pero el chico cambia su producto por una bota de vino que lleva colgada al hombro.

—A perra gorda el trago —canturrea—. Sin límite, hasta que aguanten.

Don Sócrates suelta una espontánea carcajada.

—Aquí el señor a lo mejor no está acostumbrado a la bota y el porrón —comenta—, pero los de Aranda sabemos respirar mientras bebemos, así que te puede salir caro el traguito. Anda, trae acá.

El médico, sin quitarse el sombrero, hace gala de su habilidad con el chorro, pero no abusa; ofrece luego a su compañero el odre, que lo rechaza, y por fin recompensa con veinte céntimos al aprendiz de mercader.

—Bueno, pues ahora cada uno a lo suyo —dice don Sócrates—. Yo tengo que ir a aquellas barracas que hay al otro lado del río, que es donde viven los presos; y luego me llevarán a ver a los de Maderuelo. Tardaré un par de horas. Si le parece, quedamos por aquí a eso de las seis. Aunque si necesita más tiempo tómeselo con calma, porque el coche de vuelta no aparece hasta las ocho y media, más o menos.

Lombardi observa el paso lento del doctor en dirección al puente que acaban de cruzar; más allá, en la falda de un empinado cerro, se divisa la instalación del campo de prisioneros, integrada por varias casetas de piedra y madera. Su contemplación retrotrae al policía a varios meses atrás, cuando él mismo ocupaba una chabola parecida en Cuelgamuros, y ese recuerdo le provoca un repentino estremecimiento de rabia. Más a la izquierda, en la boca del cañón, se observa la esforzada actividad de hombres y máquinas, y el eco devuelve ruidos de motor y algún que otro grito de los capataces. Por el número de trabajadores implicados, es de suponer que también participa en la obra gente libre, probablemente del propio Linares y de lugares aledaños.

El cielo, biselado por nubes casi transparentes, rebaja la fuerza del sol, pero aun así la tarde es calurosa. El policía se libera de la chaqueta y la corbata, desabrocha la camisa y se arremanga hasta los codos. Decidido a curiosear los alrededores antes de entrar en el corazón del pueblo, sigue el curso de la carretera por donde minutos antes ha desaparecido el coche de línea en dirección al desconocido Maderuelo. La sombra de una larga alameda y la fresca humedad del río, que discurre paralelo y próximo, suavizan el paseo.

En los márgenes de la calzada se levantan varias construcciones, vacías a esas horas de siesta: un par de corrales, un lagar, un molino y, a tenor del nevado colorido que lo rodea, una fábrica de yeso, destino final de un yacimiento situado a pocos metros cuyos filones se abren como bocas rectangulares en la ladera. Allí parece acabar el pueblo, al menos sus edificios, y el paseante cambia el sentido de sus pasos.

Buena parte del núcleo urbano de Linares del Arroyo se extiende a los pies de un alto macizo que lo protege de los vientos norteños. Por el número de casas, debe de tener unos quinientos habitantes, estima el policía tras la primera ojeada. Hay viviendas sólidas, de buena hechura, aunque la mayoría siguen la pauta de lo visto en la comarca: edificios de adobe o piedra irregular, sin asomo de cemento; tejados combados por el peso de los años; corrales que amenazan ruina; y cada uno de los minifundios definido por una valla de piedras amontonadas sin argamasa alguna. Una iglesia de apariencia modesta domina todo el paisaje desde una atalaya natural a la que se accede por una larga escalinata de peldaños irregulares que Lombardi no está dispuesto a afrontar.

Durante su merodeo, ha cruzado saludos con alguna vecina presurosa que sin duda conoce la dirección de los Daza, pero el policía aguarda hasta dar con alguien dispuesto a dedicarle unos minutos a un forastero. Lo encuentra poco más allá de la iglesia, en la misma calle: sentado en un poyete de piedra a la puerta de una casa, bajo la sombra de un emparrado, un anciano menudo y encogido apura su cigarro como si disfrutara de una experiencia mística. De cráneo lampiño bajo la boina, aparenta al menos ochenta años, y su primera reacción a la pregunta del extraño es una mueca de ignorancia, pero al cabo se le iluminan los ojos entre las arrugas.

—¡Ah! De los resineros dice usted. Es que aquí nadie los llamaba Daza.

—Son dos hermanos.

—Ya, ya. Los hijos del tío Mico. Pero ya no vive nadie en esa casa.

—¿Desde cuándo?

—Está cerrada desde antes de la guerra.

—Vaya —acepta el policía con un esfuerzo por ocultar su desengaño—. ¿Podría decirme al menos cómo llegar allí?

—Siga tieso toda la calle, hasta el final. Es la última de todas, la que hay pasados unos corrales. Allí acaba el pueblo y sale el camino a Valdevacas.

—Muy amable, gracias. ¿Va a seguir por aquí mucho rato?

—¿Y dónde voy a estar mejor que a la fresca? ¿Por qué lo pregunta?

—Porque a la vuelta me gustaría charlar un ratito con usted, si no es molestia.

El viejo se encoge de hombros como respuesta y Lombardi se despide con una frase amable para tomar la dirección indicada. Lo hace, sin embargo, decepcionado: guardaba la esperanza de haber podido interrogar a Casiano Daza, o al menos a su hermano menor, pero el tiempo transcurrido desde la investigación del comisario Sanz se ha encargado de poner a ambos fuera de su alcance.

Todavía se lamenta de haber emprendido un viaje tan inútil cuando llega a las afueras del pueblo. A derecha e izquierda de lo que ha dejado de ser formalmente calle para convertirse en una simple senda están los corrales anunciados, y unos cincuenta metros más allá, tras una prolongada curva y apartado del camino, aparece el último edificio, una casa de adobe de planta única y aspecto un tanto miserable, acostada por su fachada trasera en las estribaciones del cerro.

Husmea el exterior para confirmar que el prolongado abandono ha llevado al edificio a un estado casi ruinoso; parte del tejado ha cedido y varias grietas de distinto tamaño surcan el muro desde ese punto débil en dirección al suelo. Fisga a través de las ventanas, pero en las que no tienen echadas la persiana la suciedad de los cristales, alguno de ellos quebrado, se suma a las telarañas interiores para impedir toda visibilidad. Sin muchas esperanzas de éxito se dirige a la entrada, una puerta de madera de doble hoja horizontal y una gatera que ha sido cegada con un tablón claveteado.

Empuja para comprobar, con desilusión, que está cerrada con llave. Un nuevo intento obtiene idéntico resultado. Echa un vistazo en busca de posibles testigos, pero el edificio está tan apartado que desde allí ni siquiera se ve la iglesia, el lugar más alto del pueblo. Con la complicidad de ese aislamiento, y a riesgo de hacerse un siete en los pantalones, se encarama al muro por las grietas. Desde arriba contempla un panorama muy parcial, pero desolador: bajo las vigas y tejas desprendidas, el comedor parece un espacio casi intransitable, dominado por las zarzas y convertido en lugar de cita de golondrinas y palomas, cuyos excrementos alfombran el piso hasta donde alcanza la vista.

Concluye la inspección de los alrededores, pero no hay ningún resto relacionado con la antigua actividad de la casa: ningún corral, leñera o almacén, ni siquiera uno de esos muretes de pedruscos a los que tan aficionados parecen las gentes de la tierra.

Sudoroso, Lombardi emprende el camino de regreso con una indefinible sensación de fracaso. El viejo, tal y como había prometido, sigue a la sombra de la parra, en ese estado de aparente modorra que caracteriza buena parte de la existencia de quienes cargan muchos años a las espaldas. Su oído, sin embargo, debe de ser bueno, porque abre los ojos cuando el forastero está a punto de llegar a él.

—¿Encontró la casa?

—Sí, muchas gracias. Está hecha una ruina.

—Hasta que se hunda —sisea el viejo por la falta de dientes—; sin nadie que la cuide, ya me contará. Ya era vieja cuando la ocuparon los resineros.

—¿Me permite sentarme? —sugiere el policía, señalando el poyete que sostiene al anciano.

—¡Cómo no! Aquí hay sitio para dos y para tres —responde aquel, con una palmadita sobre la piedra.

Lombardi saca su cajetilla y ofrece un cigarro que el hombre acepta con agrado. Se premia con otro para él y, sin más preámbulos que la ceremonia de encendido y la primera chupada de los fumadores, entra en materia.

—¿Conoció usted al resinero?

—Claro. Ceferino se llamaba, pero aquí todos lo conocíamos por el tío Mico; la verdad, no me acuerdo a santo de qué le pusieron ese mote. Llegó aquí con la familia hace más de treinta años. Y lo de la familia, una desgracia, oiga usted. Todos con la cabeza despeñada.

—¿Quiere decir que eran raros? —inquiere el policía, felicitándose por la locuacidad de su interlocutor.

—Como un perro verde, empezando por la mujer. Falleció cuando los chicos eran pequeños, y el tío Mico se quedó a cargo. Menudo papelón.

—Ya imagino. ¿No volvió a casarse?

—No había hembra tan insensata para casarse con él.

—Vaya panorama que me pinta usted. ¿Tan difícil era esa familia?

—Ya me dirá. La difunta siempre estuvo más cerca del infierno que de la tierra, oscura como ella sola. Así le salió la camada. El

174

Basilio, el pequeño, como una cabra. A los ocho o nueve años empezó con que se le aparecía la Virgen.

—Eso sí que es bueno —apunta él.

—Mejor es lo que decía que le anunciaba: que los españoles nos íbamos a matar a tiros y que el Riaza se tragaría el pueblo. El cura dijo que ni Virgen ni Dios que lo fundó, y que el chico no andaba bien de la cabeza. Mal andaba, eso es verdad, pero en lo de la guerra bien que acertó, y también con lo del pueblo y el río, que ya ve usted cómo están las obras para el pantano. Ahora, que a mí no me mueven de aquí aunque tenga que morirme ahogado.

—No creo que deba preocuparse —lo anima el policía—, porque todavía queda mucho para que esa muralla esté acabada. ¿Y en qué año dijo esas cosas el chico?

—Fue cuando empezó a mandar el general Primo de Rivera.

—El veintitrés.

—Por ahí sería —corrobora el anciano.

—Sí que es sorprendente.

—No, si tonto no era; todo lo contrario. A los seis años sabía leer, escribir y las cuatro reglas; en la escuela le daba sopas con honda a los más mayores, y hasta a la maestra. Pero tenía sus cosas. Esa tontuna le duró tres o cuatro años, hasta que murió el tío Mico y quedó a cargo del hermano mayor. El pobre Casiano, con quince, tuvo que apañárselas para salir adelante echando horas en las yeseras y de jornalero cuando había ocasión.

—Los golpes de la vida —señala Lombardi con tono sentencioso—. Si al menos sirvió para centrar al pequeño...

—¿Centrar, dice usted? Después de lo de la Virgen empezó a decir que le hablaban los muertos y los marcianos, y que podía ver a los demonios.

—Vaya cambio.

—A peor, porque los demonios según él eran algunos vecinos, a los que hacía la vida imposible. A un mocoso te lo puedes quitar de encima con un buen cantazo o zurrarle la badana si lo pillas, pero cuando el chico estiró, la cosa se puso poco elegante.

—¿Los atacaba?

—No, eso no —rechaza con firmeza el anciano—; pero a algunos los perseguía llamándoles de todo. El alcalde tuvo que intervenir y se acabaron las bromas. Se lo llevaron interno con los frailes de Aranda hace nueve o diez años, pero parece que tampoco allí pudieron hacerse con él y lo mandaron al manicomio de Valladolid.

—Lástima de vida. ¿Elegía al azar las víctimas de su locura?

—Nada de eso. Siempre eran los mismos. Aunque, a veces, también la tomaba con algún forastero de paso.

—¿Qué les llamaba?

—De ladrón para arriba, todos los cumplidos que pueda imaginar.

—Entre usted y yo, ¿había motivos para esas críticas?

El viejo deja ir una risilla que suena a gruñido.

—Alguno había —susurra guiñando un ojo—, no vaya usted a creer que todo el mundo es santo.

—¿Y el otro hermano?

—El Casiano se marchó del pueblo después de que se llevaran al pequeño; vendió todo lo que tenía en casa y se largó con las cuatro perras que pudo sacar. A Burgos, me parece. Y no me extraña, porque tres años antes le habían hecho la vida imposible. Decían que había raptado a una cría. La chiquilla apareció tan campante al cabo de poco, pero él tuvo que llevar esa cruz encima desde entonces. Una pena, porque era el único un poco cuerdo de la familia. Poco más que los otros, no vaya a pensar que mucho.

—¿Cómo se llevaba Casiano con el pequeño?

—También tenía sus manías, ya le digo, pero era buen chico —asegura el viejo—. Cuando había problemas encerraba al hermano en casa y templaba gaitas con la Guardia Civil y los ofendidos.

—Y dice usted que está en Burgos.

—No, señor. Está en el camposanto. Lo mataron en la guerra luchando contra los rojos.

—Me deja usted de piedra —confiesa el policía—. Había venido con la intención de hablar con alguno de ellos, precisamente de ese asunto de la niña desaparecida.

—Pues tampoco va a poder hablar con la Resu, porque se fue a servir a Madrid hace un par de años. La Resu es la niña, que ahora ya es una moza.

—No figuraba en mis planes molestarla. Dígame, ¿dónde apareció el cadáver del pastor?

—Es usted polizonte, ¿verdad?

—¿Por qué cree eso? —pregunta él, sorprendido.

—Por su forma de vestir, sus zascandileos con la casa y su última pregunta. Polizonte, o uno de esos gacetilleros que meten las narices donde no les llaman.

—Pues sí, de la Criminal de Madrid. Pero preferiría que siguiéramos charlando como si tal cosa, que el resto de nuestra conversación sea tan desenfadada como lo ha sido hasta ahora. Me llamo Carlos Lombardi —dice extendiendo su mano, que el hombre recibe con gesto un tanto mecánico.

—Heliodoro, para servirle; el tío Doro me llaman por aquí —puntualiza antes de incorporarse con un notable esfuerzo de riñones—. Aguarde un momento, que ahora vuelvo.

El policía no tiene tiempo ni de extrañarse ante el repentino mutis del anciano porque, pocos segundos después, su figura encorvada reaparece por la puerta con un porrón en la mano; vuelve a sentarse y deposita entre ambos el cristalino recipiente mediado de clarete.

—Digo yo que habrá que celebrar las presentaciones. Además —agrega con un guiño—, si quiere seguir de parrafada conviene templar la voz.

Lombardi recibe el gesto como una muestra de confianza y generosidad. El vino no es del todo peleón; sí ácido, pero está fresco y entra bien. Una vez hechos los honores por parte del invitado, el tío Doro alza su índice y señala al frente, hacia el horizonte sureño.

—Por allí encontraron al pastor, poco más allá de lo que llaman el Picacho —dice antes de darle un largo tiento al porrón que remata limpiándose la boca con la manga de la camisa.

—Lo que quedaba de él —puntualiza el policía.

—Un montón de huesos. Cuando aquellos tienen hambre, no distinguen cadáver de animal o de persona, no hay quien los pare.

—El anciano eleva la vista al cielo, donde una bandada de buitres planea majestuosa sobre el pueblo y sus alrededores; una presencia tan callada como frecuente en la comarca, según ha podido observar Lombardi.

—Tampoco se encontró al autor del crimen.

El viejo Heliodoro asiente con la cabeza para corroborar la evidencia.

—Se cerró el caso sin resultados —insiste el policía—. ¿Tiene usted alguna sospecha de lo que pudo haber pasado?

—Todo fue más que raro, si quiere que le diga la verdad. El pastor era portugués, me parece, y trabajaba para uno de Soria. Iba y venía con el rebaño, siempre de paso, así que no tenía mucha relación con la gente de aquí aparte del saludo cuando te lo encontrabas en el campo.

—¿Usted lo conoció, hablaba con él?

—Dos o tres veces, ya le digo. Un buenos días o buenas tardes nos dé Dios, y si te he visto no me acuerdo.

—¿Cómo era, joven o mayor?

—Tendría unos cincuenta cuando lo mataron, de pocas chichas, y no alzaba más que yo. Poca cosa.

—¿Nunca visitaba el pueblo?

—Alguna vez venía a tomarse un cacharro en la cantina a última hora de la tarde, cuando encerraba las ovejas, pero no creo que cruzase más de dos palabras con los vecinos.

—Y un buen día se le ocurrió llevarse a la niña —resume Lombardi.

—Eso parece, aunque la Resu nunca dijo que le hiciera daño. Yo creo que ella se lo tomó como si fuera un juego.

—Menudo jueguecito.

—Pues sí. Nos hizo sudar para encontrarla. Hasta que la jodida mocosa se presentó por su cuenta. Llegaba por la carretera de

Maderuelo como si nada —comenta el tío Doro con una sonrisa guasona.

—Entretanto, Casiano pasándolas moradas.

—Ya ve usted. Con diecisiete o dieciocho que debía de tener entonces, bastante tenía el chico con vigilar al hermano como para ganarse una preocupación más. Lo que pasa es que había gente deseando quitárselos de encima, por eso lo acusaban.

—Por la comprensión con que habla de ellos, deduzco que se llevaba usted bien con la familia del tío Mico.

—Ni bien ni mal —gesticula el viejo—; no había confianzas, pero a mí nunca me molestaron.

—De lo que sabemos del caso, y por el lugar donde me dice que hallaron sus restos, podríamos deducir que el pastor murió a manos de algún vecino de Linares. ¿Pudo ser algún familiar de la niña?

—¿Por qué de Linares? —reacciona el tío Doro como si le hubieran pinchado—. A saber los enemigos que tenía ese hombre. Y el sitio está casi a medio camino de Maderuelo; también pudo ser uno de allí. La Guardia Civil dijo que ya estaba muerto cuando apareció la Resu, y antes de que ella volviera nadie sabía quién se la había llevado, así que ya me contará.

—No pretendía ofenderle a usted ni a sus convecinos, solo intentaba hacerme una idea de las posibilidades. Aun así, ¿cree que podría haber sido Casiano Daza?

—¿También de eso quieren acusarlo?

—A ver, don Heliodoro. No estamos en un interrogatorio, y el caso sigue tan cerrado como antes. Por si fuera poco, y por desgracia, Casiano ni siquiera está vivo. De modo que la palabra acusación no tiene ningún sentido en nuestra charla. Solo pretendo conocer sus impresiones de aquel desagradable episodio.

—Pues mi impresión es que el Casiano no tuvo nada que ver ni con la niña ni con el pastor.

—Lo imaginaba, y en esa opinión coincidimos —suscribe Lombardi—. Sabrá que al cadáver le faltaba una mano. ¿Es usted de los

179

que piensan que se la llevaron los buitres o que el asesino se la cortó, tal y como afirmaba el forense?

—Y yo qué sé. Ni siquiera fui a ver al muerto, así que solo puedo hablar por boca de otros. Es verdad que los buitres son capaces de hacer eso y mucho más, pero si un hombre con estudios jura que se la habían cortado, habrá que creérselo.

—¿Le sugiere algo esa amputación? Quiero decir si le suena algún hecho parecido en la comarca, anterior o posterior.

—Por mucha memoria que haga no se me ocurre nada igual.

Lombardi sabe que no vale la pena insistir. Parece que el anciano no da más de sí en su sinceridad y sus recuerdos. El policía echa un nuevo trago y cambia de tercio.

—¿Sabe si alguien utiliza la casa del tío Mico como establo?

—Nadie, que yo sepa, y además está cerrada a cal y canto. ¿Por qué lo dice?

—Porque en el camino hay ciertos signos de actividad. Está todo lleno de excrementos de oveja y bostas de mula, o de burro.

—Cagarrutas de oveja las encuentra usted por todas partes, y por ese camino pasan unas cuantas caballerías. En la presa trabajan siete u ocho vecinos de Valdevacas; algunos vienen andando, otros en bicicleta o a lomos de bestia. Bueno, y los de Villaverde y Villalvilla, que también llegan por allí. Lo menos treinta van y vienen a diario. Espere a que den las ocho, y verá usted la procesión que desfila por aquí delante de vuelta a casa.

—Sí, ya he visto que en la presa hay mucha gente trabajando, pero me habían dicho que también en el ferrocarril. ¿Por dónde pasa?

—Nos cae un poco a trasmano. ¿Ve usted aquel puente que hay sobre el barranco? —dice el tío Doro señalando a su derecha—. Es de las vías del tren; bueno, del que algún día será tren de Madrid a Burgos, aunque al paso que lleva no creo que mis ojos lleguen a verlo; antes nos encharcan el pueblo. El camino de Valdevacas que sale donde la casa del tío Mico pasa por debajo.

—Pero allí no se ve actividad alguna.

—Es que ya está terminado. Acabaron ese viaducto, el túnel

que va a continuación, otro viaducto más sobre el Riaza que hay después, y luego otro túnel. Dicen que desde ahí hasta Burgos ya está todo. Lo que falta es de Maderuelo a Madrid. Por detrás del Picacho todavía hay brigadas trabajando en las vías.

—Y lo que te rondaré, morena —corrobora el policía—, porque en la sierra hay que hacer unos cuantos agujeros. En fin, no le molesto más, don Heliodoro. Gracias por su paciencia; ha sido un placer conocerlo.

—Lo mismo le digo. Ya sabe dónde está su casa, para lo que se le ofrezca.

El sol ha descendido y una brisa suave llega desde el río. La plaza está concurrida, especialmente de mujeres, ancianos y chiquillos. Frente al pilón, sentado en una larga bancada de piedra que comparte con algunos vecinos, se encuentra don Sócrates. Pasa más de media hora de la convenida y el retraso no ha merecido la pena para Lombardi, pero el doctor parece disfrutar con su conversación. Cuando ve llegar al policía, se despide de sus contertulios y sale a su encuentro.

—¿Qué tal la salud de los esclavos?

—De todo hay —dice Peiró—; pero nada irreparable, por fortuna. ¿Y su investigación?

—Fallida, en una palabra. Vamos a dar una vuelta por la carretera, que aquí hay demasiados oídos —sugiere.

La pareja repite en silencio el vagabundeo inicial de Lombardi, hasta que este se decide a hablar.

—El joven que podía contarme algo sobre el crimen del pastor murió en la guerra, y su casa está abandonada, ruinosa. He hablado con un vecino, un vejete simpático y locuaz que me ha dado mil detalles sobre el asunto; aunque ninguno que pueda asociarse al caso que nos trae de cabeza.

—Es natural, después de tanto tiempo.

—Pero he averiguado otras cosas —apunta el policía, apoyado

en una sonrisa cáustica—. Dicen que hace casi veinte años la Virgen se le apareció a un mozuelo de este pueblo.

El doctor se detiene y lo mira asombrado.

—¿Habla usted en serio?

—Completamente.

—Yo no creo en esas fábulas —refuta Peiró, reanudando el paseo—; lo cual no me impide respetar la fe popular, más que nada por razones antropológicas y sociales. Y por convivencia, claro, porque los creyentes se ofenden con suma facilidad. Mi misa de doce en Santa María cada domingo y fiestas de guardar no me la quita nadie, pero en absoluto me puedo calificar de devoto.

—Tampoco yo soy creyente. Otra cosa son las premoniciones. ¿Qué opina de ellas?

—Bueno, he leído que ciertas aves y mamíferos poseen un instinto que les permite escapar de un peligro inmediato, como terremotos o grandes incendios. No sería del todo racional negar que nosotros, como animales que somos, podamos beneficiarnos también de eso que llaman sexto sentido.

—¿Hasta el punto de predecir la guerra y la desaparición de su pueblo bajo las aguas con muchos años de antelación?

—¿Quién ha hecho eso? —demanda el médico con una mueca de incredulidad.

—El chaval que le digo, Basilio, el hermano menor de Casiano. Decía que la Virgen se lo anunció. Claro que, como era de esperar, acabó en un manicomio antes de que pudiera ver confirmadas sus predicciones.

—¿Cuándo lo dijo, y qué edad tenía el chico?

—Ocho o nueve años, por lo visto. Y sus visiones empezaron en el veintitrés, más o menos.

—En el diecisiete, creo recordar —apunta Peiró con la mirada en el horizonte—, se anunciaron a bombo y platillo las supuestas apariciones de Fátima, con mensajes proféticos y apocalípticos. Hubo mucha información sobre ese evidente fraude, y es posible que las noticias influyeran en un niño vulnerable a las fantasías. Por si fuera

182

poco, su predicción coincide con un período de extrema brutalidad, los años de la violencia anarquista y el pistolerismo patronal —agrega en tono docente—; y respecto a la inundación, basta con observar que por aquí las tormentas son terribles: el verano anterior a la guerra arrasaron literalmente Fuentespina y destrozaron buena parte de Aranda y sus cosechas. No hace falta apelar a una aparición mariana para aventurar ciertas cosas.

—Es posible —acepta el policía, abrumado por la aplastante lógica de su contertulio—, pero no deja ser curioso su acierto.

—Pues sí, pero esta es una tierra bien curiosa —reflexiona don Sócrates entre golpecitos de bastón a los cantos del camino—. Seguro que nunca ha oído hablar de don Diego Marín.

—No tengo el gusto de conocerlo.

—Afortunadamente, porque en ese caso estaría usted muerto. —El doctor hace una pausa valorativa a la espera de reacción por su comentario, pero Lombardi se limita a esperar una aclaración—. Don Diego Marín vivió en el siglo XVIII; no muy lejos de Aranda, en un pueblo que se llama Coruña del Conde. Este buen señor fue el primer ser humano que consiguió volar a voluntad con un ingenio de su invención. Desde Da Vinci, qué digo, desde Ícaro un montón de resueltos pioneros se habían partido la crisma intentándolo, pero Marín lo consiguió, y sin daño alguno. Ya ve usted, un simple pueblerino sin estudios, sin otra ayuda que su intuición y una férrea voluntad.

—La verdad, nunca he oído hablar de él —reconoce el policía.

—Como no oirá hablar del tal Basilio más allá de Linares. Los genios resultan estridentes en este país de cirios y meapilas. A don Diego Marín lo trataron como a un endemoniado, quemaron su planeador y lo condenaron a la burla general, a un ostracismo tan cruel que le privó de la vida cuando todavía era joven.

—Una víctima más de la ideología inquisitorial.

—Era un don nadie —aquilata Peiró—. Si el autor de esa hazaña hubiese sido un aristócrata, la historia lo habría honrado con genuflexiones, y su nombre figuraría en letras de oro como uno de los grandes hombres de la patria. Pero solo era un mísero aldeano, igual que ese Basilio, y a los miserables los espera el vapuleo y no la gloria.

La caminata se prolonga más allá de los edificios conocidos por el policía, hasta un generoso manantial que don Sócrates describe como abastecedor de aguas medicinales. Lombardi disfruta del paseo, de la compañía de un hombre afable, ilustrado, excelente conversador, y al tiempo capaz de adaptarse a una mentalidad tan rústica como la de la comarca. La visita a Linares no le ha proporcionado fruto alguno respecto al motivo del viaje, pero no puede calificar la tarde de desperdicio; todo lo contrario, y decide tomarse el tiempo restante en aquel pueblo condenado a desaparecer bajo las aguas como un paréntesis libre de hipótesis y criminales, como un rato de vacaciones.

Cuando regresan a la plaza, los colores de la vega empiezan a apagarse y los edificios proyectan las sombras blandas del atardecer. Por las faldas del Picacho desciende lentamente un enjambre de manchas negras, la vacada que regresa a casa a pernoctar. Aún queda algo de tiempo hasta que aparezca el coche de línea, y don Sócrates sugiere un tentempié en una tasca conocida. En realidad es un colmado de ultramarinos, pero buena parte de su superficie está ocupada por media docena de mesas, vacías en ese momento, donde se sirven consumiciones. El propietario asoma medio cuerpo tras la barra, pero quien los atiende es el mismo mozo que horas antes pretendía venderles bocadillos.

—Pon unos cacharros —demanda Peiró—. Y tráete de paso un platillo de aceitunas para no beber a palo seco.

—Tenemos un jamón de primera —dice el muchacho—, bien curado, y con un tocino que sabe a gloria. ¿Les pongo un par de tajadas con pan?

Los interpelados se consultan con la mirada.

—Vale, un par de tajadas —acepta el médico.

—Y una ensaladita de tomate y cebolla, que está dulce como el almíbar.

—Venga, pues también la dichosa ensaladita —interviene Lombardi—, pero déjate de ofertas y ponte a la faena, que tenemos que coger el coche para Aranda.

—Todavía falta un buen rato —anuncia el chico, que desaparece por una puerta hacia la trastienda.

—¿Cuántos años tiene su hijo, señor Pascual? —pregunta el médico al tendero.

—¿Quién, el Tomás?

—¿Y quién va a ser? El mozo que nos ha atendido.

—Quince.

—Pues ese chico le va a dar a usted muchas alegrías, porque le vende un peine a un calvo. Es un hacha. Y, ya puestos, sáquenos un vino que merezca la pena.

El tal Pascual sale de su refugio tras la barra con una botella y se llega hasta la mesa. Don Sócrates se ajusta las gafas para leer la etiqueta.

—¡Hombre, de marca! Y de Aranda. De acuerdo, el Torremilanos está bien.

El policía asiente sin palabras, gratamente resignado a la celebración, a cerrar con una modesta francachela un día de extrañas sensaciones, y tan dispares como su primera charla con Cecilia Garrido y la pelea en su defensa.

En la parada de Linares se reúne una cola de trabajadores de la presa que supera el número de plazas libres. Una pareja de ellos, muy jóvenes, les ofrece sus asientos, pero mientras don Sócrates lo acepta gustoso, Lombardi, aunque agradecido (—Usted lleva todo el día en el tajo y yo vengo de turista.), lo rechaza. La negativa le obliga a ir de pie, como otra docena de viajeros, sujeto a la estrecha barra de un respaldo y dando tumbos. Mientras él se esfuerza por mantener el equilibrio en cada bache, en cada curva, en cada frenazo, el doctor da cabezadas como un bendito.

La improvisada fiesta le pasa factura, en especial su capítulo líquido, porque el vino era excelente y parecía una ofensa dejar una

185

sola gota olvidada entre el vidrio. Dado que las maneras de Peiró resultaron ser frugales, el policía ha trasegado tres cuatros de botella, zarandeados después a lo largo de un viaje que dura más de lo previsto como consecuencia del exceso de carga, con prolongadas pausas para enfriar el motor en cada uno de los pueblos intermedios. Solo en el último, en Fuentespina, consigue un asiento que le proporciona cuatro kilómetros de cierto sosiego.

Es noche cerrada cuando ponen pie a tierra y don Sócrates, que está como una rosa, le invita a acompañarlo en un paseo hasta su casa; pero el policía solo tiene ganas de vomitar. El médico percibe la anomalía de su compañero y lo conduce hasta un oscuro callejón donde pueda aliviarse. Lombardi cree perder el estómago con cada arcada, y una vez termina ese tormento, un fuego ácido le invade el pecho y la garganta en contraste con el sudor frío que le empapa la frente.

—Una cucharadita de magnesia o bicarbonato y mañana estará como nuevo —recomienda Peiró—. En cualquier bar de mi calle seguro que lo tienen; y si no, subimos a casa. ¿Sigue mareado?

—No es melopea, doctor. Es que esa camioneta parecía una coctelera y cada minuto era un sufrimiento.

—Haberlo dicho, hombre. Podía haber ocupado mi asiento. Yo he venido la mar de a gusto.

El policía no está para semejantes valoraciones.

—Vamos a ese sitio que dice —acepta con voz temblona.

En el bar tienen bicarbonato, que Lombardi ingiere con desagrado y un buche de agua. Como complemento, don Sócrates le receta una manzanilla caliente que sirve para templar un poco el cuerpo. Poco dura, sin embargo, la templanza, porque en el otro extremo de la barra el policía descubre de repente algo que lo desconcierta. Allí, entre un grupo de parroquianos y mirándolo con aire desafiante, están los dos tipos que había metido en chirona por la mañana. Lombardi se enciende de rabia y, como por arte de magia, el mal cuerpo se transforma en mala leche. Peiró se percata de su rostro desencajado, pregunta, y en dos palabras su compañero le explica el motivo de su incomodidad.

—Salgamos de aquí —dictamina el médico, tomándolo del brazo.

Ya en la calle, don Sócrates se ofrece a acompañarlo hasta la fonda.

—Gracias, pero no hace falta; ya me encuentro mucho mejor. Suba a su casa.

—Eso es lo que tiene que hacer usted: irse a dormir. Hágame caso y no se busque líos con esa gente.

—Descuide. Buenas noches, doctor.

La caminata hasta la fonda dura apenas cinco minutos, pero en ese corto periodo la cabeza del policía entra en estado de ebullición. Le irrita que esa pareja de matones de medio pelo haya esquivado el escarmiento, pero lo que más le indigna es que el calzonazos de Manchón no haya soportado las presiones de los falangistas, porque eso le deja a él en situación comprometida, sin autoridad alguna ante posibles incidentes futuros. Ya en la habitación, antes de desnudarse, saca su maleta de debajo de la cama, y de ella la pistola, que coloca en la mesilla para no olvidar por la mañana la conveniencia de ir armado en adelante.

El sueño se resiste a llegar. Hace calor, y la inquietud sigue viva en el carrusel de sus pensamientos; cambia de postura en la cama una y cien veces, acude al lavabo para beber agua y, por fin, logra dormir. Solo durante un rato y de forma ligera, porque un sonido repetitivo le martillea los oídos. Se levanta y va en busca del origen del suplicio, en el cuarto de baño. La ducha gotea. Lombardi maldice la desidia de su patrona e intenta cerrar el grifo, pero solo un fontanero con las herramientas adecuadas sería capaz de conseguirlo. Por fin, coloca la toalla en el plato bajo el goteo y consigue amortiguar los impactos.

Desvelado, con la habitación a oscuras, enciende un cigarro y recoge la persiana, bañada por el creciente de luna. Dispone la silla ante el balcón y se queda observando la nada. El agua del Duero se desliza con un murmullo, y una tímida brisa mueve las ramas de los álamos en las orillas. Al lamento de un gato responden lejanos

187

ladridos, pero por lo demás todo es silencio, la natural parálisis de una población dormida. Le viene a la cabeza la imagen de Cecilia Garrido, y aunque desconoce la ubicación de su alojamiento, fantasea con la idea de que solo un muro los separa, de que si se asoma al balcón en ese momento la descubrirá a un par de metros, insomne como él, contemplando la noche con sus preciosos ojos melancólicos. Como en una película romántica.

Se está reprochando semejante desliz, que vendría a corroborar las pícaras suposiciones de don Sócrates, cuando observa un movimiento extraño en la superficie del río. Una barca surca las aguas a contracorriente; lleva un solo remero y se desliza sin prisas, casi con sigilo, como si buscara deliberadamente las sombras que la luz de la luna crea entre la arboleda. Hace más de treinta minutos que la medianoche quedó atrás, y no deja de ser sorprendente que alguien se aventure en el río a esas horas a menos que lo mueva una necesidad imperiosa.

Cualquier anomalía aviva el instinto inquisitivo de Lombardi, y esta escena se sale de lo corriente, así que se asoma con cautela para observar las evoluciones del bote. Naturalmente, no hay rastro de Cecilia Garrido en el exterior, pero al menos puede seguir el trayecto de la barca hasta bastante más allá del puente, donde la densa arboleda le oculta definitivamente lo que poco a poco se ha ido convirtiendo en mancha oscura indefinible.

Es la cuarta noche que pasa en esa habitación, y en ninguna de las precedentes, por lo que puede recordar, ha observado barcas en el río una vez caído el sol. Por otra parte, si él se viese obligado a una contingencia semejante, se dotaría de un farol, o algún tipo de iluminación que facilitase el viaje. El remero, por el contrario, parecía elegir las zonas más oscuras.

De nuevo sentado, se reprocha los últimos desvaríos. Ha llegado allí a resolver un caso y su cabeza anda por los cerros de Úbeda en lugar de concentrarse en lo único que interesa. Sin indicio alguno, sin pasos que dar en la dirección adecuada, se dedica a preocuparse por la seguridad de una bella señorita, hacer turismo y observar anomalías que tal vez tengan una explicación de lo más pedestre.

188

Sopesa la posibilidad de vestirse y dar una vuelta por los alrededores; al fin y al cabo dispone de llave del portal, y si lo hace con discreción no va a molestar a nadie. Tal vez un paseo lo relaje y le haga olvidar el estado de indignación en que lo han sumido los dos tiparracos del bar y la deslealtad de Manchón.

Aunque no se trata solo de rabia. El policía se conoce a sí mismo lo suficiente como para detectar esa particular sensación de amenaza, como si un despertador interno le lanzara confusas señales de alerta para que se ponga a salvo. Esto es realmente lo que le impide dormir; no tanto la furia como una suerte de vaga expectación, esa que aparece cuando el peligro ronda cerca.

Enciende otro pitillo, se incorpora y afirma los codos en la baranda metálica del balcón. El peligro ronda cerca, se repite, y qué importa: es posible que no haya mucho más que hacer en Aranda excepto reconocer el fracaso y volver a Madrid con el rabo entre las piernas. Sí, mañana llamará a Ulloa para confirmar su derrota, y que les den morcilla a Manchón, al juez Lastra y a la panda de fascistas que pueblan la villa. En cuanto a Cecilia Garrido, en fin, ya es mayorcita para saber dónde se mete.

Lombardi salta al interior de la habitación al divisar la mancha que llega por el río. De nuevo la barca, ahora en sentido opuesto; a favor de corriente, el bote avanza más trecho en cada impulso, pero sigue sin luces y buscando la oscuridad. Protegido por el quicio y las cortinas, observa su paso bajo el puente y su deslizamiento rápido en dirección al barrio de Tenerías, probablemente con destino al embarcadero. Pero la maleza le impide confirmar esta hipótesis.

Tanto da si va o si viene, se dice el policía: ya ha tomado su decisión, el reloj marca más de la una y ha llegado el momento de intentar dormir. Y con esa intención vuelve a desplegar la persiana para que los chínfanos, como doña Mercedes llama a los mosquitos, no le amarguen más un día demasiado largo, sus últimas horas en Aranda.

LA DESMEMORIA

Sábado, 22 de agosto de 1942

Las primeras voces parecen pertenecer al sueño. Las siguientes tienen la desagradable consistencia de la realidad. Lombardi salta de la cama y se asoma al balcón con los ojos entrecerrados para protegerse del sol, a tiempo de ver el brillo de un tricornio y un uniforme verde que corre precipitadamente por la carretera de Palencia que discurre a sus pies, paralela al Duero. Se viste a toda prisa, se ajusta la sobaquera y baja los escalones de tres en tres.

Cuando llega al lugar solo hay dos guardias; dos guardias armados, un cadáver y una ardilla que escapa del peligro hacia la copa de un sauce.

—No toquen nada —ordena el policía mientras se aproxima al cuerpo—, y pisen con mucho cuidado.

Un hombre yace bocabajo con la cabeza ensangrentada entre la vegetación, junto al muro de piedra sobre el que discurre la carretera y a una docena de metros de la orilla. Viste pantalón y chaqueta de color azul, y calza zapatos calados blanquinegros, veraniegos. Parece de mediana edad, pero poco más puede apreciarse hasta que se le vea la cara. La ausencia de pulso confirma las peores impresiones.

—¿Quién ha dado el aviso?

—Una vecina que bajaba a lavar —apunta uno de los civiles—. A las siete llegó al cuartel.

191

—Pues ya madruga esa buena señora —comenta Lombardi observando el barreño de cobre lleno de ropa sucia abandonado a poca distancia.

—Para ahorrarse la solanera —valora el segundo guardia.

—¿Saben quién es el muerto?

La pareja niega sin palabras. El policía echa una ojeada general: hay huellas, y algunos detalles que pueden resultar interesantes; tiempo habrá de analizarlos porque, de momento, hay que atender a la llegada de Manchón. El brigada llega resoplando, al trote y abotonándose el cuello de la guerrera; otros tres guardias siguen sus pasos con parecido apremio y un cuarto ha quedado arriba en la carretera, para impedir que los curiosos se concentren en el pretil del muro.

Lombardi recibe al suboficial con gesto nada amistoso.

—Anoche —le espeta como saludo— me encontré en un bar con esos dos fulanos que le dejé en el calabozo. Le creía más firme, Manchón.

—Los tengo bien puestos, aunque no lo crea —replica con seguridad el brigada—; pero si su señoría ordena soltarlos, no hay más huevos que obedecer.

—¿Lastra lo ordenó?

—Claro. Supongo que los falangistas le habrán hinchado la cabeza.

—Mis disculpas, entonces —dice, un tanto confuso, el policía—. Lo he juzgado mal.

—Aceptadas —responde aquel sin darle más importancia—. Bueno, ¿qué tenemos aquí?

—Parece un crimen. Pero, sea lo que sea, ya no es asunto mío.

—No me joda —protesta Manchón—. ¿Me va a dejar solo ante el peligro? ¿Por qué dice eso?

—Porque vine aquí a buscar un desaparecido, y no sé si estoy autorizado a intervenir en otros casos. Tampoco sé si tengo muchas ganas, la verdad.

—Pues llame usted a Madrid para confirmarlo. Hasta entonces, y ya que está aquí, podría echarnos una mano.

—No sé si a su señoría le va a hacer mucha gracia esa idea después de desautorizar mis decisiones.

—Vamos, hombre —dice el suboficial con un puñetazo amistoso en el brazo de su interlocutor—. No me diga que un policía va a cerrar los ojos ante un asunto como este.

Está a punto de contestar que sí, que efectivamente eso es lo que piensa hacer, cuando llega don Sócrates, ataviado de nuevo con pajarita y traje extravagante.

—Buenos días, señores —saluda con un toque del bastón en el ala del sombrero—. Parece que otra vez nos amargan la jornada de mercado.

La frase, en apariencia frívola para cualquier oyente, tiene un valor de clave cifrada para Lombardi, porque el doctor, antes de examinar siquiera el escenario del crimen, ya ha establecido un vínculo con la mano de Jacinto Ayuso; leve, tal vez casual, pero no intrascendente.

Peiró se acerca al cadáver y, en cuclillas, lo examina superficialmente durante un par de minutos; luego palpa su cuello, valora con los dedos la textura de la sangre y se incorpora ayudado del bastón.

—Lleva muerto entre siete y diez horas —anuncia—, pero hasta que hagamos la autopsia no puedo aquilatar más.

—O sea, que lo mataron entre las diez y la una —traduce Manchón examinando su reloj de pulsera.

O sea, se repite Lombardi: mientras él se peleaba contra el sueño y las dudas, y en horas más o menos coincidentes con el paso de la barca nocturna. La sensación de peligro estaba más que justificada por un asesinato casi ante sus propias narices. Su decisión de marcharse empieza a flojear; por supuesto, debe consultarlo con Ulloa o Fagoaga, pero no son horas de molestar y, entretanto, podría ayudar en la elaboración del atestado.

—Hay bastantes huellas —apunta el brigada—. Al final, el chaparrón que cayó a media tarde nos va a echar una mano.

—¿Llovió aquí? En Linares no cayó una gota, y la noche ha sido calurosa.

—Quince minutos, pero con ganas. Ya sabe cómo son estas

cosas por aquí, que uno se empapa mientras el vecino se deshidrata con la chicharrera.

Tirso Cayuela aparece bostezando, cámara al hombro. Y tras él una mujer de mediana edad que se frota las manos con nerviosismo: solo quiere saber si puede recoger su ropa. Ante el gesto complacido de Manchón, satisfecho por el aparente cambio de actitud, el policía la autoriza a recuperar sus propiedades, tras preguntarle si observó a alguien por los alrededores.

—Para mirar a nadie estaba servidora. En cuantito que vi las piernas entre la broza, solté el balde y salí escopetada al cuartelillo.

Lombardi organiza el trabajo del fotógrafo y le exige especial atención, con tomas en primer plano, de las huellas que aparecen en torno al cadáver. A continuación ordena a un par de guardias que busquen rastros similares por los alrededores.

—Parece que al señor juez se le han pegado las sábanas —comenta el brigada.

—De momento no nos hace falta para nada.

—¿Usted cree que lo mataron aquí o que lo trajeron ya muerto? O quizás arriba, en el paseo, y lo arrojaron desde allí.

—No se ven huellas de arrastre a pesar de la humedad del suelo —valora Lombardi—, y si lo tiraron desde arriba habría roto alguna rama de los árboles en la caída, así que debieron de matarlo aquí mismo.

—Si le dan la vuelta, puedo sacarle una de frente —propone Cayuela.

—¿Ya ha terminado? Antes de mover nada, voy a llevarme un recuerdo —dice el policía—. ¿Alguien tiene una navaja?

—¿Le vale esta? —El brigada le ofrece aquella que habían requisado a uno de los matones.

—Perfecto. Y ahora, que alguien vaya a buscar una caja de zapatos, como la del otro día en San Juan.

El policía elige la huella más profunda, una cercana al cadáver, y escarba alrededor hasta conseguir un cepellón de tierra que extrae con cuidado para depositarlo en lugar seguro.

—Ya podemos girarlo —dictamina—, a ver quién es este pobre señor. Y si no le importa, Manchón, me quedo con la navaja. Como instrumento de trabajo.

Cayuela cumple lo prometido con un par de tomas, y antes de despedirse se aproxima al policía para deslizar subrepticiamente un sobre en el bolsillo de su chaqueta.

—La foto que le hice con Cecilia en Santa María —susurra el fotógrafo—. Con su cliché.

Lombardi había olvidado por completo el encargo, convertido ahora en un objeto innecesario tras la conversación con la joven.

—Gracias. Dese prisa en revelar, y haga una docena de copias de la mejor foto de la huella para la Guardia Civil. Las del juez pueden esperar.

—No lleva cartera —señala Manchón tras registrar la americana del cadáver—. A lo mejor ha sido un atraco.

—Creo que es el señor Eguía —apunta Peiró.

—Sí, don Evaristo Eguía, del banco Hispano —corrobora el suboficial.

—¿El director del banco?

—Uno de los empleados —refuta el médico.

—Oficial de administración, exactamente —matiza el juez Lastra, que acaba de incorporarse al trío concentrado ante el cadáver—. Buenos días, señores. ¿Alguna hipótesis?

Con su deliberado silencio, Lombardi fuerza al brigada a ejercer de portavoz. Manchón explica pormenorizadamente los datos obtenidos en la inspección ocular.

—Espero que la autopsia nos aclare algo más, don Sócrates —dice Lastra al doctor—. El furgón de la funeraria está al llegar. Poco podemos hacer hasta entonces.

—Sí que podemos —interviene el policía con su cepellón de tierra en las manos—. Hay que buscar un hombre que calce botas, seguramente de caña baja, con este dibujo en la suela. Talla cuarenta, más o menos.

El juez observa la huella con detenimiento y gesto grave.

—He pedido a Cayuela una docena de copias para los guardias —agrega Lombardi—. Con la lupa del hospital, a lo mejor sacamos más conclusiones.

—Ya lo ha oído, Manchón —sugiere Lastra—. De momento, mande a su gente al mercado, por si suena la flauta.

El brigada hace un aparte con los guardias, y un par de ellos abandonan apresurados la escena. Entretanto, el policía recorre los alrededores del cadáver, recogiendo en su pañuelo pequeños objetos.

—¿Puedo preguntarle qué es lo que busca? —se interesa el juez.

—Colillas, señoría.

—Interesante. Quiero hablar con usted. En privado.

—¿Me permite al menos asistir a la autopsia?

—Por supuesto. Cuando acabe, lo espero en mi despacho.

Los dos hombres cruzan el puente en dirección al hospital. Podría decirse que se trata de una escena paralela a la vivida tres días antes, aunque en este caso es Lombardi y no Peiró quien transporta bajo el brazo una caja de cartón. Han preferido cubrir a pie el corto paseo hasta el centro médico para tener ocasión de intercambiar a solas las primeras impresiones sobre el nuevo suceso.

—En apariencia —resume el policía—, es un cadáver de lo más vulgar, si me permite la expresión y con todos mis respetos al difunto señor Eguía: un cadáver normal, con sus dos manos; y ninguna de ellas presenta cortes, al menos en una primera observación. Lo único que tiene en común con el caso de Ayuso es que ha aparecido en día de mercado, aunque ahora en un paraje más o menos recóndito, sin la menor voluntad publicitaria que caracterizó a la mano.

—Tiene usted razón en que, a primera vista, la única coincidencia puede ser meramente circunstancial; aunque hay que tener en cuenta que el arma presuntamente utilizada en este caso también parece ser cortante, como la que se usó para amputar la mano de Jacinto Ayuso.

—Eso solo significaría que en ambos casos se empleó un hacha o una azuela. Me temo que el número de arandinos con esas herramientas a su disposición es bastante elevado, así que no tiene por qué ser el mismo autor.

—Pero estos episodios de violencia extrema son rarísimos en la villa —objeta don Sócrates—; en tiempos de paz, quiero decir. Dos muertos en una semana tienen que tener relación, a menos que el vecindario se haya vuelto loco de repente, que distintos criminales hayan decidido actuar al mismo tiempo.

—Su hipótesis no carece de lógica, doctor, pero no sería la primera vez que eso sucede. El crimen, sobre todo si se trata de un hecho público como el de Ayuso, puede tener un efecto reclamo. Surgen imitadores, gente que salda sus cuentas con la esperanza de que le carguen el muerto a otro. Esperemos que la autopsia nos aclare un poco más las cosas, y a ver si conseguimos aproximarnos a cómo sucedieron los hechos.

—La autopsia, y ese trozo de tierra que lleva usted bajo el brazo. Porque supongo que lo que quiere buscar ahí son restos, ¿no?

—No se le pasa una, doctor.

Cuando llegan a la sala forense, el cuerpo ya está tendido sobre la mesa de mármol. Sin embargo, el primer interés de don Sócrates es la caja. Dotado de su lupa y sin tocarlo, examina su contenido a la luz del foco. Segundos después, chasquea la lengua y acude hasta la puerta de la sala para llamar la atención de una enfermera con la que conversa brevemente.

—Me temo que no voy a poder ayudarlo mucho en esto, y es posible que solo consiga estropearle la prueba —dice de vuelta a la mesa, mientras se embute en el delantal de lona y se calza los guantes—. He mandado aviso al doctor Hernangómez, un buen aficionado a la botánica.

La primera medida es desnudar el cadáver, proceso que Lombardi aprovecha para registrar a fondo la ropa. Una cajetilla de tabaco y una caja de cerillas en la americana, unas monedas sueltas y un pañuelo en el pantalón son las únicas propiedades del fallecido. Las suelas de los zapatos tienen ligeros rastros de barro, y la del derecho una mancha oscura que viene a corroborar las presunciones del policía.

Al poco aparece en la sala un joven con bata blanca que se dirige directamente hasta la mesa.

—El doctor Hernangómez —lo presenta Peiró—. Arandino y gran patólogo, a pesar de su juventud. A veces me ayuda con las autopsias.

El médico ronda por encima de la treintena: alto y relleno, un tanto rubicundo, de ojos claros y facciones suaves, se peina hacia atrás con fijador. Estrecha con carácter la mano que le ofrece el policía.

—¿Esto es lo que quieren que vea? —dice Hernangómez señalando la caja colocada en una esquina de la mesa—. ¿También pertenece al cadáver?

—Al posible asesino —puntualiza don Sócrates, mostrándole el contenido—. El señor Lombardi cree que una observación más detallada puede ofrecer alguna pista.

—Pues si no le importa, doctor, mientras usted se encarga de los preliminares, le echamos un vistazo en mi laboratorio.

Con la aquiescencia de Peiró, Hernangómez se apodera de la caja y dirige los pasos del policía fuera de la sala, hasta un pequeño despacho en el piso superior, iluminado por una ventana con vistas al río, y cuyo parecido con un laboratorio se limita al microscopio que hay en una mesa rinconera.

—Es usted un avanzado —bromea Lombardi—. Don Sócrates solo usa lupa.

—Y qué va a hacer un patólogo sin microscopio. Pero de momento habrá que conformarse con la lupa, porque este volumen no cabe bajo el objetivo.

Ayudado por la lente de aumento, el doctor revisa silenciosamente el trozo de tierra, deteniéndose de vez en cuando en algún punto que parece llamarle la atención.

—Podría ser de una bota, ¿no? —comenta el policía ante el

prolongado ensimismamiento del médico—. De caña baja, probablemente.

—Así es. Con un remache de hierro bajo la puntera. —Hernangómez cede la lupa—. Puede apreciar su dibujo y los cuatro clavos que lo sujetan. La planta también es claveteada, y el tacón tiene estrías profundas, un conjunto de rayas cruzadas formando cuadrícula.

—Talla cuarenta o cuarenta y uno.

—Habría que medir la huella para aquilatar, pero por ahí le anda. Y por la profundidad de la marca en la tierra, podríamos calcular a su propietario unos ochenta kilos de peso.

—Vaya, doctor, eso sí que es precisión —elogia el policía—. Pero la huella estaba junto al cadáver y era la más profunda de todas, producida probablemente en el momento del ataque, cuando el agresor venció todo su peso para descargar el golpe. Así que podríamos dejarlo en setenta o setenta y cinco kilos.

—Podría ser.

—En todo caso, no es un alfeñique.

—Por el peso y la talla de calzado, un metro setenta, como mínimo —calcula el médico.

—Vamos, que solo nos falta la foto del fulano. Pero ¿podemos saber más cosas? Lo que hemos deducido hasta ahora podría hacerse también con las fotos. Si he traído esto es para buscar posibles restos en la suela.

Hernangómez se hace con unas pinzas y una pequeña lámina de cristal transparente antes de recuperar la lupa.

—Efectivamente, hay restos de briznas vegetales sueltas, sin arraigo en el cepellón de tierra —anuncia tras un minucioso repaso—. Sobre todo, en los dibujos del tacón.

El médico deposita sobre el cristal pequeñísimos trozos verdes, desechando otros. Cuando considera que ha terminado de rascar en la huella, se dirige al microscopio. Tras un par de minutos que a Lombardi se le hacen eternos, Hernangómez se levanta con el cristal, y se lo entrega.

—Huela —le ordena.

El policía obedece con un gesto de desconfianza, y tras un par de intentos se ve obligado a admitir su incompetencia.

—¿A qué se supone que debe oler?

—Aroma balsámico —dice Hernangómez—. Muy débil, pero todavía huele.

—Vaya olfato que se gasta usted.

—Viene muy bien para catar vinos. Es mi segunda afición, después de la botánica, y le confieso que gano más de catador que como médico.

—Enhorabuena por el éxito, pero yo no huelo nada.

—Entonces, fíese de mí.

—Me fío —acepta el policía—. ¿Qué significa ese olor?

—El olor se desprende de estas briznas que hemos sacado de la huella. ¿Las ve?

—Las veo, pero vaya usted al grano, hombre.

—Son restos de *saxifraga* —asevera el doctor con aire erudito—; no sé si *fragilis* o *cuneata*, pero *saxifraga* seguro.

—Mire, no se me daba muy bien el latín en la escuela. ¿Le importaría expresarse para un palurdo como yo?

—En una traducción libre, pero muy exacta, podríamos llamarla *rompepiedras*, porque los clásicos la consideraban una planta capaz de reventar con sus raíces las rocas más duras. Popularmente, si se trata de la *fragilis* como supongo, por su aroma veraniego se la conoce como bálsamo, y no la encontrará usted a orillas del Duero.

—Eso quiere decir que el propietario de las botas la traía puesta —concluye Lombardi.

—La *saxifraga* es una planta viscosa, y no tiene nada de extraño que deje restos adheridos en quien la toca o la pisa; al contacto con la humedad de la orilla, algo de ellos ha quedado en la huella.

—¿Y es frecuente esa planta por la Ribera?

—Le gustan los roquedales calizos, zonas pedregosas, fisuras de roca, escarpes y barrancos. Es tan aficionada a las alturas que a veces crece en los tejados. No es muy grande, tiene hojas de color verde

200

claro y unas florecitas blancas de cinco pétalos, aunque después de julio es difícil encontrarla con flores. Seguro que la ha visto alguna vez.

—Probablemente, pero mi sensibilidad hacia el mundo floral es similar a la que pueda tener un batracio —ironiza el policía—. Quiere usted decir que esas botas han pisado terreno montañoso.

—Y no hace mucho, si es que aún conservan restos de bálsamo.

—¿Nunca ha pensado dedicarse a la investigación policíaca? Sería usted muy útil en el grupo de identificación de Madrid.

—Mi vocación es curar a la gente, y me temo que ese grupo solo trata con cadáveres.

—Curar, y el vino.

—Como catador —puntualiza el médico—. Apenas lo bebo.

—¿Me pasará todo eso por escrito?

—Como apéndice en el informe del doctor Peiró.

De regreso a la sala de autopsias, Hernangómez se pone a disposición de don Sócrates, que ya tiene un avance de su futuro dictamen.

—Cráneo roto con un objeto contundente y cortante —resume—. Una herida de trece centímetros, de arriba abajo sobre el occipital, lógicamente efectuado por detrás. Otro golpe, seguramente cuando caía, en el cuello, le ha quebrado tres vértebras. Aunque el primero ya era mortal de necesidad.

—Un hacha —concluye el policía.

—Probablemente.

—¿Hora de la muerte?

—Por la temperatura del hígado, entre las diez y media y las doce. Desde luego, no más allá de la medianoche.

—¿Puede hacer su informe por triplicado? Me gustaría guardar personalmente todos los detalles. —Y al mencionar los detalles recuerda lo que lleva en el bolsillo; saca el pañuelo y se desprende de las colillas en una papelera que hay al pie de la mesa de mármol, bajo el cadáver medio despiezado. Peiró resopla.

—Espero poder ir al cine esta tarde —protesta al fin con un teatral mohín de resignación.

—¡Ah, claro: el padre Brown! —ríe el policía.

—Se lo dejaré en la pensión de camino al juzgado.

—Allí mismo voy yo, a ver qué quiere de mí su señoría. Gracias a ambos, y no olvide revisar todos los detalles, don Sócrates, por si se nos ha escapado alguna marca.

—Las únicas marcas que tiene este pobre desgraciado son las del hacha.

Lombardi desayuna en la cafetería del cine repitiendo la ceremonia de la mañana del miércoles, aunque en esta ocasión a solas y valorando las circunstancias. Cierto que a primera vista el reciente crimen no parece guardar relación alguna con el novicio asesinado; no menos cierto es que pocas horas antes estaba decidido a marcharse de Aranda, harto del tufo a fascismo que desprende la villa y de las trabas que encuentra a cada paso. El pálpito de don Sócrates, sin embargo, ha resultado contagioso, aunque intervenir en este asunto se sale por completo de sus competencias y necesitaría la autorización de Madrid; a menos que se consiga establecer una conexión entre las muertes de Ayuso y Eguía, en cuyo caso podría considerarse parte de la misma investigación. Antes de cualquier consulta, decide el policía, hay que aclarar por completo este extremo, y eso solo se consigue trabajando.

Lastra lo recibe con cara de niño enfurruñado; aunque, tan formal como de costumbre, aguarda a que el policía se acomode ante la mesa para expresar su reprimenda:

—¿Cree que puede hacer la guerra por su cuenta? ¿Por qué no me ha informado del incidente con los falangistas?

—Pues precisamente para no meter a esos dos en un lío mayor con una denuncia formal. Pensé que bastaría con un escarmiento.

—A lo mejor en Madrid funcionan ustedes así, pero aquí quien decide si se encierra a alguien soy yo, ¿me ha entendido?

En otros tiempos, piensa Lombardi, esa actitud habría revelado un magistrado garantista. En Lastra, sin embargo, solo desenmascara a un hombre que defiende su autoritarismo personal.

—Una multa les duele más que una noche a la sombra —agrega el juez ante el frío silencio del policía—: para esta gente no hay mejor escarmiento que obligarlos a rascarse el bolsillo.

—¿Los ha multado?

—Basta con la amenaza, de momento.

—Ya.

—Y en lo sucesivo, identifíquese para evitar males mayores —aconseja Lastra.

—No hace falta ser policía para defender a una mujer acosada por cobardes. ¿Usted no habría actuado del mismo modo?

—Aquí todo el mundo sabe quién soy, no necesito identificarme.

—Póngase que le sucede en Pernambuco, por ejemplo.

—Pues claro que habría intervenido.

—¿Arriesgándose a un par de guantazos? ¿O les habría hecho saber que es usted juez en Aranda de Duero?

—¿Se está burlando? —inquiere el magistrado con una mueca irritada.

—Ni mucho menos, señoría. Solo quiero decir que en momentos así y con individuos de esa ralea no suele haber mucho tiempo para palabras.

—Pues inténtelo si se vuelve a presentar la ocasión. Mejor no alterar el orden público por una simple gamberrada.

—Así que lo considera usted una simple gamberrada —replica, contenido, el policía—. Con navaja de por medio.

—Gamberrada que derivó en absurdo enfrentamiento con la autoridad.

—Por mi culpa, claro. Ahora va a resultar que quien merece la multa, o al menos una amonestación, soy yo. Por meterme donde no me llaman. Por impedir que un par de tarugos falangistas provoquen e insulten públicamente a una mujer que solo merece compasión.

—El asunto no da para más, señor Lombardi —zanja Lastra con sequedad—. ¿Ha investigado el caso de Linares del Arroyo?

El policía resopla para cargarse de paciencia antes de responder.

—Hablé con el comisario Sanz, que lo llevó en su día —dice, al fin—. Y ayer por la tarde estuve en el pueblo, pero no hay nada interesante en la memoria de los vecinos.

—¿Cómo puede estar tan seguro? ¿Habló con todos?

—Naturalmente que no —responde el policía ahogando la palabrota que le pide la lengua—. Esa es una tarea que ya hizo la Guardia Civil en su momento, pero sí que hablé con gente que parecía informada. También quería hablar con Daza, ya sabe, el sospechoso del rapto que resultó ser inocente.

—Sí, he leído el informe, siga.

—El joven se fue del pueblo y luego murió en la guerra. Su casa lleva ocho o nueve años abandonada. Es una ruina, por fuera y por dentro.

—¿Por dentro? ¿Quiere decir que ha allanado usted un domicilio?

Lombardi sabe que el juez le busca las cosquillas, pero evita un enfrentamiento directo.

—Hombre, llamar domicilio a eso es más que optimista —ironiza.

—Si existe propietario lo es, al margen de su estado.

—Entonces podríamos decir que no lo es. Y cualquiera puede entrar allí si lo intenta. ¿Por qué no iba a hacerlo un policía?

Lastra cierra la cuestión con una sonrisa cínica.

—¿Interrogó a la familia de Resurrección Carmona? —pregunta—. La chiquilla, ya sabe.

—¡Ah! La Resu. Pues no; me dijeron que lleva un par de años en Madrid.

El juez desliza una hoja de papel sobre la mesa.

—Ahí tiene la dirección de la casa donde sirve. A lo mejor ella nos aclara algo.

—Para eso tendría que ir a Madrid.

—No es necesario: encárgueselo a algún compañero de la Criminal. Aunque puedo gestionarlo yo directamente, si lo prefiere.

—Lo intentaré —asume el policía guardando la nota. Desde

luego, Lastra puede ser un juez novato, pero con la tozudez de un buey, y por improbables que puedan ser sus hipótesis, no deja un solo cabo sin atar.

—Supongo que se suma al caso del señor Eguía.

—Pues si quiere que le diga la verdad, tengo mis dudas.

—Como funcionario presente en la villa no puede negarse, si se lo ordeno.

Funcionario, dice. Si el juez supiera su verdadera condición, reflexiona Lombardi, probablemente sería mucho más hostil; aunque quizás lo sabe y ese es el motivo de su prepotencia.

—Mis órdenes son investigar lo de Ayuso —aclara el policía—. Y, francamente, no veo lo que puedan tener en común las muertes de un novicio y de un empleado de banca. ¿O es que usted intuye alguna relación?

—Ninguna de momento, pero para eso están ustedes. Mientras resuelve sus dudas existenciales, trabaje para aclarar al menos si nos enfrentamos a uno o a dos criminales.

En el cuartel hay tres hombres retenidos. Todos tienen la mala suerte de calzar botas de caña baja, pero un examen minucioso de sus suelas confirma que no guardan relación alguna con las huellas que había a orillas del Duero. Manchón da órdenes a diestro y siniestro, y se dispone a salir cuando Lombardi entra en su despacho.

—¿Ya hay autopsia? —se interesa al ver al policía.

—Parcial, pero suficiente. Dos hachazos, entre las diez y media y las doce de la noche.

—Un atraco, probablemente. O eso quieren hacernos creer, porque también hay otra posibilidad.

—Antes de especular sobre el móvil, deberíamos elaborar una teoría sobre cómo sucedieron los hechos. ¿Encontraron más huellas de esas botas por los alrededores?

—Las hay, más o menos claras, entre el acceso al río desde la carretera y una docena de metros hacia el puente; tanto en uno como en otro sentido —asegura Manchón—. Más allá del puente no hay salida posible, así que el criminal tuvo que llegar hasta allí y marcharse como lo hace todo el mundo, desde la propia carretera.

—¿Y del señor Eguía?

—También las hay, pero todas entre el acceso y los alrededores de donde estaba su cadáver.

—No llegan hasta el puente.

—Desaparecen a siete u ocho metros del lugar de los hechos. No se ha encontrado ninguna más allá.

—Lo que significa que nuestros dos hombres no estaban juntos, o que al menos no caminaban juntos —reflexiona Lombardi.

—Claro. Probablemente, el asesino esperaba escondido a su víctima.

—No me imagino a nadie paseando a esas horas por un lugar tan oscuro, así que el autor sabía que Evaristo Eguía estaría allí. Tal vez se había citado con él. Y eso nos lleva directamente al posible móvil. Lo del atraco, o el robo fingido, como usted sugería, no se sostiene.

—¿Por qué?

—La posición de caída era natural tras dos hachazos por detrás —razona el policía—. Nadie lo movió, y difícilmente pudieron quitarle la cartera con el cuerpo bocabajo; nosotros tuvimos que darle la vuelta para registrar su americana. Tampoco parece coherente que lo mataran de esa forma si el objetivo era robarle. Eguía no estaba allí por casualidad.

—¿Y en qué se basa para decir eso?

—Había cuatro colillas de Ideales en los alrededores del cadáver, y una cajetilla de esa marca en el bolsillo de su chaqueta. Tres de ellas fueron aplastadas deliberadamente con la suela de su zapato derecho; la cuarta, la más próxima al cadáver, es un cigarrillo a medio consumir: seguramente lo tenía en la boca o en la mano cuando lo atacaron. O ese señor era un fumador empedernido o pasó largo tiempo esperando. Quizás ambas cosas. Lo que hay que averiguar es qué pintaba a la orilla del río en torno a la medianoche.

206

—Es un buen sitio para chingar, y no cae lejos de su casa.

—¿La orilla del río es un picadero?

—La gente folla donde puede. Es usted todo un sabueso, Lombardi, pero le faltan datos —apunta Manchón con una sonrisa traviesa—. Debería haberle comentado la afición de don Evaristo Eguía por las faldas.

El policía se sorprende de la permisividad de la Benemérita con sitios así. En Madrid, sin ir más lejos, y con las bendiciones del obispado, una brigada se dedica a perseguir parejitas con aficiones mucho más inocentes, como pasear agarrados o intercambiar un beso espontáneo. Nada de Eros en el Nuevo Estado; solo Tánatos: si de la muerte nació, a la muerte rinde diario tributo en forma de represión. Por lo que cuenta el suboficial, los guardianes de las buenas costumbres se pondrían las botas en ciertos rincones de Aranda.

—Para llevar tan poco tiempo en este puesto conoce usted muy bien las andanzas de sus convecinos.

—Bueno, es que lo de este señor era público y notorio —argumenta Manchón—, y de más de un apuro hemos tenido que sacarlo por ese motivo. Así que nuestro asesino es probablemente algún marido despechado. Lo malo es que habrá que interrogar a unos cuantos sospechosos, y no solo de la villa.

—¿Sugiere un crimen pasional?

—Parece claro —confirma el brigada con determinación—. Quedó allí con una de sus amiguitas; el marido los pilló y se deshizo del problema definitivamente.

—¿Y perdonó a la adúltera? —recela el policía—. No me cuadra: en estos casos casi siempre suele haber dos víctimas. Y de haber solo una, es femenina.

—A lo mejor ella escapó, o también la mató y todavía no hemos encontrado el cuerpo. Tengo a cuatro hombres rastreando las orillas.

—Usted verá, pero dudo que la encuentren.

—¿Por qué?

—Si es cierto que Eguía esperaba a una mujer, probablemente

nunca llegó —argumenta Lombardi—. No había huellas de calzado femenino. Aunque admito que pudo ser una encerrona para cargárselo.

—Eso no cambia la lista de sospechosos.

—Pues si está decidido a ello, busque a uno que frecuente el monte. En la huella había restos vegetales que así lo indican. Le llegará un informe más completo con el resultado de la autopsia.

—Gracias por el avance. Ahora mismo iba a visitar a la familia de Eguía para darles oficialmente la mala noticia. Mujer y cuatro hijos, me han dicho. ¿Quiere acompañarme en el papelón?

—Lo acompaño, pero solo de camino, que todavía tengo trabajo en la escena del crimen.

Durante el trayecto común, la pareja mantiene su confrontación de opiniones. Sin descartarlo en absoluto, el policía prefiere no pensar en un crimen pasional, porque su intervención en el caso debería concluir de inmediato. Y, de ser así, considera al suboficial muy capaz de resolverlo sin su ayuda.

—Sería bueno que indague en las posibles relaciones de Eguía con la familia Ayuso, en especial con Jacinto —sugiere al brigada—. Es importante confirmar si nos enfrentamos a uno o a dos asesinos.

—Sobre todo para usted, que parece con ganas de quitarse de en medio —replica este con cierto tono de reproche.

—En cuanto a mis ganas, ya sabe que no estoy autorizado a intervenir más allá de mis límites. Y si sus sospechas son ciertas, no me necesita para nada. Por lo demás, me limito a repetirle las palabras del juez, aunque suenen a perogrullada.

—¿Habló con su señoría? Espero que le haya aclarado lo de los detenidos.

—De principio a fin. Y aprovecho para reiterarle mis disculpas.

—Y yo le repito que sobran. Hablando de detenidos, cumplí con su petición de seguir a la señorita Garrido. —El suboficial saca un trozo de papel del bolsillo de la guerrera y lee en voz alta—: *Tras un rato en el banco Hispano, visitó un par de domicilios y una mercería en la calle General Berdugo...*

—No es necesario, Manchón —lo interrumpe Lombardi—. Le pedí protección, no vigilancia.

—Bueno, pero ya que lo hacemos, no está de más informar. Parece que todas fueron visitas muy breves. La señorita almorzó en la Fonda Arandina y no volvió a salir hasta después del chaparrón, para pasear durante una hora por Allendeduero antes de encerrarse de nuevo a la caída del sol. A las diez de la noche terminó el seguimiento. Esta mañana se ha continuado, pero hasta mediodía no me llegará el informe correspondiente.

—Muchas gracias. Ya veo que se lo ha tomado en serio.

Con la iglesia de San Juan a la vista, se despiden. Manchón gira por una calle lateral hacia el barrio que queda a espaldas del templo, mientras el policía continúa de frente, desciende la ladera hacia el curso del Bañuelos, sigue el trazado urbano de la carretera de Palencia y llega hasta el embarcadero.

El minúsculo muelle está a poco más de un centenar de metros del lugar donde ha aparecido el cuerpo de Eguía, aunque a las tempranas horas en que se produjo la inspección policial y el levantamiento del cadáver allí no había rastro alguno de actividad. En este momento es distinto, con un empleado que atiende a una parejita, probablemente novios que eligen entre la media docena de botes amarrados el más adecuado para pelar la pava alejados de la orilla.

Lombardi aguarda a que la pareja se adentre un trecho en la corriente para dirigirse al barquero con aires de turista despistado.

—¿Hay algún sitio más por aquí donde se pueda conseguir una barca?

—En Fresnillo tienen alguna —responde aquel un tanto sorprendido.

—Eso es río arriba, ¿no?

—Río arriba, sí señor; aunque hasta aquí no pueden llegar porque hay una presilla entre medias. Y río abajo en muchos kilómetros no hay más barcas que las del Barriles. El Barriles es servidor, Pablo de Pablo, para lo que tenga a bien necesitar.

—Mucho gusto.

—¿Le apetece un paseíto? Hoy el agua está de cine.

—El caso es que ahora no tengo mucho tiempo —alega el policía con un fingido vistazo a su reloj—. Dígame, si yo me pusiera a remar río arriba, ¿hasta dónde llegaría para estar aquí de nuevo en media hora?

—¿Solo media hora? Pues hasta la curva de la estación, más o menos, si es que tiene buenos brazos.

El remero nocturno los tenía, a pesar de sus prevenciones, piensa Lombardi.

—A lo mejor esta tarde me animo —alega—. ¿Hasta qué hora están ustedes por aquí?

—A las nueve plegamos.

—Claro, supongo que por la noche no funciona el servicio de alquiler.

—Hombre, en algún momento hay que descansar; y tampoco creo que haya nadie con los santos cojones de echarse al río sin luz.

—¿Ni siquiera usted? —lo provoca el policía.

—Precisamente yo, que conozco bien estas corrientes, sería el último en darme un capricho tan peligroso. Muy grave tendría que ser el asunto para hacerlo.

Muy grave tenía que ser el asunto para el remero nocturno, concluye Lombardi tras despedirse del barquero. Sustraído furtivamente para cumplir ocultos propósitos, el bote que había visto desde su habitación pertenecía, necesariamente, a la pequeña flota del Barriles. Si bien su inexplicable viaje, entre las doce y media y la una, resultaba un tanto tardío para asociarlo con la presumible hora del asesinato de Eguía, tal vez su ocupante pudo presenciar algún detalle significativo para la investigación.

Es improbable que una circunstancia singular se repita dos veces consecutivas: de ahí su rareza; pero el policía se jura prestar más atención en adelante a ese tipo de pormenores y, como primera medida, decide darse una vuelta esa misma noche por el embarcadero.

Para hacer tiempo hasta la hora de comer y dejar manos libres a

Manchón con sus gestiones, decide cubrir las visitas pendientes de la lista de participantes en la pelea del Frontón Arandino asesinados por los fascistas en las primeras semanas de la sublevación. Cuatro familias, repartidas en el extrarradio, que no aportan sino tristeza, miedo y deseos de olvidar, aunque en algún caso subyace el invencible orgullo de los idealistas, la semilla de la libertad y el desprecio más absoluto hacia sus opresores, a quienes Lombardi, muy a su pesar, representa. El policía descubre animadversión y odio, pero en ninguno de esos ámbitos de padres, viudas y huérfanos puede haberse gestado el truculento asesinato de Jacinto Ayuso.

Llega a la fonda sudoroso y con el ánimo por los suelos, no tanto por el nulo resultado de sus pesquisas como por constatar personalmente el drama humano con que los muñidores de la guerra han sellado su victoria. Doña Mercedes lo recibe con un sobre que don Sócrates ha dejado para él; el policía lo guarda en la chaqueta y pasa sin más preámbulos al comedor, parcialmente ocupado a esas horas.

Cecilia Garrido se enfrenta al segundo plato. Lombardi se sienta en la silla vacía frente a la joven.

—Me gustaría hablar con usted.

—Adelante —lo anima ella.

—Mejor paseamos un rato después de comer, si le parece.

—No va a ser posible. Me voy a Peñafiel. —Cecilia señala una pequeña maleta que hay al pie de la mesa—. Volveré el lunes a insistir, aunque ahora, con lo de la desgracia del señor Eguía, no creo que anden para asuntos menores.

—¿Cómo se ha enterado?

—Me lo han dicho en el banco esta mañana.

—¿Cuándo viaja?

—En el coche de las dos y media.

—Pues la acompaño hasta allí, si no tiene inconveniente.

Lombardi devora a toda prisa unas patatas viudas y una mínima tajada de congrio frito hasta alcanzar a Cecilia en el postre. Una vez concluyen, el policía se hace cargo de la maleta y se dirigen al exterior eludiendo el mercado de la plaza y buscando la poca sombra que pueden hallar en el recorrido.

—¿Conocía usted a don Evaristo Eguía?

—Era mi jefe directo hace seis años.

—¿Cuándo lo vio por última vez?

—Ayer mismo estuve con él y con otros antiguos compañeros, después de dejarlo a usted. Como lo estuve el día anterior por la tarde, cuando llegué a Aranda; poco antes de que el doctor Peiró nos presentase.

—¿Hasta qué punto su opinión era importante para readmitirla?

—Lo era —musita ella con un suspiro—. No imprescindible, pero sí importante.

—¿Y él se mostraba favorable o contrario a su reingreso?

—Me dijo que contase con su apoyo.

—Pues se está quedando usted sin valedores.

—Así parece —se lamenta la joven—. Hasta las que creía amigas me dan la espalda.

Visitas muy breves, decía el informe verbal de Manchón sobre la actividad de Cecilia durante la víspera. Desde luego, la experiencia no tuvo que ser precisamente satisfactoria para la joven.

—Lo siento.

—No sé hasta qué punto merece la pena seguir intentándolo, la verdad —reflexiona ella.

—Ya conoce mi opinión al respecto, señorita Garrido, y no me gustaría resultar pesado. De momento, he pedido protección para usted a la Guardia Civil, así que no se extrañe de ver cerca un tricornio de vez cuando.

—Es muy amable. Creo que ya le he dicho esta frase un par de veces, pero es sincera.

—No le dé más importancia. ¿Tiene alguna hipótesis sobre lo que ha podido sucederle al señor Eguía? ¿Qué opinan en el banco?

—Cualquiera sabe. —Se encoge de hombros—. Llevaba seis años sin verlo y desconozco si tenía enemigos. Pero por el sitio donde sucedió, supongo que habrán intentado robarle, ¿no? Eso dicen sus compañeros.

—El atraco está descartado, y el sitio es precisamente lo más desconcertante. No me imagino a nadie a esas horas por la orilla del río.

—En verano no es tan raro, porque hace fresco. —El rostro de Cecilia se ilumina levemente, como si el recuerdo de escenas felices difuminara un poco su habitual pátina de tristeza—. A veces nos juntábamos una docena de la cuadrilla para merendar y echar unas canciones, y nos daban las tantas.

—¿La medianoche?

—Sí, parece un poco tarde. Sobre todo si tienes que trabajar al día siguiente.

—Una cosa es la farra con los amigos y otra muy distinta pasear a solas a las tantas —sentencia el policía—. Dicen que Eguía tenía fama de mujeriego, y que tal vez se trate de un ajuste de cuentas por parte de un marido burlado.

—¿Mujeriego? Sé que antes de la guerra estaba casado; con dos hijos, me parece. Lo que haya hecho desde entonces lo desconozco.

—Ahora seguía casado y había duplicado la prole, pero eso no es garantía de fidelidad.

La pareja llega a la parada en el momento en que el revisor del coche de línea llama a los viajeros rezagados. La joven, maleta en mano, se incorpora al vehículo, aunque desde la puerta dirige una última frase a su acompañante.

—Hasta el lunes —se despide—. Si es que para entonces sigue por aquí.

—Quién sabe, aunque me temo que no se va a librar de mí tan fácilmente —bromea él—. Que tenga un buen viaje, y espero verla pronto.

Lombardi asiste sin pestañear a la partida del vehículo y aguanta estoicamente la tufarada del gasógeno. Sus ojos contemplan la marcha del coche por la calle y su desaparición tras una esquina, pero su cabeza está en otra parte, en ese lugar donde se barajan los hechos y se cuecen las hipótesis. Y es que acaba de establecer un vínculo entre los dos hombres asesinados. Ya no solo es la, tal vez intrascendente, coincidencia del día de mercado, sino que ambos eran valedores de Cecilia Garrido. Hasta este momento, la relación de la joven con las víctimas era puramente circunstancial, como la que podrían tener docenas de vecinos en una población pequeña. Los acontecimientos, sin embargo, parecen apuntar a un propósito: como si, con la eliminación de sus padrinos, alguien estuviera empeñado en impedir el reingreso de Cecilia en su trabajo. Una hipótesis más que descabellada, desde luego, porque para conseguir ese objetivo no son necesarios medios tan radicales; aunque no deja de ser curiosa esa confluencia de intereses en los fallecidos.

De vuelta en la pensión, se promete investigar más a fondo a una joven que parece acosada por varios flancos. El pasado suele despejar a menudo las incógnitas del presente, y lo único que sabe de ella es lo que don Sócrates le ha contado a partir de un momento preciso, el de su infortunio. Pero ¿quién era Cecilia Garrido antes de aquel suceso?

Tumbado sobre la cama, dispuesto a una buena siesta en la fresca penumbra que le proporciona la persiana, el policía rasga el sobre que contiene el informe del doctor Peiró. En apariencia, nada nuevo entre tanta terminología médica, salvo que el análisis del estómago establece que la muerte se produjo entre hora y media y un par de horas después de cenar, y que la víctima ingirió, además de vino, cierta cantidad de alcohol de mayor graduación. Aunque se propone leerlo hasta el final, los párpados se le cierran antes de concluir la primera página.

La tarde se ha metido en nubarrones, y gotas dispersas reciben a Lombardi cuando abandona la fonda en dirección al Sancti Spiritus. En una de las calles a espaldas de la gigantesca ruina encuentra el taller anunciado por el brigada de la Benemérita, donde, por una razonable fianza y un modesto precio diario, alquila una bicicleta sin fecha fija de devolución.

Una agradable brisa llega desde el río mientras pedalea en dirección a Montecillo. En pocos minutos se planta ante el edificio de la estación, rodeado por otros tan vacíos como el principal. El viejo campo de prisioneros sigue allí, como dijo don Sócrates, pero el policía renuncia a husmear en el siniestro escenario y se limita a cruzar las vías en dirección a la casona que se adivina al fondo.

El hogar de los Sedano es una vieja mansión de dos pisos, de buena fábrica, en apariencia bien mantenida y rodeada de viñedos, a la que se accede por un ancho sendero de tierra. El portón abierto conduce directamente a un patio central, donde la llegada del policía es delatada de inmediato por los ladridos de un mastín, afortunadamente encadenado.

Una mujer acude al aviso para atenderlo. Rubia, de unos cuarenta años, estatura media y complexión ancha, tiene ojos bonitos y cara graciosa, aunque esculpida con un rictus de rudeza al que contribuye su aspecto un tanto desaliñado y una boca pequeña de labios fruncidos. Con su credencial por delante, Lombardi se presenta como criminólogo de Madrid y expone su intención de entrevistarse con los familiares de Teodoro Sedano. Ella, con un receloso gesto de sorpresa, dice ser su hermana, de nombre Felisa.

—Me gustaría hablar con sus padres, si no es molestia. Y con usted también, claro.

—¿De qué?

—De lo que le sucedió a su hermano.

—¿Es que están investigando aquello? —Ha dicho «aquello» en un tono neutro, abstracto, como si quisiera distanciarse de su significado.

—Entre otras cosas.

—Mi padre no está en condiciones de hablar con nadie. Pero suba a verlo, si quiere.

—¿Se encuentra enfermo?

—De salud está bien, aunque tiene perdida la cabeza. Empezó a perderla con lo de Teo y la perdió del todo cuando murió mi madre, un año después, durante la guerra.

215

—Lo lamento.

Felisa acompaña al policía al piso principal, hasta un salón iluminado con luz natural. Don Dionisio ocupa una butaca dispuesta ante una balconada abierta a una terraza sobre un paisaje de verdes cepas.

—Padre, este señor viene a hablar con usted.

El hombre, que debe de haber superado los setenta y viste de riguroso luto, los recibe con una sonrisa que parece impostada. Lombardi tiene la sensación de hallarse frente a alguien que en realidad está ausente, que actúa como un autómata; no obstante, saluda y ofrece su mano. El anciano la agita y se aferra a ella con tanta intensidad que cuesta deshacerse de su contacto.

—¿Es usted el capataz? —pregunta don Dionisio.

—No, padre, este señor viene a hablarle de Teo.

—¿Es que ya ha vuelto de Madrid? No ha venido a verme.

La mujer dedica al policía una mirada concluyente, una señal que no necesita de más explicaciones.

—No, don Dionisio, su hijo no ha vuelto todavía —dice Lombardi en un arranque de compasión—. Solo quería pasar a saludarlo de su parte, pero ya le dejo. Buenos viñedos tiene usted. ¿Todo eso es suyo?

—La parte de acá, hasta la valla. ¿Le gusta?

—Mucho. Parece que le pone usted cariño en el cuidado.

—Cuando vuelva Teodoro estará mucho mejor, ya verá. ¿Sabe que estudia para ingeniero agrónomo?

—Claro. Bueno, le dejo tranquilo, don Dionisio. Cuídese, y mucho gusto.

—Ya le dije que no iba a ayudar mucho —sentencia Felisa mientras abandonan el salón para regresar a la planta baja.

—Es una pena. Aunque tal vez pueda ayudarme usted.

Un hombre se suma en ese momento a la pareja. Parece poco mayor que el propio Lombardi, de unos cuarenta y tantos años. Moreno, fibroso, de aspecto igualmente desastrado, viste de campesino y le saca unos dedos de altura a la mujer, que lo presenta como su marido, aunque se ahorra mencionar su nombre.

216

—Pues ya me dirá —se ofrece ella, por fin.

—¿Cuándo vio por última vez a su hermano?

—El catorce de julio. Él había llegado a primeros de mes, una vez terminado el curso, a pasar el verano. Mi madre y yo fuimos ese día a Medina del Campo para atender a una de sus hermanas que andaba pachucha por entonces. Cuando nos enteramos del Alzamiento quisimos volver, pero no dejaban viajar hasta que se tranquilizaran las cosas y no pudimos llegar a Aranda hasta el cinco de agosto, una semana después de que lo mataran. Ya ve usted, cuando nos despedimos de él no podíamos suponer que era un adiós para siempre. Solo tenía veinticuatro años, con toda la vida por delante.

—Imagino lo que debieron de pasar. ¿Me permitiría echar un vistazo a la habitación de Teo? Suponiendo que aún la conserven, claro.

—Tal y como estaba cuando él vivía. Mi madre no permitió que se tocara más que para limpiar, y yo he mantenido su deseo. Está en el piso de arriba; lo acompaño.

Lombardi entra en la pieza, precedido por Felisa y la silenciosa presencia del marido tras ellos. Es un dormitorio de estudiante, con una mesa adosada a la pared, bajo una ventana que da a la misma fachada que el salón y ofrece una vista casi idéntica de los campos. Aparte del crucifijo sobre la cama, dos cuadros de motivos religiosos son su única decoración. El policía revisa por encima el interior del armario, con ropa impoluta y minuciosamente ordenada.

—¿Tiene usted para mucho rato aquí? —se interesa Felisa.

—Un poco, si me lo permiten. No conocí a su hermano, pero viendo sus cosas, y dónde pasaba sus horas de intimidad, puedo hacerme una idea aproximada. Y no se preocupen, que lo dejaré todo tal y como está.

—Pues mientras tanto, si no le importa, nosotros seguimos con la faena.

—Sí, por favor, no quiero molestarlos más de la cuenta.

La pareja desaparece y el policía reanuda su exploración de cada detalle que pueda ofrecerle una pista sobre la personalidad de Teodoro Sedano, el joven a quien Cecilia Garrido amó hasta la locura. Revisa su librería: aparte de volúmenes técnicos y científicos relacionados con sus estudios y un par de atlas geográficos, alguna obra literaria que nada dice sobre su personalidad más allá del gusto por los clásicos. Examina por fin su mesa de trabajo, una superficie vacía en la que se apoya una lamparita de pie. Tiene tres cajones a mano derecha de la silla.

Se sienta y comienza la inspección, de arriba abajo. Algún libro sobre asignaturas, útiles de escritura, apuntes. Teo tenía letra firme, decidida, legible, que revela un autor ordenado y tenaz. Buen estudiante. Todos sus textos parecen relacionados con la carrera, ninguno de tipo privado donde pudiera haber vertido inquietudes íntimas, un poema, un pensamiento dedicado a su novia, a cualquier otra chica, o las dudas que un joven de casi veinticinco años puede albergar sobre el mundo que lo rodea. Tampoco nada, ni textos, ni un recorte de periódico que lo pueda relacionar con la política, la religión o cualquier inquietud ideológica o filosófica.

Un tanto decepcionado, por fin, en el cajón inferior, al revisar una nueva carpeta de apuntes, algo se sale de la norma. Son unas cuartillas dobladas, en cuyo interior hay dos fotos, tomadas probablemente desde el mismo lugar que Lombardi ha visitado minutos antes, porque recogen un cuarteto de personas ante la puerta de la balconada donde don Dionisio saboreaba el néctar de su tragedia, sus recuerdos falsos. Parece claro que son fotos familiares, ambas casi exactamente iguales excepto por la vestimenta de alguno de los protagonistas. Allí están don Dionisio y Felisa; la señora mayor debe de ser la difunta madre, y el muchacho se parece extraordinariamente al Teo Sedano que abrazaba a Cecilia Garrido en la foto de pandilla que le había mostrado Tirso Cayuela. Dos fotos de familia tomadas en el mismo lugar, en momentos distintos y, desde luego, bastantes años atrás a tenor del rostro de Felisa, mucho más juvenil y alegre.

218

Tampoco los papeles que ejercían de sobre improvisado guardan relación con la actividad estudiantil. Se trata de dos facturas, y al leer el policía el nombre de su expendedor un cosquilleo le recorre el espinazo. Como un niño decidido a acometer su travesura, otea la posible presencia de testigos y, una vez confirma que está solo en la habitación, guarda su hallazgo, fotos y facturas, en el bolsillo de la chaqueta. Prosigue después el repaso visual del cajón sin resultado alguno y abandona el dormitorio en busca de sus anfitriones. Los encuentra en la planta baja, charlando a la puerta de la casa.

—¿Le ha valido de algo? —pregunta ella.

—Claro. He podido confirmar que su hermano era un buen estudiante.

—Eso se lo podía haber dicho yo —responde con suficiencia—. Solo le faltaba un año para acabar la carrera.

—Y pueden estar seguros de que habría sido un buen ingeniero agrónomo.

—Pues si no nos necesita, nosotros tenemos que ir a las viñas.

—Los acompaño, si no es molestia. Me gustaría hablar de Teo un poco más.

La mujer arruga los hombros y el trío se encamina hacia la fachada posterior del caserón. El viñedo se extiende a partir de ahí a lo largo de unos doscientos metros a la redonda. Los racimos están coloreados, pero el marido de Felisa revisa cepa a cepa y de vez en cuando arranca alguno de pequeño tamaño que abandona en la tierra.

—Tienen buen aspecto —comenta el policía desde su ignorancia.

—No ha sido mal año —responde ella—, pero hay que cuidarlas hasta el último momento. Si Dios quiere, y no nos manda un pedrisco, dentro de veinte días vendimiamos.

—Y dígame, ¿dónde se alojaba su hermano en Madrid?

—En la residencia Fundación del Amo.

Lombardi está a punto de soltar un silbido de admiración, pero lo evita para no ofender a la familia. Esa residencia había sido costeada en el último año de Alfonso XIII por un mecenas español residente en California, un médico convertido por matrimonio en ranchero y magnate del petróleo. Inaugurada por el propio rey, la instalación era casi un hotel de lujo a la que solo podían aspirar las élites, tanto nacionales como extranjeras. La República se encargó de eliminar su barniz aristocrático con el objetivo de convertirla en una réplica de la famosa Residencia de Estudiantes. Su impresionante edificio de la Ciudad Universitaria, frente al parque del Oeste, acogía tanto a investigadores como a estudiantes hasta que el asedio de los fascistas a Madrid acabó por convertirlo en una absoluta ruina.

—Buen sitio —aprueba—, aunque ya no queda de ella ni un cascote. Supongo que Teo manejaba dinero.

—No le faltaba —admite ella mientras camina entre las cepas, escrutando a derecha e izquierda en busca de posibles irregularidades—. La vida en Madrid es cara y mi padre le abrió una cuenta cuando se fue a estudiar allí. ¿Por qué lo dice?

—Intento hacerme una idea general de su vida universitaria. ¿En qué año empezó la carrera?

—Se marchó en septiembre del... —Felisa hace una pausa para calcular—. Del treinta y dos, sí. En junio del año siguiente terminó el primer curso.

—Con aprobado general, imagino.

—Y más que aprobados. Nunca trajo un suspenso —corrobora ella con indisimulado orgullo.

—¿Conocieron ustedes a alguno de sus amigos o compañeros?

—No, señor. Nunca invitó a nadie a venir a casa, y como nosotros no vamos a la capital...

—¿Tampoco hablaba sobre ellos?

—Raramente. Madrid solo le interesaba para acabar la carrera, porque su vida era esta.

—Quizás allí, con el ambiente que se respiraba entonces —sugiere él—, se afilió a alguna organización de izquierdas.

—¿De izquierdas? —gruñe Felisa, cuyos sus labios se arrugan un poco más. Detiene sus pasos y encara a Lombardi—. Ni lo sueñe. Era católico convencido, miembro de la Cofradía de la Virgen de las Viñas. Solo pensaba en sacar su carrera, nada de política. Si está buscando justificaciones para su asesinato se equivoca. Fue una venganza del malnacido del Fanegas contra mi padre.

—¿El Fanegas?

—Perdone, es que lo llaman así; en voz baja, porque a él le jode. No es casualidad que a mi hermano se lo llevara su hijo, ese cabrón del Luciano. Me alegro de que se lo ventilaran en Madrid.

El marido abandona su quehacer y abre la boca por primera vez:

—Calla, Felisa; no digas barbaridades, mujer.

—Nada de barbaridades —se impone ella—, y solo faltaría que no pueda hablar claro ni en mi casa.

La revelación no resulta del todo sorprendente para Lombardi: Luciano Figar era capaz de cualquier vileza, según había podido comprobar en carne propia; mucho más, amparado por la impunidad que le otorgaba ser uno de los cabecillas civiles de la sublevación.

—Deduzco que el tal Fanegas es Cornelio Figar —apunta para calmar la trifulca marital que parece avecinarse—. ¿Cómo sabe que su hijo participó en la detención de Teo si usted estaba en Medina del Campo?

—Porque mi padre nos lo dijo. Había alguno más de Aranda, pero el Luciano llevaba la voz cantante.

—¿No mencionó a ningún arandino más entre quienes se lo llevaron?

—Parece que vinieron lo menos diez, en tres coches, pero mi padre solo hablaba del Luciano. Estaba obsesionado con ese nombre.

—¿Usted presenció los hechos? —interpela Lombardi al marido.

—No, señor. Yo andaba entonces por las viñas que don Dionisio tiene en Sotillo. Él estaba aquí solo con su hijo cuando se lo llevaron. Y luego sufrió un ataque al saber lo que había pasado. Cuando yo pude llegar, ya me lo encontré muy malo.

—¿Qué tipo de ataque?

—Como un paralís. El médico dijo que era apoplejía, y que igual ni siquiera podía levantarse de la cama en adelante. Pudo levantarse, pero se le fue la cabeza.

—¿Qué motivos tendría ese hombre, el Fanegas, para hacerle tanto daño a su padre?

—Porque es un ladrón; siempre lo ha sido —sentencia ella ante el gesto disconforme de su marido—. Mi padre dejó de llevar el grano a sus molinos porque le robaba descaradamente. Hace mucho de eso, pero nunca se lo perdonó. Y además quiere nuestras tierras. Las viñas y el cereal. Hasta nuestra casa quiere quedarse. ¿Ve usted esa valla?

Felisa apunta a un muro de piedras amontonadas al estilo de la comarca, una linde de poco más de un metro de altura que recorre la finca frente a ellos.

—Pues de ahí para allá, todo es suyo —explica—. Y también quiere esto. Amenaza a la gente para que no nos compre y así hundirnos. Se metió en política durante la guerra para medrar más a gusto, y bien que lo hace el muy hijo de puta. Por cuatro perras se ha quedado con la mayoría de lo que requisaron a los rojos. Puede preguntar por ahí las faenas que hace a los propietarios para robarlos.

—¿Por ejemplo?

—Pues hay muchos, gente de pocas tierras, sin demasiados recursos, que llevan a moler parte de su grano por la noche, o de madrugada...

—Felisa... —le llama la atención su marido.

—Déjame en paz. Si lo sabe todo el mundo.

—Siga, por favor.

—Pues eso, que para guardarse un poco de harina, alguna cantidad por encima de lo legal, y no pasar hambre, llevan su cereal a horas en las que los inspectores de abastos no visitan los molinos. Si no me cree, métase por las sendas a las tantas de la noche y se encontrará con una procesión de mulos cargados, de ida y vuelta.

¿Y por qué en mulos y no en barca?, se dice Lombardi, pero verbaliza otra pregunta:

—¿Eso hace Figar en sus molinos?

—A cambio de quedarse con un tercio del grano. Y no solo eso. No es la primera vez que se presenta en medio de esta faena, avisando de la llegada de un inspector. La pobre gente se marcha asustada y deja la carga en el molino, pero no vuelve a ver ni su grano ni su harina. Cuando lo reclaman, el Fanegas les dice que se lo han requisado todo y se queda tan ancho. ¡A él le van a requisar, que es casi el dueño del sindicato!

—Lo que me cuenta es un delito. ¿No interviene la Guardia Civil?

Felisa suelta una falsa carcajada. Su marido, que parece haber perdido el miedo, toma el relevo.

—Mire usted: al carro hay que untarlo para que suene —sentencia ante la perplejidad del policía—. Quiero decir que los civiles reciben su pan, su leña, sus buenos pollos y sus cántaras de vino para no meterse en líos. Así que, a menos que haya una denuncia, no verá usted un guardia por la noche fuera de la carretera general.

—¿Insinúa que están sobornados para cerrar los ojos?

—Yo no insinúo nada. Solo le digo cómo funcionan las cosas en toda la comarca. Y no es algo que se haga de tapadillo, porque son los ayuntamientos quienes se encargan de esas colectas para la Benemérita.

—Bueno, volvamos a Teo —propone Lombardi—. Así que, en su opinión, lo que le hicieron fue una venganza personal. Nada que ver con la política.

—¿Y qué otra cosa si no? —responde Felisa—. Era una bellísima persona.

—Seguro que lo era. ¿Cuánta gente trabaja para ustedes?

—En la casa, dos criadas. Y una docena de braceros en las fincas, aunque todos son de los pueblos donde las tenemos.

—¿Ninguno de ellos vive aquí?

—Para esta finca me basto solo —fanfarronea el marido—, aunque en la vendimia traemos gente de fuera.

—Saben quién es don Román Ayuso, supongo.

—El perrillo faldero del Fanegas —apunta ella con una mueca de desprecio.

—Se habrán enterado de lo de su hijo.

—Claro.

No hay más comentarios al respecto por su parte, solo esa fría constatación de que las noticias corren solas hasta los rincones más apartados de la villa.

—¿Y qué opinan al respecto? —abunda el policía.

—Nada. Imagino lo que la familia estará sufriendo, pero allá cada cual con sus dolores.

—¿Conocen ustedes a la señorita Garrido?

—No —replica Felisa secamente. El marido se limita a corroborar la negativa con la cabeza.

—Pensé que tendrían alguna relación con la novia de su hermano.

—No supimos de ella hasta el día de la desgracia.

—O sea, que no habían oficializado su noviazgo, por así decirlo.

—Nos enteramos por ella. Después de la detención de Teo se presentó aquí hecha una Magdalena. Estuvo un buen rato con mi padre, según me contó él mismo.

—¿Usted no la vio?

—Ya le he dicho que todo aquello me pilló fuera de Aranda. Igual que a mi marido.

—Por su tono —apunta el policía—, y disculpe si la ofendo, parece que no le guarda usted cariño a esa mujer.

—Ni frío ni calor, oiga. Teo era muy buen partido y un chico guapo, así que supongo que se quitaría de encima las pretendientes como moscas.

—A tenor de las consecuencias sufridas, ella parecía muy enamorada. Y es de suponer que él también lo estaba.

—Sí, dicen que se volvió loca. En fin, una pena. —Lo suelta

como frase hecha, sin el menor rasgo de sentimiento, como punto final de una frase, de una conversación.

Pedaleando en dirección al cuartel de la Guardia Civil, al policía le quema lo que lleva en el bolsillo. Porque hallar dos facturas del Instituto Fernández-Luna entre los apuntes de Teo Sedano ha significado una sorpresa mayúscula. El citado instituto es ni más ni menos que una de las agencias de detectives más famosas del país. O lo era antes de la guerra. El nombre de Ramón Fernández-Luna lleva prendido a la memoria de Lombardi desde que era un chaval, y tuvo mucho que ver con su juvenil decisión de hacerse policía. Entre otros éxitos, aquel hombre había detenido a Eduardo Arcos, famosísimo ladrón de guante blanco buscado en media Europa y bautizado por los franceses como Fantômas. Resolvió también el llamado crimen del capitán Sánchez, un oficial en la reserva que utilizaba a su hija como cebo sexual para robar a sus amantes, hasta que asesinó a uno de ellos y repartió sus despojos por distintos rincones de la ciudad. El laureado comisario dimitió de su puesto por disconformidad con la dictadura de Primo de Rivera para poner en pie su agencia, que sobrevivió a la muerte de su fundador, acontecida pocos años después. Lombardi nunca pudo ver cumplido el sueño de trabajar a sus órdenes porque, cuando ingresó en la policía en el veinticuatro, su paradigma ya había dimitido.

Manchón dice haber detenido a dos sospechosos del asesinato de Eguía, pero Lombardi solo está interesado en usar el teléfono del despacho del capitán. Podría llamar desde cualquier otro sitio, porque está seguro de que todas las conversaciones, incluidas las que se producen en el propio cuartel, son escuchadas por la central telefónica de la villa y que la Guardia Civil recibe puntual información de cuanto pueda resultar desafecto para el Régimen o susceptible de investigación. Pero desde allí la llamada sale gratis, y además puede esperar la conferencia cómodamente sentado, madurando el plan que empieza a tomar forma en su cabeza.

Andrés Torralba, el exguardia de asalto y actual compañero en la agencia Hermes, por fin ha conseguido teléfono tras meses de gestión. Pero es su mujer quien descuelga. Con un acento cordobés más pronunciado si cabe que el de su marido, Lola le informa de que todavía no ha vuelto a casa, y que lo llamará él cuando regrese. Lombardi le facilita el número de la pensión y conviene una cita telefónica a la hora de cenar, si es que para entonces está de vuelta.

El brigada parece ansioso por narrarle los avances de la investigación, pero el policía prefiere avanzar paso a paso.

—Nos quedamos frente a la iglesia de San Juan —recuerda—. ¿Qué tal la entrevista con la mujer de Eguía?

—Imagínese. No podía creerlo, aunque ya le habían llegado noticias cuando fui a verla. Tampoco se había extrañado de su ausencia, de que no volviera por la noche. Pensó que habría estado de farra con los amigos e ido directamente al banco por la mañana. Parece que estaba acostumbrada a esas cosas. ¡Ah! Y se había dejado la cartera en casa, así que nada de robos.

—Llevaba algunas monedas en el pantalón. Supongo que ya ha leído el informe de la autopsia. —Manchón asiente con la cabeza—. ¿Cenó en casa nuestro hombre?

—Sí, señor. A eso de las nueve y media o diez menos cuarto. Se marchó sobre las diez, según su mujer.

—Eso adelanta la hora del asesinato a las once y media, como máximo. Probablemente, pasó por alguna tasca antes de ir al río, porque había restos de alcohol en el cadáver. Habría que investigar sus pasos desde que salió de casa.

—Ya está investigado. Llegó al bar Rosales poco después de las diez y estuvo allí algo más de media hora, en la que se metió tres copazos de aguardiente. Para templar el cuerpo, supongo, antes de la faena.

—Buen trabajo, Manchón.

—No tiene mérito —objeta el brigada—. Parece que Eguía era un hombre de costumbres y solía quedar allí con sus amigotes noctámbulos.

—¿Y estuvo solo en el bar?

—Eso dicen. Saludaba a los conocidos, pero nadie se sentó a su mesa durante todo ese tiempo.

—Ya estamos en las once menos veinte, más o menos —calcula el policía—. ¿Y después?

—Después, se pierde su rastro. A esas horas hay poca gente por la calle, y no hemos conseguido dar con nadie que lo viera. Los interrogatorios a sus habituales compañeros de juerga tampoco han ayudado.

—¿Cuánto tiempo se tarda desde ese bar hasta el escenario del crimen?

—Diez minutos escasos.

—Nos ponemos en las once menos diez. No es arriesgado suponer que su cita era a las once, y que el asesinato se produjo en torno a esa hora.

—Según el doctor Peiró, por la digestión de la cena, tuvo que ser entre las once y once y media —corrobora el brigada—. Y la temperatura del hígado viene a decir algo parecido.

—¿Ha podido establecer relaciones entre Eguía y la familia Ayuso?

—Don Román tiene ahorros en el Hispano, como los tienen cientos de arandinos. Yo mismo guardo ahí los pocos cuartos que tengo. Pero nada más que eso, nada personal. En el banco están desconcertados.

—¿Datos personales de Eguía?

—Burgalés, de cuarenta y ocho años, llegó a Aranda en el treinta y uno para ocupar el mismo puesto en el que llevaba desde entonces.

—¿Se le conocen actividades políticas?

—Parece que simpatizaba con los agrarios, pero esa gente no estaba con los rojos y no tuvieron problemas tras el Alzamiento.

—Lo apoyaron, más bien —puntualiza el policía.

—Sí, aunque dicen que don Evaristo era de los tibios, sin comprometerse personalmente.

—Nada que ver entonces con la Falange, y mucho menos con la pelea del Frontón Arandino.

—Para nada —descarta Manchón—. En esas fechas era un padre de familia con dos hijos que no se metía en líos de ese tipo.

—Pues vamos con sus sospechosos —acepta por fin Lombardi.

—Que sepamos, Eguía mantenía relaciones ilícitas con cinco mujeres casadas.

—¡Vaya un donjuán!

—Bueno, en algún caso eran agua pasada —matiza el suboficial—. Dos de ellas se marcharon de la Ribera tiempo atrás.

—Lo que reduce su lista a tres maridos agraviados.

—Uno de ellos lleva de viaje de negocios por Cataluña desde principios de semana. He pedido informes para comprobarlo.

—Un marido ausente facilita mucho el encuentro de los amantes clandestinos.

—Y seguro que Eguía habrá aprovechado para echarle un par de envites a la buena señora. Pero su marido no puede haberlo matado.

—Es evidente —acepta el policía—. ¿Qué dicen los dos detenidos?

—Y qué van a decir. Niegan como bellacos.

—¿No tienen coartada?

—Un montón de testigos, entre ellos sus propias mujeres.

—Y aun así, ¿siguen encerrados?

—Los testigos pueden mentir —asevera Manchón con un gesto agrio—. Hay que ablandarles un poco el lomo, a ver si aflojan. ¿Quiere pasar a verlos?

Lombardi se resiste a participar en esa nueva versión del cornudo apaleado.

—Ya sabe que no es asunto mío —alega—. Supongo que su señoría está al tanto de todo.

—Por supuesto que lo está. ¿Todavía sigue usted con sus dudas? ¿No ha servido de nada su telefonazo?

—No había nadie a quien consultar. Por cierto, ¿encontraron las botas?

—Todavía no, pero seguimos con los registros —informa animoso el brigada—. Además, pueden haberlas tirado.

—Es muy posible que el autor se haya deshecho de ellas. ¿A qué se dedican sus detenidos?

—Uno es secretario de notaría; el otro, directivo de la harinera.

El policía esboza una mueca desaprobatoria antes de formular sus reparos.

—Gente urbana, que habrá pasado las últimas fechas trabajando en la villa. Quien mató a don Evaristo es aficionado al monte. Puede que, incluso, viva en el monte. Lo habrá leído en el anexo de la autopsia.

—Parece que no está usted muy conforme con lo hecho.

—Al contrario: su trabajo es magnífico. Pero tengo mis dudas de que el asesino sea uno de sus detenidos. Su tipología no concuerda con los datos del escenario, a menos que haya usado las botas de otra persona. Y aun aceptando que se trate de un crimen pasional, la investigación no debería centrarse solo en mujeres casadas. Conociendo las aficiones de Eguía, tanto un novio como un padre desesperado pudieron matarlo.

Manchón, confuso, se rasca la cabeza.

—Pero el caso es suyo —agrega el policía en buen tono—. Sígalo como considere. Yo solo estoy interesado en Jacinto Ayuso, de quien no hay novedades.

—Ninguna, por desgracia.

—Es evidente que quien puso la mano en San Juan se mueve a horas intempestivas, y si no es de Aranda, seguramente evita la carretera. Desconocemos sus planes, pero puede que vuelva a actuar. ¿Ha pensado en organizar parejas nocturnas? Patrullas por sendas y caminos.

El brigada lo mira desconcertado. Como Lombardi esperaba, su propuesta le ha roto los esquemas. Las acusaciones de Felisa y su marido sobre ocultas corruptelas parecen tener cierto fundamento.

—¿Por qué, y a quién vamos a buscar a esas horas? —alega, tras interminables segundos de duda.

—Porque es evidente que el asesino cuenta con una caballería: no va a cargar él solo con un cadáver. Y tal vez la usa también en sus correrías nocturnas con absoluta impunidad. Quien se mueva a esas horas por los caminos tiene algo que ocultar, y si da la casualidad de que te cruzas con alguien, lo que menos piensas es en pararte a charlar o mirar qué es lo que carga en su mulo. Bastante tienes con esquivarlo y ocultar lo que llevas en el tuyo.

Manchón evalúa el comentario con gesto agrio.

—Necesitaría un batallón para hacerlo —concluye, tajante.

—Ya imagino. —El policía se encoge de hombros—. Solo era una idea.

Lombardi regresa a la pensión y elige mesa decidido a cenar solo. Sin la presencia de Cecilia Garrido, el escenario se le antoja algo más sombrío y descolorido, y ni siquiera contribuye a alegrarlo la noticia que doña Mercedes le traslada junto con la sopa de ajo:

—Ya tiene arreglado el grifo de la ducha.

—Gracias, a ver si esta noche puedo dormir en condiciones. Por cierto, que llegaré tarde. No se asuste si a las tantas escucha la puerta y mis pasos en la escalera.

—¿Piensa salir con la bicicleta que ha dejado en el portal?

—¿Molesta? Por no dejarla en la calle: es alquilada.

—Ahí está bien, no se preocupe. ¿Es que va a detener a alguien?

El policía ataca la sopa antes de responder. Se abrasa los labios, retira la cuchara y sopla.

—Por qué iba a detener a nadie —dice, entre soplido y soplido.

—¡Ay!, no sé. Porque a los criminales se les pilla mejor cuando duermen, ¿no?

—Como a todo el mundo.

—¿Ya saben quién ha matado al pobre señor del banco? Espero que sea el mismo que mató al fraile.

—¿Y por qué espera eso?

—Porque no es igual tener un criminal en la villa que tener dos. ¡Virgen Santa! —La patrona se santigua—. Que ya no vive una tranquila con tanto sobresalto. Y el último aquí mismito, como quien dice a dos pasos de casa.

—¿Conocía usted al señor Eguía?

—De vista, del banco.

—¿También tiene sus ahorros en el Hispano?

—Pues sí señor, aunque llamarle ahorros es exagerar. A ver si se piensa que una se hace rica cuidando huéspedes.

—Ya imagino que no —acepta el policía con gesto de resignación—. ¿Alguna sugerencia sobre quién puede haberlo matado?

—¿Yo? ¡Válgame Dios!

—En ese caso, me gustaría seguir soplando la sopa, que con tanta charla no tengo quien me la enfríe.

—Hay que tomarla bien caliente —sentencia ella antes de volver a sus quehaceres—. Hasta en agosto.

La cena se completa con un trío de sardinas fritas y unas natillas, que Lombardi culmina con una copita de aguardiente anisado y saboreando un cigarrillo. Con la media docena de comensales como telón de fondo, ensaya círculos de humo mirando a la nada, dándole vueltas al extraño hallazgo en el dormitorio de Teo Sedano. La verdad es que, aparentemente, no aporta nada a la investigación sobre Ayuso; mucho menos a la de Evaristo Eguía, pero su convicción de que el Instituto Fernández-Luna no se implicaría en un asunto de tres al cuarto ha hecho nacer en él cierta expectativa, la esperanza de hallar algo todavía indefinible, tal vez un cabo del que tirar.

En la habitación revisa una vez más las facturas, expedidas a nombre de Teodoro Sedano, y despliega en la mesa las dos fotos que había en su interior. El que estuvieran juntos tiene que significar alguna relación entre ambos elementos, y el hecho de que el novio de Cecilia Garrido los guardase en lugar tan recóndito para su propia familia invita a imaginar un asunto casi clandestino. Se deja llevar por alocadas teorías sobre el significado del hallazgo cuando doña Mercedes reclama su atención desde el otro lado de la puerta.

—Le llaman por teléfono, señor Lombardi. Un tal señor Torralba, y digo yo que urgente tiene que ser para que molesten a estas horas.

La refunfuñante patrona conduce al policía hasta la planta baja, y luego por el oscuro pasillo que lleva hasta la cocina, frente a cuya puerta hay un teléfono de pared.

—Un poco de luz no me vendría mal —sugiere—. Tengo que dictar unos datos.

Sin más comentarios, doña Mercedes activa una bombilla que transforma la oscuridad en penumbra. Solo entonces Lombardi toma el auricular.

—¿Torralba?

—Buenas noches, jefe. ¿Qué tal esas vacaciones? —bromea el antiguo guardia de asalto.

—Aburridas, aunque hoy parecen animarse un poco. Y mientras tanto, usted zascandileando un sábado hasta las tantas.

—Seguimientos. Ya sabe por experiencia lo pesado que es eso.

—Pues voy a molestarlo un poco más con un encargo para mañana.

—Lo que usted mande, jefe.

—Le recuerdo que es domingo —advierte Lombardi.

—Seguro que me deja tiempo para llevar a los chicos a la Casa de Fieras.

—Pues tome nota. Instituto Fernández-Luna. Es una agencia de detectives, o lo era antes de la guerra. En la calle Espoz y Mina número 15.

—Apuntado. Supongo que quiere confirmar si sigue funcionando.

—Claro, y en caso de que así sea, necesito información sobre un trabajo que hicieron.

—¿A favor de quién?

Lombardi duda. Es arriesgado ofrecer nombres a través de la

232

línea; no solo porque las telefonistas de la central pueden ir con el cuento a la Guardia Civil, sino porque doña Mercedes, aunque invisible, está seguramente a pocos metros pendiente de la conversación. El policía dicta los números de las facturas.

—Con eso debería bastar —concluye—. Llámeme mañana a mediodía a este mismo número. Y pásele a Ortega los gastos de las conferencias, de mi parte.

—Descuide. A la hora de comer volvemos a hablar.

—Con la cara limpia, por supuesto —puntualiza el policía.

Andrés Torralba conoce perfectamente la contraseña que utilizan en Hermes para evitar datos sensibles ante oídos indiscretos.

—Me la frotaré a conciencia con jabón Lagarto —ironiza el cordobés a modo de despedida.

De regreso a su dormitorio, Lombardi esconde bajo el colchón los documentos de Teo Sedano junto con el informe de la autopsia de Eguía; se ajusta la sobaquera, cuelga las esposas del cinturón, guarda la navaja y una pequeña linterna en la americana y se despide de doña Mercedes. Todavía es pronto para dirigirse al embarcadero y decide pasear por las calles, casi solitarias a pesar de la calidez de la noche y ser víspera de festivo. Algunos bares siguen abiertos, aunque la mayoría en labores de recogida; entre ellos, el Rosales, la última escala conocida del empleado de banca antes de que alguien le destrozara la cabeza.

Movido por la curiosidad, el policía entra en el establecimiento. Es un local aseado, que recibe al visitante con una larga barra y altos taburetes anclados al suelo. Al fondo, algunos trasnochadores andan enzarzados en una partida de cartas; de tute, por el contenido de sus acaloradas expresiones. Lombardi se sienta ante la barra y pide una copa de aguardiente.

—Poca gente a estas horas, ¿no?

—Y tan poca —se lamenta el único camarero, un cincuentón de cara colorada y cabello menguante—. En cuanto los señores acaben la partida, plegamos. Pero así son las cosas por aquí: antes de que asome la medianoche, le gente se encierra en casa. ¿Anda de paso?

—Más o menos.

—¿Madrileño? —El policía asiente con un parpadeo—. ¡Ah! Eso es otra cosa. Tengo un cuñado en Madrid que también está en esto, y dice que hacen más caja por la noche que de día.

—Depende de dónde trabaje.

—En la calle Carretas.

—Es una calle céntrica con mucha vida nocturna. Y este bar tampoco es muy céntrico, que digamos.

—Ni Aranda es Madrid, ya le digo. En cuanto pueda me voy para allá.

—¿Conocía usted a don Evaristo Eguía? —lo interpela Lombardi de improviso.

El insatisfecho empleado lo mira fijamente unos segundos antes de responder.

—¿El señor que mataron anoche?

—Ese mismo —confirma el policía, que exhibe su credencial.

—De verlo por aquí de vez en cuando —corrobora el camarero con gesto serio—. Ya se lo he dicho a la Guardia Civil. Fueron a buscarme a casa, porque todavía no había empezado el turno.

—Lo sé. Pero he pensado que a lo mejor se olvidó usted de algún detalle que merezca la pena. Sin querer, quiero decir.

—¿Qué detalle?

—Por ejemplo, si solía venir solo.

—Alguna vez, pero casi siempre con los amigos. Esos días podían tirarse aquí hasta la una, que ya sabe usted que es hora obligada de cierre por orden gubernativa. Cuando venía solo se iba mucho antes. Anoche, por ejemplo, se fue poco después de las diez y media.

—¿De qué suelen hablar esos amigos cuando se juntan?

—Pues ya sabe usted; de lo que hablan media docena de hombres cuando se ponen a beber. De mujeres, de toros, de fútbol, de boxeo… Fanfarronadas, gritos y risas por aquí y por allá.

—¿De alguna mujer en particular?

—¿A qué se refiere?

—Que si le suena algún nombre de los pronunciados en sus juergas.

—No, señor. La verdad es yo voy a lo mío y no me fijo en esas cosas. Hablan en general.

—Ya. ¿Y cuándo fue la última vez que se reunió el grupo?

—Suelen venir una vez a la semana, más o menos. Estuvieron el miércoles pasado.

Lombardi recuerda las declaraciones de la viuda y su falta de preocupación por la ausencia de Eguía a la mañana siguiente, lo que demuestra cierto hábito de pasar la noche fuera de casa. Tal vez Manchón esté en lo cierto y el susodicho amanecía en la cama de sus amantes, pero ese tipo de aventuras no suelen ser tan cómodas y sedentarias. Puede que haya alguna otra explicación.

—Dice usted que cierran a la una. Pero supongo que algún lugar seguirá abierto a partir de esa hora.

—Pues sí. Hay gente que se reúne en bodegas particulares, y también se puede seguir la juerga en la casa de la Aurora.

—¿Esa casa es lo que me imagino?

—Sí señor, un burdel que hay en Tenerías.

—Abierto toda la noche.

—Y todo el día, según dicen. Los curas llevan años intentando cerrarlo, pero no hay manera.

—De sus conversaciones, ¿puede pensarse que los amigos solían visitar ese sitio de vez en cuando?

El camarero duda. Finalmente, balbucea.

—En fin, creo que todos son gente casada, y no me gustaría que...

—Vamos, hombre, que ya somos mayorcitos. Pero no hace falta que me responda: su discreción habla por usted. ¿Cómo era el señor Eguía?

—Normal.

—¿Normal significa tímido o bravucón? ¿De buena pasta o con mala leche? ¿Agarrado o desprendido?

—Aunque esté mal tratándose de un fallecido —dice el hom-

235

bre tras unos segundos de vacilación—, si tengo que elegir entre todo eso, diría que bravucón, con mala leche y agarrado.

—Buena pieza.

—Pero eso era en grupo; conmigo era educado. No dejaba propinas, pero nunca me faltó al respeto por muy achispado que fuera.

Los jugadores se ponen en pie, discutiendo la última baza. Abonan sus consumiciones en la barra, dan las buenas noches y ganan la calle entre bromas. Tras atender a la caja registradora, el camarero vuelve con Lombardi.

—Dígame —inquiere el policía—, ¿don Evaristo salió solo anoche o lo acompañaba alguien?

—Solo, ya se lo dije a los civiles.

—¿Nadie lo esperaba fuera?

—Yo no vi a nadie.

—¿Hizo algún comentario que le llamara la atención? Adónde pensaba ir, o algo así.

—Ni una palabra —asegura el camarero—. Saludó al entrar y me pidió una copa de aguardiente. Se sentó en esa mesa de ahí y estuvo callado todo el rato. Tan callado que las dos copas siguientes me las pidió con un gesto.

—¿Diría usted que estaba haciendo tiempo?

—Puede ser, porque miraba su reloj cada dos por tres.

—¿Era jugador?

—A veces echaba una partida de cartas con los amigos.

—¿Con dinero de por medio?

—Nunca. Los perdedores suelen pagar las consumiciones, pero aquí no se permite apostar dinero.

—¿Acostumbraba a dejar deudas, alguna cuenta sin pagar?

—Era buen pagador. Sin propinas, eso sí, pero no recuerdo haberle fiado.

—Bueno, amigo, no le molesto más, que tendrá usted que cerrar. —Lombardi pone unas monedas sobre la barra—. Gracias por su atención.

—Convida la casa.

—Pues gracias redobladas.

Acaba de dar la medianoche cuando el policía sale del bar en dirección al embarcadero. En diez minutos escasos de paseo, sin prisas, tal y como había dicho Manchón, lo tiene a la vista. No hay luz artificial en mucha distancia a la redonda, pero con el cielo despejado y a dos o tres fechas del plenilunio, se puede apreciar sin dificultades la instalación desde una buena distancia. Lombardi elige un denso matorral junto a la orilla, a unos veinte metros de las barcas; desde allí resulta invisible para cualquiera que se acerque al embarcadero por los dos únicos accesos posibles: la carretera y el barrio de Tenerías, donde solo un par de ventanas pobremente iluminadas rompen la negritud nocturna.

Acomodado en su observatorio, se dispone a aguantar la espera del modo menos penoso posible. Enciende un cigarrillo que protege entre sus manos para evitar que la brasa delate su presencia, y entre calada y calada, decide que tiene que hacer una visita a casa de la Aurora, que no debe de caer lejos de allí. Evaristo Eguía era, sin duda, cliente asiduo del burdel, y su muerte podría tener relación con lo que por allí se cuece.

Cuando enciende el segundo Ideales se siente un tanto ridículo, emboscado como un salteador de caminos a la espera de un incauto viajero que, probablemente, nunca pasará. Porque no hay ninguna garantía de que el barquero nocturno vaya a repetir hoy su aventura. Casi las doce y media, y los únicos signos de actividad alrededor son el rumor del río y las esporádicas evoluciones de murciélagos y aves nocturnas. Decide que, una vez consumido ese cigarrillo, recuperará la verticalidad e irá en busca de la famosa mancebía que resiste heroicamente las acometidas eclesiásticas.

No tiene tiempo de acabarlo, sin embargo, porque una figura surge desde una calle de Tenerías, un juego de sombras que se mueve lentamente. A la luz de la luna parece un hombre, aunque a esa distancia, aún sin matices, podría ser perfectamente un mueble; un mueble que se desplaza con cierta dificultad. Lombardi aplasta el cigarrillo y dedica toda su atención al fenómeno que se aproxima.

Por fin, distingue la silueta humana y lo que transporta, un par de paquetes, al parecer pesados, que lo obligan a caminar muy tieso, con pasos cortos.

El hombre se detiene ante la barca más cercana a los escalones del embarcadero y deposita los bultos en el suelo. Su resuello llega nítido hasta el policía, que observa cómo el desconocido carga los paquetes en el fondo del bote. Lombardi está a punto de intervenir antes de que el furtivo barquero escape, pero este no parece dispuesto a navegar de momento, porque vuelve sobre sus pasos y se dirige de nuevo hacia la oscuridad de donde ha salido.

Cuando el desconocido se encuentra a distancia suficiente, el policía abandona su escondrijo y corre hasta la barca. Con ayuda de la linterna descubre que los paquetes son, en realidad, dos pequeños sacos de esparto, con varios pedruscos atados a su contorno. Desata la boca de uno de ellos y queda pasmado por su contenido. No se trata de grano, precisamente, sino de una pila de hojas de papel escrito; por su volumen, tal vez un millar de octavillas. Recoge la primera y lee apresuradamente sus titulares.

Bajo la firma de *UNIÓN NACIONAL ESPAÑOLA*, el pasquín hace un llamamiento al Ejército para que se levante en armas contra Franco y sus secuaces de Falange, elogia a los grupos guerrilleros y anuncia una próxima alianza de todas las fuerzas democráticas. El panfleto cierra con un llamamiento antifascista y vivas a la República y a una España independiente y libre.

Superado el desconcierto inicial, Lombardi valora la situación y concluye que su presencia solo puede traerle problemas al desconocido; devuelve el pasquín a su sitio, cierra el saco y camina decidido en dirección al barrio de Tenerías. Durante el trayecto elabora una hipótesis que le resulta bastante plausible: aquella propaganda ilegal será depositada, probablemente, en las proximidades de la estación, donde alguien la recogerá para hacerla llegar a su destino, tal vez escondida entre las mercancías de un tren. Los pedruscos atados le parecen una idea simple, aunque brillante, porque en caso de ser sorprendido el barquero durante el trayecto, bastaría con arrojar los sacos al agua para que las pruebas del delito se pierdan en el fondo. El policía esboza una sonrisa al constatar que Cornelio Figar, el juez Lastra, el brigada Manchón y tantos otros están equivocados en sus valoraciones: todavía quedan antifascistas en la Ribera, y no solo de pensamiento, sino que los hay dispuestos a jugarse el tipo con una imprenta clandestina.

Bajo el foco lunar, Tenerías es una masa poligonal de manchas oscuras y muros plateados. Como el resto del trazado urbano, la que parece calle central carece de alumbrado público. Resignado a patearse el barrio hasta dar con el burdel, el policía sigue la terrosa calzada en busca de alguna luz que muestre actividad humana a esas horas. Hasta que de una bocacalle próxima surge la figura del porteador, cargado con otro par de sacos. Estupefacto al verlo, el hombre se detiene y se sienta sobre sus paquetes, en un improvisado gesto de protección que resulta casi infantil. Con la mayor naturalidad posible, Lombardi le da las buenas noches y se aproxima. Resulta ser un tipo de veintitantos años, de facciones agradables, aunque muy tensas en este momento.

—Busco la casa de la Aurora, pero creo que me he perdido.

El rostro del joven parece relajarse, pero su voz temblona delata el miedo que lo atenaza.

—Es que no es por aquí —susurra—. Está al otro lado del barrio.

—Me temo que sin luz voy a perderme. ¿Podría indicarme cómo llegar?

El clandestino propagandista traga saliva antes de explicarse.

—Tiene que seguir el Bañuelos arriba y pasar el puente de piedra —indica, apoyando la frase con su índice extendido—. La casa está en los últimos edificios.

Al policía le habría gustado expresar su admiración por el temple de su interlocutor, su apoyo a los ideales que defiende; y advertirle además del peligro que corre, porque del mismo modo que él lo ha descubierto, puede hacerlo alguien menos permisivo. Pero eso solo acrecentaría su miedo, así que se limita a despedirse.

—Muchas gracias —dice, aunque antes de dar media vuelta hacia la dirección correcta no puede evitar una frase solidaria—. Y buena suerte.

El camino es una permanente cuesta arriba. Durante todo el trayecto queda a la derecha la torre de San Juan, rematada por su oscuro y brillante pináculo herreriano, una lanza que parece apuntar a la Vía Láctea. La noche es plácida, y pasear envuelto en esa calma provoca en Lombardi una especie de efecto depurativo, como si se reconciliara con ese mundo rural de sol y moscas que le resulta tan incómodo. Tal vez sea, se dice, haber descubierto que todavía hay esperanza, que aún brilla la llama de la resistencia a tanta barbarie, a tanta injusticia. Y que él mismo, aunque muy modestamente, desde su pasividad, ha contribuido a que esa maquinaria de anónimos esfuerzos y sangre valiente siga funcionando.

El burdel es un tugurio iluminado por cuatro lámparas de carburo colgadas en las paredes. Al humo de su combustión se suma el del tabaco para formar una pantalla neblinosa a través de la que se distinguen algunas personas de ambos sexos bebiendo sentadas ante un par de mesas o en un sofá desvencijado y lleno de lamparones que algún día fue de color rojo. Una muchacha sale al paso de Lombardi en cuanto nota su presencia.

—¿Qué tal, guapo? ¿Me invitas a un cacharro?

La chica, morena, chatilla y de ojos pícaros, debe de rondar los veinte años y su cara, con cierta gracia, parece acartonada por una excesiva capa de maquillaje.

—A lo mejor luego. Primero quiero hablar con doña Aurora.

Los labios de la joven, rojo sangre, se pliegan en una mueca; casi de inmediato guiña los ojos, como si le costase ver a través de la niebla.

—Aquí no hay ninguna doña Aurora —responde.

—¿Esto no es la casa de la Aurora?

La carcajada femenina hace temblar la llama del fanal más próximo. Cuando recobra la compostura, todavía con la sonrisa dibujada, la muchacha se explica:

—Sí que lo es. Pero no se llama así por una señora. Es porque

está abierta toda la noche hasta que sale el sol. Aurora, amanecer…
¿Me entiendes? ¿A que es muy poético?

—No me jodas.

—Ya me gustaría, pero te costará tres duritos.

—Si no es doña Aurora, ¿quién manda aquí?

—El Zaca.

—¿Este negocio lo lleva un hombre? Pues dile que quiero hablar con él.

La joven da un paso atrás, dobla la cintura y se inclina en un teatral gesto de obediencia.

—¿Y a quién tengo el honor de anunciar?

—¿Sabes leer?

—Un poco.

El policía coloca su credencial ante los ojos de la joven, cuyo rostro cambia paulatinamente del sarcasmo a la seriedad, y de la seriedad a la preocupación. Por fin, da media vuelta sin decir palabra y desaparece por una escalera lateral que conduce al piso superior. No pasa un minuto cuando vuelve a bajar los peldaños acompañada de un tipo que va en busca del visitante mientras ella se escabulle entre el grupo del fondo.

—Soy Zacarías —se presenta, sin ofrecer su mano. Es un hombre de unos cuarenta y tantos, cetrino, de pelo crespo y vestido con traje oscuro sin corbata; fornido, aunque no tan alto como el policía—. La chica dice que quiere hablar conmigo.

—Solo unos minutos. En privado, si no le importa.

—Entonces vamos afuera.

Junto a la puerta hay un banco de piedra, donde se acomodan bajo el amparo de las estrellas y el incansable canturreo de los grillos. El hombre saca una petaca de su americana y ofrece uno de los cigarros liados que contiene. Lombardi lo acepta y a cambio comparte el fuego de su cerilla.

—Por lo que sé, don Evaristo Eguía era cliente de su establecimiento —dice, adelantándose a cualquier duda o negativa de su interlocutor—. ¿Estuvo aquí anoche?

241

—Ya me han contado la putada que le han hecho al pobre hombre. Vino hace unos días con unos amigos. Desde entonces no ha vuelto.

—El miércoles.

—Sí —valora el Zaca alzando la vista—, pudo ser el miércoles.

—¿Cuántas chicas tiene aquí?

—Seis fijas. Otras van y vienen. Esta noche hay nueve. Los sábados hay mucho movimiento.

—¿Tenía preferencia el señor Eguía por alguna de ellas?

—No, que yo sepa. Se ocupaba con unas y otras. Es lo normal. La gente que viene aquí busca variedad. Por eso las cambio de vez en cuando, para no aburrir a la clientela.

—Y para evitar, supongo, que alguien se encapriche de alguna en especial, lo que generaría celos y conflictos varios. ¿Nunca ha tenido un caso de esos?

—Claro. En este negocio no es raro que pase, pero siempre hay soluciones.

—¿Entre esas soluciones figuran medidas drásticas?

El tipo dedica al policía una mirada artera.

—Quiere decir si le he tenido que partirle la cara a alguien.

—Por ejemplo.

—Más o menos —acepta con naturalidad—. Aquí no, pero en Benavente, donde trabajaba hace años, hubo que convencer a uno bastante cabezota. Cuando se trata de un casado es más fácil, porque suele bastar con la amenaza de un chivatazo a la familia, pero los solteros son otra cosa.

—¿Cuenta con algún empleado más, aparte de ellas?

—Dos chicos de la villa. Buenos mozos, leales y patriotas —subraya el fulano con orgullo.

Qué tendrá que ver la patria con el fornicio profesional, se dice Lombardi. Aunque en los días que corren, hasta para mendigar se exige el certificado de buen fascista.

—¿Y los tres pasaron la noche aquí?

—Desde las nueve, al pie del cañón.

—¿Ninguno de ustedes salió de la casa?

—¿Es que somos sospechosos? —pregunta el tipo con un deje de petulancia.

—No, si tienen coartada entre las diez y las doce.

—Una docena y media de coartadas —fanfarronea—. Pregunte a las chicas. Y si hay que buscar a los clientes de anoche, los sacamos de casa para que lo confirmen.

—No creo que sea necesario, por ahora —descarta el policía, cambiando de tema—. ¿Qué impresión le daba el señor Eguía?

—Yo apenas cruzo dos palabras con los clientes y, como comprenderá, no estoy con ellos en la cama. Ni miro por un agujerito, como hacen otros —puntualiza, al tiempo que forma con la mano una especie de catalejo que se aplica al ojo.

—Respetuoso con el género que vende, por lo que veo. ¿Tampoco las chicas hacen comentarios al respecto?

—Las hay más y menos habladoras. Por lo que sé, lo consideraban un hombre fogoso, aunque cómodo de llevar.

—¿Nunca le dio problemas su comportamiento?

El Zaca resopla y lanza la colilla a un par de metros. La brasa sobre la tierra dibuja un punto rojo en la oscuridad que se resiste a desaparecer.

—Muchos llegan aquí bastante cargados —explica—, o se cargan en la antesala. Hay a quien le da peleona y protesta por cualquier cosa. Pero la sangre no llega al río.

—Sus dos patriotas se encargan de ello, ¿no?

El tipo esboza algo que parece una sonrisa de aceptación.

—Deduzco, entonces, que a don Evaristo hubo que pararle los pies —insiste Lombardi—. ¿Más de una vez?

—Nada importante. Ya me gustaría que todos los clientes fueran como él.

—Me pregunto si su asesinato podría tener relación con su actividad aquí. Quizás estaba enfrentado a otro cliente. Por asuntos personales, o por una de las chicas.

—Comprendo sus dudas, pero no puedo ayudarlo mucho más.

—El rufián parece sincero, al menos así se deduce por la mirada directa que ha clavado en los ojos del policía—. Si tuviera la menor sospecha, yo sería el primer interesado en contarla. Que un criminal frecuente mi casa sería fatal para el negocio.

—Motivo suficiente para echar el cierre y que los curas le ganen la batalla.

El Zaca suelta una sonora carcajada que enmudece a los grillos más cercanos.

—No lo verá Dios —sentencia en el silencio de la noche—. Pueden más dos tetas que mil homilías.

Son casi las dos y media cuando Lombardi reemprende la vuelta a la pensión con la última baladronada del Zaca en el pensamiento. Un proxeneta chulesco, delincuente, matón y jefe de matones, pero que parece decir la verdad en cuanto a Evaristo Eguía. Mientras camina, el policía hace balance de su incursión nocturna: una escapada estéril desde el punto de vista de la investigación criminal, aunque le ha servido al menos para conocer un poco más esa Aranda oculta cuyo rostro había empezado a mostrarle don Sócrates.

Levantarse tan tarde tiene la ventaja de que el comedor queda a disposición exclusiva de uno, y la pega de que uno se convierte en centro de atención de las diatribas de doña Mercedes (—Vaya pingo que está usted hecho; a saber dónde estuvo hasta las tantas.) y de sus indiscretas preguntas sobre los crímenes que tanto parecen preocuparla.

Abstraído del acoso de su patrona, Lombardi consume con parsimonia el tazón de leche y achicoria robustecido con pan desmigado. Está ansioso por ver a Tirso Cayuela y hacerle unas preguntas sobre las fotos halladas en el dormitorio de Teo Sedano, pero es de suponer que, como todo arandino de bien, el fotógrafo asistirá a misa de doce en Santa María, y no parece educado, ni necesario, forzarlo a perderse su precepto dominical.

Sale a la calle de buen humor para enfrentarse a una mañana

cálida, aunque de momento soportable. Los bares de la plaza han multiplicado el número de mesas exteriores, a la espera de una clientela que promete ser numerosa en las horas del aperitivo. Para hacer tiempo, decide acercarse a la sede de los claretianos, donde probablemente guarden la colección de *El Eco*; a veces, la prensa resulta ser una inesperada fuente de información sobre los acontecimientos del pasado, y en este caso podría revelar, o al menos sugerir, algo relacionado con un asunto tan atascado como el del novicio.

El inmueble eclesial guarda las espaldas del monumento a Diego Arias de Miranda. Se trata, probablemente, del edificio más grande de la villa, con un núcleo flanqueado por dos pequeñas torres, y extensiones laterales donde se ubican una iglesia, el colegio y el convento propiamente dicho.

Lombardi franquea la única puerta abierta en ese momento para acceder a un amplio y fresco recibidor, donde un clérigo parece asumir las funciones de conserje. Es un hombre de unos sesenta años, con ojos achinados tras gafas redondas y expresión un tanto impávida, casi bovina. El policía se identifica como investigador de la muerte de Jacinto Ayuso.

—¡Ah, sí! —exclama el fraile, al tiempo que se santigua—. Pobre muchacho. ¿Sabe que fue alumno nuestro?

—Algo había oído. ¿Usted lo conoció?

—Yo no estaba aquí entonces. Lo sé por comentarios de los hermanos. ¿Y en qué puedo ayudarlo?

—Supongo que guardan ustedes la colección de *El Eco*, ese periódico que su comunidad editaba antes de la guerra.

—En la biblioteca está, pero mañana lo atenderé con mucho gusto.

—¿Y por qué esperar a mañana?

—Porque hoy está cerrada. Hay que respetar el día del Señor —lo amonesta paternalmente.

—Intento evitar crímenes. ¿Le parece mala forma de santificar un domingo? ¿Quizá peor que servir bebidas en un bar o ejercer de portero de guardia en un convento?

—Muy digna, pero ya me contará qué tienen que ver los crímenes con lo que me pide.

—Eso déjelo de mi cuenta, si no le importa.

—Tenemos prohibido abrir la biblioteca en días festivos —se obstina el clérigo.

Lombardi toma aire para rebajar el tono de su impaciencia, para que sus palabras no suenen a berrido. En un gesto ensayado, pone los brazos en jarras, de modo que su americana abierta muestre, bien visible, la sobaquera.

—Le estoy pidiendo un favor —dice con fingida calma—, pero si es necesario apelar a otros argumentos, le aseguro que no tengo el menor problema en meterlo en chirona por obstrucción a la justicia.

El claretiano asume la amenaza, hace una seña para que el policía lo siga y, cabizbajo, a zancadas, lo conduce por varios pasillos hasta la biblioteca, cuya puerta abre con una llave escogida de un manojo. Es un espacio bien iluminado por varios ventanales; aun así, el clérigo activa la luz eléctrica.

—Siéntese donde guste, que yo le traigo lo que necesite. —La actitud del eclesiástico ha cambiado de la resistencia a la casi sumisión—. ¿Qué fecha quiere ver? Lo digo porque tenemos ejemplares desde 1921. Y desde 1908 los de su antecesor, *El Eco de la Cruz*.

—Me conformo con mil novecientos treinta y seis. Y tráigame también los que tengan del treinta y siete, por favor.

En un par de minutos, el improvisado bibliotecario aparece con un pequeño lote en los brazos y lo deposita con mimo ante el policía.

—Yo tengo que atender en el recibidor. Si necesita más, ya sabe dónde encontrarme. Y si acaba, deje los periódicos en la mesa y cierre la puerta cuando salga.

Lombardi se desentiende del fraile para centrarse en el montoncito que tiene sobre la mesa. Un escuálido lote para tratarse de dos años de edición, pero, al fin y al cabo, la publicación era quincenal y los ejemplares solo tienen cuatro páginas. Busca directamente las vísperas del golpe militar, el periódico fechado el día uno de julio, para constatar de inmediato que tiene entre sus manos un panfleto dedicado básicamente a piadosos comentarios e insulsas notas agrícolas.

Un anuncio a media página, sin embargo, casi le provoca la risotada. El texto proclama las bondades de los vinos de misa de una denominada Sociedad Exportadora Tarraconense, proveedores de Su Santidad y medalla de oro de la exposición vaticana de 1888. El interés que pudieran tener tan sagrados caldos para los lectores de una región vinícola como la Ribera es toda una incógnita.

Más allá de lo rutinario y las incongruencias publicitarias, pequeños apuntes salpimientan las páginas del periódico. Por ejemplo, la renuncia al cargo del juez municipal, probablemente aquel que zanjó la pelea del Frontón Arandino con el encarcelamiento de los izquierdistas y la libertad para los falangistas. En un corto párrafo se da cuenta de la detención del párroco de Santa María y de un profesor del seminario de Burgos, acusados, si se lee entre líneas, de propaganda antirrepublicana. Por fin, en una columna de comentarios más o menos jocosos, se apoya animosamente la idea de dar cerrojazo al Congreso de los Diputados.

El número del dieciséis de julio está profusamente dedicado a una encíclica papal sobre los peligros del cinematógrafo. En una minúscula nota se anuncia la llegada a la villa del nuevo capitán de la Guardia Civil, Enrique García Lasierra, y una necrológica recoge el asesinato de Calvo Sotelo con un colofón sintomático de lo que se avecina: *Honor al héroe. Viva España*.

El siguiente ejemplar, como era de suponer, es muy distinto a los anteriores. A toda página, la portada del primero de agosto anuncia el pronunciamiento: *EL EJÉRCITO Y LAS MILICIAS ANTI-MARXISTAS SE BATEN POR SALVAR A ESPAÑA*, y bajo los titulares, el bando del general Mola que proclama el estado de guerra. Las páginas interiores cambian sustancialmente respecto a los números previos. Los editores, ya sin necesidad de máscaras, ensalzan hasta la náusea a los golpistas, y el contenido del periódico se puebla de noticias al respecto, como la llegada de tropas, el establecimiento de un hospital militar en la villa y el fervor vecinal a favor de los sublevados. Se reproduce íntegramente una alocución radiofónica de Onésimo Redondo desde Valladolid al tiempo que se anuncia su muerte en un enfrentamiento imprevisto con el enemigo.

La lectura de algunos artículos firmados provoca en Lombardi una reacción cercana a la ira. En uno de ellos, cuya base argumental es la bondad del golpe militar para el futuro de obreros y trabajadores, destaca una metáfora que resulta siniestra: *Ahora se abrirá luz en los cerebros del proletariado engañado y explotado.* Mientras el amanuense falangista escribía su propaganda, a su alrededor cientos de cerebros proletarios eran trepanados con la luz del tiro en la nuca.

Dispuesto a tragarse sapos y culebras en forma tipográfica, el policía prosigue su repaso en busca de alguna referencia a la represión, a las ejecuciones. Pero todo se resume en novenas a María, ecos de sociedad, noticias agrícolas, trilladas necrológicas, misas de campaña y proclamas fascistas. La primera mención a víctimas aparece en septiembre, cuando el periódico dedica su portada a un joven falangista arandino caído en el puerto de Lozoya, y en la tercera página narra la experiencia del diputado socialista Federico Landrove, quien, antes de ser fusilado en Valladolid, supuestamente redactó una carta de arrepentimiento cargada de fervor católico, oportunamente difundida por la propaganda facciosa.

El repaso de los números siguientes resulta tan decepcionante como los anteriores, sin la menor sugerencia, siquiera genérica, a la barbarie cometida en la villa o la comarca, o cualquier otro dato que pudiera apuntar al entorno de Jacinto Ayuso. La paciencia de Lombardi alcanza hasta finales de octubre, fecha en la que el futuro novicio ya llevaba un par de meses lejos de Aranda. Por curiosidad, ojea las portadas de los números siguientes para comprobar la repentina aparición, en diciembre de 1936, de un lema que se repite en lo sucesivo: *UNA PATRIA-UN ESTADO-UN CAUDILLO.* Un lema obligado en todas las publicaciones de la España nacionalista a partir del nombramiento del general Franco como jefe de estado, y literalmente copiado de la consigna nazi *Ein Volk, Ein Reich, Ein Führer*. Una divisa que se mantiene hasta el último número editado, correspondiente al 16 de diciembre de 1937, donde, como le había adelantado el doctor Peiró, junto a la felicitación navideña a lectores y suscriptores, *El Eco* anuncia la suspensión de sus actividades por falta de personal en las imprentas.

—En buena hora —masculla el policía antes de levantarse.

Al llegar al recibidor, el fraile acude solícito en su busca.

—¿Todo bien?

—He dejado la puerta cerrada, como me pidió.

—Muy amable, ahora pasaré a echar la llave. ¿Le ha servido de algo?

—Una maldita pérdida de tiempo, pero muchas gracias.

Los alrededores de Santa María se inundan de galas domingueras cuando la doble puerta del templo vomita lentamente su contenido humano. Bajo una luz radiante, los blancos infantiles, los sobrios y oscuros atuendos de los adultos y las coloridas prendas de las jóvenes forman un caleidoscopio que atrapa la vista; aunque la de Lombardi está pendiente de una sola persona: Tirso Cayuela.

De pie, en medio de la estrecha placita frente a la fachada principal, el policía fuma tranquilamente a la espera del fotógrafo mientras decenas de desconocidos pasan a su lado, se pierden sin prisas en las calles adyacentes o forman grupos de despreocupados tertulianos. Uno de estos grupos llama su atención: al pie de la escalinata, las familias Figar y Ayuso reciben los saludos de algunos feligreses; y aunque están demasiado lejos para entender sus palabras, por los ademanes, dirigidos especialmente a la mujer e hijas de don Román, podría pensarse que expresan condolencia.

Lombardi se siente obligado a saludarlos y camina hacia ellos. Figar lo ve acercarse, y antes de que el forastero llegue a su altura, lo increpa a voz en grito:

—¿Qué, tocándose los huevos al sol, como de costumbre?

El policía se detiene, confuso, a unos pasos de su objetivo.

—Es usted un inútil —redunda el cacique—. Lleva aquí una semana y lo único que ha hecho es agredir y encerrar a camaradas. Un inútil y un antiespañol de mierda.

—Cornelio, que este no es lugar… —interviene su mujer, con voz medrosa.

—¡Cierra la boca, coño! —le grita el aludido, que aún no ha terminado su invectiva—: Pues se le ha acabado lo de llenar la andorga a mi costa. Vuélvase a Madrid o adonde guste, y que lo mantenga el lucero del alba.

Lombardi se muerde los labios y da una calada al cigarro para sujetar la lengua ante lo que considera injusta humillación pública. Fulmina a Figar con la mirada, pero nadie muere de ese tipo de heridas. Descubre a Manchón entre los presentes, observando la escena a distancia: tenso, sin atreverse a intervenir, hasta que por fin abandona el escenario, convencido tal vez de que ojos que no ven, corazón que no siente. En lugar de partirle la cara al prepotente patán, que es lo que le pide el cuerpo, el policía decide sumarse al refranero y da media vuelta hacia su puesto inicial en la plazoleta.

Al fin aparece el fotógrafo, hoy de traje y corbata y desprovisto de cámara. Lombardi le sale al paso.

—Parece que hay tormenta —ironiza el joven a modo de saludo. Es evidente que ha presenciado el espectáculo.

—Siempre escampa.

—No lo he visto en misa.

—Estaba trabajando —se excusa él.

—Claro. La obligación antes que la devoción.

—Déjese de sarcasmos, Cayuela. Necesito enseñarle un par de fotos, pero ahora tengo que hacer una visita a la Guardia Civil. ¿Por dónde va a andar?

—Si es antes de comer, búsqueme por estos bares.

Con los dientes apretados, mascullando juramentos, el policía ataja por la calle Isilla para salir a San Francisco. Cuando llega a la plaza de San Antonio ha tenido tiempo de elaborar mil conclusiones sobre lo sucedido, aunque todas con el factor común de que Cornelio Figar es tan miserable como lo fue su difunto hijo. Manchón lo recibe cariacontecido, sin saber qué decir, pero él le facilita las cosas, porque de momento solo necesita encerrarse en el vacío despacho del capitán y usar el teléfono para llamar a casa de Balbino Ulloa. Su antiguo inspector jefe no se pierde una misa dominical, aunque siendo de costumbres tempraneras, a esas horas, más de la una y cuarto, estará a punto de sentarse ante la paella familiar.

Mientras aguarda la conferencia, Lombardi no puede evitar el repaso de la desagradable escena que acaba de vivir. Recupera, como a fogonazos, cada imagen grabada en su memoria: el rostro tenso y el cuello hinchado de Román Ayuso que, con los ojos inyectados en sangre, parece animar a su jefe como un espectador de primera fila en un combate de lucha libre; los miembros de la parte femenina de ambas familias: temerosas, avergonzadas, desviando la mirada como si el escándalo no fuera con ellas; cien rostros más, anónimos, que asisten boquiabiertos al imprevisto espectáculo gratuito que el Fanegas ha decidido regalarles. Sí, concluye el policía en el momento en que suena el timbre telefónico: ese mote le viene al pelo al muy cabrón.

—Hombre, Carlos. Siempre tan oportuno. Justo a la hora de comer.

—Es una garantía de encontrarlo en casa.

—Pues aviva, que se nos pasa el arroz. ¿Cómo va eso?

—Feo. Tenemos que hablar.

—Para eso has llamado, ¿no?

—Hablar en persona, quiero decir. Esta tarde vuelvo a Madrid. ¿Podríamos vernos mañana? Con Ortega, que al fin y al cabo es quien me paga.

—¿Tan grave es la cosa? —Hay unos segundos de silencio que delatan reflexión al otro lado de la línea—. Bueno, si te parece me acerco por Hermes. ¿A eso de las diez?

—Perfecto. Hasta mañana, y buen provecho.

En el despacho contiguo, la cara del brigada es un poema; Lombardi intenta levantar su estado de ánimo quitándole hierro a lo que ha visto ante la iglesia.

—No es la bronca de ese bocazas lo que me tiene en vilo —confiesa Manchón—. Me han llamado de la comandancia de Burgos, muy preocupados por lo que está pasando.

—Lógico. ¿Cuándo ha visto Aranda dos asesinatos en una semana? Desde que acabó la guerra, quiero decir. De todas formas, el de Evaristo Eguía ya estaba encarrilado, ¿no?

—Pues descarriló. Tenía usted razón: esos dos cornudos son tan culpables como usted y como yo. Hasta un par de curas se han presentado a sostener sus coartadas, así que su señoría los ha puesto de patitas en la calle.

El policía ya imaginaba ese desenlace, pero evita jactarse de ello y hacer sangre ante un hombre que parece en el filo de la derrota.

—Yo que usted —sugiere—, investigaría a Eguía en aspectos que nada tengan que ver con sus amoríos: si debía dinero, si tenía algún pufo en el banco o participaba en negocios oscuros, si alguien podría estar extorsionándolo, o él extorsionaba a otros. La verdad es que no estamos teniendo mucho éxito —admite con un suspiro resignado—, pero nadie puede acusarnos de vaguear.

—La llamada de la comandancia significa para mí algo parecido al rapapolvo que usted ha recibido en Santa María.

—No es exactamente lo mismo, y completamente injusto en ambos casos.

—Injusto, sí, pero me juego media paga a que en un par de días nos mandan un capitán. ¡Mecagüen dioro!

Esa era la demanda de Figar frente a la supuesta ineptitud de Manchón: un capitán con los cojones en su sitio; Lombardi está seguro de que el cacique no es del todo ajeno a la intervención de la comandancia.

—Cuando vine aquí por primera vez —comenta el policía con un apunte de ironía—, soltó usted el mismo juramento, quejándose precisamente de todo lo contrario, de que la desaparición del novicio le pillara sin oficiales.

—Ya, pero le he cogido gustillo al caso, ¿sabe? Y nombrarlos precisamente ahora sería una descalificación de mi labor.

—A lo mejor solo es un toque de atención y le mandan refuerzos —lo anima él—. Lo importante es no descuidar el trabajo.

—No nos vendrían mal un sargento y tres o cuatro números más, la verdad. Y usted, ¿qué va a hacer después de la pataleta de don Cornelio?

—Nunca he dependido de ese hombre, por mucho que él quiera alardear de ello. Es verdad que me pagaba la pensión y algunos gastos, pero me debo a la Criminal. Mañana me lo aclararán en Madrid.

—¿Se marcha? —Un rictus de decepción asoma bajo el bigote del suboficial.

—Hay cosas que no se pueden resolver por teléfono. Pero le aseguro que tengo tanto interés como usted en aclarar el enigma de Ayuso.

—De Ayuso y de Eguía.

—Bueno —cabecea el policía, dubitativo—, todavía no hay datos para pensar que sean un mismo caso. Por cierto, anoche estuve charlando un rato con el Zaca.

—Menudo golfo.

—Eguía era cliente de su burdel, ¿lo sabía?

—Es de suponer que con tanta afición al fornicio no se conformara con sus aventurillas a salto de mata. ¿Alguna relación con su muerte?

—Ninguna, al parecer; no pasaba por allí desde el miércoles. En fin, Manchón, no sé el tiempo que me llevarán las gestiones en Madrid, pero seguiré en contacto con usted. Vigile, y no se deje llevar por el pesimismo.

El periplo de Lombardi por los bares del entorno de Santa María le ofrece un encuentro inesperado con el doctor Peiró, que comparte charla y vermú con un grupo ante la barra; todos hombres, al igual que el resto de la clientela, como si la presencia femenina estuviera limitada a las mesas exteriores. El policía dedica un saludo general, y don Sócrates lo invita a sumarse.

—Gracias, pero tengo una cita. ¿Qué tal el padre Brown?

—¡Ah, la película! Bien; entretenida, aunque prefiero la versión escrita. —El médico se retira del grupo y hace un aparte con el recién llegado—. ¿Nos vemos esta tarde?

—Viajo a Madrid.

—¿Ya nos deja?

—Solo de momento, espero. Ya veremos qué deciden los jefes.

—Creo que ese coche no sale hasta las seis. Podría pasarse por casa a tomar un café.

—Cuente con ello.

Tirso Cayuela bebe con un grupo de jóvenes en una tasca de la calle Tetuán. Al reparar en Lombardi, se excusa con los amigos para atenderlo.

—A ver esas fotos que me decía.

—Mejor en un sitio menos concurrido.

La pareja sale a la calle, asciende la cuesta y llega a la plazuela de Santa María, que tras la misa y la bronca de Figar parece más o menos solitaria. El policía muestra las fotos.

—¿Las hicieron ustedes?

—Claro, en el cumpleaños de Teo —explica Cayuela—. Era un ritual para esa familia. Cada vez que se cambiaba el calendario en la tienda marcábamos el dieciséis de agosto para no olvidarnos, aunque ya se encargaban ellos de recordarlo cuando se acercaba la fecha.

—¿Siempre se hacían la misma foto?

—Desde que Teo tenía diez años, según mi padre. Yo solía acompañarlo a veces a la casona de Montecillo, para ir aprendiendo y porque siempre caía algún dulce o una copilla de anís. Las dos últimas se las hice yo. Después de la desgracia no quisieron más fiestas ni hubo cumpleaños que celebrar, claro.

—¿Qué sabe de esa desgracia, como usted la llama?

—Lo que todo el mundo. Que lo fueron a buscar, lo encerraron y horas después, camino de Burgos, lo fusilaron. No fue el único.

—Pero él no era rojo.

—Lo que fuera o dejara de ser, no lo sé —responde el fotógrafo con desgana—. Ya le he dicho que era mayor que yo, y mi trato con él se limitaba a las fiestas. Además, llevaba tres o cuatro años viviendo en Madrid.

Lombardi constata una vez más que la actitud evasiva de Tirso Cayuela no ofrecerá muchos más detalles sobre el asunto, de igual modo que se había negado a ello al hablar de Jacinto Ayuso.

—Bueno, vamos con las fotos —sugiere—. Ambas están tomadas en el mismo sitio.

—Esa terracilla tiene buena luz en verano. Siempre se la hacíamos allí.

—¿Podría decirme a qué años corresponden estas dos?

—Seguro, pero tendría que comprobar los negativos.

—¿No guardan positivos?

—En estos casos, cuando se hacen fotos privadas de encargo, solo conservamos los negativos, aunque a lo mejor me equivoco y mi padre guardó alguna en papel. Vamos a comprobarlo.

El policía sigue los pasos decididos de Cayuela hasta la plaza del Trigo, y desde allí, calle Béjar abajo, hasta el establecimiento. La tienda está cerrada, pero el joven entra en el portal colindante y abre con llave una puerta que comunica con ella.

De nuevo en el desordenado almacén, el fotógrafo rebusca un rato entre cajas hasta dar con la correcta.

—Aquí están, con sus años correspondientes, pero solo hay negativos. Vamos al laboratorio.

El laboratorio es un cuchitril minúsculo tras una puerta lateral del estudio, con una ampliadora sobre un tablero que cubre todo el espacio frontal y ocupado en sus extremos por cubetas. A la derecha, un fregadero de piedra bajo el que se apilan varios recipientes con los líquidos necesarios para el proceso fotográfico. A media altura, sobre el rincón formado por la pila y la mesa, cuelga un cordón a modo de tendedero, ahora vacío. A duras penas caben dos hombres allí dentro, pero la estrechez le parece a Lombardi molestia llevadera a cambio de información.

—Ahora, con paciencia, solo tenemos que buscar los negativos de sus dos fotos.

—Por la cara de Teo, supongo que tendría unos veinte o veintidós.

—Tenía cinco o seis años más que yo, así que debió de nacer en el diez o el once.

—Si su cumpleaños era en agosto y murió poco antes de cumplir los veinticinco, nació en el once —matiza el policía.

—¿Qué le parece, entonces, si empezamos con el año treinta y uno? Cuando cumplió los veinte.

Lombardi asiente y el joven introduce el primer cliché en la ampliadora. Es difícil para un lego sacarle mucho jugo a un negativo, aunque a simple vista no se corresponde con ninguna de las fotos obtenidas en casa de los Sedano. Pero en cuanto se proyecta el segundo, el ojo experto de Tirso Cayuela advierte las coincidencias.

—Este es el negativo de una de esas fotos. Fíjese.

—Sí que lo parece. ¿A qué año corresponde?

—Al treinta y dos.

—Vamos con el siguiente.

El policía anota la fecha en el reverso de la foto mientras el joven dispone el correspondiente negativo en la ampliadora.

—Y este es el de la otra —apunta Cayuela.

Las fotos pertenecen, efectivamente, a años sucesivos. La primera, tomada durante la celebración de la mayoría de edad de Teo.

—¿Podemos ver el resto, hasta la última que se hizo? —demanda Lombardi.

—Las que hice yo, precisamente.

El resto solo son dos, y todos los clichés reproducen de forma casi exacta el contenido de los anteriores por mucho que el fotógrafo hubiera cambiado. Salvo por la vestimenta y detalles secundarios, los mismos cuatro protagonistas, dispuestos ante la cámara en orden idéntico: los padres en el centro y los hijos en los extremos, con Teo junto a don Dionisio y Felisa al lado de su madre.

—En ninguna aparece el marido de Felisa —observa extrañado el policía.

—Porque entonces no formaba parte de la familia. Seguro que el Cepas la desbravó en la bodega durante la guerra; o ella a él, que también es muy capaz.

La observación de Cayuela, aunque maledicente, resulta ilustrativa.

—¿Por qué lo llaman el Cepas?

—Por tanto trato con las vides, supongo —aclara el fotógrafo—. Se llama Mariano. Lleva toda su vida trabajando en esa finca, y era capataz cuando se casó con la Felisa hace un par de años. Dicen que don Dionisio no cuenta, así que con el braguetazo pasó de capataz a casi dueño y señor.

—Lo dudo. Parece que no es él quien lleva los pantalones en esa casa.

—No me extraña —corrobora Cayuela—, porque ella siempre ha sido de aúpa. Una fiera corrupia.

—Bueno, dejémonos de criticar como un par de verduleras, que ya va siendo hora de irse a comer. ¿Podría hacerme copias de las cuatro fotos que me faltan desde agosto del treinta? Se las pago, por supuesto.

—Bueno, es una colección privada y no sé yo si debería...

—Tan privada como mi acreditación de la Criminal. ¿Quiere verla?

—Vale —rezonga el fotógrafo—, mañana se las llevo a la fonda.

—Mañana estaré en Madrid. Las necesito esta tarde; pasaré a recogerlas a las seis menos cuarto.

—Joder, ¿y me va a hacer trabajar en domingo?

—La obligación antes que la devoción, ¿recuerda? Y, si es tan amable, me apunta por detrás la fecha en que se hizo cada una.

Doña Mercedes parece sinceramente afectada (—¿Y nos va a dejar aquí con esos criminales sueltos?) cuando Lombardi le comunica que, por el momento, es su último almuerzo en ese comedor.

—Tienen ustedes a los civiles, mujer. Además, es posible que dentro de un par de días me vuelva a ver por aquí. Si puede evitar darle mi cuarto a otro huésped, se lo agradeceré. Y guárdeme la bicicleta hasta entonces, si no es molestia.

El teléfono interrumpe la comida. Esta vez sin protestas, la patrona avisa al policía de que el mismo señor de anoche está al aparato. La primera noticia de Andrés Torralba es positiva: el Instituto Fernández-Luna sigue abierto; la segunda, no tanto.

—Había una secretaria para atender urgencias, y mis preguntas no le parecían urgentes. Además dijo que no pensaba darle información a la competencia; porque me he presentado con el carné de Hermes, claro. Así que hasta mañana no hay nada que hacer, a ver si doy con alguien un poco menos tozudo.

—No se preocupe, Torralba. Mañana a las diez tengo una reunión en la agencia. Nos vemos allí y decidimos.

Lombardi concluye el almuerzo y sube a preparar el equipaje. Siente un leve soplo de nostalgia antes de cerrar la puerta: los mosquitos, los acelerados madrugones, las noches de duda o frustración, la irreal presencia de Cecilia Garrido... Solo han sido cinco noches allí, pero un pequeño mundo de sensaciones se ha creado en torno a esa cama, y con él, a pesar de la pasajera tentación del viernes, cierta resistencia a abandonarlo.

Maleta en mano, gana la calle Isilla y el portal de don Sócrates. El doctor lo recibe en batín, una prenda tan extravagante como su traje a cuadros, porque sobre su fondo de raso negro serpentean tan brillantes colores que bien podría haber sido diseñada para un aristócrata japonés.

El juego de café está dispuesto frente a los sillones del despacho, en una mesita baja de patas plegables. El anfitrión sirve las tazas.

—¿Cuántos terrones? —El médico le ofrece un azucarero.

—Ninguno, gracias. Azúcar, solo en el café con leche. Y este huele de maravilla sin necesidad de añadidos.

—Así que nos deja.

—Temporalmente, espero. Tengo que tratar un par de asuntos en Madrid. Vine por una desaparición, y todo se ha complicado de tal modo que necesito saber mis límites, hasta dónde puedo meter las narices.

—Muy sensato, pero hay teléfonos para eso.

—Y orejas que escucharían lo que no deben.

—Tiene usted razón —corrobora el doctor con una sonrisa comprensiva—. Supongo que lo de esta mañana, a la salida de misa, tiene algo que ver con su decisión.

—¿Estaba usted por allí?

—En el pórtico, saludando a unos parientes de mi mujer. Una escena lamentable, si me permite opinar.

—Podría haber sido peor si no me contengo —confiesa el policía.

—Desde luego. Y de no haber sucedido, ¿también se marcharía?

—¿Cree que me he arrugado por eso?

—Supongo que no, pero don Cornelio le ha dejado a los pies de los caballos ante lo más granado de la villa. Su palabra es muy importante aquí, y está claro que pretendía desacreditarlo públicamente. ¿Se ha preguntado por qué?

—Ya lo ha dicho él. Por mi incompetencia. Por no resolver en cinco días el asesinato de su ahijado. Y por repartir unos guantazos y meter entre rejas a un par de correligionarios.

—Puede ser —cabecea el médico—. Aunque todas esas discrepancias se resuelven en una charla privada. Al fin y al cabo, fue él quien pidió su ayuda.

—Por lo poco que lo conozco, ese hombre y el estilo versallesco son cosas antagónicas. Supongo que esperaba por mi parte una comparecencia diaria ante su divina persona para informarle de los avances, y que por pagar mi estancia tenía derecho a ello. La verdad es que no hablo con él desde el día que llegué, pero no por desidia sino porque no tenía nada que contarle.

—Tiene sentido —acepta don Sócrates sin mucha convicción.

—Pues no lo parece, por su tono. ¿Cree que hay algo más?

—No lo sé —Peiró se rasca la coronilla—. Tal vez tenga que ver con su actividad, con los pasos de su investigación.

—Si hemos de ser sinceros, mi investigación es un desastre, don Sócrates —confiesa el policía—. Eso es lo que le ha molestado.

—O ha tocado usted un punto sensible para él.

—No se lo tome a mal, doctor, pero su afición al género detectivesco empieza a ser un poco desconcertante. ¿Le importaría no ser tan misterioso?

El médico asume la crítica con una risilla.

—¿Dónde estuvo usted ayer? —pregunta—. Y digo ayer porque hasta el asesinato del señor Eguía conozco sus andanzas por su propia boca.

Lombardi repasa su actividad sabatina en voz alta, de forma genérica y obviando ciertos detalles que guarda para sí:

—Desde que lo dejé en el hospital, visité al juez para recibir su reprimenda, estuve con Manchón repasando el caso, pasé por el embarcadero a ver si habían visto algo, visité a varias familias de las víctimas relacionadas con el Frontón Arandino, despedí a Cecilia Garrido que viajaba a Peñafiel, visité a la familia de Teo Sedano, y por la noche intenté seguir los pasos de Evaristo Eguía desde que cenó hasta que recibió dos hachazos. ¡Ah! Y me di una vuelta por la casa de la Aurora. ¿La conoce?

Don Sócrates lanza un silbido de admiración.

—Vaya ritmo, amigo —dice—; no sé de dónde saca tiempo. Y sí, conozco la casa de la Aurora. De oídas.

—¿Y cuál de esos pasos, según usted, puede haber ofendido a ese berrendo?

—Yo no soy el policía. ¿No tiene la menor sospecha?

—Y dale con el suspense.

—Los Sedano son enemigos irreconciliables de los Figar —se explica Peiró—. Si a don Cornelio le han contado su visita a Montecillo, no le habrá sentado nada bien. Ahí tiene la respuesta.

—Ya me he enterado de esa inquina mutua. Pero sería una reacción absurda por su parte. ¿Y si estuviera investigando a los Sedano como sospechosos? Al fin y al cabo, fue Luciano Figar quien se llevó a Teo. ¿Lo sabía usted?

—Eso se dice.

—Pues podría tratarse de una venganza, y mi obligación es comprobarlo. Le bastaría con haberme preguntado al respecto y todos nos habríamos ahorrado el circo de esta mañana.

Lombardi apura su taza y prosigue:

—Lo que le pasa a Figar es que no le gusto, como él no me gusta a mí. Ni más ni menos que eso. Tiene buen olfato y duda de mis lealtades, con motivo. No soy fiable y quiere que desaparezca de aquí. Prefiere un capitán de la Guardia Civil al estilo de García Lasierra, que no se pare en barras y arrase la villa si es necesario para encontrar a los culpables de lo de Jacinto. Ya le han dado un toque a Manchón desde la comandancia de Burgos, y no es difícil adivinar la mano de don Cornelio detrás de esa maniobra.

—No digo yo que no esté en lo cierto.

—Lo estoy, doctor, y a lo mejor convendría limitar nuestros contactos a lo estrictamente profesional.

—¿Por qué?

—Porque Figar me ha puesto la marca en la frente. Y cualquiera que mantenga una estrecha relación conmigo se convertirá en sospechoso para él y los suyos. Ya le oyó: antiespañol de mierda. Hoy, esa acusación es más grave que la de homicidio.

—¿Sospechoso yo? —Don Sócrates hace un cómico gesto de rechazo con las manos y se deja caer sobre el respaldo del sillón—. Vamos, no exagere.

—Tómeselo a guasa, pero yo escondería algunos de estos libros, por si acaso recibe la visita de quien no ha invitado.

—Bueno, ahora usted se marcha, así que acaban nuestras relaciones —comenta el anfitrión recuperando la compostura—. A la vuelta ya veremos, pero nadie podrá acusarme de nada raro por atender a un agente de la autoridad que me requiere, ¿verdad? ¿Otro café?

—No me vendría mal, para no dormirme. Cuando doy cabezadas en un viaje largo, siempre acabo con tortícolis.

—Cambiando de tercio —dice el médico mientras rellena la taza de Lombardi—: ¿Algo interesante en su apretada actividad de ayer?

—Nada por lo que se refiere a Ayuso. En cuanto a Eguía, todo indica que se había citado con alguien en la orilla del río a eso de las once de la noche. Manchón cree que se trata de un crimen pasional y que la cita era con una mujer.

—Hipótesis que usted no comparte.

—Ni dejo de compartir —advierte el policía—, pero al margen de la vida desordenada de la víctima en cuanto a relaciones amorosas, no veo elementos decisivos para opinar igual. Pudo ser una cita con su propio asesino, quién sabe por qué motivo. Todavía hay muchos puntos oscuros y habrá que fisgar a fondo en las costumbres de ese hombre.

—Tampoco ha descubierto relación alguna con lo de Ayuso, supongo.

—Porque no la tiene, don Sócrates, por mucho que usted se empeñe. Ni en el procedimiento, ni en el escenario, ni en su posible significado. La mano del novicio parecía un mensaje; lo de Eguía, un crimen de lo más grosero. Que ambos sucesos se produjeran en vísperas de mercado puede ser mera casualidad, o al menos no es factor suficiente para asociarlos.

—¿Y el hacha? —porfía Peiró—. ¿No es eso un factor común?

—Muy débil. Cualquiera puede tener una, y al fin y al cabo desconocemos cómo murió Ayuso. Ni siquiera usted pudo determinar sin género de dudas que fuera ese el utensilio utilizado para cortarle la mano.

—Desde luego, no parece una hipótesis muy sólida —acepta el

médico a regañadientes—. Al menos le sería útil la visita a la finca de Montecillo.

—Para comprobar que los Sedano tienen motivos suficientes para desearle todos los males del mundo a Cornelio Figar y a cuanto lo rodea; por ejemplo, a Román Ayuso.

—¿Eso los convierte en sospechosos?

—No necesariamente —refuta el policía—. Aunque cuando no hay uno bien definido, casi todo el mundo lo es. Y de eso se aprovecha el culpable.

—Sobre todo, si es suficientemente listo.

—Y este parece serlo. O tiene mucha suerte, que también podría ser.

—La película de ayer era un tanto pueril, como casi todos los relatos del padre Brown; una particular ampliación del titulado *La cruz azul*, aunque el papel de Walter Connolly es magnífico. Aun así, una idea sobrevuela toda la historia: que los cerebros del detective y del criminal son igualmente poderosos.

—Sí, como en una partida de ajedrez, dicen algunos —ironiza Lombardi—. Pero en las historias escritas y cinematográficas el cerebro del detective es siempre superior; en caso contrario, no existiría el final feliz que esperan lectores y espectadores. Por eso recelo tanto de ese tipo de literatura: ya me gustaría a mí que la realidad fuera parecida.

—El malvado siempre comete errores. También en la vida real, ¿no?

—Como los comete el investigador. Yo, por ejemplo: si seguimos charlando, pierdo el coche.

Lombardi se incorpora y estrecha la mano del médico.

—Espero verlo pronto por aquí —se despide don Sócrates—. Seguro que caza al villano.

Con la amable profecía del doctor en el pensamiento y bajo la sombra de los soportales, el policía recorre el tramo hasta Fotos Cayuela. La tienda sigue cerrada, pero se dirige a la puerta interior y golpea enérgico sobre la madera.

—Ya va, ya va —se oye a Tirso Cayuela al otro lado.

—¿Tiene las fotos? —demanda cuando el joven aparece.

—Desde hace hora y pico. —El fotógrafo le extiende un sobre.

—Siento haberle hecho esperar tanto.

—No importa. He aprovechado para sacar adelante trabajo atrasado.

—¿Cuánto le debo?

—Hacerme trabajar en domingo no se paga con dinero. Todo sea por la causa, a ver si por fin encuentra a ese individuo que nos amarga la paz del Caudillo.

El policía no está seguro de si el fotógrafo carlista habla en serio o es mero sarcasmo, pero en este momento no tiene tiempo ni ganas de averiguarlo.

—Pues muchas gracias, Cayuela.

Lombardi llega a la parada casi a la carrera cuando su reloj señala las seis y entrega su maleta al conductor para que la asegure en la baca. Sofocado, se acomoda en un asiento libre, caliente por el sol. Todavía debe aguardar otros diez minutos de solanera antes de que el vehículo decida ponerse en marcha.

Agosto, a pesar de vivir sus estertores, todavía guarda fuste suficiente para socarrar los sesos de los madrileños. Agosto no vacía Lavapiés, como sucede en barrios más pudientes cuyos habitantes se pueden permitir el lujo del veraneo; simplemente, lo transforma: del paisaje sahariano, despoblado, que ofrece durante las horas de canícula se pasa sin transición al hormigueo humano poco antes de que el sol se acueste.

Sobrellevando su tortícolis, el policía afronta la calle Cañizares. El atardecer y una tibia brisa animan al vecindario a salir de la protección de sus habitáculos, y poco a poco las aceras se pueblan de sillas, botijos e improvisadas tertulias. Los chavales corretean gritones por la calzada tras una pelota de trapo y las niñas ocupan los portales en corros cantarines o saltan a la comba.

Lombardi es el único habitante de su edificio. El tercero está vacío desde que acabó la guerra; los del segundo, Ramona y sus dos hijos, pasan en el pueblo la última quincena de mes para estar más cerca de Abelardo, el ferroviario encarcelado en Ocaña que, como él, espera un indulto que se resiste a llegar.

Deja el equipaje sobre la mesa del salón y abre de par en par todas las ventanas para redimir a la casa del agobio que acumula tras varios días de clausura. La corriente todavía resulta cálida, pero, por las nubes que empiezan a poblar el cielo, es cuestión de tiempo que la brisa crezca, y en un par de horas se verá obligado a cerrar casi todos los postigos si no quiere que vuele hasta la cubertería.

Se desnuda con parsimonia para meterse bajo el fresco chorro de la ducha, que disfruta durante largo rato hasta sentir frío. Apenas cubierto con una toalla anudada a la cintura, regresa al comedor y deja caer la persiana del balconcillo para evitar miradas indiscretas. A pesar de la energía recobrada bajo el agua, una vagancia descomunal lo atrapa cuando se dispone a deshacer la maleta.

Rebusca en su americana el sobre de Tirso Cayuela, y junto con él sale el de la foto de Cecilia en Santa María. Por innecesaria, hasta este momento no se había fijado en la instantánea. Como avanzadilla de otra gente que sale de la iglesia, ambos componen una pareja de lo más peculiar: él aparece muy serio, tal vez en exceso; ella, con los ojos muy abiertos, en el instante inicial de la sorpresa. Aun así, el gesto no rebaja un ápice el atractivo de la joven, y sus labios levemente fruncidos, dejando ver la hilera de sus dientes, resultan deliciosos.

Lombardi se sorprende al percibir bajo la toalla el amago de una erección y aparta los ojos de la causa que lo provoca para posarlos enfrente, sobre el aparador, en la foto enmarcada de su madre.

Te gustaría, mamá, le dice con una sonrisa franca. *¿Más guapa que Begoña?* Más guapa y más mujer, aunque me temo que es tan meapilas como ella. *¿Es que no aprendes, Carlitos? Ya te divorciaste una vez.* Como tú, pero para eso hay que casarse primero, y nadie habla aquí de bodas. *Claro* —su madre le guiña el ojo de papel, un guiño en blanco y negro—, *menudo pillastre estás hecho.*

Con un suspiro, deja la foto de Cecilia en el sofá y rasga el sobre de Cayuela, que contiene los cuatro positivos solicitados. En la maleta consigue los dos obtenidos en el dormitorio de Teo Sedano y coloca los seis sobre la mesa, bocabajo, para ordenarlos según las fechas que figuran en sus dorsos. Al girarlos, la secuencia no revela nada llamativo, excepto que Felisa parecía estrenar vestido nuevo cada año; todo lo contrario que su madre, aparentemente con las mismas prendas en la media docena de fotos.

El policía desenvuelve el bocadillo de tortilla que ha comprado en Buitrago durante la parada obligada para que el motor se enfríe y los viajeros estiren las piernas. Le hinca el diente camino de la cocina en busca de un vaso de agua y regresa al salón decidido a desvelar el supuesto misterio de las fotos. Acaba su cena sin éxito y se consuela con la idea de que mañana el Instituto Fernández-Luna pueda ofrecerle una respuesta satisfactoria.

Recoge el material, cierra todas las ventanas excepto la de su dormitorio y el balconcillo del salón y se tumba desnudo sobre la cama con la esperanza puesta en su próximo encuentro con Cecilia Garrido; tal vez esta misma noche, en sueños, en ese maravilloso espacio donde las prevenciones morales y sociales quedan al margen.

La experiencia onírica, sin embargo, es muy distinta a la deseada.

Bañado en sudor, camina sobre un piso arenoso. Está rodeado de pinos y el canto de las chicharras resulta insoportable. Hace un calor infernal y el paisaje es cambiante: tan pronto cree estar en Costaján como en un lugar distinto, aunque de características similares.

Está solo, pero escucha voces, voces de origen desconocido que le erizan el vello. Sabe que no pertenecen al mundo de los vivos, pero sigue caminando hacia un destino que desconoce. Tiene los zapatos rotos, las suelas agujereadas. Lleva meses caminando; años, toda su vida. Los pies duelen con dolor de llaga.

266

Como en un ocaso instantáneo, la luz desaparece y el calor sofocante se convierte en viento helado. Las voces callan de repente. Y entonces los ve. Sus rostros son dibujos desteñidos que centellean en la oscuridad, anónimos muñecos dotados de una vida falsa, recuerdos con apariencia humana.

Uno de ellos destaca entre los demás. Es Teodoro Sedano, cuyas facciones son idénticas a las de las fotos excepto por su extrema palidez. Lentamente, su cara se diluye, sus ojos y su boca se convierten en pozos sin fondo de aspecto horripilante. Se adelanta unos pasos a los demás y, con una voz que parece surgir de las profundidades de la tierra, dice:

—Olvídate de ella. Cecilia no te pertenece.

LA LITURGIA

Lunes, 24 de agosto de 1942

Isidro Ortega parece un retrato de principios del siglo pasado. Alto, enjuto, de cara larga, un tanto caballuna, y ojos claros, debe de haber cumplido ya los sesenta y muchos. La montura negra de las gafas endurece sus facciones, pero las sienes plateadas y el bigotillo canoso le confieren aspecto de abuelo antiguo. Como si despreciara el calor, viste un terno gris oscuro y corbata azul bien ajustada bajo una prominente nuez que vibra con cada frase, aunque hoy habla poco. Una insignia plateada del yugo y las flechas luce en la solapa de su americana, a juego con las fotos de Franco y José Antonio que cuelgan de la pared en la que apoya indolente el respaldo de su silla.

El fundador de la agencia Hermes asiste en silencio, casi oculto tras la humareda de su cigarro, como si el asunto no fuera con él, a las explicaciones de Lombardi. Balbino Ulloa, por el contrario, las sigue sumamente atento; el que fuera secretario del recientemente cesado director general de seguridad arquea las cejas, entorna los párpados tras las dioptrías o carraspea según los matices de la narración.

—Por si fuera poco —dice el policía a modo de remate—, el sábado apareció asesinado un jefe de segunda fila del banco Hispano, lo que obliga a dispersar esfuerzos y atención.

—¿Qué relación tiene con el otro? —se interesa Ulloa.

—En mi opinión, ninguna. Pero cualquiera sabe. Aranda es un

269

lugar muy cerrado, una maraña de intereses y secretismos. Das una patada a una piedra y te puede salir cualquier cosa.

—Ya entiendo. Sinceramente, Carlos, ¿crees que se le puede hincar el diente a lo del novicio o es uno de esos casos destinados al archivo? Como el de ese pastor de Linares que has contado.

—Espero que sí, aunque exigirá tiempo.

—Y nuestro patrocinador se ha cansado de esperar.

—¿Patrocinador, dice? —exclama él, ofendido—. Un cacique que se cree con derecho de propiedad sobre un enviado de la Criminal y, por si fuera poco, calienta el ambiente contra él. Por no hablar de sus presumibles actos delictivos.

—¿De qué tipo?

—Fraude, por ejemplo. Si el fiscal y los inspectores de abastos lo investigaran, escribirían un informe más gordo que el *Quijote*.

Y los de Patrimonio tampoco se quedarían cortos, se dice el policía; pero para qué añadir delitos, si todos van a quedar impunes.

—¡Ah, ya! —se desentiende su antiguo jefe—. Creo que te dije tiempo atrás que ese es territorio intocable. Mejor te olvidas de ello.

—Sí, Cornelio Figar es un hombre necesario para el Régimen, me dijo usted. Pero jode que un fulano así pretenda darte lecciones de honradez.

—No le hagas caso. Aunque con este panorama, supongo que tu estancia allí, en un sitio tan pequeño, no será cómoda.

—¿Y desde cuándo es cómoda la investigación criminal?

—Eso es verdad. Lo decía por si te afecta.

—Molesta, pero he pasado ratos peores.

—Bueno —Ulloa se palmea los muslos en gesto resolutivo—, hay que decidir qué hacemos con este asunto.

—A mí no me mires, Balbino —interviene Ortega con su voz rasposa—. Hermes no tiene nada que ver con esto.

—Claro que tiene. Carlos es empleado tuyo.

—¡Y un jamón con chorreras! —bufa el interpelado—. Bastante con que debo prescindir de él aquí, como para encima sufragar los gastos. Los caprichos de Fagoaga, que los pague Fagoaga.

—Querido Isidro —responde su oponente en tono calmoso, aunque de fondo amenazante—: No sé si tienes a Fernando como amigo, pero te aseguro que no te conviene como enemigo. Una palabra suya, y Hermes se va al garete.

—Lo sé, pero por muy comisario jefe de la Criminal que sea, no puede pedirme que haga de pagano.

—Ustedes disponen de fondos para estos casos —media Lombardi ante Ulloa para zanjar la discusión—. Y tampoco es tanto dinero, coño. Una pensión de mala muerte y manutención diaria en un sitio mucho más barato que Madrid.

—Me preocupa menos el gasto que el resultado, Carlos. Tal y como lo pintas, ¿crees que merece la pena seguir dando palos de ciego?

—A veces, aunque sea de chiripa, el ciego da en el blanco.

—No es que desconfíe de ti, ya sabes cómo te valoro. Pero no me gustaría mezclar a la Criminal en un fiasco.

—Ya está mezclada. Metida hasta el cuello. He hablado con media Aranda, y la otra media sabe quién soy.

—Pero solo eres colaborador, no funcionario —matiza Ulloa—, y una retirada a tiempo puede ser inteligente y evitar males mayores. Si hay pinchazo, mejor que respondan los de la Benemérita, que al fin y al cabo son allí los responsables oficiales.

Siempre el puto corporativismo, masculla para sí el policía. Lo había antes y lo hay ahora. Esa lacra no desaparece por mucho que cambien gobiernos y regímenes.

—No he venido a Madrid solo para hablar con ustedes —explica—. Por importante que sea esta reunión para aclarar las cosas, tengo pendientes aquí unas gestiones que quizás abran nuevos caminos a la investigación.

—¿En qué sentido?

—Ni idea hasta que me mueva, cosa que pienso hacer en cuanto salga de este despacho. A lo mejor esta tarde hay algo.

—Pues ponte en marcha —concluye Ulloa—, y esta tarde decidimos si vuelves o te quedas.

—¿Puedo contar hoy con Torralba? —pregunta al dueño de Hermes.

Ortega se encoge de hombros, resignado a pagar el tributo exigido por la DGS a cambio de hacer la vista gorda con la actividad de su negocio, sin licencia oficial del Ministerio de la Gobernación.

Andrés Torralba recibe al policía con un animoso apretón de manos y una sonrisa que ondula la notoria cicatriz vertical de su cara. La oficina del Instituto Fernández-Luna no queda lejos, y Lombardi prefiere llegar caminando hasta allí para poner a su compañero al corriente de sus peripecias arandinas. Con discreción, a media voz para hurtar el contenido de sus palabras a los transeúntes de las estrechas calles que tienen por delante, refiere la crónica de su investigación con nombres, hechos e intuiciones.

—Lo de ese novicio se las trae —comenta el cordobés tras escuchar el relato—. Y no deja de ser chocante el parecido con lo del pastor de Linares. ¿No ha pensado en interrogar a ese chico al que se le aparecía la Virgen?

—Claro, y a la cría que secuestraron, pero en el caso de ella no he tenido oportunidad hasta hoy, y en el de Daza ni siquiera tiempo. Además, le confieso que me da bastante pereza ir hasta Valladolid para hablar con un pobre chiflado.

—Los locos y los niños siempre dicen la verdad, jefe, y ese tal Basilio fue víctima indirecta, a través de su hermano, de aquel episodio. En mi pueblo había uno así; no tan joven como Daza, pero con las mismas ideas fijas. Claro, que a él se le aparecían la Virgen del Rosario, santa Bárbara o el Nazareno. Nada de demonios ni marcianos: solo las imágenes que veía en la iglesia.

—¿También acabó en un manicomio?

—No lo sé. Allí quedó cuando nos marchamos al empezar la guerra. Con lo pesado que era, lo mismo lo fusilaron los nacionales.

—O le hicieron santo.

—Puede ser —asume Torralba con una carcajada—. Los fanáticos siempre llevan a los altares a otros fanáticos. Si las alucinaciones de ese chico se hubieran producido ahora, seguramente no estaría con una camisa de fuerza. A Franco le vendría de perlas una Virgen aparecida que bendiga su traición.

—Por lo que sé —refuta el policía de buen humor—, los mensajes que decía recibir Basilio no se acomodan mucho a esa idea. Lo mismo se ponía a perseguir demonios con camisa azul mahón.

—Pues, según usted, Jacinto Ayuso fue falangista antes que novicio.

—Ya, Torralba, y tal vez amigo de Onésimo Redondo; pero ahora hay cientos de miles de esas camisas, y aquel niño, ya casi con treinta años, está encerrado. Luego nos pasamos a ver qué nos cuenta la mocita; es mi último cartucho sobre el caso de Linares.

—Penúltimo —puntualiza Torralba—: no se olvide del locuelo. Lo que no llego a entender muy bien es la relación entre esas facturas y el novicio.

—Ni yo. Puede que no tengan ninguna —admite Lombardi ante el portal de la calle Espoz y Mina—. A ver si aquí nos lo aclaran.

—Es en el tercero, pero tiene ascensor.

El hombre ronda la cincuentena. Grueso, de densa cabellera oscura peinada con raya central y negrísimo bigote, viste con cierto desaliño un traje veraniego y usa su pañuelo cada dos por tres para enjugarse los riachuelos que el verano hace manar de su frente a pesar del ventilador que cuelga del techo. Dice llamarse Juárez y los ha recibido sonriente en un despacho con la persiana a media altura, pero cuando Torralba se presenta, un rictus de desagrado asoma a las comisuras de sus labios.

—¿Es usted quien vino ayer?

—Sí, pero la visita no tiene nada que ver con Hermes —ataja Lombardi mostrando su carné—. El asunto está en manos de la Criminal.

El tipo mira y remira la cartulina y dedica esporádicos vistazos a su propietario para confirmar la autenticidad de la foto que la ilustra.

—Está firmada por Caballero Olabezar —constata por fin.

—Claro. Hace ocho meses.

—Ya no es director general.

—Desde junio. Pero un billete sigue valiendo lo mismo cuando cambian al director del Banco de España, ¿verdad?

—Por supuesto, pero esto no es un billete. Una credencial debe actualizarse.

—Ni siquiera ha pasado un año. Si tiene dudas, hable con Fernando Fagoaga Arruabarrena. —El policía silabea deliberadamente, subrayando los enérgicos apellidos vascos—. Comisario jefe de la Criminal, y ese sí que es recientito. ¿Quiere que lo llamemos? —agrega, señalando el teléfono que hay sobre la mesa.

—No creo que sea necesario molestarlo —se rinde el detective, apoyado en un gesto de rechazo con la mano—. Ustedes me dirán.

Lombardi despliega ante los ojos de Juárez las dos facturas halladas en el dormitorio de Teo Sedano.

—Necesitamos toda la información que tengan sobre este asunto.

Tras un rápido vistazo a los documentos, el hombre se incorpora.

—Tengo que ir al archivo. ¿Les apetece un refresquito? —pregunta, antes de dejarlos solos en el despacho.

—No, muchas gracias —rechaza el policía tras consultar a Torralba con la mirada.

—Cómo aflojan cuando se les aprieta en el sitio apropiado —susurra el cordobés—. Hasta te convidan a refresquito.

—Igual que afloja Ortega. Ya no es como antes; ahora mismo estas agencias son ilegales y sobreviven con la indulgencia de Gobernación, así que no pueden permitirse el lujo de contrariar sus peticiones. Sobre todo, si se las presentan dos chicos tan educados como nosotros.

Juárez regresa al despacho con una carpeta en la mano y un vaso en la otra: por el color, zarzaparrilla con un par de irregulares trozos de hielo. Toma asiento, abre la carpeta y lee en silencio. Lombardi aguarda el tiempo suficiente para que el detective se empape del contenido, hasta que la impaciencia le suelta la lengua.

—¿Y bien?

—Bueno, este es un caso que llevó un compañero.

—¿Podríamos hablar con él?

—Ya no está con nosotros. La guerra, ya saben.

El tipo no aclara qué es lo que hay que saber: si el compañero murió, si está encarcelado por rojo o puso pies en polvorosa en busca de mejores aires en el extranjero.

—Pero yo lo ayudé en varias gestiones —agrega tras un largo trago—, así que conozco bastante bien el asunto.

—Pues venga, hombre de Dios, que no tenemos todo el día.

—El cliente era un estudiante universitario natural de Aranda de Duero llamado… —Consulta los papeles—. Sí, eso es: Teodoro Sedano. Apareció por aquí a finales de septiembre del treinta y cinco.

—Fecha que se corresponde con la primera factura.

—Sí, es la cobertura de los gastos iniciales.

—¿Cuál era el motivo de su visita?

—Eso pretendía explicarles. Si me deja, les expongo el caso en dos palabras.

—Disculpe. Le escuchamos.

Juárez recorre su frente y su nuca con el pañuelo al tiempo que sus ojos hacen lo propio con los documentos que tiene delante.

—Perdonen mi dilación, pero sucedió hace tiempo y no todos los nombres se guardan en la memoria. Aquí está. El joven quería localizar a un pariente desaparecido, un tal Liborio Figar, de quien no tenía noticias en los últimos dos años.

El nombre provoca en Lombardi un sobresalto que apenas logra disimular. ¿Qué tenía que ver Teo con Borín Figar, el hermano de don Cornelio? Desde luego, no eran parientes, y presentarse en una agencia de detectives con una mentira por delante no habla muy bien del fallecido novio de Cecilia Garrido.

—Al parecer —prosigue Juárez—, y según el testimonio del propio Liborio, pretendía ir al Brasil. Pero el señor Sedano, gracias a un compañero de residencia de esa nacionalidad e hijo de un diplomático, había averiguado en la embajada correspondiente que ningún español con ese nombre figuraba entre los inmigrantes. Así que nos pusimos a buscarlo.

—¿Con éxito?

—Desgraciadamente, no. Y bien que lo intentamos. A lo largo del curso universitario, que es lo que duró la investigación, pudimos hacernos cierta idea de la personalidad del sujeto y reconstruir muchos de sus pasos. Pero no pudimos dar con él.

—Háblenos de esa investigación.

Con un nuevo trago, Juárez deja temblando el vaso de zarzaparrilla. Se relame los labios y parece recobrar la memoria de repente.

—El señor Sedano no nos informó al respecto, tal vez porque desconocía este extremo, pero Liborio Figar resultó ser... —el detective emite un carraspeo, una pausa destinada a buscar la palabra adecuada—, en fin, un marica bastante conocido en esos ambientes madrileños. De ese hilo tiramos cuanto pudimos hasta averiguar que sus intenciones eran, efectivamente, marcharse al Brasil después de negociar con su hermano la herencia que le correspondía. Su hermano era, por cierto, un rico hacendado de Aranda de Duero, un tal... Sí, Cornelio; Cornelio Figar. Para el viaje previsto contaba con la compañía de un amiguito íntimo. Ustedes me entienden, ¿no?

—¿Qué amigo?

—Un tal Ángel. —Juárez repasa el informe—. Ángel Royo. Alias Angelillo, o el Royo. Quince años más joven que Liborio, un chapero sin oficio ni beneficio; banderillero y bailaor en sus ratos libres.

—¿Pudieron interrogarlo?

—A su hermana. Vivían juntos, pero desde el treinta y tres no tenía noticias de él.

—La misma fecha en que se esfumó Liborio.

—Efectivamente. Se despidió de ella... —El detective consulta los datos—. El veinticinco de junio, la víspera de viajar a Aranda en compañía de Liborio.

—¿Comprobaron si este viaje se produjo?

—El cliente nos prohibió asomar la nariz por Aranda, y en Ma-

drid los coches de línea no guardaban entonces registros de viajeros. También pudieron haber ido en un automóvil privado, así que
no fue posible confirmarlo. Pero sí que hay rastros de Liborio en
fechas posteriores, en Madrid y en La Coruña. Costó lo suyo, porque hubo que patearse notarías, registros y mil despachos, pero hay
un acta notarial del veintinueve de junio que atestigua la cesión a
su hermano Cornelio de todos los derechos patrimoniales de Liborio Figar por la cantidad de ochocientas mil pesetas.

—¡Vaya pellizco! —resopla Lombardi—. Dice que suscribie-
ron la liquidación de la herencia en Madrid. ¿Por qué no en Aranda
aprovechando el viaje?

—Lo desconozco. —Juárez apura el vaso; solo queda hielo,
pero sostiene uno de los trozos entre los labios antes de dejarlo caer
de nuevo en el fondo—. El hecho es que se firmó en una notaría
madrileña, así que aquí tenemos a ambos hermanos cuatro días
después de la anunciada visita a Aranda.

—Es posible que Liborio cambiara de parecer —interviene Torralba—, y con el riñón tan bien cubierto, eligiera un destino distinto a Brasil.

—O que nunca fuera a Aranda y el hermano se desplazara a
Madrid para los trámites —apunta Juárez—. Sea como fuere, hay
datos que desmienten su hipótesis. El primero, un telegrama enviado por el propio Liborio a su hermano desde La Coruña el lunes
tres de julio, en el que anuncia su inminente partida hacia el Brasil.
Firmado por Borín.

—Así lo conocían familiarmente —puntualiza el policía.

—Ya veo que no le resulta del todo extraño este asunto. Bien,
pues dar con el dichoso telegrama significó horas de trabajo y gastos como no pueden ustedes imaginarse, pero eso nos permitió
también investigar las listas de viajeros en las compañías navieras
que van a América. Listas donde no aparecían por ninguna parte
ni Liborio Figar ni Ángel Royo en los dos meses siguientes, a pesar
de que ambos tenían reservado pasaje para el cuatro de julio. No
embarcaron en La Coruña, y tampoco en Vigo.

—Eso no contradice lo dicho —insiste el cordobés—. Pudo cambiar de opinión a última hora y marcharse a Europa.

—Claro que pudo, pero no con el riñón tan bien cubierto, como usted aventura. En el acta de venta se especifica el número de cheque bancario nominal entregado como pago por Cornelio Figar, cheque que su hermano Liborio nunca hizo efectivo.

—¿Le endosó un cheque al descubierto? —pregunta extrañado Lombardi, aunque no le sorprendería semejante faena por parte del terrateniente.

—Es una posibilidad, aunque no parece probable. Investigamos la cuenta de Liborio para averiguar que nunca ingresó ese cheque. Una cuenta bastante saneada, por cierto, con ingresos semestrales por parte de su hermano, seguramente en concepto de rentas. Entre unas cosas y otras, sus ahorros superaban las setenta mil pesetas. Pero salvo las comisiones cobradas por el banco, permanecía inalterada desde vísperas del supuesto viaje a Aranda, el veinticuatro de junio, fecha en que sacó doscientas pesetas. Ese era su último movimiento. Tres días antes constaba un ingreso que, según averiguamos, correspondía a la venta de sus pertenencias domésticas en Madrid, donde vivía realquilado.

—Dos años de inactividad. ¿De qué banco era ese cheque?

—Dos años y medio exactamente. Era del Hispano Americano; de la sucursal de Aranda de Duero. El mismo banco en el que tenía cuenta Liborio, aunque la de este pertenecía a una oficina madrileña.

El policía intenta atar cabos, cabos tan dispersos que no logra establecer relación alguna entre lo que está escuchando y los recientes sucesos en la villa. Según la biografía de Evaristo Eguía, el empleado ya llevaba un par de años en Aranda cuando Borín se esfumó, pero su presencia allí no significa implicación alguna en aquellos hechos. Al menos, de momento.

—Pudo abrir otra en un banco diferente e ingresar allí el cheque —sugiere—: nueva vida, nueva cuenta.

—Lo mismo pensamos nosotros, pero nadie con ese nombre

disponía de cuenta en ningún otro banco, al menos español. Y si la abrió en el extranjero, ¿por qué no transfirió a ella lo que ya tenía en el Hispano?

El detective calla y se afloja el nudo de la corbata, casi oculto bajo la papada. Parece a punto del síncope, pero sin embargo sonríe con el aire apacible del deber cumplido.

—¿Eso es todo? —pregunta Lombardi.

—¿Le parece poco?

—No se lo tome como reproche, hombre; al contrario, porque hicieron ustedes un trabajo excepcional. Quería decir si en ese punto concluyó la investigación.

—En mayo del treinta y seis. El cliente se presentó, se le informó de lo que teníamos y pagó su factura.

—La segunda factura. Supongo que se llevó copia del informe.

—Siempre hacemos copia para el cliente, aunque el señor Sedano consideró que estaba más segura aquí que en su poder. Y aquí sigue. —El detective señala con el índice la carpeta.

—La verdad es que este asunto huele bastante mal, ¿no?

—Y tan mal —corrobora Juárez—. Pero ahí se detuvo la investigación.

—¿El cliente les aportó algún tipo de documentación complementaria, alguna foto?

—Nada en absoluto, ni siquiera la foto del propio Liborio. En Aranda habría sido fácil conseguirla, aunque ya les digo que el señor Sedano nos dejó muy claro el territorio que no debíamos pisar. Durante unos meses seguimos el rastro de un hombre sin cara, hasta que conseguimos averiguar en el departamento correspondiente que ambos, Liborio y el Angelillo, habían obtenido sus respectivos pasaportes y visados, emitidos a primeros de junio. Y en los expedientes, naturalmente, figuraban sus fotos.

—Lo que ratifica sus intenciones de salir del país. Es posible que la hermana del Angelillo siga viviendo en el mismo sitio que entonces. Intentaremos hablar con ella. Supongo que en el informe figura su domicilio.

—Claro —Juárez saca una estilográfica del bolsillo interior de la chaqueta—. Ahora mismo se lo anoto.

—No se moleste. Nos llevamos la copia que les dejó Sedano.

—Eso, como comprenderá —titubea el detective—, no puedo hacerlo.

—Le aseguro que no pretendemos esquilmar su archivo. Si guardan el original, no necesitan para nada una copia. A nosotros, sin embargo, nos será muy útil.

—Imagine que el cliente se presenta aquí a por lo que le pertenece.

—Si se tratara de otro caso, siempre podrían hacerle una nueva copia. Por lo que respecta a este, quítese esa preocupación de la cabeza, señor Juárez. Su cliente, por desgracia, murió en la guerra.

—Lo siento —mascula cariacontecido el detective, tras unos instantes de silencio para digerir la noticia—. Parecía un joven educado e inteligente. En fin, si no hay más remedio.

—No lo hay, pero créame que Fagoaga les agradecerá el detalle —lo anima el policía.

—Tendrán que firmarme un recibo. Por justificación personal. Supongo que lo entienden: solo soy un empleado de la agencia.

—Lo haré con mucho gusto. Con mi firma bastará.

El empleado rellena un formulario que pasa a Lombardi. Mientras este le echa un vistazo por encima, Juárez se atreve a verbalizar la pregunta que le ronda desde hace una hora:

—Por simple curiosidad profesional, ¿qué interés tiene la Criminal en este asunto?

—Coincidimos en que huele bastante mal, ¿no le parece? —El policía firma el recibo—. Una cosa más: de sus conversaciones con el cliente, ¿podría deducirse algún tipo de tendencia política izquierdista, o al menos ideológica?

—En absoluto —niega aquel, tajante—. Ya les digo que era muy educado y agradable.

—También entre los rojos había gente así, señor Juárez; no todos tenían cuernos y rabo. Y ya que habla de curiosidad profesional:

desde su cualificada posición de investigador del caso, ¿dónde cree usted que pueden andar Liborio y el Angelillo?

El detective tuerce la boca, observa unos segundos el ventilador que ronronea en las alturas, se seca por enésima vez la frente y sentencia:

—No tengo la menor idea. Lo que sí le digo es que un hombre que deja morir así semejante cuenta bancaria no puede estar vivo.

Ya en el portal, impactado aún por las revelaciones de Juárez, con el pensamiento picoteando cada uno de los detalles de cuanto acaba de escuchar, el policía abre la carpeta que les ha proporcionado el detective en busca del antiguo domicilio de Ángel Royo.

—Calle de Antonio López —lee en voz alta—. Esto está más allá del río, casi en Carabanchel Bajo.

—Podemos coger el tranvía en la plaza Mayor —sugiere Torralba.

Caminan en silencio durante un buen trecho, como si cada uno de ellos dedicase toda su atención a digerir la avalancha de datos que acaba de caerles encima. Hasta que el antiguo guardia de asalto explicita lo que resulta evidente.

—Para mí, que esos dos llevan años criando malvas.

—Tiene toda la pinta, pero hay cosas que no encajan. Ese telegrama, por ejemplo. ¿Por qué haría una cosa así Borín si no tenía intención de marcharse?

—A mí hay algo que me escama mucho más. Si yo recibiera un cheque como ese lo ingresaría de inmediato en el banco. Pero se fue tan campante a La Coruña sin hacerlo.

—Y lo del notario en Madrid. ¿Por qué aquí, si podían haberlo formalizado directamente en Aranda? Suponiendo que viajara allí, claro.

—El último muerto… —musita Torralba.

—Evaristo Eguía. Sí, trabajaba en el Hispano desde el treinta y uno, así que estaba allí en aquella época.

—Por eso lo digo. ¿No tendrá algo que ver su asesinato con este asunto?

—Me ha venido a la cabeza eso mismo en cuanto Juárez ha pronunciado el nombre del banco —admite Lombardi—. Pero ¿por qué tanto tiempo después? ¿Y por qué motivo?

—Puede ser una casualidad, pero no deja de ser curioso.

—La sucursal del Hispano en Aranda parece ser de confianza, y muchos vecinos tienen cuenta allí, incluidos Román Ayuso y el brigada de la Guardia Civil; hasta mi patrona guarda sus ahorros en ese banco.

—Pues aparece en todos los casos que usted investiga: los hermanos Figar, el hijo de Román Ayuso a través de su padre, el empleado...

—Como aparecería en buena parte de los fallecidos de muerte natural —descarta el policía—. A menos que se demuestre lo contrario, no dejan de ser hechos circunstanciales.

La parada de la plaza Mayor es cabecera de línea, pero el vehículo se llena en unos minutos, hasta el punto de que muchos viajeros se quedan sin asiento y tienen que viajar de pie. La pareja, sin embargo, ha podido ocupar los que hay inmediatamente detrás del conductor. La aglomeración invita al mutismo o a comunicarse poco menos que en susurros, como hace Lombardi.

—¿Sabe lo que más me desconcierta? El interés de Teo Sedano por Borín. Son dos familias que no se hablan, a menos que sea con el cuchillo entre los dientes. Ya le expliqué las circunstancias de la muerte del joven.

—Y el papel de nuestro Luciano en la misma. Menudo cabrón —maldice Torralba entre dientes—. Pero a lo mejor en esa enemistad está el motivo del interés de Sedano. Está claro que no se tragaba que Borín hubiera cruzado el charco.

—Era un chico listo, de los que no hacen las cosas porque sí. Y el Instituto Fernández-Luna no es precisamente barato, demasiado gravoso para el bolsillo como para permitirse veleidades especulativas. Tomó la decisión por su cuenta, sin informar de ello a la familia, y su propósito era acumular pruebas contra Cornelio Figar para denunciarlo por la desaparición de su hermano.

—Parece evidente.

—Pero no lo consiguió del todo, porque la investigación deja muchas lagunas; se quedó a medio recorrido de la verdad. Tal vez por falta de fondos, quizá por miedo. Miedo tenía, desde luego, por lo menos a llevar encima esas pruebas, y a que se investigara en Aranda. Para no levantar la liebre, supongo.

—Y ahora llega usted y la levanta.

—Sí, aunque sin evidencias es difícil demostrar nada. Le juro que me encantaría darle un escarmiento a ese... —Lombardi va a decir «faccioso», pero ni en susurros debe pronunciarse esa palabra en público— patán prepotente.

—Patán, prepotente y fratricida —completa Torralba—, si es que nuestras suposiciones son ciertas. ¿Y no sería esa la causa de que mataran a Teo? Pudieron enterarse de sus intenciones.

—Claro que puede ser el motivo. Eso explicaría la intervención directa de Luciano Figar; aunque, la verdad, ese carnicero no necesitaba excusas.

El tranvía chirría de repente. Desciende la calle Toledo a velocidad excesiva. El conductor aprieta el freno y activa la palanca que lanza arena sobre las vías, pero no consigue otra cosa que levantar chispazos bajo las ruedas metálicas. Un rumor de alarma se apodera del pasaje, un murmullo humano generado por un centenar de gargantas que aún no se atreven a gritar. El interior está repleto, con más del doble del aforo permitido, y algunos más, todos varones, viajan en el exterior agarrados a los estribos. Tras largos segundos de mandíbulas apretadas, de respiración contenida, el transporte entra en el puente de Toledo con un peligroso balanceo, para recuperar poco a poco la estabilidad y una marcha normalizada. Se escucha un profundo suspiro general y suenan aislados aplausos dedicados al conductor.

—Algún día habrá una desgracia —dice el policía con un bufido de alivio—. Y solo entonces se le ocurrirá al ayuntamiento corregir este trazado suicida.

—Trazado asesino, jefe —matiza Torralba—; nada de suicida, que aquí nadie quiere acabar despanzurrado en el río o en las huertas de la orilla. Vamos, digo yo.

Se apean en la parada más allá del puente, al comienzo de la calle General Ricardos. El domicilio de los Royo queda a su izquierda, al otro lado de la glorieta.

—Por aquí vive Alicia Quirós —comenta Lombardi aprovechando un claro en el tráfico para cruzar la calle—. ¿Qué sabe de ella?

—Solo la he visto un par de veces desde Reyes. Parece que bien, con sus polvitos mágicos para huellas, sus huesos y sus escenarios criminales. Está muy contenta en el grupo de identificación.

—Me alegro, porque vale mucho. La he echado de menos en algunos momentos en Aranda. También a usted, para qué negarlo, que lo de trabajar solo y en ambiente hostil es bastante duro. ¿Y sus padres? A ellos los verá usted más a menudo.

—Sí, con eso de que viven cerca. Ahí andan. Parece que les van a dar una pensioncilla por lo del hijo, pero ella no levanta cabeza desde entonces.

—Normal. Ninguna pensión, ni cien medallas de la División Azul pueden compensarla por la pérdida de un hijo. En fin, creo que es ahí, Torralba.

Están frente a un bloque demolido, casi un solar lleno de pedruscos, entre otros no mucho más saludables. Los efectos de la guerra siguen bien visibles en el barrio, aunque un par de edificios anejos se benefician de incipientes obras de rehabilitación y varios montones de ladrillos se apilan por los alrededores.

—Viaje en balde —apunta el cordobés—. Esto estaba a dos pasos del frente y no quedan más que cascotes.

—A lo mejor los vecinos saben algo.

Lombardi se dirige a una casa baja, con los muros desconchados y picada por la viruela de la metralla. La puerta está abierta, con un desteñido cortinón de percal a modo de celosía. El policía golpea la hoja y pregunta a voces si hay alguien en la casa. Una mujer menuda y vivaracha, de treinta y muchos años, sale al umbral secándose las manos con un trapo.

—Perdone la molestia, señora. ¿Lleva mucho tiempo viviendo en esta casa?

—Nací aquí, así que figúrese. ¿Por qué lo dice?

—Porque entonces debió de conocer a su vecina, Teresa Royo. ¿Sabe qué fue de ella?

—Claro que la conocí. Nos evacuaron a todos en noviembre del treinta y seis, cuando el frente llegó a Carabanchel. Algunos volvimos después de la guerra, pero Teresa no. Aunque no me extraña, tal y como quedó su casa. No he sabido nada de ella desde entonces. ¿Por qué lo preguntan?

—Vivía con un hermano, ¿no?

—Con el Angelillo, pero él se fue al Brasil años antes de la guerra.

—En el treinta y tres.

—Anda, ¿y cómo saben...?

Un grito estridente que llega desde el interior interrumpe a la mujer.

—Perdonen, es que mi marido está a medio comer y tiene que ir al tajo.

—Pues atiéndalo. ¿Le importa que sigamos hablando dentro? —Lombardi muestra su carné para vencer posibles reticencias. Por la forma en que la mujer lo mira, parece claro que no sabe leer, pero el águila, el yugo y las flechas son símbolos suficientes para convencer a cualquiera.

—¿Son de la Falange?

—Policías, pero no se preocupe, que solo buscamos información.

La mujer asiente muy seria y pliega la cortina para favorecer el paso de la pareja. Con ellos detrás, se adentra a paso vivo por un largo corredor; penumbroso, aunque gratamente fresco. Cuando entra en la cocina, la reciben nuevos berridos.

—¡Vamos, hostias, que no llego! ¡Siempre de puta cháchara!

285

El tipo, un cuarentón achaparrado que ocupa una silla frente a una pequeña mesa de madera, queda boquiabierto ante dos desconocidos que le sacan la cabeza.

—Estos señores son policías —explica ella, trajinando en el fogón con una olla.

—Sentimos haber interrumpido su almuerzo. Solo queríamos hablar con su esposa de sus antiguos vecinos, aunque a lo mejor usted también puede ayudar.

—Si es que no le parece puta cháchara —recalca Torralba agriando el gesto. La cicatriz que recorre su rostro adquiere un aire perverso.

—No, claro, si yo lo decía…

—Hablábamos del Angelillo —lo ignora Lombardi dirigiéndose a la mujer—, el que se fue al Brasil en el año treinta y tres. Parece que se olvidó de su hermana.

—Anda que no gastó lágrimas la pobre —corrobora la mujer mientras sirve a su marido un plato de patatas guisadas con el correspondiente cubierto; y después un chusco de pan, y a continuación un vaso de vino.

—No es para menos. Años sin saber de él.

—Más de tres. Cuando nos evacuaron seguía sin noticias.

—Resulta un poco sorprendente esa actitud —hace notar el policía—. ¿Se llevaban mal entre ellos?

—Al contrario. Eran uña y carne. Daba gusto ver lo que se querían.

—¿Y cómo explica usted ese desapego del hermano tras el viaje?

—A veces, te enamoras de la persona equivocada —apunta ella, lanzando un reojo inconsciente a su marido—, y esa persona te aparta de los que de verdad te quieren.

El hombre se atraganta, tose, se recupera con un trago de vino y sigue zampando con una mueca en los labios que pretende ahogar una carcajada.

—¿Qué le ha hecho tanta gracia? —pregunta Torralba.

—Lo de enamorarse, como dice esta. Pero si el Angelillo era un mariconazo de tomo y lomo.

—Pues esos también se enamoran, ¿sabes? —replica ella—. Y a veces con más pasión y sinceridad que los machotes como tú.

—Mira, mira, no me provoques. —El tipo hace ademán de incorporarse.

—Tranquilo, amigo. —Lombardi le palmea el hombro—. Usted a lo suyo. Termine su comida, y al tajo, que bastantes motivos de cabreo encontrará allí como para tomarla con su mujer.

—Ya he terminado —dice aquel, levantándose—. Total, para lo que hay que oír aquí...

El hombre sale a zancadas de la cocina sin despedirse. Torralba, manos a la espalda, sigue sus pasos. La mujer ha quedado apoyada en el fogón, de brazos cruzados, con los ojos húmedos.

—No se preocupe —intenta consolarla el policía—. Cuando sude la mala leche se le pasará. Si no es molestia, solo un par de observaciones más y la dejamos en paz. —Ella asiente con la cabeza gacha—. Parece que usted apreciaba a los hermanos Royo. A los dos.

—Sí, eran buena gente. Teresa, una bellísima persona y él... Bueno, era como era, ya sabe, pero también se hacía querer.

—Por sus palabras he creído entender que el desapego de Ángel hacia su hermana era culpa de su amigo. ¿En qué se basa para decir eso?

—A los hechos me remito. Desde que se fue con ese hombre, si te he visto no me acuerdo. ¿De quién va a ser la culpa? Será un posesivo, como casi todos.

—¿Usted conoció a ese hombre?

—No, señor. Nunca lo vi por aquí.

—Teresa sí que lo conocía, supongo. ¿Qué opinión tenía de él?

—Buena opinión —asegura ella—. Era bastante mayor que el Angelillo, y tenía cuartos, así que estaba contenta. Creía que para su hermano era mejor un hombre maduro que un jovencito.

—Ángel ya no era un niño: tenía treinta y tantos cuando se marchó. Y ella cuatro más, pero por lo que me dice, su preocupación por él parecía más propia de una madre.

287

—Porque de madre tuvo que hacer cuando perdieron a la suya, de críos —dice la mujer con un suspiro lastimoso—. Y por cómo era él, ya sabe usted. Desde que puedo recordar, Teresa no ganaba para disgustos con su hermano. Cuando no estaba detenido le llegaba malherido por una paliza, o desaparecía durante varios días. La relación con ese hombre le vino muy bien.

—¿Sabe cuánto tiempo llevaban de relación cuando se marchó?

—No sabría decirle. —La mujer alza los ojos al cielo en busca de respuesta—. Dos o tres años.

—¿Y qué opinaba ella de su marcha al Brasil?

—Cuando se enteró no le hizo ninguna gracia, pero decía que se tragaba la pena de no verlo si su hermano era feliz. Ya ve, por una cosa o por otra, siempre dispuesta a sufrir. Y bien que sufrió, porque la pobre no recibió una sola carta suya. Lo quería mucho, ¿sabe usted?

—Estoy seguro de que sí. Muchas gracias, señora, y que usted siga bien.

Al salir, Lombardi se encuentra a Torralba apoyado en la pared, junto al quicio de la puerta.

—¿Y ese mutis? ¿Le entró un apretón?

—Más o menos. ¿Algo nuevo?

—Nada que no cuente el informe de Juárez, y encima hemos agitado un avispero ahí dentro. No soporto a los tipos que maltratan a sus mujeres; me ponen enfermo. Seguro que esta noche, cuando vuelva, la calienta.

—Despreocúpese —dice el cordobés—, que es muy burro, pero las caza al vuelo.

El policía escruta los ojos de su compañero con mirada inquisitiva.

—¿Qué ha hecho, Torralba?

—Le he enseñado dos de esos ladrillos y le he preguntado si alguna vez ha cascado nueces así. Estaba un poco confuso el hombre, pero ha dicho que sí. «Pues imagínate lo que le va a pasar a tus huevos como le toques un pelo a tu mujer». Solo le he dicho eso, pero le aseguro que es un tipo con imaginación. ¡Ah!, y que vendré de vez en cuando a comprobarlo.

—Al menos por esta noche servirá —aprueba Lombardi con una risotada—. A ver lo que le dura el miedo cuando vea que no vuelve a aparecer usted por aquí.

—Es que pienso aparecer. Esa mujercita merece un poco de atención por parte de la autoridad, aunque sea la de un falso policía.

—Con tiento, Torralba. —Mientras lo dice, piensa en su incidente arandino en defensa de Cecilia Garrido y la reprimenda del juez Lastra—. No se meta usted en líos, que un hombre en su casa es dueño y señor de su mujer, y la gente como nosotros paga mucho más caros los deslices.

—Con tiento, con tiento, pero volveré.

—Bueno, pues por ahora se acabó el asunto de Borín Figar. Si le parece, picamos algo por aquí y luego nos vamos a ver a la mocita de Linares.

El metro es una sauna pestilente. Salir al exterior significa enfrentarse al sol, pero en la calle Atocha al menos se puede respirar. La pareja camina a paso cansino hacia el domicilio de Lombardi tras una visita decepcionante. Resurrección Carmona, la Resu, ha resultado ser una jovencita de diecisiete, casi una niña que, con cofia y uniforme, sirve en una casa de familia bien en el barrio de Salamanca. El interrogatorio se ha producido en condiciones favorables por la ausencia vacacional de los propietarios, sin riesgo de interrupciones o testigos que pudieran desalentar la sinceridad de la muchacha.

Aun así, el episodio del pastor es para ella poco más que una colección de pinceladas sueltas, como era de esperar en la memoria de una niña que aún no había cumplido los cuatro años y que, aparentemente, vivió aquella aventura sin especiales traumas. Sí que recuerda que le había dado almendras garrapiñadas y que jugaban mucho. A preguntas específicas del policía, ha admitido con vacilaciones que en algún momento esos juegos excedían el límite de la inocencia (—Me desnudaba y él se tocaba. Pero nunca me tocó a mí.), aunque ella lo vivió con cierta naturalidad y solo reparó en su significado con el paso de los años. Todo acabó súbitamente, cuando un día, al despertar por la mañana, el pastor había desaparecido; las ovejas estaban en la tenada, sus cosas andaban por allí, pero ni rastro de él. Fue el único momento en que sintió algo parecido al miedo, al desamparo; empezó a andar hasta que llegó a la carretera, donde la encontró un grupo de vecinos.

Ninguna hipótesis tiene la Resu sobre el asesinato del pastor, del que se enteró años después por conversaciones circunstanciales con sus amigas, porque su familia le había ocultado el macabro desenlace. Respecto a los Daza, su opinión es muy favorable. Recuerda a Casiano como muy trabajador, aunque su debilidad era Basilio. El hermano pequeño le caía muy bien, porque le decía que la Virgen la había salvado, y que siempre la protegería. Cuando se lo llevaron del pueblo, ella tenía ocho o nueve años y le dio muchísima pena.

Con la frustración convertida en sudor, la pareja afronta la calle Cañizares hasta el hogar de Lombardi. La casa está a media luz por las persianas bajadas, y una suave corriente atempera el cuerpo al cruzar el umbral.

—Pase y refrésquese, Torralba.

—Con un buen tiento al botijo me apaño.

El policía va hasta la cocina a por el recipiente y comparte su fresco chorro con el compañero.

—Este comedor parece distinto —apunta el antiguo guardia de asalto—. En Navidades, con la pizarra, las fotos y tanto papel, todo manga por hombro, tenía pinta de oficina.

—Eso era en aquellos días, una oficina improvisada. Ramona me lo tiene todo como los chorros del oro.

—¿Y esa foto? —El cordobés señala el marco en el aparador—. No recuerdo que estuviera entonces.

—Mi madre. La rescaté de un cajón, donde debieron de meterla durante el registro.

—Era bien guapa.

Guapa, sí, pero también afectiva, respetuosa e inteligente, se dice Lombardi. Y republicana de corazón; aunque, todavía joven y vitalista, murió antes de ver cumplidos sus sueños políticos. Tal vez mejor así, porque de haber conocido el desenlace final y los padecimientos de su hijo y de su patria, su permanente sonrisa habría degenerado en una doliente vejez.

—Sí que lo era —admite—, pero ahora nos interesan otro tipo de fotos.

—Las de Teo Sedano.

El policía coloca sobre la mesa las dos primeras, las halladas en el dormitorio junto a las facturas.

—A ver si nota usted algo especial en ellas —sugiere—, porque yo, por más que me desoje, no veo nada de particular.

—¡Anda! Como en el juego de las siete diferencias de los tebeos.

—Más o menos —comenta Lombardi enchufando un foco flexible que orienta sobre los positivos—, pero aquí ni siquiera hay siete; o hay muchas más, según se mire.

—¿No tendrá una lente de aumento, o algo parecido?

El anfitrión acude al aparador, revuelve entre trastos y regresa con una pequeña lupa dorada.

—La usaba mi madre para leer porque detestaba ponerse gafas. Es lo único que tengo a mano.

—Vaya par de detectives, sin su instrumento principal —ironiza Torralba mientras escudriña los positivos.

—Solo en las novelas.

—Pues ya ve que de vez en cuando viene bien. Aunque ni siquiera con lupita aprecio nada extraordinario. ¿Qué se supone que buscamos?

—La primera foto es de agosto del treinta y dos. La otra, de un año exacto después. Se supone que si Teo Sedano las guardó entre las facturas es porque tienen alguna relación con lo que investigaba el Fernández-Luna. ¿Y qué investigaban?

—La desaparición de Borín.

—Pues eso es lo que buscamos, cualquier pista que sugiera esa relación. La primera es anterior a esa fecha; la segunda inmediatamente posterior, dos meses después de que supuestamente Borín viajara a Aranda. Todos estos detalles los desconocía hasta esta mañana, cuando nos los ha contado Juárez, pero ahora está claro que Teo las guardó porque eran importantes para el caso. O, al menos, eso pensaba él. Espere, que a lo mejor esto nos ayuda.

El policía coloca el resto de las fotos, las dos previas a la primera, y las dos últimas, como en una secuencia cronológica.

—Puede que así consigamos otra perspectiva.

—¿Perspectiva de qué? —alega su compañero tras un prolongado repaso—. Si siempre son las mismas cuatro personas y lo que se ve de la habitación es prácticamente igual. A menos que se refiera al cambio de cortinas en la terraza, que variaron precisamente del treinta y dos al treinta y tres. No veo nada que sugiera una conexión con Liborio Figar.

—Claro, Figar… —musita, cerrando los ojos un instante como para pensar mejor—. Espere, déjeme la lupa, por favor.

Lombardi se sumerge en las imágenes. Pasa de una a otra lentamente, hasta que en un momento preciso su minuciosidad se transforma en compulsiva celeridad, recorriendo varias veces de principio a fin toda la serie.

—Puede ser esto. Fíjese —pide a Torralba devolviéndole la lente—. Lo importante no son los personajes, ni la casa, sino el fondo. ¿Ve usted una valla de piedra? Y más allá un edificio: están en todas las fotos. Entre ambas hay una especie de sombra, un espacio gris oscuro, indefinible aunque evidente entre las cepas. No está en todas. En la foto del treinta y dos no existe, como tampoco en las anteriores. Aparece en la del treinta y tres y se mantiene en las dos siguientes.

—Parece claro que esa es una diferencia —admite el cordobés—, pero ¿qué tiene que ver con Borín?

—Esa finca más allá de la valla pertenece a Cornelio Figar, así que por lo menos tiene que ver con su apellido.

—Un cambio que coincide en el tiempo con la desaparición, de acuerdo. Pero ¿qué demonios es esa mancha?

—Tendré que averiguarlo cuando regrese a Aranda, aunque para Teo Sedano resultaba cuando menos llamativa.

El timbre de la puerta rompe el discurso del policía. Con gesto de extrañeza, acude a la mirilla. Es un fulano desconocido, orondo, bien trajeado y con sombrero negro que en cuanto ve la puerta abierta da las buenas tardes y se presenta antes de que el anfitrión pueda abrir la boca.

—¿Es usted don Carlos Lombardi?

—El mismo. ¿Qué desea?

—Represento al despacho de abogados Gómez Caminero. Quizás ha oído hablar de nosotros.

—No tengo el gusto.

—Es que nos han encargado una gestión dirigida a usted. Vine dos veces la semana pasada.

—Paro poco en casa.

—Si me permite entrar.

—Adelante. —Un tanto desconcertado, Lombardi le franquea el paso hasta el salón. Torralba aprovecha para despedirse y el policía lo acompaña hasta la puerta.

—Venga, a casita con la familia, que por hoy ya ha cumplido.

—Se lo agradezco, jefe, pero ya sabe que cuanto antes resolvamos un caso antes cobramos los complementos; así que me reincorporo a la disciplina de Hermes, que mañana a primera hora quiero presentar el informe de los seguimientos.

—¿En qué anda metido estos días?

—Una presunta estafa a una empresa constructora. Ahora entenderá mejor mi repentina afición por los ladrillos.

Todavía con la sonrisa en los labios por el comentario irónico de su compañero, el policía regresa al salón y apremia al visitante.

—Le ruego que vaya al grano, porque estoy muy ocupado.

—Disculpe la inoportunidad —se excusa el leguleyo mientras abre su cartera de cuero, de donde extrae un sobre tamaño folio.

Aunque viste de paisano, su tono exageradamente cortés y la modulación de su voz sugieren un talante frailesco—. Actuamos en nombre de nuestra oficina de Bilbao, que nos ha remitido esta documentación y un requerimiento.

—¿De Bilbao? ¿Quién se interesa por mí?

—Doña Begoña Arriola.

Ninguna noticia ha tenido de Begoña desde su divorcio, y ahora ese sobre que acaba de recibir en mano se le antoja a Lombardi un error del cartero.

—¿Y qué es lo que quiere? —reacciona al cabo.

—Lo tiene muy bien explicado en esos documentos; pero, en resumen, doña Begoña Arriola desea conseguir la nulidad del matrimonio que los une a ustedes.

—¡Qué matrimonio ni qué niño muerto! Si nos divorciamos hace siete años.

—En fin —carraspea el hombre—, las cosas han cambiado sustancialmente desde entonces en cuanto al derecho matrimonial. Sabrá que el divorcio ya no existe en nuestra legislación. Y lo que ella persigue es la nulidad eclesiástica. A ojos de la Iglesia siguen ustedes casados, porque el suyo fue un matrimonio canónico.

Lombardi contempla boquiabierto el sobre, hasta que logra articular la primera frase que se le ocurre.

—¿Cuánto tiempo hace que han recibido esto?

—Menos de una semana, lo que nos ha llevado localizarlo.

—O sea, que es un trámite reciente. Pues sepa que me trae al fresco lo que opine la Iglesia sobre mi vida privada.

—En ese caso —cabecea cariacontecido el leguleyo de pleitos eclesiásticos—, hay una segunda posibilidad para solucionar la incómoda situación.

—¿Incómoda? —se carcajea el policía—. No me haga reír.

—Para ella lo es. Y de no favorecer usted la nulidad solicitada, denunciará el divorcio.

—¿Qué es eso de denunciar el divorcio?

—Las sentencias de divorcio dictadas durante la dominación roja son nulas cuando hay denuncia de alguna de las partes.

—Ya había oído algo al respecto, pero pensaba que solo eran cuentos aberrantes, inventados por una mente enferma.

—Lamento que lo reciba usted de este modo, pero así es la ley. Creo que debería leer con calma esos documentos antes de decidir. Dentro tiene una tarjeta con el teléfono del despacho, por si desea alguna consulta. Y no le molesto más, buenas tardes.

El abogado desaparece por donde ha venido mientras Lombardi sopesa el sobre mirando a la nada. Aún tarda en abrirlo, intentando adivinar qué extraño mal se habrá apoderado de Begoña para remover de ese modo un pasado que parecía definitivamente resuelto.

El documento es, en efecto, un requerimiento personal como afectado por la demanda de nulidad matrimonial interpuesta por doña Begoña Arriola. Entre un cúmulo de referencias legales y citas canónicas, figuran los argumentos esgrimidos por la parte demandante. En definitiva: que, a pesar de estar bautizado, Carlos Lombardi no era creyente antes de celebrarse el enlace, pues ni creía en la Iglesia ni en el sacramento del matrimonio, como pueden corroborar varios testigos; que esa misma actitud se mantuvo tras la boda durante su vida en pareja; que excluía además la dimensión procreativa del acto conyugal, y que, en definitiva, había protagonizado un matrimonio simulado al negar tanto su valor como sacramento como la aceptación de algunas de las propiedades esenciales del mismo.

La mano crispada del policía arruga con rabia los papeles. Claro que no es creyente, y ella lo sabía, como sabía que él aceptó casarse a petición suya, y que además lo había hecho por la Iglesia para evitar el qué dirán de sus amistades bilbaínas y por no darle un disgusto a sus muy católicos padres. Esgrimir ahora como argumento probatorio semejante circunstancia es como ponerle en la picota ante unos tribunales donde la irreligiosidad se equipara con los peores delitos políticos. Pero si grave es la argumentación en ese sentido, la que se refiere a lo que denominan «dimensión procreativa» resulta insultante, un golpe bajo, una mentira. Él nunca se negó a ser padre; sí a tener hijos demasiado pronto, sin haber conseguido una cierta estabilidad en una pareja que parecía hacer agua a los pocos meses de casarse. Y el no haberlos tenido había resultado finalmente una gran ventaja a la hora de afrontar la temprana disolución del vínculo. Por cierto, que ninguna referencia hay en esos papeles a la posibilidad de denunciar su divorcio, tal y como le ha sugerido el abogado.

Tampoco se habían despedido como enemigos, cavila Lombardi, y qué menos por parte de Begoña que avisarle de que pretendía dar semejante paso. Piensa en llamarla para pedir explicaciones, pero la agenda donde tenía apuntado el teléfono de sus padres desapareció con otros muchos documentos personales durante el registro tras su detención.

Para combatir el sofoco y la indignación, se mete bajo la ducha. Después, en calzoncillos, pasea por el salón como un oso enjaulado, dando tiempo a que el leguleyo regrese a su oficina. Por fin, llama al despacho de Gómez Caminero, y una secretaria le obliga a esperar un buen rato hasta que el abogado contesta.

—Ya he leído los papeles que me dejó —le espeta de inmediato—. ¿Qué debo hacer ahora?

—Lo recomendable, si queremos que el proceso sea rápido y feliz, es que ambas partes muestren un común interés. En su caso, lo más conveniente sería aceptar las alegaciones de la demanda.

—¿Aceptar sin más esa sarta de acusaciones?

—Son los argumentos de la parte demandante.

—Alguno, escandalosamente falso.

—Si así lo considera, puede oponerse —repone fríamente el letrado—. En ese caso, el proceso se alarga, y el resultado depende de la fortaleza argumental de ambas partes. Yo le aconsejaría buscar apoyo legal.

—No soy buen cliente de abogados —rechaza Lombardi—. Tampoco dispongo de medios económicos, ni tengo tiempo, ni me apetece implicarme hasta ese punto en esta absurda batalla.

—Mal está que yo lo diga como representante de la señora Arriola, pero estamos obligados a informar a ambas partes. Hay una tercera posibilidad.

—Explíquese.

—La callada por respuesta —resume el leguleyo—. Si la parte demandada no da señales de vida, el proceso sigue su curso. Es más largo que si hubiera acuerdo, claro, pero suele prosperar si los argumentos son demostrables. En el fondo, al no haber oposición manifiesta, es como asumir pasivamente la demanda.

—Pues por mí, como si usted no me hubiera encontrado.

—¿Es que no piensa aceptar las alegaciones?

—No señor.

—Asume entonces el riesgo de que se anule el divorcio.

—En sus papeles no dice nada al respecto.

—Porque eso es el procedimiento canónico —explica el abogado, que parece estar perdiendo su beatífica paciencia—. Pero nuestra clienta está dispuesta a llegar a ello si usted no colabora.

—Es absurdo que ella quiera separarse y me amenace con rehacer el matrimonio. Absurdo, o un ataque de mala leche.

—Tengo prohibido entrar en las valoraciones privadas de nuestros clientes. Yo le recomendaría aceptar y ahorrarse problemas.

—Si no acepto y se anula el divorcio, volvería a estar oficialmente casado, ¿no es cierto?

—Efectivamente.

—Pues si me casan de nuevo, apruebo la nulidad canónica y sanseacabó.

—Pero el resultado sería el mismo —alega el abogado con un tono de perplejidad—, a costa de un proceso mucho más largo y traumático.

—¿Y qué? No pienso pagarlo yo.

—No comprendo a qué viene esa obstinación por su parte. ¿Por qué no acepta y se olvida de una vez de una mujer de la que vive separado?

—Olvidada estaba hasta que usted apareció. En cuanto a su

pregunta, es muy sencillo de entender: porque no me sale de los santos cojones.

Tras el desahogo, Lombardi cuelga el auricular con violencia y una blasfemia en los labios. El debate telefónico le ha servido para reforzar su convicción. Si Begoña quiere gastarse un dineral en procesos legales está en su derecho. Por su parte, no piensa mover un dedo. Y no porque se lo dicte un orgullo herido por esa mentira sobre los hijos, por esa deslealtad hacia su gesto de aceptar el trágala de una ceremonia eclesiástica. No es por despecho; simplemente, no resulta productivo dedicarle un minuto más al asunto. Tampoco se siente con fuerzas para enzarzarse en historias del pasado, y Begoña es una de ellas. Además, un proceso de ese tipo, con una explícita confesión de laicismo por su parte, podría poner en peligro incluso el posible indulto. Le viene a la memoria el caso del socialista Julián Besteiro, enfermo terminal en la prisión de Carmona, a quien le impidieron ver a su mujer porque su matrimonio era civil; la propia Iglesia se negó a tan compasivo encuentro con el argumento de que no estaban casados. Si fueron capaces de semejante crueldad con un anciano en el lecho de muerte, reflexiona el policía, qué puede esperarse en el caso de un hombre sano como él y con doce años de condena a sus espaldas.

De nuevo al teléfono, llama a Balbino Ulloa para confirmar que tiene algunos elementos nuevos en su investigación arandina, y consigue el beneplácito económico de su antiguo inspector jefe (—Me pasas los gastos a mí. Pero con recibos, ¿eh?), a cambio de la promesa de no pisar callos entre las fuerzas vivas locales.

Durante las dos horas siguientes, con el botijo a mano y un par de manzanas arrugadas que ha conseguido rebuscando en la fresquera, el policía repasa hasta la saciedad las fotos y el informe facilitado por Juárez. Respecto a las primeras, desecha las cuatro solicitadas a Cayuela para centrarse en las halladas en el dormitorio de Teo, que constituyen una especie de eje, un antes y un después que resume a la perfección la anomalía. Pero ningún elemento llamativo salvo la dichosa mancha parece sumarse a las diferencias.

El informe del Instituto Fernández-Luna es modelo de eficacia, haciendo honor a la fama de la agencia. Fechas, nombres y lugares reflejan la vida de Liborio Figar, con declaraciones de gentes que lo conocieron y una pormenorizada relación de los ambientes que frecuentaba; todo desde una distancia profesional encomiable, sin hipótesis ni valoraciones: solo hechos comprobados. Recoge también copia del acta notarial de venta de derechos patrimoniales, firmada por los hermanos en Madrid y subrayada con los datos de ambas cédulas de identidad. Incluso figura el texto del telegrama enviado desde La Coruña, avalado en la oficina de Telégrafos por el número de cédula del propio Liborio: *ABRAZO FRATERNO EN VÍSPERA VIAJE BRASIL. BORÍN.* Podrían considerarse las últimas palabras del desaparecido.

Las referencias a Ángel Royo resultan tan variadas como las anteriores, y vienen a desvelar una biografía nada envidiable, trufada de incidentes policiales y judiciales, reyertas y virulentas relaciones con el soterrado mundo homosexual. Banderillero aficionado en su juventud, el Angelillo había participado en algunas novilladas, aunque en los últimos años su único empleo conocido eran esporádicas intervenciones artísticas en un par de tugurios madrileños.

Con todos esos datos girando como un tiovivo alrededor de la cabeza, Lombardi se acuesta, convencido de que pasará una noche inquieta, con el cerebro analizando cada mínimo detalle del caso. Sin embargo, sueña con Cecilia Garrido, y la experiencia compensa con creces el mal trago que un espectro celoso y su séquito de fantasmas le habían hecho pasar la noche anterior.

Son poco más de las doce cuando el policía pisa de nuevo tierra arandina. Se dirige a paso vivo hasta la pensión, donde doña Mercedes celebra su pronto regreso. Lombardi toma posesión de su cuarto, recupera la bicicleta y, sin más dilaciones, se dirige a la finca de los Sedano en Montecillo. Durante el pedaleo, igual que ha sucedido en el viaje desde Madrid, en su cabeza pelean dos ideas que se dan codazos para desplazar a la rival: el insólito problema que le ha generado Begoña y el plan de investigación trazado. Necesita la mente limpia para afrontar las próximas horas, y a duras penas consigue mantener en segundo plano la maldita demanda matrimonial, como un mar de fondo, un malestar que le tuerce la comisura de los labios en un levísimo apunte de cabreo.

Ni siquiera se presenta a los dueños de la casona, en una de cuyas paredes apoya la bicicleta para caminar luego entre cepas en dirección a la valla de piedra que separa las dos propiedades. A esas horas de cielo brillante y limpio de nubes, las viñas están solitarias, si se obvian las bandadas de aves que campan a sus anchas picoteando los racimos para escarnio de los numerosos espantapájaros repartidos por la finca.

Cualquier resto de las pasadas tormentas se ha volatilizado, y el suelo se quiebra bajo los zapatos. El polvo que levantan los terrones de arena confirma la pertinaz sequía con que la dictadura suele justificar su demencial política autárquica. La valla, de piedra apilada sin argamasa al estilo de la comarca, alza poco más de un metro, y es fácil salvarla. En nada se distingue la finca de Cornelio Figar de la que ha quedado atrás, excepto por el edificio que se eleva a un centenar de metros, probablemente un lagar, al que se adosa otra edificación más pequeña con pinta de almacén.

Basta con caminar en línea recta en dirección a los inmuebles para toparse, a treinta o cuarenta pasos de estos, con lo que en las fotos parece ser una mancha. Se trata de un par de viejas puertas de madera tiradas en la tierra y parcialmente cubiertas por restos de mampostería, entre los que destaca una gruesa rueda de piedra de molino un tanto mellada por el uso. En resumen, un pequeño vertedero en medio de un surco entre cepas, que elimina media docena de ellas.

Lombardi otea los alrededores para confirmar la ausencia de testigos e intenta, sin éxito, desplazar la rueda. A pesar del fracaso, queda satisfecho al conocer por fin en qué consiste la dichosa mancha que tanto parecía interesar a Teodoro Sedano. Al dar media vuelta reflexionando sobre lo visto, el policía concluye que, igual que él acaba de hacer, el propio Teo habría tenido ocasión de observar *in situ* el peculiar basurero, lo que concede a las fotos un valor extra sobre su significado y respecto al momento en que apareció, antes del dieciséis de agosto del treinta y tres.

Ya en la finca de los Sedano, el matrimonio le sale al paso con cara de pocos amigos, interesándose por el motivo de sus andanzas en la propiedad.

—Necesitaba echar un vistazo a las viñas de ahí al lado y me pareció más directo entrar por aquí —se explica él sin detener el paso hacia la casa—. Llevo cierta prisa y no quería molestarlos. Dijeron que esos viñedos pertenecen a Cornelio Figar, ¿no?

—Al malnacido del Fanegas, sí —corrobora Felisa—. Eran del Liborio, pero se lo vendió todo a su hermano cuando se fue al Brasil.

—Y aquel edificio, ¿es un lagar?

—Sí, pero no se usa desde antes de la guerra. Desde que se fue el Liborio solo vendimian, y luego se llevan la uva a otro lagar más grande.

El policía interpela directamente al marido:

—Usted, que conoce esta tierra de toda la vida, sabrá si hay pozos en estas fincas.

—¿Pozos? —se extraña Mariano—. Ni los hay, ni falta que hacen en estos viñedos. ¿Por qué lo dice?

La infraestructura descubierta podría sugerir un método un tanto tosco para tapar un hoyo peligroso, quizás una fuente de agua inutilizada; aunque la rotunda respuesta del Cepas descarta esa posibilidad.

—Pensé que podrían tener alguna utilidad, usarse para riego.

—Pues no, señor. Aquí, con el agua que cae del cielo basta y sobra.

—¿Qué demonios importará todo eso —interrumpe ella, brazos en jarras y con gesto ceñudo— para la investigación sobre mi hermano?

—Le parecerá raro, Felisa, pero es muy posible que estemos

cerca de saber el motivo de aquel crimen. Y ahora, si no les importa, debo atender asuntos urgentes.

Lombardi se encarama al sillín y deja al matrimonio con sus dudas. En pocos minutos se planta en la Fonda Arandina, dispuesto a almorzar a una hora decente y bajo la optimista conclusión de que acaba de apuntalar la hipótesis que barajaba desde que Juárez les puso al tanto de la desaparición de Borín. El optimismo crece al entrar en el comedor y descubrir la figura de Cecilia Garrido en la mesa de costumbre. Esta vez sin pedir permiso, se sienta frente a la joven que, con parsimonia, ayudada de cuchillo y tenedor, convierte en porciones una raja de sandía.

—Buen provecho —saluda—. Parece que no renuncia usted a sus propósitos a pesar de mis consejos. Aunque confieso que me alegro de volver a verla.

—Quien la persigue la consigue, dice el refrán —responde ella con cierto aire de misterio en la mirada, reforzado por la fina raya negra que adorna sus párpados y el rímel de sus pestañas. Son los primeros rastros de cosmético desde que la conoce, un detalle que potencia la hermosura del rostro femenino y sugiere un avance, una pequeña victoria en la guerra personal que mantiene contra su trágico pasado—. Y a usted, ¿cómo le ha ido en Madrid?

—Bien. Creo que todavía estaré algunos días por aquí.

La patrona interrumpe el reencuentro para depositar ante el recién llegado un plato de judías verdes y el cubierto correspondiente.

—¿Ya ha felicitado a la señorita? —La pregunta queda colgada en el aire tras el mutis de la patrona. El policía, confuso, interroga a Cecilia con la mirada.

—Me han readmitido en el banco —explica ella con una indiferencia que contrasta con la buena noticia—. De forma provisional, de momento.

—Vaya. Mi enhorabuena, entonces. ¿Y cuándo empieza?

—Empecé esta mañana. Ahora, en diez minutos, debo volver al trabajo.

—Pues habrá que celebrarlo.

—Soy poco amiga de celebraciones, señor Lombardi.

—En todo caso, usted y yo tenemos una larga conversación pendiente —insiste él—. ¿A qué hora termina?

—A la seis.

—Paso a buscarla a esa hora, y lo celebramos charlando.

Cecilia Garrido deja ir un suspiro resignado, dobla su servilleta y se incorpora. El policía se pone en pie por cortesía.

—Hasta luego, entonces —dice ella como despedida—. Buen provecho.

Lombardi observa los pasos de la joven hacia la salida. Hoy está especialmente atractiva, con falda azul celeste y blusa blanca, y zapatos de tacón un poco más altos que de costumbre. Sin duda, se ha arreglado para causar buena impresión en su primer día de trabajo. Por un instante, con la fugacidad de un relámpago, el policía rememora escenas de su reciente sueño, apasionadamente erótico, con ese precioso cuerpo que se aleja. Pero las rechaza de inmediato para pensar en ella como simple ser humano desprovisto de cualquier magnetismo sensual. Tal vez, se dice, esta nueva oportunidad le permita a Cecilia recuperar algo de la autoestima perdida y refuerce su posición social en la villa, alejando de ella los tábanos fascistas y las sombras de marginación que la amenazan.

El menú se completa con una ración de chicharro frito y la correspondiente sandía, que el policía consume con medida calma, rumiando sus planes inmediatos y dando tiempo a que llegue la una y media y queden cerrados al público los centros oficiales, tal como dicta la normativa gubernamental.

Pasea después hasta la oficina del Registro de la Propiedad, donde un conserje le informa de que hasta el día siguiente no podrá ser atendido. La credencial ablanda las reticencias del portero, que lo invita a aguardar en el vestíbulo mientras consulta a sus superiores. Al cabo, regresa acompañado por un cincuentón cenceño de andares cansinos que se identifica como jefe de negociado y máxima autoridad presente en ese momento. Lombardi le hace saber sus intenciones y el hombre lo conduce al espacio dedicado al público, un mostrador de madera agrietada que deja ver al fondo parte de la oficina.

—Estará más cómodo dentro —dice el funcionario, franqueándole una puerta que comunica con la instalación interior—. Siéntese donde quiera, que hasta las tres no vuelven los compañeros.

El lugar, minúsculo, sin ventanas e iluminado por un par de lámparas de techo, parece una jaula un tanto lóbrega. El policía elige el escritorio más próximo, asistido por un flexo, y a los pocos minutos tiene ante sí los libros que cubren la actividad registral desde el año treinta y tres al treinta y nueve.

—Avíseme si necesita ayuda —apunta el anfitrión antes de retirarse a sus quehaceres.

Lombardi busca directamente el mes de junio del treinta y tres, pero el primer hallazgo no aparece hasta el día diez de julio. En esa fecha, el apellido Figar se apodera prácticamente del registro a lo largo de siete páginas seguidas. Más de sesenta fincas y edificios se inscriben a nombre de don Cornelio; los hay de todo tipo: terrenos de cereal, viñedos, pastos, huertas, viviendas, almacenes, lagares o molinos. Presumiblemente, todos ellos pertenecientes al patrimonio de Liborio transferido con la venta ante el notario de Madrid.

Casi por inercia, movido por un indefinible pálpito, el policía sigue pasando páginas, deslizando mecánicamente la vista sobre la cuidadosa letra de distintos burócratas amanuenses, hasta llegar al mes de octubre, donde un nombre le llama la atención. El día cinco de ese mes, Román Ayuso entra en escena con una ristra de propiedades inscritas. Paciente, Lombardi toma nota de cada de una de ellas, casi una veintena, para compararlas después con las anteriores. Efectivamente, todas figuran en la lista del mes de julio, de modo que casi una quinta parte del antiguo patrimonio de Borín ha acabado tres meses después en manos de Ayuso.

El capataz, por fin, parece haberse convertido en acomodado propietario. En época, además, que confirma la opinión de quienes aseguran que el origen de su fortuna no tiene más de diez años. Lombardi carece de conocimientos suficientes en la materia como para valorar el montante económico de esta última transferencia patrimonial, pero a ojo de buen cubero, y a tenor del cheque que don Cornelio firmó por el total, una quinta parte significa unas ciento sesenta mil pesetas, cantidad fuera del alcance de un simple subalterno, por amigo y compadre que sea de su jefe.

El policía enciende un pitillo para celebrar el hallazgo y prosigue su examen sin descubrir nada destacable hasta los últimos meses del treinta y seis. Varias anotaciones, salpicadas a lo largo de esas fechas y del primer semestre del año siguiente, asignan a Cornelio Figar propiedades de distinta índole, como viviendas y campos de cultivo, aunque de categoría mucho más modesta que las ya referidas seis o siete años antes. Román Ayuso, en menor medida, participa también como beneficiario de alguna finca. Por las fechas, y a falta de datos más precisos, todo hace pensar en las expropiaciones sufridas por las familias de represaliados políticos, y que las invectivas de Felisa Sedano contra el detestado Fanegas no se basan en meras habladurías.

Concluida la exploración, Lombardi se dirige al funcionario, medio oculto tras una pila de documentos en una mesa cercana.

—Ya puede usted guardar los libros. Dígame, ¿cualquiera está autorizado a consultar estos datos?

—Claro, si paga la tasa correspondiente. Son documentos públicos.

—Si hay que llevar cuenta del pago de esas tasas, es de suponer que habrá un registro de pagadores.

—Por supuesto que lo hay. Pero es de uso interno.

—¿Me permitiría echarle un vistazo? Desde el año treinta y tres al treinta y seis.

El hombre asiente con un gesto, se levanta, y con medida pachorra se dirige a la parte interior del mostrador, en una de cuyas baldas hay varias carpetas archivadoras y un delgado tomo que entrega a Lombardi.

—Ahí tiene todas las consultas realizadas desde el año treinta y uno hasta hoy.

—Poca actividad, si caben todas en este volumen.

—Y a este ritmo —comenta el funcionario con un punto de ironía—, todavía tenemos páginas libres para otra media docena de años.

El tomo, efectivamente, está poco más que mediado. En cada una de sus páginas de papel rayado figuran una docena de personas, con sus nombres, dirección, fecha de la consulta y contenido de la misma. Parece que la curiosidad patrimonial no es muy frecuente en la villa, con meses completos de inactividad, y buena parte de los casos corresponden a forasteros, vecinos de pueblos del partido judicial. La mayoría reflejan una consulta simple; otros añaden la solicitud de alguna documentación oficial y el correspondiente suplemento en las tasas abonadas.

El repaso de la documentación es mucho más rápido que los libros de registro, de modo que Lombardi llega al año treinta y tres en un abrir y cerrar de ojos. Sin embargo, ningún nombre conocido figura en esas fechas. Sí que aparece un año más tarde, el nueve de julio del treinta y cuatro, día en el que Teodoro Sedano figura como autor de una consulta sobre los movimientos patrimoniales registrados en el año precedente. Si las suposiciones del policía son correctas, Teo averiguó en ese momento el curioso reparto de la hacienda de Borín. Tal vez para entonces había comprobado la variación del paisaje registrada en las fotos, o puede que este descubrimiento lo llevara al otro; el caso es que ambos hechos pudieron abonar la sospecha del joven sobre Liborio, y la información obtenida a través de la embajada brasileña la fortaleció hasta el punto de encargar una investigación sobre su paradero.

Sin éxito, Lombardi continúa su escrutinio hasta el final del libro. Los apellidos Figar y Ayuso no figuran en la lista de consultores, pero es probable que don Cornelio cuente con alguien encargado de esos papeleos y no se moleste personalmente en semejantes gestiones. En todo caso, el tiempo empleado en aquella oficina ha dado buenos frutos, y el policía se despide del jefe de negociado con un sincero apretón de manos y una frase de gratitud.

—Espero que esta visita quede entre nosotros —apunta—. Al fin y al cabo, no he pagado tasas, así que tampoco debería figurar en esa relación de consultores.

—Naturalmente. —El funcionario le dedica un guiño de complicidad—. ¿Por qué iba usted a pagarlas si nunca ha estado aquí?

Lombardi gana la calle con sensación de moderado entusiasmo. Solo veinticuatro horas antes, su hipótesis sobre Liborio Figar era apenas humo, un castillo de naipes que podía derrumbarse con un soplido. Ahora, esos naipes empiezan a adquirir la solidez de una columna de hormigón. Aún hay puntos oscuros, desde luego, pero en su mano está iluminarlos una vez conocido el camino correcto. De momento, toca dar señales de vida ante Manchón, aunque está seguro de que la tela de araña de informadores que el brigada tiene desplegada en la villa lo habrá puesto ya al tanto de su regreso.

Enfrascado en los últimos descubrimientos, camina por la acera de San Francisco silbando a media voz la *Ritirata* de Boccherini; hasta que enmudece, sorprendido por esta inesperada muestra de optimismo, manifestada de forma tan natural que ni siquiera ha sido consciente. La demanda de Begoña ha pasado casi al olvido tras el moderado éxito de sus pesquisas. Y al reflexionar al respecto repara en que hace mucho tiempo que no silba al pasear, en que nadie silba ya por la calle. Un hábito de frescura muy frecuente entre los hombres, de igual modo que podías escuchar coplas a través de las ventanas durante los quehaceres domésticos femeninos. Incluso en los crueles años del asedio, en las pausas que concedían los obuses y los bombardeos aéreos, te cruzabas con hombres de cualquier edad silbando o tarareando para sí, o para quien quisiera escucharlos. Nunca ha visto en Aranda semejante muestra de alegría. Tampoco en Madrid desde que hace ocho meses volvió a pisar sus calles. La tristeza y el miedo han acabado con los silbadores callejeros. Es hora, se dice, de reivindicar esa alegría interior que se sobrepone a la desgracia, esa forma de retar públicamente a la desventura, al pesado velo de la muerte. Y la *Ritirata* regresa a sus labios con afán reivindicativo, como si entonara los compases del himno de Riego.

Repentinamente, un coche se detiene a su altura. Conduce Román Ayuso, y Cornelio Figar reclama su atención desde el asiento posterior; con gestos autoritarios, el terrateniente lo invita a subir. Lombardi duda si aceptar la encerrona, pero, al fin y al cabo, va armado y no parece probable que ese par de presuntos delincuentes se atrevan con un enviado de la BIC, así que abre la puerta y se sienta ante el Fanegas con un saludo de buenas tardes.

—¿Otra vez por aquí? —escupe el terrateniente como respuesta—. Creí que se lo había dejado muy clarito el otro día.

—Y bien clarito quedó —asume él con aplomo—, pero en la Criminal piensan otra cosa.

—No presuma, que usted no es agente de policía.

—Nunca dije que lo fuera. Soy criminalista colaborador, lo que significa que hago lo mismo que un agente, pero sin nómina del Estado.

—¿Y qué coño hace fisgando en mis fincas?

—Sigo buscando a Jacinto.

—No mientes a mi hijo, so cabrón —grita Ayuso, descompuesto.

—Calla, Román —lo frena su jefe—, que este cabrón es cosa mía. Es el segundo aviso para que se largue de aquí. Si hace falta otro, será más serio. Salga de mi coche de una puta vez.

Lombardi obedece gustoso. Se apea con un portazo y prosigue su camino a paso calmo, sin volver la cabeza, con el cosquilleo de sus miradas de odio clavadas en la espalda. Si están tan nerviosos será por algo, concluye, un síntoma de que pisa terreno delicado para ellos, de que ha metido mano en el avispero. No iba muy descaminado don Sócrates al expresarle sus intuiciones en ese sentido.

Manchón lo recibe en su despacho con una sincera bienvenida y un cordial apretón de manos.

—¿Cómo le ha ido por Madrid? ¿Ya se le han aclarado las dudas? ¿Podemos seguir contando con usted?

La avalancha de preguntas revela cierta ansiedad en el brigada.

—Tengo carta blanca para actuar —admite el policía—. Y por lo que veo, no le han mandado de Burgos a ese capitán que se temía.

—Cuestión de tiempo, si las cosas siguen tan negras como hasta ahora.

—¿Ninguna novedad sobre el novicio?

—Es un caso estancado, y no tengo la menor idea de por dónde tirar.

—¿Y sobre Eguía? ¿Estuvieron en su entierro?

—Claro. Ayer por la mañana, desde antes de que llegara el furgón al camposanto hasta el último amén del cura. Nada llamativo, y nadie llevaba botas de caña baja, si se refiere a eso. Por lo demás, parece que no tenía deudas, ni cuentas pendientes, ni enemigos que pudieran desearle un final tan jodido. Lo único nuevo es la declaración de un testigo inesperado.

—¿Qué testigo es ese? —se interesa el policía.

—Un vecino, que estaba la noche de autos bajo el puente, dice que vio a un individuo rondando por la orilla: menos de cuarenta, fornido y de buena estatura; con algo colgado al hombro, seguramente una alforja. No consiguió verle la cara ni distinguir su vestimenta, pero su merodeo solitario por allí le resultó sospechoso. Al enterarse de la muerte de don Evaristo, ató cabos y, después de pensárselo mucho, decidió venir a contarlo el domingo a última hora.

—¿Y qué hacía nuestro vecino a las tantas bajo el puente?

—¡Y qué iba a hacer, hombre de Dios! Echar una cana al aire. Ya le dije que es un sitio habitual de encuentros clandestinos. Por lo visto, el sospechoso no llegó hasta el puente, así que no pudo reparar en ellos.

—¿Han hablado con la mujer?

—Desde luego que no —rechaza Manchón—. El testigo se cerró en banda sobre su identidad, se niega a comprometerla. Si quiere usted interrogarlo está a su disposición, pero no le va a sacar una palabra sobre la compañía. Tampoco creo que sea necesario apretarle sobre esos detalles; al fin y al cabo, el hombre vino a declarar voluntariamente.

—¿A qué hora acabó su faena la parejita?

—A las once y pico.

—Y no vieron la agresión, claro. Ni oyeron nada.

—Estaban lejos. La noche, la arboleda, los arbustos...

—Es de suponer, entonces, que al marcharse pasaran cerca del cadáver de Eguía, todavía caliente.

—Seguro, pero ni siquiera lo vieron.

Lombardi reflexiona unos segundos antes de presentar sus objeciones.

—¿Y no le escama lo que dice ese hombre? Recuerde que no había huellas de calzado femenino en los alrededores.

—Claro que lo recuerdo —dice el suboficial con una mueca pícara—. Y no piense que pasé por alto ese detalle en el interrogatorio, pero la declaración del testigo es razonable: resulta que la moza iba descalza para no manchar sus zapatos nuevos con el barro. Sin medias, era más sencillo lavarse los pies en cualquier fuente que dar explicaciones en casa sobre la suciedad de su calzado.

—Parece coherente —acepta el policía—, pero por desgracia ese testimonio no aporta gran cosa aparte de una edad muy genérica del criminal. La huella ya indicaba su presumible envergadura.

—Eso mismo digo yo. Seguimos tan empantanados como antes.

El brigada está justificadamente desmoralizado; como lo estaría Lombardi de no haber tan buenas perspectivas en el asunto de Borín Figar, porque respecto a los dos asesinatos su impotencia es equiparable. Por distintos motivos, en el despacho del suboficial se enfrentan dos estados de ánimo contrapuestos, aunque el policía prefiere no compartir el suyo y guarda silencio sobre su última investigación: para no levantar la liebre de lo que podría ser un escándalo monumental, y porque con ello solo distraería la atención de la Benemérita en un asunto que no parece tener el menor vínculo con los anteriores.

—Por cierto —agrega el suboficial—. ¿Quiere que sigamos con

la protección a la señorita Garrido? Regresó ayer a mediodía y creo que ha vuelto a trabajar en el banco. Supongo que se pasará las horas allí metida.

—No se le escapa una, Manchón. Y sí, ya que las hienas no han vuelto a rondar, puede usted suspender el servicio.

—¿Alguna sugerencia que nos salve del fracaso?

—Paciencia —recomienda Lombardi—. Paciencia y trabajo. En casos como estos solo queda tener los ojos bien abiertos y esperar que el culpable, o los culpables, den un paso en falso. Mueva a su gente por los caminos, que sigan preguntando. Que revuelvan cada casa, cada basurero de la comarca en busca de esas malditas botas.

—¿Y qué piensa que hacemos desde hace tres días? Ya hay pitorreo con el asunto, y los graciosillos nos llaman los Zapateros.

Tras un par de horas de reposo en la pensión, dedicadas a poner orden en sus notas, Lombardi pasa por el estanco para aprovisionarse de tabaco y adquirir un sobre y una docena de cuartillas que se guarda en el bolsillo interior de la chaqueta. Cuando llega a la puerta del banco se reconoce nervioso, inquieto, dominado por una sensación a medio camino entre su primera cita adolescente y las diligencias necesarias para la resolución de un caso.

Enseguida se da cuenta de que para Cecilia Garrido su presencia no tiene nada de idílico; más bien al contrario, a juzgar por la fría docilidad de sus ademanes: si ha aceptado la entrevista es porque no puede negarse a hablar con un policía, menos si ese policía la ha sacado de un apuro. Está claro que para ella se trata de poco más que un trámite, un encuentro de compromiso.

—Usted dirá.

—¿Le apetece dar un paseo? —sugiere él.

—¿Por dónde?

—Hacia un sitio tranquilo, donde podamos hablar.

Ella asiente con un cabeceo y un leve fruncido de hombros.

Manos a la espalda, con la joven a su lado y a la discreta distancia que marcan la España mojigata y la catoliquísima moral pública del Nuevo Estado, Lombardi se dirige hacia la calle San Francisco. Acompasa su zancada al ritmo de Cecilia, que parece no tener demasiada prisa y se detiene cada dos por tres ante los escaparates sin importarle demasiado si exhiben ropa, baratijas, ferretería, aperos de labranza o latas de conserva.

—¿Qué tal su primer día de trabajo?

—Bien.

Respuesta seca, como corresponde a quien se cierra en banda. El policía respeta el silencio que ha quedado en el aire tras el monosílabo, la incomunicación que ella quiera imponer mientras caminan entre paseantes. Ya habrá momento de entrar en materia cuando estén a solas.

—¿Qué tal por Madrid? —pregunta ella de repente—. Más calor que aquí, seguro.

Así que prefiere hablar del tiempo, se dice Lombardi. Bueno, mejor eso que nada: es una forma como otra cualquiera de iniciar una conversación.

—Mucho más, desde luego —confirma, animado—, aunque las noches ya son más largas y al menos se puede dormir. —Incluso soñar, piensa: soñar con ella, por ejemplo; pero guarda para sí detalles que sonarían demasiado atrevidos.

La esperable réplica de Cecilia queda abortada por un gesto repentino de la joven, que se santigua al cruzar frente al convento de las Bernardas. El policía se pregunta qué pasará por su cabeza al recordar los oscuros días que vivió encerrada entre esos gruesos muros con la única compañía de un puñado de monjas. Puede que su reacción sea un simple ademán piadoso, como el que todo creyente expresa ante cualquier lugar que acoge un sagrario. Tal vez se trate de un simple reconocimiento de gratitud por la ayuda recibida; quién sabe si una fórmula mágica para conjurar el terror supersticioso que le inspira un edificio donde su vida estuvo a punto de dar un paso irreversible hacia la demencia. Sea cual sea la respuesta, ella la mantiene bien escondida en su pensamiento, tras sus labios sellados.

Lombardi dirige a la joven a través de la calzada de San Francisco. En la acera opuesta, sentado sobre el capó de su taxi, un conductor fuma despreocupado con la vista perdida en el gris edificio de los claretianos. El policía abre la puerta trasera del vehículo, invita a Cecilia a ocuparlo y, antes de unirse a ella, indica el destino al chófer, que se incorpora indolente en busca del volante. El coche arranca en dirección norte. La joven interroga a su acompañante con la mirada, pero no abre la boca hasta que han dejado atrás el proyecto de plaza de toros, en las afueras de la villa.

—¿Adónde vamos? —pregunta al fin. Se remueve inquieta en el asiento y una señal de alarma enciende su cara.

—Aquí cerca, a un sitio donde podamos charlar a gusto y celebrar su nueva vida.

—Este camino me trae muy malos recuerdos —refunfuña ella en voz baja, con un cierto tono de reproche.

No es de extrañar, se dice él: es el camino obligado hacia Costaján, su vía dolorosa de hace seis años. Pero no está en su ánimo someterla a semejante choque emocional; mucho menos emplear para ello un taxi cuyo conductor divulgará la noticia en cuanto regrese a la parada.

—Tranquilícese. Supongo que ya conoce el Albergue Nacional.

—Nunca he estado. Lo abrieron el año anterior a la guerra.

—Me han dicho que es un lugar agradable.

—Y muy lujoso, y por lo tanto caro.

—Eso déjelo de mi cuenta. Un día es un día.

Al poco, el automóvil llega ante la fachada del establecimiento, cambia de dirección en una explanada destinada a aparcamiento y se detiene bajo la cubierta que sombrea la acristalada puerta principal. El edificio, de reciente hechura y blanquísimos muros, anuncia su nombre, *Albergue de Aranda*, con estilizada tipografía, acompañado por un logotipo del Patronato Nacional de Turismo que más sugiere el hierro de una ganadería de reses bravas que una empresa de hostelería. Una bandera bicolor con el aguileño escudo de Franco se alza frente a la puerta con su mástil anclado al suelo. Contemplada desde el exterior, la instalación no seduce a la vista, ni parece esconder el lujo que se le atribuye.

Como con recelo de tocarlo, Cecilia sujeta levemente la americana de Lombardi cuando este se dispone a salir, una vez abonada la carrera.

—Ya que estamos aquí —susurra, y suena casi como una súplica—, me gustaría hacer una visita a la Virgen antes de entrar.

—¿Qué Virgen dice usted?

—La de Las Viñas. La ermita está ahí mismo, a dos pasos.

—Por mí no hay inconveniente. La acompaño.

El policía sigue a la joven a través de una terraza lateral del albergue, un espacio enlosado y definido por blancas columnas con una estructura metálica destinada a sujetar un esquelético emparrado que no llega a cumplir del todo su obligación de proporcionar sombra. Treinta metros más allá, como antesala de un bosquecillo de olmos, se alza un edificio de notables dimensiones, la sede de la patrona arandina.

La puerta principal del inmueble religioso, bajo un soportal y un mirador, conduce a un patio porticado recorrido por una galería, y allí mismo, camino de la escalinata que da paso al recinto propiamente dicho, Cecilia Garrido abre su bolso, despliega un velo y se lo coloca sobre la cabeza sujetándolo al pelo con un pequeño prendedor.

—Voy a dar una vuelta mientras tanto —se escabulle él, encendiendo un pitillo—. La espero por aquí.

—No tardaré.

Sin demasiado interés por cuanto lo rodea, Lombardi pasea por los alrededores. Entre calada y calada, reflexiona sobre la personalidad de una joven definitivamente desconcertante. Es hermosa, tiene un tipo envidiable y parece inteligente; pertenece a esa categoría de mujeres que pueden arrasar y conseguir con su encanto lo que se propongan. Ella, por el contrario, parece anclada en el pasado y se repliega sobre sí misma como una beata solterona resignada a vestir santos durante el resto de sus días. Razones tiene para sentir dolor, desde luego, pero ni velos ni rezos ni confesionarios la sacarán de su postración, sino la voluntad de afrontar el mundo tal y como se presenta, al menos con la misma valentía que ha mostrado para regresar a la villa y recuperar su puesto de trabajo.

La vida ha sido injusta con ella, se dice como posible fundamento de esas rarezas, para censurarse de inmediato el topicazo que ha cobrado forma en su pensamiento. Porque la justicia es un concepto exclusivamente humano. Las personas y sus obras pueden ser injustas, pero del mismo modo que no puede serlo un perro o una vaca, tampoco deben calificarse así los imponderables, mucho menos toda una biografía. No puede achacarse a la vida la arbitrariedad sufrida por Cecilia Garrido sino a los hombres, los mismos hombres que han destruido las ilusiones de millones de españoles, las del propio Lombardi. En fin: filosofías baratas para hacer tiempo, concluye pateando una piedra que va a estrellarse contra la pared de la ermita, donde alguien ha escrito la frase *VA IL DUCE* a punta de bayoneta; sin duda uno de los fascistas italianos que se alojaron allí durante la guerra, uno de los muchos hombres a los que, si no Cecilia, más de uno podría culpar de parte de sus desgracias.

La joven aparece por fin en el exterior, ya sin velo; su rostro resulta más luminoso que minutos antes, como si aquella visita le hubiera conferido una particular energía de la que estuviera necesitada. El policía le hace notar el cambio.

—Parece que le ha sentado bien ese ratito ahí dentro.

—Hace mucho que no rezaba aquí.

—¿Y qué tiene este lugar de especial para merecer sus oraciones?

—Que estaba cerca.

El policía reprime una carcajada ante la ocurrencia.

—Así que es usted utilitarista en materia de creencias. Bueno, al fin y al cabo, la misma Virgen es una u otra al margen del nombre que le den.

—Tiene usted razón, aunque esta tiene una bonita historia detrás. Si no fuera porque me lo imagino un hombre de escasa fe, se la contaría.

—Por favor, no tema aburrirme —alega él, celebrando la repentina locuacidad de su interlocutora.

En el trayecto que los separa del Albergue Nacional, Cecilia expone la referida historia: los habitantes de Quintanilla de las Viñas, en su huida de la invasión sarracena, enterraron una imagen en las proximidades de Aranda para evitar su destrucción. Un par de siglos después, la Virgen se apareció a un labrador para revelarle dónde estaba escondida la talla, y exponerle su deseo de que se levantase una ermita en el citado lugar. Para vencer la incredulidad de los arandinos, ella proporcionó al labriego un racimo maduro en una época del año en que las vides ni siquiera tenían fruto, milagro que garantizó el cumplimiento de los deseos marianos. De ahí el nombre de Virgen de las Viñas y la ancestral devoción de los arandinos, que llevó a elegirla patrona de la villa.

Lombardi echa un vistazo a la cafetería, casi vacía, y sugiere una mesa apartada.

—Por lo poco que he leído al respecto —dice mientras se sientan—, su historia no se distingue demasiado de otros muchos casos: imágenes escondidas en el medievo y rescatadas siglos después por supuesta intervención celestial.

—¿Y qué tiene de extraño?

—Una sospechosa ausencia de originalidad. Pero no hemos venido hasta aquí para debatir sobre asuntos piadosos, señorita Garrido.

La llegada del camarero interrumpe la conversación; es un joven de uniforme, con chaqueta de cuello alzado ceñida hasta la nuez por dorada botonadura: personaje más propio de un gran hotel capitalino que de un local en las afueras de la sobria villa castellana. En realidad, hace juego con un ambiente lujoso que augura una cuenta por encima de lo normal. Al fin y al cabo lo va a pagar Ulloa, se consuela el policía, y pide una copa de coñac tras escuchar la

316

demanda de su acompañante, quien, tras largos segundos de duda, y a sugerencia del camarero, se ha decidido por un refresco de leche merengada.

—Pues si no es para tratar sobre asuntos piadosos, explíqueme a qué hemos venido —dice ella cuando quedan a solas.

—Hábleme de usted.

—¿De mí? ¿Y qué quiere saber? Seguro que a estas alturas ya me ha hecho la ficha completa.

—Se equivoca. No he tenido tiempo para ello y solo conozco vaguedades.

—Poco hay que conocer, y se cuenta en cuatro frases. Mi padre falleció cuando yo tenía diez años y he vivido con mi madre y mis dos hermanas mayores hasta que estas se casaron. Una vida sencilla y tranquila en Peñafiel; con veinte años recién cumplidos vine a Aranda para incorporarme al banco. Lo demás, imagino que ya lo sabe.

—¿En qué año llegó aquí?

—En la primavera del treinta y cuatro.

—¿Y ya entonces se alojó en la Fonda Arandina?

—¡Qué va! Vivía en otra pensión, en la calle General Berdugo. Pero la patrona ya no quiere tratos conmigo, como tantos otros en la villa.

El camarero regresa para servir las consumiciones, acompañadas por la factura y una bandejita plateada con media docena de pequeños hojaldres de crema. Lombardi está deseando hincarles el diente, aunque la cortesía le impide tomar la iniciativa. Aguarda hasta que quedan de nuevo a solas para ofrecer la bandeja a su acompañante. Cecilia lo rechaza, pero él no resiste la tentación y se deleita durante unos instantes con la suave exquisitez que se diluye en su boca.

—Parece usted goloso —sentencia ella.

—A rabiar. Cátelos, que merecen la pena —aconseja el policía mientras se limpia con la servilleta—. ¿Cuándo conoció a Teo?

La pregunta aborta la primera aproximación de Cecilia a su

317

leche merengada, y la pajita del vaso queda a medio camino entre la mesa y sus labios. Al fin, reacciona y, tras un minúsculo sorbito, responde:

—Prefiero no hablar sobre eso.

—Me temo que es necesario, señorita Garrido.

—Es muy doloroso.

—Lo comprendo, y créame que lamento la pena que le produce la simple evocación de ese nombre.

—No quiero su lástima, ni la de nadie. Solo pido respeto para mi intimidad.

—Usted ha demostrado ser fuerte, así que la lástima no cabe en nuestra conversación. Y yo necesito conocer algo mejor a quien tanto significó para usted.

La joven responde con un largo silencio, tan espeso como la crema de los pastelillos. Lombardi lo respeta sin intervenir, como quien contempla una nube preñada de lluvia convencido de que tarde o temprano descargará.

—¿Qué tiene que ver él con su investigación? —musita ella por fin.

—También fue asesinado.

Cecilia observa asombrada a su interlocutor. Solo durante unos segundos, hasta que sus ojos se humedecen y hurta la mirada para sumergirla en el interior de su bolso.

—Sorprende esa frase en boca de un policía —comenta, mientras se enjuga delicadamente los lagrimales con la punta de un pañuelo.

—Lo admito. Pero debería ser la conclusión más lógica para cualquier policía, a poco que se conozcan los detalles del caso. Supongo que está harta de escuchar que fue una ejecución sumaria, como si asesinar izquierdistas estuviera justificado.

—Muy harta —confirma con un profundo suspiro—. Y si alegas que él no era izquierdista, te contestan que algo haría para merecer ese final. Llevo seis años preguntándome qué sería ese algo tan horrible, con qué extraña culpa cargaba.

—Tal vez sabía demasiado.

La joven abre los ojos y sus labios dibujan una interminable pausa de extrañeza. Con docenas de interrogatorios a sus espaldas, Lombardi sabe que ha sido una expresión espontánea; quizá sus palabras precedentes, su actitud general hasta el momento han resultado un tanto evasivas, pero ahora mismo el rostro de Cecilia no esconde subterfugios.

—¿Sobre qué? —susurra ella por fin.

—Solo es una hipótesis, naturalmente. Usted habló con el padre de Teo poco después de su detención.

—Veo que ha hecho bien su trabajo.

El policía obvia un comentario que, lejos de resultar halagador, lleva una fuerte carga de reproche por meter la nariz en asuntos que ella considera demasiado personales. Como compensación, calienta la lengua con un nuevo trago de licor.

—¿Cómo fue esa entrevista?

—Dura, muy desconcertante. Palabras confusas en un mar de lágrimas. Eso es todo lo que recuerdo de aquella tarde.

—Ya imagino. Don Dionisio fue el único testigo de la detención, y parece que entre quienes se llevaron a Teo, además de Luciano Figar, había algún otro vecino de Aranda. ¿Le dijo quién más estaba?

—¿No se lo ha contado él?

—El señor Sedano no se encuentra en condiciones de recordar esas cosas.

—Eso he oído. Pobre hombre.

—Pero gozaba de buena salud cuando usted lo visitó.

—Estaba bien —admite ella, abandonando la mirada al fondo del local, como si los recuerdos la sumieran en un cierto estado de conmoción—, aunque no me dijo nombres, aparte del jefe de los criminales. De todas formas —añade, fijando ahora sus ojos en los de su interlocutor: de ellos ha desaparecido la afable vivacidad que mostraban al hablar de temas piadosos para regresar a su tristeza habitual; aunque no por lánguidos resultan menos hermosos—, ¿qué importaba entonces, qué importa ahora? ¿Devolvería la vida a

319

Teo conocer la identidad de sus asesinos? ¿Los llevaría, al menos, ante un juez?

—Ni una cosa ni la otra, me temo —asume el policía con naturalidad mientras extrae un cigarro de su cajetilla.

Una expresión de fatiga se instala en el rostro de Cecilia, que pregunta tras unos segundos de reflexión:

—¿Para qué removerlo, entonces?

—Porque es un asunto enmarañado —dice él mientras rasca una cerilla y aplica su fuego al pitillo—. Hay que tirar de cada posibilidad que aparezca, sin desdeñar ninguna. Y el caso de su novio, queramos o no, es distinto, especial —agrega pausadamente con la primera calada, para concluir, mientras deposita el fósforo apagado en el cenicero—: Teo no tenía historial sospechoso para los golpistas, así que su asesinato no puede justificarse con una coartada ideológica.

—¿Golpistas? —se alarma ella—. ¿Así llama usted al Movimiento Nacional? ¿Seguro que es policía?

—Criminalista. Y un criminalista que se precie llama a las cosas por su nombre al margen de sus simpatías políticas. Técnicamente hablando, eso fue el Movimiento en sus momentos iniciales: un golpe de Estado.

—Se me escapan sus matices, pero ¿qué tiene que ver eso con lo que él supiera, como antes insinuó?

—Puede que esté equivocado —se escabulle Lombardi—. Dígame, ¿cuándo conoció a Teo?

—El verano del año en que llegué —admite ella, haciendo acopio de serenidad para hablar de recuerdos que le duelen.

—Cuando él había terminado el segundo curso de carrera. ¿Y ya se hicieron novios entonces?

—Podríamos decir que sí.

—Un flechazo a primera vista. —Cecilia asiente con semblante gélido—. Pero no formalizaron su noviazgo.

—¿Se refiere a las familias? Eso podía esperar. Hacíamos planes de futuro, para cuando él acabase los estudios.

—Proyectos de boda, supongo.

—Claro.

—¿Y qué planes eran? —se interesa él aplastando el pitillo a medio consumir en el cenicero—. ¿Pensaban vivir en la finca de Montecillo con su familia? ¿Aceptaba Teo que usted siguiera trabajando en el banco una vez casados?

—Todo eso nos quedaba demasiado lejos. ¿Qué importancia tiene? ¿Por qué quiere fisgar en cosas tan personales como los sentimientos?

—Intento hacerme una idea lo más exacta posible de su relación. Pero parece que se limitaban a amarse.

—¿Se burla usted?

—Disculpe si he dejado entrever semejante cosa. Al contrario: mi frase era todo un elogio, nacido de la envidia.

—¿Envidia de qué?

Envidia de un fallecido, admite él en secreto; de un joven que tuvo la oportunidad de tenerla entre sus brazos, recorrer su piel, besar sus labios y compartir con ella sábanas y suspiros, de abandonarse en la verde pradera de sus ojos. Aunque, a tenor del beaterío demostrado por la joven, lo mismo tenía al pobre Teo a pan y agua hasta el día de la boda.

—De dos jóvenes a quienes el mundo circundante les trae sin cuidado —confiesa, sin embargo, esforzándose por mostrar sinceridad—, y que aprovechan al máximo el poco tiempo del que disponen: las vacaciones de verano, quizá las de Navidades y Pascua. ¿Me equivoco?

—Así era.

—Dos enamorados que se limitan a vivir el dulce presente, a disfrutar del tiempo que pueden estar juntos. Francamente envidiable. No estoy poniendo en cuestión su mutuo afecto, créame. Solo una mujer muy enamorada haría lo que usted hizo después.

Cecilia esquiva de nuevo la mirada.

—No quiero hablar de eso —rechaza—, ni usted tiene derecho a rascar en ello. En mi cabeza solo queda oscuridad de aquellos días, un dolor que me niego a revivir.

—Lo comprendo. Dejemos en paz los detalles y hablemos entonces de generalidades. Aunque se vieran poco, dos años de relación son tiempo suficiente como para sincerarse, especialmente si tenían planes de futuro. Supongo que Teo le comentaría en alguna oportunidad su mala relación familiar con los Figar y los Ayuso.

—Esa enemistad era cosa de los padres —asegura ella—. Teo se trataba con Jacinto. Con Luciano menos, porque era bastante mayor y no coincidíamos en los mismos ambientes, pero nunca observé conflictos entre ellos.

—¿Sabe si conocía al hermano de don Cornelio? Un tal Liborio, o Borín como lo llamaban algunos.

—Pues ya que lo dice, sí que lo conocía. Y es un asunto bien curioso.

—Explíqueme eso.

—Bueno, él recordaba vagamente a Liborio de cuando aún vivía en Aranda, porque parece que se marchó a Madrid muchos años antes. Y no volvió a verlo hasta que fue a estudiar a la universidad.

—Tuvo que ser algo importante para él, si le contó a usted ese reencuentro.

—Es que fue muy chocante.

Sería en el mes de mayo del treinta y tres, explica Cecilia, desde luego a poco de los exámenes finales, porque Teo había salido de la residencia a dar una vuelta y despejarse la cabeza de tanto estudio. Era su primer curso en Madrid y no tenía muchos amigos por allí, así que salió solo. Un par de horas después, ya de vuelta para cenar, presenció un hecho que lo encendió de rabia: dos hombres pateaban a una mujer que estaba tendida en la acera. Pensó que se trataba de un atraco y corrió hacia el grupo; los agresores escaparon y él ayudó a la víctima a incorporarse. La mujer sangraba por la nariz y tenía una brecha en la frente. Quiso acompañarla a una casa de socorro, pero ella insistía en ir a su domicilio. Por fin, Teo llamó a un taxi y viajaron a la dirección indicada, donde los recibió quien se suponía el marido, un hombre alarmado que se deshizo en gratitudes hacia el joven salvador. Lo más sorprendente es que este se dirigía a la mujer con un nombre masculino.

—Ángel, o Angelillo —interrumpe Lombardi.

—Algo así. ¿Cómo lo sabe? —Cecilia aguarda unos instantes, pero la única respuesta que recibe es la taimada sonrisa del policía—. Bueno, el caso es que, efectivamente, Teo había ayudado a un hombre, no a una mujer. Cuando me lo contó le llamé fabulador, creí que bromeaba. Ya había visto a hombres disfrazados durante los carnavales, desde luego, pero al fin y al cabo yo era una jovencita pueblerina y no podía imaginar que en Madrid anduviera gente así por la calle como si tal cosa.

—Tampoco puede decirse que se vieran travestidos por todas partes. Algunos son homosexuales; otros, simples aficionados a vestirse del género opuesto. Ahora, los que sobreviven están muy perseguidos, pero antes de la guerra había espectáculos de ese tipo, y Angelillo participaba en ellos.

—¿Cómo conoce usted esos nombres?

—Lo importante es que hay otras muchas cosas que desconozco. Por ejemplo, si Teo y Borín mantuvieron esa relación posteriormente.

—Claro que sí.

—Es extraño que un joven tan católico —reflexiona Lombardi, apoyándose en un guiño deliberadamente pícaro— aceptara de buen grado esa amistad con declarados homosexuales.

—Ya —asume ella con un apunte de rubor—, pero es que Liborio le estaba muy agradecido por salvar a su amigo y casi no se lo podía quitar de encima, mucho más al enterarse de que eran paisanos. Como Teo andaba muy ocupado en vísperas de exámenes, tenía una excusa para evitarlos, aunque no pudo negarse a verlos aquí, donde quedaron a primeros de julio. Parece que pensaban irse a América, y Liborio prometió hacerle un buen regalo antes de despedirse.

—¿Qué tipo de regalo?

—Una huerta junto al Bañuelos que le pertenecía como heren-

323

cia. Precisamente paseando por allí me contó Teo toda esta historia. Dijo que aquellos frutales podrían haber sido suyos.

—Por sus palabras, deduzco que Borín Figar no cumplió su promesa.

—Nunca vino por Aranda. Parece que su gratitud solo era de boquilla; al final se despidió a la francesa y Teo se quedó sin regalo.

Buena explicación respecto a la extraña incomparecencia: una despedida a la francesa. Aunque el policía está seguro de que la versión ofrecida por Teodoro Sedano a su novia tiempo después de los hechos tiene poco que ver con las sospechas del joven, quien creía a pies juntillas en la sinceridad de Borín y consideró que su espantada y la ruptura de su promesa no fueron ni mucho menos voluntarias, como lo demuestran su incursión en el Registro de la Propiedad, el par de fotos de su escritorio y la investigación encargada al Instituto Fernández-Luna.

El testimonio de Cecilia Garrido apuntala la tesis de que en la desaparición de Borín intervino su hermano, probablemente con la complicidad de Román Ayuso, si bien para demostrarlo será necesaria la implicación directa del comisario Fagoaga y el auxilio de expertos de la Criminal. De momento, y una vez cumplido el objetivo de su cita, Lombardi se relaja y decide que bien vale tomarse un tiempo para sí mismo, cambiar de tema y llevar la conversación por esos territorios leves e intrascendentes tan necesarios para conocer un poco mejor a la mujer que se desliza en sus sueños y atrapa parte de sus vigilias.

Hay movimiento en la puerta del Albergue. Desde su asiento, Lombardi observa la entrada de un grupo de viajeros en dirección al mostrador de recepción, seguidos por el portero y un botones con un par de maletas. El policía se incomoda, se alarma; todavía sin motivo aparente, pero lo que ha visto de forma fugaz se asemeja bastante al peligro. Confirma su intuición cuando ve a los cuatro viajeros pasar a la cafetería: dos de ellos visten de paisano, un tercero de uniforme militar alemán con insignias de las SS, y la llamativa mujer un vestido estampado con sombrero que le oculta ligeramente las facciones, aunque para él resultan inquietantemente familiares.

Los viajeros ocupan una mesa a poca distancia, junto a la entrada. Mientras se acomodan, la mujer echa un vistazo global a la cafetería, y al reparar en Lombardi renuncia a sentarse con sus compañeros para dirigirse hacia él. Al tiempo que avanza, la rubia sonrisa de Erika Baumgaertner ilumina la estancia y congela el corazón del policía.

—Mira qué causalidad —comenta al llegar a su altura—. ¿Qué hace usted por estos andurriales?

—De vacaciones —miente él, incorporándose para estrechar la mano que se le ofrece y formalizar la presentación de ambas mujeres. Cecilia se levanta para saludar y, cumplido el protocolo, Erika ocupa un asiento frente a ellos sin que nadie la invite.

Lombardi se siente obligado a admitir que la señorita Baum sigue siendo tan atractiva como siempre, que conserva el mismo embrujo sensual de meses atrás, cuando la recibió en su casa y en su cama, y que también destila el mismo aroma venenoso, aunque en aquella fecha fuera incapaz de percibirlo.

—¿Quiere tomar algo? —balbucea, fingiendo una sonrisa.

—No, gracias, he venido con unos amigos. ¿Se alojan aquí?

—Solo estamos de visita, y ya nos íbamos. ¿También usted de vacaciones?

—Un viaje de trabajo —puntualiza ella—. Hemos pasado el día en un par de excavaciones arqueológicas en la provincia de Segovia.

—Déjeme adivinarlo —ironiza el policía con gesto agrio—. Seguro que tiene algo que ver con los visigodos.

—Buen olfato.

—Y ese militar viene a garantizarse su parte del botín.

—¿Qué botín?

—El que se llevan los alemanes de cada yacimiento.

Erika inunda el salón con una preciosa carcajada.

—Ese hombre no tiene nada que ver con la arqueología —matiza—. Solo compartimos con él la mitad del trayecto, y no es exactamente un militar. Seguro que ha oído hablar de Paul Winzer: un colega suyo, aunque él es *kriminalkommissar*.

Sí, el jefe de la Gestapo en España, el encargado por Himmler de formar a la policía política franquista según los métodos nazis. Claro que Lombardi ha oído hablar de él, aunque afortunadamente no ha tenido ocasión de conocerlo, y ahora se alegra de que esté sentado de espaldas a ellos y les ahorre contemplar su jeta criminal.

—El señor Winzer viaja a Miranda de Ebro —amplía Erika—, cuyo campo de concentración dirige, y ha tenido la amabilidad de acompañarnos en nuestras visitas a Duratón y Castiltierra, donde se excavan necrópolis visigodas.

—Cuyas piezas irán a parar a Alemania.

—Siempre tan malpensado. La mayoría de los objetos necesitan reparación, y en España no hay tecnología adecuada.

—Desde luego, como las obras de arte que colecciona su jefe Hans Lazar en la embajada y en su casa. Todo sea por el bien del patrimonio histórico nacional, ¿verdad?

—Este es un viaje completamente al margen de la embajada. ¿Ve usted al mayor de los señores que se sientan ahí atrás? —Sin señalarlo, Erika se refiere a un hombre de cincuenta y tantos años y aspecto elegante: espigado, de nariz poderosa y ojos claros, con escaso pelo rubio, casi blanco, y gafas redondas de concha—. Es don Theodor Heinermann, director del Instituto Alemán de Cultura.

—Otro nazi.

—Naturalmente. El segundo, sin embargo, no lo es.

El segundo, a quien se refiere la señorita Baum, es un joven que no debe de haber cumplido los cuarenta: alto, de rostro alargado y mentón partido, con evidente calvicie frontal y pelo rubio ondulado peinado hacia atrás, cuyas gafas de alta graduación delatan una acentuada miopía. Puede que no sea nazi, pero su camisa azul lo asimila al resto del grupo.

—Falangista —apunta el policía con displicencia—, que viene a ser lo mismo.

—No es exactamente lo mismo, aunque posee la Encomienda de la Orden Imperial del Águila Alemana. Es don Julio Martínez Santa Olalla, comisario general de excavaciones y afamado arqueólogo. Mañana visitaremos la necrópolis que él mismo descubrió en Herrera de Pisuerga hace nueve años. ¿Quiere que se lo presente?

—No se moleste, gracias.

—Lo digo porque parece usted interesado en esa época, y el señor Martínez Santa Olalla es un experto en la materia que ha demostrado sin género de duda que los visigodos, de origen germánico, unificaron la península y crearon un estado nacional, fortalecido después con el catolicismo.

Ya, el fulano que quemó las obras de Darwin, se dice Lombardi. Un botarate más, un incondicional de Himmler empeñado en vender la especie del pangermanismo como fundador de lo que hoy se llama España; basta con leer al historiador godo Jordanes para saber que el río Vístula separaba a su pueblo de las tribus germanas y que, por lo tanto, eran naciones diferentes. Un descerebrado, por otra parte, que regaló a Cornelio Figar piezas arqueológicas de incalculable valor. El policía se felicita por su pálpito en casa del patán: efectivamente, sus conjeturas sobre la presencia de la señorita Baum en el expolio de Castiltierra eran acertadas.

—Sería incapaz de debatir con tan alta autoridad —rechaza con fingida modestia.

Tan alta autoridad se aproxima a la mesa y, tras dar las buenas tardes a los presentes, entrega a Erika una llave.

—Ya tiene el equipaje en la habitación, señorita Baumgaertner.

—Gracias, Julio —responde ella con un gesto de familiaridad—. Enseguida estoy con ustedes.

—Vaya, vaya usted con ellos —la anima Lombardi mientras el repentino visitante regresa con su grupo—, que nosotros ya nos íbamos.

—Ya que paso la noche aquí, podríamos cenar juntos —sugiere Erika—. Usted y yo, quiero decir.

—Me temo que tengo comprometida esa hora.

—En ese caso, quizá después de cenar se anime a compartir una copa de champán. Por lo que recuerdo, el champán lo anima bastante.

—Mañana madrugo y no me conviene trasnochar —rechaza el policía con un falso gesto de decepción.

—Lástima, con lo caro que resulta usted de ver. ¿Sabe, señorita? —dice ahora a Cecilia, que asiste en un silencio boquiabierto a la conversación—. El señor Lombardi y yo celebramos juntos la última Nochebuena, una larga noche a solas; y luego, si te he visto no me acuerdo.

—No fue exactamente así —alega el aludido, incorporándose y extendiendo su mano para despedirse.

—¿En qué me equivoco, en lo de Nochebuena o en lo de su alejamiento? —Erika, sin soltar la mano del policía, examina a Cecilia con una hiriente sonrisa—. No se ilusione mucho con él, señorita: es como el Guadiana, de esos que desaparecen de tu vida cuando menos te lo esperas.

—Lo intentaré —replica aquella con voz cortante y manteniéndole la mirada mientras se incorpora.

Antes de irse, Lombardi abona la cuenta, guarda la factura y se hace con otro pastelito, que esconde entre sus dedos. El trío camina hacia la salida. Erika se queda en su mesa, pero antes de que la pareja abandone el local, llama al policía para mostrarle la llave, que se balancea juguetona entre el índice y el pulgar de su mano alzada.

—Ya sabe —canturrea—: por si cambia de opinión.

La noche ha caído, y con ella la temperatura. Corre una ligera brisa y hay un taxi en la puerta, pero Lombardi prefiere caminar y lo ignora. Antes de dar cuatro pasos, Cecilia pregunta a media voz:

—¿Quién es esa rubia descocada?

—Trabaja en la embajada alemana —explica él antes del primer mordisco al hojaldre—. Es medio suiza, medio española.

328

—Pues vaya un zorrón.

—¿Zorrón? —se admira con la boca llena—. ¿Qué modales son esos, señorita Garrido? ¿Y en qué se basa para afirmar semejante cosa?

—No me diga que no se ha dado cuenta, si no ha parado de insinuársele.

—¿Ah, sí? —disimula él, devorando el resto del pastelillo.

—Y a mí me miraba como si quisiera matarme. ¿Fue su novia?

—¡Qué cosas dice!

—Pues algo tuvo con ella, ¿no?

—Tonterías. Oiga, ¿a qué viene tanta pregunta? El policía soy yo.

—Un policía de su edad que ni siquiera está casado —replica ella con crítica acidez.

—¿De mi edad? ¿Tan mayor le parezco?

—Treinta y muchos. Edad suficiente para haber sentado la cabeza. ¿O sí que está casado y esa suiza es una vergonzosa aventura que quiere ocultar?

Una aventura que, indirectamente, estuvo a punto de costarle el pellejo, reconoce para sí el aludido, aunque calificarla de vergonzosa parece más bien la reprimenda de un cura montaraz. Podría mandarla directamente a hacer puñetas, pero le divierte la posibilidad de cambiar el papel de inquisidor a interrogado, un juego dialéctico que le permite conocer algo mejor a esa joven que camina a su lado en la oscuridad.

—¿Acaso llevo anillo?

—Algunos no lo llevan. Sobre todo si son aficionados al adulterio.

Decididamente, hay abuelas mucho más liberales que Cecilia Garrido, concluye Lombardi. No se trata de edad, sino de educación, esa educación rígida y dogmática que carcome históricamente a la sociedad española.

—Lo llevé un tiempo —acepta él a regañadientes, reverdeciendo en su memoria la mala faena de Begoña—, mientras estaba casado. Ahora soy simplemente divorciado.

—¡Ah, vaya! Entonces tuvo que ser cuando...

—Sí, durante la República. Supongo que a alguien tan piadosa como usted la palabra divorcio debe de sonarle casi demoníaca. Así que llevo siete años en pecado mortal.

—Lo que Dios ha unido...

—Que no lo separe el hombre, ya. Pero no había ningún dios en mi boda, créame. Solo hombres y mujeres, alguno de ellos vestido con hopalandas religiosas, eso sí. Pero ningún dios.

—No blasfeme, por favor.

—No es blasfemia, sino simple deducción: si ese Dios no existe, ¿cómo iba a invitarlo a mi boda?

—Allá usted con su conciencia —refunfuña ella.

—Gracias por concederme esa libertad —bromea Lombardi—; al menos no reclama la hoguera para mí.

En ligera cuesta abajo, con el esporádico paso de faros encendidos por la carretera, la caminata hasta la villa se hace agradable, y la conversación hasta cierto punto fluida, aunque pronto pasa a ocuparse de asuntos baladíes. El policía sugiere picar algo en un figón de las afueras y ahorrarle la cena a doña Mercedes. Aunque siempre con una pizca de tristeza, durante la hora escasa que dura su estancia allí Cecilia muestra síntomas que podrían ser interpretados como coqueteo, prontamente cercenados por algún gesto represivo, como si mantuviera una pelea consigo misma respecto a la fiabilidad de las intenciones de su acompañante; un acompañante que se mantiene a la expectativa, guardando las distancias y sin atreverse a rozar siquiera los dedos de la joven, mucho menos insinuar la fascinación erótica que ella le concita. Por fin, con una frase categórica (—No sé usted, pero yo mañana trabajo.), ella da por concluida una tarde extraña para Lombardi, con algunas luces y demasiados claroscuros. Al salir, el fresco de la noche provoca una inesperada tiritona en la joven, quien sin mucha resistencia acepta cubrirse con la americana del policía, convertida sobre sus hombros en extravagante abrigo por la diferencia de estatura. Cerca de las diez y media llegan a la pensión, y se despiden ante el cuarto de Cecilia en la primera planta, donde él recupera su chaqueta. El tono de despedida femenino no se parece en nada al saludo emitido horas antes en la puerta del banco: no es cariñoso, pero al menos ha perdido frialdad.

Esperanzado en el progreso de tan delicada relación, el policía se dispone a trabajar. Ya en pijama, coloca la mesa ante el balcón abierto, alza la persiana y contempla el inalterable paisaje nocturno, la permanente sensación de calma que solo quiebran los raros vehículos que a esas horas puedan cruzar el puente en ambas direcciones. La brisa, tras tanta noche calurosa, se recibe con gusto. Buen momento para ordenar ideas, reunir indicios y sacar conclusiones suficientemente sólidas como para convencer al comisario Fagoaga.

Lombardi elabora una lista cronológica de los hechos, después la ordena y reviste con argumentos, para pasar finalmente a redactar un borrador antes de escribir el informe definitivo. Con calma y midiendo cada frase, durante una hora pormenoriza en cuatro cuartillas los numerosos indicios y la exposición razonada de su hipótesis: que la extraña desaparición de Liborio Figar y Ángel Royo puede deberse a un asesinato cuyo autor sería Cornelio Figar, con la presunta complicidad, o al menos encubrimiento, de Román Ayuso. Opinión fundamentada en los informes del prestigioso Instituto Fernández-Luna, complementados por su investigación en el Registro Mercantil de Aranda y sus impresiones personales tras visitar el terreno donde podrían hallarse los restos de las citadas víctimas. Advierte, sin embargo, al comisario jefe sobre la delicadeza del asunto por la personalidad del sospechoso y su condición de alto cargo de Falange.

Es obligación de un investigador hacerse preguntas, por absurdas que parezcan, aunque no todas pueden expresarse por escrito. Por ejemplo, la posibilidad de que Teo Sedano fuera ejecutado a causa de sus pesquisas, para encubrir un delito antiguo. Y una segunda, que cobra cada vez más sentido de ser cierto lo anterior, es que Jacinto Ayuso participase en su detención, porque si el hijo de don Cornelio dirigía a los milicianos no es aventurado suponer que el de don Román, su perrito faldero, integrase esa partida. De ser así, su reciente asesinato podría guardar relación con aquella otra vileza. Pero ninguna de estas reflexiones secundarias forma parte de la carta a Fagoaga, porque se trata de simples conjeturas sin pruebas medianamente sólidas a las que agarrarse.

La detonación le llega un poco más tarde, tras el fogonazo que ha vislumbrado enfrente, del zumbido junto a su oreja y el chasquido quebradizo en la pared, a su espalda. El policía se lanza instintivamente al suelo y gatea hacia la cama, lejos del balcón. Desenfunda su arma y apaga la luz antes de regresar hasta la mesa, amparado en las sombras. Ni rastro de vida más allá del río, el lugar desde donde le han disparado. Refrena de inmediato la tentación de correr hacia allí y revisar el terreno, porque lo más probable es que el agresor haya huido ya, y en caso contrario no parece muy sensato cruzar el puente en pijama y ofrecerle una segunda oportunidad.

Quería haber desayunado en compañía de Cecilia, pero la noche ha sido larga por la necesidad de acabar el informe y un tanto inquieta tras el inesperado ataque; al final se le han pegado las sábanas, de modo que cuando Lombardi baja, ya hace rato que ella se ha ido a trabajar. Mientras desde algún lugar, probablemente la cocina, llegan los ecos radiofónicos del *Tatuaje* de Conchita Piquer, consume en calmada soledad su tazón de achicoria y pan desmigado, intentando recoser en el recuerdo los retales de la reciente pesadilla. Él deseaba con todas sus fuerzas acercarse a ella, una figura en la lejanía; para ello sorteaba mil obstáculos, padecía otras tantas calamidades, y cuando la tenía casi al alcance de la mano, ella volvía a alejarse, como si una goma invisible tirase de ambos en sentido opuesto. Tras innumerables intentonas, conseguía por fin tenerla entre sus brazos, piel contra piel, labios sobre labios: unos segundos de ardiente deseo a punto de consumarse hasta que, de repente, ella estaba muerta y él solo apretaba un cadáver contra su carne; instantes después el propio cadáver desaparecía, se esfumaba en el aire.

Doña Mercedes interrumpe copla y remembranza para lanzarle un mensaje (—Al teléfono, don Carlos, de parte de la Guardia Civil.) desde la misma puerta del comedor. El policía apura de un trago los restos de su desayuno y acude en busca del aparato hasta el pasillo de la cocina. Efectivamente, la radio está allí mismo, junto a ollas y hortalizas, de modo que la conversación telefónica se desarrolla entre quejumbrosas referencias líricas a brazos tatuados, nombres extranjeros y copas de aguardiente. Por fortuna, la charla es breve: uno de los cabos, tras el obligado saludo nacional, le comunica que el brigada lo requiere de inmediato en el cuartel; desconoce los motivos de la citación, pero le ha dicho que es urgente.

En el exterior, Lombardi se enfrenta a un día un tanto nublado, aunque con síntomas de convertirse en caluroso, y evita una plaza de nuevo tomada por los mercaderes para llegarse hasta Santa María y luego, por la calle Isilla, hasta la parada del coche de línea de Madrid. El vehículo ronronea al ralentí en tanto el revisor acomoda los últimos bultos. El policía se dirige al conductor, que aguarda sentado al volante el momento de partir, y tras mostrarle su acreditación decorada con el águila del Nuevo Estado y el símbolo falangista le entrega un sobre cerrado.

—Necesito que lo lleve a Madrid —solicita—. ¿Ve a quién va dirigido?

El nombre del destinatario no le dice nada al chófer, pero el cargo de comisario jefe de la Brigada de Investigación Criminal le resulta tan convincente como para asentir con temeroso respeto.

—Pues ya puede cuidarlo como a la niña de sus ojos —agrega con un punto de advertencia y unas pesetas de propina—. En Madrid habrá alguien que lo recoja.

A paso vivo, en un par de minutos el policía se presenta en el despacho de Manchón, a quien aborda antes de que el brigada consiga abrir la boca.

—¿Puedo usar el teléfono? —dice, encaminándose directamente al despacho del capitán.

—Claro —acepta confuso el suboficial, que sigue sus pasos—, pero dese prisa, que ha aparecido otra mano.

—¿Otra? Ahora me lo cuenta, mientras me dan la conferencia. —Lombardi ofrece el número, informa a la responsable de la centralita de que se trata de un asunto muy urgente y la apremia a que acelere el trámite—. Así que otra mano —atiende por fin a Manchón cuando cuelga—. ¿Dónde?

—En la puerta de la iglesia del monasterio de La Vid.

—No fastidie. ¿También tiene cortes en la palma?

—Lo único que sabemos es que se trata de una mano derecha masculina cerrada en puño, como la otra. Parece que lleva un anillo de casado.

—¿Se sabe a quién pertenece? Tal vez a otro de los novicios.

—Ninguno de ellos es casado, que yo sepa —ironiza Manchón de mala gana.

—A lo mejor el anillo no es de la víctima.

—Todos los agustinos están vivos y coleando —remacha el brigada—. De momento no sabemos nada más. La pareja del puesto de Vadocondes custodia el lugar hasta que llegue el juez y nos hagamos cargo del asunto.

—Parece una repetición de lo sucedido hace una semana con Jacinto Ayuso: asesinato, amputación y exposición pública. Está claro que se trata del mismo autor, y que la víctima está relacionada con el novicio. No me extrañaría que se trate de un vecino de Aranda.

—¿Por qué motivo?

—No sé, por una especie de perversa simetría —barrunta Lombardi—. Si Jacinto vivía en La Vid y su mano se exhibió en Aranda, es posible que una mano expuesta en La Vid pertenezca a la villa. Solo es una corazonada.

—Y también aparece en miércoles.

—Puede que elija ese día de la semana por alguna extraña razón, aunque lo de San Juan tiene todo su sentido por la impunidad que otorga la confusión del mercado. Lo de hoy, tal vez sea simple casualidad porque aquel lugar es bastante solitario.

—Deberíamos irnos ya —gruñe Manchón—. A ver si llega don Sócrates de una puñetera vez.

—Por cierto, ¿no le han informado de un tiro que hubo anoche?

—Sí, señor. Lo escucharon los compañeros de guardia en el fielato. Parece que se produjo cerca del río.

—Y tan cerca —confirma el policía—. Enfrente justo de mi cuarto. Poco antes de las doce.

—Registraron la zona sin resultados.

—Aquí tiene el proyectil. —Manchón lo recibe boquiabierto en su mano—. Convendría revisar las proximidades del hospital a la luz del día por si encuentran la vaina. El disparo se hizo desde allí.

—No me diga que…

—Como lo oye. Estaba trabajando ante el balcón, a la fresca, con la luz encendida. La bala pasó a un palmo de mi hombro para agujerearle la pared a doña Mercedes. Y yo he tenido que estropearla un poco más con la navaja para poder sacarla. Va a jurar en chino cuando se entere.

—¡Cagüen dioro! —maldice el brigada—. ¿Y cómo no vino a informarme? Habríamos montado una batida. ¿Tiene idea de quién puede haber sido?

Lombardi se lo piensa unos segundos antes de responder.

—De momento —dice, en tono de voz que se acerca al susurro—, que esto quede entre nosotros: ayer, cuando venía a verle, me topé nada causalmente con Figar y Ayuso. Insistieron en que me marchase.

—¿Otro numerito como en Santa María?

—Esta vez fue en privado, dentro de su coche. Y me advirtieron de que el tercer aviso sería más serio.

—Así que lo de anoche podría tratarse de ese tercer aviso.

—No sé si querían avisar o directamente quitarme de en medio —valora el policía—. La verdad es que a esa distancia, desde el otro lado del puente, no es sencillo hacer blanco, pero la bala pasó tan cerca que no estoy muy seguro de sus intenciones.

—Esto es muy serio —salta Manchón, tajante—. Deberíamos interrogar a esa pareja.

—Tendrán buena coartada. Seguro que en ese momento estaban reunidos en una plácida sobremesa con unos cuantos testigos. Lo hizo un mandado.

—También podemos dar con él.

—Buscando el arma. Mauser o carabina Tigre; sin la vaina es difícil aquilatar. No soy muy experto en ellas, pero sé que su munición es distinta.

—Vaina abotellada el Mauser y cilíndrica la Tigre —puntualiza el brigada, sopesando la bala en su mano—. Pero no hace falta comprobar eso: por el proyectil, seguro que es un Mauser. Es el arma que usamos nosotros, así que lo conozco perfectamente por muy achatado que esté.

—¿Hay muchas armas largas registradas en la villa?

—Legales, unas cuantas escopetas de caza; aunque cualquiera sabe las que se guardaron cuando acabó la guerra. Se requisaron varias, hasta trabucos del siglo pasado, pero seguro que algunas más siguen escondidas.

—Pues esa es la única línea de investigación que se me ocurre —sugiere el policía—. Tal vez algún excombatiente. Tampoco estaría de más que investigue a sus compañeros de la Benemérita.

—¡No diga barbaridades! ¿Pretende insinuar que le disparó un guardia?

—No se ofenda. Al fin y al cabo, están habituados a ese fusil y se les supone expertos tiradores. El salario de un guardia es más bien modesto, Figar es muy rico, y la codicia corrompe al más pintado. ¿Pondría usted la mano en el fuego por cada uno de sus hombres?

El timbre del teléfono aborta la respuesta de Manchón. Lombardi descuelga y con un amable gesto sugiere que se trata de una conversación privada. El brigada abandona el despacho con ademán de reflexiva preocupación por la pregunta que ha quedado en el aire.

Brevemente, y con la obligada cautela, el policía hace saber a

Andrés Torralba la necesidad de que recoja el informe para Fagoaga en la terminal madrileña del coche de línea, y le pone al tanto de la aparición del nuevo apéndice, en apariencia un calco del caso anterior.

—Y le dejo —concluye—, que por aquí hay prisas.

—Ya imagino —acepta el exguardia de asalto—. Pero si me permite una sugerencia, exprima a fondo la pista del pastor.

Cuando Lombardi regresa al despacho de Manchón, el suboficial está acompañado del doctor Peiró, que saluda al policía con un afectuoso apretón de mano.

—Tengo el gusto de informarle —dice este al médico— de que el teatro Lara goza de buena salud.

—¡Ah! La bombonera —suspira don Sócrates—. ¡Cuánto me alegro!

—Ahora está cerrado, pero la prensa anuncia para octubre una de los Álvarez Quintero.

—Venga, vámonos pitando —interrumpe Manchón—. No me gustaría que Lastra llegase antes que nosotros. He dado órdenes para que no se toque nada, pero cualquiera sabe.

Salen los tres al exterior, donde espera el coche de la Benemérita con un guardia al volante y Tirso Cayuela a pie firme con su bolsa al hombro. Mientras sus compañeros se acomodan, Lombardi se despide.

—¿No viene? —se alarma el brigada.

—Ustedes pueden encargarse perfectamente del escenario, y yo soy más útil en otro sitio. Luego nos vemos.

Durante el trayecto en tren hasta Valladolid, Lombardi tiene ocasión de repensar una y mil veces la decisión que ha tomado para reafirmarse en ella. La falta de tiempo y de ganas ha impedido un trámite que, aun dudando de su utilidad, ahora mismo se le antoja necesario, y que servirá al menos como momentáneo antídoto ante la impotencia. Porque está seguro de que la mano aparecida en La

Vid es una recreación de los hechos vividos una semana antes, un bucle con idénticas preguntas y parecidas incógnitas: ausencia de testigos, huellas y móvil. Otra cosa será lo que sugiera la identidad de la víctima, y hasta ese momento pueden pasar horas.

Un taxi lo conduce desde la estación hasta el manicomio provincial, un apartado edificio junto al Pisuerga, atendido, según el taxista, por las Hijas de la Caridad, y mucho tiempo atrás convento de los Jerónimos. El policía se identifica ante una de las monjas y solicita ser recibido por el director para que autorice un interrogatorio al interno Basilio Daza. Tras un rato de espera en el propio vestíbulo, la religiosa llega acompañada por un hombre de bata blanca con varias carpetas bajo el brazo. Bajito, de unos cincuenta y tantos años y aspecto severo, con ojos hundidos y macilentos tras unas gafas de montura metálica, ofrece una mano pequeña y rolliza como saludo.

—Disculpe que no lo atienda el director —dice con voz carrasposa—, pero don José María Villacián no vuelve hasta septiembre. Soy Miguel Cabrejas, jefe facultativo del centro, y estoy a su disposición para lo que necesite. Acompáñeme, por favor.

Lombardi sigue los pasos del médico durante un corto tramo de vestíbulo, el que los separa de un pequeño despacho bien iluminado. Allí, el anfitrión invita al visitante a sentarse ante una mesa, mientras él hace lo propio en el lado opuesto y dispone sus carpetas entre ambos.

—¿Cuál es el motivo de su interés?

—Es un asunto oficial —responde el policía mostrando de nuevo su carné de criminalista—. Necesito interrogar a uno de sus internos, Basilio Daza.

—Ya me lo avanzó la hermana, y le facilitaría con gusto ese interrogatorio, pero Daza no se encuentra aquí. Salió de licencia temporal.

—¿De licencia? ¿Y cuánto dura su permiso?

—Dos semanas desde primeros de julio, aunque no ha regresado.

Lombardi contempla estupefacto al doctor.

—¿Se les escapa un paciente y se quedan tan anchos? —dice, por fin.

—Técnicamente no es un fugado. En estos casos, se les da de alta.

—¿Eso hacen aquí cuando se escaquea un interno, darlo de alta? —pregunta el policía, visiblemente molesto.

—No solo aquí. Así funcionamos en toda España —asegura Cabrejas sin perder la compostura—. Mire, las instalaciones están saturadas, y hay pacientes que podrían estar perfectamente en la calle, a cargo de sus familias, porque no son peligrosos. Basilio es uno de ellos. Protocolariamente, no podemos considerarlo una fuga. El señor Daza no ingresó por delitos, ni tiene asuntos pendientes con los tribunales de Justicia; en casos como este, imaginamos que ha decidido quedarse en su ambiente familiar. No nos sobra espacio.

—Así que cuando se presenta un caso como este les supone un alivio más que una preocupación.

—En cierto modo. Esta es una de las instituciones psiquiátricas más antiguas y prestigiosas de España, aunque con muy escasos medios materiales y profesionales. Y durante los tres o cuatro últimos años ha crecido el número de ingresos de forma llamativa. Ya conoce la política en este sentido.

—Pues no, doctor Cabrejas. ¿Sería tan amable de ilustrarme al respecto?

El médico cabecea antes de responder, como si midiera las palabras que puedan ser pronunciadas ante un policía.

—Las cárceles están llenas —explica—, y muchos reclusos de ambos sexos se derivan hacia nuestras instituciones, tan saturadas como aquellas.

—No lo sabía —confiesa Lombardi reprimiendo el horror que significa semejante revelación—. ¿Quiere decir que ingresa gente por motivos ideológicos?

—Así es. Tal vez haya oído hablar del doctor Vallejo-Nájera, el coronel jefe de los servicios psiquiátricos del Ejército.

El policía recuerda su conversación con el prestigioso psiquiatra Bartolomé Llopis, depurado tras la derrota. Él le habló de ese militar, un filonazi obsesionado con descubrir el origen genético de taras tan antiespañolas como el marxismo o la homosexualidad, y tan potenciadas, según sus demenciales teorías, durante la República.

—Algo me suena —acepta de mala gana.

—Bueno, pues esa es la política marcada en los últimos años. Imagínese entonces, con lo que tenemos encima, la atención que nos puede merecer la ausencia de un interno como Daza que ni siquiera es potencialmente peligroso. ¿Cuál es su interés en él?

—Encontraron a un hombre deambulando por Madrid —fabula Lombardi para salir del paso—, un indocumentado que dice llamarse Basilio Daza, y ya sabe cuál es la política actual sobre el vagabundeo. Igual se lo devuelven dentro de un par de días. Solo quería comprobar que su versión no es contradictoria con la verdad.

—Supuse que estaría en su pueblo —alega Cabrejas con una mueca de incredulidad—, porque él es segoviano, de Linares del Arroyo. Y me extraña que vaya indocumentado: a todos los internos con licencia se les facilita una cédula personal antes de salir.

—¿Tiene familia allí?

—No sé si directa. Un hermano mayor solía visitarlo de vez en cuando en sus primeros años de internado, pero falleció en la guerra. Lo raro es que haya aparecido en Madrid.

—Quizá le apetecía conocer mundo y ha perdido su cédula —bromea el policía—. Solo intentamos confirmar que se trata de Daza y valorar su peligrosidad, porque haber residido en un manicomio en los últimos años, como él mismo confiesa, no es un antecedente muy tranquilizador. ¿Respetó las licencias anteriores, o ya se les había despistado en otras ocasiones?

—Esta es la primera que solicita. La pidió en febrero, pero no se le concedió hasta el mes pasado. Es su primer permiso en... —Cabrejas consulta sus carpetas—. En ocho años. Ingresó aquí en el treinta y cuatro.

—¿Justificó esa solicitud con algún argumento?

—Quería volver unos días al pueblo y recuperar algunas cosas para tenerlas aquí con él. Recuerdos infantiles.

—¿Podría ver su foto?

El psiquiatra le muestra un documento con una foto grapada. Es la portada de un informe, con los datos generales del interno. Basilio tiene cráneo ancho, frente despejada, pelo peinado hacia atrás sin raya, probablemente castaño. Si algo llama la atención en la foto son sus ojos claros, exageradamente abiertos, con un punto de estupefacción que provoca cierta inquietud. Un metro setenta y tres, y setenta y ocho kilos de peso.

—¿Es reciente?

—De hace un par de años.

—O sea, que el Basilio que aquí vemos tenía…

—Veintiséis más o menos. En octubre cumplirá los veintiocho, pero no le ha cambiado la cara.

—Magnífico. ¿Podría facilitarme copia de esa foto para comprobar que se trata de la misma persona?

—Si hubiera traído usted una del detenido, ya lo habríamos confirmado.

—Por supuesto, pero no dispongo de ella y ni siquiera lo conozco. Estaba de vacaciones en Aranda de Duero cuando me telefonearon para esta gestión. Con eso de que me cae más cerca…

Cabrejas asiente con un cabeceo resignado.

—Y, por completar mi informe —abunda Lombardi—, ¿podría explicarme los motivos que justificaron su ingreso?

—Una paranoia con delirios de interpretación, con matices de parafrenia. No está del todo claro, porque tampoco se ajusta exactamente a los casos definidos por Kraepelin.

—En lenguaje llano, por favor.

—Delirio crónico y alucinaciones —resume el doctor.

—¿De qué tipo?

—Especialmente religiosos, o asimilables al mundo mágico-religioso.

341

—No soy muy versado en psicología, pero lo de las alucinaciones suena a esquizofrenia.

—La parafrenia es un trastorno mental distinto —explica Cabrejas con docta suficiencia—. Revela un sistema organizado de ideas delirantes y alucinaciones que no implica deterioro de la inteligencia ni de la personalidad, cosa que sí sucede en la esquizofrenia.

—Ya. ¿Le importa que tome algunas notas del expediente que sin duda guarda en esa carpeta? Supongo que ahí se explica todo.

—Esto —señala el psiquiatra con el pulgar— es confidencial.

—Ya imagino, pero si debo informar de que se trata de un hombre inofensivo, tal y como usted sostiene, sería bueno apoyarlo con algún argumento médico, oficial. Imagine que el chico no resulta ser tan pacífico como usted dice. ¿Asumiría personalmente la responsabilidad por las barrabasadas que pueda cometer? Mi experiencia en casos parecidos me dice que no le vendría mal curarse en salud ante la DGS. Y cubrir de paso la responsabilidad de su director, el doctor Villacián.

Cabrejas reflexiona en silencio unos segundos. Por fin, extiende la carpeta a Lombardi, reservándose la primera página que contiene la ficha del interno.

—Gracias. Mientras tanto —sugiere el policía—, podría usted gestionarme la copia de esa foto, si es tan amable.

El psiquiatra se incorpora con un evidente gesto de incomodidad y abandona el despacho. Una vez a solas, Lombardi repasa el preámbulo del historial, saca su libreta y anota el contenido de la primera página del informe médico, fechado en diciembre del treinta y cuatro:

Resultado de la exploración: Sin conciencia de enfermedad, el paciente presenta buena orientación en tiempo y espacio y buen estado físico general. Notable inteligencia y cultura básica. Actitud pacífica y ordenada, si bien se muestra receloso y a veces con actividad motora inquieta. Ideas delirantes muy detallistas, relacionadas con el universo mágico y religioso, con incursiones en el mundo cotidiano. Asegura no saber por qué ha sido inter-

342

nado, aunque atribuye esa responsabilidad al cura y al alcalde de su pueblo, así como a los claretianos de Aranda de Duero. Al ser preguntado por los motivos de esta persecución, relata episodios infantiles relacionados con supuestas apariciones marianas y asegura tener el don de distinguir a los demonios entre los hombres, hablar con los muertos y los marcianos y entender el lenguaje de las cosas inanimadas.

Al escueto informe preliminar se añaden media docena de páginas, escritas también a máquina, que reflejan en terminología clínica la evolución de Daza. Evolución positiva, a tenor de la opinión de los diversos firmantes a lo largo de los años. El último de ellos, redactado en la última primavera, informa favorablemente sobre la petición del paciente de obtener licencia de dos semanas para visitar su pueblo.

Lombardi se hace con la segunda carpeta que ha quedado sobre la mesa. Su portada incluye también el nombre de Basilio Daza, y los mismos datos que el expediente que acaba de revisar, aunque en este caso bajo el epígrafe general de *TERAPIAS*. Se abre con una escueta nota:

Se desestiman terapias convulsivas de forma sistemática. Ni el coma insulínico (Sakel), ni el electrochoque ni el choque cardiazólico parecen necesarios ni aportarían elementos de evolución positiva para el paciente. Se recomienda, como complemento al tratamiento psicoterapéutico, la hidroterapia y la laborterapia. De presentarse crisis, sedación con Bromuro (1 gramo diario) y Luminal (10 centigramos diarios) hasta superación del trance.

Las páginas siguientes son un pequeño galimatías de términos médicos y datos clínicos, a los que se suman actas de sesiones terapéuticas que no ofrecen nuevos elementos respecto a los delirios de Daza. No sucede lo mismo con las cuatro cuartillas que cierran el expediente. Son dibujos, presumiblemente hechos por el interno.

Con rasgo inexperto, casi infantil, representan paisajes que el policía intenta identificar con el pueblo natal del autor; al menos así se deduce por ciertos detalles conocidos por él, como las bocas rectangulares que representan las yeseras junto al Riaza, la iglesia y la plaza, aunque la perspectiva es absolutamente inédita, como si estuviera tomada desde el norte y a gran altura. En otro de ellos, con idéntica perspectiva, el río, crecido, inunda los edificios mientras las calles aparecen cubiertas de lo que sin duda son cadáveres ensangrentados. Con todo, las que mayor sorpresa provocan en Lombardi son las dos últimas. La primera representa varias figuras masculinas aparentemente iguales; una de estas, sin embargo, ofrece una estremecedora diferencia: la cruz que exhibe en su mano; y no es que porte un crucifijo, sino que, por su tamaño, parece inscrita en el propio apéndice. En la última hoja, un hombre, al que le falta la mano derecha, es devorado por una rapaz de gran tamaño.

El policía se revuelve en la silla sin necesidad de electrochoque ante lo que acaba de descubrir. Cabrejas regresa en ese momento al despacho y tuerce el gesto al ver el informe en sus manos.

—Su copia está en marcha —dice el doctor.

—Muy agradecido. Dígame, ¿usted atendió personalmente a Daza?

—Durante los tres últimos años, desde que me incorporé al centro.

—Estos dibujos son suyos, supongo.

—En efecto, forman parte de su terapia, y se hicieron a lo largo del treinta y cinco, pocos meses después de su ingreso. Son una expresión gráfica de su mitomanía.

El policía los despliega sobre la mesa.

—¿Sería tan amable de explicármelos?

—El primero es su interpretación del lugar natal: su casa, los sitios especiales que marcaron en algún momento su trayectoria vital. El siguiente refleja los mensajes que supuestamente le transmitió la Virgen desde los nueve o diez años.

—¿Qué mensajes?

—La inundación de su pueblo y una guerra entre españoles.

—Vaya —disimula Lombardi al escuchar lo ya sabido—. A la luz de los hechos, no se puede decir que sean imaginaciones de un loco. Al menos en lo que se refiere a la guerra.

—Tampoco respecto a la primera. Por lo que sé, en su pueblo se construye un pantano que, tarde o temprano, lo anegará.

—¿Y cómo puede explicarse semejante puntería con tantos años de antelación?

—Bueno, es cierto que ese joven es extraordinariamente observador, y este tipo de personas perciben con mayor facilidad lo que sucede alrededor. Son más proclives que la media a lo que podríamos llamar intuición o corazonada.

—Me temo que no es una argumentación demasiado científica, doctor Cabrejas.

—Es que la psiquiatría no tiene respuestas para todo —acepta este con una risa sincera—. El inconsciente es un mundo por desvelar. Y esos procesos anticipatorios de la mente humana figuran en el lado más oscuro de ese mundo. El inconsciente fantasea para resolver un conflicto interno, y el consciente actúa como si esa dramatización imaginada fuese real. En el caso de Daza, su mundo exterior incluye aspectos tan dispares como la existencia de los marcianos o su capacidad de entenderse con los fallecidos o con elementos inanimados de la Naturaleza.

—Pero eso no explica en absoluto el acierto de su predicción.

—Como no lo explica su supuesto origen mariano. La misma Iglesia es sumamente cauta en este terreno. Ninguna de las presuntas apariciones, ni siquiera las más famosas, han sido avaladas oficialmente por el Vaticano. En este aspecto, ya que no en otros muchos, psiquiatría y doctrina católica coincidimos.

—Interesante —valora el policía aparentando convicción—. ¿Y los últimos dibujos?

—Su respuesta gráfica al corpus más elaborado de su patología: la presencia de los demonios entre los hombres. Se le sugirió que dibujase personas normales y demonios disfrazados. Ese es el resultado. Si observa con atención, los cinco personajes parecen iguales, pero uno de ellos tiene cierta peculiaridad.

—La cruz en la mano.

—Veo que es usted buen observador. Ese, el de la cruz, es un demonio. Los otros son hombres corrientes, aunque algunos, según él, pueden ser servidores de los espíritus infernales que, con cuerpo humano, habitan clandestinamente entre nosotros.

—Quiere decir que se cree capaz de distinguir ese signo que los demás no vemos.

—Exactamente —subraya Cabrejas—. Y eso lo incomoda sobremanera, tanto el hecho de descubrirlo como la ceguera de quienes no lo perciben. Buena parte de sus crisis vienen de ese estado de impotencia.

—¿Por qué un demonio habría de llevar una cruz en su mano? Es algo aparentemente contradictorio.

—Las manos, en el universo de Basilio Daza, son un elemento pecaminoso. Especialmente, la diestra: con ella agredimos, nos masturbamos, nos limpiamos al defecar, eliminamos el sudor y los mocos de la nariz. Así que llevar en ella una cruz es una forma de blasfemia, es someter una y otra vez la sagrada imagen a lo más sucio, algo propio del infierno. Dentro de su mundo fabulado, tiene una lógica aplastante.

—Eso parece. Todos los dibujos son de hombres. ¿No existen para él los demonios femeninos?

—Basilio ha sublimado la figura femenina. Su madre, a la que perdió con tres años, es casi una diosa para él. Su padre alcohólico no le prestaba la menor atención excepto para maltratarlo. Solo su hermano mayor se interesaba por él cuando tenía problemas, y es de suponer que el propio Basilio los creaba para recibir su atención. Aquellos episodios infantiles, cuando decía ver a la Virgen, son, a mi parecer, una manifestación más de ese trauma.

—Una vida perra, como la de tantos otros —valora Lombardi con un cabeceo—. ¿En algún momento habló del trato que merecen los demonios?

—Naturalmente. Como todo gran mitómano, Basilio ha elaborado un estricto protocolo al respecto: cómo descubrirlos, qué hacer frente a ellos…

—En el primer supuesto, por la cruz de la mano, supongo. ¿Qué aconseja hacer una vez descubiertos?

—Denunciarlos públicamente.

—¿Con qué objeto?

—Para que todo el mundo los conozca. Esa es su misión, el encargo de la Señora, como él llama a la protagonista de sus supuestas apariciones.

—Así que denunciarlos. ¿Son inmortales esos demonios?

—En absoluto. Participan de todas las miserias de su morfología humana. Pero también en este caso es preciso seguir ciertas pautas. Cuando mueren hay que purificar su mano diestra en lugar sagrado y esconder sus restos lejos de los camposantos, allí donde nadie los encuentre. Para que no emponzoñen las almas de los difuntos.

El policía reprime el gesto de triunfo que le pide el cuerpo. La caudalosa fuente de información que tiene delante todavía puede seguir saciando su sed.

—¿Y el cuarto dibujo?

—¡Ah, ese! —sonríe Cabrejas—. Tiene algo de prometeico, ¿verdad?

¿Prometeico? Por muy doctor en psiquiatría que sea, este ceporro tiene menos luces que un botijo, se dice Lombardi. A pesar de su simpleza, el dibujo muestra claramente que el pajarraco es un buitre que se ceba en el manco, y no un águila. Y que ataca la cabeza, no las tripas. Un demonio muerto al que le falta la mano derecha: un testimonio estremecedor por su evidencia. El asesinato del pastor cumple con la liturgia, a pesar de sus variantes; las manos de Jacinto Ayuso y la de La Vid, pertenezca esta a quien pertenezca, también. Por si fuera poco, y aunque el caso se distancie notablemente de los otros, los datos físicos de Daza se ajustan a las observaciones del doctor Hernangómez sobre las huellas alrededor del cadáver de Eguía y con la vaga descripción del testigo noctámbulo junto al Duero.

—Muy mitológico, sí —acepta por seguir la corriente—. Pero algo no cuadra. Los receptores de supuestos mensajes marianos predican bondades y reclaman arrepentimiento, y en este caso parece haber una especie de violencia soterrada contra determinados personajes, por más que aparezca reprimida.

—Así suele ser; aunque no todo lo relacionado con el mundo mariano coincide con ese patrón. ¿Ha oído usted hablar de Nuestra Señora del Odio?

—Ni por asomo.

—Es una devoción muy curiosa, arraigada desde hace siglos en la Bretaña francesa. Allí, en un pueblo llamado Tréguier, existe una iglesia bajo la advocación de Saint Ives, el patrón de los abogados. Y en ella hay una capilla dedicada a Nuestra Señora del Odio, donde los devotos acuden a pedir la muerte o la desgracia de sus enemigos.

—¿Se refiere a devotos cristianos?

—Ellos se consideran tan católicos como el que más. Son supersticiones rurales, claro está, restos del antiguo paganismo, pero creencias tan poderosas como la fe canónica, que reclaman su lugar en el mundo. Al fin y al cabo, ¿qué otra cosa es la fe sino autosugestión?

—Me pierdo en esas sutilezas, doctor. ¿Pretende decirme que la fe es materia de tratamiento psiquiátrico?

Cabrejas se remueve, un tanto incómodo por el aprieto en que pueden ponerle sus teorías si el policía que tiene enfrente resulta ser un furibundo católico.

—Sí en el caso de la fe extrema, del fanatismo —puntualiza.

—Sugiere que el mundo interior de Daza se asemeja un poco al de esos bretones que dice. Una visión un tanto particular de la advocación mariana, una vertiente violenta.

—Más o menos.

—Y con estos precedentes, ¿no le preocupa en absoluto que ese hombre ande suelto?

El doctor cabecea con gestos de negación antes de explicarse:

—Podríamos decir que Basilio es un teórico, un observador pasivo de sus fantasías, no un militante activo de ellas.

—Pero por algo lo encerrarían, ¿no?

—Hay gente que molesta en la calle, sobre todo si expresa en público ideas tan extravagantes como las suyas. Pero ya le he dicho que no existen inculpaciones judiciales, y en su historial no consta siquiera un intento de agresión. Al fin y al cabo, del mismo modo que la autosugestión puede hacer enfermar, también cura. Y ese ha sido nuestro trabajo con él. Sus últimos años aquí han sido modélicos.

—Un chico de lo más pacífico.

—A ver, señor Lombardi —Cabrejas fija su mirada en la del interlocutor y esboza una sonrisa zorruna—: llevo jugando a su juego todo este tiempo, pero ya va siendo hora de que se explique. Por mi experiencia profesional me jacto de saber cuándo alguien me miente tan descaradamente en las narices como usted está haciendo desde que hemos entrado aquí. ¿Por qué tiene tanto interés en ese joven?

—Ya le he dicho que es un asunto oficial. Y eso exige absoluta confidencialidad.

—Recuerdo muy bien sus palabras; pero si, como me temo, Basilio Daza se ha metido en algún lío, tanto esta institución como yo quedaremos en evidencia. Comprenda que su desmedido interés me preocupe.

—Claro que lo comprendo, doctor, pero pierda cuidado —explica el policía en tono tranquilizador—. En primer lugar, estoy empapándome, hasta donde llego, de una personalidad que me tiene fascinado. No hay nada malo en ello, excepto hacerle perder su precioso tiempo. Pero incluso poniéndonos en el peor de los casos, su colaboración está siendo total, y así lo haré constar en mi informe. Dígame, ¿en algún momento necesitó de sedación o electrochoque? En el expediente se recomienda tratarlo con bromuro y...

—Y Luminal —completa el psiquiatra, un tanto desconcertado por el repentino cambio de tercio—. Pues sí, alguna vez se utilizó el electrochoque, sobre todo en los primeros meses de su ingreso, pero poca cosa. Ya le digo que no ha sido un interno problemático.

—¿En qué consiste la laborterapia? Porque lo de la hidroterapia supongo que serán duchas frías para bajar los humos.

—No hay que saber mucho latín para entender que hablamos de terapia del trabajo. Da buenos resultados hasta en casos graves. El objetivo es mantener activos a los internos, hacer que se sientan útiles, y para eso asumen trabajos domésticos, o agrícolas, según su sexo. Tenemos también talleres de carpintería y sastrería. Los hay que ayudan en las oficinas, en la lavandería o como auxiliares de practicante.

—¿Y a qué se dedicaba nuestro hombre?

—Ha pasado por varias terapias, pero últimamente cuidaba el jardín y la huerta. Parecía contento en ese cometido. Y seguía dibujando: cuadros de contenido mariano y reproducciones de estampas piadosas; entre usted y yo, de muy dudosa calidad.

Unos toques en la puerta interrumpen la charla. Tras la invitación de Cabrejas, una monja asoma tímidamente, y con una disculpa cruza el umbral para entregar un sobre al doctor. Sale del despacho tan presurosa como ha entrado.

—Su foto —dice el psiquiatra, extendiendo el sobre tras examinar su contenido.

—Muchas gracias, doctor. Así que Daza no ha sido un hombre encerrado entre cuatro paredes: salía a tomar el aire.

—Pues claro que salía. Hay un patio de hombres y otro de mujeres, y además un jardín común que pueden utilizar los casos no conflictivos de ambos sexos. También es terapéutica esa relación. Y Basilio jamás dio problemas en este aspecto.

—Quiere decir que no descubrió a ningún demonio entre sus compañeros, que ya no sufría esas alucinaciones.

—En absoluto. Aunque en el caso que nos ocupa me inclino más a pensar en una ilusión infantil que en alucinaciones. De hecho, desaparecieron por completo a los pocos meses de su ingreso, y la Señora dejó de formar parte de su vida. Para un chico tan sugestionable como él, un ambiente acogedor garantiza el equilibrio.

—Por lo que he leído en su historial, pasó un par de años interno en los claretianos de Aranda antes de ingresar aquí.

—En los que demostró su inteligencia, por cierto. Un chico con estudios elementales que en ese tiempo aprobó tres cursos de bachillerato.

—Pero se lo quitaron de encima.

—Porque no estaba en el sitio adecuado. Era un centro educativo y un tanto correccional. Su problema se acentuó allí en contacto con mucha gente desconocida y sin tratamiento médico alguno. Necesitaba ayuda y allí no podían prestársela.

—Pues ya basta por mi parte de incómodas preguntas.

—No diré que me molesta la noticia —acepta Cabrejas con una sonrisa.

—Me alegro, pero aún puede ayudarme en algo. Según mis informes, el detenido en Madrid lleva unas botas de caña baja. ¿Le resulta familiar ese calzado en Basilio?

—Usaba unas botas para trabajar en el jardín, pero no podría asegurarle que se las haya llevado. Si es un dato relevante y no le importa esperar, podríamos comprobarlo en el almacén; allí deben de estar aún sus cuatro cosas.

—No vale la pena. —El policía se incorpora, extiende su mano al doctor y se despide con afecto no impostado—. Mi más sincera gratitud por su ayuda, porque admiro de veras su trabajo. Y le ruego que no me tenga en cuenta indirectas, pullas y cualquier tono de sarcasmo que haya podido emplear en nuestra interesantísima conversación. Solo son vicios profesionales.

—Y usted no vaya a pensar que somos unos irresponsables. Tenemos casos muy graves, y a esos dedicamos nuestros principales esfuerzos.

***

La impaciencia que ha acompañado a Lombardi desde Valladolid se acentúa cuando llega a Fotos Cayuela. La tienda está cerrada al público, como cada día a la hora de comer, y el policía se ve obligado a subir al piso principal e interrumpir la presumible siesta familiar. Es el padre quien abre la puerta y recibe con gesto agrio la inesperada visita en horas tan intempestivas. No obstante, avisa a su hijo con un vozarrón impropio de la calmosa personalidad que suele mostrar con su clientela.

—Necesito que me haga unas copias urgentes —dice el policía en cuanto el joven aparece.

—Siempre tan oportuno —protesta Tirso—. ¿No puede esperar la horita escasa que falta para abrir?

—No señor. La Guardia Civil necesita cuanto antes la foto del asesino.

—¿Del asesino? —se sorprende el fotógrafo, que recoge un ramillete de llaves de una cómoda junto a la puerta y avisa de su marcha con un grito hacia el interior de la casa—. Pues vamos allá.

Alcanzan el laboratorio a paso vivo, casi a la carrera, y Cayuela dispone con habilidad la instrumentación necesaria.

—A ver si la puede ampliar un poco sin que pierda nitidez —solicita Lombardi—. Necesito diez copias. Y esta tarde hace usted otro par de docenas y las lleva al cuartel. Hay que sembrar la comarca con esta imagen.

—¿Cómo sabe que este fulano es el culpable?

—Es largo de contar, pero es él. Al menos de dos casos. Y, si por casualidad no lo fuera, lo conoce muy bien. ¿Qué tal esta mañana en La Vid?

—Trabajo fácil: una mano que no se mueve —alardea el fotógrafo mientras obtiene el negativo—. Como en San Juan. Y como en San Juan, con unos cortes en la palma, según descubrió el doctor Peiró al abrir los dedos durante la autopsia.

—Era de suponer.

—El brigada Manchón tiene todas las fotos. Y el juez, claro está.

—¿Se sabe ya a quién pertenece?

—Yo no, desde luego. Puede que lo hayan averiguado, pero esas cosas no se cuentan en voz alta delante del fotógrafo.

—Pues por aquí tardan poco en saberse —ironiza el policía—, según he podido comprobar.

—Radio Macuto funciona en todas partes. Oiga, ¿a usted no le suena este tipo? Raramente se me despinta una cara. No sé quién es, pero juraría que me lo he cruzado en Aranda.

—Ahora que lo dice, la misma sensación tengo yo desde que lo vi. Sé bien que no es un vecino de la villa, aunque es evidente que se ha movido por sus calles.

Media hora después, con las primeras copias en un sobre, una de las cuales guarda para sí, Lombardi se encamina a toda prisa al cuartel de la Guardia Civil. Manchón lo recibe taciturno, mascullando, sumido en ese bucle de preguntas sin respuesta que el policía ha querido ahorrarse con su repentina fuga a Valladolid. Es evidente que el brigada soporta a duras penas el peso de la nueva losa que ha caído sobre sus espaldas.

—Alegre usted esa cara y reparta esta foto entre sus guardias —dice el recién llegado con una sonrisa, mientras vacía sobre la mesa el contenido del sobre—. Basilio Daza, casi veintiocho años y natural de Linares del Arroyo: es nuestro hombre.

—¿Está seguro? —replica incrédulo Manchón—. ¿Cómo lo sabe?

—Seguro. Es el mismo que mató a un pastor en Linares hace catorce años. Escapó a primeros de julio del manicomio de Valladolid, y los casos de Ayuso y La Vid son casi calcados. Probablemente, también mató a Eguía.

—Así que un loco. No podía ser otra cosa.

Manchón reacciona con un brote de energía, llama a un cabo, le entrega las fotos y ordena hacérselas llegar a las parejas que patrullan la comarca con el objetivo de detener al tipo si logran identificarlo.

—Cayuela traerá más copias esta tarde —anuncia Lombardi—. Hay que dotar con una a cada puesto, que no quede un solo pueblo sin su foto, a ver si conseguimos dar con él. ¿Qué tenemos de la mano del monasterio?

El brigada saca una carpeta del cajón y la abre sobre la mesa. Contiene el informe forense y las fotos realizadas en el escenario y en la sala de autopsias. Semejante al caso del novicio, con una amputación ejecutada también *post mortem*, si bien el deterioro del apéndice no es tan extremo como el de aquel.

—Parece que la víctima es reciente.

—De anoche, exactamente —confirma Manchón con una bolsita de fieltro en la mano, de la que extrae un anillo—. En su interior están grabados el nombre de la víctima, el de su mujer, y la fecha de la boda. Sabe Dios qué manía tiene ese tarado con las manos derechas.

Porque es en la derecha donde los demonios esconden la cruz, podría explicarle Lombardi, pero llevaría mucho tiempo pormenorizar todos esos detalles, y tiempo es precisamente de lo que no andan sobrados. Está claro que Daza ha querido cumplir al pie de la letra su rito macabro sin renunciar a dar publicidad a la identidad de la víctima.

—¿Conocemos ya quién es el muerto? —apremia el policía.

—La alianza pertenece a Gabino Barbosa.

—¿El joven falangista con el que hablamos?

—Ese mismo, y ayer a las ocho y pico estaba vivo. Por la tarde tuvo una reunión del sindicato en Vadocondes, a unos catorce kilómetros por la carretera de Soria. Salió de allí de anochecida, en bicicleta. Pero no llegó a casa.

—Ese pueblo cae cerca del monasterio.

—A siete kilómetros. Más fácil para el asesino que en el caso de Ayuso. Tengo dos parejas rastreando la zona. Es un terreno muy llano, aunque el arbolado que bordea la carretera permite esconderse. Es de suponer que lo atacó por allí, pero no hay rastro del cuerpo de momento.

—Ni creo que lo encuentren, Manchón, como no encontramos el de Jacinto. Solo nos deja la mano para que nos enteremos de su muerte; el resto lo entrega a las alimañas, me temo. Lo importante es que ya conocemos su identidad y su cara. Encárguese usted de la búsqueda en el partido judicial, que yo voy a darme una vuelta por Linares.

—En su pueblo lo conocerán —alega el brigada—. ¿Cree que se va a dejar ver entre su gente? Ya estuvo usted allí y no consiguió nada.

El policía asume los hechos con un movimiento afirmativo de la cabeza.

—Pero entonces no buscaba a un asesino con nombre y apellido —argumenta, encogiéndose de hombros—. Hay que comprobarlo, y usted no tiene jurisdicción allí.

—Puedo dar aviso al cuartel de Riaza.

—No es mala idea, pero de momento prefiero encargarme yo directamente.

Manchón ojea el reloj de su muñeca.

—A estas horas —anuncia— ya no hay coche de línea. Y el nuestro está en la carretera de Vadocondes.

—Pues habrá que sudárselo, porque un taxi hasta allí sale por un pico y tampoco me apetece que el taxista le vaya con el cuento a don Cornelio.

Esposas, linterna y navaja se suman a la Star de la sobaquera como impedimenta necesaria para el viaje. El policía se desprende de corbata y calcetines, se viste con el traje viejo y deja sus zapatos al pie de la cama para calzarse unas alpargatas, mucho más cómodas para afrontar veintitantos kilómetros de pedaleo por terreno poco propicio.

—¿Ha comido usted? —lo interpela doña Mercedes en el portal.

—Nada desde la achicoria de esta mañana.

—Pues siéntese, que en un pispás le caliento unas alubias.

—Gracias. Me las zamparía con mucho gusto, pero no tengo

tiempo, y hacer la digestión de unas alubias sobre un sillín no parece muy recomendable.

—Ni que fuera a apagar un incendio. Espere.

La patrona desaparece en la cocina para regresar al poco con una rebanada de hogaza y un par de chorizos que envuelve en papel de periódico y le introduce dificultosamente en un bolsillo exterior de la americana.

—Meriende, por lo menos —lo despide con una animosa palmada en el manillar de la bicicleta.

La parte inicial del trayecto es casi como un paseo. Esos cuatro primeros kilómetros que separan Aranda de Fuentespina discurren por la carretera de Francia, sobre un piso asfaltado y bajo la apacible sombra de los gigantescos árboles que delimitan los arcenes. Lo malo llega después, una vez tomada la desviación que conducirá a Linares, porque desplazarse sobre una superficie de tierra trufada de baches exige especial atención para quien no se tiene por un experto ciclista.

El sol es un disco velado por una panza de burro, un manto de nubes que abochornan la tarde. Los saltamontes escapan de la amenaza de los tubulares, cruzando de un lado a otro de la calzada con sus impredecibles brincos. El paisaje es plano y ocre, sin el menor rastro de vida excepto accidentales bandadas de tordos que se alzan de los rastrojos en un vuelo nervioso para perderse un centenar de metros más allá. Los tordos, y un imprevisto automóvil que llega de frente y cuyos neumáticos lanzan sobre Lombardi una ráfaga de metralla en forma de piedrecillas al tiempo que lo envuelve en una nube de polvo masticable.

Media docena de kilómetros después, una vez superadas las calles de Fuentelcésped, el trayecto vira ligeramente hacia el este, y el sudoroso policía contempla al sur los azulados y lejanos perfiles de Somosierra mientras que en el lado opuesto queda el imaginario recorrido del Duero. El rubio paisaje muta lentamente en tierra rojiza, férrea, y la carretera se convierte en una recta solitaria de final invisible, hasta llegar a un cruce parcialmente señalizado: el cartel indica que la izquierda lleva a Santa Cruz; nada dice de la derecha, pero esa es la dirección correcta.

Poco más adelante, el entorno cambia de forma drástica, y el monte bajo sustituye a las tierras de secano, los cerros al llano y los tomillos y aisladas encinas al decapitado cereal. Al pie de unos de esos cerros se detiene por primera vez Lombardi, lamentándose de no haber traído consigo una cantimplora de agua. Sin embargo, no lo ha frenado la sed sino la curiosidad. En la cima de uno de los oteros parece celebrarse una asamblea de buitres mientras otros congéneres planean sobre el lugar con evidente intención de tomar tierra.

El policía acomoda la bicicleta al borde de la carretera y asciende la loma. Acelerado, con la ropa empapada en sudor y la lengua áspera como lija, imagina encontrarse los restos de Gabino Barbosa bajo las garras y picos de los carroñeros. Es una posibilidad remota, ciertamente, pero no puede descartar ninguna que se le presente a la vista. De haber actuado con semejante criterio y cumplido su visita al manicomio de Valladolid en el momento debido, tal vez habría impedido un par de asesinatos. Es una pifia profesional que lo reconcome desde que abandonó la institución psiquiátrica junto al Pisuerga, y no está dispuesto a repetirla. Desenfunda el arma cuando se acerca a la bandada; sabe que los buitres, quebrantahuesos o lo que quiera que sean esos enormes y siniestros bichos, raramente atacan a los seres vivos, pero toda norma tiene su excepción y no está de más prevenirse, especialmente si el grupo es tan numeroso. Se detiene a una docena de pasos de las rapaces; el hambre parece ser más tentadora que el recelo, y los buitres lo ignoran por completo. Decide dispersarlos a pedradas. El que recibe el impacto da un respingo sobresaltado, y entre graznidos corretea aleteando largo trecho, hasta que sus torpes movimientos terrestres se transforman en un poderoso vuelo que busca corrientes propicias. La segunda pedrada tiene efecto multiplicador, y varios ejemplares siguen el camino del primero. No es necesaria una tercera, y el avance del policía hacia ellos dispersa a los restantes. Todo para nada, porque el frustrado banquete resulta ser una oveja sanguinolenta con las costillas al aire.

Un par de kilómetros después comienzan las curvas y el descenso hacia la profunda garganta del Riaza. Un trazado donde se hace más que real el riesgo de caer al vacío o estrellarse contra los malecones de cemento del borde exterior de la calzada, porque el piso de arena no permite frenazos bruscos sino a costa de peligrosos resbalones. Lombardi sujeta la bici con el freno hasta que le duelen las muñecas, mientras se pregunta cómo demonios hará para volver cuando tenga que afrontar semejantes desniveles de subida. Cruza frente a la cantera, y después entre las obras de la presa, donde la actividad parece tan intensa como la primera vez que visitó Linares.

Al llegar a la plaza, se dirige directamente a la fuente, se apea y bebe con ansia; una vez saciado, coloca la cabeza bajo el caño y emite un aullido de placer mientras el fresco chorro le recorre desde la nuca hasta la crisma. Se sacude el agua como un perro y luego se repeina con los dedos ante la divertida admiración de unos chiquillos que presencian la ceremonia y que responden sin dudar a su pregunta sobre dónde encontrar a la Guardia Civil.

La casa de los civiles está enfrente, junto a la carretera. Empapado, con el traje cubierto de barrillo y polvo, Lombardi se imagina con aspecto de vagabundo, y para evitar innecesarias suspicacias exhibe su documentación en cuanto franquea la puerta abierta. La pareja es de lo más curiosa: uno tan veterano que parece a punto de la jubilación; otro, tan novato que apenas aparenta los veinte años. Ambos son guardias rasos, pero la experiencia es un grado y el policía se dirige al mayor para explicar que trabaja con sus colegas de Aranda en la investigación de unos crímenes, cuyo presunto autor es un antiguo vecino del pueblo. Acto seguido, les hace entrega de la foto de Basilio que lleva en el bolsillo para que abran bien los ojos por si aparece por allí.

El policía recoge la bicicleta apoyada en la fuente y cruza el pueblo a toda velocidad en dirección a su objetivo. Dedica un saludo al desgaire a don Heliodoro, que sigue sentado en el poyete de su casa como si no hubiera pasado el tiempo desde la última vez que se vieron, y alcanza por fin el edificio que fue hogar de los Daza. De nuevo ante la puerta, prueba a abrirla a empujones, y al segundo intento cede el portón inferior. Casi en cuclillas, con la pistola en una mano y la linterna en la otra, se enfrenta a un portal oscuro para comprobar que el portón superior sigue cerrado con llave, y que el cerrojo corrido del inferior ha sido forzado; tal vez por su propio ímpetu, aunque juraría que días antes era mucho más sólido, porque no cedió a empujones parecidos.

El aspecto interior de la casa tiene poco que envidiar a lo visto en su día desde el techo hundido. Apesta a humedad y a madera podrida. A la izquierda se abre un pequeño espacio que probablemente se usó como cuadra, convertido ahora en un cúmulo de telarañas tan denso que parece frenar el haz de luz de la linterna. Lombardi renuncia a sumergirse allí para tomar un estrecho pasillo que conduce a la cocina, una de esas estancias casi medievales con hogar a ras de suelo, horno de leña y un par de carcomidas y polvorientas banquetas de madera.

Por otra puerta se accede directamente al comedor, iluminado por la tronera abierta en el techo. Una gran zarza ha crecido en su interior, y las espinosas ramas que trepan por uno de los muros se unen a las vigas y tejas caídas para impedir el acceso a buena parte de la habitación. No hay muebles, y el suelo de barro cocido que aún puede verse está salpicado de hojas podridas y excrementos de aves.

Las tres salas restantes son dormitorios. La más grande acoge, entre paredes desconchadas, una cama de matrimonio bajo un crucifijo y la modesta dotación de un par de mesillas, una cómoda y un armario destartalado completamente vacíos, como vacío de ropa está el propio lecho, con el jergón al aire. Las otras dos son tan humildes y desnudas como la primera, aunque una de ellas está profusamente decorada con estampas piadosas, especialmente marianas: alguna enmarcada, si bien la mayoría se sujetan en la pared con tachuelas; unas y otras revelan notable deterioro por el paso del tiempo y los inconfundibles excrementos de mosca que motean su superficie. El policía examina cuidadosamente la iconografía hasta descubrir una rareza que le acelera el pulso y le provoca un familiar hormigueo de inquietud. Es un vacío rectangular, como si uno de los cuadros hubiera sido retirado después de muchos años, dejando al aire un trozo de pared, un marco relativamente limpio entre la densa pátina de mugre que cubre tanto el muro como al resto de las imágenes. Sin moverse, repasa la habitación con la luz de la linterna; nada destacable salvo en el suelo, de losas de barro cocido como el resto de la casa, donde un rastro rompe la uniforme alfombra de polvo. De la irregular forma de los restregones es difícil aventurar si se trata de huellas producidas por calzado o por la incursión de algún animal. De puntillas, pisando sobre las marcas del suelo para disimular en lo posible el esparto de sus alpargatas, desanda camino hasta la entrada, comprobando de paso que el rastro no se limita a la habitación. Sale al exterior con un suspiro de alivio, como si hubiese estado buceando en el mar Muerto. Porque ausencia de vida es lo que sugiere ese lugar atosigante, y profunda tristeza la imagen ruinosa de lo que antes fuera un quehacer familiar, un hábitat humano. Ausencia de vida interrumpida, eso sí, por las dos irregularidades descubiertas.

Tras asegurarse de que la puerta queda bien cerrada, al menos tal y como se la ha encontrado, Lombardi recorre los alrededores del desamparado edificio en busca de nuevas sorpresas. No encuentra ninguna, salvo un inconfundible montoncito que indica que una caballería se ha aliviado justo al lado del muro de la fachada trasera. Tras pensárselo unas cuantas veces y sobreponiéndose a la natural repugnancia, saca su pañuelo, envuelve en él una de las bostas y se lo guarda en un bolsillo de la chaqueta.

Con su peculiar botín a buen recaudo, el policía pedalea de regreso al pueblo, hasta detenerse ante la casa del tío Doro, que entorna los ojos para identificar al recién llegado.

—¿Es usted el que pasó antes como si lo persiguiera el diablo?

—Sí, don Heliodoro. Disculpe, pero tenía prisa.

—¿Y ya no la tiene?

—Todavía la tengo, pero necesito hablar con usted.

—Pues con mucho gusto. Aguarde, que voy a por el porrón.

—No se moleste. —Lombardi frena con su mano el intento de incorporación del viejo, tanto por las prisas como por el hecho de que tiene el estómago vacío y el vino puede tumbarlo al primer trago. De inmediato se lo piensa—. Bueno, me parece bien, si acepta usted compartir conmigo la merienda.

—Yo como menos que un gurriato, pero si no hay más remedio.

Cuando el viejo regresa al exterior, el policía ha cortado los dos chorizos en pequeñas porciones, distribuidas sobre la rebanada de pan; el resultado descansa sobre el poyete, con el papel de periódico que envolvía el regalo de doña Mercedes a modo de improvisado mantel. Además del porrón, el tío Doro aporta un cogollo de cebolla y un chusco de hogaza.

—Coma, coma usted —anima al huésped—, que yo ya me arreglo con esto.

A riesgo de parecer descortés, Lombardi devora la pitanza: hasta tenerla a la vista no ha caído en la cuenta de que está verdaderamente hambriento y la salivación se le hace insoportable. El viejo inaugura el ágape con un breve trago.

—¿Y qué le trae de nuevo por aquí? —se interesa, mordisqueando la cebolla con sus encías casi desnudas.

—Basilio Daza, naturalmente. No lo habrá visto.

—¿Al chaval? Ya le dije que se lo llevaron hace más de diez años. Si quiere verlo, en Valladolid andará.

—Se ha fugado.

—¿Del manicomio?

El policía tiene la boca llena y asiente con un cabeceo. Traga por fin y se hace con el porrón para premiarse con un buen tiento antes de explicarse.

—Parece que nuestro chico se cargó al pastor —amplía—. Y por lo menos a otros dos hombres en la última semana.

361

Don Heliodoro arquea las cejas hasta el borde de la boina; los dedos con que entresaca las migas del currusco se han paralizado.

—¿Está seguro? —balbucea al fin, con un leve temblor en los labios.

—Casi. Espero que él me saque de dudas cuando lo pille. Dígame, don Heliodoro, ¿cómo era la vida de Basilio en Linares?

—Ya le dije que era raro. Solitario, y siempre zanganeando por ahí. Parece que paraba poco por casa. Tampoco le extrañe, porque el tío Mico le zurraba la badana cada dos por tres.

—Claro que no me extraña. Pero tendría lugares preferidos, digo yo.

—Se pasaba el día triscando por los campos, como las comadrejas; sobre todo por el Cerrejón, en esos peñascos de ahí arriba. —El viejo señala con el pulgar a su espalda, hacia el macizo protector—. De mozos, todos hemos subido alguna vez a quitarles huevos a los buitres, pero él echaba allí más horas que en el pueblo.

—¿Y ahí es donde se le aparecía la Virgen?

—¿Dónde si no?

—¿En lo alto del cerro?

—¡Quiá! En una covacha de por allí.

Lombardi fulmina la merienda y se aclara con un segundo trago.

—Yo tengo que seguir fisgando —anuncia—. ¿Podría guardarme la bici hasta mi vuelta? No creo que me sea muy útil para subir el cerro.

—¿Piensa ir hasta allí? Buena gana. Pues métala en el portal, si quiere.

El policía obedece agradecido. Antes de despedirse, se cree obligado a advertir del peligro.

—Tenga cuidado, don Heliodoro. Y si por causalidad viera usted a Basilio, no dude en avisar a la Guardia Civil.

—Y cómo voy a saber que es él, si ya será todo un hombre y yo no veo tres en un burro.

—Basta con que le llame la atención algún desconocido rondando por aquí. No dude en hablar con los guardias. —Lombardi está a punto de irse cuando recuerda de repente lo que lleva en el otro bolsillo de la americana. Con cuidado de no mancharse y no poca prevención, desenvuelve el pañuelo, descubre su contenido y se lo muestra al viejo—. Había olvidado esto.

—¡Coña! —exclama el tío Doro ante semejante visión—. ¿Para qué quiere esa boñiga?

—Para que usted me explique si es de burro, de mula o de caballo. Supongo que, a sus años, habrá visto unas cuántas.

—Y a usted que más le da.

—Puede ser importante.

El viejo hace una mueca con la boca y fija su débil mirada en los ojos del policía. La retira, por fin, para posarla sobre el excremento.

—Pues así, de primeras, y por el tamaño, más parece de mula que de burro —sentencia—. Los caballos son muy raros por aquí, que cuestan muchas perras.

—Y por su aspecto, ¿cuánto tiempo calcula que lleva al aire libre?

—Que cuándo la cagaron, quiere decir.

—Eso mismo.

—A ver, traiga usted acá.

Lombardi hace entrega del pañuelo y su contenido. El viejo toma la bosta entre las manos con toda naturalidad, la sopesa durante unos instantes y finalmente la abre por la mitad, como si partiera una breva.

—Todavía está tierna —valora, reflexivo, aplicando la nariz—. Un día; día y medio como mucho. ¿De dónde la ha sacado?

—Las mulas no se esconden para hacer sus necesidades, ¿verdad?

—Qué cosas se le ocurren —se carcajea el tío Doro—. Más que policía parece usted uno de esos de la radio que cuentan chistes.

—Lo digo porque había un montón de excrementos como este junto a la pared posterior de la casa de los resineros, y eso queda

363

bastante apartado del camino, de modo que no pueden pertenecer a una caballería de los trabajadores de la presa.

—Igual a uno de ellos le entró el apretón y buscó sitio por allí para estar a cubierto. Y su mula aprovechó para hacer como el amo.

—Pues sí, podría ser eso —medita el policía, considerando si merece la pena confirmarlo con los viajeros; hasta que se imagina el esperpento que significaría semejante interrogatorio y decide despedirse.

Antes de que se haya alejado diez pasos, el viejo le grita a sus espaldas:

—¡Que se deja usted el moquero!

—Puede tirarlo. No lo necesito.

—Pero hombre, no me sea remilgado, que es de buen hilo, y con un remojo en el pilón se le queda como nuevo.

El ascenso al Cerrejón es un matapiernas sobre tierra áspera y gris, roquedales dispersos, vegetación pobrísima que no se atreve a levantar dos palmos del suelo. Y un rodeo descomunal para evitar las paredes casi verticales que se ciernen sobre el pueblo y sus alrededores. Sin embargo, una vez arriba, y a pesar del calor sofocante, merece la pena el esfuerzo empleado.

En una pausa para recobrar resuello, Lombardi contempla embobado el paisaje. Se lo imagina en primavera, con jugosas laderas, copas brillantes y prados manchados de verde, tan parecido al dibujo que se guarda en el historial de Daza del psiquiátrico de Valladolid. Ahora, a finales de agosto, el aspecto resulta bastante más apagado, un tanto mortecino ya por el crepúsculo, pero no deja de ser un precioso valle destinado a morir en beneficio de algunos regantes y, muy especialmente, de las empresas hidroeléctricas. No reflejó Basilio, quizá porque no existían entonces, los dos viaductos que se ven a la derecha, ni la boca del túnel ferroviario que los separa, aunque el policía siente un estremecimiento al saber que pisa un escenario tan íntimo para el asesino.

El sol ha iniciado ya el último tramo en su recorrido celeste, y solo se intuye su presencia por un resplandor rojizo entre negros nubarrones, pero Lombardi necesita saber más sobre el hábitat de Daza y avanza decidido por el extenso cerro. Deja atrás los restos pedregosos de un corral, apenas unas paredes sin techo, hasta alcanzar el borde norteño del macizo. El espectáculo es allí más sobrecogedor que en su vertiente sur. A sus pies se abre un largo y serpenteante desfiladero, una pared que cae casi vertical sobre los frondosos márgenes del Riaza. Los buitres planean en torno a ese vacío, y en el farallón de enfrente se reúnen a docenas para disfrutar los últimos rayos cálidos de la jornada.

La brisa transporta un inconfundible olor a humedad. También huele a tomillo, a romero, a enebro, y a algo más, desde luego conocido. Al reparar en este último aroma, el policía se olvida de la belleza salvaje que lo rodea para recorrer con la vista el terreno que sostiene sus pies. La vegetación todavía es pobre, pero un poco más allá, en las rocas que definen el borde sobre la sima, el mundo vegetal parece bastante más feraz. Hasta allí se llega para comprobar la presencia de unos matorrales que le suscitan la sonrisa, porque al palpar sus hojas peculiarmente carnosas, los dedos se pegan a ellas como si tocaran resina, y llevados luego a la nariz confirman que se trata de la *saxifraga* no-sé-cuántos de la que habló el doctor Hernangómez. Bálsamo, en definitiva, como los restos hallados en las botas del asesino de Evaristo Eguía que él fue incapaz de oler en el hospital.

Al doctor Peiró, piensa Lombardi, le gustará saber que tenía razón al atribuir a un mismo autor los crímenes de Ayuso y Eguía. Casos, en apariencia tan dispares, que se unifican ahora al compartir distintos aspectos de este paisaje. Animado por el hallazgo, el policía avanza un poco más para asomarse al desfiladero. Tiene el pálpito de que los cadáveres de Ayuso y Barbosa, o lo que quede de ellos, están por ahí abajo, en alguna angostura convertida en comedero de carroñeros.

—Como lo estará el mío si no ando listo —mascula a media voz al resbalar sobre la superficie blanda de una piedra cuyos restos se desprenden para desaparecer en el vacío.

Pero por allí no hay rastro alguno de covachas, como ha definido el tío Doro el lugar de las supuestas apariciones marianas. El policía ha recorrido un terreno liso como un cráneo para encontrarse de repente aquel abrupto corte en el terreno. Un tanto decepcionado, otea los alrededores, hasta divisar algo que rompe la uniformidad del entorno. A su izquierda se abre una especie de senda, una zona aparentemente transitable entre las rocas desde donde pueden apreciarse detalles del desfiladero con mejor perspectiva. Duda si aventurarse o no por semejante ruta. La luz solar empieza a decaer, pero al fin y al cabo lleva linterna; tampoco parece muy juicioso dejar que la noche lo sorprenda en semejante tesitura, aunque no ha llegado hasta allí para dar marcha atrás. Hay tiempo, se dice: solo un vistazo y media vuelta.

La senda tiene un par de pies de anchura en el mejor de los casos, y a menudo el paso está cortado por maleza, entre la que no es difícil distinguir las plantas de bálsamo. Pisarlas se hace obligado a veces para poder seguir adelante, como probablemente las ha pisado Basilio Daza si ese camino es el correcto. Después de una decena de metros, las peñas dibujan un recodo hacia la izquierda y más adelante hay otro tramo similar antes de que el terreno se haga del todo intransitable. Abajo, una densa foresta impide ver el río, y en el lejano despeñadero al otro lado del cañón se distinguen cuevas y grietas que sirven de buitreras. También crecen árboles y arbustos en la pared que transita el policía, y alguna de sus ramas le sirven de apoyo en su propósito de completar el circuito.

Las primeras gotas son gordas como puños: caen sueltas, cada tres o cuatro segundos, pero inundan todo lo que alcanzan; por ejemplo la cabeza de Lombardi y las peñas que pisa. Después, un resplandor ilumina el cielo durante una fracción de segundo, y casi de inmediato llega el trueno, un impresionante estampido que recorre la hondonada rebotando en las paredes de roca. El policía se agarra a una raíz que brota de la piedra mientras la lluvia espesa. Avanza un par de pasos más hasta alcanzar una grieta, una estrecha oquedad que utiliza como resguardo, a la espera de que escampe.

Está empapado, el lugar no es precisamente cómodo y el cielo parece una mortaja oscura. Asoma la cabeza entre la cortina de agua para tantear con la vista el resto de senda que le falta, unos pocos metros. A tres o cuatro pasos parece haber un hueco algo mayor que el que ahora ocupa, y hacia él se dirige con la esperanza de que sea la maldita covacha. La senda se ha convertido en una superficie escurridiza como el cristal y el avance resulta penoso, pero al fin alcanza con la mano lo que parece ser el borde de una pequeña gruta. Con el último impulso para llegar a ella, el policía resbala, y en el brusco movimiento de reacción para mantener el equilibrio pierde la alpargata de su pie izquierdo.

—¡Puta lluvia, coño! —maldice a gritos cuando consigue introducirse en el agujero.

Lombardi se ve obligado a sentarse, porque la angostura del lugar no le permite estar de pie. Toma aliento con la mirada fija en el exterior y lamentándose de su mala suerte. Se consuela al fin, pensando que podría haber sido mucho peor de haber seguido el camino de su calzado. Es casi noche cerrada, o al menos eso parece, porque una manta oscura ha cubierto el cielo y lo único que se ve es un velo de agua tan denso que parece casi sólido.

Una vez se calma, decide inaugurar el alojamiento; por fortuna, aunque él está calado, las cerillas siguen secas y el pitillo tira a la primera. Bajo la intermitente luz de la brasa, reflexiona sobre su chusca situación: con la que está cayendo es imposible volver, y hay que hacerse a la idea de pasar allí la noche. Sondea su refugio con la linterna, cuyo haz se abre paso entre la humareda para mostrar que se halla en una pequeña cueva, mucho más profunda que alta, con anchura suficiente para tres o cuatro personas. El irregular suelo desciende levemente a medida que se ahonda, y oscuros matorrales se comen buena parte del fondo, a unos cinco metros de la entrada.

Cama dura, pero grande, se dice para consolarse ante las horas que le esperan. A menos que se inunde, objeta de inmediato. Pero la luz de la linterna no revela humedades en el techo, ni grietas que sugieran posibilidad de filtraciones. Por lo menos aquí no hay riesgo de mosquitos, se felicita; tal vez alguna araña, o culebras. La idea le resulta un tanto inquietante y decide confirmar que sus aprensiones son infundadas. Entrega la colilla a la lluvia y desciende hasta el fondo para revisar con cuidado los matorrales. No hay rastro de vida en ellos, pero lo que encuentra le provoca un respingo de sorpresa. Extrae la alforja de su escondite y revisa su interior; en uno de los senos hay un par de zapatos, una camisa y un pantalón arrugados; el otro seno, y bajo unos puñados de nueces, almendras y bellotas, guarda un hacha: vieja, un tanto mellada, con minúsculos aunque evidentes restos de sangre en el mango de madera. Al fondo de la cueva, oculto entre el ramaje, descubre un paquete de tela sucia anudado con fino cordel; un macabro presentimiento se apodera de él mientras lo desata con cuidado, augurio que se confirma al extender el lienzo y desnudar su contenido: una mano, o lo que en su día fue una mano, porque ahora solo es su esqueleto.

LA LLUVIA

Jueves, 27 de agosto de 1942

Cuando entreabre los ojos, Lombardi tiene la pistola en una mano y la linterna apagada en la otra. Aún tarda unos segundos en situarse, en comprender que está a punto de concluir una de las noches más extrañas de su vida. Son casi las cinco y media y ha dejado de llover; al menos ya ha desaparecido la cortina acuosa que velaba la entrada de la gruta y no se oye el imponente fragor de la tormenta.

Por lo que recuerda, había jarreado sin parar hasta más de la una y media. En un alarde de valor, se asomó al borde de la gruta para descubrir que el cielo se había aclarado, e incluso sembrado de estrellas en la zona más alejada de un plenilunio que quedaba invisible a sus espaldas. Pero la temperatura gélida y el aullido del viento le hicieron tiritar y se refugió de nuevo para intentar dormir. Bueno, dormir, lo que se dice dormir, más bien poco. Es difícil hacerlo en compañía de un arma homicida y de esa colección de huesos ennegrecidos. Así que solo ha dado cabezadas, unas más largas que otras; un duermevela que le permitió comprobar, a eso de las cuatro, que el cielo se había teñido de un extraño color rojizo y que la pausa de la tempestad era solo una tregua en el diluvio.

Al menos, ha tenido tiempo para pensar y sacar conclusiones. Por ejemplo, la evidencia de que Basilio Daza ha estado en su casa recientemente: la facilidad con que ha cedido esta vez el batiente inferior de la puerta, las difusas huellas en buena parte de la casa, la ausencia de una de las ilustraciones de la pared de su viejo dormitorio, la presumible presencia de una caballería en la fachada trasera, a resguardo de miradas. Probablemente se le ha escapado algún que otro detalle, pero esos ya son importantes.

Tal vez sea exagerado considerar aquel hogar ruinoso como centro de operaciones del asesino, pero está claro que en la última semana lo ha visitado, quizá más de una vez. Puestos a especular, Lombardi considera posible que estuviera allí dentro cuando él trepó hasta el techo derrumbado. Lleva a pensar en ello el sistema de cierre de la puerta: el batiente superior necesita llave, y el inferior se asegura con un cerrojo corrido. Por lo visto en Linares y en muchos otros sitios, durante el día la gente deja abierto el superior y se limita a usar un cerrojo que puede ser manipulado desde fuera, cerrando con llave tan solo por la noche. Son llaves grandes y pesadas, de las que raramente se hacen copias, y es lógico que la única existente se la quedara Casiano Daza cuando se llevaron a su hermano pequeño a los claretianos de Aranda, y que aquel cerrara su hogar a cal y canto cuando emigró a Burgos. Así que Basilio se habrá visto obligado a forzar a golpes el cerrojo inferior para poder entrar; cerrojo que asegurará desde dentro cuando ocupe la casa y que disimulará de mala manera al salir, tal como ha hecho hace unas horas el propio policía; eso explica que en su anterior visita con el doctor Peiró no consiguiera abrir un batiente que ha cedido con relativa facilidad en el último intento.

Pero si no centro de operaciones, sí al menos refugio improvisado de Basilio durante sus andanzas. Porque Lombardi empieza a sospechar con cierto fundamento que aquellos abruptos barrancos tapizados de frondosa vegetación son el lugar ideal para deshacerse de un cuerpo, cuerpo que quedará tan oculto al ojo humano que pueden pasar generaciones antes de ser descubierto por casualidad; o lo que quede de él para entonces. La presencia de una caballería, como medio de transporte de los cadáveres, y los restos vegetales hallados junto al cuerpo de Eguía apoyan la hipótesis de que Daza se ha movido últimamente por la zona, un territorio tan familiar para él que le ha servido para esconder durante años el macabro trofeo obtenido tras el asesinato del pastor y la alforja empleada en sus últimas hazañas. Cabe preguntarse si el arma es también la de aquel primer crimen, su temprano descubrimiento del sabor de la muerte. En todo caso, el hacha, la ropa, el calzado y los frutos secos son contundentes evidencias de la reciente visita de Basilio Daza a la gruta.

Reunidas todas las pruebas en la alforja, y con esta colgada al cuello, el policía decide aventurarse en el exterior. Todavía no hay luz diurna, aunque por la hora pronto aparecerá algún síntoma del alba. El sonido del río llega nítido; no se ve, pero se oye allá abajo, y no es un rumor como el de la víspera sino un rugido de torrentera que evidencia el aumento de caudal provocado por tantas horas de desatado aguacero. Descalzo del pie izquierdo, ayudado por la luz artificial de la linterna, se desplaza con cuidado a través de la senda. Tarda un tiempo infinito en cubrir la distancia que lo separa de terreno firme y, una vez seguro, celebra el éxito con un suspiro de alivio y una expresión de triunfo mascullada entre dientes.

Camino del cerro, el barro que pisa y la humedad de la ropa le arrancan una incómoda tiritona, que combate con enérgicos movimientos de brazos y acelerando el paso. Al llegar a la cúspide, se detiene atónito. A su derecha, la luna está a punto de escapar por el horizonte; aunque es un plenilunio más que raro: negro, de bordes pardos como sangre coagulada. Un eclipse que le atrapa la mirada mientras existe, solo breves minutos hasta su ocultación definitiva, mientras que a su izquierda la oscuridad cede paso al gris perlado que anuncia un futuro amanecer.

El descenso resulta algo más complejo, porque el barro ha transformado el suelo en una pista deslizante. Por si fuera poco, vuelve a llover. Gotas sueltas de momento, pero así empezó la borrasca la tarde anterior. Acelera el paso en lo posible, hasta tener Linares a la vista. La luz es todavía escasa, aunque suficiente para hacerse idea de un panorama desolador. El río se ha desbordado e inunda buena parte del pueblo; incluso en las zonas más alejadas del cauce aparecen inopinadas lagunas entre las casas, alimentadas por regatos que llegan desde las lomas próximas y que horas antes no existían.

Arrecia la lluvia. Lombardi apaga la linterna y corretea como puede en busca de refugio. El primer edificio que aparece en su camino es, naturalmente, el viejo hogar de los resineros, aún revestido con las sólidas sombras de la aurora. Sorteando charcos y chapoteando en otros, se dirige a la puerta y la empuja una y otra vez, sin resultado. La sospecha de que Daza está dentro toma cuerpo en su cabeza. Desiste y recorre la fachada hasta la esquina opuesta, donde se alza la pared parcialmente derrumbada; como en la ocasión precedente, trepa hasta el hueco por las piedras desnudas, y esta vez se descuelga hacia el interior. Su pie descalzo cae sobre unas ramas de la zarza y lo que parecen un centenar de agujas le acribillan la planta y el talón.

Reprime un gruñido de dolor y se acurruca unos instantes para desprenderse de la imprevista emboscada y tomar aliento. Cojeando, gana el pasillo interior con el arma en la mano. Intenta orientarse sin necesidad de linterna, pero se ve obligado a encenderla, dirigiéndola al suelo para husmear tan solo el terreno que tiene por delante y evitar en lo posible cualquier anuncio de su presencia. Se encamina directamente al dormitorio de Basilio, y una vez allí, agazapado en el quicio de la puerta, desliza lentamente la luz hasta llegar a la desnuda cama. El haz recorre las patas hasta topar con un bulto sobre el jergón. El policía se interna unos pasos en la alcoba mientras el chorro de luz acaricia con suavidad un cuerpo humano tendido sobre el lecho en posición fetal: duerme profundamente, incluso se permite unos ronquidos. Lombardi prepara las esposas, alcanza la cama y apoya el cañón de la pistola en la nuca del durmiente al tiempo que le anuncia con voz firme que está detenido.

Basilio Daza abre los ojos sobresaltado. Intenta levantarse, pero el policía le aprisiona los riñones con la rodilla y acaba de cerrar una presa metálica sobre su muñeca derecha.

—Date la vuelta —ordena, enérgico—. Y no hagas tonterías, que te vuelo la tapa de los sesos.

El detenido obedece con un gruñido, y Lombardi aprovecha para completar la colocación de las esposas a la espalda del joven.

—Y ahora, al suelo, y quietecito.

Con Daza tumbado sobre las losas, el policía fisga por la habitación en busca de un interruptor, pero es evidente que semejante avance no ha llegado todavía a Linares y, en todo caso, de haber existido en algún momento, la corriente eléctrica llevaría muchos años cortada en aquella casa. Obliga al detenido a incorporarse, lo agarra de un brazo y lo conduce hasta el acceso al comedor, donde el fulgor del alba empieza a tomar cuerpo a través del tejado hundido.

—La nariz contra la pared —dice ahora, y apoya la orden con un empujón bastante convincente—. Y abre bien las patitas.

El registro del detenido no revela peligro. Basilio Daza, sencillamente vestido con camisa y pantalones, no lleva armas encima; ni siquiera una triste navaja para cortar pan. Lo que sí encuentra Lombardi son dos papeles doblados: uno, guardado en el pantalón, es la cédula personal, sin foto, expedida a su nombre por la diputación de Valladolid, y otro, doblado en el bolsillo de la camisa, es un dibujo la mar de sugerente. Casi con seguridad, se trata del que falta en la pared de su dormitorio, y representa, con trazo si cabe más infantil que los vistos en el psiquiátrico, una Virgen de lo más normal, salvo en un detalle; porque si algunas de las más conocidas reproducen a María con una serpiente bajo sus pies, la dibujada por Daza pisotea a un hombre; mejor dicho, a un demonio, porque la cruz de su mano diestra es inconfundible.

El policía se guarda ambos papeles y obliga al joven a doblar una rodilla, porque su calzado es de lo más concluyente. Ni siquiera se lo ha quitado para dormir, como quien se detiene a echar una cabezadita entre carrera y carrera. Las botas, de caña baja, tienen una suela que encajaría como un guante en las huellas que había junto al cadáver de Evaristo Eguía. Sin alguna duda quedaba sobre la autoría de ese crimen, parece despejada. Por otra parte, el detenido ni siquiera ha protestado, ni una simple pregunta ha salido de su boca; síntoma inequívoco, a menos que sea mudo, de que no se siente muy capaz de proclamar inocencia. Aunque es posible, conociendo su historial médico, que no tenga ninguna necesidad de ello.

Un colchón de nubes palidece el amanecer. Lombardi está deseando poner al detenido bajo custodia de los civiles, pero todavía llueve y antes necesita saber un par de cosas.

—A ver, siéntate ahí —señala con la pistola el suelo que ocupa el joven—. Tú mataste al pastor que se llevó a la Resu, ¿verdad?

Solo responde el silencio. Los ojos de Daza están clavados en las alturas, como si contasen las gotas que caen por el agujero del techo. Su mirada parece de hielo, similar a las que tienen los cadáveres, porque ni siquiera pestañea.

—Tengo tu alforja, el hacha y la mano del pastor —insiste—. Así que no te va a valer de nada negarlo. Lo hiciste para proteger a tu hermano de la maledicencia, ¿verdad?

—El pastor era un demonio. —Su voz gutural suena a impostada, como si alguien ajeno hablase a través de su garganta. Su mirada sigue fija en la lluvia.

—Claro. Por eso le cortaste la mano y dejaste su cuerpo a las alimañas.

—Para que su carne no tuviera un entierro cristiano.

—Ajá. Pero escondiste la mano y se quedó sin santificar —lo provoca—. ¡Qué putada! ¿Se te olvidó?

—Sí que lo hice —replica con un bufido que suena inhumano—. Estuvo toda la noche allí arriba, en la iglesia. La recogí de madrugada. Aquella primera vez tuve miedo de que la vieran —gimotea, y parece sincero—, pero la Señora me perdonó.

—¿De qué señora hablas?

—De la Virgen.

—¡Ah, sí! La que se te apareció de niño. ¿Y qué Virgen es esa? No sé, la Milagrosa, la del Carmen, la de los Desamparados… Todas tienen un nombre. ¿Quizá la Virgen de Linares?

Daza no responde, absorto en irreductibles pensamientos.

—¿De qué conocías a los hombres que has matado? ¿De Aranda, cuando estuviste en los claretianos? Con Jacinto coincidiste en el colegio. ¿Te hicieron alguna faena? —El joven sigue mudo, con la vista extraviada. Lombardi le golpea las espinillas con su puntera calzada para que reaccione—. ¡Contesta, coño!

El detenido responde con un mohín de desprecio, pero ni siquiera le concede una mirada. El policía concluye que poco resultado va a ofrecer una actitud autoritaria con alguien que carece absolutamente de miedo, un auténtico iluminado. Parece más útil seguirle la corriente, hasta donde sea posible.

—Comprendo que lo del pastor fue inevitable —dice con expresión que quiere sonar amistosa—, que quisiste salvar a la pobre chiquilla. Fue un acto valiente, y aún hoy la Resu te guarda mucha estima por aquello, ¿sabes? Además, solo tenías trece o catorce años. A esa edad todo parece un poco confuso, ¿verdad? Pero ¿por qué los otros hombres, Basilio, tanto tiempo después?

—No eran hombres.

—Eran demonios, es verdad. —Daza asiente maquinalmente, cabecea como esos muñecos mecánicos de las jugueterías—. Ya te comprendo, pero has convivido con los demonios desde entonces sin que te hicieran daño, ni tú se lo hicieras a ellos. ¿Por qué matarlos ahora?

—Ella me lo ordenó —murmura.

—¿Quién es ella?

—La Señora —responde, como si tuviera que explicar algo evidente a un ignorante—. Ella volvió a mí para salvarme del engaño de los doctores —explica con la mirada perdida en la zarza de enfrente—. Me hizo otra vez fuerte cuando los demonios me habían debilitado.

—Ya, la Señora. ¿Y por qué no le hiciste lo mismo a Eguía?

—Basilio gira la cabeza hacia el policía con una mueca de desconcierto—. Don Evaristo, el que mataste en Aranda, a orillas del Duero. ¿Por qué abandonaste allí su cuerpo? Ahora está tan ricamente enterrado, con sus dos manos.

—Ese no era un demonio.

—¿Ah, no? ¿Y por qué merecía la muerte, entonces?

—Había ofendido a la Señora.

—Joder con la Señora. Pelín quisquillosa, ¿no? ¿Es esta? —El policía le muestra el dibujo que llevaba en el bolsillo de la camisa. El dibujante no responde, ni siquiera lo mira—. ¿Qué edad tenías cuando lo hiciste? —Idéntica respuesta por parte del aludido—. ¿Son estos los recuerdos infantiles que querías recuperar? No me digas que pensabas volver a Valladolid con los médicos. Dime al menos en qué ofendía Evaristo Eguía a la Señora. —Más silencio—. ¿No se te ocurrió preguntárselo?

—Nunca pregunto.

—Claro, claro. Solo obedeces. Escuchas esa voz que tienes dentro de la cabeza y actúas, ¿no? Bueno, pero sí sabrás al menos dónde están los cuerpos de los demonios que se hacían pasar por fraile y falangista. ¿Dónde los tienes?

Basilio Daza le dedica ahora una sonrisa torcida, de auténtico loco, que haría temblar al tipo más aguerrido.

—Pregúntele a los buitres —responde.

Poco más se puede sacar de un perturbado como el que tiene delante, se dice Lombardi. Tiempo habrá de interrogarlo a fondo antes de entregarlo al juez. De momento, ya que la lluvia parece haberse tomado un respiro, es hora de ponerse en marcha. Obliga al detenido a incorporarse, lo conduce hasta la puerta, descorre el cerrojo y, con la pistola en los riñones de Daza para evitar sorpresas, franquean el espacio que los separa de la calle.

El disco solar todavía no ha asomado tras los montes, pero su aura supera ya las cimas y dibuja largas sombras tras la pareja. Daza camina tieso, con un apunte de orgullo en la zancada; el policía, a un par de pasos, pistola en mano y con la alforja al hombro, cojea levemente de su pie descalzo. A medida que avanzan hacia el centro del pueblo, el espectáculo es más dramático y no merece la pena esquivar los charcos, porque el agua o el barro lo cubren todo. Algún visillo se corre en las ventanas para que ojos anónimos observen el paso de la peculiar comitiva, pero no se ve un alma por las calles.

—Más despacio —ordena Lombardi ante el ritmo del detenido—, que no hay prisa.

Daza sigue a lo suyo, como si deseara terminar cuanto antes con el protocolo al que se ve obligado. Cualquier delincuente en sus circunstancias se haría el remolón, hasta el punto de que a algunos casi hay que arrastrarlos hasta la celda; pero la actitud de este revela total ausencia de inhibición ante el peligro, una evidente insensibilidad respecto al mundo real. Vive los hechos desde su deformado universo, tal vez con una sola idea fija en la cabeza: la de cazar demonios. Y eso no es un pecado por el que deba avergonzarse, que exija algún tipo de contrición; por el contrario, y a tenor de su conducta, cabe pensar que se muestra muy orgulloso de ello.

—¡La madre que te parió! —jura el policía, que aviva el paso intentando sobreponerse a las punzadas del pie.

Llegan a la plaza con el agua hasta los tobillos. La casa de la Guardia Civil queda a cincuenta metros. Desde allí, una vez a buen recaudo Basilio, Lombardi llamará a Manchón para comunicarle el final del operativo y, a expensas de un interrogatorio más severo, la resolución del caso.

El detenido parece tener propósitos muy distintos, porque repentinamente echa a correr en dirección a la carretera. Sorprendido, incrédulo ante lo que ve, el policía tarda en reaccionar y finalmente corre tras él. Pero la distancia entre ambos se acrecienta por momentos; a pesar de las esposas, Daza parece volar sobre los charcos, en tanto él, con un pie desnudo que casi no puede apoyar, se siente burlado.

—¡Párate, cabrón! —grita sin esperanza alguna de ser obedecido—. ¡Para o disparo!

La amenaza verbal no sirve de nada. El fugitivo corre hacia un puente casi invisible por la crecida, en dirección a las obras de la presa, inactivas a esas horas. El policía dispara al aire, y Daza recibe la detonación con un estremecimiento momentáneo, un susto que le hace esconder el cuello entre los hombros, pero ni mucho menos lo detiene. Un segundo disparo ni siquiera provoca reacción en el perseguido. Al poco, suena un tercero, y un cuarto, y otros dos más, espaciados de los anteriores por unos segundos; y entonces sí, entonces Basilio Daza da un salto en el aire, como un corzo alcanzado en pleno galope, antes de aterrizar en el barro con un grito estremecedor.

Lombardi se detiene, incapaz de entender lo sucedido. Hasta que repara en los fusiles humeantes de los dos guardias apostados en la esquina, y en los gritos de un par de vigilantes armados del campo de prisioneros, en la otra orilla del río.

—¡No tiren! —se desgañita el policía mientras corre hacia el herido—. ¡No disparen, joder, no disparen!

Llega hasta las proximidades de Daza al mismo tiempo que unos guardias sin tricornio, despeinados y a medio vestir: el mayor se abotona la guerrera y el joven va en camiseta.

—¿Es el tal Basilio? —pregunta el veterano.

—Sí —admite él entre resuellos, con un escozor en el pecho que le endurece el gesto—, pero ¿por qué le han disparado sin necesidad?

—Porque oímos sus gritos, y lo vimos a usted perseguirlo. Nos dijo que había que detenerlo, que era muy peligroso.

—Pero no que le aplicaran la ley de fugas, coño.

—Como usted disparaba...

—¡Al aire, mierda! —grita desesperado—. Disparaba al aire. ¡Busquen un médico, rápido!

Los vigilantes del campo, que llegan a la carrera por el puente, carabina en mano y chapoteando como patos, dan media vuelta hacia las instalaciones en busca de ayuda sanitaria. Lombardi se agacha sobre el herido; a su alrededor, el agua cenagosa empieza a adquirir un preocupante color rojizo. El cuerpo ha quedado casi bocarriba, con las piernas dobladas hacia atrás en un ángulo inverosímil. El policía lo libera de las esposas, y aprovecha para buscar pulso en sus muñecas. Pulso tan débil que cuesta encontrarlo. Nada extraño si se observa el orificio oscuro de su cabeza, junto a la sien, de donde mana un imparable surtidor de sangre, como brota de la boca y la nariz; tiene otro impacto a la altura de la cadera y otro en el cuello, aunque este es solo un rasguño. El de la cabeza parece letal.

En el rostro de Daza ha quedado una sonrisa congelada, una macabra mueca que Lombardi quiere interpretar como postrero gesto de victoria.

—No sale de esta —se lamenta mientras se incorpora.

—Yo apunté a las piernas —balbucea el guardia joven, que, visiblemente afectado, no le quita ojo al moribundo.

Abatido, el policía se sienta en el inmenso charco que es el suelo, apoya los codos en las rodillas y coloca el mentón sobre el improvisado sitial que forman sus manos. Sus ojos siguen fijos en el herido, pero él mira a la nada.

—Está usted hecho unos zorros, si me permite las confianzas —dice el guardia veterano en un intento de templar gaitas—. ¿Por qué no entra en casa y se toma algo caliente?

—Gracias —desestima él sin apartar la vista del cuerpo tendido—. Vamos a esperar al médico.

El médico llega a la carrera con los dos vigilantes armados. Es un chico joven de pelo enredado, espigado y flacucho, en mangas de camisa, que transporta un maletín entre los brazos como si acunara a un bebé. No puede evitar una mueca de disgusto al ver el cuerpo y la extensa diadema de sangre que lo rodea, pero no le hace ascos a arrodillarse en el agua sucia. Se arremanga la camisa, saca un estetoscopio y lo aplica en el pecho, en el cuello, en las muñecas del herido. Investiga bajo sus párpados cerrados, mueve con mimo el cuerpo para examinar las heridas, y sondea de nuevo el territorio de la carótida. Finalmente, se incorpora, y acompaña su frase con un movimiento negativo de la cabeza y cara de funeral.

—Ha fallecido.

—Habrá que llamar al señor juez —sentencia el guardia veterano.

—Yo voy —dice el novato, y se encamina cabizbajo a cumplir la orden.

—Y yo a por una manta, que ya hay gente fisgando y no vamos a dejarlo al aire hasta que llegue su señoría —sentencia el compañero antes de seguir sus pasos.

Los vigilantes también hacen mutis con la excusa de prepararse para la jornada (—Aunque con la que ha caído, no sé yo si hoy habrá tajo.), mientras Lombardi dedica una última mirada a Daza; mirada que encierra un sentimiento ambiguo, mezcla de conmiseración por un pobre loco y de rabia por el desenlace. Todo se ha ido a hacer puñetas, se lamenta. Tanto esfuerzo para nada.

—¿Está usted bien? —se interesa el médico.

—¿Yo? Divinamente, ¿cómo voy a estar? —ironiza, sin ocultar su mala leche—. Han matado a un hombre delante de mis narices. Y, de paso, han liquidado a mi detenido y echado a perder mi trabajo.

—Lo siento. Por ambas cosas. Se lo decía porque los vigilantes me han comentado que cojeaba usted al perseguir a ese joven.

—¡Ah, eso! Nada, que salté sobre una zarza y tengo la planta del pie como un acerico.

—Si me permite echar un vistazo. —El policía le muestra el pie herido, sucio de barro—. No me extraña que le duela. Tiene varias espinas clavadas, además de las laceraciones propias de los arañazos; una de ellas bien profunda. Vamos a casa de los civiles, a ver qué se puede hacer.

A medio camino, la pareja se cruza con el guardia veterano, ya correctamente vestido, coronado de tricornio y con una manta deshilachada bajo el brazo, probablemente comida por la polilla. Lombardi consulta el reloj: las siete y cuarto. Seguro que Manchón ya está despierto y, a pesar de un final tan poco halagüeño, merece empezar el día con la buena noticia de que el mal que se cernía sobre la comarca ha sido conjurado. Antes, a ver qué dice el juez de Riaza.

El portal de la casa cuenta con un banco corrido, espacio suficiente para que el policía se acomode con la pierna estirada. Mientras el médico limpia, examina y cura su pie, el guardia novato, por fin uniformado según las ordenanzas, premia a ambos con unos tazones de leche bien caliente y dos trozos de torta dulce, un buen intento de recuperar la armonía corporativa tras el fiasco. Por si fuera poco, añade un par de alpargatas usadas que Lombardi acepta probarse.

—Esto ya está —apunta el médico al ajustar la tira de esparadrapo sobre la venda—. Le recomendaría no mojarse el pie durante las próximas horas para que no se disuelva la pomada, pero ya supongo que no me va a hacer mucho caso.

—Porque no puedo hacérselo, doctor; pero muy agradecido.

Una vez a solas, en tanto el policía intenta ajustarse su nuevo calzado seco, el guardia novato se le aproxima con timidez.

—Yo creo —susurra, dubitativo— que el tiro de la cabeza vino de los funcionarios del campo, que lo tenían más cerca.

—Mire —se le encara el policía con gesto agrio—, no voy a investigar esas heridas para saber quién coño ha hecho blanco y dónde. Los cuatro le dispararon y son igualmente responsables de esa muerte, como lo es cada miembro de un pelotón de fusilamiento. Su actitud en este momento demuestra una falta de temple que espero se le cure con los años; falta de temple, o algo peor. —Lombardi le señala con el índice entre ceja y ceja—. A lo hecho, pecho.

El guardia veterano está fuera, fusil al hombro, para mantener las distancias con la manta empapada en rojo de un grupo de vecinos cuchicheantes concentrados en las islitas rodeadas de agua en que se ha convertido la plaza. La mañana levanta sin estridencias, con un cielo esplendoroso y ya casi libre de nubes que parece pedir perdón por su llanto enfadado de las últimas horas. Milagrosamente, las cerillas siguen siendo útiles, y el policía aprovecha un rincón soleado y medianamente seco para degustar un cigarro.

Minutos más tarde, llega un coche desde Maderuelo. El juez de Riaza intenta bajarse a pie de carretera, pero al ver el panorama que lo aguarda en el suelo pide al chófer que se acerque casi hasta los pies del cadáver. Allí, el agua alcanza el medio palmo, de modo que también renuncia. Por fin, se apea en uno de los espacios más elevados donde se concentran los curiosos. Cuando pone pie a tierra, cualquiera que no lo conozca se explica sus prevenciones: traje impoluto y bien planchado, sombrero de fieltro, zapatos brillantes, bastón con empuñadura de plata. Todo un aristócrata, de blancos bigotazos y edad cercana a la jubilación.

El guardia novato pasa a ocupar el puesto de vigilancia junto al cadáver en tanto su compañero, Lombardi y el médico acuden al cónclave que anuncia la llegada del magistrado. Celoso de sus obligaciones, el guardia veterano intenta abrir un círculo en torno a los reunidos para garantizar cierta discreción en el diálogo, pero la mayoría de los presentes se niega a pisar los charcos y se limita a retirarse un par de pasos.

—Los escucho, señores —dice el juez con la solemnidad de quien abre una causa sumarísima.

Ante el silencio de los otros posibles interlocutores, el policía se ve obligado a explicar los hechos, narración que el magistrado sigue con los ojos entreabiertos, como si dormitara de pie.

—Así que el fallecido es un criminal confeso —valora el juez tras el relato—. Y dígame, doctor. ¿Cuál es la causa de la muerte?

—Un disparo le ha destrozado el cráneo. Tiene otro impacto en los riñones, y un tercero, leve, en el cuello. Lo mató, desde luego, el primero de ellos, el tiro en la cabeza. A menos que la autopsia diga lo contrario.

—¿Autopsia? —impugna el juez—. ¿Para qué despiezar a ese pobre desgraciado si la causa de su muerte es indubitable? Abatido por las fuerzas del orden. Y con numerosos testigos de toda fiabilidad. Vamos, vamos, doctor, déjese de burocracias inútiles. No vamos a llevarnos el cuerpo a Riaza y hacer esperar a su familia para enterrarlo.

—No tiene familia —alega el guardia veterano.

—Sí que la tiene —se oye a sus espaldas.

Los reunidos se vuelven hacia la voz. Quien ha hablado es un hombre menudo de edad avanzada, tocado de boina y aspecto vivaz; tiene vacía la manga izquierda de la chaqueta, y recogida al costado con un imperdible.

—La Candelas —aclara frente a la opinión del civil—, la de Fuentespina, es tía del Basilio. Hermana de su difunta madre.

Un murmullo de asentimiento recorre el grupillo de vecinos.

—Razón de más para no retrasar el entierro —sentencia el magistrado—. Comuniquen a esa señora la desgracia, y que se presente aquí cuanto antes. Ya pueden levantar el cadáver.

—¿No quiere verlo? —se extraña el médico.

—Ya lo ha hecho usted, ¿no? Redacte el parte de defunción, y que tengan todos un buen día —se despide saludando con el sombrero a su alrededor, en ademán torero—. ¡Ah! Y trasladen mi pésame a la familia del finado.

El juez se repantinga en su asiento y el coche regresa por donde ha venido. Los alrededores se llenan poco a poco de gente que comenta el suceso, se disponen los preparativos para llevar el cuerpo de Daza al cementerio, y el policía toma posesión del teléfono de los civiles para pedir conferencia con el cuartel de Aranda.

—¿Manchón? Soy Carlos Lombardi.

—Hombre, pensaba que se lo había tragado la tierra.

—Y eso es, más o menos, lo que me ha pasado. Tengo dos noticias para usted; una buena y otra mala. Primero la buena: que he detenido a Basilio Daza.

—¡Que viva la madre que lo parió! —grita exultante el brigada, y es fácil imaginarlo dando brincos en su silla—. Ya sabía yo que es usted un poli de primera.

—La mala es que me lo han matado.

—¿Y eso?

—Intentó escapar, y lo acribillaron sus colegas de Linares y los vigilantes del campo de prisioneros.

—Bueno —opina Manchón tras un reflexivo silencio—, la verdad es que le iban a dar garrote, así que solo se ha adelantado el desenlace. No me entristece nada en absoluto saber que han quitado de en medio a un mal bicho como ese.

—Yo no soy juez —objeta Lombardi con un deje de pesadumbre—, pero dadas las circunstancias de Daza, probablemente el caso se habría resuelto con reclusión perpetua en un psiquiátrico. Y me habría gustado llevarlo a Aranda para tener un par de charlas con él.

—¿No ha podido interrogarlo?

—Por encima, ya le contaré. En fin, me gustaría pedirle que me mande usted el coche para volver, porque, francamente, lo que menos me apetece ahora es pedalear.

—Pues claro, hombre, con mucho gusto —la respuesta lleva incorporada una invisible sonrisa—. Aunque no le garantizo cuándo pueda llegar allí. Ha sido una noche de nublados en toda la comarca y hay algunas carreteras cortadas. Para que se haga usted una idea, en Milagros ha habido que sacar a la gente en barca de sus casas, y Aranda es un cenagal.

—Sí, Linares también está inundado, pero la carretera parece abierta. Y una cosa más. De camino, al pasar por Fuentespina, podrían recoger a una señora. Por lo visto, es tía de Daza, su único familiar vivo, y debería identificar el cadáver y asistir al entierro. Cuanto antes llegue, antes acabamos con todo esto. Aguarde un momento.

Lombardi llama al tullido de la manga vacía, que espera en la puerta, para que se acerque al teléfono.

—¿Cómo dice que se llama la tía de Basilio? Hable usted alto, que lo escuche el brigada Manchón.

—La Goya —vocea el hombre al aparato que le tiende el policía—. Gregoria Sacristán se llama, pero de toda la vida se le dice la Candelas. Creo que vive cerca de las eras, pero allí la conoce todo el mundo.

—¿Apuntado, Manchón?

—Apuntado. En cinco minutos sale el coche. Si no le importa, yo le espero aquí. Tengo que dar la buena noticia a la comandancia de Burgos.

El policía sale al sol en compañía del tullido. Ya no hay manta ni cuerpo camino del puente, hacia donde se dirigen los trabajadores libres de la presa, tal vez forasteros que han conseguido llegar a su puesto tras una odisea de caminos cenagosos.

—Así que la Candelas, ¿eh? Lástima no haberlo conocido a usted antes. Pensaba que Basilio era el último de su familia.

—Pues no señor, pero pocos saben eso, porque ella nunca sale de su pueblo. Es santera, ¿sabe usted? Tiene fama de milagrera en la comarca. O de bruja, según se mire.

—No me diga. —Lombardi recibe con grata sorpresa la reseña—. ¿Curandera y de Fuentespina? Eso sí que es curioso.

—Sí señor, y está muy solicitada, no vaya usted a creer. Si tiene un retortijón o un mal de huesos, puede ayudarlo. Y si no se le pinga, también —agrega el vejete con una sonrisa pícara—. A uno de Vadocondes que la tenía floja, le preparó no sé qué juramentos y ya le ha hecho cuatro hijos a la parienta.

A las nueve y media llega el coche prometido por Manchón. Una pareja de guardias acompaña a la tía de Basilio Daza, que se apea con una mirada de desconcierto. Es una mujer pequeña, arrugada, plegada sobre sí misma, aunque tal vez la mala noticia que acaba de recibir tenga algo que ver con su apocamiento corporal.

Lombardi acude a su encuentro con la credencial por delante y le ofrece su mano.

—Siento mucho lo sucedido, señora.

La mujer recibe el pésame sin el menor comentario por su parte. Aunque se mueve con cierta soltura, de cerca parece mucho más vieja, de unos setenta años. Lleva una toquilla de punto sobre los hombros, y se cubre la cabeza con una pañoleta negra, único color que parece aceptar en su vestimenta pueblerina. Tiene manos nudosas, la boca pequeña, ojos perspicaces con un brillo de severidad, también pequeños. Los pelillos sueltos que le crecen en la barbilla y en el labio superior le otorgan cierto aire brujeril.

—¿Cuánto tiempo hace que no veía a su sobrino?

La Candelas duda, al parecer enfrascada en un cálculo mental.

—Más de diez años —dice por fin. Su voz es cálida, aunque un tanto artificiosa, carente de sentimiento.

—¿Nunca lo visitó en Aranda o en Valladolid?

—No señor.

—¿Tampoco le escribió?

—No fui a la escuela.

Una fórmula eufemística para explicar que no sabe escribir; seguramente tampoco leer, por la nula atención que hace unos instantes ha prestado al carné del policía.

—Bien —acepta él—. Me gustaría seguir hablando con usted más adelante, cuando pase todo esto. Luego la acompañaremos de vuelta a casa. ¿Podrá dedicarme un rato allí?

—Como diga.

—Vamos entonces al cementerio. Necesito que lo identifique.

El camposanto se ubica en una loma a las afueras del pueblo, libre por lo tanto de agua embalsada, aunque no de barro. Es minúsculo, ajustado a un censo tan modesto como el de Linares, y como infraestructura suplementaria solo dispone de una casetilla para las funciones de oficina y almacén. Allí está el cuerpo de Basilio, cubierto ahora por una sábana casi limpia que el sepulturero retira en presencia de los visitantes. Es un espectáculo sombrío, que invitaría a cualquiera a apartar la vista, porque nadie se ha molestado en adecentar mínimamente el cuerpo: la cabeza destrozada, con cuajarones de sangre, la ropa húmeda teñida de color vino tinto; al menos, tiene los ojos cerrados. La Candelas se limita a asentir con un leve cabeceo frente al cadáver de su sobrino: ni un asomo de sorpresa o de dolor en sus ojos, ni una involuntaria mueca altera su marmóreo rostro.

Avisado el cura, se procede al entierro; sin caja, por la premura de los acontecimientos. Basilio recibe sepultura amortajado en la sábana que lo ha cubierto en las últimas horas, directamente sobre el féretro de su hermano Casiano, que a su vez reposa sobre los de su padre y el más profundo de su madre. El sepelio ha reunido a medio centenar de vecinos, entre los que se encuentra el tío Doro. Tras el breve responso, Lombardi se retira de primera línea para llegar a su lado.

—Luego me acercaré a por la bicicleta —le susurra.

—Ya se la he bajado yo a casa de los civiles.

—¿Por qué se ha molestado? —lo regaña el policía, sin alzar la voz—. Con la que ha caído no debe andar usted por la calle: un resbalón y se rompe la crisma.

El anciano ignora la reprimenda.

—Qué pena, ¿verdad? —murmura con la vista fija en el hueco que el sepulturero empieza a cubrir a paletadas—. Tarde o temprano, a todos nos toca. Pero que te toque tan joven…

—¿Sabía usted que Basilio tenía una tía?

—Primera noticia.

Hay movimiento en el grupo. Aunque el enterrador sigue trabajando, la Candelas abandona el lugar, acompañada por los cuatro guardias. El médico del campo sigue a pie de fosa, cabizbajo, tal vez anotando mentalmente en su historial profesional una dolorida impotencia, quizá dedicando una oración al ajusticiado.

—Tengo que irme, don Heliodoro —se despide Lombardi con un apretón de manos—. Ha sido un placer conocerlo, y muchas gracias por su ayuda.

—El placer ha sido mío —responde el anciano, y saca del bolsillo un pañuelo que entrega al policía—. Esto es suyo —y añade, ante el gesto de extrañeza que recibe—: Tranquilo, hombre, que lo he lavado a conciencia.

Ajustada en la baca la bicicleta, y con la alforja de las pruebas en el maletero, el coche emprende el camino de regreso: los dos guardias delante, Lombardi detrás, con la mujer. Es un viaje de mudos. Ella parece sumida en una especie de meditación, quizás una forma de rumiar la pérdida sufrida, aunque bien podría ser una cabezada, porque lleva los ojos cerrados y no mueve un solo músculo; introspección, en todo caso, que el policía respeta, a la espera de un momento más adecuado para iniciar su interrogatorio. Tampoco los guardias abren la boca, así que el policía se dedica a contemplar el paisaje y constatar los graves efectos del temporal. Como decía Manchón, los campos están inundados, hasta el punto de que en algún tramo el conductor debe reducir la velocidad para superar sin riesgos la balsa de agua que anega la carretera.

Fuentespina sufre males similares al resto de la comarca, aunque el barrio donde vive la Candelas parece milagrosamente a salvo del desastre. Los dos guardias quedan en el coche en tanto el policía sigue los pasos de la mujer al interior de su casa. La primera puerta se abre a un patio no muy grande, con un huertecillo, un gallinero y una cabra atada. Al franquear la entrada del edificio, de una sola altura, hay un pequeño recibidor, y luego un corto y oscuro pasillo conduce a la cocina. Una vez allí, la dueña enciende un candil de aceite que aclara ligeramente la oscuridad reinante y permite comprobar que se trata de una pieza muy parecida a la de los resineros de Linares. Hay brasas en el hogar, y una olla de barro sobre una trébede. Ella activa el fuego con un par de piñas y un fuelle de mano. Se alza después, y mira al policía directamente a los ojos.

—Tiene usted un buen agujero en el pecho —dice, con pasmosa convicción—. De lo demás está como una rosa.

—¿Un agujero? —responde él, una vez logra sobreponerse al desconcierto.

—Negro y bien renegrido. Desde las tragaderas hasta más abajo del ombligo. Son los gusanos.

—¿Qué gusanos?

La vieja le toca la frente, las cejas, le desliza un dedo por la nariz, y traza una cruz sobre ella. El contacto de su piel raspa como un sarmiento. El policía hace un respingo involuntario, pero se esfuerza por mantener la calma.

—Los de la mala sangre, cuáles van a ser. Los que se comen la risa y te matan poquito a poco.

Es una definición un tanto peculiar de su estado interior, admite Lombardi. Lleva en las tripas el sabor de la derrota, se considera a sí mismo un hombre en manos del desencanto, corroído por la rabia y la incertidumbre, añorante de tiempos mejores en los que el presente no era rehén de uniformes y sotanas, un tiempo en que no se consideraba delito construir un futuro mejor. Sí, tiene un buen agujero lleno de gusanos. La mujer habla en metáforas, pero da en el clavo.

La Candelas lanza al fuego un puñado de algo que tenía en el bolsillo de su delantal. Parece arena, o pequeñas semillas. Un chisporroteo azulado reaviva las llamas bajo la olla.

—Siéntese —le ofrece un banco de madera ante el hogar, un tablón sobre una burda estructura de adobe. El policía acepta y ella se sienta enfrente, sobre una banqueta.

—No he venido a que me diagnostique, pero le confieso que lo del agujero negro me ha sorprendido bastante.

—Si no lo mata a usted antes, se cura con los años y una buena mujer a su lado.

—Vaya, no sabía que también fuese casamentera —comenta con buen humor.

—Su mala sangre solo sana con el paso del tiempo y sangre nueva. Las dos cosas juntas. Ninguna de las dos vale sin la otra.

Tiempo y amor. No es mala medicación para recuperar la esperanza: el amor cura las heridas y el tiempo las cicatriza. Parece que la Candelas ha perdido ese freno que la mantenía muda y distante. Está en su ambiente y se siente dueña de la situación; un ambiente penumbroso al que poco a poco se habitúan los ojos del policía para descubrir detalles hasta ese momento ocultos: extraños dibujos en las paredes, desconocidos símbolos. Una figura. Es un trabajo tosco de tres palmos de altura colocado sobre una repisa. Sus formas sugieren una Venus paleolítica, aunque de factura muy posterior y sin su exagerada obesidad. Parece tallada en piedra caliza, oscurecida por el tiempo y el humo del hogar. Lleva en la cabeza algún tocado, aunque tal vez sea el cabello, que le cae sobre los hombros. Está desnuda, con dos senos redondos, bien proporcionados. Su vientre abultado no oculta el apunte de un sexo desprovisto de vello. Tiene los brazos abiertos, ligeramente doblados. En una de sus manos hay una vela apagada de color pardusco.

—¿Qué representa esa imagen?

—Es la Virgen de los Huesos. —La Candelas se santigua al pronunciar el nombre.

Hay que echarle mucha imaginación para encontrar en esa especie de ídolo primitivo cualquier similitud con la iconografía cristiana.

—¿La usa para sus curaciones?

—Ella me usa a mí.

—¿Y la vela?

—Me protege de los enemigos.

—Pues ahora está apagada.

—Solo la enciendo cuando duermo.

—Nunca había oído hablar de ella.

—Mejor para usted.

—¿Por qué?

La mujer guarda silencio de nuevo, pero sus ojos siguen agarrados como garfios a los de Lombardi.

—¿Acaso es dañina? —insiste el policía recordando el relato del doctor Cabrejas sobre Nuestra Señora del Odio, la cara criminal de la advocación mariana.

—Ya ve lo que le ha pasado a mi sobrino.

—¿Basilio? ¿Qué tiene que ver con ella?

A la Candelas se le escapa un suspiro, la primera reacción por su parte que podría interpretarse como síntoma de debilidad humana.

—Pasó algunas temporadas conmigo cuando murió mi hermana —dice con medida calma—. Con cuatro, cinco, seis años. Le gustaba visitarme, decía que estaba más a gusto en esta casa que en la suya. —Muy comprensible, concluye para sí Lombardi: para huir de las palizas de su padre; pero se cuida de verbalizar su opinión—. Siguió viniendo después, cuando creció, aunque no con tanta frecuencia.

—Y aquí conoció esa imagen, supongo. Y le impresionó tanto que un buen día dijo que se le había aparecido, ¿no?

—Basilio decía que la suya era más guapa.

El policía rebusca en el bolsillo interior de la americana hasta dar con el dibujo obtenido en la casa de los resineros.

—¿Es esta?

La mujer lo mira de reojo y asiente con la cabeza.

—Tengo otros dibujos como ese, si quiere verlos —corrobora—. Me la dibujó para demostrarme que no mentía. Es mucho más guapa, pero es la Virgen de los Huesos. —Vuelve a santiguarse.

Lombardi desoye la oferta. Prefiere las palabras a los dibujos.

—Él la llamaba la Señora, o algo parecido.

—Porque su verdadero nombre no debe ser pronunciado lejos de su imagen.

El policía cabecea un tanto confuso. No se siente cómodo entre conceptos sobrenaturales, tan impregnados de superstición como el entorno que lo rodea. Además, le pesan los ojos. Puede ser la fatiga acumulada, el calor que desprende la hoguera, el olor vagamente desagradable de la cocina, pero le desazona esa sensación de modorra que empieza a apoderarse de su cabeza.

—¿Qué edad tendría cuando hizo este dibujo?

—Diez o doce años.

Así que la obsesión de Basilio era muy anterior a lo imaginado. Su corpus teórico sobre los demonios, como lo había definido el doctor Cabrejas, estaba perfectamente elaborado años antes del episodio del pastor. Pero su tía no conoce al psiquiatra ni sus sesudas teorías: mejor aparentar ignorancia, se dice Lombardi, para seguir tirando del hilo.

—Hay algo que no entiendo en este dibujo —comenta, y nota que las palabras le salen menos firmes de lo que deberían—. A pesar de su trazo infantil, la figura femenina podría representar a cualquiera de las imágenes marianas conocidas: estilizada, hermosa, con las palmas unidas en actitud devota y un aura de santidad en torno a la cabeza. A sus pies, sin embargo, donde podría esperarse una serpiente, aparece un hombre tumbado.

—Es un demonio.

—¿Cómo que un demonio? —objeta, aparentando sorpresa.

—Basilio podía distinguirlos entre los hombres.

—¡Qué cosas dice usted!

—¿No cree en los demonios?

—Crea o no crea, seguro que no andan tan campantes entre los seres humanos.

—Pues los curas sí que lo creen —lo amonesta severamente la Candelas—, y para acabar con ellos inventaron los exorcismos.

Está a punto de replicar que semejante actividad es fruto del fanatismo, de una disparatada teoría que atribuye a inexistentes seres diabólicos las dolencias de personas que en realidad padecen algún trastorno mental. El propio Basilio, con sus delirios, podría haber sido objeto de exorcismo. Discutir, sin embargo, no allana el camino.

—Ya, pero su sobrino creía verlos en gente normal —intenta razonar—, sin ninguna manifestación extraordinaria que haga pensar en una posesión.

—Tenía ese don. Veía cosas que se nos ocultan a los demás.

Así, tan simple como eso. Seguir por ese terreno es jugar con cartas marcadas por la curandera, entrar en una dinámica sin pies ni cabeza que solo contribuye a eliminar de un plumazo la dialéctica racional. Basta con resumir los hechos desde un punto de vista lógico: un niño impresionable y necesitado de afecto recibe un impacto de contenido mágico-religioso potenciado por un adulto en el que confía, un impacto repetido en el tiempo que debilita su capacidad de raciocinio hasta el punto de confundir sus delirios con la realidad. Lo malo en el caso de Basilio es que esos delirios resultaban sumamente peligrosos.

—Dígame, ¿por qué la llaman así? La Virgen de los Huesos.

La mujer se incorpora y cubre los pocos pasos de distancia que la separan de la imagen. Con mimo, como si temiese hacerle daño al moverla, la toma entre sus brazos y regresa hasta el visitante. A la luz del fuego se distinguen detalles inapreciables hasta ese momento. Por ejemplo, el siniestro montón de huesos que le sirve de pedestal.

—Ya entiendo.

Satisfecha la curiosidad del policía, la Candelas devuelve la imagen a su rincón, y una vez de nuevo en su banqueta, deja caer otro puñadito de polvo en la llamas.

—¿Qué es eso que echa al fuego, incienso? —protesta él con la mirada interrogando el chisporroteo, esta vez verdoso—. Por favor, no lo haga más si no quiere que vomite en su cocina. Es nauseabundo. Bueno, a ver si avanzamos —añade, intentando sobreponerse al mareo—. Dígame: ¿se llevaba usted bien con su sobrino?

Ella lo mira con un gesto extraño, como si no hubiera entendido la pregunta.

—Lo digo porque nunca se interesó por él cuando lo encerraron —puntualiza—. Hoy mismo, ni siquiera ha preguntado por lo sucedido. Tampoco he visto un asomo de lágrima en usted, y no todos los días se entierra a un familiar.

—La vida y la muerte son cosas parecidas, solo que de distinto color. Si no lloramos de tristeza al ver un parto, ¿por qué hacerlo en un entierro?

Esta mujer es un trozo de madera insensible, se dice el policía; un pedrusco que reviste su gélida actitud con filosofía barata sacada de algún manual de espiritismo.

—¿Sabía usted lo que le hizo al pastor hace unos cuantos años?

—Me lo contó después. Dijo que ella se lo había mandado.

—¿La de los huesos?

—La Virgen, sí señor.

—¿Y no hizo usted nada?

—¿Qué iba a hacer?

393

—¡Yo qué sé, coño! —brama el policía, fuera de sus casillas ante semejante indiferencia—. Darle una buena somanta, por ejemplo.

Lombardi respira hondo varias veces para recobrar el equilibrio personal y la compostura. El pulso le bate las sienes como timbales en Semana Santa.

—Podría acusarla de encubrimiento, ¿sabe? —deja caer, y ella se encoge de hombros—. Y más de un juez la condenaría también como inductora. —Toma aire de nuevo antes de proseguir—: ¿No vino a verla cuando escapó de Valladolid?

—Ya le he dicho que hace muchos años que no lo veía. Tantos, que me ha costado reconocerlo en el camposanto.

—Así que no tiene ni idea de sus andanzas en las últimas fechas.

—No señor.

—Pues no seré yo quien se las cuente. Total, le va a resbalar como lo del pastor.

El policía empieza a sentirse extenuado, pero todavía tiene algunas preguntas antes de abandonar ese recinto sofocante. Nada que ver con Basilio, su siniestra Virgen y su impresentable tía. Es casi una cuestión personal.

—En fin, dejemos por ahora este asunto —sugiere, forzando un tono amable y un gesto de palmas abiertas que solicita un armisticio—. Me gustaría hablar sobre una joven a la que usted trató hace unos años. No sé si su nombre le dirá algo, porque a mí ni siquiera me ha preguntado usted el mío.

—¿De qué valen los nombres? Con ver los ojos hay de sobra.

—Bien, pues ella vino por aquí hace unos seis años. Acababa de empezar la guerra y la trajo su madre. Una chica de veintipocos, ojos grandes, verdes, muy guapa. De pelo castaño, pero le habían rapado la cabeza. Seguro que con este detalle la recuerda.

—Claro que la recuerdo, pero no es esa la mujer que le conviene.

Las palabras de la Candelas suenan a consejo, pero Lombardi se remueve inquieto en el asiento, rememorando aquella pesadilla en la que el espectro de Teodoro Sedano venía a decirle algo parecido con aire mucho más amenazador.

—Tampoco es que tenga la intención que usted insinúa —responde, un tanto turbado—. Solo quiero saber qué le pasaba y cómo la trató usted. Que me hable de ella.

—Su agujero era más grande que el suyo. Muchísimo más grande.

—Es comprensible: acababan de matar a su novio. Estaba muy afectada, como enloquecida, ¿no?

—¿Por qué quiere saberlo usted?

—Estoy buscándola.

—¿Y no la encuentra? —La Candelas emite un bufido—. Me quiere sacar verdad con mentiras.

—Es una forma de hablar, mujer. Sé dónde está, pero necesito conocer un poco más de su pasado.

—Pregúntele a ella.

—Se niega a compartir esa parte de su vida —argumenta—. Como comprenderá, no es plato de gusto. Y quiero ayudarla.

—¿Es usted médico, además de policía? ¿De esos que escarban en las cabezas? Porque si lo es ya se puede ir levantando.

—No señora, no. Solo soy policía, pero también soy amigo de la familia, de su madre.

—Pero qué mal miente usted.

Lombardi está a punto de estallar. El absurdo pulso lo está sacando de quicio y no quiere apartarse de la senda dialogante. Al fin y al cabo, es lógico que la curandera, como los médicos, se resista a hablar de sus pacientes. Respecto a su sobrino podía exigir respuestas, pero ahora está pidiendo un favor.

—De acuerdo, lo admito —asume en ademán conciliador—. Aunque usted diga que no me conviene, tengo sincero interés en esa mujer, pero no consigo llegar a ella. Su alma es un gran misterio para mí. Le hablo como hombre, no como policía.

—Entonces es que todavía no se ha curado. Todavía no sabe lo que le pide.

—¿Lo que le pide quién?

—El muerto. Esa chiquilla vino a mí porque buscaba la respuesta de un muerto. Y no se puede hacer eso porque te quedas vacía, sin aire. Hay que esperar a que ellos nos visiten y nos hagan su petición, nos digan cuál es su voluntad, si es que quieren. Eso, o bien obligarlos a hablar.

—¿Usted hace hablar a los muertos? —balbucea él, boquiabierto.

—Yo hago lo que se me permite hacer, ya se lo he dicho antes.

—Ya. Supongo que ella prefirió ahorrarse ese trago, ¿me equivoco?

—Su madre era muy temerosa.

—¿Su madre estuvo presente cuando la trató?

—Solo hablo con los enfermos —aclara la Candelas con un apunte de orgullo—. Su madre la esperaba fuera, pero estas cosas hay que hacerlas por la noche, y tenían que aguardar unas horas.

—Esas cosas… Se refiere a lo de hacerle hablar al muerto.

—Claro. Ella quería, pero su madre se la llevó a rastras.

—¿Ella quería hablar con su novio?

—Ella quería saber. Y yo se lo dije muy claro: cuando sepas lo que te pide el muerto, estarás curada.

—O sea —concluye él, entre confuso e irritado—, que hizo el viaje en balde y usted la volvió más loca con esa milonga de los muertos. ¿No era más sensato, o al menos más piadoso, recomendarle algo tan sencillo como tomar distancia, dejar que el olvido haga su trabajo?

—El olvido no existe. Lo más parecido es el engaño.

—Pues tiempo y sangre nueva, joder. Otro hombre a su lado, que bien se lo merece.

—Es usted un poco burro si cree que el remedio para sus gusanos podría servirle a esa joven. Sus pérdidas son muy distintas. Usted necesita recuperar su fe en la vida; ella, saber lo que le pide el muerto: solo después de eso podrá abrir los ojos y cerrar el agujero de su alma. Por lo que me cuenta, todavía le queda faena por delante.

—Y más después de visitarla a usted. Con lo fácil que habría sido recetarle una pizca de sensatez y unas putas hierbas.

—Eso es lo que hice: rezamos unas oraciones y luego tomó una tisana para asentar la matriz.

—¿Qué tiene que ver la matriz con el mal que padecía?

—Se le había malogrado un hijo pocos días antes.

—¿Un hijo? —salta incrédulo el policía—. ¿Quiere decir que había abortado? ¿Ella le dijo eso?

—Hay cosas que no hace falta decirlas. Se ven en los ojos, y los suyos no sabían mentir.

Lombardi se incorpora perplejo, impactado al conocer el doble drama de Cecilia Garrido: la sucesiva pérdida de un novio y de un hijo. Masculla unas palabrotas sin despedirse, tambaleándose en busca de la salida; diciéndose que motivos tiene la pobre mujer para recelar de cuanto la rodea, para negarse a revisar aquellas malditas fechas. Entra en el coche como un autómata, sin poder quitarse del pensamiento la inesperada noticia.

—¿Qué tal con la bruja? —le saluda el conductor al tiempo que activa el encendido.

—Poca cosa, aparte de marearme —responde él sin ganas de hablar—. Me tiemblan las piernas.

—Dicen que si la escuchas un rato te vuelves modorro —ríe el segundo guardia—. Pero no es para tomársela a broma, ¿eh?, que puede hacerte daño sin tocarte un pelo.

—No me diga que cree en esas supercherías —replica el policía, y suena bastante cabreado.

—Cada uno cree lo que le conviene —filosofa el aludido—. Y yo digo lo que dicen todos: que no creo en las brujas; pero haberlas, claro que las hay.

Doña Mercedes recibe a su huésped con gesto horrorizado. Y no es para menos, porque el hombre que empuja cansinamente la bicicleta hasta el portal parece un mendigo: despeinado, pálido, con la ropa hecha un guiñapo arrugado y llena de lamparones de barro.

397

—¡La Madre de Dios! Si me viene hecho un Santo Cristo. ¿Ha estado cogiendo ranas? Ande, cámbiese enseguida, que le limpio ese traje y le lavo la camisa.

Una vez en su habitación, Lombardi se desnuda, se desembaraza de la venda y se mete de inmediato bajo la ducha. Está harto de agua, pero la que cae desde la regadera, mezclada con jabón, tiene efectos paliativos. El cuerpo recupera su color habitual, y la pátina marrón que lo cubría desaparece por el sumidero; el cabello adquiere suavidad; incluso la cara, rasposa de barba joven, empieza a parecer suya. Otra cosa es el ánimo, porque el balance de las últimas horas ha sido devastador: la tensión de la búsqueda, las peripecias de la detención y su desgraciado desenlace; y para colmo, como guinda del pastel, la inesperada y dolorosa noticia sobre Cecilia Garrido.

Limpio y afeitado, se dispone a cumplimentar visita al cuartel, donde Manchón aguardará ansioso una narración pormenorizada de los hechos. Su reloj marca la una y veinte, y se alegra de que Cecilia todavía siga en el trabajo, porque aún no está preparado para afrontar ese encuentro. En ese momento, mientras baja las escaleras, decide que hoy no comerá en la fonda para evitar coincidir con ella.

La plaza del ayuntamiento es un inmenso charco, una especie de piscina que desagua lentamente por el arco de entrada para perderse en el Duero tras una cascada sucia junto al puente. Lombardi elige la parte alta de la villa, desde la iglesia de Santa María, para evitar problemas similares y, aunque el barro es dueño y señor de cada calle, llega a su destino sin dificultades y felicitándose de que las molestias del pie hayan casi desaparecido.

Un sonoro aplauso lo recibe al franquear la puerta del cuartel, un homenaje por parte de los tres o cuatro guardias presentes, al que se adhiere Manchón saliendo apresurado del pabellón de oficinas. El policía se suma al aplauso para evitar ruborizarse; la verdad es que no son frecuentes semejantes muestras de afecto en su mundo profesional, y el gesto lo ha desarmado.

Con familiaridad imprevista, el suboficial le estrecha la mano y posa luego esa misma mano sobre su espalda para acompañarlo hasta el despacho.

—Le llamó el comisario jefe de la Criminal —dice, colocándole la silla como si fuera un invitado de alta alcurnia.

—Fagoaga.

—Ese mismo: don Fernando Fagoaga. Imaginé que sería para felicitarlo a usted, pero aún no sabía nada y tuve que darle la buena noticia. Espero que no le importe.

—Claro que no, Manchón. Tengo otros asuntos pendientes con él.

—Pues quedó en llamar otra vez a eso de las dos, porque calculé que para entonces ya estaría usted de vuelta. Y también informé al juez Lastra.

—¿Satisfecho su señoría?

—Y mucho. Debería pasar a verlo.

El brigada está exultante. Atrás quedó su gesto desabrido, ese negro pesimismo que cargaba sobre los hombros.

—Ya me pasaré. ¿Llamó usted a Burgos?

La sonrisa de Manchón le surca la cara de oreja a oreja.

—Las lanzas se vuelven cañas —bromea sonriente—. Ahora, todo son felicitaciones y parabienes. Me pidieron que se los hiciera extensivos a usted.

—Pues muy agradecido. ¿Se ha encontrado algún rastro de Barbosa?

—Su bicicleta, en el río, a kilómetro y medio de Fresnillo. Había manchas de sangre en la carretera; supongo que allí se produjo el ataque. Pero ni rastro del cuerpo.

—Llame usted a sus colegas de Riaza. Que registren la ribera izquierda del río, en el cañón que hay después de Linares. Me temo que los restos de Barbosa andan por allí, como los de Ayuso; otra cosa es que los encuentren.

—Luego llamo, pero antes cuénteme usted, que me muero de ganas por saber. Por cierto, esa alforja que se ha traído…

—Hay que guardarla como prueba.

—Se me han puesto los pelos de punta cuando lo he visto. —El brigada simula un teatral escalofrío—. Y no me refiero al hacha, precisamente.

—La mano del pastor.

—Ya imagino, pero ¿por qué se la guardó? Porque bien que alardeó de las otras dos.

—Por miedo, según él —explica el policía—. La tuvo una noche entera a la puerta de la iglesia de Linares, pero la retiró antes de que pudieran verla. Al fin y al cabo, tenía trece o catorce años cuando lo hizo. Podríamos decir que entonces solo era un aprendiz.

—¿Aprendiz? ¡Cagüen dioro con el aprendiz de asesino!

—Era un enfermo, Manchón.

—Ya, dígale usted eso a las familias de las víctimas. ¿Por qué coño los mataba?

—En el manicomio de Valladolid me dieron un montón de nombres, términos técnicos de esos. Que si parafrenias, que si delirios y alucinaciones; en fin, ya sabe cómo habla esa gente. Todo para explicar algo que se resume en dos ideas: a Basilio se le aparecía la Virgen, y ella le mandaba matar demonios.

—Pues yo lo resumo solo con tres palabras: un puñetero loco. ¿También se apuntó lo de Eguía?

—También. Aunque no era necesario, porque llevaba puestas las botas que tanto nos han hecho sudar. Y acabo de caer —reflexiona Lombardi con un deje de fastidio— en que lo han enterrado con ellas. Debería haberlas añadido a la alforja con el resto de las pruebas.

Manchón quita importancia al despiste con un apunte de humor negro:

—Podemos conseguirlas si hace falta, porque no creo que vaya a salir corriendo del cementerio. Aunque algo no me encaja: ¿por qué no le cortó la mano a Eguía?

—Porque don Evaristo estaría esperando una cita, tal y como usted se barruntaba, pero no era un demonio.

—A ver —cabecea confuso el suboficial—, que quien está empezando a volverse tarumba soy yo.

400

El policía retrocede en el tiempo en su narración, concreta-
mente hasta su entrevista con el doctor Cabrejas, para ofrecer luz,
hasta donde resulte posible, a la natural confusión del brigada.
Después, detalla su investigación en Linares, el disparatado interrogatorio a Basilio Daza y las posteriores declaraciones, no menos
irracionales, de su tía.

—La incultura, el fanatismo, el hambre —filosofa a modo de
colofón de su largo relato—, son caras distintas de la miseria humana. Ahí está el problema, Manchón: en una sociedad que fabrica
sus propios monstruos.

—Es para echarse a temblar. La verdad, acojona un poco la
idea de que puedes cruzarte por la calle con un tipo que te mata
porque cree ver una cruz en tu mano o, simplemente, porque no le
caes bien a su espejismo. Bueno —sentencia con un largo suspiro
de alivio—, por suerte, ya se acabó.

—Pero todavía no está cerrado el caso. Tenemos que averiguar
dónde anduvo Basilio Daza durante todo este tiempo, desde que
salió de Valladolid. Es de suponer que no muy lejos de Aranda,
pero hay que seguir pateándose la villa y cada pueblo con la foto, a
ver si conseguimos reconstruir sus pasos. Y ese es un trabajo que les
toca a ustedes.

Suena el teléfono en el vacío despacho del capitán. Alguien lo
descuelga y a los pocos segundos asoma un tricornio por la puerta del
brigada.

—Preguntan por el señor Lombardi.

El policía acude a la llamada.

—Dígame.

—Enhorabuena.

Solo una vez ha tenido ocasión de hablar con Fagoaga, y recuerda vagamente su voz un tanto atiplada; fue apenas un breve
intercambio de frases, y desde entonces, toda su relación se ha producido a través del filtro de Balbino Ulloa. Ahora, a través de un
nuevo filtro, esta vez telefónico, la voz parece algo más espesa, y lo
que dice, aunque solo haya sido una palabra, suena bien.

—Muchas gracias, señor comisario. Ha habido suerte.

—No sea modesto, coño, que esas cosas no salen de chiripa. Ya me contará con más detalle cómo ha resuelto el caso. Ahora vamos al grano, que he leído su informe. Con sumo interés, además.

Lombardi se mantiene callado. Ni se le ocurre preguntar, porque ante un comisario jefe es este quien debe marcar los tiempos, y tampoco quiere mostrar impaciencia ante tan alta jerarquía. Tras unos segundos de pausa, Fagoaga recupera el habla:

—Es un asunto delicadillo, como comprenderá. Nuestro hombre es un alto dirigente sindical, y por lo tanto, del partido.

—Desde luego —corrobora él—. Ya conozco la orden de no molestar a ciertos cargos a menos que se les pille con las manos en la masa.

—Claro, claro, hay que tener guante de seda, evitar resbalones. ¿Usted está seguro de que esas evidencias existen?

—Con toda la seguridad que un policía puede tener antes de tocar la prueba definitiva con sus manos. Por eso quiero hacer ese registro, para conseguirla.

La línea queda en silencio. Lombardi se imagina el cerebro del comisario a toda máquina. Un pensamiento bastante absurdo, porque seguro que ya tiene tomada su decisión, en uno u otro sentido, antes de llamarle.

—Bueno —resopla Fagoaga—, en verano del año treinta y tres esa orden que usted menciona no existía, y ni siquiera se había fundado el partido, de modo que no quebrantamos la ley si investigamos un delito de aquella época.

—Pues tiene usted toda la razón. No había caído en eso.

—Y dice que tratamos con un juez muy joven y extremadamente quisquilloso.

—Era mi obligación advertirle al respecto —se excusa él.

—Podríamos saltarnos todos esos trámites sin el menor problema, o acudir a instancias superiores, pero prefiero no puentear a los funcionarios si no es estrictamente obligado. Déjelo de mi cuenta. Tendrá su orden, Lombardi.

—Muchas gracias, señor comisario.

—Pero no escriba ningún informe justificativo, nada que ponga sobre aviso a nadie sobre el contenido de su investigación. Yo me encargo de todo eso. Usted preséntese mañana en el despacho correspondiente a recoger esa orden.

—Sería bueno contar con un equipo de identificación.

—Por supuesto —subraya el comisario, como si hubiera escuchado una obviedad—, y con algunos hombres de la Brigada por si hay que actuar en consecuencia. Sus circunstancias personales no aconsejan que dé usted la cara más de lo necesario. Ya me entiende.

—Naturalmente.

—Usted conoce el territorio, así que fije una hora y un lugar de cita con su equipo de apoyo.

—Tampoco les vamos a dar un madrugón. A las diez en la puerta del hospital.

—Allí estarán. ¿Sabe lo que me gusta de usted, Lombardi? Que siempre caza con carabina de dos tiros. No sé cómo lo hace, pero lo quiero en mi grupo cuando lo suyo se arregle; a ver si los chupatintas mueven el culo. Que tenga un buen día.

El policía tuerce el gesto al colgar. Para estar en su grupo, como sugiere Fagoaga, para recuperar su estatus funcionarial, debería acreditar ser adicto al Glorioso Movimiento Nacional y completa limpieza de su conducta político-social y religiosa: una foto que no encaja en absoluto con su cara.

—Por la sonrisa que trae puesta, seguro que le han anunciado un ascenso —dice Manchón al verlo de nuevo ante su mesa.

—Nada de ascensos. Solo buenas noticias sobre otra investigación.

—Ya veo que no para. Oiga, en otras circunstancias no me atrevería a tomarme tantas confianzas, pero de alguna manera hay que celebrarlo, ¿no? ¿Por qué no se queda a comer en casa? Mi parienta ha preparado unas alubias con chorizo, y las hace de chuparse los dedos.

Lombardi se lo piensa. Solo un par de segundos, lo que tarda en recordar que lleva muchas horas sin poder sentarse a una mesa y en valorar que la generosa oferta del brigada no merece el agravio de una negativa.

Por primera vez, el policía traspasa el límite de las oficinas para internarse en el patio vecinal de la casa cuartel. Varios chavales juegan por allí: unos a la pelota, otros a pídola o a las canicas. Manchón se lleva dos dedos a los labios y emite un silbido cantarín; una señal que llama la atención de uno de los chicos, de ocho o nueve años, que trota detrás de un aro. Sin necesidad de palabras, con un gesto enérgico del brazo, le ordena subir a casa.

El brigada vive en la primera planta, y en el suelo del pasillo tras la puerta un niño de unos cinco años juega con soldaditos; un heterogéneo surtido de plomo, madera y hojalata sometido a un tiroteo de pedorretas.

—¿Quién gana? —pregunta Lombardi mientras intenta sortear la batalla sin causar bajas.

—Los buenos. ¿Tú eres de los buenos?

—A los mayores se les trata de usted, zagal —lo amonesta Manchón con un cariñoso cachete en la cabeza—. Y claro que es de los buenos, como tu padre.

—¿Y quiénes son los malos? —insiste el policía.

—Los rusos —responde el niño con una erre afrancesada y muy sorprendido de que haya que explicarle algo tan elemental a alguien tan mayor.

—¿Y los buenos?

—Los alemanes.

—Pero tu padre y yo no somos alemanes, y somos buenos.

El chico contempla al desconocido, intentando desentrañar el enmarañado silogismo, y luego observa durante unos instantes sus juguetes.

—Ya lo sé —dice muy serio, encogiendo los hombros—, pero los españoles vamos con los alemanes.

—Pues licéncialos a todos y lávate las manos —ordena el padre—, que es hora de comer.

Lombardi sigue al suboficial hacia el comedor, preguntándose cómo estará el país para que un niño considere buenos a los nazis, dónde habrá aprendido esa perversa versión de la realidad. En casa, desde luego, porque Manchón no parece el tipo de hombre que contraviene la ideología dominante; pero también en la escuela, con una educación tan castradora y militarista que hasta los niños de teta cantan el *Cara al sol.*

La esposa del brigada tampoco escapa al canon del Nuevo Estado: sumisa y servicial, pendiente de atender al marido hasta en los mínimos detalles, callada y pundonorosa criadora de una prole que sabe comportarse ante las visitas; por el crucifijo que cuelga de su cuello, probablemente también ferviente católica. Es guapa, de unos cuarenta años, aunque su aspecto un tanto descuidado no ayuda a realzar sus virtudes. Una buena mujer de su casa, y punto.

Las alubias son, efectivamente, espectaculares, y la comida permite un rato de charla amigable sobre Aranda, villa natal de la mujer; naderías, en definitiva, que no incluyen el menor comentario relacionado con el trabajo de Manchón. Tras el almuerzo, niños y esposa vuelan lejos y dejan la sobremesa para los varones adultos y sus respectivas tazas de café.

—Sepa que no he olvidado su recomendación de investigar entre mis hombres al autor del disparo de la otra noche.

—Gracias, ya me contará. Supongo que no es plato de gusto para usted, pero no hay que descartar ninguna posibilidad.

—Y no lo hago.

—Si tengo suerte mañana, a lo mejor le ahorro ese mal trago.

—¿Qué se le pasa por la cabeza? —pregunta Manchón frunciendo nariz—. Si no es indiscreción.

—Mañana se enterará, supongo. Ahora, con su permiso, voy a echarme una buena siesta, que no puedo con mi alma.

—Bien que se la ha ganado. Y sin locos en la calle ya, puede dormir a pierna suelta.

***

405

A las tres y media las calles están casi vacías. Lombardi pasea sin prisas, como un sonámbulo, con el estómago lleno y otra digestión en la cabeza, aunque trabajando a media máquina. Durante el vértigo de las últimas horas, el problema de Begoña se había volatilizado por completo de sus pensamientos, pero regresa ahora para decirle que sigue ahí, que por mucho que se esconda en rastreos y persecuciones, ella espera una firma, una rendición incondicional. Está, además, lo del aborto de Cecilia y la desazón que arrastra desde que se enteró de la noticia. Sabe que, tarde o temprano, tendrá que verla, y no es algo que deba abordarse a la ligera. Puede hacerse el ignorante, desde luego, aunque nunca soslayar los hechos por mucho tiempo si es que aspira a mantener esa relación. La última frase de su discurso mental lo incomoda un tanto, porque mantener esa relación significa admitir a las claras que está enganchado a esa mujer, y todavía tiene algunas prevenciones respecto a ella. Quizá prejuicios sobre su pasado, dudas respecto a su salud emocional. En fin, nada que no pueda ser resuelto con palabras y una buena dosis de confianza.

Con la fonda a la vista, el policía advierte una presencia conocida. Lorenzo Olmedillo camina por los alrededores de la puerta con pasos cortos, las manos en los bolsillos y un cigarro encendido entre los labios. Viste su camisa azul mahón, pero lejos de aparentar el orgullo marcial de los de su casta, parece encogido sobre sí mismo. Al ver al policía acelera el paso para salir a su encuentro.

—Me gustaría hablar con usted. ¿Tiene unos minutos?

—Con mucho gusto —miente Lombardi al saber que su siesta se retrasa—. Y reciba mis condolencias por la muerte de Gabino. Supongo que los unía algo más que la militancia.

Olmedillo asiente sin palabras.

—Mejor paseamos —sugiere, y se dirige hacia el puente sin esperar conformidad. El policía se suma, pero el falangista parece necesitado de discreción y, a pesar de que no se ve a nadie en muchos metros a la redonda, no vuelve a abrir la boca hasta llegar casi al centro de la baranda—: He oído que ha detenido usted al que mató a Gabino.

406

—Sí. Ya está detenido y enterrado. La ley de fugas, ya sabe.

—Vaya. ¿Y le dijo al menos por qué lo mató?

El policía, que no está dispuesto a compartir detalles de la investigación con un paisano, por muy amigo que fuera de la víctima, elabora una respuesta evasiva.

—No lo tenía muy claro. ¿Por qué lo dice?

—Porque yo sí que lo sé.

—¿Ah, sí? Soy todo oídos —lo invita levantando las cejas.

—Déjeme antes que le cuente algo.

—Claro que le dejo. Usted dirá.

Olmedillo apoya los antebrazos en la balaustrada y deja caer su colilla con la mirada perdida en la corriente. Lombardi aprovecha el momento para tomar el relevo y encender un pitillo. La tormenta ha refrescado el aire, ya no pica el sol, enredado entre nubes, pero al policía le escuecen los ojos de sueño y se le cierran los párpados.

—Sucedió a finales de julio del treinta y seis.

—Interesante.

—Llevábamos más de una semana en tensión, a la espera de órdenes para empezar a actuar. Parecía que el Alzamiento había triunfado en casi toda Castilla, pero hasta esa fecha había mucha confusión. Por fin, ese día llegaron patrullas de otros sitios: Lerma, Milagros, Gumiel. Siguiendo las órdenes del capitán García Lasierra... —Se detiene un instante, una pausa aclarativa—. Era el capitán de la Guardia Civil, ¿sabe?

—Lo sé. Siga, por favor.

—Pues eso, que nos ordenó hacer listas de gente que había que detener, tanto en Aranda como en otros pueblos de la comarca. En la de aquí figuraban todos los de la gestora municipal, algún policía local y dirigentes sindicales. Alguien sugirió otros nombres de cabecillas del Frente Popular, y Gabino propuso incluir a Teodoro Sedano. Algunos nos extrañamos de la propuesta, porque Teo era un buen católico y lo creíamos amigo suyo, pero Luciano Figar secundó la petición y nadie objetó nada.

—¿También estaba Jacinto Ayuso? —se interesa Lombardi, repentinamente despejado.

—Sí, señor. Estábamos todos los falangistas.

—¿Incluidos don Cornelio Figar y don Román Ayuso?

—Ellos no se afiliaron a Falange hasta varios días después, o acababan de afiliarse, no recuerdo; pero no estaban.

—Así que Gabino propone la detención de Teo y Luciano lo secunda. ¿Y Jacinto?

—Jacinto se encogió de hombros —dice Olmedillo, que también frunce los suyos—. No solía contradecir a nadie, mucho menos a Luciano, que era como su hermano mayor; estaba acostumbrado a obedecer y nunca tomaba la iniciativa en nada. Después se organizó la partida, unos diez hombres, incluida una pareja de la Guardia Civil, creo que eran de Roa.

—En la que iban ellos tres.

—Claro, ellos conocían los domicilios.

—¿Usted no fue?

—Yo me quedé en el local para coordinar las operaciones: había que hacer lo propio en otras localidades de la Ribera y mantener informado a García Lasierra.

El policía apoya la cadera en la baranda para acercarse más al joven. El humo que lanza su boca bailotea sobre la camisa azul.

—¿Tampoco participó en el posterior traslado de los presos desde la cárcel de Aranda?

—No, señor. De eso se encargaron camaradas y guardias forasteros, sobre todo los de Lerma y Fuentecén.

—Lo entiendo —dice él sin ocultar una carga de reproche—. Si había que fusilar, mejor que lo hiciera gente sin mucha relación vecinal, ¿no?

—Oiga —se incorpora el falangista para expresar su protesta, y encara a su interlocutor—, lo que dice es muy grave, señor Lombardi.

—Gravísimo, Olmedillo. Estoy de acuerdo con usted. —Ahora, la bocanada de humo se estrella en el rostro que tiene delante y empaña sus gafas.

—Nos limitamos a cumplir las órdenes del general Mola —argumenta el joven en su descargo.

—Y bien que las cumplieron, como él hizo en Navarra: la represión tenía que ser en extremo violenta para desmovilizar al enemigo. Algo así decía esa orden, ¿no?

El falangista retira la cara y la vuelve de nuevo hacia el río, pero ya no se apoya en el pretil.

—Mire, yo no me sumé al Alzamiento para matar a nadie —dice, muy serio—, sino para conseguir una sociedad más equitativa sin necesidad de renunciar a nuestras esencias patrias. Una república sindicalista.

—Pues parece que no ha tenido mucho éxito —apunta el policía con un deje de sarcasmo.

—Ya, bueno, todo se andará. Pero era necesario un cambio radical, y para eso había que juzgar tanto a parásitos demócratas como a marxistas. Lo que sucedió, o según usted pudo suceder en algún caso, me ofende tanto como a cualquier persona bien nacida, porque nos equipararía a los asesinos rojos que derrotamos.

—Habla usted en condicional, pero sabe que es cierto. Ninguno de esos hombres llegó a su teórico destino. Como no llegaron otros centenares, de aquí o de la comarca, en los meses posteriores.

—A mí no me mezcle en eso. Yo me fui a Burgos pocos días después para alistarme, como la mayoría de los camaradas.

—Pero sí que estaba aquí a finales de julio, cuando empezaron las ejecuciones.

—Y qué le vamos a hacer a estas alturas. —Vuelve a encoger los hombros—. Ni puedo retroceder en el tiempo ni tengo el don divino de resucitar a los muertos.

—Ojalá lo tuviera, Olmedillo, pero si no el poder de resucitar, sí tiene al menos el de aclarar ciertos hechos siendo sincero. Todavía no me ha dicho el motivo de su interés en hablar conmigo, pero de sus palabras se desprende la sospecha de que los asesinatos de Ayuso y Barbosa tienen relación con aquello.

—Ya me contará. De los tres arandinos que participaron en

aquellas primeras detenciones, dos han muerto asesinados, y el tercero, Luciano, ya había fallecido. A lo mejor me equivoco, pero parece una sospecha bastante razonable, ¿no? Investigue a las familias de aquellos detenidos y encontrará al culpable.

—Gracias por la sugerencia profesional, pero ya hice ese trabajo. Y el culpable está muerto, por desgracia, y no tenía la menor relación con esa pobre gente. Coincido, sin embargo, en que hay algo que chirría en aquellos hechos, algo que no se ajusta del todo a lo que podríamos llamar lógica, por brutal que fuera la que ustedes emplearon. Algo que a usted tampoco le encaja, según me ha confesado. La pregunta es: ¿por qué Luciano y Gabino decidieron aquel día quitar de en medio a Teodoro Sedano si no era izquierdista?

—Lo de Luciano, no lo sé —reflexiona—. Aunque las familias de Figar y Sedano están peleadas desde hace mucho.

—Ese es un hecho conocido en toda la villa.

—Es posible que actuara por venganza, para hacerle daño a don Dionisio.

O para tapar la boca de alguien que sabía demasiado, reflexiona el policía aplastando la colilla con la suela del zapato.

—En todo caso —sentencia—, nada que ver con la política.

—Poco que ver —admite Olmedillo de mala gana.

—¿Y Gabino? Suya fue la idea de incluir a Teo en la lista, según usted.

No hay respuesta. El joven vuelve a mirar al río, el lugar donde refugia sus vacilaciones.

—De nada sirve tirar de la manta si me esconde parte de lo que hay debajo, por molesto que sea —aprieta el policía—. Y tampoco le estoy pidiendo que haga una declaración pública. Solo le oímos los peces y yo.

—Mire —balbucea, y se rasca incómodo la perilla—, Gabino era amigo mío y quiero mucho a Martina. Está destrozada, y no me gustaría que ella y el hijo que lleva oyeran algún día cosas inadecuadas sobre su padre.

—No por mi boca, Olmedillo, le doy mi palabra. Y ya que

estamos, le pido la misma discreción por su parte sobre el contenido de nuestra charla. Su divulgación podría afectar a mucha gente.

El falangista aún se toma unos segundos de reflexión antes de soltar lo que le quema en la boca:

—Gabino estaba obsesionado con Cecilia, la novia de Teodoro —confiesa, bajando la voz—. Bueno, a todos nos gustaba esa chica, pero la suya era una pasión insana, enfermiza, no sé si me entiende. No podía soportar que fuera de otro.

—Y quitando de en medio al novio, se allanaba el camino.

—Imagino que ese fue el verdadero motivo de su propuesta: encerrarlo una buena temporada. Pero falló el tiro, porque las cosas se torcieron y ella se volvió loca.

—Y al final tuvo que conformarse con Martina.

—Se casó cinco años después de aquello, y él quiere a su mujer, no piense lo contrario. O la quería, ya que ha muerto.

—Como segundo plato —puntualiza el policía—, después de que la pieza ideal hubiera volado; y precisamente por su culpa. Aunque a lo mejor era uno de esos que piensan que «mía, o de nadie». Tal y como me lo pinta, y de no haberse producido el Alzamiento, es posible que tarde o temprano hubieran asistido ustedes a un crimen pasional de lo más vulgar.

—Hombre, no lo creo —refuta el falangista, en defensa del difunto—. Se habría hecho a la idea de que no era para él. No es el primero ni el último que recibe calabazas.

—¿Conformarse alguien que es capaz de semejante infamia para conseguir a una mujer? —replica irritado Lombardi—. Porque coincidirá conmigo en que fue un acto infame. —Olmedillo se somete cabizbajo a la sentencia—. En todo caso, poco importa ya, porque nunca lo sabremos. ¿En algún momento le hizo comentarios sobre el regreso de la señorita Garrido?

—Pues sí, y no sé qué coño ha venido ella a buscar en Aranda; como no sea a malmeter.

El policía endurece el gesto, y se asegura de que su interlocutor se dé perfecta cuenta de lo mal que le ha sentado su comentario.

—Hace poco le partí la jeta a un gilipollas por pensar como usted y actuar en consecuencia —dice con fingida morosidad—. ¿Qué tiene de malo que una mujer recupere el derecho a rehacer su vida? ¿Qué le dijo Gabino al respecto?

—Que se la había encontrado en la puerta del ayuntamiento —masculla entre dientes—, y que seguía estando para mojar pan. Sí, así lo dijo: para mojar pan. Pero chitón sobre todo esto, ¿eh? Que no se entere Martina, por favor.

—¿Nada más? —aprieta el policía, y el joven se cubre de nuevo con un manto de dudas—. Vamos, hombre, déjese de tonterías, que me está jodiendo la siesta para nada.

—Dijo que pensaba follársela.

—Vaya. Y, según usted, ya estaba curado de esa pasión insana.

—Bueno, ahora ella no está comprometida.

—Pero él estaba casado, coño.

—Joder, no me sea mojigato —protesta Olmedillo sin mucha convicción—. ¿Quién no echa una cana al aire si se le pone a tiro?

—¿Su amigo era tan necio para pensar que esa mujer se le iba a poner a tiro, como dice? Aunque desconozca sus maquinaciones criminales para conseguirla, ella sabe perfectamente que los falangistas mataron a su novio. Y después la apalearon casi hasta la muerte.

Tortura que probablemente le provocó un aborto, pero eso se lo calla.

—Yo pienso lo mismo que usted. Le aconsejé que se olvidara, que no le iba a hacer ningún bien remover aquella basura. Pero me respondió que era una obsesión, y que no iba a quitársela de la cabeza hasta que le echara tres o cuatro polvos; solo entonces sería un hombre nuevo y se acabaría Cecilia para siempre.

Maldito hijo de puta, masculla para sí Lombardi encendido de indignación: lástima que Daza no te haya cortado en mil pedacitos. De inmediato se reprocha semejante pensamiento y respira hondo para recuperar el equilibrio emocional.

—¿Cuándo le dijo eso?

—El lunes, la víspera de su desaparición. A mediodía, tomando unos cacharros antes de irnos a almorzar.

—¿Dejó entrever que se había citado con ella?

—Se lo pregunté, pero solo se rio. Dijo que ya me contaría, y ahí dio por cerrada la charla.

—¿Usted volvió a ver a Gabino el martes?

—Por la mañana, en el ayuntamiento, pero luego no pasó por la sede, porque tenía una reunión a media tarde con camaradas en Vadocondes. Sabemos que estuvo allí hasta más de las ocho y media, y puso rumbo a Aranda a la caída del sol.

—Sí, eso es cierto. ¿Cuánta gente conocía ese viaje?

—Todos los camaradas de aquí, y otros vecinos, supongo. No era ningún secreto. Hablamos de ello en el ayuntamiento, en el bar, por la calle.

—¿Solía desplazarse en bicicleta?

—En coche cuando viajaba lejos, pero a los sitios próximos no; le gustaba mucho la bici.

—¿Cuándo se enteró usted de su desaparición?

—Bien entrada la noche se me presentó en casa Martina, muy preocupada porque su marido no había vuelto. Quise tranquilizarla, dije que probablemente se habría liado con los camaradas en la bodega y considerado que volver un poco cargado por la noche no era muy juicioso. Seguro que estaba de vuelta por la mañana. Tampoco era la primera vez que lo hacía. Me imaginé que a esas horas estaría con Cecilia dale que te pego, quitándose obsesiones de la cabeza, de la polla o de donde las guardase; pero no le iba a contar eso a la pobre Martina. Debería usted preguntarle a Cecilia si estuvo con él o no.

—Claro que no estuvo con él —rechaza el policía con un bufido—. Fui a recoger a la señorita Garrido cuando salió del trabajo. Pasé con ella el resto de la tarde en el Albergue Nacional de Turismo y luego dimos una vuelta. Llegamos a la Fonda Arandina después de cenar, a eso de las diez y media. Y después de esa hora no pudieron estar juntos, porque Gabino fue atacado lejos de Aranda a las nueve o nueve y pico de la noche. Así que deje de culpar a esa joven de los pecados de su amigo.

Olmedillo cabecea en silencio, digiriendo los datos.

—Usted dirá lo que quiera —objeta por fin—, pero que hayan muerto Jacinto y Gabino tiene que significar alguna relación con aquellos hechos.

—¿Por qué? El asesino también mató al señor Eguía, el del banco, y por lo que sé no tenía nada que ver con ustedes.

—Con nosotros no, pero sí con Cecilia, porque eran compañeros de trabajo. Y a Eguía no le cortó la mano, seguramente porque no intervino en aquello. Solo se la cortó a ellos dos.

Sería una magnífica explicación de la diferencia de trato sufrida por Evaristo Eguía si el proceso argumental para llegar a ella fuera correcto, que no lo es. Y no lo es, concluye Lombardi, porque un pastor pedófilo se empeña en desmentirlo.

—Tiene usted mucha imaginación, Olmedillo. Imaginación, o más miedo que vergüenza. Dígame qué tuvo que ver con la señorita Garrido, o con sus maquinaciones del treinta y seis, el pastor que el asesino se cargó en Linares. A él también le cortó la mano derecha.

—¿Mató a un pastor?

—Hace años. Y habría seguido matando a otros de no haber sido encerrado en su momento y detenido tras su fuga.

—No lo sabía.

—Era un loco, un fanático que actuaba por impulsos medio religiosos, no un criminal con un proyecto planificado. Se movía en un territorio limitado, últimamente entre Aranda y el monasterio de La Vid, y tanto Jacinto como Gabino tuvieron la mala fortuna de cruzarse con él, como antes le pasó al pastor. También es posible que conociera a sus víctimas, porque el asesino estuvo dos años en la villa antes de ser internado, y pudo entablar con ellas una relación nada amistosa. Con Jacinto coincidió seguro en los claretianos. Sea por simple locura, o por ajustar cuentas de viejos agravios, lo cierto es que, de seguir suelto, las características de sus damnificados serían tan variadas que esas coincidencias que usted cree ver se habrían convertido en simple anécdota.

Olmedillo, que ha asistido sin pestañear a la disertación del policía, se rasca el cogote en actitud meditabunda y encoge los hombros por enésima y última vez.

—Puede que tenga razón —dice, ajustándose las gafas—. En fin, gracias por lo que ha hecho —le ofrece la mano, que Lombardi estrecha sin acritud—. Es un alivio saber que la sangre de Gabino ha sido vengada y que ya no se derramará más.

Lorenzo Olmedillo se encamina de regreso al centro de la villa. El policía lo contempla desde el puente, seguro de que el joven falangista se ha quitado un buen peso de encima; al menos eso dicen ahora sus hombros marciales, la cabeza alta, sus pasos decididos en dirección al arco. El mismo camino que él piensa seguir en busca de una buena siesta, de las de pijama y orinal.

La siesta es un duermevela nervioso que dura poco más de una hora. A Lombardi le habría gustado echarle la culpa a las alubias con chorizo, pero sabe muy bien que el problema está en la cabeza. Porque la conversación con Olmedillo, en especial sus revelaciones sobre la conjura que acabó con la vida de Teo Sedano, han abierto algunas grietas en certidumbres que hasta ese momento parecían bien sólidas. Unos nombres, unas fechas, unas imágenes conforman una idea, hasta ese momento inconcebible, que le martillea los sesos.

Harto de dar vueltas en la cama, se levanta y acude al lavabo para despejarse, pero el frescor del agua en la cara no consigue borrar la inquietud. Poseído de un pálpito repentino, alza la persiana y saca su maleta de debajo de la cama para rebuscar entre documentos hasta dar con el sobre que contiene la foto. Es aquella que Tirso Cayuela le hizo con Cecilia ante la iglesia de Santa María, la misma que unos días antes le había provocado una repentina erección, y que ahora le deja sin aliento.

Se arregla deprisa, ocupa de nuevo el sillín y atraviesa el puente en dirección a Fuentespina. La Candelas no tiene pacientes, y esta vez Lombardi la interroga con la saña del policía más implacable. Le bastan cinco minutos para corroborar sus sospechas, y ni siquiera le da opción de echar en el fuego sus semillas alucinógenas. Fuma luego, en un frenético paseo de ida y vuelta, ante la puerta de la casa que acoge el teléfono público de la localidad a la espera de conferencia. El doctor Cabrejas completa el hueco que le faltaba para corroborar su hipótesis, y a eso de las siete está de vuelta en Aranda. En Allendeduero devuelve la bicicleta, paga el alquiler y recupera la fianza: mañana será su último día en la villa y lo que le queda por hacer no necesita pedales.

Camina después, meditabundo, hasta el domicilio de Sócrates Peiró. No es nada aficionado a la literatura detectivesca, como lo es el doctor, pero a veces el género contiene ideas notables, y una de ellas no deja de rondarle la memoria hasta que consigue hilarla con cierta fidelidad. Es una frase de Sherlock Holmes en una novela sobre indios de la India y un tesoro, cuyo título ni siquiera recuerda y que viene a decir, más o menos, que una vez se ha descartado lo imposible, lo que queda, aunque parezca poco probable, tiene que ser la verdad.

El doctor, envuelto en su batín multicolor, lo recibe gratamente sorprendido, y lo invita a compartir su despacho privado. En la mesita hay una taza y una jarra de café.

—Habrá que celebrar el éxito —sugiere Peiró con una sonrisa—. ¿Le pongo un café?

—Me vendría mejor un buen lingotazo —comenta el policía, dejándose caer a plomo en el sillón.

El anfitrión le sirve una generosa copa de coñac antes de acomodarse.

—Parece que está usted molido.

—Siempre me pasa cuando doy carpetazo a un caso complicado.

—Y este lo era. Es normal: se liberan tensiones y el cuerpo se

416

toma una tregua. Pero tampoco lo veo muy contento —puntualiza el médico—. Yo en su lugar estaría dando palmas con las orejas.

—Ando preocupado con otro asunto pendiente que tengo en Aranda. A ver si el coñac me levanta el ánimo.

—¿Policíaco o personal?

—Policíaco, por supuesto. Y mañana sabré si acierto o patino. Si hay patinazo, va a ser sonado.

—¿Y si acierta?

—También lo será, se lo garantizo.

—Bien callado se lo tenía, pero seguro que acierta. Estoy deseando que pasen las horas para enterarme de ese misterio, porque supongo que ahora no va a soltar prenda.

—Olvidemos el mañana y brindemos por el resultado de hoy —se escabulle el policía con su copa en alto—. Y por su olfato.

—¿Qué olfato dice?

—Usted sostuvo desde el primer momento que el asesino de Evaristo Eguía y el de Jacinto Ayuso eran la misma persona.

—Bueno, más que olfato era una deducción demográfica. Me parecían demasiados criminales de repente en tan pocos metros cuadrados. ¿Y cómo averiguó su identidad? La verdad es que nos dejó usted un poco chafados cuando se escabulló de acompañarnos al monasterio de La Vid.

—Tenía que hacerlo. La pista de Linares era la buena y la minusvaloré. Debería haber intentado dar antes con Basilio Daza, y tal vez nos habríamos ahorrado un par de crímenes.

—No se mortifique, hombre, que nadie es perfecto. Lo importante es que ya acabó esta pesadilla. Y póngame al día, que estoy sobre ascuas.

Lombardi refiere con calma su entrevista con el doctor Cabrejas en Valladolid. Durante la narración apura su copa, y el doctor vuelve a rellenarla sin perder detalle de lo que escucha. Demonios, cruces, manos, dibujos, apariciones: toda la extravagante mitomanía reunida en el hospital psiquiátrico pasa a conocimiento de don Sócrates, que asiste al relato en silencio casi extático, con levísimos gestos de asombro o asentimiento. Después, el policía completa el panorama con las breves declaraciones que pudo obtener de Daza en los momentos inmediatos tras su detención, y resume en pocas palabras su intento de fuga y el desenlace, hechos estos últimos de los que don Sócrates ya está informado, como lo está media Aranda.

—La mente juega a veces muy malas pasadas —dictamina el médico cuando el policía pone fin a su exposición.

—Parece que el chico, al morir su madre, vivió temporadas con una tía un tanto alucinada, y fue ella quien lo inició en la carrera de su demencia.

—Un notorio caso de *folie a deux*.

—Traduzca, por favor.

—Locura de dos, trastorno compartido: puede traducirse de distintos modos, pero viene a decir que una persona dominante contagia su delirio a otra, o a otras.

—¿Como la gripe?

Don Sócrates deja ir una carcajada.

—Sí, algo parecido —corrobora—, pero en vez de microbios se transmiten paranoias, delirios, alucinaciones. Aunque no se infecta uno por estar al lado del enfermo, como la gripe. Para que ese contagio se produzca, debe haber una estrecha relación entre los protagonistas, como la existente entre Basilio Daza y su tía.

—Nunca había oído sobre ello. Así que estrecha convivencia —dice Lombardi saboreando las sílabas de las dos últimas palabras.

—Efectivamente.

—O autoridad sobre el contagiado —apunta el policía, y subraya la frase con un trago.

—¿Autoridad de qué tipo?

—Pienso en Alemania. En un líder que contagia su delirio a millones de personas para llevarlas al infierno. Muy pocas conviven estrechamente con él, pero todas le conceden una autoridad casi divina y asumen su locura como propia.

—No anda muy equivocado —valora Peiró con un gesto de aprobación—, aunque ese caso podría explicarse también con razones políticas, económicas o sociológicas. Desde luego que resulta muy interesante estudiarlo desde su vertiente psiquiátrica.

—Un líder —prosigue el policía obviando la argumentación de su contertulio—, o una autoridad celestial, como la Virgen.

—¿Qué Virgen?

—La Señora, la que inducía a matar a Basilio Daza. También podría hablarse de una relación de *folie a deux* entre ambos, ¿no? En este caso se unían los dos elementos necesarios: estrecha relación y potestad sobre el contagiado.

—Sería forzar un poco el concepto —objeta don Sócrates—, porque esa Virgen era una alucinación, no una persona de carne y hueso.

—Sí, pero podemos considerar que actuaba como sustituta de su tía cuando ella no estaba presente. Al fin y al cabo, ¿qué mayor relación que la que uno tiene consigo mismo a través de su pensamiento, de sus ideas y obsesiones? Daza llevaba a su Señora dentro de la cabeza, y ni siquiera el electrochoque, la medicación o la terapia lograron sacarla de allí de forma definitiva.

—Visto así... —reflexiona Peiró—. La verdad es que, aunque se han relatado algunos episodios, ese mal no es un cuadro muy frecuente en la literatura psiquiátrica. Lo que usted sugiere significa una reinterpretación atractiva de la *folie a deux*, aunque me temo que ya está catalogada como delirio paranoico, esquizofrenia y cosas parecidas.

—Probablemente. No soy muy leído en psiquiatría, como lo es usted. Lo que pretendo decir es que esa presencia, real en forma de tía o ilusoria en forma de Señora, reactivaba la enfermedad de Basilio. Lo llamativo es que, entre el asesinato del pastor y el de Jacinto Ayuso pasaran catorce años.

—Porque lo encerraron.

—Sí, por supuesto. Quién sabe lo que habría hecho de seguir suelto. Pero los ocho años que estuvo en Valladolid fueron pacíficos, según sus terapeutas.

—¡Ay, amigo mío! Cuando uno traspasa ciertos límites de la

mente es prácticamente imposible regresar del todo a la realidad. Se puede mantener a raya el mal de mil maneras, pero cualquier chispa, por mínima e imprevisible que sea, abre de nuevo la puerta del infierno.

—Algo así tenía entendido. ¿Tan irreversible es?

—Déjeme que le ponga un ejemplo. Usted es fumador, y por lo que tengo visto, bastante enganchado al tabaco. No sé si habrá intentado dejarlo alguna vez.

—¿Me está amonestando, doctor?

—No, no es esa mi intención —replica aquel entre risillas—. No estamos en consulta.

—Pues sí —admite el policía con ademán resignado—. Lo he intentado un par de veces, sin éxito. Alguna semana sin fumar, días de nervios en los que me he quedado sin uñas.

—Días de lucha y sufrimiento que han terminado con una caída en la tentación, en resumen. Imagino su diálogo interior: total, por un cigarro… Y al final acaba fumando uno tras otro.

—Conoce usted bien la condición humana —acepta Lombardi de buen humor.

—Solo es experiencia, después de tratar a muchos pacientes. Parecida a la suya, supongo, después de tantos interrogatorios. Lo que pretendía explicarle es que con ciertas enfermedades mentales sucede algo parecido. Puede estar usted años sin catar el tabaco, pero si es un adicto, un solo cigarro desencadena de nuevo el hábito.

—Quiere decir que una sola alucinación, una sola aparición de la Señora, pudo llevar a Basilio Daza a dar un salto atrás.

—A tenor de lo sucedido, eso me temo.

—Bueno —zanja el policía, apurando la copa—, afortunadamente el caso está cerrado, y por desgracia nunca sabremos lo que pasó por la cabeza de ese pobre desgraciado. ¿Me sirve otra, por favor?

Don Sócrates satisface la petición, un tanto perplejo por el ansia etílica del policía.

—A ver si le va a sentar mal, como el otro día en Linares.

—Descuide, que este sillón todavía no se mueve y no tiene

nada que ver con el coche de línea. Por cierto, me pasé a ver a la curandera de Fuentespina —apunta de improviso, sin mencionar su relación familiar con Basilio Daza; todavía no sabe por qué motivo, pero las hipótesis que pugnan en su cabeza le aconsejan no compartir de momento esa información—. La que atendió a Cecilia Garrido —amplía, ante el gesto de extrañeza de Peiró.

—¡Ah, claro!

—Es una auténtica bruja, ¿sabe? No me extraña que Cecilia saliera de allí peor que cuando entró. Me dijo que yo ando bastante tocado, y me aconsejó buscar una buena mujer.

La carcajada de Peiró rebota en las paredes y escapa por la ventana abierta, seguramente hasta el mismo cubil de los falangistas al otro lado de la calle.

—Pues no me parece mal consejo, porque la mía me cambió la vida. ¿Se acordaba de la señorita Garrido?

—Tiene buena memoria la vieja.

—¿Y qué dijo al respecto?

—Una sarta de incongruencias. Fue una conversación confusa. Puede que influyeran las hierbas que echaba al fuego, porque me mantuvo atontado hasta que salí a respirar aire puro. Eso, sumado a una voz un tanto hipnótica, te hace flotar entre las palabras y al final no tienes claro si hablaba en serio o te has imaginado la mitad de la cháchara.

—¿Le importaría ser un poco más concreto?

—Es difícil concretar lo irracional. Parece que le ofreció a Cecilia hablar con su novio muerto.

—¿Nigromancia?

—Llámelo como quiera, pero eso me contó.

—¿Y? —demanda ansioso don Sócrates.

—Su madre se la llevó de allí.

—Normal —enjuicia el médico con un suspiro de alivio—. Una cosa es llevar a tu hija a una curandera y otra que te salgan con esas locuras. O sea, que nada de nada.

—Bueno, algo sí que saqué en claro de esa visita. —El policía hace una pausa dramática, echa otro trago y enciende un pitillo—. ¿Por qué no me informó usted sobre el aborto?

Don Sócrates tuerce el gesto y un apunte de vacilación aparece en su mirada.

—¿Cecilia se lo contó a esa mujer?

—Esa vieja no necesita que le cuenten cosas. Dice que las ve en los ojos de sus pacientes. A lo mejor alardea, pero en este caso es cierto, ¿no?

—Sí que lo es —acepta el doctor con un rictus de pesadumbre.

—¿Y nadie estaba al tanto de su estado?

—Un embarazo de siete u ocho semanas no suele notarse. Nadie se entera a menos que la afectada lo cuente.

—Usted la atendió en el trance, supongo.

—Sí. Cuando me llamaron del convento de las Bernardas. Fue un aborto espontáneo, provocado por la angustia y los malos tratos. De ahí su debilidad extrema: había perdido mucha sangre.

—Eso me imaginaba. ¿Y por qué me lo ha ocultado?

—Secreto profesional. Compréndalo. Divulgar una noticia como esa habría destrozado la reputación de cualquier joven soltera; mucho más la de Cecilia, en sus graves circunstancias. Al fin y al cabo, tampoco era un detalle importante para su investigación.

Por primera vez, el olfato detectivesco de don Sócrates queda en entredicho, se dice Lombardi, pero soslaya verbalizarlo y se limita a descargar sobre el cenicero los restos consumidos del cigarro.

—Y sepa que con mayor motivo se lo habría ocultado si su interés por Cecilia fuera meramente personal —agrega Peiró, y ahora sí que parece un médico en su consulta, a tenor de la seriedad con que se expresa—: Son asuntos demasiado íntimos que ella debe resolver si quiere reconstruir su vida sentimental.

—Tranquilícese, doctor. Me basta con lo dicho, y comprendo perfectamente su silencio. Solo quería confirmar si esa mujer decía la verdad.

El policía aplasta la colilla en el cenicero y vacía de un trago su tercera copa.

—Gracias por su apoyo —concluye—. Y ahora me voy a la piltra, que llevo muchas horas sin dormir en condiciones.

—Pues con lo que se ha metido aquí esta tarde, seguro que cae redondo.

Antes de cerrar la puerta, don Sócrates lo despide con un buen deseo.

—Y suerte para mañana.

—Falta me hace.

Las luces de la noche invitan a la cena, pero Lombardi renuncia al comedor de la pensión y callejea un rato hasta un bar donde consume media ración de morcilla frita aligerada con una caña de cerveza. Todavía camina sin rumbo fijo durante algo más de media hora. Los ojos se le cierran, pero es pronto para ir a la cama, y se resiste a dejar a medias la idea que le ronda la cabeza desde la fallida siesta. Nombres, fechas, imágenes, y la maldita frase de Holmes que vienen a resumir el ovillo en que anda convertida su sesera. Estira de un hilo y solo obtiene un nudo; elige otro, y la maraña se enreda más y más. Por fin, su cuerpo decide por su cuenta que necesita tumbarse con urgencia si quiere afrontar medianamente descansado el reto del día venidero.

Con puntualidad germánica, doña Mercedes aporrea la puerta a las siete y media cumpliendo la orden recibida la víspera. Lombardi abre los ojos como un autómata, sin los pestañeos y bostezos que tiene por costumbre. Se siente descansado, muy fresco, con una lucidez impensable horas antes. Los sueños sirven a veces para poner orden en los pensamientos, para colocar en su sitio las piezas de ese rompecabezas que en la vigilia parecía irresoluble. Y ahora todo es nítido y coherente.

Se ducha y viste con calma y sale a paso vivo de la fonda, calle Postas arriba, bajo un cielo entreverado de cirros y una temperatura muy agradable. El Teatro Cine Aranda anuncia *Robín de los bosques* para el fin de semana, con Errol Flynn y Olivia de Havilland.

Menú demasiado infantil para su gusto, aunque es posible que don Sócrates se entusiasme también con las aventuras de capa y espada. En la cafetería, elige una mesa próxima a la puerta acristalada y se acuartela en ella a la espera de ver la llegada de Lastra camino de los juzgados.

Devora con ganas la rebanada de manteca y el espléndido café con leche, y poco a poco consigue calmar la acidez de estómago que arrastra desde anoche, jurándose no volver a mezclar el coñac con la morcilla. Una vez satisfechas las necesidades físicas, decide hacer lo propio con las intelectuales, por llamarlas de algún modo, y se apropia del *ABC* que hay sobre la barra para solaz de la clientela.

El primer vistazo es toda una sorpresa. La portada está dedicada íntegramente a la invasión japonesa de Filipinas y Birmania, y Lombardi se barrunta que no deben de andar muy bien las cosas para los nazis si se dejan arrebatar ese palco de honor por acontecimientos tan lejanos, por muy aliados del Eje que sean los nipones. Los textos de interior destacan especialmente el desembarco japonés en Nueva Guinea, y para quien sepa leer entre líneas, corroboran la primera impresión de que el escaso protagonismo alemán se deriva de sus dificultades bélicas. Por ejemplo, el titular que anuncia el arrollador avance de las tropas antibolcheviques por el Cáucaso choca con aquel otro que asegura que Stalingrado está transformado en una verdadera fortaleza. Un tercero, fechado en Berlín y que informa sobre ataques aéreos soviéticos sobre la Alemania central, confirma la idea de que los ejércitos de Hitler están pinchando en hueso y que en el frente del este no son los únicos con capacidad de iniciativa.

Además de pasar el tiempo en horas muertas, leer el periódico permite enterarse, por ejemplo, de que el duque de Kent ha caído en acto de guerra, en un hidroavión estrellado en Escocia. Y también de que Franco ha vuelto a casa después de su apoteósica gira gallega. Sorprendentemente, esta última noticia merece apenas tres líneas, aunque en lugar preferente. Los amanuenses del Régimen, se huele Lombardi, deben de haber agotado todos sus epítetos laudatorios y se habrán encerrado unos días con el diccionario de la Real Academia para encontrar nuevos florilegios y loas al preclaro padre de la Patria.

El policía ha encendido su primer pitillo del día cuando ve pasar a Eugenio Lastra por la acera de enfrente, pero decide acabarlo con calma y dejar tiempo a su señoría para que tome posesión de su despacho. Cumplido el placer, llega el deber, y cruza la acera para solicitar la correspondiente audiencia ante el conserje. Tras una espera que no llega a los dos minutos, sube a la primera planta y entra en el sanctasanctórum de la justicia arandina.

Por lo general, no es fácil adivinar en la cara de Lastra si su señoría está contento o cabreado, pero esta mañana ofrece rasgos distendidos, incluso se diría que en las comisuras de sus labios hay un tímido apunte de sonrisa que raramente prosperará. Aun así, se pone en pie para recibir la visita y ofrece su mano con gesto generoso. Todo un exceso.

—Mi enhorabuena, señor Lombardi. Ha hecho un buen trabajo. Siéntese, por favor.

—Gracias, señoría, y apúntese usted parte del éxito. —Es una frase amable, pero no carente de verdad—. Si no me hubiera informado del caso de Linares, aún estaríamos en Babia.

—Así que fue el chico quien mató a aquel pastor.

—Eso me confesó.

—¡Qué horror! —musita el juez—. Con catorce años.

—Ni siquiera los había cumplido. Es lo que tiene el fanatismo; y el religioso es especialmente virulento.

El juez asiente en silencio. Probablemente no en adhesión a la frase que acaba de escuchar, sino como gesto pesaroso.

—¿Y los otros crímenes? ¿Por qué lo hizo?

—Igual que el primero. Se lo ordenó la Virgen.

—¿Qué Virgen?

—¿Hay más de una?

—En cada sitio tiene un nombre.

—Pues la que se le aparecía a Daza era, simplemente, la Señora —aclara el policía—. Así la llamaba él, así figura en la documentación al respecto del psiquiátrico de Valladolid, y así me lo confirmó personalmente el jefe facultativo del centro, don Miguel Cabrejas.

—Un lunático —dice Lastra, y eleva los ojos al techo.

—Pues sí, un delirio que empezó muy pronto, de niño. En cuanto a la elección de las víctimas, parece que fue más o menos aleatoria. Además de la Virgen, decía ver demonios, así que supongo que algo malo tuvo que percibir en ellas para elegirlas; al menos desde su obsesivo punto de vista.

—¿También el señor Eguía? Su caso fue muy distinto a los otros.

—Por urgencia, imagino, por no arriesgarse en exceso; aunque también asumió su autoría.

—De todas formas, es un asunto sumamente raro —apunta el juez—. Dos de las víctimas, al fin y al cabo, se movían por Aranda y sus alrededores, y en algún momento pudo coincidir con ellas. Pero ¿por qué un novicio que vivía encerrado, sin relacionarse apenas con el mundo exterior?

—Coincido con usted, aunque si hablamos de rarezas todo el caso lo es: un sinsentido de principio a fin. Supongo que no lo sabe, pero Daza pasó un par de años aquí, del treinta y dos al treinta y cuatro, interno en los claretianos, antes de ingresar en el psiquiátrico de Valladolid. En ese centro estudiaba también Jacinto Ayuso. Ocasión tuvo, por tanto, de conocer a sus futuras víctimas y de establecer con ellas un vínculo malsano, una relación de odio. Para entonces cargaba sobre sus espaldas con el asesinato del pastor y quizá lo que hemos vivido en los últimos días se podría haber adelantado ocho o diez años. Es posible que no consiguiera hacerlo entonces porque lo encerraron, y se la tenía guardada.

—Lástima el desenlace.

—Sí —asume Lombardi—, podríamos haberlo interrogado más a fondo sobre ese y otros extremos; pero, por desgracia, pasó lo que pasó. Manchón sigue investigando los movimientos de Daza tras su fuga de Valladolid. Es posible que eso ilumine un poco el informe final, aunque lo más importante es que todo ha terminado.

—Sí, por fortuna, todo ha terminado. Quién sabe cuántos desgraciados más habrían caído con ese enfermo suelto por nuestras calles.

—Me temo que más de uno. Al menos, eso hace suponer el ritmo macabro que llevaba. Y por lo que me ha ilustrado don Sócrates Peiró, su deterioro mental en libertad, sin el debido tratamiento, no tenía marcha atrás.

—En fin, asunto cerrado —dice Lastra con un comedido golpe de palmas sobre la mesa—. Vamos con el siguiente. Me ha llamado el comisario Fagoaga. Supongo que lo conoce.

—Claro, el comisario jefe de la Brigada de Investigación Criminal, un hombre muy querido en El Pardo —fantasea deliberadamente el policía.

—Ya... Bueno, me ha rogado que le preste a usted todo mi apoyo en su investigación. En la otra investigación.

—Vaya con Fernando —teatraliza Lombardi—. Siento si lo ha molestado, pero siempre se preocupa mucho de sus hombres. Es capaz de jugarse el puesto, de morir o matar por defenderlos.

—Encomiable —carraspea el juez—. Bueno, no es molestia ninguna. Aquí tiene la orden de registro que necesita. —Le extiende un documento—. Espero que sus sospechas no sean un fiasco, porque me pondría en una situación bastante delicada.

El policía dobla la orden y se la guarda en el bolsillo de la chaqueta antes de que Lastra se arrepienta.

—Nada me dolería tanto como verlo ante semejante trago —asegura, aparentando convicción—. Pero creo que vamos sobre seguro y, además, en el momento del presunto delito la finca pertenecía a un dueño distinto al actual, así que tendría usted fácil excusa.

—¿Y cuándo dice que sucedieron esos hechos que investiga ahora? ¿Con el Frente Popular?

—No, señoría, ni mucho menos. En el treinta y tres. El año

siguiente de la Sanjurjada, ¿recuerda? El ensayo del general Sanjurjo antes del treinta y seis.

—Sí, hombre, que ya me he enterado, déjese de detalles suplementarios. Espero que me informe puntualmente de los resultados. Y lamento haberlo entendido mal cuando me habló usted de delitos antiguos.

—No tiene importancia, señoría. A veces no consigo expresarme con mucha claridad.

Con la orden de registro a buen recaudo, Lombardi se dirige a su cita en la puerta del hospital. Todavía faltan unos minutos para las diez, que aprovecha para subir a la primera planta y visitar el despacho del doctor Hernangómez. Agradece al patólogo su decisiva ayuda y satisface en lo posible su curiosidad por ciertos detalles de la operación contra Basilio Daza. La distendida charla casi le hace olvidar el motivo de su presencia allí, y cuando baja a la calle hay dos coches aparcados ante la entrada principal.

Una mujer es la primera en apearse.

—Hola, jefe —saluda Alicia Quirós con una gran sonrisa y ofreciéndole su mano diestra. El policía la acoge entre las suyas con afecto.

—Jefe de nadie, ni de nada —la amonesta en buen tono.

—Pues lo merecería. Ya me han contado su último éxito.

—Exageraciones; ha habido suerte. No la esperaba por aquí.

—Ya sabe, de secretaria: a tomar notas y ayudar en lo que pueda.

Mientras se saludaban, tres hombres han salido del coche que ocupaba Quirós y se mantienen en segundo plano tras ella. El policía echa de menos a alguien.

—¿No viene Durán?

—El inspector Durán está de permiso hasta septiembre. El inspector Olalla está al frente.

Se lo presenta: unos treinta y cinco, bien parecido, mandíbula cuadrada, rubiales y con buena planta; bajo la nariz, un bigote a juego con su camisa falangista. De los tres, es el único que la lleva. Por algo será el jefe, se malicia Lombardi, aunque estrecha con fuerza la mano que se le ofrece.

Otros cuatro hombres han bajado del segundo coche. Los agentes de la Criminal. Dos de ellos también lucen camisa azul. El que lleva la voz cantante es el inspector jefe De Santiago, uno de los que viste de absoluto paisano, ya talludito, de estatura media, con hebras de plata en las sienes y tocado con un sobrio sombrero veraniego.

—Saludos de Fagoaga. ¿Adónde hay que ir?

De Santiago no se anda por las ramas: en dos breves frases mientras se estrechan las manos cumple con el protocolo y pone en marcha la operación. Quizá tiene prisa por volver cuanto antes a Madrid.

—Yo les guío —dice él—. Síganme, que no está lejos.

El policía se une al coche de Alicia Quirós en el asiento delantero y guía al conductor hasta la casona de Montecillo. Los vehículos aparcan a pocos metros de la puerta y enseguida la peculiar tropa se adueña del entorno: los de identificación cargan con los trastos que llevan en el maletero y los de la Criminal estiran las piernas mientras alguno de ellos aprovecha para fumar. Desde el patio, el mastín ladra enloquecido al aventar presencia extraña y su voz de alarma llama la atención de Felisa Sedano, que acude al exterior con cara de pasmo y limpiándose las manos en un mandil.

—Vuelva a sus quehaceres —la tranquiliza Lombardi—, que esto no va con ustedes. Solo es una inspección rutinaria.

Felisa se tranquiliza un poco, pero no se mueve, sin perder detalle de la extraña partida. Con Lombardi al frente y la previa advertencia por su parte de no dañar las cepas, el grupo se adentra en el viñedo. Tras el diluvio de la víspera, la tierra seca de días atrás es ahora barro pegajoso que se adhiere al calzado y dificulta el paso, provocando tacos y maldiciones de más de un expedicionario y el retraso de los más cargados. Alicia Quirós, liberada de peso y dotada de zapatos planos, alcanza al guía que marcha adelantado antes de llegar a la valla de piedra.

El policía la contempla de reojo con una sonrisa. La verdad es que ha mejorado desde la última vez que la vio. Sigue siendo menuda, morena y chatilla, pero no tan pálida como la recuerda, quizá por el sol del verano; y sus ojillos pardos parecen haberse agigantado con ese apunte cosmético que lleva; la blusa y la falda la favorecen mucho más que aquel invernal traje de chaqueta.

—El amor le sienta estupendamente, Quirós —susurra para que el piropo no trascienda.

—¿Qué amor?

—Lo de Durán, mujer.

—¡Ah, eso! Pues lo hemos dejado a principios de verano. Era una relación imposible.

—Vaya, lo siento —se disculpa, un tanto perplejo.

—Pero gracias por el cumplido. Supongo que es por el par de kilos que he engordado desde que no nos vemos.

—Será por eso. Y por el pelo. Le sienta muy bien el pelo corto.

—¿Usted cree? —pregunta con un apunte de rubor en las mejillas.

—Por supuesto que sí. Y por lo de Durán no se preocupe, que el inspector Olalla tampoco está nada mal.

—También está casado —replica ella con un gruñidito y un palmetazo amistoso en el brazo de su interlocutor, una confianza inédita hasta el momento.

—¡Qué le vamos a hacer! —finge lamentarse—. Hablando de casados, ¿sabe que mi exmujer me ha pedido la nulidad eclesiástica?

—Qué bien, ¿no?

—¿Por qué bien?

—Así puede usted volver a casarse, si quiere.

—Malditas las ganas que tengo. Y ya me divorcié en su momento.

El policía la ayuda a saltar la valla, y espera luego la llegada de sus compañeros para hacer lo propio con su carga. De Santiago se sienta en la piedra y resopla antes de pasar al otro lado.

—Vaya ocurrencias, Lombardi. ¿No podía usted buscar pruebas en un sitio seco?

—Lo siento, señor. Ayer se inundó toda la comarca. Parece que no es frecuente tanta agua por aquí, pero nos tocó la china.

—También cayó en Madrid. Y pedriscos como huevos de paloma. Dicen que algunos teatros tuvieron que parar la función porque con el ruido del techo no se oía a los actores. Pero, coño, allí por lo menos tenemos alcantarillas.

El último tramo, con el objetivo ya a la vista, se hace menos penoso; alivio que desaparece una vez llegan a él y comprueban lo que tienen delante.

—¿Es aquí? —mascula el inspector Olalla, que utiliza el trípode de la cámara a modo de cayado—. Podía haber avisado a una grúa —le reprocha a Lombardi—, porque esa piedra de moler pesa lo suyo. Nosotros no tenemos por qué hacer ese trabajo.

Al parecer, el joven no es de los que se desloman: un señoritingo que solo busca, cepilla, clasifica y saca fotos. Seguro que ni siquiera usa la pala.

—Vamos, hombre —lo anima el aludido—, que somos ocho. Entre todos la movemos en nada.

El interpelado frunce el ceño y los labios y niega con la cabeza, como un niño enfurruñado. De Santiago se quita la americana, la dobla cuidadosamente, la coloca en lo alto de una cepa, la corona con su sombrero y se arremanga la camisa.

—¡Olalla! —grita al insurrecto—. ¡A sudar como cada quisque, o lo empapelo! A menos que sea usted maricón, claro —puntualiza con sorna—. Si es así, apártese y haga compañía a la señorita.

La orden tiene efecto inmediato. A los pocos segundos todas las cepas de alrededor se pueblan de chaquetas, incluida la del jefe del equipo de identificación, y ocho sobaqueras brillan bajo el sol. El esfuerzo coordinado consigue alzar la piedra hasta ponerla vertical, y después resulta relativamente fácil hacerla rodar por el barro hasta tres o cuatro metros de distancia. Retiran luego los restos de obra, las puertas de madera y cuantos elementos estorban para dejar la tierra limpia.

—Todo suyo, Olalla —dice De Santiago, enjugándose la frente con el pañuelo.

—Gracias por su ayuda, señor —señala Lombardi en voz baja.

—Nos ha jodido mayo —canturrea aquel—; si es por ese, nos comemos solos el marrón. Si ya lo digo yo, que mucho yugo y muchas flechas, pero a los jóvenes les falta espíritu para formar parte de la policía. Bueno, que usted tampoco es tan mayor.

—Cuarenta y uno el mes que viene.

—También joven, pero es distinto —valora, encajándose el sombrero—. Tiene sangre en las venas. Y con eso, hasta los rojos pueden ser buenos policías —agrega al ponerse la chaqueta.

El inspector jefe da media vuelta sin conceder turno de réplica. Lombardi queda sin reacción. Sin duda, Fagoaga le ha puesto al tanto de sus circunstancias personales: no es una situación precisamente cómoda, pero al menos parece haber un cierto respeto profesional por su parte.

Olalla y los suyos han acotado un rectángulo de un metro por metro y medio en la zona central del desaparecido vertedero, y la excavación avanza con relativa rapidez en tierra tan reblandecida por el agua. Después, al profundizar, la tarea se hace más complicada. Los agentes de la Criminal, sin muchas ganas de seguir pateando fango, se han apostado con su jefe sobre las dos puertas de madera y hacen comentarios sueltos entre ellos en voz baja.

Lombardi se sienta sobre la muela de piedra y enciende un cigarro. Alicia Quirós, acuclillada, participa del trabajo de sus compañeros retirando paletadas de barro, y el policía la contempla sin poder reprimir un sentimiento de admiración hacia ella. Una mujer joven en un mundo de hombres: un corderillo entre lobos. Seguro que es la protagonista de los cuchicheos de los agentes, que harán apuestas sobre el color de su ropa interior, a expensas de que en un momento de despiste abra las piernas más de lo debido y muestre su combinación, quizás algo más recóndito.

El policía consulta su reloj. Llevan allí más de media hora sin resultado alguno. Empieza a pensar que puede haber patinazo, que sus sólidas hipótesis van a quedar en absurdas elucubraciones, que va a hacer el ridículo, que ha embarcado a toda esa gente en un viaje sin destino. Pero el aviso suena poco después de que haya aplastado la colilla sobre la piedra.

—¡Aquí hay un zapato! —grita uno de los hombres de Olalla.

—¿Con pie? —pregunta De Santiago.

—Ahora lo veremos.

Un zapato con pie, para alivio de Lombardi. Y luego una pierna, y un cuerpo. Y mucho más. A lo largo de la hora siguiente, el equipo de identificación saca a la luz dos osamentas, ambas de hombre por los restos de su ropa, y un par de maletas. En el registro de los cadáveres se obtienen una cédula personal, un pasaporte y un visado a nombre de Ángel Royo; el otro está indocumentado.

El inspector jefe estira los brazos, como si acabara de levantase de la cama, aunque bien puede ser un exagerado signo de victoria.

—Buen trabajo, Lombardi —dice, y parece sincero—. Tenemos más que suficiente para empezar a movernos. Vamos a por ese fulano.

—Sería bueno —sugiere él— que se implique también la Guardia Civil. Como apoyo: conocen el terreno y el domicilio.

—Estoy de acuerdo.

—Hablen con el brigada Manchón de mi parte, que les ayudará con mucho gusto. Y él se encargará también de avisar al juez para el levantamiento de los restos.

—Pues marchando.

—¿Pueden ustedes dejarme en el hospital?

—Con mucho gusto.

Los agentes de la Criminal regresan al barro en busca de su vehículo mientras Lombardi se despide del resto del equipo.

—Pronto llegará el juez —anuncia a los investigadores—. Puedo recomendarles un buen forense local si lo necesitan.

—No se moleste, que nos llevamos todo —rechaza Olalla.

—Me parece bien. Aquí no hay muchos medios.

—Bueno, Quirós, yo todavía tengo trabajo —dice a la joven—. A ver si nos vemos algún día por Madrid.

—Si se deja, porque es usted más esquivo que el Fantômas

—responde ella, al tiempo que le planta un par de besos en las mejillas—. Mucha suerte.

Sorprendido por la cariñosa despedida, el policía corre como puede tras los agentes. Con una sonrisa en los labios y una idea repetitiva en la cabeza: definitivamente, esa chica, como los buenos vinos, mejora con el tiempo.

Liberados de barro los zapatos, Lombardi entra en el Hispano Americano y, credencial en mano, solicita al cajero la presencia de Cecilia Garrido. El empleado hace una seña y acude presto quien parece ser el director de la oficina para interesarse por el motivo de su petición.

—Pura rutina. Estamos cerrando el expediente de don Evaristo, que en paz descanse —le explica el policía—. Todos ustedes ya declararon ante la Guardia Civil, pero la señorita Garrido no tuvo ocasión. Será un ratito.

—Lo que necesite —asiente el tipo con un cabeceo sumiso antes de desaparecer en el interior.

Cecilia está especialmente hermosa, con blusa blanca, falda floreada y medio tacón; el pelo, suelto sobre los hombros y adornado con una cinta a juego con la falda.

—Creo que hoy termina mi estancia en la villa, y no me gustaría marcharme sin despedirme de usted —dice el policía mientras abandonan el establecimiento—. ¿Me concedería un último paseo?

—Ya sabe que no puedo negarme, pero lo de último suena muy mal.

—Digamos entonces penúltimo —admite él de buen grado—. ¿Ha montado en esas barcas del río?

—Nunca. La verdad es que me da cierta aprensión, porque no sé nadar.

—Tranquila. Yo me encargo de los remos y de su seguridad.

En un mediodía tibio, anunciador de frescores venideros, caminan un trecho en silencio, sin prisas, esquivando los charcos, hasta que ella constata lo evidente.

—Así que ha terminado su trabajo.

—Casi todo llega, tarde o temprano.

—Y con éxito, parece.

—Eso dicen, aunque nunca sabe uno si se deja algo a medias. Bueno, siempre queda algo. La perfección no existe.

—Dicen que mató usted al asesino del hacha.

—Pues dicen mal —replica él un tanto molesto—. Un asesino muerto es un fracaso para un policía, porque significa un testigo menos para resolver la investigación; testigo decisivo, en este caso. Yo no le disparé. El pobre chico murió por el fuego cruzado de varios fusiles.

—¿Pobre chico? Resulta sorprendente esa piedad hacia un criminal.

—La compasión no está reñida con la justicia, señorita Garrido. Y, al fin y al cabo, era un enfermo. A pesar de sus horribles actos, no merecía ese fin.

—¿Por qué los cometió?

—Eso me habría gustado preguntarle, pero no hubo ocasión.

—Así que cierra el caso sin respuestas; a medias, como dijo antes.

—No todas, pero alguna tengo.

El Duero parece calmado a pesar de que una ligera brisa levanta en su superficie pequeñas crestas brillantes, apuntes de olas que duran una fracción de segundo y desaparecen. El Barriles les ofrece un bote pintado de azul, con el consejo (—Ahora está manso, pero con estas nubes no hay que fiarse.) de que no remen mucho corriente abajo, porque luego cuesta volver con el viento en contra. Lombardi no tiene intención alguna de remar. En todo caso, lo imprescindible para situarse en el centro del cauce y mantener una conversación lo más discreta posible. Y eso hace, con la sugerente figura de Cecilia sentada a popa frente a él. Como cualquier parejita de enamorados.

—Me gustaría hablarle de Teo —dice el policía, deteniendo su boga lenta, aunque sin abandonar los remos una vez ha conseguido distancia suficiente de la orilla—. Sé que es un motivo de conversación duro para usted, pero necesito hacerlo.

—Si es así, adelante —responde ella, con una presencia de ánimo ante la propuesta impensable hasta ese momento—. Tarde o temprano, tendré que acostumbrarme.

—Quería hablarle de un Teo desconocido para usted. O eso supongo.

—Lo conocía tan bien que dudo que pueda hacerlo.

—¿Tanto? Si solo se veían en vacaciones.

—Suficiente.

—Desde las fiestas del treinta y cuatro a finales de julio del treinta y seis —calcula él en voz alta— suman apenas cinco o seis meses. Porque fuera de esas fechas estaban separados, ¿no es así?

—Sus estudios y mi trabajo nos impedían otra cosa.

—Claro, es natural. ¿Al Teo detective también lo conocía?

Cecilia lo mira con ojos desconcertados, aunque risueños, casi cantarines, como si le hiciera gracia la idea de imaginarse a su difunto novio en semejante papel.

—Por su expresión, deduzco que no —agrega Lombardi—. Déjeme que le cuente algo que seguramente desconoce. El otro día hablamos de Borín Figar, ¿recuerda?

—Sí, el informal que dejó plantado a Teo.

—No se puede exigir formalidad a un muerto. —El policía prosigue ante el gesto de aturdimiento de la joven—. Borín y su amigo Angelillo murieron a manos de Cornelio Figar antes de que Teo regresara a la villa de vacaciones. Por eso no acudió a su cita.

—¿Dice que su hermano lo mató?

—Su hermano, y quizás alguien más. Ya nos contará esos y otros detalles el implicado, que a estas horas debe de encontrarse ya en los calabozos de la Guardia Civil.

—Me deja usted helada. ¿Y qué tiene que ver Teo con todo aquello?

436

—Su novio sospechó de tan extraña desaparición y contrató a un buen equipo de detectives, así que a él debemos en buena parte el descubrimiento de esos homicidios.

La joven retira la mirada para posarla en el agua y surca la superficie con los dedos, como si acariciara al río. Absorta, aún tarda unos segundos en verbalizar el pensamiento que ha cobrado forma en el interior de su cabeza, tras sus preciosos ojos verdes. Y lo expresa con un rictus de dolor, con una mueca amarga que revela el repentino descubrimiento de un viejo misterio.

—¿Por eso lo mataron?

Ese parecía ser un móvil claro para explicar el asesinato de Teo. Cualquiera que conociese los precedentes habría deducido algo así, pero la charla de la víspera con Olmedillo eximía a Cornelio Figar de una culpabilidad, al menos directa, en los hechos. Lombardi esquiva razonamiento y respuesta para cambiar radicalmente de tema.

—Por lo poco que la conozco —dice—, parece usted muy religiosa, y devota de la Virgen.

—Sí que lo soy —asiente ella, que ha recibido la frase con un guiño de estupefacción.

—¿Y cuáles son sus vírgenes preferidas?

—La de la Asunción, patrona de mi pueblo —replica la joven, aún confusa—, y también la de Aranda, la de las Viñas.

—Bueno, la Virgen es la misma, se llame como se llame, ¿no? Ya hablamos de eso el otro día.

—Sí, claro.

—¿Conoce a la Virgen de los Huesos?

—Nunca he oído hablar de ella —dice tras una pausa dubitativa.

—La que envía a sus ángeles vengadores a castigar a los demonios.

—Pues no.

—Ya sabe que cada Virgen tiene su leyenda. La de los Huesos es muy particular.

—Supongo que me la va a contar —acepta Cecilia.

—Supone bien. Dicen que había una joven muy bella, tanto que tenía atrapado el corazón de cuantos jóvenes la conocían. Bueno, ya sabe cómo son de pudorosas las leyendas relacionadas con lo religioso; esta habla del corazón, pero supongo que otras partes del cuerpo de aquellos jóvenes también tendrían algo que decir en este asunto, ¿no cree usted? —Lombardi ensaya un guiño pícaro, y ella se sonroja levemente.

—Si usted lo dice.

—El caso es que ella solo tiene ojos para su amado, un joven ejemplar que la respeta y le ha hecho promesa de matrimonio. Pero he aquí que el taimado Satanás, siempre dispuesto a malograr la felicidad de los seres humanos, se mete en la cabeza de varios jóvenes anónimos y estos acaban asesinando al amado y enterrando su cadáver en un lugar desconocido. Ella enloquece y busca con desesperación, inútilmente, ese cuerpo sin vida que le ha sido arrebatado; sin detenerse en barrera alguna, con tanto ahínco, con tanta pasión, que hay quien la acusa de escándalo público, de ofender a sus convecinos. Se toman medidas punitivas contra ella, pero ni siquiera así se rinde.

—¿De verdad me está contando una leyenda? —protesta Cecilia, un tanto desencajada.

—Medieval, palabra por palabra, tal y como me la enseñaron. Salvo alguna que otra morcilla que meto de mi cosecha; pero en ese caso, lo advierto. ¿Sigo?

Ella vuelve a juguetear con su mano en el agua.

—Es muy triste, pero siga.

—Como la vida misma. Pues bien, resulta que la familia de la joven, alarmada por su estado, la lleva a mil y un físicos, sanadores y brujas en busca de un remedio para la postración en que se ha sumido; desesperanza que, todos sospechan, llevará pronto a su alma a reunirse con la de su amado. Una de esas brujas le ofrece la posibilidad de hablar con el difunto, y aunque ella está dispuesta a todo, la familia se niega horrorizada. Finalmente, y en vista de que sus males se acrecientan, deciden recluirla, apartarla del mundo.

—En un convento.

—No exactamente. El caso es que allí mejora de forma notoria, hasta el punto de que entabla estrecha relación con otro interno, un muchacho un tanto soñador e inestable, que viene sufriendo desde la infancia peculiares visiones marianas. Por eso mismo lo han encerrado allí. A lo largo de los meses, gracias a su insistente dulzura y quién sabe qué otro tipo de artes, de algún modo convence al susodicho joven de que ella es aquella Virgen que se le aparecía en su niñez, y que, como él, también sabe reconocer a los seres malignos que se ocultan bajo apariencia humana. Ahora le encomienda la misión de acabar con ciertos demonios que resultan ser aquellos que mataron a su amando, aunque este detalle se lo calla por impropio de una Virgen.

—Una Virgen bien rara si tenía un amante —recela ella de mala gana, pero Lombardi obvia el comentario.

—El muchacho —prosigue él—, de espíritu predispuesto a tan elevados desvaríos, se somete a ella con ardor fanático, similar al que manifiestan los primeros testigos de otras famosas apariciones, y escapa de la institución. Semanas más tarde, los dos culpables han recibido su castigo; naturalmente, el autor de la venganza pone de su parte en tan macabra liturgia, cortando la mano diestra, marcándola con una cruz y exhibiéndola en lugares sagrados para escarnio público. Un tercer individuo, un sucio chupatintas que ha violentado y preñado en secreto a la joven, se añade a la lista de víctimas.

Ella escucha en silencio. Traga saliva. Palidece. Palpa el agua con la yema de los dedos.

—¿Le ha gustado la leyenda? —inquiere el policía.

—¿Ya ha terminado? Me parece que hay ciertas lagunas en su historia medieval. ¿Cómo podía conocer la joven a los asesinos de su amado?

—El padre de su prometido los había visto, y se lo dijo a ella antes de que una apoplejía sobrevenida por el disgusto borrase buena parte de sus recuerdos.

—¿Y cómo podía conocer el justiciero a los asesinos y al violador? —protesta Cecilia entre balbuceos—. ¿Acaso la Virgen le dio una lista con sus nombres?

—No era conveniente; por si esa lista caía en manos indebidas y porque el justiciero podría flaquear en su ánimo sin la frecuente presencia cercana de su Señora, que es como él la llamaba. Le había dicho que, entre todos los demonios que pululan entre los humanos, ella misma se los mostraría. También añadió al violador, aunque con categoría muy inferior a la de los asesinos.

—¿De qué manera?

—Con un gesto, señorita Garrido, con cualquier señal que no pasaba inadvertida a quien, como el justiciero, observaba la escena a poca distancia. Marcada la pieza, quedaba a su criterio cómo y cuándo hacerlo; aunque ella también podía sugerirle el momento más propicio.

—Eso significaría que la joven y el sicario mantenían frecuente relación —refuta con gesto desdeñoso—, algo bastante insensato si es que ella pretendía quedar al margen.

—Se me ocurren algunas ideas para salvar esa dificultad. Por ejemplo, en el primer caso no le resultaría complicado informarle de que el sábado a primera hora el demonio estaría solo fuera del monasterio. En el segundo, mediante un encuentro con el justiciero en algún escenario discreto: en los penumbrosos bancos de una iglesia una jornada no festiva, por ejemplo; allí le pondría al tanto de la hora y el lugar donde ella había citado a la víctima previamente marcada con falsas promesas carnales, digamos que a las once de la noche cerca del embarcadero. El tercero quedó a criterio del sicario tras su encuentro con la joven en la puerta del ayuntamiento.

A estas alturas de la conversación ambos saben que lo que ha empezado como una charla metafórica se ha concretado en hechos muy reales, pero Cecilia se empecina en mantener la comedia.

—Menudo lío —alega con un hilillo de voz—. ¿Y esos cortes en la mano de las víctimas?

—Solo en dos de ellas. Así veía el justiciero a los demonios, con una cruz en la diestra. El violador no merecía semejante distinción.

Cecilia resopla. Le tiemblan las manos.

—Se lo ha inventado todo, señor Lombardi —se rebela sin mucha convicción—. No puede existir una leyenda, ni una Virgen así.

—Por supuesto que no existe, pero Basilio Daza creía en ella a pies juntillas.

—¿Quién es ese?

El policía le muestra el positivo que Cayuela les hizo en Santa María. Tras ellos hay varias personas que también salen del templo, y el dedo de Lombardi se posa en un joven. Con razón decía el fotógrafo que esa cara le sonaba mientras hacía copias de su foto del psiquiátrico; como le sonaba a él mismo sin poder precisar dónde y cuándo lo había visto: el asesino se movía con toda impunidad por la villa a plena luz del día, y había estado a tres pasos de su espalda sin levantar sospechas.

—El sobrino de Goya, la Candelas, la sanadora de Fuentespina, ¿recuerda? El que estaba en el manicomio de Valladolid cuando usted ingresó.

—¿Pretende insinuar que toda esa historia…?

—¿Que Cecilia Garrido es la Virgen de los Huesos? No lo insinúo, lo afirmo. Y usted sabe que llevo afirmándolo un buen rato.

—¡Pero qué barbaridades dice!

—Es usted muy lista, pero no me subestime. Ambos sabemos que digo la verdad. La Candelas le habló de su sobrino, en especial de su don para hablar con los muertos; aunque también, de forma genérica, de su veneración por aquella imagen que tiene en la cocina y de su delirante afición a perseguir a los demonios. En aquellos momentos, estaba usted tan alterada que solo le interesaba lo de hablar con los muertos, y se juró ver a ese chico en cuanto pudiera. Cinco años después, tras superar graves crisis depresivas y tres intentos de suicidio, recibió el alta en Palencia, y ya no necesitaba hablar con Teo, porque sabía de sobra que lo que él quería era venganza. Pero Basilio podría seguir siendo útil también en ese cometido. Usted recibió el alta a primeros de enero, pero no estuvo en Peñafiel desde entonces, como sería de esperar.

Ella lo mira en silencio con ojos extraviados mientras Lombardi rema río arriba para compensar el efecto de la corriente.

—Ingresó en Valladolid como pensionista —añade—, con la excusa de cumplir un periodo de transición cerca de su domicilio. Según el doctor Cabrejas, algo conveniente para evitar los cuadros de pánico que pueden presentarse en una vuelta demasiado brusca al mundo exterior. Suaves sesiones de psicoterapia, apoyo al equipo sanitario con otros pacientes y, dada su experiencia como secretaria, varias horas de trabajo diario en las oficinas. Integración completa, disposición a ayudar, libertad de movimientos, con algunos fines de semana en casa de su madre. Una estancia ejemplar, de misa diaria, que le permitió entrar en contacto con Basilio y acceder a su documentación médica. Usted lo convenció para que solicitara la licencia, y tal vez favoreció su aprobación desde su puesto administrativo.

Repentinamente, la joven intenta lanzarse por la borda, pero el policía consigue agarrarla por la cintura antes de que la cabeza se sumerja y se impulsa hacia atrás. Ambos caen de espaldas en el fondo de la barca mientras esta se balancea amenazando zozobrar. Con ella sentada encima, sus brazos aferrando esa cintura, Lombardi sufre una tentación ambigua: solo veinticuatro horas antes no habría podido resistir semejante contacto y recorrería con sus labios esa nuca primorosa que tiene ante la nariz. Pero la pasión se ha evaporado, y se limita a susurrarle al oído, con pulso acelerado y tono autoritario.

—Ya está bien de muertes, Cecilia. Y tampoco voy a permitir lo que impidieron en su día las monjas de Palencia —dice, sosteniéndola unos largos instantes antes de sentarla de nuevo.

Ella asiente cabizbaja, como una muñeca desfallecida con los brazos y un hombro empapados, chorreantes. Ambos guardan silencio hasta que él recupera los remos.

—Don Sócrates dice que tiene usted la mirada de la Dolorosa —apunta en tono un tanto conciliador—. Imagino que no le sería muy difícil convencer con ella a un enfermo fanatizado como Daza. El conocimiento de algunos hechos de su pasado, quizá incluso referencias a su querida tía, y el mismo nombre de la Virgen de los Huesos que él nunca pronunciaba lejos de la imagen, y era por lo tanto desconocido para los médicos, le otorgaban a usted una autoridad particular sobre él, un halo de videncia casi celestial. Basilio estaba allí cuando usted visitó el monasterio, y presenció su entrevista con Jacinto. Después, lo puso al corriente de sus intenciones de ir a Aranda determinado día.

Ella ha escondido la cara entre las manos, una reacción que no significa asentimiento a lo que oye ni todo lo contrario, y se balancea ligeramente adelante y atrás con los codos apoyados en las rodillas.

—A don Evaristo lo señaló en su primera o segunda entrevista de trabajo, seguramente en alguna salida a tomar café; lo citó la noche de su muerte en la orilla del río, un lugar propicio para sus propósitos, e informó a Basilio del lugar y la hora aquella mañana en Santa María, sin contar con que la cámara de Tirso Cayuela inmortalizaría el momento. En cuanto a Barbosa, el mismo método: encuentro provocado con Daza como testigo, y libertad para el depredador sobre cómo y cuándo actuar. ¿Me equivoco mucho?

Lombardi rema de forma mecánica, y las primeras gotas de sudor aparecen en su frente, porque el río está más rebelde de lo esperado. La joven, sin embargo, sigue ajena a sus esfuerzos físicos y verbales.

—Tal vez hubo un error de base en sus cálculos —apunta el policía—. Don Dionisio le dijo a usted que Figar, Ayuso y Barbosa detuvieron a Teo. Aquella tarde, el viejo aún no había perdido la cabeza. Pero no es probable que esos tres participaran directamente en su asesinato.

—Como tampoco la Virgen de los Huesos de su leyenda mató a los culpables —replica ella, y la frase suena con la rudeza de un papel al rasgarse. Ahora sostiene la mirada a su interlocutor, y una mezcla de pena y rabia aflora en sus ojos—. Se limitó a entregarlos al justiciero, igual que aquellos entregaron a Teo a sus verdugos, sabiendo cuál iba a ser su destino. Lástima que Luciano hubiera muerto antes.

—Su muerte no fue mucho mejor que la de los otros, se lo aseguro. Pero poco importa ya. Admito que su plan ha sido muy inteligente; aunque sumamente arriesgado, porque de seguir vivo Basilio, tarde o temprano acabaría usted entre rejas como antesala del garrote.

Cecilia empieza a ser presa de los nervios: duda, mira a un lado y otro, se frota los dedos. El policía aguza la atención mientras rema, por si hay un nuevo intento de lanzarse al agua.

—Me pregunto si ha merecido la pena —monologa sin ocultar un tono de reproche—. Cuatro nuevas muertes, y una de ellas la de un pobre desquiciado en vías de rehabilitación que nada tenía que ver con su drama personal.

—Basilio no debería haber muerto —lloriquea ella—. Tenía orden de regresar a Valladolid cuando todo acabase.

—¿Orden de la Señora? No me joda. No pensará que el chico iba a renunciar al sabor de la libertad, por fanático que fuera y mal que estuviese de la cabeza. Todo, para saldar una deuda de sangre, y de paso vengar su honor mancillado.

—Mi honor no contaba cuando volví a Aranda, se lo juro —se rebela Cecilia ante la acusación—. Solo pensaba en Teo. Con lo de don Evaristo, a pesar de lo amargo que fue, estaba decidida a cerrar los ojos hasta que los culpables pagaran su deuda y pudiera quitármelo de encima con un traslado. Pero él, ignorante de que había abortado un hijo suyo, quiso repetir su infamia, como aquella tarde de mayo en la oficina. Otra violación a cambio de su apoyo para el reingreso, y quién sabe cuántas más vendrían después. Quería una puta a mano en su despacho. Su muerte fue en defensa propia.

—Y este detalle, lo de su aborto, y su antigua relación diaria con un fulano como Eguía fue lo que me abrió los ojos. Su caso era muy distinto a los otros dos, y el propio Daza se encargó de señalarlo. No es de mi cosecha, pero, una vez descartado lo imposible, hay que agarrarse a lo probable, por increíble que parezca. Y era imposible que su hijo fuera de Teo, a menos que la hubiera embarazado por correo. ¿Sabía él lo de su estado?

—No —confiesa, ahora con la mirada rendida en el fondo de la barca—. Pero estaba decidida a contárselo, aunque me hubiese dejado por ello.

—Podría haberlo hecho pasar por hijo suyo. Hay niños sietemesinos.

Cecilia lo mira de hito en hito.

—No estábamos casados —dice asombrada—. Y no hacíamos ciertas cosas prohibidas antes de la boda.

Lombardi alza las cejas, preguntándose qué extraño baremo ético permite maquinar tres asesinatos e impide dejarse ir en manos del placer, incluso a riesgo de romper un encantamiento amoroso como el que unía a esa pareja. Lo cierto es que la gazmoñería religiosa de Cecilia acentúa hasta extremos conmovedores el drama de la violación y sus consecuencias.

—Pues en estas circunstancias, créame que un revolcón a tiempo puede arreglar entuertos, si es que hay amor entre la pareja.

—¿Y añadir al pecado de la carne el de la mentira?

—Ya —acepta el policía, renunciando a un inútil debate moral—. En fin, supongo que lo que ha hecho es para sentirse medianamente satisfecha. Y que lo estaría por completo de no haber metido yo las narices en el asunto.

—Me dejé la sangre, la cordura, el alma por los montes —musita, y un punto de aquel viejo desvarío aparece en sus pupilas, una ráfaga de demencia que se proyecta en su mirada perdida en el infinito—. Ya no tengo alma, ¿sabe? Mientras escarbaba la tierra los oía gritar desde las profundidades de la muerte, a todos los asesinados. Cecilia, me decían, que nuestra sangre no sea en vano. Pero nadie más que yo escuchaba sus lamentos. —Toma aire. Respira profundamente varias veces antes de proseguir, ahora con punzante seguridad en el tono de sus palabras—. Solo volví aquí para hacer justicia. Y lo que me suceda después de eso me tiene sin cuidado. ¿Usted no habría actuado si se le negase la justicia? —pregunta, y tiene los ojos preñados de lágrimas, como capullos a punto de reventar.

Ella está en lo cierto, admite Lombardi: ningún juez aceptaría investigar el caso de Teo, como el de tantos otros asesinatos impunes; y la violación pasaría por un juzgado como una anécdota sonrojante para la propia víctima y la exhibición de una medalla a la virilidad en el pecho del violador. No, ningún magistrado perdería su tiempo en averiguar la verdad, mucho menos en castigar a los culpables. Sí que se esmeran, por el contrario, en las víctimas de lo que ellos llaman barbarie roja. La violencia y la venganza son patrimonio exclusivo del Estado, y el Nuevo Estado reivindica al absolutista Hobbes como si fuera de su propiedad. Rousseau y su contrato social murieron aplastados bajo las botas del ejército africano y sus cómplices del Eje. La balanza está indecentemente inclinada, y la justicia ha dejado de ser ciega y ecuánime para convertir el derecho en mera fuerza bruta en manos de los vencedores. ¿Por qué va a erigirse él en cazador a sueldo de esa caterva de farsantes?

—También a mí se me niega la justicia, Cecilia, como a millones de personas —dice con calma, casi con tristeza—. Yo no he perdido una novia, aunque sí una patria y todo lo que eso significa. Pero no soy juez de nadie, ni me atrevo a decidir si alguien merece morir por grave que haya sido su delito.

Sin respuesta por su parte llegan a tierra, apartados del embarcadero, en una estrecha zona de la orilla libre de maleza a la altura del barrio de Tenerías. No hay ni un alma alrededor. Lombardi reflexiona unos segundos antes de liberar el pensamiento que le ronda.

—El problema es que no tengo pruebas contra usted —dice, con la voz entrecortada por el esfuerzo y la tensión—. Absolutamente ninguna, porque incluso esta maldita foto es meramente circunstancial. El testimonio de Daza sería decisivo, pero por suerte para usted no puede hablar y solo le presentaría al juez una batería de especulaciones. Si yo fuese de otra pasta, con un interrogatorio en condiciones cantaría usted el ángelus en hebreo, se lo aseguro. Bastaría con ponerla en manos de Manchón y sus civiles.

Ella lo mira confusa. Le tiemblan los labios. Sus ojos parecen un manantial.

—Pero no lo voy a hacer —concluye—, porque no quiero que reviva usted aquella pesadilla del treinta y seis. Dígame: ¿han muerto ya todos los demonios?

La joven afirma tristemente con la cabeza.

—¿Por qué mataron a Teo, por qué me lo mataron? —suplica de repente—. Usted lo sabe.

Decirle la verdad resultaría un castigo demasiado cruel. Explicarle que ella fue el motivo, que se lo quitaron de en medio para conseguirla tampoco calmará su ansiedad ni podrá conjurar esos fantasmas que todavía alimenta a la sombra de su alma ausente.

—Como lo sabe usted —responde él con calma—: porque los fascistas prefieren cárceles eternas, de las que nunca se sale. La pregunta es por qué lo detuvieron. Y eso también lo sé, pero no voy a decírselo. La duda será la pena por sus hechos, Cecilia; pena leve para lo que merece, y que la acompañará el resto de su vida.

El policía ayuda a desembarcar a la joven, todavía confusa ante el inesperado anuncio de libertad. Su brazo la acompaña hasta tierra firme.

—Espero que algún día recupere el alma perdida y reconstruya usted su vida entre los vivos —se despide—; en esta villa o lejos de aquí. Y que Aranda misma pueda honrar a los muchos muertos furtivos que cobija. A todos ellos, sin excepción.

Cecilia le besa levemente en la mejilla, un roce húmedo de lágrimas, antes de emprender la retirada. Él queda sentado, contemplando el paso grácil, la melena agitada por la brisa, el oleaje suave que marcan las caderas de una mujer víctima de su belleza y que merece castigo según la ley de los hombres.

Lombardi rompe la foto y arroja los trocitos a la corriente; enciende luego un pitillo, y con el mismo fuego destruye el cliché. Sin atreverse aún a remar hasta el embarcadero, devuelve su mirada al río, a la verdosa superficie destinada a perder su nombre para hacerse parte insignificante del océano. Suspira, empuja la barca hacia la corriente y comprueba sin sorpresa que su conciencia no protesta: solo le devuelve un saludable silencio que subraya el hecho de que todos, al fin y al cabo, dejaremos de fluir algún día para convertirnos en un montón de huesos entre anónimos montones de huesos.

LA VERDAD

Antes de firmarlo y darle curso, Carlos Lombardi relee por enésima vez el documento que acaba de redactar. El objetivo de un policía es resolver el caso al que se enfrenta. Y él lo ha conseguido; por partida doble, además. Su ego profesional ha quedado más que satisfecho y, de momento, es el único que conoce todos los entresijos.

Se supone que un informe policíaco debe contener la verdad de los hechos investigados; verdad destinada a sustentar el dictamen de los jueces, y a perdurar después, como marcada a fuego, en la memoria de la sociedad humana.

Hay informes sencillos, casi burocráticos, donde el policía no necesita poner de su parte y se limita a constatar lo acontecido. Así sucede con el que ha bautizado como CASO 1.

Hay otros, sin embargo, en los que se hace precisa la literatura para desplazar el centro de gravedad de la historia narrada. Es lo que ocurre con el CASO 2. No se trata exactamente de alterar los hechos, sino de hacer hincapié en unos y omitir otros. En definitiva, darle forma a la verdad. Porque, al fin y al cabo, ¿qué es la verdad, y qué papel juega en manos indebidas? ¿Sirve para hacer justicia o para perpetuar el desafuero?

Buena parte de lo sucedido durante la última quincena de agosto en Aranda de Duero y sus alrededores quedará registrado exclusivamente en sus recuerdos. A cambio, ofrece una versión digerible para el Régimen y sus magistrados; incluso para la prensa, si es que se autoriza la publicación de su contenido.

Lo importante es que su conciencia sigue sin rechistar a lo largo de la última lectura; así que, una vez concluida esta, firma sin dudar.

NOTA INFORMATIVA

A la atención del Ilmo. Sr.
D. Fernando Fagoaga Arruabarrena
Comisario Jefe de la Brigada de Investigación Criminal
Madrid, 31 de agosto de 1942

ASUNTO:
Informes relativos a las muertes violentas de Liborio Figar y otro (CASO 1) y de Jacinto Ayuso y otros (CASO 2)

CASO 1

Las víctimas:
Liborio Figar (a. Borín), de 49 años, natural de Aranda de Duero (Burgos), y Ángel Royo (a. Angelillo, a. El Royo), de 34 años, natural de Madrid. Ambos, residentes en la capital.

Los hechos probados:
Con el propósito de viajar al Brasil y establecerse en el país sudamericano, Liborio decide negociar un cobro en metálico a cambio de los derechos de su herencia familiar ante su hermano, Cornelio Figar (a. El Fanegas), de 54 años entonces y residente en Aranda de Duero (Burgos). Cantidad notable, dada la

acomodada posición de ambos, propietarios o usufructuarios de numerosos bienes de naturaleza rústica, urbana, industrial y agropecuaria en la comarca de la Ribera, amén de otros en las regiones de Extremadura y las dos Castillas.

Con ese objetivo se desplaza Liborio a Aranda de Duero en compañía de Ángel en fecha de 26 de junio de 1933. La entrevista entre los hermanos se produce en un lagar propiedad del primero, y en ella están presentes el propio Ángel y Román Ayuso, capataz de Cornelio, de 44 años entonces y natural de la citada villa.

La reunión es tensa. La petición económica de Liborio resulta excesiva para su hermano, y la falta de acuerdo degenera en discusión, luego en insultos mutuos y por fin en un forcejeo que acaba con la caída accidental de Liborio contra el borde de piedra de la cubeta, con tan mala fortuna que resulta desnucado. Ante el trágico desenlace, Ángel ataca con una navaja a Cornelio y lo hiere levemente en el brazo; Román, para defender a su jefe, clava una bielda de hierro en los riñones del agresor y después lo remata con otra acometida en el cuello.

Haciendo gala de una sangre fría extraordinaria, los dos homicidas deciden deshacerse de los cadáveres. Para ello, esa misma noche cavan un hoyo en la viña próxima y entierran ambos cuerpos y sus respectivas maletas, no sin antes haberse apoderado de la documentación de Liborio. Ni siquiera comprueban si Ángel ha muerto, aunque ha perdido tanta sangre que lo dan por hecho.

Para disimular el enterramiento, vierten sobre este diversos objetos, como un par de viejas puertas y restos de mampostería del almacén adjunto al lagar. En fecha posterior, también con nocturnidad y ayudándose de una yunta de bueyes, trasladan una pesada rueda de moler que zanja cualquier intento de fisgar por parte de inopinados curiosos. Y el lagar queda clausurado de ahí en adelante.

La misma noche de autos se firma un pacto de silencio entre Cornelio y Román, del que ambos salen beneficiados. Y se mueven rápido con dos objetivos: ocultar los homicidios y sacar tajada de ellos.

El día 29 de junio, ambos se desplazan a una notaría madrileña, donde no se los conoce, y se presentan como hermanos: Román con la cédula de identidad de Liborio. Ante el titular, suscriben un contrato de liquidación de sus derechos de herencia a favor de Cornelio a cambio de un cheque de ochocientas mil pesetas librado por este; documento que es destruido en cuanto la pareja sale de la notaría.

Por fin, el mismo Román con la misma documentación viaja a La Coruña, desde donde envía a Cornelio un telegrama de despedida falsamente firmado por Liborio el día 3 de julio.

Con esas dos operaciones se hace creer que Liborio sigue vivo, y que sus propiedades han pasado legalmente a poder de Cornelio. Una semana después del telegrama, el Registro de la Propiedad de Aranda ya recoge el cambio de titularidad de más de sesenta fincas de todo tipo: lo que era de Liborio, ahora es de su hermano, lógicamente con la garantía del fraudulento certificado notarial. Y tres meses después, una jugosa parte de esas propiedades es transferida a Román como pago por su complicidad.

Hasta aquí, lo declarado por ambos autores confesos, aunque su versión sobre el enfrentamiento en el lagar no puede ser contrastada, y podría ser más benévola que lo que en realidad sucedió. Quizá lo que se vivió allí fue, sencilla y llanamente, un alevoso doble asesinato.

Conviene referir el hecho de que el Instituto Fernández-Luna ya inició una investigación sobre el desaparecido Liborio Figar entre 1935 y 1936 a instancias de un arandino residente circunstancial en Madrid, hoy fallecido. Sin esa contribución previa habría sido imposible imaginarse que la supuesta emigración era un doble homicidio. La guerra sumió en el olvido tanto los hechos como el citado informe, y solo la investigación actual ha permitido resucitarlos.

Durante la citada investigación que ha servido para cerrar el caso, el mencionado Cornelio Figar ha hecho todo lo posible para frenar las pesquisas llevadas a cabo, intentando desacreditar públicamente a quien suscribe y mediante amenazas más explícitas, como abrir fuego contra él; para esta agresión se vale de un miembro de la Benemérita local, el guardia Aquilino Huerta, a quien soborna con este cometido y para vigilar los pasos del investigador. Detenido el citado guardia tras la confesión de su pagador, ha corroborado por completo la veracidad de estos hechos.

Por último, me permito destacar un aspecto en el que ya han insistido numerosos expertos en la materia, que es la conveniencia de que cada cédula personal vaya provista de la correspondiente fotografía del titular, tal y como ya se hace en algunos casos y en todos los pasaportes. De ser así, Román Ayuso nunca habría podido suplantar la personalidad de Liborio Figar; engaño que permitió tanto la operación notarial fraudulenta como disfrazar de viaje los homicidios.

CASO 2

Las víctimas:

Jacinto Ayuso, de 25 años, natural de Aranda de Duero (Burgos); Evaristo Eguía, de 48 años, natural de Burgos capital; y Gabino Barbosa, de 30 años, también natural de Aranda. El primero, residente en el monasterio de Santa María de La Vid (Burgos) y los dos últimos en la citada villa de Aranda.

Los hechos probados:

Jacinto Ayuso, novicio en el mencionado convento, desaparece el 15 de agosto de 1942. Cuatro días después, se encuentra su mano diestra en la puerta de la iglesia de San Juan de Aranda de Duero. El análisis forense del apéndice permite descubrir en su palma unos cortes en forma de cruz, realizados *post mortem*. En el momento de escribir este informe, el resto de su cuerpo sigue en paradero desconocido.

Evaristo Eguía, oficial en el banco Hispano Americano de Aranda, aparece muerto a orillas del Duero a su paso por la villa el 22 de agosto de 1942. Su fallecimiento, por golpes de hacha, se produce la víspera, en torno a las once de la noche. El cadáver no muestra signo alguno de ensañamiento aparte de los dos tajos fatales.

Gabino Barbosa, empleado del Ayuntamiento de Aranda, desaparece en el atardecer del día 25 de agosto de 1942 cuando regresa en bicicleta desde la vecina localidad de Vadoconcdes. Como en el caso de Ayuso, se encuentra su mano derecha al día siguiente en el monasterio de La Vid, y también muestra parecidos cortes en la palma. Tampoco hasta ahora se ha podido hallar rastro alguno de sus restos.

La desaparición de Jacinto Ayuso es el motivo que lleva a abrir las pesquisas, y es preciso aclarar que, a pesar de ser hijo del Ayuso implicado en el CASO 1, se trata de asuntos que no guardan relación alguna entre sí: el padre es un homicida confeso, mientras que el hijo es víctima de un asesino cuya personalidad y presuntos móviles se desgranan a continuación.

Antes de entrar en materia es justo poner de relieve la ayuda prestada por la Benemérita de Aranda, brillantemente dirigida por el brigada don Rafael Manchón, y por el médico forense local, don Sócrates Peiró: sin sus aportaciones, no habría resolución del caso. Como decisiva ha sido la influencia del juez de instrucción de la villa, don Eugenio Lastra, que supo ver ciertas similitudes entre lo sucedido a Jacinto y una operación cerrada en falso en su día por el juzgado de Riaza.

Basilio Daza, de 27 años y natural del pueblo segoviano de Linares del Arroyo, es el autor confeso de los tres asesinatos, como lo es del cometido hace catorce años en su pueblo natal. Un interrogatorio más profundo podría haber ofrecido alguna luz suplementaria sobre aspectos todavía oscuros; pero el detenido intentó escapar para caer bajo los disparos de la Guardia Civil de Linares y de los vigilantes del campo de trabajo que allí hay instalado. No obstante, de lo declarado por él antes del fatal desenlace y de los informes obtenidos en el psiquiátrico de Valladolid, de donde había escapado tras ocho años de reclusión, puede construirse un relato bastante fiable de los hechos.

Porque hay que explicar que Basilio padecía una demencia gravísima, y de esa naturaleza enferma derivan sus actos y la tipología de los mismos. En sus delirios, creía ver demonios disfrazados de personas; por si fuera poco, sufría de alucinaciones marianas, y ese ser al que él llamaba la Señora lo invitaba a cazar a cuantos seres diabólicos caminan entre nosotros. Además de la muerte, sus víctimas debían recibir un doble castigo: su mano diestra tenía que ser purificada con la exposición pública en un lugar sagrado, y el resto de su cuerpo ofrecido a las alimañas para impedir su entierro canónico.

Semejantes desvaríos significan una mezcla explosiva cuyo resultado aparece a la edad de trece o catorce años. Un pastor portugués es su primera víctima: tras matarlo, le corta la mano y la expone durante una noche en la iglesia de su pueblo, aunque no se atreve a mostrarla en público por temor a ser descubierto y la esconde durante todo este tiempo en una pequeña gruta de los riscos que rodean su pueblo natal. Es de suponer que también le hizo la consabida cruz en la palma, pero resulta imposible confirmarlo, ya que el apéndice, esqueletizado, se halla durante la investigación al igual que el arma homicida, y forma parte de las pruebas del caso. El cuerpo del pastor se descubrió en campo abierto, devorado por carroñeros. Probablemente, a tan temprana edad no tuvo fuerzas ni medios para trasladarlo a un lugar más recóndito, de modo que el ritual se quedó a medias.

Aunque nadie sospecha en el pueblo de su culpabilidad, la evidencia de su desequilibrio mental obliga a su internamiento en los claretianos de Aranda durante un par de cursos, entre

1932 y 1933; periodo en el que, posiblemente, entra en contacto con sus futuras víctimas, aunque por el momento no se han podido establecer vínculos concretos al respecto. La primera de ellas, Jacinto Ayuso, comparte centro educativo con él durante esos dos años. Finalmente, los claretianos le pasan la patata caliente al psiquiátrico de Valladolid, donde Basilio, debidamente medicado, lleva una vida de lo más apacible, a decir de los doctores.

Durante el año en curso, Daza solicita una licencia temporal, que se le concede para primeros de julio en consideración a su mejoría clínica. Sin embargo, no regresa al centro una vez expira el periodo convenido. El psiquiátrico, como en casos similares sin sentencia judicial ni órdenes de captura por delitos pendientes, le da el alta de forma automática.

En el primer mes y medio de su reciente libertad, Basilio Daza campa a sus anchas por las poblaciones próximas a Aranda de Duero y a su Linares natal. Las últimas investigaciones de la Guardia Civil confirman su participación esporádica como temporero en la recogida de la cosecha en la localidad burgalesa de Hontoria de Valdearados y en la soriana de Valdanzo, aunque es de suponer que las pesquisas, todavía incompletas, permitan completar sus andanzas.

A mediados de agosto se le sitúa en Bocigas de Perales, localidad de la provincia de Soria, al servicio de un pequeño propietario que le encomienda, entre otras cosas, el transporte de grano. La proximidad de esta población a las de La Vid y Vadocondes, donde desaparecieron respectivamente Ayuso y Barbosa, y la disponibilidad de una mula, ofrecen un mapa bastante claro de su *modus operandi* en ambos casos: ejecución *in situ* de su víctima y traslado del cadáver al abrupto desfiladero que hay junto a Linares, donde lo arroja para alimento de los carroñeros previa amputación de la mano derecha. Después, se desplaza a Aranda y al monasterio, respectivamente, donde expone los apéndices.

El caso de Evaristo Eguía presenta notables diferencias respecto a los otros. Se trata de un asesinato sin ensañamiento. En su confesión, el autor lo justifica con el argumento de que la víctima no era un demonio sino alguien que resultaba ofensivo para su Señora. Una evidente escalada en sus delirios, porque demuestra que cualquiera podía sufrir los efectos de su demencia por el mero hecho de resultarle antipático. En esta ocasión, mata y escapa, sin necesidad alguna de subterfugios mágicos ni incómodos rituales complementarios que pueden ponerlo en peligro. El hecho de que este crimen se produzca apenas tres días después de que apareciera la mano de Jacinto Ayuso en la misma villa hace suponer que Basilio Daza deambuló por los alrededores de Aranda durante esas jornadas de mercado, propicias para pasar inadvertido entre las aglomeraciones que en tales fechas se producen. Y en sus merodeos nocturnos se cruzó con un Eguía a la espera de una de las citas amorosas a las que era tan aficionado: el hombre buscaba sexo y se encontró con un hacha.

Las conjeturas:

Determinar un móvil para los casos referidos es tarea imposible, a menos que nos pongamos en la mente del asesino y aceptemos como válidos sus procesos irracionales de pensamiento. Es plausible que durante sus dos años en los claretianos de Aranda conociera a sus futuras víctimas, vecinos todos de la villa en aquel momento. También es factible que sufriera agravios por su parte, o creyera haberlos sufrido, y que, por lo tanto, se trate de una represalia. Pero aceptar estos presupuestos significaría cierta planificación personal a largo plazo, algo que en Basilio Daza parece bastante improbable.

Más lógico es pensar que en el asesino solo había impulso irrefrenable, vehemencia nacida en una infancia difícil con influencias místicas o religiosas fanatizadas que le hacían confundir sus delirios con la realidad. Así lo explican los psiquiatras, y así se lo confesó el propio Basilio a quien suscribe, al admitir que la

457

Señora, ese ente imaginario que mandaba en su cabeza desde los ocho o nueve años, lo había salvado de la mala influencia de los médicos: lo irracional acudiendo al rescate frente a las amenazantes garras de la racionalidad.

La conclusión es que Basilio Daza mataba por arrebatos circunstanciales, y que las víctimas eran tan aleatorias como subjetiva su forma de elegirlas. Tanto Ayuso como Barbosa transitaban por lo que podríamos llamar su territorio natural de caza, y las condiciones de soledad favorecían el pleno cumplimiento de su tenebrosa liturgia. El asesinato de Eguía, por el contrario, aun participando de las mismas premisas que los otros, se produjo en un lugar poco propicio para exquisiteces y Daza antepuso su seguridad personal. Su mente disculpó ese trabajo incompleto con un discurso bastante inteligente dentro de su lógica enferma: en realidad merecía el castigo, pero al no ser un demonio, sobraba el ritual.

Dadas las circunstancias, y de no haber sido detenido, cualquiera podría haberse convertido en su próxima víctima: sería tratada como un demonio si se la encontraba en campo abierto y lejos de miradas, o como simple pecador si la operación significaba arriesgar el propio pellejo.

Carlos Lombardi

458